卡拉馬助夫兄弟們

上

杜思妥也夫斯基◎著
臧仲倫◎譯

聯經經典

Братья Карамазовы

Ф. М. Достоевский

作者簡介

●杜思妥也夫斯基

一八二一年生於莫斯科，一八八一年卒於聖彼得堡。一八四五年完稿的第一部作品《窮人》即以市井小民爲描寫對象，一八四七年曾參與平民知識分子的進步組織，並表達對俄國專制農奴制度的抨擊。一八四九年被捕入獄、被判死刑，臨刑前才獲沙皇寬宥改判苦役，流放西伯利亞，刑滿後就地充軍。在刑場上面臨死亡的經歷讓他受到極大的震撼，而流放西伯利亞期間，他不僅直接遭到沙皇政權殘酷的迫害，更目擊下層百姓的悲慘遭遇，對被侮辱與被損害者產生強烈的共鳴。一八六〇年以後主要的作品有《罪與罰》、《被侮辱與被損害的人》、《白痴》以及《卡拉馬助夫兄弟們》等。

譯者簡介

●臧仲倫

北京大學俄羅斯語言文學系教授，長期從事俄羅斯語言和翻譯理論教學與研究的學者。翻譯作品包括《死屋手記》、《被侮辱與被損害的人》、《罪與罰》、《白痴》等，並應巴金之邀校定其所譯赫爾岑的《往事與隨想》。

中譯本導讀

《卡拉馬助夫兄弟們》是偉大的俄羅斯作家杜思妥也夫斯基（一八二一—一八八一年）創作的最後一部長篇小說，是他最主要的代表作之一。從一八五〇年代初開始，他就在構思這部小說了，經過近三十年的醞釀，一八七八年才動筆寫作，邊寫作邊發表，歷時二年，於一八八〇年完成。從一八七九年起至一八八〇年，在《俄國導報》上連載。一八八一年，出版單行本。這部以弒父慘案爲題材的小說，展示了作家對俄國過去、當時和未來的思考，涉及無神論和宗教、反抗和逆來順受、善和惡、生命的意義和人的使命等社會、政治、哲學、倫理、人類學諸方面多種重要問題的爭論，同時也體現了他作爲俄國現實主義心理流派大師在藝術上的獨創性。這部優秀的社會哲理悲劇小說實際上是作者畢生思想探索和藝術探索的總結。正因爲如此，此書一問世便立即引起強烈的反響。僅一八七九年一年，京城和外省報刊上就發表了約八十篇有關的評論。作者自己於一八七九年十二月八日寫道：「到處都有人在閱讀這部小說，人們寫信給我，年輕人在讀，上層社會的人在讀，文學界中有人罵，有人褒揚。從周圍人的印象來看，我從未有過如此的成功。」小說不僅在當時風靡俄國，而且影響十分深遠。一九〇一年列夫・托爾斯泰離家出走之前就曾專門閱讀此書，並帶著它踏上不歸之路。奧地利小說家斯·茨威格在讀過此書後，即把杜思妥也夫斯基與巴爾扎克、狄更斯並列，稱他們爲全歐小說藝術的三位高不可攀的「大師」。德國作家托馬斯·曼自己深受杜思妥也夫斯基的「病態」藝術世界的影響，並確認《卡拉馬助夫兄弟們》一書是他的小說《浮士德博士》的淵源之一。

爲了理解《卡拉馬助夫兄弟們》所包容的豐富內涵和複雜思想，我們有必要簡要地介紹一下作者本人那坎坷、獨特的生活道路和複雜曲折的思想經歷。

杜思妥也夫斯基於一八二一年出生在莫斯科一個平民醫院的醫生家庭。他的父親於一八二八年取得貴族頭銜，三十年代初在圖拉省購置了莊園。但與世代簪纓的貴族相比，作者的社會地位和生活圈子仍然接近於下層百姓。他對於下層百姓的悲慘命運不僅熟悉，而且感同身受。他於一八四五年完稿的第一部作品《窮人》就是以城市貧民作爲自己描寫的對象。青年時代，他曾受到俄國革命民主主義者別林斯基的積極影響。一八四七年，他參加了平民知識分子的進步組織彼得拉舍夫斯基小組，熱衷於研究法國聖西門、傅立葉的空想社會主義，對人類未來的「黃金時代」充滿信心。他在小組中朗讀過別林斯基的《給果戈理的信》，藉以抨擊俄國的專制農奴制度，表達自己對社會黑暗的憂憤。一八四九年，他與彼得拉舍夫斯基小組的其他成員一起被捕入獄，並被判處死刑。直到臨刑前，他才獲得沙皇寬宥，改判爲服四年苦役，流放西伯利亞，刑滿後就地充軍。在刑場上直接面對死亡，這一經歷使他的靈魂受到了極大震撼和嚴重傷害。在西伯利亞服刑期間，他不僅直接遭到了沙皇政權的殘酷迫害，而且目擊了俄國下層百姓走投無路的悲慘境遇，對這些被侮辱與被損害的人產生了強烈的共鳴。他把優先表現「一個代表大多數的真正的人」和揭示「他的畸形和悲劇性的方面」作爲自己的責任，並「引爲自豪」。他力圖在作品中表達他對苦難的人民的深刻同情和人道主義的關懷。他說過，他永遠不能接受「只有十分之一的人可以獲得高度發展，而其餘十分之九的人只能成爲爲它服務的材料和工具，而其本身卻滯留於愚昧狀態」這樣一種思想；他表示，自己只願懷著「我們全體九千萬俄國人總有一天都能受教育，能成爲真正的『人』，都幸福美滿」這樣一種信念「去思維和生活」。不過，在反動勢力猖獗的黑暗年代，作者身陷囹圄、充軍和流放的長達十年的艱難歲月，把他的抗爭精神也幾乎完全摧垮了。而且，他從流放地接觸到的一些虔信上帝的宗法制農民和精神被扭曲了的病態的苦役流放犯身上，也不能使他看到改變黑暗現實的社會力量。於是他陷入了孤獨、痛苦、絕望之中，他對自己一度接受過的革命理想產生了幻滅的情緒。一八五六年，他甚至寫了一封自我懺悔的信件，說「我被控企圖（僅限於此）反對政府，我罪有應得，長期沉重的痛苦的經驗使我清醒，並在許多方面改變了我的思想，可是我當時是盲從的，相信了理論和空想」。他殫精竭慮地進行思考，而他的濟世良方卻只是向人們自身的良心發出軟弱無力的呼籲，要求他們虔誠地皈依救世主上帝。對人民苦難的同情和對暴力革命的懷疑乃至否定，所有這些積極的和消極的思想，深刻的無法解脫的懷疑、彷徨與思想矛盾都集中在《卡拉馬助夫兄弟們》這部小說裡反映出來了。

《卡拉馬助夫兄弟們》從一個特定的角度，即一個以暴發戶爲家長的「偶合家庭」內部的矛盾、衝突，反映了一八六一年農奴制改革後俄國社會經歷的劇烈震盪、它所引起的人際關係與人們思想的深刻變化、它所提出的需要人們去思考並加以解決的複雜的社會與倫理問題。

在《卡拉馬助夫兄弟們》故事發生的年代，農奴制殘餘依然保留著，但資本主義卻迅猛地發展起來。隨著商品經濟的發展和自由競爭的日趨激烈，金錢逐漸成了主宰一切的力量，它動搖了封建宗法制的家庭關係，衝垮了封建的倫理道德觀念。人們的個性感提高了，但利己主義也無限地膨脹起來，往昔那種親情、人情的溫情脈脈的面紗被撕扯了下來，社會陷入「一片混亂」之中。《卡拉馬助夫兄弟們》一覽無餘地展示了這個被作者稱爲「俄國歷史上最混亂、最痛苦、最不安全、災難最深重的」過渡時期社會的全部畸形、荒誕和醜惡，淋漓盡致地描寫了半封建半資本主義社會中時時刻刻都在發生著的意想不到的災難和人們所承受的無法言喻的巨大痛苦。

小說卷帙浩繁，內容豐富，但情節集中，繁而不亂。小說以發生在外省一個小城裡的弒父慘案爲主線，其主要人物是費奧多爾‧卡拉馬助夫和他的三個兒子：德米特里（暱稱米佳）、伊萬、阿廖沙。老卡拉馬助夫和長子米佳爲爭奪一個女人和遺產糾紛發生了尖銳的衝突。後來老卡拉馬助夫被自己的私生子斯梅爾佳科夫謀殺；而米佳則涉嫌入獄，被判二十年徒刑。伊萬感到是自己宣揚的那種「人可以爲所欲爲」的極端利己主義理論，唆使斯梅爾佳科夫走上了弒父的犯罪道路的，因而受到良心的譴責而陷入神經錯亂。斯梅爾佳科夫在弒父後精神完全崩潰，隨即自殺身亡。阿廖沙則孤身一人，棄家遠行。卡拉馬助夫家庭終於不復存在了。

在小說中，作者不是簡單地敘述罪行的始末，也沒有詳細描寫案件的偵破經過，而是借助於這個事件，通過對於一個又一個生動、真實的形象的塑造，著力展示了自己對於社會所作的觀察和哲理性思考。

作爲一個偉大的現實主義作家，杜思妥也夫斯基「在小說中描寫了卡拉馬助夫家族成員之間的複雜關係以及他們給周圍人帶來的痛苦。這是農奴制改革後俄國社會的一個縮影，反映出社會生活的不合理和人們之間的畸形關係。作者對人們遭受的苦難表現了深切的同情，無情地鞭撻了『卡拉馬助夫精神』——淫虐狂、貪婪自私、專橫暴戾、犬儒主義等等卑劣的精神特質。他所提出的有關人生意義、無神論與宗教信仰，人性中善與惡的鬥爭，社會主義與個性等等問題反映了七十年代末期俄國社會對現實進行探索的某些側面」（曹靖華主編《俄國文學史》頁五〇四）。與此同時，「作家的矛盾思想在小說中也有充分的暴露」（同上書，頁五〇四）。他企圖以宗教思想來同人們的利己主義相對抗，主張以個人的自我懺悔和忍受苦難來求得內心的平靜和精神上的復活。他無法為這個充滿矛盾、苦難和罪惡的社會找到出路。

小說中的卡拉馬助夫家庭中的家長老卡拉馬助夫原是一名食客兼小丑，他用卑劣的手段謀得一份可觀的財產，成了地主。他是從底層爬上來的富人，帶有資本主義原始積累階段的暴發戶的典型特徵。他以殘忍的手段聚斂財富。他放蕩成性，連流落街頭的一個呆傻女人也不肯放過。他懷著復仇的心理，把年輕時所受的屈辱發洩到妻兒身上，以致第一個妻子被迫出逃，第二個妻子被逼發瘋致死。他冷酷無情，只顧自己享樂，連兒子的死活都不管。正如高爾基所說，這個人物有著一顆「無定形的、色彩多變的、既怯懦又大膽的、但主要是病態惡毒的靈魂」。高爾基說，「這無疑是俄羅斯的靈魂」，因為它確實是當時俄羅斯的罪惡土壤的產物。他的兒子米佳和伊萬對他極度輕蔑，私生子斯梅爾佳科夫更是把自己所受的屈辱化為滿腔仇恨，終於對他下了毒手。

老卡拉馬助夫的長子德米特里是一名退伍軍官。他三歲時就由老僕人格里戈里照看，後來被親戚收養，生活很不安定。在他的心靈中，有「上帝」也有「魔鬼」。與老卡拉馬助夫一樣，他貪杯好色，粗魯暴躁，任性胡為；但又與老卡拉馬助夫不同，他熱情率直，慷慨大度，心中的良知並未完全泯滅，高尚的激情也時隱時現。他說過：「就算我下流而且卑鄙……就算我同時也緊跟著魔鬼，但是，主啊，我畢竟是你的兒子呀，我愛你……。」他總是處於善與惡的矛盾鬥爭之中，他認爲：「魔鬼同上帝在拼搏，而戰場就是人心。」老卡拉馬助夫被殺後，他因涉嫌弒父而被捕，並被誤判爲兇手，但他卻自願承擔起全部罪責。因爲他承認自己曾有過弒父的想法，同時他所說想殺死父親的罪惡話語煽動了斯梅爾佳科夫的復仇情緒。因此，他決心「通過苦難來洗淨自己」。在作者筆下，他成了一個接受俄國農民的樸素的宗教意識而改惡從善、精神復活的典型。

老卡拉馬助夫的次子伊萬畢業於大學理科，是一個無神論者，唯物主義者，他致力於思考人生的意義和社會的出路。他的性格異常複雜而充滿矛盾。他對現實採取否定態度，拒絕接受上帝創造的這個浸透「血和淚」的不合理的世界，尤其不能容忍兒童在這個世界上所承受的種種苦難。他從自己感受到的人間深重的苦難和罪孽，對上帝的存在提出了質疑，認爲這個荒誕的世界上存在的是魔鬼而不是上帝。儘管如此，他的心中依然保有著對生活的強烈渴求和無法泯滅的對信仰的嚮往。「他熱愛春天的蒼翠欲滴的嫩葉，熱愛藍藍的天空，珍重美好的事物，美好的感情，信仰秩序，信仰生命的意義，信仰未來人們融洽無間的永恆的和諧。」但是，他看不到走向這個新世界的道路。在他看來，人類的美好理想早就被埋葬了。不僅已被埋入墳墓，而且也從未實現過，人類對社會的那些偉大的探索僅只存在於先進思想家的幻覺之中罷了。對於人類的未來，他充滿著幻滅的情緒。他在探索人生的過程中，不斷地在正題和反題的兩難選擇中艱苦地跋涉，整個宇宙和全部人類生活對他來說都處於二律背反的狀態之中，找不到出路。他否定了上帝的存在，同時也沒有任何其他的信仰和道德原則。在他看來，信仰不存在了，道德原則沒有了，那麼什麼罪犯或罪行也就無所謂了。只要對我有好處，能使我得到滿足，任何行爲都是許可的，「人可以爲所欲爲」。正是他的這種「人可以爲所欲爲」的極端利己主義理論爲斯梅爾佳科夫提供了弒父的思想依據；而他明明看出了斯梅爾佳科夫有行凶的企圖，卻並不去加以阻止。這樣，在弒父案發後，他經受不住內心的折磨，終於承認他自己才是真正的殺人兇手。

在全書中，伊萬這個人物值得我們給予特別的注意。作者通過這個富於理性的人物對現實世界所作的思考，折射出了作者本人對這個世界的批判和對於人類前途的看法。書中「宗教大法官」一章是伊萬爲了向阿廖沙說明自己的思想而編造的一個故事。從表面看，這個故事是遊離於小說的基本情節之外的；但它卻是全書的關鍵部分，它形象地演示了伊萬心中的現實世界的一種基本的邏輯關係。

「宗教大法官」這個故事發生在十六世紀西班牙的塞維利亞，那是實行宗教裁判制度最可怕的時代。這時，基督出現了，他使躺在小棺材中的一個七歲的女孩起死回生，又使一個盲人老者重見光明。人們熱烈地歡迎他。而宗教大法官看到基督後，卻命令人們把他作爲破壞穩定和秩序的人囚禁了起來。夜裡，宗教大法官到牢房去看望基督，與他談話，而基督卻痛苦地沉默不語。宗教大法官被這沉默所震懾，放棄了清晨燒死基督的企圖，把他從牢房中釋放了出來。

整篇故事主要是宗教大法官的獨白。雖然基督未發一言，但宗教大法官的獨白還是有說服力地再現了基督可能進行的反駁，給讀者留下了他正在與基督進行熱烈辯論的印象。

宗教大法官認爲，人生來「軟弱而低賤」，連合理地分配食物都做不到。真正基督教的理想，人是無力擁有的。他們不能獲取自由，即使賜予自由也不會享用。自由只會使人無所適從，導致無休止的爭鬥、無窮的痛苦、紛擾，「巴別塔」不過是人類幻想中的海市蜃樓而已。人類的當務之急是如何維持生活（先有食物），然後才談得上「個體人格」、「精神自由」（再問道德），而要衣食足，只有靠奇蹟、神秘、權威這三種力量來對人們進行統治。所謂「奇蹟」就是能把石頭變成食物的物質利益引誘，「神秘」即對統治者的迷信和對人們思想的禁錮，「權威」也就是權力威懾。因此當基督再度降臨人間時，宗教大法官趕走了基督，叫基督不要妨礙他在地上實現他對於人的統治，雖然他的統治必須借基督的名義進行。這個宗教大法官是暴力、奴役的象徵，是「爲所欲爲」的原則的體現。作者借阿廖沙之口，揭穿了以宗教大法官爲首的天主教少數統治者的真正意圖：「攫取權力，取得塵世的骯髒財富，奴役別人，就像後來的農奴制那樣，目的在於當地主。」作者把矛頭指向天主教，原因之一，是俄國的斯拉夫派從維護東正教的立場出發，對於西方的天主教持否定態度。他們指責天主教追求世俗的權力和財富，甚至與統治階級利益的捍衛者結盟，從而爲懷疑和仇恨敞開了大門。作者接受了斯拉夫派的觀點。他並且認爲，俄國的西歐派中的某些代表人物在推崇羅馬天主教是西方世界的主導力量及其精神發展的頂峰的同時，不承認俄羅斯文化有存在的權利，對俄國的精神文化生活進行了全盤否定。而這是作者所不能接受的。這就是說，在作者對西方天主教的否定態度中，也表現出他對於西方資本主義的排斥心理。

伊萬雖然嚮往基督的理想，但他對現實世界的罪惡看得太透了，而他又看不到改變這種罪惡的社會力量，這樣，他就喪失了對人類未來的信心，成了宗教大法官思想的崇奉者。而按照大法官的思想，所謂「巴別塔」、「和諧統一的芸芸眾生」等等，都不過是人們心中的幻影。作者以此影射社會主義的理想是虛幻的，暗示社會主義在給人帶來「自由」和「食物」的同時還會帶來暴力和奴役。作者認為，教皇攫取土地和塵世的寶座，握著劍，又給劍，補充了謊言、花招和欺騙。無神論「產生於天主教之中」，社會主義即是「天主教思想最忠貞和始終不渝的延續，是它的幾個世紀凝煉出的惡果」。有的評論者指出，伊萬這個象徵著懷疑和虛無的人物形象不僅在本書中占有舉足輕重的地位，而且「在許多方面，他是杜思妥也夫斯基其他小說中幾個人物的縮影，也是杜思妥也夫斯基自身的縮影」。這是有道理的。

小說中的真正弒父者是被老卡拉馬助夫姦污的傻女人生的私生子斯梅爾佳科夫。他從小飽受欺凌侮辱，無法擺脫奴才的厄運。老僕人格里戈里把他撫養成人後，他當了家中的一名廚子。這個人性格孤傲，感情冷漠。他蔑視一切人，自滿到狂妄的地步。他極端的自我中心主義，是他受辱的自尊心無限膨脹的結果。在他的心目中，只有伊萬是聰明人。而伊萬在跟這個淺薄的斯梅爾佳科夫談話中卻捕捉到這個人物與自己有某種類似的東西。實際上，作者是把他作為伊萬的裂變物來描寫的。正是有這樣的思想和性格基礎，斯梅爾佳科夫才無視一切道德原則，走上了犯罪道路。他幻想用殺死老卡拉馬助夫後偷來的錢去巴黎開一家餐館，來改變自己卑微和低賤的地位。於是他趁伊萬外出之際，完成了伊萬認為可以幹、德米特里說過要幹卻沒有幹的事，把老卡拉馬助夫殺死了。

這個家庭的慘劇，這種弒父的罪惡，究竟應當由誰來承擔責任呢？誠然，斯梅爾佳科夫是直接行凶的罪犯，但同時這個被扭曲的「醜惡、卑鄙的靈魂」又是半封建半資本主義社會的犧牲品。他的罪行，不僅是卡拉馬助夫家族集體行動的連鎖反應，更是社會的矛盾衝突激化的必然結果。伊萬似乎早已認識到這點，他在弒父案發生之前就對阿廖沙講過：「我只曉得人間的苦難是有的，但是應對此負責的人卻沒有，一切都是由簡單的因果關係直接產生的，一切都在自然流動，並且互相取得平衡……」。「我明白，在犯罪上，人與人應共同負責的……。」在這裡，作者對現實社會進行了深刻的揭露，提出了尖銳的控訴。

阿廖沙是老卡拉馬助夫的小兒子，一個二十一歲的年輕人。與他的兄長們不同，他純潔善良，童心未泯，公正無私，與世無爭，富有同情心，是一隻獨立於雞群中的仙鶴。他堅信宗教才是這黑暗世界中唯一的光明。他深念兒時曾抱著他、把他舉向聖母像的慈母。他仰慕高僧佐西馬長老，進修道院當了見習修士。他對所有的人都懷著愛心，甚至包括他那個貪淫好色的父親。人們信任他、喜愛他，向他敞開心扉。同時他也並非只是一個消極的聽眾，他還是一劑發酵劑，能夠使其他人物心中隱藏著的走向「新生」的願望、愛的精神，覺醒並得到發揚。連伊萬這個理性主義者也對阿廖沙說：「只要你還在這裡的什麼地方，這對我就夠了，我就決不會厭世。我想用你來治我的病也說不定。」

阿廖沙是作者心目中的理想人物。儘管作者努力把這個形象寫得豐滿、富於人情味，但從根本上說，這個形象卻是蒼白無力的。作者以爲，人們只要像阿廖沙那樣思想、那樣生活，自己的靈魂就可以得救了，社會就可以變得善良了。而在事實上，這僅僅是作者的一種在實際生活中缺乏足夠根據的善良願望而已。因爲阿廖沙所崇奉的信念不過是「我要爲人類受苦」這一原則。他爲療救伊萬乃至其他人所開的藥方，不過是讓他們去信仰建築在善惡觀念上的基督教教義和主張馴順、忍耐、受苦等等，再加上相信基督教的空想社會主義的政治方案和以直覺、心靈感應爲基礎的「相信奇蹟」的哲學理論而已。這些辦法對於解決伊萬及其他一些人內心的矛盾和痛苦，對於療救這個社會的痼疾是無濟於事的。阿廖沙的善良固然可以溫暖一些人的心，在他的影響下，也可以使這個社會增加一兩個善良的分子；但是僅僅增加一兩個善良分子，並不能使這個原本惡的社會變得不惡，並不能從根本上剷除由這個社會的土壤所滋生的醜陋的「卡拉馬助夫精神」。資本主義來到人間，它滿身帶著血汗和骯髒的東西，並且按照不可抗拒的歷史必然性，在爲自己的發展開闢著道路。依靠基督教的原始教義，依靠阿廖沙的人生哲學，是不可能阻止這個歷史進程的，人類和他們生存的社會也是決不會因此而得救的。事實上，在整個事件的發展進程中，阿廖沙也並沒有起過任何積極的作用，他的思想也並不能給予整個事件以實質性的影響。他對佐西馬長老之死以及長老死後屍體腐爛發臭、未能顯靈感到震驚不已，竟然因此而忘記了家庭中父兄之間的尖銳衝突和佐西馬臨終時囑咐他回到塵世去看守住哥哥的遺言。他後來幾乎陷入無信仰之中。當他根據長老的意願離開修道院返回充滿仇恨的世俗社會以後，他感到自己唯一能夠做的事情僅僅是「爲全人類受苦」，在痛苦中尋找幸福而已！

本來，作者曾計畫在《卡拉馬助夫兄弟們》之後，再以阿廖沙爲主人翁寫出這部小說的續篇。按照作者最初的構思，主人翁阿廖沙在「塵世」漂泊之後應重新回到修道院。不過作者在生前最後一年還曾構思過另一種結局。據作者的同時代人A・蘇沃林的日記的記載：「杜思妥也夫斯基在一八八〇年二月說，他『將要寫一部小說，主角是阿廖沙・卡拉馬助夫』，阿廖沙將『通過修道院』成爲革命者。『他可能會成爲政治犯被判死刑。他尋找真理，而在這個過程中自然成爲革命者』。」可惜，這個回憶過於簡單。我們無法從中窺見作者思想變化的軌跡，無從據此判斷這個思想是不是意味著作者在臨終前已經改變了以往那種否定革命的立場。

應當承認，在農奴制改革後的俄羅斯，正經歷著一個社會劇烈變動的年代。按照杜思妥也夫斯基的理解，這場變動本身就矛盾地兼有「瓦解」和「建造」的兩重性，它既有悲劇性地接近於「混亂」和「災禍」的一面，又有對新的「世界大同」和人類所追求的「黃金時代」熱烈嚮往的一面。他深信，人周圍的世界越是「荒誕」、越是缺乏人性，這世界上的人對理想的思念就越強烈，藝術家也就有更大的義務「在人的身上挖掘人」，並且以「充分的現實主義」既展示出統治世界的畸形和「混亂」，也展示出隱藏在「人類心靈中」的追求理想的熱情，以及想「讓被環境、世世代代的蕭條和社會的偏見不公正地壓垮的人恢復尊嚴」的意願。正是按照這種信念，作者在深刻地揭露這個黑暗世界的同時，也向人們顯示了從這個黑暗王國裡射出的一線光明。

關於「孩子們」的這一組人物形象在小說中雖然篇幅占得不多，但卻十分引人矚目。他們是「荒誕世界」中的健康力量，是黑暗社會中的光明「天使」。斯涅吉廖夫的兒子體弱多病的伊柳沙從小感受到人與人之間的不平等、社會的不公正，並且深深地為父親所受的屈辱而痛苦，同時他年紀雖小，卻沒有失去自尊，他甚至咬傷阿廖沙的手，來報復德米特里·卡拉馬助夫對他父親的侮辱，投石子打那些嘲笑他的同學來維護自己一家人的尊嚴。伊柳沙懂得憎恨，學會了反抗，同時又擁有一顆愛心，他渴望著友誼，深情地眷戀著丟失的小狗。他有著一顆在窮困中受盡煎熬、在屈辱中竭力掙扎的兒童的敏感心靈。十四歲的「虛無主義者」科利亞·克拉索特金是一個聰明、大膽、愛尋根究柢、充滿活力、具有強烈正義感的熱血少年。他在生命垂危的伊柳沙的床前與伊柳沙相互和解，並千方百計地找回了伊柳沙的愛犬，這是他唯一能奉獻給朋友的慰藉和歡樂。作者在這些孩子們身上寄託了自己對於俄國新一代的希望。他通過阿廖沙·卡拉馬助夫在伊柳沙墓前的講話向人們呼籲：「第一和首要的一條是，我們要善良，其次要清清白白地做人，再其次是永遠不要彼此相忘」。「即使我們將來身居要職，日理萬機，或者我們陷入什麼大不幸中——你們也永遠不要忘記，從前我們在這裡有多麼好，大家同心協力，擁有一種非常美好、非常善良的感情，因而彼此聯繫在一起……。」

作者注意對於黑暗王國中的一線光明進行描寫，表明他對於人類並未喪失信心，表明他對於人類未來的前景抱有一種善良、美好的願望。只是他所著力宣揚的所謂吸收人民的「本源精神」，即篤信基督、崇尚博愛、寬恕、謙恭的精神，實質上是主張人們崇奉逆來順受的人生哲學，這並不是把黑暗王國引向「黃金時代」的現實道路。除了孩子們以外，作者筆下的正面形象，從阿廖沙到佐西馬長老，都顯得缺乏足夠的說服力。這個事實，是上述論斷的有力佐證。

杜思妥也夫斯基是俄國最優秀的現實主義作家之一。他始終遵循普希金、果戈理、別林斯基倡導的現實主義的創作原則，同時，他又不斷地進行藝術探索，開拓，創新。他不是濃墨重彩地描寫外在客觀世界，而是注重描寫人們的內心所感受的世界。他的作品直接表現的對象往往是人們的心理活動。他在晚年說過：「人們叫我心理學家，不，我只是最高意義上的現實主義者，也就是說，我描寫的是人類心靈深處的一切。」這是因為，正如巴赫金所說的那樣，杜思妥也夫斯基塑造的思想形象「從來不無中生有，從來不杜撰它們」。他的作品中的思想形象在當時的社會裡都可以找到他們各自的原型，他們是十九世紀俄羅斯社會思潮鬥爭在文學創作中的形象反映。在作者筆下，不僅伊萬・卡拉馬助夫是思考著的人，就連次要人物如老卡拉馬助夫等也是獨特的「思想者」，他們都有自己的一整套人生哲學，都在按各自不同的方式解答著自己在日常生活中遇到的問題。

在杜思妥也夫斯基的小說中，思想不是生硬地夾在情節之中，更不是遊離於情節之外，而是自然地融入人物的行動和事件之中的。情節的生動性和故事的完整性，不但沒有弱化作者所表現的思想觀念，反而爲他充分展示思想提供了一個廣闊的天地。他不是抽象地描述思想，而是在展示社會思想形成的生動過程，同時又表現這些思想對情節的發展所起的重要作用。比如伊萬的「人可以爲所欲爲」的思想，就不是他一開始就具有的。作者結合有關的事件，敘述了舊道德基礎的瓦解和利己主義的日益膨脹，而伊萬正是在這樣的條件下形成了這種思想。當他把這種思想灌輸給斯梅爾佳科夫之後，便對斯梅爾佳科夫陰謀弑父的行動提供了思想根據，起了催化作用。

杜思妥也夫斯基的小說情節與俄國傳統的現實主義小說的情節不完全相同。在他的作品中，情節的發展不像岡察洛夫、托爾斯泰作品中那樣緩慢、平穩，它們總是起伏跌宕，一波三折，令讀者既感到意外，又覺得入情入理。比如，當米佳聽說格魯申卡趕往莫克羅耶會見自己的初戀情人——一個波蘭人穆夏羅維奇去了，米佳也急忙奔向那裡，當時他已處於絕望之中，並已作好自殺的準備。一到客棧，米佳又立即加入了波蘭人玩紙牌的牌局，在賭博中，波蘭人作弊耍賴，並對格魯申卡進行侮辱，其卑鄙下流暴露無遺。隨之由米佳做東，一場狂歡的飲宴開始，格魯申卡對那個波蘭人魂牽夢繞多年的戀情被徹底粉碎，她投入了米佳的懷抱。正當米佳如醉如癡地享受著這意外的歡樂時，大禍從天而降。原來小城中發生了凶殺案。在米佳眼前出現的新生活的曙光一閃而過，站在他面前的是檢察官、法院預審官、縣警察局長……。他們對他提出了他是弑父嫌疑人的指控。如此大起大落、扣人心弦的精彩描寫在《卡拉馬助夫兄弟們》一書中並不鮮見。

杜思妥也夫斯基在自己的作品中常常把生活中突發的事件作為故事情節的主要環節，把經過縝密思考和深入研究過的觀點和信念形成的體系的代表者即思想形象作為小說描寫的中心，並巧妙地把這二者結合為一個有機整體。為了塑造眾多的思想形象，作者往往設置了一幕幕的戲劇場面，在這些場面裡集中表現情節的衝突，加劇情節的緊張性，同時給思想形象提供了在互相交鋒中亮相的大舞台。比如，在小說的開始，作者巧妙地安排了全家到修道院聚會的場面。當時，老卡拉馬助夫與德米特里為爭奪格魯申卡當眾口角，要求決鬥。這時佐西馬長老突然當眾跪倒在德米特里的腳下，向他磕了個頭。他想以這種非同尋常的方式警醒眾人，防止慘劇的發生。因為「他嗅到了犯罪的氣味」。在第二部，作者安排了在酒店裡伊萬和阿廖沙兄弟倆就有沒有上帝的問題展開的一場對話，尖銳地表現了信神和不信神這兩種思想體系的對立。在小說的末尾，作者把幾乎所有主要人物都集中到了法庭上，安排他們在這個決定德米特里命運的動人心弦的場面上共同演出了一台多聲部的大合唱。

小說中的對話猶如戲劇舞台上的台詞，具有明顯的行動性，不僅表現出人物複雜而豐富的思想活動，而且可以看到人物本身的性格特點，人物相互之間的關係以及他們所處環境的氛圍。如德米特里的未婚妻卡捷琳娜與情人格魯申卡在阿廖沙面前的那場對話就十分精彩。作者通過對話，展現出了卡捷琳娜對格魯申卡的輕信、寬容、憐愛和被她侮辱後的惱羞成怒、歇斯底里大發作，由此深刻地揭露出這個貴族女學生天真爛漫、愛好幻想，卻又自私、自信、自負、傲慢的性格特點。對話也表現了格魯申卡這個風塵女子自尊與自卑交織變化的複雜情感及其性格中粗魯、大膽、任性、詭詐的一面。對話並且把兩個情敵之間箭拔弩張的緊張氣氛傳神地鋪展在讀者面前。

表現人物的平和心境、緩慢的心理活動流程並非作者的興趣所在。他對於描寫人物內心的善與惡的衝突鬥爭情有獨鍾。他善於表現人物內心的尖銳衝突和激烈鬥爭而導致的精神分裂和兩重性格。他把這種內心衝突視為卡拉馬助夫整個家族所共有的心理活動的特徵，就連「小天使」阿廖沙也不例外，他的心裡也有著那被稱之為「昆蟲」的情欲在蠕動。卡拉馬助夫家族的心靈就是「能兼容並包地把各種對立物集中於一身，一下子省悟到兩個無極：一個是我們頭上的無極，至高無上的理想，一個是我們腳下的無極，最低級下流和臭氣熏天地墮落。」這是不難理解的。正如盧那察爾斯基所說的那樣：「杜思妥也夫斯基處於社會危機尖銳的時代，即是在各種互相矛盾的強大社會潮流影響之下，俗語叫做『靈魂』的那個東西分裂為兩半或好幾個部分的時代。」作者不過是把這種時代中的人們的心理特徵藝術地再現出來罷了。他認為，這種反常的現象在很大程度上是表現著事物及其過程的本質的。他明確地說過：「我有自己看待（藝術中的）現實的觀點，大多數人幾乎稱之為荒誕而獨特的東西，對我來說，有時正是現實的本質。」

人物的對話和獨白是作者表現人物內心分裂的重要手段。在許多場合，他筆下的主人翁與其說是在與自己的思想論敵進行爭論，不如說是在與自己爭論。例如伊萬在與阿廖沙就有無上帝的問題進行爭論時，人們可以看到，他是在與自己內心深處的上帝進行搏鬥。儘管在爭論中，一個處於攻勢，一個處於守勢，但處於攻勢者其實也很虛弱，因為他一方面在竭力論證自己的觀點以期說服對方，另一方面也是在設法說服自我，消除自己內心中的疑慮。作者有時會用對話中的獨白來表現人物內心的分裂。

在杜思妥也夫斯基的作品中，相當大的篇幅是用來表現人物病態的分裂的心理。正因為如此，茨威格曾稱他爲「被侮辱和病態的心靈的解剖學家」。作者所以對病態的心理學感到特殊的興趣，是因爲這些病態的心理現象反映了時代的病症及其引發的社會道德危機和個人道德危機，表現出了社會生活內部的隱患。在他看來，犯罪者的心理、精神失常者和自殺者的心理，都是極富時代特徵的。作者正是通過對卡拉馬助夫家族成員進行病態心理學的分析，來勾勒他們的形象，揭示他們爲當時的社會條件所規定、必然走上的生活道路。小說中的伊萬最後的精神失常，斯梅爾佳科夫的終於自殺，這只是他們的病態心理發展的終極結果，其實，在這之前，在他們的心理活動中就早已潛藏著種種病態的因素了。在這方面，伊萬與魔鬼交談的這個奇異的章節，是值得注意的。伊萬一再對魔鬼說，「你是我的化身」，「是我的幻想」。因爲他意識到魔鬼是從他身上分離出來的另一半，是他內心中被壓抑的一種潛意識，即對父親的厭惡，希望有人殺死他；但是他的另一半，頭腦中的理智卻又在對魔鬼發怒，並與之進行較量，試圖戰勝它。正是這種內心矛盾，最後把伊萬引向了瘋狂。小說對人的病態的自尊心的表現也堪稱一絕。例如德米特里，他就一再強調「自己是卑鄙小人，而不是賊」。他把卡佳讓他匯給她姨媽的三千盧布，花掉了一千五百；挪用的第二天，他就想把剩下的半數還給卡佳，並一直想把花掉的一千五百補上。他說他「並不懼怕懲罰，而是害怕恥辱」……他竭力找尋賊和卑鄙小人之間的區別，病態地守衛著心中已然崩潰了的道德防線。作者企圖通過描寫這種顯得可悲又可笑的病態心理，顯示德米特里雖然墮落成了「賊」，但他仍然在捍衛著作爲人的某種尊嚴。正因爲如此，他才能繼續自信地活在這個世界上，他才會在往後的某個時刻獲得精神上的復活。

在世界文學史上，很少有人能夠像杜思妥也夫斯基那樣，對人的反常的病態心理作出如此生動而深刻的描寫；因爲事實上，在作家群中，很少有人曾經像他那樣，有過如此曲折而苦難的經歷，接近過如此眾多的被侮辱與被損害的人們，了解過社會底層的這些人的悲慘的命運。他是「靠著充分的現實主義在人的身上挖掘人」這一原則，在研究人這個秘密，在「刻畫人物的心靈深處的全部奧秘」。高爾基把杜思妥也夫斯基和莎士比亞相提並論，是毫不過分的。在杜思妥也夫斯基的心目中，「莎士比亞是神派來向我們宣布人和人類心靈之隱秘的預言家」。對於杜思妥也夫斯基，我們也同樣可以這樣說。

《卡拉馬助夫兄弟們》一書的這個新譯本的譯者，是著名翻譯家臧仲倫。臧先生係北京大學俄羅斯語言文學系教授，曾擔任該系俄羅斯語言教研室主任，是一位長期從事俄羅斯語言和翻譯理論教學與研究的學者。

多年來，他致力於譯介十九世紀俄羅斯古典文學名著，譯著甚豐。對於杜思妥也夫斯基的作品，他尤其進行過深入的研究，他並且是《死屋手記》、《被侮辱與被損害的人》、《罪與罰》、《白癡》等新譯本的譯者。臧仲倫先生的譯作，準確、流暢、傳神，達到了很高的水準。巴金曾高度評價他的譯作，並請他校訂自己翻譯的赫爾岑的《往事與隨想》。我認爲，《卡拉馬助夫兄弟們》這個新譯本，是臧先生貢獻給讀者的又一個精品。我相信，它是一定會受到讀者歡迎的。

魏　玲

於北京大學

本書主要人物

費奧多爾．帕夫洛維奇．卡拉馬助夫——卡拉馬助夫家族之父，地主。
德米特里（米佳）．費奧多羅維奇．卡拉馬助夫——退伍軍官，老卡拉馬助夫的長子。
伊萬．費奧多羅維奇．卡拉馬助夫——大學畢業，老卡拉馬助夫的次子。
阿列克謝（阿廖沙）．費奧多羅維奇．卡拉馬助夫——見習修士，佐西馬長老的弟子，老卡拉馬助夫的小兒子。
帕維爾．費奧多羅維奇．斯梅爾佳科夫——老卡拉馬助夫的廚子、私生子。
格里戈里．瓦西里耶維奇．庫圖佐夫——老卡拉馬助夫的僕人。
馬爾法．伊格納季耶芙娜——女僕，格里戈里之妻。
阿格拉費娜（格魯申卡）．亞歷山德羅芙娜．斯維特洛娃——卡拉馬助夫父子同時追逐的一個出身微賤的美麗的女子。
彼得．亞歷山德羅維奇．米烏索夫——地主，貴族，米佳的堂舅。
彼得．福米奇．卡爾加諾夫——米烏索夫的遠親。

卡捷琳娜（卡佳）・伊萬諾芙娜・韋爾霍夫採娃——米佳的未婚妻。

馬克西莫夫——落魄的小地主。

米哈伊爾（米沙）・奧西波維奇・拉基京——神學校學生。

卡捷琳娜・奧西波芙娜・霍赫拉科娃——孀居的女地主。

麗莎——她的女兒。

庫茲馬・庫茲米奇・薩姆索諾夫——富商，格魯申卡的相好與庇護人。

佐西馬神父——修道院長老。

約瑟神父。

派西神父。

費拉蓬特神父。

尼古拉・伊里奇・斯涅吉廖夫——被部隊開革的步兵上尉，外號「樹皮團」。

伊柳沙——小學生，斯涅吉廖夫的兒子。

尼古拉（科利亞）・伊萬諾維奇・克拉索特金——伊柳沙的高班同學。

斯穆羅夫——伊柳沙的同班同學。

瑪麗亞・孔德拉季耶芙娜——老卡拉馬助夫鄰居家的女兒。

赫爾岑什圖勃——大夫。

瓦爾文斯基——縣醫院的年輕大夫。

彼得・伊里奇・佩爾霍京——年輕官員。

特里豐・鮑里索維奇——車馬店老闆。
米哈伊爾・馬卡雷奇・馬卡羅夫——縣警察局長。
馬夫里基・馬夫里基耶維奇・什梅爾措夫——區警察局長。
費多西婭（費尼婭）・馬爾科芙娜——格魯申卡的貼身侍女。
伊波利特・基里洛維奇——副檢察官。
尼古拉・帕爾芬諾維奇・涅柳多夫——法院預審官。
費秋科維奇——米佳的辯護人。

目次

上冊

第二部

第四卷 反常・231

下冊

第三部

第七卷　阿廖沙・473

第八卷　米佳・523

尾聲・1073

譯後記・1101

獻給

安娜·格里戈里耶芙娜·杜思妥也夫斯卡婭*

我實實在在的告訴你們，一粒麥子
不落在地裡死了，仍舊是一粒；若是
死了，就結出許多子粒來。**

《約翰福音》第十二章第二十四節

* 安娜·格里戈里耶芙娜·杜思妥也夫斯卡婭（一八四六—一九一八年），是杜思妥也夫斯基第一個妻子亡故後所娶的第二個妻子。她聰明幹練，精力充沛、持家有方。曾給予杜思妥也夫斯基的寫作巨大的幫助，替他做速記，謄清原稿，校閱清樣，甚至出版和發行著作。杜思妥也夫斯基死後，她又替他整理遺稿，編纂書目，出版全集，收集遺物。杜思妥也夫斯基除了將他的最後一部小說《卡拉馬助夫兄弟們》獻給她以外，臨死前還對她說：「記住，阿尼婭，我一直熱烈地愛你，從來沒有對你變過心，甚至連這樣的念頭也沒有。」列夫·托爾斯泰曾經不勝感慨地說：「俄國的許多作家如果都能像杜思妥也夫斯基那樣有位好妻子，他們的處境就好多了。」

** 作者通過耶穌基督的這句話表達了他對俄國，對人類社會的基本信念：只有前驅者不惜自己的生命，播種眞理的種子，才能喚醒千千萬萬人的覺醒。杜思妥也夫斯基死後葬於彼得堡威震涅瓦河的亞歷山大修道院季赫文公墓。墓前，在作者青銅塑像的基座上也鐫刻著同樣的字句，但略有改動：「阿門，阿門，我告訴你們，一粒麥子不落在地裡死了，仍舊是一粒；若是死了，就結出許多子粒來。」

作者的話

我要給我的主人翁阿列克謝・費奧多羅維奇・卡拉馬助夫立傳。下筆伊始就感到有點爲難。是這麼回事：我雖然把阿列克謝・費奧多羅維奇叫做我的主人翁，但是話又說回來，我自己也知道他決不是偉人，因此我預見到少不了會有人提出這樣的問題：既然您選中阿列克謝・費奧多羅維奇做您的主人翁，他到底有什麼驚人之舉？他到底做了什麼驚天動地的事？有誰了解他？他緣何聞名？我作爲一名讀者，爲什麼要耗費時間來研究此公的生平和行狀呢？

這最後一個問題最要命了，因爲我對此只能回答：「也許，讀了這部小說，您自己會看到的。」然而，如果有人讀了這部小說，並沒有看到，也不同意我的這位阿列克謝・費奧多羅維奇有什麼出眾之處，那怎麼辦呢？我所以這樣說，是因爲我十分傷心地預見到了這一點。對我來說，他不同凡響，但是我又滿腹狐疑：我能不能向讀者證明這點呢？問題在於，他也許能夠有所作爲，但此公模糊不清，尚未定型。話又說回來，在我們這樣的時代，要求一個人明淨如水，那才奇怪哩。也許，有一點倒是沒有疑問的：此人很怪，甚至是個怪物。但是，奇怪也罷，古怪也罷，只會使人望而卻步，決不會令人刮目相看，特別是現在，大家都力求團結起來，在普遍的混亂中求同存異的時候。而怪物，在多數情況下，無非是一種局部和孤立的現象。難道不是這樣嗎？

如果您不同意這最後的論題，並且答道：「不是這樣」或者「並非永遠這樣」，那麼，有關我的主人翁阿列克謝·費奧多羅維奇到底有何意義的問題，說不定我倒會精神大振。因爲不僅怪物「並非永遠」是局部和孤立的現象，而且相反，我們常常會遇到這樣的情形，有時候他倒成了整個社會的中心，而與他同時代的其他人——風起處，不知爲什麼，大家倒暫時脫離了他這一中心，風吹雲散了……

話又說回來，我本來大可不必作這種極端乏味而又含糊其詞的解釋的，乾脆單刀直入，開門見山：有人看了喜歡，就會湊湊合合地看下去，但要命的是，我要寫的這個傳記雖然是一個，但小說卻是兩部。而且第二部小說是主要的——寫的是我的這位主人翁在當代，即在我們眼下的活動*。第一部小說寫的是發生在十三年以前的事**，甚至幾乎算不上小說，只是我那主人翁少年時代短暫的一瞬。我要略去這第一部小說是不可能的，因爲這樣一來，第二部小說中的許多事就會看不懂了。但是，真要這麼做的話，我起初的兩難處境就變得更複雜了。因爲我這個爲人立傳的人自己也認爲，給這麼一個渺不足道而又模糊不清的人物寫一部小說，也許已經是多餘的了，現在竟要寫兩部，這又是怎麼回事呢？又應當怎樣解釋我的這種不知天高地厚呢？

怎樣解決這些問題連我都沒了主意，思慮再三，乾脆不做任何解決。不用說，洞察秋毫的讀者早就看穿了我從一開始就想這麼做，令他們惱火的是我爲何廢話連篇，糟蹋他們寶貴的光陰呢？我對此的回答倒頗有把握了：我所以廢話連篇，浪費大好光陰，第一是出於禮貌，第二是工於心計：反正我已經把醜話說在前頭了。不過話又說回來，如果我的小說「在整體的本質一致中」自然而然地分成兩個故事，我至感高興。讀者可以先看第一個故事，然後自己拿主意：值不值得接下去看第二個？當然，誰也沒有非看不可的義務；第一個故事才讀完兩頁就不妨扔下書本，從此再不打開它。但是，要知道，畢竟有這麼一些好脾氣的讀者，他們是一定會看到底的，以便在作出公正的評價時不致判斷有誤；比如，所有的俄國批評家就無不如此。面對這樣一些讀者，我心裡畢竟會感到輕鬆些：儘管他們十分認真，而且一絲不苟，我還是要給他們一個合情合理的藉口，盡可以在讀這部小說的頭一個故事時就撇下不讀。是爲序。

我完全同意這篇序言是多餘的，但是既然寫了，且姑妄留之。

現在言歸正傳。

* 《卡拉馬助夫兄弟們》，按照作者原來的創作意圖，擬寫成正續兩篇。正續篇之間相隔十三年，故事轉到當代，即一八八〇年代。那時阿廖沙已經不再是青年，他已經成熟了。他到處尋找眞理，成了革命者。後來終於成了一名政治犯，被處極刑。本書完成於一八八〇年十一月，作者於一八八一年一月二十八日去世。作者的死中斷了作者原來的構想。

** 作者的這篇序作於一八七八年。十三年前應是一八六五年。實際上，本書的故事開始於俄國正式實行司法改革的一八六六年。也可能因爲這篇序發表於一八七九年，作者是從這一年開始計算的。

第一部

第一卷　一個破碎的家庭的故事

一、費奧多爾・帕夫洛維奇・卡拉馬助夫

阿列克謝・費奧多羅維奇・卡拉馬助夫是敝縣地主費奧多爾・帕夫洛維奇・卡拉馬助夫的三公子。整整十三年前發生了一件疑案，其父不幸慘死，當時，這件案子使此公遐邇聞名（直到現在敝縣還有不少人提起他）。關於此案的詳情，容我以後再慢慢道來。現在對於這位「地主」（敝縣的人都這麼叫他，雖然他一輩子幾乎不曾在自己的莊園裡住過）我要講的只是，這雖然是個怪人，但卻屢見不鮮，這類人不僅十分惡劣而又荒淫無恥，而且糊塗透頂，不過，這類人儘管糊塗，在經營自己的家產上卻十分精明，不過，也似乎僅限於此而已。比如說，費奧多爾・帕夫洛維奇幾乎是白手起家，他這地主最小也沒有了，東奔西顛，走家串戶地吃白飯，死乞白賴地賴在人家當食客，可是當他撒手人寰的時候，居然積攢了十萬盧布現金。與此同時，他畢竟一輩子仍是全縣最糊塗的渾蛋。我再重複一遍：倒不是說他笨；這類渾帳東西多半相當聰明、相當狡猾——我只是說他渾，而且是一種特別的、具有我國民族特色的渾。他結過兩次婚，他有三個兒子——長子德米特里・費奧多羅維奇，乃前妻所生，其餘二位，伊萬和阿列克謝，乃續絃後所生。費奧多爾・帕夫洛維奇的髮妻出

身於一個相當富有的名門望族——貴族米烏索夫家，他家也是敝縣的地主。這麼一個妝奩豐厚的姑娘，千嬌百媚，而且聰明伶俐（這類聰明伶俐的小姐在我們當代並不少見，但是過去也已屢屢出現），怎麼會下嫁給這麼一個沒出息的「草包」（當時大家就這麼叫他）呢？個中道理我就不便多說了。要知道，我還知道一個小妞，還在上上一代的「浪漫派」時代，她就謎一般愛上了一位先生，而且一愛就是好幾年，本來滿可以穩紮穩打、風平浪靜地嫁給他，什麼時候嫁給他都成，可是她卻異想天開，自己給自己編造了無法克服的重重障礙，於是便在一個暴風雨之夜，登上一座類似懸崖的高岸，從上面縱身一躍，跳進了一條又深又急的大河，因而香消玉殞，這全是她毫無道理地自找的，唯一說得出來的原因就是她想學莎士比亞的峨菲莉亞①。甚至可以這樣說，如果她早就看中和喜愛的這座懸崖，不是那麼風景如畫，假如那地方不過是一處平平淡淡的平坦的河岸，那麼她的投河自盡也許根本就不會發生。這件事是千真萬確的，應當認為，在我們俄羅斯的生活中，在最近兩代或三代人中，這樣的事或與這同類的事曾經發生過不少。阿傑萊達·伊萬諾芙娜·米烏索娃的行為也庶幾近之，無疑是流風所至，起而效尤，也可能是那「受禁錮思想的憤懣」②。她也許想顯示婦女獨立，反抗社會環境，反對自己家族和家庭的專制，而她那召之即來的幻想又使她相信，姑且假定就一剎那吧，似乎費奧多爾·帕夫洛維奇儘管被人謚為食客，仍舊是這個日新月異的時代最勇敢而又最玩世不恭的人，儘管他當時充其量不過是個亡命徒和小丑。富有刺激性的還有這事必須以私奔告終，這簡直使阿傑萊達·伊萬諾芙娜開心極了。至於費奧多爾·帕夫洛維奇，碰到這類意外的豔遇，就

① 莎士比亞悲劇《哈姆雷特》中的女主人翁。這裡提到峨菲莉亞，目的在於暗示當時的熱門話題婦女解放，以及這一類思想無非來自西方。

② 引自萊蒙托夫的詩《莫要相信自己》（一八三九）。

他當時的社會地位來說，也是求之不得的，因爲他巴不得一步登天，讓他幹什麼都行；攀龍附鳳，結一門好親，又能拿到一筆陪嫁，這讓他太神往了。至於雙方的愛情，無論是新娘方面，也無論是他這一方面，好像根本沒有，儘管阿傑萊達・伊萬諾芙娜長得如花似玉，十分美貌。因此，在費奧多爾・帕夫洛維奇的一生中，這也許是唯一的一次例外，因爲此公畢生極端好色，只要隨便什麼女人向他招招手，他就會立刻拜倒在她的石榴裙下。可是唯有這女人在情欲方面卻提不起他的任何特別的興趣。

阿傑萊達・伊萬諾芙娜在跟他私奔以後便立刻看清了她對自己的丈夫只有輕蔑，沒有任何其他感情。因此這樁婚事的後果便非常快地顯示了出來。儘管她娘家甚至相當快就自認倒楣，默認了這樁婚事，分出一筆陪嫁給這位私奔的小姐，可是他們夫妻間卻開始了最雜亂無章的生活，而且天天大打出手。有人說，這位年輕的太太與費奧多爾・帕夫洛維奇相比，表現出了無比的高尚和崇高。現在得知，她一拿到錢，他便立刻一下子把她的錢全部拿走了，總數達兩萬五千盧布之巨，因此，這幾萬盧布從那時起對於她簡直就等於扔到水裡一樣。有座小村莊和一處相當好的在城裡的房子，也列入她的陪嫁之列，長時間以來，他一直變著法兒想把這些財產過戶到他自己名下，而要做到這點，只要立一紙適當的文據就行，單憑他夫人對他的蔑視和厭惡，單憑這一點，他就不難達到自己的目的，而他無時無刻不在用自己的無恥勒索和苦苦哀求，來激起她對他的蔑視和厭惡。單憑她心裡對他膩味透了，不想跟他糾纏，他就能如願以償。但是，幸好阿傑萊達・伊萬諾芙娜的娘家出面干涉，才限制了這個巧取豪奪的無恥之徒。據確訊，這兩口子經常大打出手，但是，據傳，動手打人的不是費奧多爾・帕夫洛維奇，而是阿傑萊達・伊萬諾芙娜——這女人性格暴躁，一點就著，說打就打，長得黑黑的，而且天生力大無窮。最後，她終於離家出走，拋棄了費奧多爾・帕夫洛維奇，跟一個窮得要命的神學校的教員私奔了，把一個三歲的孩子米佳留給了費奧多爾・帕夫洛維奇撫養。費奧多爾・帕夫洛維奇在夫人出走後便立刻在家裡養了一大群女人，大張宴席，大肆酗酒，而在吃喝和玩女人之暇，差點沒跑遍全省，眼淚汪汪地逢人便訴說阿傑萊達・伊萬諾芙娜拋棄了他，還告訴別人任何一個做丈夫的都羞於爲外人道的床笫細節。主要是，能在大家面前扮演一個被愚弄的丈夫這一可笑的角色，並且繪聲繪色地大肆描寫自己被愚弄的細節，他似乎感到很愉快，甚至很得意似的。有些說話愛帶刺的人對他說道：「您呀，費奧多爾・帕夫洛維奇，倒像升了大官似的，儘管您悲悲戚戚，但樣子還挺得意。」很多人甚至補充道，他還挺高興他這小丑換了副模樣，爲了招人笑，甚至還故意裝出一副他沒發現自己滑稽可笑的狀態。誰知道呢，不過他這樣做也許純屬天真。最後，他終於發現了他那私奔的妻子的行蹤。原來，這可憐的女人在彼得堡——她跟那個神學校的老師輾轉來到了這個首善之區，無所顧忌地實行起了徹底的婦女解放。費奧多爾・帕夫洛維奇立刻忙活起來，開始收拾行裝，準備去彼得堡——去幹什麼呢？——當然，他自己也說不清。說實在的，說不定，他當時說去也就去了；但是，他一旦拿定了這主意，便立刻認爲自己特別有權在行前重新酗酒無度一番，以壯行色。就在這時候，他太太的娘家得訊：她在彼得堡不幸去世。她死得似乎很突然，死在一個閣樓上，有人傳說，她死於傷寒，又有人傳說她是餓死的。費奧多爾・帕夫洛維奇得知他太太去世的消息時正喝得酩酊大醉；據傳，他當時跑上大街，快樂得向上蒼舉起雙手，連聲高呼：「如今解放啦！」①可是又有人說——他像小孩一樣嚎啕大哭，而且還說他一直哭到讓人看著都可憐，

①原文中，「解放」應爲「釋放」。源出聖經故事：耶路撒冷有一位規規矩矩而又虔誠的信徒，名叫西面，他看見耶穌的父母抱著孩子走進聖殿，便歡呼道：「主啊，如今可以照你的話，釋放僕人安然去世。」（《路加福音》第二章第二十九節）。後來這成了東正教晚禱詞的頭一句話。

儘管此公十分可憎。很可能，兩種情況都有：他既因爲自己獲得解放而高興，又對解放他的人失聲痛哭——二者混雜在一起。在大多數情況下，甚至壞蛋也比我們通常對他們的看法要天真得多和淳樸得多。我們自己亦然。

二、甩手不管長子

當然，可以想像得出這樣的人會怎樣撫養自己的孩子和怎樣盡父親的責任。在他這樣一個父親身上也就發生了該發生的事，即他完全、徹底地拋棄了他跟阿傑萊達·伊萬諾芙娜所生的孩子，倒不是因爲對他有氣，也不是出於夫妻反目成仇的什麼感情，而無非是因爲把他完全忘了。當他眼淚汪汪，逢人便哭訴，把大家弄得煩透了的時候，卻把他自己的宅第變成了一座淫窟，這個三歲的小男孩米佳便由他們家的一名忠僕格里戈里抱去照看，要不是格里戈里當時關心他，很可能，都沒有人來替這小孩換襯衣。再說又發生了這樣的事：起初孩子他姥姥家也似乎把他給忘了。他姥爺，也就是阿傑萊達·伊萬諾芙娜的父親米烏索夫先生本人已經謝世，他那位孀居的夫人，即米佳的姥姥，搬到莫斯科去了，病得很重，他的幾位表姐又都出嫁了，因此幾乎有一整年，米佳只能住在僕人格里戈里家，住在他住的下人的小木屋裡。話又說回來，即使他爸想起他（他不可能當真不知道他的存在），他自己也會把他再打發回小木屋去的，因爲有了這孩子，畢竟礙手礙腳，使他不便鬧得太烏煙瘴氣了。但是又出了一件事，已故的阿傑萊達·伊萬諾芙娜的堂兄彼得·亞歷山德羅維奇·米烏索夫從巴黎回來了，後來他接連許多年都僑居國外，不過當時他還很年輕，在米烏索夫家是個特殊人物，人很開明，是個一身洋氣的京派人物，而且終其身都是一個西歐派，而在他行將就木前則是一個四十年代和五十年代的自由派。在他為事業奔走的一生中，他曾與許多當時最自由的自由派有過交往，既有國內的，也有國外的，與蒲魯東①和巴枯寧②都曾有過私交，他在他浪跡天涯的晚年特別愛回憶和敘述一八四八年巴黎二月革命那三天的情況③，還暗示他差點沒參加巷戰。這是他青年時代的一個最感快意的回憶。他有獨立的財產，照過去的算法，約有一千名農奴。他那上好的領地就坐落在敝縣縣城的近郊，同敝縣那座著名的修道院④毗鄰。彼得・亞歷山德羅維奇當時還很年輕，他一得到這份遺產後，就立刻跟這座修道院打起了打不完的官司，為爭奪某河的捕魚權和某處林地的砍伐權而對簿公堂，確切的情況我不知道，但是跟「教權主義者」⑤打官司，他甚至認為這是自己的公民義務，是抗禦頑劣的一種責任。當他聽說有關阿傑萊達・伊萬諾芙娜的遭遇之後（不用說，對這個堂妹他是記得的，從前甚至很注意），他又打聽到堂妹身後還留下了個孩子，名叫米佳，儘管他年輕氣盛，對費奧多爾・帕夫洛維奇感到十分氣憤和蔑視，還是干預了此事。直到這時，他才頭一回與費奧多爾・帕夫洛維奇見面。他向他直截了當地宣布，他願意承擔撫養這孩子的責任。

①蒲魯東（一八〇九—一八六五），法國經濟學家和社會學家，無政府主義的創始人之一。一八四八年法國二月革命後，曾當選為立憲會議議員。

②巴枯寧（一八一四—一八七六），俄國無政府主義者，曾參加第一國際，極力鼓吹無政府主義，後被第一國際開除。

③一八四八年二月二十二—二十四日，巴黎人民舉行示威遊行和武裝起義，推翻七月王朝，迫使法王路易・菲力浦退位，成立資產階級共和派領導的臨時政府，即法蘭西第二共和國。

④指俄國著名的奧普塔修道院。建於十四世紀，十月革命後被毀。當年果戈理、杜思妥也夫斯基和托爾斯泰都曾拜訪過這座修道院。

⑤教權主義，亦稱「教權論」，主張由教會統治一切，包括政治、經濟和文化，君臨世俗政權之上。

後來，他又一再向別人說（借以說明此事的特點），當他跟費奧多爾・帕夫洛維奇提起米佳的時候，此公居然擺出一副莫名其妙的樣子，似乎壓根兒不明白什麼孩子不孩子的，甚至還似乎很驚訝，他在他家的某個地方還有個小不點的兒子。即使彼得・亞歷山德羅維奇的敘述也許有誇大之處，但畢竟好像是那麼回事，與事實庶幾近之。但是，說真格的，費奧多爾・帕夫洛維奇這一輩子就愛做假，就愛突然在您面前演出一個您完全意想不到的角色，而且，主要是，他這樣做，有時毫無必要，甚至對自己直接有害，比如，在當前的情況下就是。話又說回來，這個特點許多人都有，甚至絕頂聰明的人也一樣，更不用說費奧多爾・帕夫洛維奇了。彼得・亞歷山德羅維奇對辦這件事很熱心，甚至（跟費奧多爾・帕夫洛維奇一起）被指定為孩子的監護人，因為他母親身後畢竟留下了一筆小小的遺產——房屋和田地。米佳也的確搬到這位堂舅家去住過，但是這位堂舅尚未成家，又因為他把從自己莊園上到底能拿到多少錢這事好不容易辦妥和得到保證之後，又立刻急匆匆地重返巴黎，準備在那裡從此長住下去，於是便把這孩子託付給了一位自己的表姑，一位莫斯科的太太。後來他在巴黎住慣了，竟忘了這孩子，特別是上面提到的那次二月革命來了，使他大驚失色，這革命完全超出了他的想像，使他終生難忘。後來那位莫斯科太太死了，於是米佳便轉到這位太太的一個業已出嫁的女兒手裡。看來，他後來還曾第四次改換門庭，易巢別棲。現在我對此已無意細談，再說，關於費奧多爾・帕夫洛維奇的這位長子，我們還有許多話要說，而現在只能限於對他做一些最必要的介紹，因為不這樣做我的這部小說就無從下筆了。

第一，這位德米特里・費奧多羅維奇①是費奧多爾・帕夫洛維奇的三位公子中的一個，他從小

① 米佳的大名和父稱。

就確信他多少總有點財產，只要他一成年①，經濟上也就獨立了。他的青少年時代是亂糟糟地度過的：中學沒有念完，後來又進了一所軍事學校，後來又去高加索，在軍隊裡混到了一官半職，因爲決鬥又被降職，後來又混到了一官半職，他又花天酒地，揮霍了頗大一筆錢。他開始從費奧多爾・帕夫洛維奇手裡拿到錢是在成年之後，而在此以前他已債台高築。他第一次知道並且見到自己的生父費奧多爾・帕夫洛維奇，已在他成年之後，當時，他是特意來到敝地，來跟父親說清楚關於自己應得的財產問題的。看來，他當時就不喜歡他父親；他在父親那裡待的時間不長，後來就匆匆地走了，從父親手裡拿到了一小筆款子，並且與父親達成了某種關於今後如何取得莊園收入問題的交易。至於這莊園（這事值得注意）到底有多少收入，有多大價值，他這次費盡心計也沒能從費奧多爾・帕夫洛維奇那兒打聽到。當時費奧多爾・帕夫洛維奇注意到，初次見面就注意到（這點必須記住）米佳對自己財產的看法是過甚其詞的、錯誤的。費奧多爾・帕夫洛維奇對此感到很滿意，他另有自己的如意算盤。而他由此得出的結論僅僅是，這年輕人沒腦子，天不怕地不怕，愛感情用事，凡事沉不住氣，愛吃喝玩樂，只圖眼前，能撈點什麼就行，一撈到手就會立刻心滿意足，儘管時間不長。正是這一點被費奧多爾・帕夫洛維奇利用了，他利用一些小恩小惠，間或寄一點錢去敷衍敷衍他，於是最後終於發生了這樣的事：四年後的某一天，米佳終於失去了耐心，再一次來到了敝縣縣城，準備同父親一了百了，希望這事有個了局；使他大吃一驚的是，他忽然發現他已經一無所有，甚至算都算不清，他已經向費奧多爾・帕夫洛維奇拿走了多少錢，把他的財產的全部所值都拿走了，甚至還倒欠他一些也說不定；根據某年某月某日他當時自願簽訂的某某某某契約，他已經無權索取更

① 據當時的俄國律法，成年應爲二十一歲。

多的東西了，等等，等等。年輕人大驚失色，懷疑其中有詐，是個騙局，幾乎勃然大怒，而且好像失去了理智。正是這一情況引起了一場飛來橫禍，敘述這一飛來橫禍正是我作爲開場白的第一部小說的主要內容，或者不如說，這就構成了第一部小說的框架。但是，在言歸正傳之前，我還必須講一講米佳的兩個兄弟，費奧多爾・帕夫洛維奇的其餘兩個公子的情況，同時說明一下他倆的身世。

三、續絃和續絃後生的孩子

費奧多爾・帕夫洛維奇把四歲的米佳脫手以後不久就續絃了。第二次婚姻持續了大約八年。這位續絃的太太索菲婭・伊萬諾芙娜也是一個十分年輕的姑娘，是他從外省娶來的。當時，他跟一個猶太佬合夥承攬了一樁小小的包工活，到該省去了一趟。費奧多爾・帕夫洛維奇雖然愛吃喝玩樂，又喝酒，又胡鬧，可是他從不置自己的投資於不顧，而且總是一本萬利，馬到成功，當然，在做法上也幾乎總帶點兒卑鄙。索菲婭・伊萬諾芙娜是一名「孤女」，從小父母雙亡，是一個行爲不規的教堂助祭的女兒。她從小在一位有名望的老將軍夫人（沃洛霍夫將軍的遺孀）那座富有的宅第中長大。這位老夫人既是她的恩人，也是她的養母，也是她的折磨者。詳情我不知道，只聽說這名養女溫柔敦厚、逆來順受，有一次鑽進儲藏室，在釘子上拴了根繩子，想要上吊自盡，被人救了下來——她受不了那位老太太刁鑽古怪的脾氣和她那沒完沒了的數落和責備，顯然，這位老太太並不壞，只是因爲閒得無聊才變成了一個叫人受不了的橫行霸道的人。費奧多爾・帕夫洛維奇登門求親，人家打聽清楚他的底細以後，就把他轟了出去，於是他又像頭一次結婚時那樣建議這孤女與他私奔。如果她能及時了解他的底細，知道更多的細節，可以肯定，她是無論如何也不肯嫁給他的。但是問題是隔了一省；再說一個十六歲的女孩又能懂得什麼呢？除了與其繼續待在她的恩人身旁，還不如跳河自殺的好。於是這個小可憐兒便將女恩人換成了男恩人。費奧多爾・帕夫洛維奇這次沒拿到一文錢，因爲將軍夫人大發脾氣，非但什麼也不給，還詛咒了他倆；但是他也並沒指望這一次能撈到什麼，這位黃花閨女美貌異常，這就足以使他心滿意足了，主要是她的純潔無邪使他這個至今只知道猥褻地尋花問柳的好色之徒感到驚愕。「這雙純潔無邪的眼睛當時像剃刀似的割破了我的心。」後來他令人噁心地呵呵笑著說道。不過，對於一個荒淫無恥的人，連這也只能激起他的肉慾。因爲費奧多爾・帕夫洛維奇沒有因這樁婚事而得到任何好處，所以他對妻子也就不客氣了，而且利用她似乎有「負」於他，利用他幾乎使她「免於懸梁」的「救命之恩」，此外，還利用她非凡的溫馴和逆來順受，甚至置最尋常的夫婦相敬之道於不顧。一些壞女人居然當著他妻子的面到他家歡聚，並且縱酒狂歡。還有個特點我要說一說，那個用人格里戈里一向陰陽怪氣，又笨又愛認死理，過去恨透了阿傑萊達・伊萬諾芙娜太太，這回卻站到新太太一邊，保護她，而且爲了她還經常不懂規矩地跟費奧多爾・帕夫洛維奇吵架，有一回，甚至還驅散了他們的聚眾歡宴，把那些前來尋歡作樂的不像話的女人統統趕跑了。後來，這個不幸的、自小被人嚇怕了的年輕女人犯起了一種類似神經性的婦女病，這種病在普通老百姓中的農婦身上倒也常見，得這種病的女人被稱之爲愛哭鬧的瘋女人。因爲這病，再加上可怕的歇斯底里大發作，病人有時甚至會失去理智。不過她還是給費奧多爾・帕夫洛維奇生了兩個公子，伊萬和阿列克謝，大公子是婚後第一年生的，二公子則在三年之後。當她一命歸天之後，阿列克謝這個小男孩還不滿四歲，雖然說來奇怪，但是我知道他後來一輩子都記住了他母親的模樣——不用說，恍恍惚惚，如在夢中。她死後，她的兩個孩子的遭遇，同他的頭生子米佳幾乎一模一樣：他倆又被父親完全忘記了，被棄之不顧，又落到了那個格里戈里手裡，住進了他的小木屋。

那個橫行霸道的將軍夫人，也就是他倆的母親的女恩人和養母，在小木屋裡找到了他倆。當時，她還在人世，這八年來，她始終忘不了她受的這份窩囊氣。這八年，關於她那「索菲婭」的生活處境，她手頭一直有十分可靠的情報，後來聽說她有病，她身邊發生的事簡直太不成體統了，將軍夫人曾有兩次或者三次，公然對她的女食客們說：「她這是活該，因爲她忘恩負義，上帝才讓她受這份洋罪。」

索菲婭•伊萬諾芙娜死後過了整整三個月，將軍夫人忽然枉駕親來敝縣縣城，而且直奔費奧多爾•帕夫洛維奇的住處；她一共才在敝縣這小城呆了大約半小時，可是卻辦成了許多事。去時恰逢傍晚，她已經有整整八年沒見過費奧多爾•帕夫洛維奇了，見他喝得醉醺醺的。據傳，她一見到他，二話不說，就立刻賞了他兩個響亮的大耳光，揪住他的頭髮從上到下使勁拽了三次，然後又二話不說，移駕直奔小木屋去看那兩個孩子。乍一看，她就發現他倆非但沒有洗臉，而且穿著髒衣服，於是她就立刻給了格里戈里本人一記耳光，並向他宣布，她要把這兩孩子帶走，然後把他倆領出來（原來穿什麼現在還穿什麼），裹上花毯，讓他們坐上轎式馬車，一直帶到她居住的那個城市去了。格里戈里是一位忠僕，他雖然挨了一記耳光，可是沒說一句粗話，而且還把老夫人一直送到馬車跟前，向她深深一鞠躬，莊嚴地說，她「收留了這兩個孤兒，上帝會酬謝她的。」「說到底，你是個窩囊廢！」將軍夫人臨走時向他喝道。費奧多爾•帕夫洛維奇考慮了這事的前因後果後，認爲這是件好事，所以後來立下字據，正式同意了將這兩個孩子歸將軍夫人撫養，沒有拒絕任何條款。至於他挨了兩記耳光，他還跑遍全城，到處宣揚。

趕巧，此後不久，將軍夫人死了，但是她在遺囑裡留下話，留給這兩個小不點兒每人一千盧布，「作爲他們的養育費，這些錢一定要全花在他們身上，不過有個條件，夠他們用到成年也就成了，因爲對於這樣的孩子，有這樣一點施捨也就綽綽有餘了，如果有人樂善好施，那就讓他們自己慷慨解囊好了，」等等，等等。這份遺囑我沒有看過，但是我聽說，其中的確有這一類奇怪的內容，措詞也別具一格。老太太的主要繼承人是該省的首席貴族①葉菲姆・彼得羅維奇・波列諾夫，然而此公以清廉著稱。他跟費奧多爾・帕夫洛維奇通了幾次信，一下子就猜到要他拿出錢來撫養他自己的孩子，那是辦不到的（雖然他從來沒有直截了當地拒絕，而只是在此類情況下故意拖延，有時甚至還扼腕三嘆地聲淚俱下），波列諾夫只好親自過問撫養這兩個孤兒的事，他尤其愛上了他們兩人中的那個小的阿列克謝，因此阿列克謝長時間甚至可以說是在他家長大的。這點，下筆伊始，我就要請讀者諸君注意。這兩個年輕人受到一些教育，也上了幾年學，因而對一個人終身感恩不盡，此人是誰呢？就是上面提到的那位葉菲姆・彼得羅維奇——這是一位非常高尙、心腸非常好的人。眼下，這種人就很難遇到啦。他把將軍夫人留給他們的每人一千盧布保存起來，原封未動，因而到他倆成年時這筆錢利滾利，本息相加，已達到每人大約兩千之數；他撫養他倆花的是自己的錢；他在他倆身上的花銷當然已遠遠超出了每人一千。他倆是怎樣度過自己的童年和少年時代的，我就不來細說了，我只想說明一些最主要的情況。不過，關於二哥伊萬，我只想指出，他逐漸長成爲一個陰陽怪氣的、城府很深的少年，他並不膽小，而且遠非如此，但是從十歲起他就似乎懂得，他倆畢竟是住在別人家，是靠了別人的恩惠長大的，他倆的父親是個下三爛，連提到他都嫌丟人，等等，等等。這孩子很快，幾乎從兒時起（起碼人家都這麼說），就表現出一種勤奮好學的非凡才能。個中底細我也說不清，反正不知怎麼一來，他幾乎才十三歲就跟葉菲姆・彼得羅維奇家分開了，進了莫斯科的一所中學，進了寄宿學校，師從葉菲姆・彼得羅維奇的總角之交，一位富有經驗、當時又很有名氣

① 指舊俄省貴族會議主席，由貴族選舉產生。

的教育家。後來據伊萬本人說，這一切蓋出於葉菲姆・彼得羅維奇的「一心向善」，他熱衷於一種學說，即一個有天賦的孩子必須受業於一個天才的老師。不過話又說回來，當這個年輕人中學畢業，考上大學之後，無論是葉菲姆・彼得羅維奇，還是那個天才的老師，都已不在人世。因爲葉菲姆・彼得羅維奇沒有交代清楚，那位橫行霸道的將軍夫人遺留給孩子們的本金，加上利息，已經增加到大約兩千之數，但是由於要辦各種各樣在我國不可不辦的手續，加上一再拖延，所以他們遲遲未能拿到這筆錢，因而這個年輕人在上大學的頭兩年吃了不少苦，因爲他不得不在這段時間裡一面學習，一面自己養活自己。必須指出的是，他連想都沒有想過要向他父親寫信告窮——也許是出於矜持，出於他對父親的蔑視，也許是由於冷靜和明智的考慮，因爲理智告訴他，從他爸爸那裡是絕對得不到任何認真的接濟的。不管怎麼說吧，反正這年輕人一點也不著急，後來終於找到了工作，先是教課，每小時二十戈比，後來又奔走於各報館編輯部，寫稿餬口，寫些十來行的小文章，報導街頭見聞，署名「目擊者」。據說，這些小文章寫得很生動，很吸引人，因此很快被採用了，僅此一點，就足以說明這個年輕人很能幹，也很聰明，遠勝過我們那部分爲數眾多、永遠受窮、不幸的男女學生，兩大京城①的這些莘莘學子，通常從早跑到晚，踏破了各家報館和雜誌社的門檻，除了千篇一律地請求給他們一些法文翻譯和抄抄寫寫的工作以外，什麼好辦法也想不出來。伊萬・費奧多羅維奇自從跟各家報館認識以後，後來就從未跟他們中斷過聯繫，在他讀大學的最後幾年，他開始就各種專題發表許多才華橫溢的書評，因而在文學界也小有名氣。但是，直到最近，他才偶然在大得多的讀者圈子裡突然引起人們的特別關注，因此一下子就有非常多的人提到他，並且記住了他的大名。這

① 指當時的京城彼得堡和故都莫斯科。

倒是一件饒有興趣的事。當時，伊萬・費奧多羅維奇已經大學畢業了，正準備用他那兩千盧布出國深造，這時他忽然在一家大報上發表了一篇奇怪的文章，甚至贏得了不是專家的普通人的注意，主要是該文談到的問題顯然是他完全不熟悉的，因爲他攻讀的是自然科學。該文寫的是當時的熱門話題，即教會法庭①問題。他在分析當時就此問題已經發表的若干意見的同時，表明了自己的觀點。主要是語氣以及結論，完全出乎人們的意料之外，十分精彩。當時，許多教會中人簡直把本文作者當成了自己人。然而突然之間與教會派遙相呼應的不僅有非教會派②，甚至無神論者也鼓掌叫起好來。到後來一些腦子快的人終於認定，這篇文章只是一種粗魯無禮的鬧劇和嘲弄罷了。我之所以特別提到此事，乃是因爲該文及時地傳到了我縣近郊的那所著名的修道院③，該修道院對於當時議論紛紛的關於教會法庭的問題一直很關心——這篇文章傳來以後，大家百思不得其解。他們一看到作者的名字後便產生了興趣，因爲他就是在本縣出生的，「就是那個費奧多爾・帕夫洛維奇的兒子」。真是無巧不成書，也就在這時候，作者本人忽然親臨敝地。

當時伊萬・費奧多羅維奇緣何要光臨敝地呢？我記得，當時，我也曾幾乎有點不安地向自己提出過這個問題。他這次十分要命的光臨，成了始作俑者，引起了嚴重後果，這使我以後百思不得其解，因而成了一個幾乎永久的懸案。一般說，這也的確匪夷所思，這麼一個有學問的年輕人，自尊心這麼強，行動又這麼謹慎，會忽然枉駕光臨這麼一個不成體統的家庭，去找這麼一個父親，而且

① 一八六四年俄國實行司法改革，因而同時產生了改革教會法庭的問題。

② 關於教會法庭，當時在俄國的報刊上爭論達十餘年之久。一派（非教會派）認爲，教會法庭必須服從國家，另一派（教會派）則認爲教會法庭必須完全服從宗教。

③ 即前面提到的奧普塔修道院。

這父親一輩子都無視他的存在，不理他，也不記得他，即使兒子向他要錢，他也無論如何不會給的，儘管如此，他還是一輩子心驚膽戰，生怕他的兩個兒子伊萬和阿列克謝什麼時候會跑來找他要錢。就是這個年輕人居然住進了這樣一個父親的家，而且一住就是一兩個月，而且你好我好，相處得不能再好了。這最後一點不僅使我，而且使許多其他人都感到特別驚奇。我在上面已經提到過的那位彼得·亞歷山德羅維奇·米烏索夫是費奧多爾·帕夫洛維奇的一門遠親，是他前妻的堂兄，當時也恰好從他已經完全定居的巴黎光臨故土，又回到敝縣，住進了他自己的近郊莊園。他對這年輕人異常感興趣，他跟這年輕人認識後，有時內心不無隱痛地跟他脣槍舌劍，彼此鬥智；我記得，正是他對這個年輕人感到最爲驚奇。他說：「他的自尊心很強，任何時候都能掙到錢，他現在就有錢立刻出國——他到這裡來做什麼呢？大家很清楚，他找他父親並不是來要錢的，因爲他父親是無論如何不肯給的，喝酒和縱情酒色他又不喜歡，可是這老傢伙卻離不開他，相處得可好啦！」這倒是實話；這個年輕人對老人甚至具有明顯的影響；雖然這老人脾氣非常壞，有時候甚至存心氣人，可是有時候倒幾乎開始好像有點聽他的話了；甚至連他的言語行爲有時候也變得老實點了……

直到後來才弄明白，伊萬·費奧多羅維奇此來部分是應他大哥德米特里·費奧多羅維奇之請，前來替他辦件事的。伊萬·費奧多羅維奇，也就在這次前來敝縣的幾乎同時，生平第一次認識和見到了他大哥，因爲一件要事，多半與德米特里·費奧多羅維奇有關，還在他動身離開莫斯科之前就與他大哥書信往還了。這到底是件什麼事呢，讀者到時候自會完全知道個中底細。話雖然這麼說，甚至我已經知道了這個特殊的情況之後，我還是感到伊萬·費奧多羅維奇是個謎，而他的光臨敝縣，仍乃匪夷所思。

我還要補充一點，伊萬·費奧多羅維奇當時似乎是充當一名他父親和他大哥之間的中間人和調停人的角色；德米特里・費奧多羅維奇當時已打算跟父親大吵一場，甚至跟父親正式對簿公堂。

我再說一遍，當時這個支離破碎的家庭是生平第一次團聚，有些家庭成員還是生平第一次見面。只有小兒子阿列克謝・費奧多羅維奇一個人先行到達，在敝地已經住了約莫一年了，因此他比他的兩個哥哥都來得早。正是這個阿列克謝，我很難三言兩語把他說清楚，特別是在小說正文開始前的這個點題式的開場白裡。但是還是必須給他寫上幾句，作爲引子，起碼爲了預先說明一個非常奇怪的情況，即從我這部寫他的小說的第一幕起，我不得不讓我的這位未來的主人公先穿上見習修士的長袍，然後再把他介紹給讀者。是的，他當時在敝縣的那座修道院裡已經住了約莫一年了，看來他準備在這裡閉關靜修一輩子。

四、三公子阿廖沙

他當時才二十歲（他二哥伊萬當時二十三歲，他倆的大哥德米特里則爲二十七歲）。我先要申明，這個年輕人阿廖沙決不是一個狂信者，起碼，依我看，他甚至也決不是一個神秘主義者。還是把我的意見全部說出來吧：他不過是一個早熟的懷有仁愛之心的人，如果說他之所以熱衷於進修道院這條路，那是因爲唯有這條路使他心悅誠服，向他提供了一個（可以說吧）能使他的靈魂掙脫世俗仇恨的黑暗，飛升到愛的光明中去的理想。而這條路之所以使他心悅誠服，僅僅是因爲他當時遇到了一個在他看來不同凡響的人——敝縣那位著明的修道院長老佐西馬。他那顆如飢似渴的心，像初戀般熱烈地愛上了這位長老。然而，我無意爭論，應當說，他甚至從孩提時代起就很怪，當時就更怪了。順便說說，我在前面已經提到，他母親死的時候他才三歲多一點，可是後來他卻一輩子記住了她的模樣，她的臉和她的愛撫，「她站在我面前就像她還活著。」這樣的回憶是能夠記住的（這，大家都知道），甚至年齡更小些，甚至只有兩歲，都記得住，但是在以後的整個一生中，這些回憶僅僅像呈現在黑暗中的一些光點，彷彿從一大幅油畫上撕下來的一角，除了這一角以外，整幅畫都黯然失色，煙消雲散了。他的情況也完全一樣：他記得有一天傍晚，夏天，靜悄悄的，洞開的窗戶，落日的斜暉①（他記得最清楚的便是這一束斜暉），室內的牆角供奉著聖像，聖像前點著一盞長明燈，他母親跪在聖像前，在歇斯底里地失聲痛哭，又是尖叫，又是哭鬧，兩手摟著他，緊緊地抱著，都把他抱疼了，她替他祈禱聖母，她伸直兩手，把他舉起來，舉向聖母像，似乎在祈求聖母的庇護……這時，保姆突然跑進來，驚恐地把他從她的手裡搶了去。就是這幅畫面！就在這一瞬間，阿廖沙記住了自己母親的臉：他說，就他記憶所及，他感到這臉是瘋狂的，然而又是十分美麗的。但是他很少向別人公開這秘密，也不喜歡向別人提到這段回憶。在童年和少年時代，他的性格不甚外向，甚至也不愛說話，倒不是不信任人，也不是因為膽小或者性格憂鬱、孤僻，甚至恰好相反，而是由於另一種原因，由於一種似乎內心的憂慮，這憂慮純屬他私人的，與旁人無關，但對他卻十分重要，正因為此他才似乎常常把別人給忘了。但是他是愛人的：似乎畢生對人都堅信不疑，但是從來沒有人認為他頭腦簡單，缺少心眼兒，為人太天真。他身上似乎有某種東西在說話，在提醒人們注意（而且以後一輩子都這樣），他不願意對別人品頭論足，他也不願意以指責別人為己任，他也決不會指責別人。甚至好像他對一切都聽之任之，對旁人毫無責備之意，雖然他也常常因此而痛苦、傷心。此外，他在這方面甚至達到這

①夕陽是杜思妥也夫斯基作品中經常出現的一個形象，具有象徵意義，象徵白天的喧鬧、汙濁全落下去了，天下復歸澄清。

樣一種境界：榮辱不驚，威武不屈，甚至在他很小的時候也這樣。他十九歲時前來看父親，簡直就像落進了一座骯髒的淫窟，而他依舊玉潔冰清，白璧無瑕，當他覺得實在不堪入目的時候，也只是默默地走開，但是毫無輕蔑之意，也絲毫無意責備任何人。他父親從前曾做過人家的食客，對別人是否看不起他十分敏感和多心，因此看到兒子來，他起初是不信任的，甚至有點陰陽怪氣（說什麼「別瞧他總是不聲不響，鬼念頭可多了」），但是很快，最多不超過兩星期，他就開始十分經常地擁抱他和親吻他，誠然，當時他喝醉了酒，酒後眼淚汪汪而又多愁善感，但是畢竟看得出來，他愛兒子是出於真心，也愛得很深，因為像他這樣的人，不用說，是從來不曾這樣愛過任何人的……

不管這年輕人出現在哪兒，所有的人都喜歡他，而且從他很小的時候起就這樣。自從他來到他的恩人和養父葉菲姆・彼得羅維奇・波列諾夫家以後，他竟贏得了他家的所有的人的喜愛，他家簡直把他當成了他們的親骨肉。然而他進這家人家的時候還很小，年紀這麼小，人家是決不會認為這孩子是別有用心地耍滑頭，玩花招，或者拍馬屁，招人愛，讓別人喜歡他的。可見，他特別招人喜歡的天賦即寓於他自身之中，可以說出自天性，並非做作，是一種自然的流露。他在學校裡的情形亦然，不過，看起來，他似乎應屬於這樣一類孩子，這類孩子常常激起同學對他的不信任，嘲笑他，說不定還恨他。比如說，他常常若有所思，似乎跟大家隔著一堵牆似的。他從小就愛躲到一個角落，獨自看書，然而他的同學們卻十分喜愛他，在他整個上學期間，他簡直可以被稱之為全校的寵兒。他很少淘氣，甚至也很少快活，但是所有的人只要看他一眼，就立刻看出他根本不是因為孤僻，相反，他為人穩重而且開朗。在他的同齡人中間，他從來不愛出風頭。也許正因為這點，他從來不怕任何人，然而孩子們卻立刻明白，他完全不是以自己的無所畏懼而自豪，瞧他那樣，似乎根本不知道他勇敢和無所畏懼似的。他從來不記仇。常常發生這樣的情形，人家欺負他以後才過了一小時，他又回答人家的問題了，或者他自己先跟人家說話，他那神態是如此友好和開朗，似乎他倆之間壓根兒就沒發生過任何口角似的。這倒不是說，他這時的神態似乎是偶然忘記了，或者存心一笑置之，不究既往，而是壓根兒不把這當回事，這就使孩子們口服心服，喜歡起他來了。他只有一個特點使全校從低年級甚至到高年級的所有同學，都愛取笑他，但是這並非出於惡意嘲笑，而是因為他們感到開心。他身上的這一特點就是奇奇怪怪的極端怕羞和純潔無邪。他不能聽到人家談論女人時用的某些詞和說的某些話。不幸的是，這些詞和這些話在學校裡根深蒂固。靈魂和心地都很純潔的男孩，幾乎還是孩子，就經常在教室裡私底下談論連大兵都不常談論的事情、畫面和姿勢，甚至高談闊論。此外，大兵們在這類事情上還有許多事不知道和不明白，可是我國知識界和上流社會的這樣小的孩子們對這類事卻早已耳熟能詳了。道德敗壞的事在學校裡也許還沒有，也沒有真正的、道德敗壞的、發自內心的玩世不恭，但卻擺出一副玩世不恭的樣子，甚至他們還常常認為只有這樣做才顯得高雅、帥，才是好樣的，值得模仿。他們看見「阿廖什卡①・卡拉馬助夫」一聽到人家談論「這事」就立刻用手指塞緊耳朵，有時就故意圍在他身旁，使勁把他的手掰開，對準他的兩只耳朵大聲說髒話，他則使勁掙扎，坐到地板上，趴下，捂住耳朵，他在幹這一切的時候既不說話，也不罵人，而是默默地忍受著同學們的欺負。然而，到末了，大家也就不再逗他了，也就不再管他叫「小姑娘」了，而且在這方面對他還不無歉意。順便說說，他的功課在班上永遠名列前茅，但也從未名列第一。

葉菲姆・彼得羅維奇死後，阿廖沙又在省立中學呆了兩年。葉菲姆・彼得羅維奇的夫人因為喪夫之痛無法排解，因此在他死後便幾乎立刻攜同全家（全是女性）去了義大利，而且要去很長時間，

①阿列克謝的暱稱。

不會馬上回來。於是阿廖沙就到了另外兩位太太家裡，這兩位太太他過去從未見過，大概是葉菲姆・彼得羅維奇的遠親，但是憑什麼條件他能去她們那兒，他並不知道。這也是一個特點，甚至是他的一大特點，這就是他從來不去想他是靠誰的錢養活的。在這點上，他正好同他的二哥伊萬・費奧多羅維奇相反。伊萬・費奧多羅維奇在上大學時勤工儉學，自食其力，過了兩年窮苦生活，而且他從小就痛苦地感覺到他依賴他人為生，是靠恩人的救濟才免受凍餒之苦。但是我們對阿廖沙性格中的這一奇怪的特點，也不能太苛責了，因為任何一個對他稍有所知的人，一旦產生這類疑問，便會立刻相信，阿列克謝不外是類似瘋教徒①那樣的青年，即使他忽地得到大宗財產，只要有人向他開口，他便會毫不猶豫地把這筆財產送給他，或者捐獻出去做好事，或者，說不定，乾脆就把這筆錢送給一個狡詐的騙子，如果這人伸手向他要的話。一般說，他似乎完全不知道金錢的價值，當然，我不是說字面上不懂。如果大人給他一點零用錢（他從來不主動要），他或是一連好幾星期都不知道拿這錢怎麼辦，或者滿不把這錢當回事，一眨眼就不知道花哪裡去了。彼得・亞歷山德羅維奇・米烏索夫在金錢方面和在恪守資產階級信義方面是個很愛面子的人，他在仔細觀察了阿列克謝以後，後來，有一次，說了下面一段言簡意賅的話：「我看，他也許是世界上獨一無二的人，您假如不給他錢，把他一個人置於一個百萬人口的陌生城市的廣場上，他也無論如何不會完蛋的，決不致於凍餒而死，因為霎時間就會有人給他飯吃，霎時間就會有人給他住處，即使別人不安排，他自己也會霎時間找到一個安身之地，他一定毫不費勁就能做到這點，而且一點不用低三下四，而安排他食宿的人也不會覺得這是什麼負擔，相反，引以為樂也說不定。」

①指一些瘋瘋癲癲或者假裝瘋癲的狂信的基督徒。

他中學沒念完，還差整整一年，可他驀地向那兩位太太說，他忽然想到有件事，要去找他父親。那兩位太太很捨不得他，不肯放他走。車票倒花不了幾個錢，他想把表當掉做路費，但是太太們不許（因爲這是恩人的家屬出國前送給他的禮物），而是非常闊氣地給了他許多錢，甚至還給他添置了一些新衣服和新內衣。可是他把這錢的一半都退給了她們，說他一定要坐三等車。他來到敝縣縣城後，他父親就嘮嘮叨叨地問他：「書沒念完，回來幹什麼？」他沒有直接回答，據說，他當時神態異常，若有所思，大家很快就發現，他在到處尋找他母親的墳。當時，他自己也差點承認，他此行的目的就是爲此。但是促使他回來的緣由未必僅限於此。很可能，當時他自己也不知道，而且怎麼也說不清楚，究竟是什麼促使他突然心血來潮，強烈地吸引著他，使他走上這條新的、陌生的、但卻是勢所必然的路的。費奧多爾・帕夫洛維奇也說不清他把他的第二位太太埋哪兒了，因爲把棺材掩埋好以後，他從來就沒有到她墳頭去過，再加過去了這麼多年，他壓根兒不記得當時把她埋哪兒了……

再順便說說費奧多爾・帕夫洛維奇。在此以前，他已經很長時間不住在敝縣縣城了。第二位妻子死後，過了三四年，他就去了俄國南方，最後到了敖德薩，在那裡一住就是好幾年。據他本人說，起先他結識了「許多男男女女、老老少少、大大小小的猶太佬」，到後來不僅猶太佬把他奉爲上賓，「甚至正兒八經的猶太人也對他以禮相待」。不難想見，正是在他一生中的這一時期，他發揮了他本人攢錢和撈錢的本領。他之葉落歸根，重返故里，那是在阿廖沙來此以前總共才兩三年的事。他過去的老相識發現他變得蒼老極了，雖然他根本還不是一個這麼老的老頭。他的所作所爲不僅沒有比從前高尚些，反而變得更加無恥了。比如說，這個過去的小丑居然無恥地想把別人也變成小丑。他不僅跟從前一樣喜歡玩女人，甚至還似乎變得更加讓人噁心了。他很快就在敝縣開設了許多新的酒店。看得出來，他手頭的錢也許多達十萬，或者略少於此數也說不定。敝縣的許多城鄉居民立刻紛紛前來向他借債，不用說，必須有萬無一失的可靠財物作抵。最近以來，他似乎變得皮肉鬆弛，似乎開始失去平衡，自己幹了什麼都不知道，甚至陷入一種稀裡糊塗的境地，做起事來丟三落四，有頭無尾，東抓抓，西撓撓，似乎沒了主心骨，而且越來越經常地喝得爛醉如泥，要不是那個僕人格里戈里（當時他也變得老態龍鐘了）有時候幾乎像個家庭教師似地看著他，那麼，說不定，費奧多爾・帕夫洛維奇就難免會遭到許多特別的麻煩。阿廖沙的到來甚至從道德方面也似乎對他產生了影響，在這個未老先衰的老人的早已荒蕪的心靈裡，似乎有什麼東西甦醒了。他常常端詳著阿廖沙，對他說道：「你知道嗎？你跟她很像，跟那個瘋女人。」他就是這麼叫他的亡妻，叫阿廖沙的母親的。那個「瘋女人」的小小的墳頭終於由那個傭人格里戈里指給阿廖沙看了。他把他帶到敝縣縣城的一座公墓裡，在這座公墓的一個僻遠的角落，指給他看一塊生鐵鑄成的，雖然不值錢，但卻是正正經經的墓碑，碑上甚至還鐫刻著死者的姓名、身分和生卒年月，下部還鐫刻著一首古老的、中等人家的墳墓上常用的四行詩。令人驚訝的是，這塊墓碑居然出自格里戈里之手。是他親自把這墓碑立在這個可憐的「瘋女人」的墳前的，而且花的是他自己的錢：在這以前，他曾多次向費奧多爾・帕夫洛維奇提到過這墳的事，而他的主人卻嫌他煩，揮揮手，不僅懶得去管墳的事，甚至也不願再提自己的過去種種，最後他終於去了敖得薩。阿廖沙在母親的墳前並沒有表露出任何特別的傷感；他只是注意地聽完了格里戈里就立碑緣起所作的鄭重其事而又頗有道理的講述，他低著頭站了一會兒，後來就走開了，沒說一句話。從那時起，也許甚至有一整年他都沒去上過墳。但是，這個小小的插曲也對費奧多爾・帕夫洛維奇起到了應有的作用，這作用甚至還很別致。他突然拿出一千盧布，送到修道院請求追薦自己妻子的的亡魂，但是他要追薦的不是那個「瘋女人」，而是他的髮妻阿傑萊達・伊萬諾芙娜，也就是動不動揍他的那個女人。那天晚上，他喝得酩酊大醉，向阿廖沙大罵修士。他本人遠不是一個虔信宗教的人；說不定他從來就不曾買過一根五戈比的蠟燭插到聖像前。像他這樣的主兒常常會奇怪地爆發某種突如其來的感情和突如其來的想法。

我已經說過他已經頗有點老態了。當時他的相貌顯示出某種足以清楚地表明他花天酒地度過的一生的特徵和本質。除了他那雙小眼睛下面兩長條腫起的下眼袋以外（他那雙小眼睛永遠是厚顏無恥的、多疑的和嘲弄人的），除了在他那又小又肥的臉龐上布滿了深深的皺紋以外，他那尖尖的下巴頦下面還掛著一個大喉核，橢圓形，肉巍巍的，像是掛了個小錢袋，這就使他的外貌顯得更讓人噁心了，一副色迷迷的模樣。再加上一張淫蕩好色的大嘴巴，厚嘴唇，一張嘴就可以看到那黑的、幾乎蛀盡了的牙齒的殘根。每次，他一開口說話，就唾沫橫飛。不過話又說回來，他自己也頗喜歡取笑他那副尊容，雖然，他對他那副尊容似乎還感到很得意。他最得意的是他的鼻子，不很大，但很秀氣，鼻梁很高：「真正羅馬式的，」他說，「連同我這喉核，真是一副地地道道古羅馬貴族衰敗時期的容貌①。」他對此似乎頗得意。

阿廖沙在尋訪到母親的墳墓之後不久，就向父親宣布，他想進修道院，而且修士們也答應收他為徒。他在說這話時解釋道，這是他的最高願望，因此懇請父親恩准。老人早就知道，當時正在修道院裡修道的佐西馬長老對他這個「文靜的孩子」產生了特別的影響。

「當然，這位長老是他們那裡最正兒八經的修士。」他說，默默地、若有所思地聽完了阿廖沙的話，然而，他對兒子的這一要求好像完全不感到驚奇似的。「嗯，我的文文靜靜的孩子，那麼說，你想到那裡去！」他已經半醉，突然微微一笑，臉上的笑容拉得很長，醉態可掬，但仍舊透出一絲

---

① 羅馬帝國衰落時出現了思想、道德和社會風氣的普遍衰敗。這裡暗指當時的俄國。

狡猾和醉後的狡黠。「嗯，我早就料到啦，到頭來，你會走這一步的，這你能想到嗎？你一直想到那個地方去。好吧，大概，你名下還有兩千盧布，這就算是你的陪嫁了，我的天使，我永遠不會撇下你不管的。即使現在，如果那裡有什麼花費，我也會替你付的。嗯，如果人家不要，咱何必硬給人家呢，是不是這理兒？你花錢呀就像金絲雀似的，一星期才啄兩粒……嗯。你知道嗎，有座修道院，它在城外單有一個小鎮，那裡盡人皆知，這鎮上住的全是『修道院的老婆』，那裡的人都這麼叫她們，我看，這老婆呀，不下三十來個……我去過那裡，你知道嗎，怪有意思的，不用說，別有滋味，換個新鮮嘛。不過讓人倒胃口的是俄國味太重，壓根兒就沒有法國的小娘們，其實搞她仨兩個算得了什麼呢，有的是錢①。有人要——就會來。嗯，這裡倒沒什麼，這裡倒沒修道院的老婆，修士倒有二百來個。規規矩矩。全吃素。我承認……嗯。那麼你要去跟修士當徒弟？我倒真有點捨不得你去，阿廖沙，你信不信，我喜歡上你了……話又說回來，這倒是個機會：你可以替我們這些罪人禱告禱告，我們在這裡作了許多孽。過去，我老琢磨：將來有誰會來替我禱告禱告呢？人世間有沒有這樣的人呢？我的好孩子，這方面我笨透了，興許，你不信？真是笨透了。你知道嗎：儘管笨，這問題我還是老在想，老在想，自然，也只是偶然想想，並不是老想。我在想，我要死的時候，總不致於鬼忘了用鉤子來鉤我走吧。於是我想：鉤子？他們哪來的鉤子？用什麼做的？鐵的②？這鉤子是哪裡打的？他們那裡難道也有工廠？修道院的修士一定以為在地獄裡，比如說吧，也有頂部。我倒願意相信當真有地獄，不過這地獄可不要有頂部；這樣顯得高雅些，開明些，像路德③說的那樣。其

①類似的情景，請參看托爾斯泰《戰爭與和平》第一冊第二部第六章軍官間的對話。
②按基督教信仰：人死後，由鬼用鐵鉤鉤住，解往地獄。東正教的某些聖像上也常畫有這類圖畫。
③即馬丁・路德（一四八三—一五四六），德國宗教改革家，基督教（新教）路德宗的創始人。

實有沒有頂部還不是一樣？這個該死的問題關鍵就在這裡！嗯，要是沒有頂部，也就沒有了鉤子，一切也就去他媽的蛋了，這倒讓我又拿不準了：到時候誰來用鉤子把我抓走呢？因為，要是沒有鬼來抓，那又成何體統呢？世界上的真理到底在哪裡呢？這些鉤子，Il faudrait les inventer① 特意為了我，為了我一個人，因為你不知道，阿廖沙，我這人多麼死不要臉啊！……」

「不過那裡倒真沒鉤子。」阿廖沙端詳著父親，低聲而又嚴肅地說。

「是的，是的，只有一些鉤子的影子。我知道，知道。有一位法國人曾經這樣描寫過地獄：jai vu l'ombre d'un cocher, qui avec l'ombre d'une brosse frottait l'ombre d'un carrose.② 我的好孩子，你怎麼知道沒有鉤子呢？你到修士那裡待上一陣子，你就不會唱這調調了。話又說回來，你去吧，去那兒好好修道，你會悟出個道理來的，然後再回來告訴我：因為心裡有了把握陰間到底是啥樣的，再到那裡去，心裡就踏實多了。再說，你住在修士那裡總比住在我這裡體面些，我這裡只有一個喝醉酒的糟老頭子和一些臭娘們……雖然你是天使，什麼破玩意兒也招惹不了你。說不定到那裡去也一樣，任何東西也觸動不了你，因此我才讓你去，因為我希望是這樣。你的腦子並沒有被鬼吃掉。你那股勁兒著一陣，火滅了，病治好了，也就回來了。我一定等著你：要知道，我感到，你是人世間唯一不戳我脊梁骨的人，你是我的好孩子，要知道，這點我感覺到了，我不能不感覺到這點！……」

他說著說著，甚至不勝唏噓起來。他愛動感情。他既愛發火，也愛動感情。

---

① 法語：應該把它們虛構出來。源出伏爾泰的名言：「如果沒有上帝，就應當虛構一個上帝。」

② 法語：我看見過馬車夫的影子，他用刷子的影子擦洗馬車的影子。源出法國作家佩羅（一六二八—一七〇三）戲謔性地模擬維吉爾的《埃涅阿斯記》第六歌。

五、長老

也許，讀者諸君中有人會認為，我為之立傳的這個年輕人是個病態的、精神恍惚的弱智型少年，是個萎靡不振的幻想家，是個病懨懨的手無縛雞之力的人。其實大謬不然，阿廖沙當時是個十九歲的少年，英俊瀟洒，臉色紅潤，眉清目秀，煥發著健康。當時，他甚至可以說很漂亮，身材勻稱，中等偏高的個兒，深褐色的頭髮，橢圓形的臉，臉型端正，雖然稍微偏長，兩只深灰色的眼睛，分得很開，但是目光炯炯，若有所思，看上去很文靜，城府也很深。也許有人會說，紅撲撲的臉蛋並不妨礙同時狂信和信奉神秘主義呀；可是我倒覺得，阿廖沙甚至比任何人都現實。啊，當然，他在修道院裡是完全信仰奇蹟的，但是，依我看，奇蹟從來不會使一個現實主義者暈頭轉向，並不是奇蹟讓一個現實主義者接受宗教信仰的。一個真正的現實主義者，只要他不信奉上帝，任何時候都能在他身上找到力量和本領不相信奇蹟，即使他面前的奇蹟是不容反駁的事實，他也寧可不信自己的感覺，決不承認這是事實。即使他承認這是事實，也只是承認這事實很自然，不過在此以前他不知道罷了。現實主義者的宗教信仰不是產生於奇蹟，而是奇蹟產生於宗教信仰。一個現實主義者一旦信奉了宗教，那他從他的現實主義出發也就必定承認奇蹟，耶穌的門徒多馬宣稱，若非親見，他總不信，後來他看見了，於是他說：「我的主，我的神！」① 難道是奇蹟迫使他相信的嗎？很可能不是，

① 源出《約翰福音》第二十章第十九—二十九節。耶穌的門徒多馬不相信他的師兄弟告訴他耶穌死而復活的事。直到耶穌再一次向他的門徒顯靈，多馬才信了，叫道：「我的主，我的神！」耶穌對他說道：「你因看見了我才信。那沒有看見就信的，有福了。」

他之所以信，唯一的原因是因爲他樂意信，甚至還在他說：「若非親見，我總不信」的時候，他在內心深處就已經完全信了。

也許有人會說，阿廖沙天性愚魯，智商不高，中學都沒念完，等等。他中學沒念完，這話不假，但是說他天性愚魯、智商不高，那就大謬不然，有欠公允了。我簡單地再重複一遍我在上面說過的話：他之所以走上這條路，僅僅是因爲只有這條路使他心悅誠服，向他一下子呈現出了使他的靈魂衝出黑暗走向光明的全部理想。而且他或多或少已經是屬於當代的青年，也就是說，天性淳厚，追求真理，處處尋找真理和相信真理，一旦相信了就全心全意地立刻爲真理而奮鬥，要求盡早去建功立業，爲了建功立業不惜犧牲一切，甚至生命。雖然，不幸的是，這些青年並不懂得，犧牲生命也許是在許多這類情況下要求作出的犧牲中最最容易的一種，比如說，在風華正茂的青年時代犧牲五六年光陰，去進行艱難困苦的學習，去鑽研學問，哪怕僅僅充實自己，爲真理服務，爲自己心愛的偉大志向，爲建功立業服務——連這樣的犧牲，對於許多人來說，也往往幾乎是完全辦不到的。阿廖沙則反其道而行之，選擇了一種與眾不同的道路，但是仍舊渴望盡早建立功德。他經過一番認真的思考之後，便立刻驚訝地確信，靈魂不死和上帝都是存在的，因此便立刻自然而然地對自己說道：「我要爲靈魂不死而活著，決不半途而廢，決不中途妥協。」正如他一經認定靈魂不死和上帝都是不存在的，他就會立刻變成一名無神論者和社會主義者，因爲社會主義不僅是工人問題，或者所謂第四等級問題，而主要是個無神論問題，無神論的現代體現問題，正是不要神而建造巴別塔①的問題，不是爲了從地上通到天堂，而是爲了讓天堂降臨人間。阿廖沙甚至覺得，再要照過去那樣生活

① 巴別塔即通天塔。關於世人建造巴別塔的故事，源出聖經《創世記》第十一章第一—九節。

是奇怪的和絕對辦不到的。聖經上說：「你若願意作完全人，就把一切分給他人，還要來跟從我。」①於是阿廖沙就對自己說：「我不能就拿出兩個盧布以代替『一切』，也不能只是去做禮拜以代替『跟從我』。」也許，在他兒時的回憶中還存有關於敝縣縣城近郊那座修道院的某種模糊的記憶，也許他母親曾帶他到那兒去做過禮拜。也許，日落時分聖像前的那束斜暉也起了作用，當時，他的得了瘋病的母親曾把他舉起來，舉向聖像。若有所思的他這次回到我們這裡來也許只是爲了看看：現在是拿出一切，還是僅僅拿出兩個盧布，接著便在修道院裡遇見了這位長老……

我在上面已經說過，這長老就是佐西馬長老；但是必須在這裡先交代幾句，說說我國修道院裡的「長老」到底是怎麼回事②，遺憾的是要這樣做我感到自己不夠資格，也沒有把握。不過，我想姑且一試，用三言兩語說些皮毛：第一，專家和資深人士說，我國，即我們俄羅斯的修道院裡出現長老和長老制，還是不太久以前的事，甚至還不到一百年，可是在整個信奉正教的東方，尤其在西奈和聖山③，早就存在一千多年了。有人肯定說，長老制在遠古時期也存在於我們俄羅斯，或者說想必存在，但是由於俄羅斯所受的災難，韃靼人的統治，長時間的兵荒馬亂④，君士坦丁堡被征服

① 參看《馬太福音》第十九章第二十一節，《馬可福音》第十章第二十一節，《路加福音》第十八章第二十二節。這裡的話與聖經上的原話略有出入。
② 下面關於修道院長老的敘述和描寫，源出一本《奧普塔修道院史話》，其中有一章《長老制》與本書大致類同。
③ 西奈是埃及西奈半島南部的一個山區，聖山是希臘在愛琴海上的一個半島。這兩處地方有許多十分古老的修道院，它們的修道制度和生活方式曾是各地東正教修道院的楷模和表率。
④ 指俄國十六世紀末和十七世紀初因波蘭和瑞典入侵以及因農民起義而引發的長年戰亂。

後，過去與東方的交往中斷了①，於是長老制就在我國被遺忘，長老也就後繼無人了。直到上世紀末，才由一位偉大的被人們稱爲苦行者的帕伊西・韋利奇科夫斯基②及其門徒重新恢復了這一制度，但是直到今天，甚至幾乎過去了一百年，這一制度還只存在於爲數甚少的修道院裡，有時甚至還幾乎受到壓制，把這當作是俄羅斯聞所未聞的新發明。在我們俄羅斯有一座著名的隱修院，叫科澤爾斯克的奧普塔隱修院③，這一制度在該修道院尤爲盛行，至於這一制度在敝縣近郊的這座修道院裡到底是誰創立的，又是在什麼時候創立的，我就說不清了，但是，據稱，該院的長老制已經延續了三代，佐西馬長老就是其中的第三代，但是他體弱多病，已經差不多快要死了，至於他死後由誰來接替，還無人知曉。這問題對我們修道院很重要，因爲敝縣的這座修道院直到當時尚無特別的著名之處：該院既無聖徒的聖骨，又無有求必應的顯靈的聖像，甚至也沒有與我國歷史有關的足以彪炳史冊的傳說，也沒有足以訴諸竹帛的對祖國有所建樹的歷史功績和功勞。它之所以香火不斷和名聞全國，正是因爲有長老；許多朝聖者成群結隊，不遠千里，從俄國各地絡繹不絕地前來敝縣，爲的就是能夠親眼見到他們和親聆他們佈道。那麼，究竟什麼是長老呢？長老——這就是把您的靈魂納入自己的靈魂，把您的意志納入自己的意志的人。您一旦選定了長老，就應當清心寡欲，完全棄絕

---

① 君士坦丁堡原爲東羅馬帝國（拜占庭帝國）的京城，一四五三年被土耳其蘇丹穆罕默德二世攻佔。君士坦丁堡是當時東正教的中心。

② 帕伊西・韋利奇科夫斯基（一七二二—一七九四）俄羅斯正教教會的著名長老，生前居住在希臘聖山，曾雲遊四方，遍訪俄國、摩爾達維亞和瓦拉幾亞的修道院。

③ 奧普塔隱修院創建於公元十四世紀，坐落在俄羅斯卡盧加省科澤爾斯克縣城外二公裡處。果戈理、杜思妥也夫斯基和列夫・托爾斯泰生前都曾訪問過這座隱修院。

一切，絕對服從他。這樣的苦修，這所可怕的生活學校，一個立志修煉的人是自願接受的，他希望通過長期的苦修之後能夠最終戰勝自己，控制自己，直到最後，經過畢生的皈依修持，終於能夠達到完全的自由，即自心清淨的自由；要避免這樣的命運：有些人活了一輩子，都未能在自己身上找到自己，這一創造，即長老制——並非從理論上推斷出來的，而是源於東方至今已有一千餘年的實踐。師事長老，不同於通行於我們俄羅斯修道院裡的慣常的「師徒關係」。這裡規定所有誠心修持的人必須向長老懺悔，而且要常年不斷，持之以恆，還規定師徒之間必須保持牢不可破的約束關係。比如，有人傳說，有一回，在基督教的遠古時代，有一名見習修士，沒有完成長老交給他的修煉任務，便離開了修道院到另一個國家去，從敘利亞到了埃及。在那裡，他長期將功補過，做了許多大的功德，最後終於有幸受盡苦難，殉道而死。在教會已經尊他為聖徒並掩埋他的遺體的時候，助祭高呼：「點到名字的人出去！」①——這時，躺有這個殉道者遺體的棺木猛地離開了原地，被推出了教堂，如是者三。直到後來才知道，這位殉教的聖徒曾破壞了師從關係，擅自離開自己的長老，因此，儘管他立了很大的功德，沒有長老的恩准，他也不能得到寬宥。直到他原來的長老恩准他脫離師從關係，那時，才得以殯葬。當然，這一切僅僅是古老的傳說，但是還有件事，殷鑑不遠：我國當代有一位修士過去曾在聖山隱修，突然有一天，長老命令他離開聖山（他一直深愛聖山，把這裡視同聖地，視同靜謐的隱修之所），讓他先到耶路撒冷去朝聖，然後再回俄羅斯，回北方，回西伯利亞：「那兒才是你該去的地方，而不是呆在這裡。」這位修士大失所望，十分傷心，便到君士坦丁堡去拜見普世大牧首，懇求他恩准，解除他的師從關係，可是這位普世宗主教卻說，雖然他身為普世

① 古代的一種受洗儀式，在高呼「出去」時，被點名者必須走出教堂。

大牧首，不僅不能解除他的師從關係，而且普天之下也沒有一個人能有這樣的權力，足以解除他的師從關係，既然長老已經吩咐他這樣做，那就只有這個吩咐他的長老才有這樣做的權力。由此可見，長老制在某些情況下具有無邊的和不可思議的權力。這也就是我國的許多修道院裡長老制最初幾乎受到壓制的原因。但是，在民間，人們卻十分尊敬長老。比如，許多老百姓和許多顯貴都紛紛前來參拜我們這座修道院的長老們，拜倒在他們腳下，向他們懺悔自己的疑慮、自己的罪孽、自己的痛苦，請求他們給予忠告和教誨。看到這情形後，反對長老制的人便大叫大嚷地說（還加上其他種種指責），這是專制和獨裁，是輕率地玷汙懺悔這一聖禮，雖然見習修士和俗家弟子向長老不斷地懺悔自己的靈魂完全不是一種聖禮。然而結果卻是長老制站穩了腳跟，並漸漸地在俄羅斯各個修道院裡生根開花了。這話也許不假，這個能使人的精神狀態由受奴役轉而獲得自由，直到精神完美的經過千餘年考驗的武器，也可能變成一把雙刃劍，因而也可能使某些人不是進而謙虛謹慎、克己自重，而是走向它的反面，像魔鬼般自命不凡，因而套上鎖鏈，而不是獲得自由。

佐西馬長老年約六十五歲，出身地主，在很年輕的時候，當過兵，在高加索當過尉官。毫無疑問，他心靈上的某些過人之處使阿廖沙欽佩不已。阿廖沙就住在長老的修道室裡，長老非常喜歡他，讓他跟自己住在一起。應當指出的是，阿廖沙當時住在修道院，並未受到任何約束，他可以隨意出入，愛去哪兒去哪兒，愛出去幾天都成，即使穿修士服，那也純出自願，以便在修道院裡不顯得與眾不同。當然，他自己也喜歡穿修士服。他的長老法力無邊，而且名聞遐邇，也許，這也極大地影響了阿廖沙年輕的想像力。許多人都說佐西馬長老多年來有求必應，接待了許多來訪者，這些人找他來懺悔自己的心事，渴望從他那裡得到忠告和醫囑——他的心接受了眾多的坦白、認罪和有切膚之痛的懺悔，以至最後取得了一種洞察幽微的能力，任何一個他所不認識的人來訪，他只要一看此人的臉就能猜到：此人前來所爲何事，他需要什麼，甚至能猜到究竟是什麼痛苦在煎熬著他的良心，他在來訪者尙未開口之前就能知道這人的內心秘密，這就使來者感到驚奇、尷尬，有時幾乎感到驚恐。但是，在這種情況下，阿廖沙幾乎每次都發現，許多人，幾乎是所有的人，頭一次來找長老進行密談，進去的時候常常滿懷恐懼和不安，可是從他那裡出來的時候卻幾乎總是神采飛揚，喜形於色，連最憂鬱的臉也會綻開幸福的笑容。使阿廖沙欽佩不已的是長老對人根本不嚴厲；相反在待人接物上幾乎總是一副笑模樣。修士們說他總是一心向著罪孽較重的人，誰的罪孽最重，他就最愛誰。甚至直到長老快要去世的時候，修士中還有些人恨他，嫉妒他，但是這些人已經爲數不多了，而且他們也只能三緘其口，雖然他們當中也不乏在修道院裡非常著名、非常重要的人物，比如說，有一位非常老的修士，他曾許願決不妄言而且是一位持齋異常嚴格的修士。但是終究絕大多數人無疑都站在佐西馬長老一邊，而且其中有很多人全心全意地、熱烈而又真誠地愛他；有些人還對他幾乎懷有一種狂信。這些人乾脆說，然而並非完全公開，說他是聖徒，並說這已經是沒有疑問的了，由於預見他快要圓寂了，於是便盼望立刻出現奇蹟，以及在最近的將來修道院將因死者而名揚天下。對於長老的無邊法力，阿廖沙是深信不疑的，正如他對棺材從教堂裡飛出去的那事深信不疑一樣。他看到，許多來訪者帶著生病的孩子或者成年的眷屬，央求長老替他們摸頂，爲他們祈禱，這些人走後很快就回來了，而且有些人第二天就回到了修道院，眼淚汪汪地在長老面前跪下，感謝他治愈了他家的病人。是真的治愈，還是病情自然好轉——這對於阿廖沙是不存在疑問的，因爲他完全相信自己師父的精神力量，師父的名聲似乎也就成了他自己的勝利。尤其使他心跳，使他似乎滿臉放光的是長老出去接見一群守候在隱修區大門外來自普通老百姓的朝聖者，他們從全俄國彙集到這裡，就爲了能夠見到長老，接受他的祝福。他們匍匐在他面前，哭泣，親吻他的雙腳，親吻他站立的土地，大聲嚎哭，女人們則把自己的孩子抱起來，舉向他，把有病的瘋女人領到他跟前。長老跟他們談話，替他們念簡短的禱詞，祝福他們，然後讓他們回去。近來，由於常常犯病，他變得越來越衰弱了，因此只能有時候勉強走出修道室，於是朝聖者們在修道院裡等他出來，有時往往一等就是好幾天。爲什麼大家這麼愛他，爲什麼大家匍匐他面前，一看到他的臉便感動得哭泣——這對於阿廖沙是不成其爲問題的。噢，他非常清楚，對於逆來順受的俄國普通老百姓來說，他們被勞動和不幸所煎熬，主要是被永遠的不公平和永遠的造孽（自己造孽和世人造孽）所折磨——對於他們來說，再沒有比朝拜聖地或見到聖徒，跪倒在他面前，向他頂禮膜拜更大的需要和更大的安慰了。他們認爲：「儘管我們有罪，儘管我們做得不對，盡管我們受到誘惑，但是在世上的某個地方畢竟還有聖徒和高人；他有真理，他知道真理；這說明真理尚未在世上滅絕，由此可見，將來，真理還是會再回到我們這裡來的，就像上天宣布的那樣，真理終將降臨整個大地。」阿廖沙知道，老百姓就是這麼感覺的，甚至也是這麼認爲的，他明白這道理，至於長老就是老百姓的心目中的那個聖徒，那個持有上帝真理的人——他對此毫不懷疑，他自己是跟那些哭哭啼啼的莊稼漢和抱著自己的孩子，把孩子舉向長老的有病的女人站在一起的。阿廖沙深信，長老圓寂後必將給修道院帶來非同凡響的聲譽——這一信念在阿廖沙心中根深蒂固，也許甚至比修道院裡的任何人更甚。總之，最近，某種深深的、內心的狂喜，像火燄般在他心中越來越旺地燃燒起來。至於這位站在他面前的長老畢竟只是一個人，這點也沒有使他感到困惑：「反正他是神聖的，他心中藏有能使大家復活的秘密，藏有一種巨大的力量，這力量定將在人間確立真理，於是大家就都成爲聖徒，大家將會相親相愛，既沒有財主，也沒有窮人，既沒有高高在上的人，也沒有等而下之的人，大家都是上帝的子民，真正的基督的天國必將降臨人世。」這就是阿廖沙內心夢想的。

阿廖沙兩個哥哥的回鄉在他身上產生了非常強烈的影響，而在此以前他完全不認識他們。他同大哥德米特里・費奧多羅維奇熟悉得較快，也較親近，雖然大哥比他的另一個同胞兄長伊萬・費奧多羅維奇回來得晚些。他非常想了解二哥伊萬，但是，伊萬已經回家住了兩個月，他倆雖然經常見面，但是仍舊怎麼也說不到一塊兒：阿廖沙本來就不愛說話，似乎在等待什麼，似乎有什麼話難於啓齒，儘管阿廖沙起初也曾發現伊萬長久地、好奇地注視著他，但似乎很快也就把他置諸腦後了。阿廖沙不無困惑地注意到了這點。他認爲二哥對他的冷淡是因爲他們年齡懸殊，尤其受教育程度相差太大的緣故。但是阿廖沙也想到了另一面：伊萬對他興趣不大也許是出於他完全不知道的原因。他不知道爲什麼總覺得伊萬心事重重，在思考著某個很重要的心事，似乎在追求某一目標，也許這目標很難達到，因此他才無暇他顧，這就是他望著阿廖沙時心不在焉的唯一原因。阿廖沙也曾想到：該不是因爲有點看不起他吧，該不是一個滿腹經綸的無神論者看不起一個笨頭笨腦的見習修士吧。他深知二哥是個無神論者。即使二哥當真看不起他，他也不會見怪，但是總帶有一點自己也覺得莫名其妙的驚懼和不安，等待有朝一日二哥會跟他親近起來。大哥德米特里・費奧多羅維奇對二哥伊萬懷有極深的敬意，並常常以一種特別的熱忱談到他。正是從大哥那裡，阿廖沙才打聽到了把他的兩位兄長引人注目地緊緊拴在一起的那件重要事情的細節。在阿廖沙看來，德米特里盛讚二哥伊萬顯得有點匪夷所思，大哥德米特里與二哥伊萬相比，差不多是個一字不識的大老粗，把兩人放到一起，無論是個性還是脾氣，似乎適成鮮明的反差，也許，再也想不出兩個人能比他倆更不相同的了。

也就在這時候，這個支離破碎的家庭的全體成員在長老的修道室裡舉行了一次會晤，或者不如說召開了一次家庭會議；這次家庭會議對阿廖沙有著非同尋常的影響。召開這次會議的藉口，說穿了，是假的。當時，德米特里・費奧多羅維奇同他父親費奧多爾・帕夫洛維奇因遺產和財產清算引起的糾紛，看來已經到了劍拔弩張的程度。兩人的關係尖銳化了，已經到了忍無可忍的地步。似乎是費奧多爾・帕夫洛維奇首先開玩笑似地想出了這個主意，讓大家到佐西馬長老的修道室裡碰碰頭，儘管並沒有請長老直接出面調停，畢竟這樣做可以規規矩矩地好歹談出個結果來，再說長老的地位和面子總還能起點開導與和解的作用。德米特里・費奧多羅維奇從來沒有拜訪過長老，甚至也從來沒有見過他，因此他當然以爲，他們是想用長老來嚇唬他；但是因爲近來他在同父親的爭吵中做了許多過火的事，他在私心深處正對自己暗自譴責，所以也就接受了這一挑戰。應該順便說到的是，他並沒有像伊萬・費奧多羅維奇那樣跟父親住在一起，而是單獨住在縣城的另一頭。恰好，當時住在敝縣的彼得・亞歷山德羅維奇・米烏索夫特別欣賞費奧多爾・帕夫洛維奇這一主意，而且抓住了不放。他是一個四十年代和五十年代的自由派，一個自由思想派和無神論派，也許是出於無聊，也許是爲了逢場作戲，尋尋開心，他居然十分起勁地參與了此事。他突然想要看看修道院，看看「聖徒」。因爲他同修道院很早以前發生的爭執還在繼續，那場關於雙方領地劃界，關於某處樹林的伐木權和某處魚塘的捕魚權等等的官司仍拖延未決，因此他急於想利用這機會，借口說他想親自同修道院院長談出個結果來：能不能設法彼此友好地結束這場爭執？一個來訪者抱有這樣的好意，比之一個僅僅出於好奇的遊客——修道院接待他自然會更加用心，更加客氣。基於以上種種考慮，修道院很可能對有病的長老施加了某種內部的影響。近來，長老幾乎足不出戶，從不離開修道室，甚至因病連普通的訪客也一律謝絕。結果是長老同意了，並且約定了日期。「是誰指派我來給他們分家的呢？」他已是笑吟吟地對阿廖沙說。

阿廖沙得知這次約會後，覺得很尷尬。如果說涉訟和發生爭執的兩造中有誰鄭重其事地看待這次聚會，那無疑只有大哥德米特里；其他人所以前來不過是逢場作戲，而且說不定還會有汙長老清聽——阿廖沙就是這樣理解的。二哥伊萬和米烏索夫前來是出於好奇，這種好奇也許還十分粗俗，他父親此來則是爲了當小丑，演戲。噢，阿廖沙雖然嘴裡不說，但對他父親的爲人還是心中有數和十分清楚的。再說一遍，這孩子並不像大家認爲的那樣老實巴交、胸無城府。他心情沉重地等待那個約定的日子。無疑，他私心深處非常盼望所有這些家庭糾紛好歹能夠有個了局。然而他最放心不下的還是長老：他替他，替他的名聲擔憂，生怕有人出言不遜，傷害了他，尤其是米烏索夫那種高雅而又文質彬彬的嘲笑，以及滿腹經綸的伊萬那種居高臨下、欲說還休的嘲弄——這一切他想起來都覺得害怕。他甚至想冒險給長老打聲招呼，跟他說說就要到這兒來的這些人的情況，但是他想了想，沒有做聲。只是在約定的日期的頭天晚上，通過一個熟人，給德米特里捎了句話，說他非常愛他，希望他能履行諾言。德米特里想了想，因爲怎麼也想不起來他到底答應了他什麼，只能回了他一封信，說他一定盡力克制自己，決不會在「卑鄙惡劣的行爲面前」沉不住氣，又說他雖然非常尊敬長老和二弟伊萬，不過他堅信，這裡一定給他設下了什麼陷阱，或者想演一齣令人齒冷的滑稽劇。「然而我寧可閉上嘴，默不做聲，也決不會漠視對這位聖徒應有的尊敬，因爲你是如此敬重他。」德米特里這樣結束了自己的短信。阿廖沙收到這封信後，並沒有感到十分振奮。

第二卷　不合時宜的聚會

一、大家來到修道院

這天天氣好極了，風和日麗。時當八月底。與長老的約會定於午前祈禱後立即舉行，約莫在十一點半之前。然而，我們這些修道院的訪客卻沒有枉駕前來參加日禱，而是在正好日禱快要散場的時候到達。他們分乘兩輛馬車，第一輛馬車是一輛十分漂亮的彈簧馬車，套著兩匹名貴的馬匹，裡面坐著彼得・亞歷山德羅維奇・米烏索夫和他的一名遠親，一位非常年輕的人，年約二十上下，名彼得・福米奇・卡爾加諾夫。這位年輕人正準備上大學；不知爲什麼暫時借住在米烏索夫家；米烏索夫則勸誘他，讓他陪他一起出國，去蘇黎世或者去耶拿，讓他在那裡上大學，完成學業。這年輕人還沒拿定主意。他那模樣總是若有所思和心不在焉。他的臉長得很漂亮，身材很結實，個子也相當高。他的目光常常凝滯不動，讓人覺得很怪：就像一切十分心不在焉的人一樣，他有時候會長久地、目不轉睛地盯著您，可是又好像壓根兒沒看見您。他沉默寡言，有點不大靈活，但是又常常發生這樣的情況，而且肯定是同什麼人面對面地單獨在一起，他又會突然變得十分健談，說話急急匆匆，笑瞇瞇的，有時候天知道他在笑什麼。但是他的興奮狀態又會像它迅速而又突如其來地產生那樣，迅速而又突如其來地熄滅。他一向穿得很好，甚至很高雅；他已經有若干可以獨立處理的財產，而且還可指望得到更多，比現在的多得多。他同阿廖沙是朋友。

費奧多爾・帕夫洛維奇和他的二公子伊萬・費奧多羅維奇坐著一輛啷啷亂響、非常破舊、但容量卻很大的出租馬車（由兩匹灰裡透紅的老馬拉著，被米烏索夫的馬車落下了一大截）來到了。還在頭天就把聚會的日期和時間通知了德米特里・費奧多羅維奇，但他還是遲到了。這幾位訪客在院牆外的客堂旁下了車，徒步走進了修道院大門。除了費奧多爾・帕夫洛維奇外，其餘三人大概從來就沒有見過任何修道院，至於米烏索夫，三十年來也許壓根兒就沒上過教堂。他帶著幾分好奇，東張西望，同時又不免擺出一副做作出來的隨隨便便的樣子。但是，對於他那善於觀察的頭腦來說，除了教堂建築和管理用房以外（話又說回來，這些房屋實在太普通了），教堂內部幾乎沒有任何起眼的東西。參加祈禱的最後一批人，摘下帽子，畫著十字，陸陸續續地走出了教堂。在普通老百姓中間也夾雜著一些外地來的較爲上層的人，兩三位太太，一位很老的將軍；他們全都住在那座客堂裡。一些乞丐立刻圍住了我們這幾位訪客，但是沒有一個人給他們布施。只有彼得魯什卡①・卡爾加諾夫從錢包裡掏出一枚十戈比銀幣，不知道爲什麼有點不好意思地匆匆塞給了一個女人，並且匆匆地說道：「大夥平分。」他的同行人中誰也沒有就此對他說任何話，因此他大可不必臉紅；但是，他注意到這點以後反倒更不好意思了。

但是說來也怪；照理應該鄭重其事地迎候他們大駕光臨，說不定甚至應當隆重歡迎：因爲其中一位前不久還布施過一千盧布，而另一位則是最富有的地主，而且很有學問，可以說

① 彼得的暱稱。

吧，關於在某河捕魚的官司打輸之後，他們大家都將部分地受制於他。然而令人奇怪的是，在正式的官方人士中居然誰也沒有出來迎接他們。米烏索夫心不在焉地觀看著教堂旁的一塊塊墓碑，他本來想說，這些墳墓要取得在這樣的「聖」地埋葬的權利，想必花了不少錢吧，但是他話到嘴邊又嚥了回去：他身上的那種普通的自由主義的嘲弄，幾乎逐漸升級，變成了憤怒。

「見鬼，話又說回來，在這種亂七八糟的地方又能問誰呢……這，必須解決，因爲時間不早了。」他驀地說道，彷彿在喃喃自語。

忽然，向他們走過來一位上了年紀的、腦袋微禿的先生，他穿著寬鬆的夏季大衣，瞇著一雙甜兮兮的小眼睛。他微微舉起禮帽，狎暱而又咬字不清地向大家自我介紹說他是圖拉省的地主馬克西莫夫。他霎時就弄清了我們這幾個同來的人在發愁什麼。

「佐西馬長老住在隱修區，在隱修區閉關靜修，離修道院大約四百步，得經過一片小樹林，經過一片小樹林……」

「經過一片小樹林，這，我也知道，」費奧多爾•帕夫洛維奇答道，「但是怎麼走，我們記不大清了，好久沒來了。」

「瞧，從這門出去，直接走小樹林……走小樹林……我領你們去。成嗎……我自己……我親自……走這兒，走這兒……」

他們出了大門，經由樹林向前走去。地主馬克西莫夫大約六十上下，說他在走，毋寧說，他幾乎在一旁踉蹌地跑，邊跑邊以一種忙亂的、幾乎讓人受不了的好奇心打量著他們。他的兩眼彷彿眼珠都瞪圓了。

「要知道，我們找這位長老有點私事，」米烏索夫板著臉說道，「可以說吧，我們獲准晉見『此公』，因此，對於您惠予領路，我們雖不勝感謝，但是無法請您一同前往。」

「我去過了，去過了，我已經去過了……Un chevalier parfait!①」這地主說罷用手指向空中打了個榧子。

「誰是chevalier②？」米烏索夫問。

「長老，是一位十分了不起的長老，長老……佐西馬是修道院的榮譽和光榮。這長老可了不起啦……」

但是他的雜亂無章的話卻被一個從後面趕來的小修士打斷了。這位小修士頭戴修士帽，個子不高，臉色很蒼白，身體也很瘦弱。費奧多爾·帕夫洛維奇和米烏索夫停了下來。這修士非常有禮貌地深深一鞠躬，說道：

「院長神父敬備薄酒，恭請諸位在拜訪隱修區以後到他那裡小坐片刻。時間是中午一點。請務必準時。也請閣下光臨。」他又回頭對馬克西莫夫說。

「我一定遵命！」費奧多爾·帕夫洛維奇叫道，一聽有人請他喝酒，高興極了，「一定。您知道嗎，我們大家保證在這裡規規矩矩……彼得·亞歷山德羅維奇，您去嗎？」

「哪能不去呢？我到這裡來就爲了看看這裡的一切風俗習慣。只有一點感到爲難，就是現在我偏偏跟你們在一起，費奧多爾·帕夫洛維奇……」

「是啊，德米特里·費奧多羅維奇還沒來。」

---

① 法語：一個十足的騎士。

② 法語：騎士。

「他不來，那好極了，你們要的這套把戲，再饒上您這大活寶，我看了會覺得高興嗎？我們一定前去赴宴，請您謝謝院長神父。」他對小修士說。

「不，我應該給你們領路，帶你們去見長老本人。」修士答道。

「既然這樣，到時候，我直接去見院長神父得了。」地主馬克西莫夫嘀咕道。

「眼下院長神父有事，不過悉聽尊便……」修士猶猶豫豫地說。

「這糟老頭子真煩人。」當地主馬克西莫夫又跑回修道院以後，米烏索夫大聲道。

「他那模樣倒挺像封・佐恩①。」費奧多爾・帕夫洛維奇忽然說。

「您就知道這種事……他哪點像封・佐恩？您親眼見過封・佐恩？」

「看見過他的照片。雖然容貌不像，但有一種說不出來的神態，何其相似乃爾。簡直像一個模子裡倒出來的。只要一看這張臉，我就能認出他來。」

「也沒準；您是這方面的行家裡手。不過我要把醜話說在頭裡，費奧多爾・帕夫洛維奇，您剛才自己也說，我們保證在這裡規規矩矩，您記住了。告訴您，要管住點自己。要是您又裝瘋賣傻，出洋相，我可不打算讓這裡的人把咱倆混爲一談……您看見了吧，這人多德行，」他對修士說，「我真怕跟他一起去見正正經經的人。」

在小修士蒼白的、沒有血色的嘴唇上閃過一絲淡淡的、無言的微笑，就某點來說，不無狡猾之態，但是他什麼話也沒說，他之不做聲非常明顯是出於清高。米烏索夫皺緊了眉頭。

① 一八七〇年發生在彼得堡的一件凶殺案的被害人。他被人家騙進一座淫窟，先搶後打，最後被毒害致死。當時此案曾轟動彼得堡。

匆閃過他的腦海。

「噢，鬼把他們全抓了去，永遠只會裝腔作勢，骨子裡全是招搖撞騙，滿嘴胡唚！」這想法匆

「這就是隱修區，咱們到了！」費奧多爾・帕夫洛維奇叫道，「院牆當道，大門緊閉。」

大門上方和大門兩側都畫著聖徒像，他在聖徒像前畫了幾個大大的十字。

「不能帶著自己的章程走進別人的修道院①。」他說。「在這裡隱修區修行的共有二十五位聖徒，他們你看我我看你，一起吃白菜。尤其令人注目的是沒一個女人能走進這大門。這是千真萬確的。不過，我怎麼聽說長老也接見女士呢？」他驀地問小修士。

「普通老百姓中的婦女甚至現在也有，瞧那兒，都躺在迴廊裡，在等候。為了上流社會的太太小姐，則在這裡的迴廊上，不過也在院牆外，增修了兩間小屋，這便是這兩間小屋的窗戶；當長老身體好時，就從院內的一條通道走出來見她們，就是說仍舊要走出院牆。即使現在，也有一位太太，是哈爾科夫的地主，名叫霍赫拉科娃太太，她正領著自己的體弱多病的女兒在等候接見。大概，長老答應見她們了，雖說近來他身體很弱，出來見人也很勉強。」

「這麼說，到底開了方便之門，可以從隱修區出來會見太太小姐們。您別以為我話裡有話，神父，我不過隨便說說而已。您知道嗎，在聖山，這事您聽說過沒有，不僅不許女人進去，甚至任何雌性動物，如小母雞，小雌火雞，小母牛等，都一概不許入內……」

「費奧多爾・帕夫洛維奇，我要是回去了，把您一個人扔在這兒，沒有我保駕，非把您反綁雙手給攆出去不可，我先給您提個醒。」

---

① 俄諺，意為「入鄉隨俗」。

「我又礙著您什麼啦，彼得．亞歷山德羅維奇，」他突然叫道，接著便邁進了隱修區的院牆，「瞧，他們住在一座多漂亮的玫瑰園裡啊！」

可不是嘛，雖說現在沒有玫瑰花，但卻有許多秋天的奇花異卉，凡是可以種花的地方都種滿了花。看來，細心照料這些花卉的是一個有經驗的人。在教堂的院牆內和墓地間，遍地都是花畦。長老修道室所在的那座小木屋（是座平房，門前有迴廊）四周也種滿了花。

「前任長老瓦爾索諾菲在世時也有這些嗎？聽說，那位長老不喜歡美，見到女人就暴跳如雷，用棍子打她們。」費奧多爾．帕夫洛維奇邊說邊跨上台階。

「瓦爾索諾菲長老有時看上去的確像個瘋教徒，但是也有許多是人家編派他的渾話。他從來沒有用棍子打過任何人。」小修士答道。

「費奧多爾．帕夫洛維奇，我最後一次給您約法三章，聽見沒有。老老實實，不許亂說亂動，否則別怪我不客氣。」米烏索夫再一次悄悄提醒他。

「您著的那門子急呀，簡直莫名其妙，」費奧多爾．帕夫洛維奇嘲弄地說，「難道怕自己罪孽深重？聽說，只要一瞅別人的眼睛，他就能猜個八九不離十：此人所爲何來？您把他的意見也看得太重了嘛，您這麼一個巴黎人和思想進步的先生，真叫我納悶，真是的！」

但是，米烏索夫對這種冷嘲熱諷還沒來得及回答，已有人來請他們進去了。他進門時心裡正生悶氣……

「哼，我現在有數了，我心裡有氣，會爭論不休……會發火，我這樣做只會降低身分，也有損於我奉行的思想原則。」這想法在他的腦海裡一閃。

二、老小丑

他們和長老幾乎同時走進房間。長老一聽說他們來了，便立刻從自己的臥室走了出來。在修道室裡，已經有隱修區的兩位修士司祭先他們而來，在那裡恭候長老。這兩位修士司祭，一位是掌管藏經樓的神父，另一位是派西神父。派西神父有病，雖說人並不老，但是人家都說他博古通今，很有學問。此外，還有一位年輕小夥子，站在一個角落裡（後來也一直站在那兒），看來有二十一二歲，穿著在家人穿的便服，是神學校的一名學生和未來的神學家，但他不知爲什麼卻受到修道院和修士們的庇護和栽培。他的個子相當高，唇紅齒白，容光煥發，顴骨突出，一雙栗色、又窄又細的眼睛，透著聰明與機靈。他臉上露出一副畢恭畢敬的神態，但樣子很得體，並無阿諛奉承之嫌。他甚至沒有向來客鞠躬問候，儘管他跟他們並不能平起平坐，相反，他應當是他們的下屬，處於從屬地位。

佐西馬長老出來時由一名見習修士和阿廖沙陪同。兩位修士司祭立刻站起來，向他深深一鞠躬，手指都觸到了地面，然後各自在胸前畫了個十字，吻了吻他的手。長老給他倆祝福後，也向他倆分別以手觸地深深一鞠躬，又請他們每人爲他本人祝福。整個儀式進行得非常認真，完全不像每天的例行功課，而是幾乎帶有一種深深的感情。然而，米烏索夫卻覺得，一切都是有意做給別人看的。他站在跟他一同進來的人們的最前列。照理（甚至還在昨晚他就仔細琢磨過了），儘管他們的思想觀點不同，僅僅出於通常的禮貌（因爲本地有這樣的風俗），他也應當走上前去，接受長老對他的祝福，即使不吻手，起碼也應當接受祝福。但是，他現在看到修士司祭又是鞠躬又是吻手，便霎時改了主意：他只是派頭十足而又儼乎其然地照在家人的規矩深深一鞠躬，便退回到座椅旁。費奧多爾·帕夫洛維奇也依樣畫葫蘆地照做不誤，這回完全像個猢猻似的模仿米烏索夫的一舉一動。伊萬・費奧多羅維奇則非常倨傲和有禮貌地鞠了一躬，不過兩手貼於褲縫①，而卡爾加諾夫則慌裡慌張地完全忘了鞠躬。長老只好放下了舉起來準備祝福的手，再一次向他們一鞠躬，請大家隨便坐。血衝上了阿廖沙的面頰；他羞赧無地。他的不祥的預感正在逐漸應驗。

長老在一張式樣十分古老的紅木製的小皮沙發上坐了下來，讓客人們（除了那兩名修士司祭以外）坐在對面靠牆的四把紅木椅上（椅子包著黑皮，但皮子已經磨得很破舊了）讓他們四人並排坐在一起。兩位修士司祭則分坐兩側，一位靠門，另一位靠窗。那名神學校學生、阿廖沙和見習修士則侍立一旁。整個修道室顯得很不寬敞，有一種萎靡不振之氣。室內的陳設和傢具均極簡陋，顯得很寒酸，僅有最必需的幾樣東西。窗台上放著兩盆花，牆角掛著許多聖像——其中一幅是聖母像，畫幅很大，大概還是在教會分裂②很久以前畫的。聖母像前點著一盞長明燈。聖母像兩側則是兩幅其他聖像，聖像上點綴著發亮的金屬衣飾，接著，在它們兩旁則是一些雕刻的小天使、瓷蛋、天主教的象牙十字架和抱著十字架的Mater dolorosa③以及幾幅臨摹古代義大利名畫的外國版畫。而在這些優美而又珍貴的版畫兩旁，還花花綠綠地掛著幾幅最土氣的在俄國石印的聖徒、殉道者和聖僧等畫像，這些畫像只要花幾戈比就能在任何一個集市上買到。還有幾幅俄羅斯現代和過去的高級僧侶的石印畫像，不過這已經是掛在另外幾面牆上了。米烏索夫匆匆瞥了一眼這「老一套」的陳設，接

① 按東正教的規矩，鞠躬時應將右臂伸直，以手觸地，照世俗的規矩，則將兩手貼於褲縫或垂於兩側，微微一鞠躬。
② 俄國教會分裂發生在十七世紀中葉。因反對官方教會和尼康改革，成立了許多教派。
③ 拉丁文：悲痛的聖母。

著便目不轉睛地盯著長老。他對自己的眼力頗自信，他身上的這一弱點，考慮到他已經五十歲了，無論如何還是可以原諒的——一個頭腦聰明、家境富裕而又出入上流社會的人，到了這把年紀，一向自以爲是，有時候甚至是身不由己。

剛開始的那一剎那，他並不喜歡長老。的確，長老臉上有一種東西，不僅米烏索夫，許多人看了都不喜歡。這是一個駝背的小矮個兒，兩腿顫巍巍的，十分瘦弱，他總共才六十五歲，但是因爲有病，看去卻要老得多，起碼老十歲。然而他的整個臉十分乾瘦，臉上布滿了細小的皺紋，眼睛兩旁則皺紋尤多。他那雙眼睛不大，屬淺色，目光銳利，炯炯有神，就像兩個發亮的光點似的。僅在兩鬢還殘留著幾根灰白頭髮，頷下的鬍鬚很少，稀稀落落，成楔形，至於嘴唇，則常作微笑狀——很薄，像兩根細線。鼻子倒說不上很大，但很尖，像鳥嘴似的。

「從各種跡象看，這人很壞，心胸狹窄而又十分傲慢。」這想法閃過米烏索夫的腦海。總之，他心裡感到很不是滋味兒。

掛鐘的打點聲使他們打開了話匣。這是一座廉價的小型掛鐘（鐘下掛著兩個鐘錘），迅速地敲了整整十二下。

「說好在這時候，」費奧多爾·帕夫洛維奇叫道，「可是小兒德米特里·費奧多羅維奇還沒來。我替他代致歉意，聖長老！（阿廖沙一聽到「聖長老」這一稱呼，就全身打了個哆嗦。）我本人一向準時，分秒不差，我記得，準時乃是身爲國王者應有之禮貌①……」

「但是，要知道，您至少不是國王。」米烏索夫立刻按捺不住，嘟囔道。

---

① 這是法國國王路易十八（一八一四—一八二四在位）的名言。

「是的，言之有理，我不是國王。您看，彼得・亞歷山德羅維奇，要知道，這道理我自己也明白，真的！我這人說話一向說得不是地方！大法師！」他一時興起，激動地叫道。「您看到在您面前的是一個地道的小丑！我也是這麼自我介紹的。積習難改，唉！有時候不管是不是地方我淨瞎說一氣，我這樣做甚至別有用意，想給大家逗個樂，討大家喜歡。一個人總得討人喜歡才成，不是嗎？七八年前，我來到一座小城，在那兒辦點事，跟幾個買賣人合夥做生意。我們去找縣警察局長，因爲我們有事求他，請他到我們這兒來吃頓飯。警察局長出來了，又高又胖，淺黃頭髮，老板著臉——是在這種情況下最危險的主兒：這類人肝火旺，愛動肝火。我一直走到他跟前，您知道嗎，以一種見過世面的人的熟不拘禮的神態說道：『局長先生，請您做我們的所謂納普拉夫尼克①吧！』他說：『做什麼納普拉夫尼克？』才過半秒鐘，我就看出這事砸鍋了，他一本正經，兩眼緊盯著我。我說：『我想開個玩笑，給大家逗個樂。因爲納普拉夫尼克先生是我們俄國著名的樂隊指揮，我們爲了把我們的生意做好，也正好需要一個人類似樂隊指揮什麼的……』要知道，我說得很在理，比喻也說得很確當，不是嗎？他說：『對不起，我是警察局長，我不許人家拿我的官銜別有用心地開玩笑。』他說罷便一轉身走開了。我跟在他後面，叫道：『對，對，沒錯，您是警察局長，不是納普拉夫尼克！』他說：『不，既然這話說出了口，那我就是納普拉夫尼克。』您看，我們那事就這麼砸了！我老是這樣，一向這樣。一巴結，到頭來，準坑了我自己！有一回，那已是很多年以前的事了，我對一位有

①縣警察局長（исправник）在俄語中與納普拉夫尼克（Направник）諧音。納普拉夫尼克（一八三九－一九一六），俄國作曲家，當時是彼得堡馬利亞劇院的樂隊總指揮。此處一語雙關，除指樂隊指揮外，又暗示請局長做他們的靠山和後台。

權有勢的人說：『尊夫人是一位怕癢癢①的女人，』我的意思是說她冰清玉潔，也可以說，道德品質很好吧，可是他卻突然衝這句話對我說道：『您呵她癢癢了？』我心癢難搔，突然想，讓我來巴結巴結他，我就說：『是的，呵她癢癢了，您哪，』——於是他立刻結結實實地給了我一下……不過，這是老早以前的事了，因此我說出來也不嫌丟人；我總這樣自己跟自己過不去！」

「現在您也正在這麼做。」米烏索夫厭惡地喃喃道。長老一言不發地注視著他倆。

「敢情！您瞧，這個我也知道，彼得・亞歷山德羅維奇，您知道嗎，我甚至預感到我一開口準會這麼做，我甚至預感到準是您第一個向我指出這點。就這工夫，當我看到我開的玩笑不靈，大法師，我的下牙床兩旁的腮幫子就開始發乾，幾乎像要抽筋似的；我這毛病在年輕時候就有，那時候我還在貴族身邊當食客，寄人籬下，混口飯吃。我打根上起，打一生下來就是小丑，就像，大法師，就像瘋教徒似的；我無意爭辯，我骨子裡可能藏著一個魔鬼，不過是個不大的魔鬼，地位高點的魔鬼就會另選個像樣點的寄居之地了，不過也不會選您這樣的人做它的寄居之地，彼得・亞歷山德羅維奇，要知道，您這寄居之地也不怎麼樣。但是我信，我信上帝。直到最近我才有所懷疑，但是我現在坐在這裡，正在等候恭聆聖訓。大法師，我跟哲學家狄德羅特②一樣，您知道嗎，至聖至賢的神父，在葉卡捷琳娜在位的時候，哲學家狄德羅特曾去拜訪過都主教普拉東③。他一進去就開門見

---

① 原文為щекотливая，轉意為「招惹不得」，「冷若冰霜」。這裡是俏皮話，一語雙關。
② 即狄德羅（一七一三—一七八四）法國唯物主義哲學家、作家。
③ 普拉東（一七三七—一八一二），莫斯科都主教，曾任聖三一神學院院長，曾得女皇葉卡捷琳娜二世的賞識，因而出入宮禁，並被指定為皇儲（即後來的皇帝保羅一世）的神學老師。狄德羅拜會莫斯科都主教一事典出《莫斯科都主教普拉東傳》（一八五六）。

山地說：『沒有上帝。』對此，偉大的聖師舉起一隻手指，答道：『愚頑人心裡說：沒有神！』①狄德羅特立馬就跪倒在他腳下，叫道：『我信，我接受洗禮。』②於是便立刻給他施了洗。公爵夫人達什科娃是他的教母，波將金是他的教父③……」

「費奧多爾・帕夫洛維奇，您真叫人受不了！您自己也知道您在信口開河，這個混帳故事不是真的，您出這個洋相幹麼呢？」米烏索夫再也忍不住了，聲音發抖地說。

「我一輩子都預感到這話不是真的！」費奧多爾・帕夫洛維奇叫道，說得更來勁了。「諸位，讓我來把事實真相原原本本地告訴你們：大長老！對不起，最後那事，即狄德羅特受洗那事，是我自己方才胡編的，現炒現賣，我剛才說的那事兒，我以前從來沒有想到過。我之所以胡編是為了聳人聽聞。也是為了這我才拼命出洋相，彼得・亞歷山德羅維奇，為了討大家喜歡。不過話又說回來，有時候我自己也不知道為什麼。至於狄德羅特，這個愚頑人說的那話，我年輕時，在這裡的地主家幫閒的時候，就曾聽他們說過二十來遍了；順便說說，彼得・亞歷山德羅維奇，我也從令嬸馬夫拉・福米尼什娜那兒聽說過。直到現在，他們大家還堅信，那個不信神的狄德羅特曾去找過都主教普拉東，跟他辯論過是不是存在上帝的問題……」

---

① 見《舊約・詩篇》第十四篇第一節與第五十三篇第一節。

② 這是聖徒傳中的套語。異教徒在看到聖徒顯示的奇蹟後，便改變原來的信仰，改信基督教，高呼「我信」，並接受洗禮。

③ 達什科娃（一七四三－一八一〇）是女皇葉卡捷琳娜二世於一七六二年發動宮廷政變時的主要心腹。曾任俄羅斯學院院長。她僑居國外時，常與各國的名流交往，其中有狄德羅和伏爾泰。波將金（一七三九－一七九一），俄羅斯帝國元帥，一七六二年宮廷政變的組織者，葉卡捷琳娜二世的寵臣和左右手。

米烏索夫站了起來，不但失去了耐性，甚至都好像有點忘乎所以了。他氣瘋了，他也意識到，由於這，他自己也顯得很可笑。說真的，修道室裡發生的這事簡直令人忍無可忍。就在這間修道室裡，說不定已經有四十年或者五十年了，還在過去那幾位長老健在的時候，這裡也常有訪客前來，但永遠是畢恭畢敬，恭敬有加。幾乎所有獲准進來的人，剛一跨進修道室就明白，這是對他們的極大禮遇。在整個晉謁期間，許多人都雙膝下跪，而且長跪不起。許多人，甚至地位很「高」、很有學問的人，有些甚至是具有自由思想的人，來此的動機或者出於好奇，或者由於其他原因；他們跟大家一起走進修道室或者獲准單獨晉謁，所有的人，無一例外，都認爲自己的首要責任是在晉謁時保持最深的敬意和禮貌，何況在這裡金錢是行不通的，一方面這裡只有愛和慈悲，另一方面則是懺悔和渴望解決某個心靈難題或者自身心靈生活中的某種困境。因此，費奧多爾・帕夫洛維奇突然表演出的這種對他所在的這個地方的大不敬的醜態，使旁觀者，起碼使其中的某些人感到驚訝和莫名其妙。不過，兩位修士司祭倒似乎面不改色，仍舊嚴肅而又注意地聆聽著長老將會說什麼，但是又似乎準備像米烏索夫一樣站起身來。阿廖沙差點要哭出來了，他站著，低著頭。使他感到最奇怪的是他二哥伊萬・費奧多羅維奇（這是他唯一寄予希望的人，也只有他一人具有足以阻止父親出洋相的影響），這時竟在椅子上低下了眼睛，端坐不動，大概帶著某種甚至想看個究竟的好奇心在等待著這事會如何了結，彷彿他本人在這裡完全是局外人。阿廖沙也不敢抬頭看那個神學校學生拉基京（他也是阿廖沙很熟、幾乎很要好的朋友）：他知道他的想法（雖然在整個修道院裡知道他的想法的只有阿廖沙）。

「請您多多包涵……」米烏索夫對長老說，「您可能以爲說不定我也是這種惡劣的玩笑的參加者。我的錯誤在於我相信了甚至像費奧多爾・帕夫洛維奇這樣的人在晉見如此可敬的人時總會自重自愛，有所收斂……我沒想到，正由於我是同他一起進來的，我將不得不向您告罪，請您原諒……」

彼得・亞歷山德羅維奇沒把話說完，由於慚愧得無地自容，正想走出房間。

「您別急，求您了，」長老突然顫巍巍地從自己的座位上微微站起身來，抓住彼得・亞歷山德羅維奇的兩只手，硬讓他在軟椅上又坐了下來。「您放心，我求您了。我懇求您做我的客人。」他說罷鞠了一躬，轉過身來，又坐到自己的小沙發上。

「大長老，您說，我的談笑風生是否有汙您的清聽？」費奧多爾・帕夫洛維奇驀地叫起來，兩手抓住軟椅的扶手，彷彿準備同他的回答一起從椅子上跳起來似的。

「我也懇求您不要急，不要拘束，」長老莊嚴地對他說……「不要拘束，可以完全跟在您自己家裡一樣。最要緊的是不要自慚形穢，因爲一切皆由此而起。」

「完全跟在自己家裡一樣？就是說任其自然？噢，這我可不敢當，實在不敢當，但是卻之不恭，我十分感動！您知道嗎，我的好神父，您讓我聽其自然，保持本色，您可別冒這個險……我自己都沒法保持我的自然本色。我這樣說是爲您好，我先把醜話說在頭裡。唉呀，至於其他一切還兩眼漆黑，無人知曉，雖然有些人想添枝加葉地糟踐我。我這話是衝您說的，彼得・亞歷山德羅維奇，至於對您，您是個大聖人，我要向您說：我要向您傾吐我的歡喜！」他說罷站起身來，舉起雙手，念誦道：「『懷你胎的和乳養你的有福了，尤其是乳頭！』①您剛才向我指出：『不要自慚形穢，因爲一切皆由此而起，』您這話似乎把我一下子看透了，看出了我的心思。每當我見到別人，我總覺得我比任何人都卑鄙，大家都把我當作小丑，於是我想：『好吧，我就當真做一回小丑吧，我不怕你們對我有看法，因爲你們大家比我還卑鄙！』因此我就當上了小丑，當小丑是因爲我自慚形穢，大長老，

---

① 見《路加福音》第十一章第二十七節。但福音書上只有前半句，後半句是他加進去的，這就成了髒話。

是自慚形穢啊。我胡鬧就因爲我多疑。只要我深信，我跑到一個地方，大家會立刻把我當成一個最可愛和最聰明的人對待——主啊！那時候我會成爲一個多麼好的人啊！」他突然雙膝下跪，「夫子！我該做什麼才可以承受永生①？」

「現在也難於斷定：他這是開玩笑呢，還是當真有感於中？」

長老抬起頭來看著他，含笑道：

「您自己早知道該做什麼，您很聰明：不要酗酒，不要信口開河，不要貪戀女色，尤其不要見錢眼開，把您那些酒店給關了吧，即使不能全關，關上兩三家也好。主要是不要信口雌黃，自欺欺人。」

「您是說狄德羅特那事嗎？」

「不，不僅是狄德羅特的事。主要是不要自欺欺人。一個自欺欺人的人，一個相信自己謊言的人，會發展到分不清真僞的地步，分不清自己身上的真僞，也分不清周圍的真僞，因此，非但不尊重自己，也不尊重他人，既然一個人不尊重任何人，他也就不會愛人，一個人沒有了愛，爲了給自己消愁解悶，就會縱情女色和粗鄙的享受，以致罪孽深重，完全與禽獸無異，而這完全是由於不斷自欺欺人之故。自欺欺人的人也最容易覺得自己受人欺負。要知道，受人欺負有時候也挺開心，不是嗎？其實他自己也知道誰也不曾欺負他，是他自己在胡思亂想，給自己想出了這個受人欺負的謊言，說謊是爲了點綴生活，因而故意誇大其詞，好像真有那麼回事似的，抓住人家的一句話便胡攪蠻纏，看見一粒小豌豆就把它說成大山——這，他自己也知道，可他偏要搶在頭裡自以爲受了老大委屈，受了委屈還覺得挺高興，甚至感到很得意，這樣發展下去就會漸漸變成真正的怨天尤人……

---

①《路加福音》第十章第二十五節。類似的話也可在《馬可福音》和《馬太福音》上找到。

您還是別站起來吧，請坐下，勞您大駕了，要知道，這一切也是故作姿態……」

「您真是位聖者！讓我親吻一下您的手，」費奧多爾・帕夫洛維奇跳起來，迅速吧嗒了一下嘴唇，親了親長老枯瘦的手。「正是這樣，感到自己受人欺負的確蠻開心。您說得多好呀，這話我還從來沒聽人說過。可不是嗎，我一輩子都自覺受人欺負因而感到十分愉快，心中有氣，這是爲了得到一種美的享受，因爲這不僅開心，有時候做一個受人欺負的人還感到很美——正是這點您給忘了，大長老：可美啦！我要把這話記在本子上！我愛說謊，簡直一輩子都在說謊，每天每小時都在說謊。真是說謊的化身和說謊的父親！話又說回來，好像不是說謊的父親，我總是語無倫次，用詞不當，即使是說謊的兒子也夠了嘛①。不過……我的天使……有時候說說狄德羅特總還是可以的吧！說狄德羅特不會有害處，要換了別的話就糟糕了。大長老，有件事順便問問，我差點給忘了，要知道，打前年起，我就打算到這裡來問問，也就是到您這裡來好好打聽一下和問問：不過請您別讓彼得・亞歷山德羅維奇打斷我的話。我要問的是：這話有沒有根據，大長老，《日讀月書》中敘述——那裡說到一位顯靈的聖徒，他爲了信仰而受盡苦難，最後被人砍下了腦袋，他卻站起身來，捧起自己的腦袋，『連連親吻』，而且捧著自己的腦袋走了很長時間，『連連親吻』②。這話是否言之有據，諸位好神父？」

---

① 典出《約翰福音》第八章第四十四節：「他說謊是出於自己，因他本來是說謊的，也是說謊之人的父。」這是基督說魔鬼的話。費奧多爾・帕夫洛維奇先是似乎說「錯」了，繼而又糾正，這裡別有所指：說謊的父親指費奧多爾本人，說謊的兒子則暗指伊萬。

② 《日讀月書》是一種供教徒閱讀的書籍：每日一篇，每月一本，全年十二本。內容爲聖徒傳和各種聖訓。費奧多爾說的這個聖徒，並不是東正教的聖徒，而是天主教的聖徒，名叫狄奧尼西（巴黎的），曾屢次受到法國百科全書派的嘲笑。狄奧尼西的事跡，可參看法國作家伏爾泰的《奧爾良的少女》。

「不，這是無稽之談。」長老說。

「任何《日讀月書》裡都沒有這類內容。請問，哪一位聖徒的事跡是這麼寫來著？」那位修士司祭，掌管藏經樓的神父問道。

「我也不知道寫的是哪位聖徒。我不知道，也不曉得。我受了人家的騙，反正總有人說的。我是聽來的，你們知道是誰說的嗎？就是這位彼得・亞歷山德羅維奇・米烏索夫，也就是剛才因說到狄德羅特大光其火的那位，就是他告訴我的。」

「我從來沒對您說過這話，我跟您從來不說話，壓根兒不說話。」

「不錯，您的確沒告訴過我，但是您是當著大夥兒說的，我也在場，這是三年以前的事了。我之所以記得這事，彼得・亞歷山德羅維奇，是因爲您用這個可笑的故事根本動搖了我的信仰。您對這事既不知道，也不曉得，但我卻是帶著被動搖的信仰回到家的，而且從那時起就越來越動搖了。是的，彼得・亞歷山德羅維奇，您是促使我這人大墮落的罪魁禍首！這可不同於狄德羅特，您哪！」

費奧多爾・帕夫洛維奇似乎痛心疾首，十分激動，儘管大家心裡很清楚，他又在演戲了。但是米烏索夫還是被刺痛了。

「真是胡說八道，這一切全是胡說八道，」他嘀咕道，「我過去也許的確說過……不過不是對您說的。我也是聽來的。這事，我是在巴黎聽說的，是從一個法國人那裡聽來的，他說，似乎在咱們的《日讀月書》裡有這個故事，每天做祈禱的時候都念……這是一位很有學問的人，專門研究俄國的統計學……在俄國住過很長時間……我自己也沒讀過《日讀月書》……也不想讀……在飯局上，還能少得了海闊天空地聊天？當時我們正吃飯……」

「對，當時你們正吃飯，可我卻從此失去了信仰！」費奧多爾・帕夫洛維奇反唇相譏。

「您的信仰跟我有什麼關係！」米烏索夫叫起來，但是又突然壓下心頭的怒氣，輕蔑地說：「您遇到什麼就把什麼糟踐得不成樣子。」

長老驀地從座位上站了起來：

「請原諒，諸位，我要暫時失陪片刻，」他轉身對所有的訪客說道，「還有一些比你們先來的人在等我。您還是不要自欺欺人的好。」他又轉身對費奧多爾・帕夫洛維奇滿面笑容地加了一句。

他走出修道室，阿廖沙和另一名見習修士急忙跑去攙扶他走下台階。阿廖沙高興得都喘不過氣來了，他很高興能夠離開這裡，也很高興長老沒有生氣，而且很快活。長老向迴廊走去，去給那些等候他的人祝福。但是，費奧多爾・帕夫洛維奇還是在修道室門口攔住了他。

「您真是個至聖至賢的人！」他動情地叫道，「請允許我再一次親親您的手！不，跟您還是可以說話，可以相處的！您以為我一向都自欺欺人，沒完沒了地扮演小丑嗎？要知道，我這樣演戲一直是故意的，我想試探試探您。我這樣做一直在試探您，看能不能夠跟您相處？以我的謙卑置身於您的高傲之下，能不能給我一席容身之地？我要給您發獎狀：跟您是可以相處的！現在我要閉上嘴，從此緘默不語。坐到椅子上，一聲不吭。彼得・亞歷山德羅維奇，現在該您說話了，現在就剩下您這個最主要的人物了……時間不長，就十分鐘。」

三、女信徒

緊貼著院牆的外側加蓋了一條木頭迴廊。迴廊旁的台階下聚集著一大群婦女，約有二十來名村婦。有人告訴她們，長老一定會出來見她們的，於是她們就聚集在那裡等候。女地主霍赫拉科娃母女也走到迴廊上，她倆也在等候長老，不過她倆單獨住在給有身分的女施主們預備的客堂裡。她們是母女倆，母親叫霍赫拉科娃太太，是一位闊太太，穿戴一向講究，還相當年輕，而且容貌姣好，不過面色略顯蒼白，一雙幾乎烏黑的眼睛忽閃忽閃的，十分有神。她的芳齡不會超過三十三歲，但她已經守了五年寡。她的一個十四歲的女兒，兩腿癱瘓。這個可憐的小姑娘不能走路已經半年光景了，因此她只能斜躺在輪椅上讓人推著。她有一張非常漂亮的小臉蛋，因爲有病略顯清瘦些，但是面孔很活潑。她的眼睛是深色的、大大的，長著長長的睫毛，眼神裡似乎閃爍著某種淘氣。還在春天母親就打算帶她出國，但是因爲整頓莊園一直拖到了夏天，這就去晚了。她倆住在敝縣縣城已經一星期左右了，她們主要是來辦事的，其次才是朝聖，但是三天前，她們已經拜見過一次長老了，現在她倆突然又來了，雖說她們明知道長老幾乎根本不可能接見任何人，可是她們還是一再央求，讓她倆再一次「有幸見一見偉大的神醫」。

在等候長老出來時，母親坐在椅子上，挨著女兒的輪椅，而離她兩步遠則站著一位年老的修士，他不是本地修道院的，而是從一個非常遠的、不很有名的北方修道院裡來的。他也希望得到長老的祝福。但是長老在迴廊上出現後卻先向人群走去。門廊旁的台階共三級，台階把低矮的迴廊和室外的空地連在了一起。人群開始擠到台階旁。長老站在最高的一級台階上，圍上聖帶①，開始給擠到他身邊的女人祝福。有人抓住一個瘋女人的兩只手，把她拽到長老跟前。那瘋女人一看見長老，就不知怎的拼命尖叫起來，開始打嗝，渾身哆嗦，就像產婦出現驚厥一樣。長老解下聖帶，放在她的腦袋上，給她念了幾句簡短的禱詞，那瘋女人便立刻安靜了下來，不再鬧了。不知道現在怎樣，反

① 東正教神職人員圍在祭服裡面的聖帶。

正我小時候在農村和修道院裡常常看到和聽到這些瘋女人在哭鬧。把她們領去做祈禱，她們就連聲尖叫或者像狗一樣狂吠，叫得整個教堂都聽得見。但是當拿來了聖餐①，把她們領到聖餐跟前後，她們的「瘋病」便立刻停止發作了，而且病人在若干時間內一直很安靜。當時我還是個孩子，我看到這情形感到很驚奇，也覺得很奇怪。但是當時我聽到一些地主，尤其是城裡的老師，對我的刨根問底回答道，這一切都是假裝出來的，目的是爲了不幹活，只要對她們嚴加懲處，這病可以永遠根除，而且他們還舉了各種各樣的笑話來證明他們說的話是有道理的。但是後來我請教了一些醫學專家，才驚訝地發現，這裡毫無裝假的成分，這是一種可怕的婦女病，似乎主要發生在我們俄國，這證明我國農村婦女的悲苦命運，這病是因爲婦女難產（再加上分娩不得法，又缺少任何治療和護理）後得不到休息，又很快去幹重活引起的；此外，還由於悲痛欲絕，由於挨打，等等，有些婦女的體質弱，因此受不了，不能像大多數婦女那樣硬挺過去。只要把正在發狂的、拼命掙扎的女人領到聖餐面前，她的病就會奇怪地霍然痊癒，有人對我說這是假裝的，更有甚者，還說這是變戲法，就差點沒說這是那些「僧侶們」自己玩的戲法，其實，這種霍然痊癒很可能也是極其自然的，帶她去領聖餐的鄉下婦女，主要是病人自己——她們都完全相信，就像這是確定不移的真理一樣，如果把病人帶去領聖餐，讓病人在聖餐前低下頭來，那附在她身上的魔鬼是無論如何受不住的。因此，當病人俯身去領聖餐的那一剎那，這個神經質的、自然也是心理上有病的女人就常常會發生（也必然會發生）一種似乎整個機體的震撼；這震撼是因爲大家期待一定會出現不治而愈的奇蹟，而且完全相信這奇蹟一定會出現而引起的。而且這奇蹟還果真出現了，雖然僅僅只有一分鐘。現在的情形亦然，

① 聖餐指神父在教堂裡分發給教徒們的麵包和葡萄酒（象徵基督受難時的肉和血）。

長老剛把聖帶放到病人頭上，奇蹟就出現了。

由於這一分鐘的奇效，許多擠到他身邊去的女人都流下了感動和狂喜的眼淚；有些人則拚命擠到前面去，哪怕能夠親一親長老的衣服邊也是好的，有些人則淚眼婆娑地齊聲贊嘆。他給所有的人一一進行了祝福，跟有些人則進行了交談。那個瘋女人他過去就認識了，她來自不遠的一個村莊，離修道院總共才六俄里，而且從前也曾帶她來見過他。

「這裡還有遠道來的！」他指著一位還根本不算老的女人說道。但這女人面黃肌瘦，倒不是因爲被太陽曬黑了，可是看去卻似乎滿臉黧黑。她跪著，目光一動不動地注視著長老。她的眼神裡似有種迷狂的神態。

「遠道來，長老，遠道來，離這裡三百俄里，遠道來，神父，遠道來。」那女人拉著長腔說道，不知怎的慢悠悠地左右搖晃著腦袋，並舉起一隻手，托著腮幫子。她說話的聲音似在哭訴。在老百姓中間有一種逆來順受的無言的悲痛；它深藏不露，啞默無聲。但是也有一種撕心裂肺的悲痛：它一旦經由眼淚衝決出來以後，便變成哭訴。這情形在女人身上尤甚。但是這並不比無言的悲痛輕些。哭訴在這裡給人的排解，只能是使人更痛苦，讓人更心碎。這樣的悲痛並不希望得到安慰，它使人痛定思痛，無法排解。哭訴僅是一種不斷刺激傷痛的需要。

「你沒準是做小買賣的吧？」長老好奇地打量著她，繼續道。

「我們住城裡，神父，住城裡，我們是種田人出身，但是我們是城裡人，住城裡。我是來看看你的，神父。聽到人家說起你，神父，老聽到人家說起你。我剛把不點大的兒子埋了，就出來朝聖了。我去過三座修道院，人家都指點我：『娜斯塔秀什卡，你該到這兒來，就是說來找您，親愛的，來找您。』於是我就來了，昨天住了一宿，今天就來找您了。」

「你哭什麼呢？」

「捨不得我那兒子，神父，他才三歲，差三個月就三歲了①。我在為我那兒子痛苦，神父，為我那兒子。就剩下最後一個兒子了，我跟尼基圖什卡生了四個孩子，可是我們留不住孩子，留不住啊，我的好人，總是留不住。我埋了頭三個孩子，還不十分捨不得，可是埋了這最後一個兒子，對他實在難捨難忘。彷彿他現在就站在我眼前似的，站著不肯走開。讓我的心都碎了。看看他的小內衣、小襯衫或者他的小靴子，我就不禁要大哭一場。我把他死後留下的所有東西都攤開來，看著看著就哭開了。我對我男人尼基圖什卡說：當家的，讓我去朝聖吧。他是趕馬車的，我們不窮，神父，我們不窮，我們以趕車為生，自己替自己幹活，一切都是自己的，馬是自己的，車也是自己的。可現在財產對我們有什麼用呢？我那尼基圖什卡，我一不在他身邊，他就開始酗酒，這是一定的，過去也是這樣：只要我稍一轉身，他就放鬆自己。現在我乾脆不去想他了。我離開家已經兩個多月了。我忘啦，什麼都忘啦，也不想記得；現在我跟他在一起有什麼意思呢？我跟他算完啦，全完啦，一切都完啦。我現在對自己的家，自己的財產，連看也不想看啦，壓根兒什麼都不想看啦！」

「聽我說，孩子他媽，」長老說道，「有一回，古代的一位大聖徒，在教堂裡看見一位跟你一樣哭泣的母親，她也在哭泣她的孩子，哭她的獨生子，這孩子也是被主召回去了。這位聖徒對她說：『你難道不知道嗎，這些孩子在上帝的寶座前有多麼放肆啊？甚至沒一個人在天國裡比他們更放肆的了。他們居然對上帝說：主啊，你給了我們生命，我們剛一看見它，你就把它從我們身邊收回去了。

①據作者夫人回憶：他們的兒子阿廖沙死於一八七八年，也是三歲差三個月，作者開始寫《卡拉馬助夫兄弟們》也是在一八七八年。

他們居然放肆到如此地步，硬是軟磨硬泡，於是上帝只好立即賜給他們天使的封號。』『因此，』這聖徒說，『你應該高興才是，孩子他媽，不要啼哭，因爲你的孩子現在正在主的身旁，並且忝居神的天使之列。』這就是古時一位聖徒對一位哭泣的女人說的話。他是一位大聖徒，決不會對她說瞎話的。因此，你這做母親的也應該知道，你的孩子現在也一定站在主的寶座前，喜笑顏開，並且在替你禱告上帝。因此你不要啼哭，應該高興才是。」

那女人低下腦袋，一手托腮，聽著他說話。她發出一聲長嘆。

「尼基圖什卡也說過這話，他也這樣安慰我，跟你說的一模一樣，他說：『你真糊塗，哭什麼呀，咱們的兒子現在一定在主上帝身邊跟天使們一起唱讚美詩呢。』他對我說這話時自己也哭了，我看到他跟我一樣在哭。我說：『尼基圖什卡，我也知道，他不在上帝身邊又能在哪兒呢，不過，尼基圖什卡，他現在不在這裡，不跟我們在一起，不在我們身邊，不像過去那樣坐在我們身邊呀！』哪怕就讓我再看他一眼呢，就讓我再看他一眼也好呀，我一定不過去，一定一聲不吭，我可以躲在角落裡，只要讓我看一分鐘就行，聽聽他說話，看看他怎樣在院子裡玩耍，像往常那樣走過來奶聲奶氣地叫我：『媽媽，你在哪兒？』只要讓我聽聽他怎樣邁著小腿兒在房間裡跑過去，就一次，總共就聽一次，他怎樣邁著小腿兒，我記得，他過去常常，常常向我跑來，又笑又叫，我只要聽到他的小腳的走路聲，我一聽到，就能聽出來！但是他不在啦，神父，不在啦，我再也聽不到他的聲音啦！瞧，這是他的小腰帶，可是他卻不在啦，現在我再也看不到他，聽不到他的聲音啦！……」

她從懷裡掏出一條她那孩子用過的用金銀條帶編織的小腰帶，才看了一眼，就渾身哆嗦地嚎啕大哭，用手捂著自己的眼睛，眼淚奪眶而出，像小溪似的透過指縫流了出來。

長老說：「這便是，這便是古代的『拉結哭她兒女不肯受安慰，因爲他們都不在了』①，你們這些做母親的在人世的命運就注定是這樣。你不肯受安慰，你也不要受安慰，那你就傷心痛哭吧，不過你每次哭的時候一定要想想，你的兒子是神的一名天使，他正從那裡看著你，而且看見了你，他看到你的眼淚覺得很有趣，還讓上帝看你的眼淚。你還將長時間地哭泣，這將是偉大的慈母之淚，但是這哭泣終將變成平靜的快樂②，你的痛苦之淚終將變成僅僅是平靜的感動之淚和使人從罪孽中獲救的淨化心靈之淚。我一定爲你孩子的亡魂祈禱安息，他叫什麼名字呀？」

「叫阿列克謝，神父。」

「這名字很好。是照神癡③阿列克謝取的名字。」

「是照神癡，神父，是照神癡阿列克謝取的名字。」

「多好的聖徒呀！我一定爲他祈禱安息，孩子他媽，一定爲他祈禱安息，在禱告詞中我還要提到你的悲痛，還要爲你丈夫的健康祈禱。不過你撇下他是罪過的。快回到你丈夫身邊去，好好照料他。你的孩子在天上看到你拋棄了他的父親，他會哭的，哭你倆的；你幹麼要破壞他的無上幸福呢？要知道，他還活著，活著，因爲靈魂是永生的，他雖然不在家裡，但是他冥冥之中就在你們身旁。你既然說你恨自己的家，他怎麼還能回這個家呢？既然他回來也找不到你們，找不到父母倆在一起，

① 《舊約・耶利米書》第三十一章第十五節。《新約・馬太福音》第二章第十八節也引用過同樣的話。

② 參看《舊約・耶利米書》第三十一章第十三節：「我要使他們的悲哀變爲歡喜，並要安慰他們，使他們的愁煩轉爲快樂。」同時，請參看《新約・約翰福音》第十六章第二十節：「你們將要憂愁，然而你們的憂愁要變爲喜樂。」

③ 指形似瘋癲，但卻能預知未來的先知。

他又能去誰家呢？現在你常常夢見他，你感到痛苦，以後他就會給你送來一些溫馨的夢。回到丈夫身邊去吧，孩子他媽，今天就回去吧。」

「我這就回去，親人，我聽你的話，這就回去。你把我的心算摸透了。尼基圖什卡，我的尼基圖什卡，你在等我，親愛的，你會等我的！」這女人又要開始哭訴了，但是長老已轉身跟一位老太太說起了話。這老太太的穿戴不像是來朝聖的，而是一副城裡人的打扮。從她的眼神看得出來，她有什麼事，她是來告訴他某件事的。她自稱是一位軍士的遺孀，從不遠的地方來，充其量從敝縣縣城吧。她有個兒子，名叫瓦先卡，在某地的軍需部門當差，現在到西伯利亞的伊爾庫茨克去了。他從那裡來過兩封信，現在已經有整整一年不來信了。她到處打聽，但是說實在的，她也不知道上哪打聽好。

「前些日子，有位有錢的商人太太，名叫斯捷潘尼達•伊利伊尼什娜•別德裡亞金娜，她對我說：普羅霍羅芙娜，你趕緊把你兒子的名字寫到追薦亡魂的帖子裡，拿到教堂去，作亡魂祈禱。她說，他的靈魂一聽就煩了，就會給你寫信。斯捷潘尼達•伊利伊尼什娜說：這法子可靈了，百試百中。不過我懷疑……我們的好長老，這話是真的呢，還是假的，這樣做好嗎？」

「快別這樣想。問這話都可恥。這怎麼可能呢：給一個活人追薦亡魂，而且還是他親生母親這麼幹的！這是很大的罪過，簡直同妖術一樣，只是因爲你無知才能得到饒恕。你還是求求救苦救難、有求必應的聖母娘娘吧，求她保祐你兒子身體健康，求她饒恕你的歪門邪道。我還有句話要告訴你，普羅霍羅芙娜：令郎若不是很快就會回到你身邊，也會很快給你寫信的。你要記住這點。快回去吧，而且從今往後要安心等候。實話告訴你吧，令郎活著。」

「親愛的長老，願上帝褒獎你，你是我們的恩人，你替我們大家祈禱，替我們的罪孽祈禱……」

可是長老已經注意到人群中有一名衰弱已極，看去患了癆病，雖然還很年輕的農婦向他急切地投來一瞥熱烈的目光。她默默地望著，眼睛似乎在央求什麼，但是她又好像怕走到他跟前來。

「你有什麼事，親愛的？」

「親人啊，請你解救解救我的靈魂吧！」她不慌不忙地低聲道，說罷便雙膝下跪，向他磕了個頭。

「我犯了罪，親愛的神父，我害怕我犯下的罪孽。」

長老坐到最下面一級台階上，那女人匍匐著爬到他的身邊，依然長跪不起。

「我守寡已經兩年多了，」她開始聲音很低地說道，似乎在瑟瑟發抖，「出嫁後的日子難熬啊，他是個老頭，把我毒打了一頓。他有病，躺在床上；我想，我去看看他：如果他的病好了，又能夠下床了，怎麼辦？當時有個邪念鑽進了我的腦海……」

「等等，」長老說，把自己的耳朵貼近她的嘴唇。那女人便用很低的聲音繼續說下去，所以幾乎一點也聽不清。她很快就說完了。

「兩年多了？」長老問。

「兩年多了。我起初不以爲意，可現在開始鬧病了，越想越後怕。」

「從遠處來？」

「離這兒五百俄里。」

「懺悔的時候說過嗎？」

「說過，說了兩次。」

「讓你領聖餐了嗎？」

「讓倒是讓了。但是我怕；怕死。」

「什麼也不要怕，永遠也不要怕，也不要發愁。只要你痛悔前非，上帝會饒恕一切的。人世間沒有一件，也不可能有一件罪孽是主不能饒恕的，只要這人真誠悔過。一個人也根本不可能罪孽深重到他再也得不到上帝的無邊的愛。難道還能有什麼凌駕於上帝的愛之上的罪孽嗎？你要一心一意地痛悔前非，不斷地痛定思痛，把害怕一掃而空。要相信上帝是愛你的，愛你超過了你的想像，哪怕你有罪，哪怕你罪孽深重，他也愛你。天上對一個悔罪的人比對十個義人的歡喜還大，這話在聖經上早就說過①。

去吧，別害怕。不要對人們的閒言碎語難過，也不要因自己受人欺負而生氣。要在心中饒恕死者曾經用以侮辱過你的一切，要真心誠意地跟他言歸於好。你能悔罪，你就能愛。你能愛，那你就是上帝的人……愛可以彌補一切，愛可以拯救一切。就說我吧，跟你一樣，我也是罪人，連我都對你產生了惻隱之心，連我都可憐起你來了，更不用說上帝啦。愛是無價之寶，用愛能買到整個世界，不僅能替你贖罪，也能彌補別人的罪孽。回去吧，不要害怕。」

他給她畫了三次十字，並從自己脖子上摘下了聖像，戴在她的脖子上。她默默地向他磕了個頭。他站起身來，快活地望了望一名抱著吃奶的孩子的身強力壯的村婦。

「我從高山村來，親愛的。」

「不過，離這裡有六俄里呀，抱著孩子，累壞了吧。你有什麼事？」

「我來看看你。我常常到你這裡來，難道你忘了？連我都忘了，可見你記性不大好呀。我們那

---

① 參見《路加福音》第十五章第七節：「我告訴你們：一個罪人悔改，在天上也要這樣為他歡喜，相較下比為九十九個不用悔改的義人，歡喜更大。」

裡的人說你有病，我想，倒不如我去親眼看看他：這不看見你了，你哪有病呀？還能活二十年，真的，上帝保祐你！替你禱告的人還少嗎，你哪會鬧病呀？」

「謝謝你，親愛的，謝謝你所說和所做的一切。」

「我順便對你還有個小小的請求：瞧，這裡有六十戈比，親愛的，請你交給一個比我還窮的窮女人。我動身到這兒來的時候就想：還不如通過他轉交好，他知道該給誰。」

「謝謝你，親愛的，謝謝，好心的人。我喜歡你。我一定照辦。你抱的是個小女孩嗎？」

「是的，長老，她叫利扎韋塔。」

「願主祝福你們母女倆，祝福你和你的小寶寶利扎韋塔。你讓我的心快活極了，孩子她媽。再見了，諸位親愛的人，再見了，諸位可親可近的人。」他給大家一一進行了祝福，然後向大家深深一鞠躬。

四、一位信仰不堅的太太

那位從外地來的地主太太望著長老跟普通老百姓交談和給她們祝福的整個場面，悄悄地流著眼淚，用手帕擦著淚。這是一位多愁善感的上流社會的太太，她的好惡在許多方面都是真誠而又善良的。當長老最後走到她身邊時，她非常熱誠地向他問了好：

「我瞧著這整個感人的場面，真是百感交集……」她激動得沒把話說完。「噢，我知道老百姓愛你，我自己也愛老百姓，也願意愛他們，又怎能不愛老百姓呢，又怎能不愛我們這些非常好、既偉大又淳樸的俄國老百姓呢！」

「令愛的身體怎樣?您還想跟我談談嗎?」

「噢,我堅決請求,我懇求,我願意跪在您窗前,哪怕連跪三天三夜,直到您讓我進去。我們來找您,偉大的神醫,是爲了向您表示我們十二萬分的歡喜和感激之情,要知道,您把我的麗莎的病治好啦,完全治好啦,用什麼治好的呢?星期四您替她作了禱告,把您的手按在她頭上。我們急著趕來親吻這雙手,想一吐我們由衷的欽佩和感激之情!」

「怎麼就治好了呢?她不是還躺在輪椅上嗎?」

「但是夜裡完全不發燒了,已經兩晝夜啦,從星期四那天起。」太太神經質地急忙說道。「這還不算:她的兩條腿也有勁了。今天早上她起床時身體很好,她睡了一整夜,您瞧她紅撲撲的臉蛋,瞧她那閃閃發亮的眼睛。從前老哭,現在老笑,活潑而又快樂。今天她硬要我讓她站會兒,結果她自己站了足足一分鐘,誰也沒扶著她。她跟我打賭,再過兩星期她就能跳卡德裡爾舞了。我把這裡的赫爾岑什圖勃大夫請來了:他聳聳肩膀說:我感到驚奇,簡直匪夷所思。可您居然要我們不來打攪您,我們能不飛到這裡來向您千恩萬謝嗎?麗莎①,快謝呀,謝呀!」

麗莎笑吟吟的小臉蛋忽然變得嚴肅起來,她在輪椅上盡量地微微坐起,她兩眼望著長老,在他面前十指交叉,合十當胸,但是她忍不住,撲哧一聲笑了出來……

「我這是笑他,笑他!」她指著阿廖沙說,她孩子氣地對自己很惱火,她恨自己居然忍不住撲哧一聲笑了出來。如果有人看看站在長老身後僅一步之差的阿廖沙,就會發現他的臉刷的一下紅了,而且紅暈霎時布滿兩頰。他的眼睛忽閃了一下,又低了下去。

---

① 法語:Lise。

「阿列克謝・費奧多羅維奇，有人託她辦件事，她有話跟您說……您身體好嗎？」媽媽突然向阿廖沙轉過身來繼續道，她邊說邊把她那戴著很漂亮的手套的手伸給他。長老回過頭來，忽地仔細細地看了看阿廖沙。阿廖沙走近麗莎，有點異樣和尷尬地笑了笑，向她伸出手來。麗莎擺出一副儼乎其然的模樣。

「卡捷琳娜・伊萬諾芙娜讓我把這封信交給您。」她遞給他一個小小的信封。「她再三叮囑，請您抽空到她那裡去一趟，要快，不許騙人，一定要去。」

「她請我去？請我去看她……幹麼呀？」阿廖沙非常驚訝地喃喃道。他的臉突然變得心事重重起來。

「噢，這都是因爲德米特里・費奧多羅維奇的緣故，還有……最近接連發生的這一連串事。」媽媽急忙解釋道。「卡捷琳娜・伊萬諾芙娜現在拿定了主意……但是這樣做，她一定要先見見您……幹什麼？我當然不知道，但是她請您盡快去。您一定會照辦的，甚至您身爲基督徒也必須這樣做。」

「我總共才跟她見過一面呀。」阿廖沙仍舊莫名其妙地繼續道。

「噢，這是一個非常高尙而且無與倫比的人！……就憑她受的這痛苦……您想想，她吃了多少苦，現在她又在經受怎樣的痛苦啊，您想想，等待著她的又將是什麼……這一切真可怕，太可怕啦！」

「好，我一定去。」阿廖沙匆匆瞥了一眼謎一般的短信後，決定道。這信除了請他務必前去以外，沒有任何說明。

「啊，您能這樣做就太好啦，太棒啦。」麗莎忽地笑逐顏開地叫起來。「可我還對媽媽說哩：他肯定不會去的，他正在修煉哩。您是一個多麼好，多麼好的好人呀！要知道，我一直在想，您是一個很好的人，現在能親口告訴您這話，我很高興！」

「麗莎！」媽媽嗔怪地說，然而又立刻微微一笑。

「您把我們也忘啦，阿列克謝‧費奧多羅維奇，您根本不肯到舍下去；可是麗莎都對我說過兩回了：只有跟您在一起，她才感到心情好。」阿廖沙抬起低垂的眼睛，驀地臉又紅了，又忽地粲然一笑，自己也不知道笑什麼。然而長老已經不在觀察他了。他正在同一個外地來的修士說話，這修士，我們已經說過了，也就是站在麗莎輪椅旁等候長老出來的那個修士。這人顯然是個極普通的修士，也就是說，職務低微，具有狹隘而又牢不可破的世界觀，但信仰堅定，從某方面說甚至很固執。他自稱從遙遠的北方來，來自奧布多爾斯克的聖西利韋斯特爾，這是一座總共只有九名修士的窮修道院。長老給他祝了福，並邀請他在他方便的時候到他的修道室去隨便談談。

「您怎麼敢做這樣的事？」那修士突然問，威嚴而又莊重地指著麗莎。他指的是長老居然「治愈」了她的病。

「說這話當然還嫌過早。病情減輕還不就是痊癒，也可能因爲別的原因。但是，如果多少有點效果的話，那也是上帝的旨意，而不是任何人的力量能夠辦到的。一切都是由於上帝。請來舍下小坐，神父，」他向那修士又加了一句，「因爲我不能隨時出來：我有病，我知道我剩下的日子不多了。」

「噢，不，不，上帝不會把您從我們手裡奪走的，您一定會長命百歲的。」那個媽媽叫道。「再說您會生什麼病呢？您的樣子是這麼健康、快活和幸福。」

「我今天感到身體特別好，但是我也知道，這不過是轉瞬即逝的事。現在，我對自己的病心中還是有數的。如果說，您覺得我的樣子非常快活，那麼再沒什麼比您說這話更使我高興的了。因爲人活著就爲了幸福，誰感到非常幸福，誰就有資格對自己說：『我在人間履行了上帝的約言。』所有虔誠信仰上帝的人，所有的聖徒，所有神聖的苦修者，全是幸福的。」

「噢，您說得多好呀，這是一些多麼大膽而又崇高的話呀！」那個媽媽叫道。「您一開口就好像說到我的心坎裡去了。不過話又說回來，幸福，幸福，幸福在哪裡呢？誰又能說自己幸福呢？噢，既然您這麼大發慈悲，讓我們今天能夠再一次見到您，那就請您聽我說完上次沒有說完的話吧，讓我把上次不敢說，長久，長久以來我感到痛苦的一切都說出來吧！我痛苦，請恕我直言，我感到痛苦……」她說時似乎很激動，很急切，她在他面前十指交叉，合十當胸①。

「您最痛苦的是什麼呢？」

「我最痛苦的是……缺乏信仰……」

「不信仰上帝？」

「噢，不，不，這，我連想也不敢想，但是死後的生命②——這是一個解不開的謎啊！沒有一個人能解開這個謎！我說，您是神醫，您熟知人的心靈；當然，我不敢奢望您會完全相信我，但是我敢向您最莊重地保證，我現在絕非見識膚淺，瞎說一氣，這個關於死後的未來生命，使我十分不安和痛苦，既恐怖又害怕……我不知道該去問誰，我一輩子都不敢問這個問題……因此我現在斗膽向您請教……噢上帝呀，現在您會把我當做什麼人呢！」她舉起兩手一拍。

「您甭擔心我的意見，」長老回答，「我完全相信您的煩惱是真的。」

「噢，我對您不勝感激！您瞧：我閉上眼睛，在想：如果大家都信仰上帝，那這信仰是從哪裡來的呢？現在又有人說，這一切起先都來自對自然界各種可怕現象的恐懼，其實這一切都是不存在

---

① 十指交叉，合十當胸是基督教徒祈禱的姿勢。

② 原文爲「未來的生命」，有人譯爲「來世」，不妥。因爲基督教並無輪迴轉世之說，只有「靈魂不死」，人死後或上天堂，或下地獄。

的。那怎麼辦呢，我想，我一輩子都相信上帝，一旦死了，忽然什麼也沒有了，只有『墳上長出了牛蒡草』，就像我從一位作家的書裡看到的那樣①。

這太可怕了！用什麼，用什麼辦法才能恢復信仰呢？話又說回來，我相信上帝也只是在很小很小的時候，機械地相信，什麼也不想……到底用什麼，用什麼才能證明這事呢，我現在跑來拜倒在您面前，向您求教這個問題。要知道，如果我錯過這機會，那一輩子也不會有人回答我的問題了。到底用什麼來證明，用什麼才能使我深信不疑呢？噢，我多麼不幸啊！我站在這裡，看著周圍，所有的人都無所謂，幾乎所有的人，現在誰也不關心這問題，只有我一個人，我一個人又受不了這痛苦。這簡直要我的命，要我的命啊！」

「無疑，這是個要命的問題。但是這問題是無法證明的，只能堅信。」

「怎麼堅信？用什麼來堅信呢？」

「用積極的愛的經驗。您要努力，去積極地、不倦地愛您周圍的人。您在愛中取得多大成績，您就會隨即逐漸確信上帝的存在和您的靈魂的不死。如果您能在對他人的愛中做到完全忘我和克己，那時候您就會堅信不疑，甚至任何懷疑都進不了您的心靈。這是屢試不爽的，這是確鑿無疑的。」

「積極的愛？但是問題又來了，而且是這樣一個問題，這樣一個問題啊！您瞧，我非常愛人，您相信嗎，有時候我真想撇下一切，撇下我所有的一切，撇下麗莎，去當仁慈小姐②。我閉上眼睛，琢磨呀，幻想呀，在這樣的時刻，我真感覺到自己身上有一種遏制不住的力量。任何傷口，任何潰

① 指屠格涅夫的《父與子》第二十一章中巴扎羅夫說的話。

② 指護士。

爛的膿瘡都不能把我嚇退。我一定要親手替他們包紮和清洗，我一定要做那些傷員的看護婦，我情願去親吻這些膿瘡……」

「您腦子裡不是想別的，而是在幻想這些問題，那就不錯，那就很好嘛。說不定，碰巧了，會當真做出一件好事來的。」

「是啊，但是過這樣的生活我又能堅持多久呢？」這位太太熱烈地，幾乎有點迷狂地繼續道。「這才是最最主要的問題！也是我感到最最痛苦的問題。我閉上眼睛，捫心自問：我走這條路能長久堅持下去嗎？假如一個病人，你常常給他洗膿瘡，他非但不立刻對你表示感謝，反而對你橫挑鼻子豎挑眼，不珍視，甚至對你仁愛的服務熟視無睹，衝你嚷嚷，對你提出無理的要求，甚至還向某位上司告你的狀（就像有些重傷員常常發生這種事那樣）——那時候怎麼辦呢？你的愛還能不能夠堅持下去呢？就這樣，您瞧，這事我已經不寒而慄地決定了：如果有什麼東西能使我對人類的『積極』的愛立刻冷卻的話，那，唯有忘恩負義。一句話，我做事需要報答，我要立刻得到報答，即對自己的誇獎和用愛來答謝愛。否則我沒法愛任何人！」

她處在一種突然爆發的真誠的自我譴責之中，她說完這席話後，就以一種類似挑戰般的果斷望了望長老。

「有位大夫也跟我說過同樣的話，不過這已是好久以前的事了。」長老說。「這人已經上了年紀，而且無可爭辯地是個聰明人。他跟您一樣說得很坦率，雖然用的是開玩笑的口吻，不過這玩笑令人心酸；他說：我愛人類，但是我對自己感到奇怪：我越是愛整個人類，就越不愛個別的人，即彼此分開的、單獨的人。他說，我在幻想中常常非常熱切地想為人類服務，為了人，我會當真走上十字架也說不定，如果鬼使神差，突然之間有這個需要的話，可是我憑經驗知道，如果我跟任何人同住一個房間，連兩天也住不下去。只要他離我稍微近一點，他這人就會壓迫我的自尊心，束縛我的自由。一晝夜內我甚至會對一個最好的人產生恨：恨這個人是因爲他吃飯慢，恨那個人是因爲他得了感冒，老擤鼻涕。他說：只要有人稍稍碰我一下，我就會成爲這人的仇敵。然而又常常會發生這樣的事：我越是恨個別的人，我對整個人類的愛就變得越強烈。」

「但是有什麼法子呢？遇到這樣的情形又該怎麼辦呢？這不是讓人進退兩難嗎？」

「不，您爲此而感到難過，也就夠了。去做您能夠做到的事，也就算盡了您的本分了。您已經做了許多事，因爲您能如此深刻和真誠地反省自己！假如您現在如此真誠地跟我說話，僅僅是爲了讓我能夠誇獎您誠實，那您在積極的愛的功德簿上定將一無所獲；於是一切就只能永遠停留在您的幻想中，您的整個一生也將像幻影一樣一閃而過。這樣，自然，您也就忘記了您死後的生命，最後您也就渾渾噩噩地心安理得起來了。」

「我算服您了！直到現在（也就是在您說這番話的那一瞬間）我才明白，當我對您說我最受不了人家忘恩負義的時候，我的確只是在等待您誇獎我誠實。您揭露了我的真面目，您抓住了我的要害，您讓我認識了我自己！」

「您說的是心裡話嗎？嗯，現在，在您作了這樣的坦白之後，我相信您是真誠的。而且您的心也是好的。即使您得不到幸福，也要永遠記住，您這樣做走的是正路，千萬不要離開這條路。最要緊的是不要說謊，別說任何假話，尤其不要自欺欺人。要留神觀察自己自欺欺人的行爲，要每時每刻留意它。還有，對人對己不要求全責備：您覺得自己內心有可憎的東西，只要您注意到了，就等於把它洗淨了。也不要害怕，其實，害怕不過是您因自欺欺人而產生的後果罷了。永遠不要害怕在達到愛的歷程中您自己表現出的畏縮不前，同時也不必太畏懼您這樣做的時候難免會出現不良行爲。遺憾的是，我對您說不出任何足以使您感到欣慰的話，因爲積極的愛與幻想的愛相比是一件對自己嚴酷無情和令人望而卻步的事。幻想的愛總是渴望大功很快告成，迅速得到回報，讓大家都能看到。這事有時甚至會發展到這樣的地步，哪怕豁出命去，但求不要沒完沒了地連續幹下去，只希望盡快大功告成，就像在舞台上演戲一樣，讓大家都看得見，而且連聲喝彩。而積極的愛，乃是一件持之以恆的工作，對於有些人這也許是門大學問。我敢對您預言，甚至在這樣的時刻，當您驚駭地發現，不管您怎樣努力，您不僅達不到目的，甚至好像離開您要達到的目標更遠了——就在這樣的時刻，我敢對您預言，您會突然感到柳暗花明，達到了目的，清楚地看到君臨您之上的主創造奇蹟的力量；你會清楚地看到，主一直在愛你，主一直在冥冥中指導你。請原諒，我不能花更多的時間跟您呆在一起了，別人還在等我。再見。」

那位太太哭了。

「麗莎，麗莎，請您給她祝福一下吧，給她祝福一下吧！」她忽地全身抖動了一下，忙亂地說道。

「而她是不值得愛的。我瞅見她一直在淘氣。」長老開玩笑地說。「您乾嗎老取笑阿列克謝呢？」

麗莎的確一直在玩這把戲。她早就發現，打上次起她就發現，阿廖沙見了她就害羞，極力不看她，這使她感到十分好玩。她集中注意力等著，捕捉著他的目光。阿廖沙禁不住她那緊盯著他的目光，有時會偶爾身不由己地（好像被一種無法抗拒的力量所吸引）抬起頭來看她一眼，她見狀便立刻直視著他的眼睛，勝利地笑了。阿廖沙羞紅了臉，更惱了。最後他索性背過臉去，躲到長老背後。過了幾分鐘，他被那同樣無法抗拒的力量所吸引，又回過頭來，想看看她是否還在緊盯著他，但是他看到，麗莎幾乎全身探出輪椅外，從側面緊盯著看他，而且在使勁兒等他回過頭來；她逮住他的目光後就哈哈大笑起來，笑得連長老都忍俊不禁地說：

「小淘氣兒，您幹麼淨逗他呢？」

麗莎突然，完全出人意料地臉紅了，她的眼睛忽閃了一下，臉變得異常嚴肅，接著便以一種熱烈而又憤懣的嗔怪，既快而又神經質地說道：

「爲什麼他把說過的話全忘了呢？他抱過我，那時候我還小，我們常在一起玩。他還常常到我們家教我讀書，您知道這事嗎？兩年前，他跟我們告別的時候還說，他永遠不會忘記我們，我們永遠是朋友，現在直至永遠！可現在他突然怕起我來了，難道我會把他給吃了？他爲什麼不肯過來跟我打招呼呢，他爲什麼不說話？爲什麼他不肯到我們家來看我？難道是您不讓他來的嗎：我們知道得可清楚了，他哪兒都去。我不好意思叫他，如果他沒有忘記，就該頭一個想到來看我。他才不呢，現在他在修道啦！您幹麼讓他穿上這麼一件長長的修士服①……一跑，準摔……」

她憋不住，突然用一隻手捂住臉，大笑起來，笑得前仰後合，發出一種又長又神經質的、無聲的笑，笑得直不起腰來。長老微笑著聽完她的訴說，慈祥地祝福了她；當她開始親吻他的手時，她忽地把他的手掌貼在自己眼睛上，嗚嗚咽咽地哭了起來：

「您別生我的氣，我是個傻丫頭，不值得人家垂青……也許，阿廖沙是對的，他不肯來看我這麼一個可笑的丫頭片子，做得很對。」

「我一定讓他來。」長老斷然道。

---

① 指東正教修士穿的窄腰、肥袖的黑色修道服。

五、阿門，阿門①！

長老離開修道室的時間持續了大約二十五分鐘。已經是十二點半了，可是德米特里·費奧多羅維奇（大家都是因爲他才來的）卻仍舊沒有來。但是大家也似乎差點把他給忘了，當長老又重新跨進修道室的時候，正碰到自己的客人在進行十分熱烈的交談。談得最起勁的是伊萬·費奧多羅維奇和那兩位修士司祭。米烏索夫顯然也很熱烈地介入了談話，但是這回他又不走運；他明顯處於次要地位，大家甚至不大搭理他，所以這一新情況只是更加劇了他鬱積於心的怒火。問題是，他先前已經跟伊萬·費奧多羅維奇在知識方面稍稍地交過幾次鋒了，因此對人家有點不把他放在眼裡，不能不心存芥蒂：「起碼，到今天爲止，我一直站在歐洲進步思潮的高峰，可是這新的一代居然不把我們放在眼裡。」他私下琢磨。費奧多爾·帕夫洛維奇曾經保證要正襟危坐，緘默不語，他也的確沉默了若干時候，但是卻面露嘲笑地注視著自己的鄰座彼得·亞歷山德羅維奇，看到他心中的怒火不打一處來，顯然很高興。他早就想報復他，讓他知道他的厲害，現在當然不肯錯過機會。最後終於按捺不住，他靠向這位鄰座的肩膀，再一次小聲地逗他：

「方才，在『親切地吻罷手』之後，您爲什麼不走，居然屈尊留在這麼一群不體面的人中間呢？因爲您感到您是被侮辱和被損害的人，因此您想留下來顯示一下自己的聰明，以示報復。所以，現在，在您沒有顯示自己的聰明才智以前，您是不會走的。」

① 原文是教會斯拉夫語（Буди, Буди!），即希伯來語的「阿門（基督教禱詞的結束語）」，意爲「誠心所願！」

「您又來了不是？相反，我這就走。」

「肯定您走得最晚！」費奧多爾·帕夫洛維奇又刺兒他。這幾乎就發生在長老回來的同時。

爭論暫告平息，但是，長老在原先的位置上坐定後，便抬起頭來看了大家一眼，似乎很客氣地請他們繼續談下去。阿廖沙對他的幾乎任何面部表情都很熟稔，他清楚地看到他已經很累了，現在只是勉爲其難，強打精神。他的病發展到最近，由於體力過度消耗常出現昏厥。與昏厥前幾乎差不多的那種蒼白現在又遍布他的整個臉部，他的嘴唇也發白了。但是他顯然不想攪散這次聚會；他似乎另有自己的打算——到底是什麼打算呢？阿廖沙仔細地注視著他的一舉一動。

「我們正在談論這位先生的一篇饒有興趣的文章，」掌管藏經樓的修士司祭約瑟指著伊萬·費奧多羅維奇對長老說。「他提出了許多新觀點，不過，他的想法似乎介乎二者之間。是關於宗教社會法庭及其權限範圍的問題，有位神職人員曾就這個問題寫過一大本書，於是這位先生就在雜誌上發表了一篇文章作答……」

「遺憾的是，閣下的大作在下尚未拜讀，但是我聽說了。」長老回答，目光銳利地注視著伊萬·費奧多羅維奇。

「這位先生的觀點是非常有意思的，」那位掌管藏經樓的神父繼續道，「在關於宗教社會法庭問題上，他顯然完全反對教會應與國家分離。」

「這倒頗有意思，但就哪方面說呢？」長老問伊萬·費奧多羅維奇。

他終於向長老作了回答，但不是既倨傲又恭敬，像阿廖沙還在頭天所擔心的那樣，而是既謙虛又穩重，也顯得很客氣，看來沒有絲毫不可告人的用心。

「我立論的出發點是，把兩種要素，即把教會和國家各自獨立的本質混合在一起，這種做法當然還將長期存在下去，儘管這是不可能的，永遠不可能使它處於一種正常狀態，甚至多少是諧和的狀態，因爲這在骨子裡就是一種虛僞。依我看，國家和教會要在諸如司法這類問題上妥協，就其徹底而又純粹的本質說，是不可能的。我給予反駁的那位神職人員斷言，教會在國家中具有明確的、一定的地位①。我則反駁他，恰好相反，教會理應在自身中包含整個國家，而不應僅僅在國家中占有一席之地，即使現在由於種種原因辦不到，但是就事物本質而言，它無疑應當成爲基督教社會進一步發展的直接的和最主要的目標。」

「完全正確！」派西神父這位一向沉默寡言而又十分博學的修士司祭堅定而又十分激動地說道。

「這純粹是教皇至上主義！」米烏索夫叫道，不耐煩地把架起了的二郎腿倒了個過兒。

「唉，我國連山也沒有②！」約瑟神父叫道，接著又對長老說：「這位先生還回答了自己的論敵——那位神職人員的如下一些『主要的和基本的』觀點，請注意。第一：『任何一個社會團體不能夠也不應該攫取權力，來擅自支配其成員的各種民事和政治權利』。第二，『刑事和民事訴訟權不應歸教會所有，因爲這與教會的本質不相容，教會是神的機構，是人們爲了宗教的目的而組成的團體』，最後，第三，『教會是不屬這世界的國，』……」

---

① 這位神職人員的原型是一位名叫戈爾恰科夫的彼得堡大學教授，他企圖調和當時在司法問題上存在「國家派」和「教會派」的矛盾。他的本意是同情「教會派」，但他又說，必須使教會的意願符合現有的國家法，因而無形中又站到「國家派」的立場上去了。

② 這是雙關語。教皇至上主義源出拉丁語，字面的意思是「在山那一邊」，這山指義大利的阿爾卑斯山。教皇至上主義產生於十五世紀，是天主教的一個流派，主張教會完全服從教皇，教皇有權干涉任何一國的事務。一八七〇年梵蒂岡會議上，教皇至上主義者還通過一個教條：在信仰問題上，教皇的話絕對正確。

「一位神職人員做這樣的文字遊戲，也太有失體統了！」派西神父忍不住又打斷了他的話。「我看過您加以批駁的那本書，」他對伊萬·費奧多羅維奇說，「一個神職人員居然會說出『教會是不屬這世界的國』這樣的話來，令我吃驚。既然不屬這世界，那就是說，人世間根本就不應該存在教會。福音書裡的那句話『不屬這世界』，在這裡用得不對①。做這樣的文字遊戲是不能容忍的。主耶穌基督降臨人世就是爲了在人世間建立教會。天國當然不屬這世界，而是在天上，但是要登上天國必須經由創設和建立在地上的教會，捨此別無他途。因此世俗的雙關語用在這意義上是欠妥的，也是不應該的。教會乃是真正的國，它定將統治天下，而且發展到最後，它無疑將成爲普天下的國——我們對此已立下宏願……」②

他說到這裡突然打住了，似乎言猶未盡。伊萬·費奧多羅維奇一直在洗耳恭聽，他聽完後才異常平靜地，跟方才一樣既十分樂意又非常樸實地對長老繼續說道：

「拙文的整個想法是這樣的：在古代，在基督教存在的最初三個世紀裡，人間的基督教僅僅是教會，也只有教會。後來，羅馬這個多神教國家想要成爲基督教國家，因此就必然發生這樣的情形：它宣布基督教爲國教後，僅僅把教會納入自身之中，而它自己在許多方面仍一如既往是個多神教國家③。

---

① 指《約翰福音》第十八章第三十六節耶穌說過的話：「我的國不屬這世界。我的國若屬這世界，我的臣僕必要爭戰，使我不至於被交給猶太人。只是我的國不屬這世界。」

② 請參看《舊約·但以理書》第二章第四十四節：「神必另立一國，永不敗壞，也不歸別國的人，卻要打碎滅絕那一切國，這國必存到永遠。」

③ 羅馬帝國在四世紀初宣布基督教爲國教，將教會與國家政權合爲一體。在第一次（尼西亞）普世會議（三二五年）上，羅馬皇帝被公認爲教會的首腦，是基督在人間的代表。

其實，也必然會出現這種情況。但羅馬作爲一個國家也就保留了許多原本屬於多神教的文明和智慧，諸如，甚至包括成立國家的目的本身和它的基礎。而基督的教會即使加入國家之中，無疑，也決不能對自己的基礎有絲毫讓步，也決不能從自己所站立的基石上有一分一毫的後退，而只能一往無前，追求自己的目的，也就是由主自己確立並指示給教會的那個目的，我要順便指出：這就是把全世界，因此也應包括把古代的這整個多神教國家變成一個教會。因此（即作爲未來的目標），不是教會作爲『一個普通的社會團體』或者『人們爲了宗教目的而組成的團體』（就像我反駁的那位作者談到教會時所說的那樣），應在國家中覓得一定的位置，而是相反，任何人間的國家最終都應完全變成一個教會，而且只能變成教會，而不能變成任何別的東西，不許有任何與教會的目的不相容的自己的目的。這一切決不會貶低它作爲一個偉大國家的價值，決不會損害它的榮譽和光榮，也決不會有損於它的統治者的榮譽，而只會使它離開虛僞的，而且還是邪教的錯誤道路，而使它走上真正的正確道路，能夠通向永恆的目標的唯一道路。假如，《論宗教社會法庭原理》一書的作者，在探索和提出這些原理時，把這些原理僅僅看作是在我們這個罪惡的、尙未徹底完成的時代的暫時的、必要的妥協，而沒有更多的內容的話，那麼他這樣說還是有道理的。但是只要這些原理的炮製者膽敢聲稱他現在所提出的這些原理（其中的部分原理約瑟神父剛才已經逐一列舉了），乃是一些不可動搖的、順乎自然而又永垂千古的原理的話，那就是直接反對教會，反對教會神聖而又永恆的、不可動搖的使命。這就是拙文的全部概要。」

「用兩句話來概括，」派西神父又有板有眼地說道，「根據我們十九世紀已經十分明朗化的某些理論，教會應逐漸蛻化爲國家，就像事物由低級逐漸演化爲高級一樣，然後消失於國家之中，讓位於科學、時代精神和文明。如果它不願意而且反抗這樣做的話，那就只能在國家之中分給它一個似乎小小的角落，而且還必須處於人們的監督之下——這在當代，在當代歐洲各國已隨處可見。按照我們俄國人的理解和期望，不是教會由低級到高級蛻化成國家，而是相反，國家有福了，最終將變成教會，而不是進而變成任何別的東西。這乃是我誠心所願，阿門，阿門！」

「哎呀，不瞞你們說，你們剛才說的話使我多少受到了一點鼓舞。」米烏索夫冷笑道，他又換了換腳，翹起了二郎腿。「就我所能理解的，這似乎要實現某種理想，一種無限遙遠、基督二次降臨人世①時的理想。那就隨它去吧。這是一種再沒有戰爭，再沒有外交官和銀行等等的美妙的烏托邦幻想，甚至有點像社會主義。要不然，我還以爲這一切都是認真的，比如，**教會**，就要審判各類刑事案件，判處鞭笞和服苦役，也許，還要判處死刑。」

「即使現在只有一個宗教社會法庭，現在教會也不會讓人去服苦役或者被處死。什麼是犯罪和對犯罪的看法，那時候也無疑會改變，當然，這改變是慢慢發生的，不是突然，也不是馬上，但是肯定會相當快……」伊萬·費奧多羅維奇心平氣和，連眼睛也不眨地說道。

「您此話當真？」米烏索夫定睛看了他一眼。

「假如一切都變成了教會，教會就可能把有罪的人和不聽話的人開除出去，而不會到時候就殺他們的頭。」伊萬·費奧多羅維奇繼續道。「我倒要請問，被開除的人能到哪裡去呢？要知道，那時候他不僅應該像現在這樣離開人們，而且他還應該離開基督。因爲他犯了罪，他就不僅是向人宣戰，而且還是向基督的教會宣戰。當然，嚴格說，現在也是如此，但是畢竟沒有公開宣布，因此如今的

① 指世界末日到來前基督二次降臨人世。那時，人世間充滿無法無天的事，「民要攻打民，國要攻打國、多處必有饑荒、地震。」（《馬太福音》第二十四章第七節。）

罪犯就常常昧著良心，自欺欺人，說什麼『我的確偷了，但是我並非向教會宣戰，並非與基督爲敵，』如今的罪犯經常對自己這樣說，可是當教會一旦占有國家的地位，他就很難再說這話了，除非他否定普天下的所有教會，說『大家都錯了，大家都偏離了正道，大家都是假教會，只有我這個殺人犯和小偷才代表正義的基督教教會。』要知道，要對自己說這話，那是很難的，必須具備很大的先決條件，難得一遇的特殊情況。現在，再從另一方面說，試以教會自己的犯罪觀爲例：難道它就不應該改變一下現在這種近乎異端的，就像如今爲了保護社會只知機械地除掉道德敗壞分子這樣的觀點嗎？它應當轉變爲（要變就要徹底地變，要真變，而不是假變）一種使人洗心革面，使人復活，以拯救世人爲己任的觀念……」

「這又是怎麼回事呢？我又鬧不明白了，」米烏索夫打斷他的話道，「又是一種幻想。一種無形的、匪夷所思的東西。什麼叫驅逐，驅逐是什麼意思？我疑心您無非在尋開心，伊萬・費奧多羅維奇。」

「要知道，要較真的話，現在的情況還正是這樣，」長老突然開口道，大家一下子全向他轉過臉來，「要知道，倘若現在沒有基督的教會，那罪犯就會一味作惡，甚至事後也沒有因作惡而對他施予應有的懲罰，我說的是真正的懲罰，而不是像他們現在所說的那種機械的、在大多數情況下只會使人義憤塡膺的懲罰，而是真正的懲罰，唯一有效，唯一使人畏懼和使人心悅誠服的，讓人天良發現的懲罰。」

「請問，怎麼會這樣呢？」米烏索夫活躍起來，十分好奇地問。

「瞧，是這麼回事，」長老開始道，「所有這些流放和苦役，而且事前還要挨鞭打，並不能改造任何人，而且主要是這幾乎不可能使任何罪犯產生恐懼，因此犯罪的數量不僅不會減少，反而有增無已。您應當承認這是事實。結果是社會完全沒有因此而得到保護，因爲機械地將一名有害份子與大家隔開，將他流放得遠遠的，讓他滾蛋，但是又會立刻出現另一名罪犯，也許是兩名，來代替他。如果說即使在當代也有什麼東西在保護著社會，甚至還使罪犯本身得到改造，使他變成新人的話，那唯有顯現在人的良知中的基督的戒律。只有當一個人把自己看作是基督的團體即教會的兒子，因而認罪服罪，他才能進一步認識到他對社會即對教會所犯的罪行。因此，只有面對教會，當代的罪犯才會承認自己有罪，而不是承認自己對國家犯了罪。因此，只有當法庭屬於社會，也即屬於教會，那時候這社會才知道究竟應該使誰免予開革，讓他重新回到自己身邊來。然而現在，教會並不擁有任何積極的、有活力的法庭，它能做到的僅僅給予道義上的譴責，而自行放棄對罪犯的積極懲罰。教會不是把罪犯開除出去，而是自始至終給他以慈父般的教導。除此以外，教會甚至還極力與罪犯保持一切基督教會的聯繫：讓他參加教堂祈禱，允許他領聖餐，給他布施，對他的態度像對待一個俘虜，而不像對待一個罪犯。如果基督的團體即教會也像民法中規定的那樣排斥他，清除他，那麼這罪犯將會產生怎樣的結果呢，噢，主啊！假如教會每次在國法給予懲罰之後，也立刻用開革教籍來懲罰他，那會產生什麼結果呢？再也不會有比絕望更大的懲罰了，起碼對俄國的罪犯是這樣，因爲俄國的罪犯還信仰上帝。話又說回來，誰知道呢：也許，那時候會出現十分可怕的後果——也許，在罪犯絕望的心中會最終喪失信仰，那時候又該怎麼辦呢？但是，教會卻像一個慈愛的母親，自行放棄了積極的懲罰，因爲即使教會不懲罰這個有罪的人，國家的法庭對他的懲罰也已經足夠使他痛苦的了，總得有人來可憐可憐他吧。教會之所以要放棄積極的懲罰，主要是因爲教會的法庭乃是唯一在自身中擁有真理的法庭，因此它與任何其他法庭，無論在本質上和道義上，都無法互相結合，甚至也無法與他們實行暫時的妥協。在這個原則問題上是不能做交易的。據說，外國的罪犯很少表示悔改，因爲甚至一些最新潮的學說都在使他們確信，他們的犯罪根本就不是犯罪，僅僅是起而反抗沒有道理地壓迫他們的勢力。社會從自身中清除他們，憑藉的完全是機械地壓服他們的力量，而且實行這種清洗還伴隨著恨（起碼在歐洲，他們自己談到自己就是這麼說的）——非但是恨，而且對自己的兄弟，對罪犯未來的命運充滿一種冷漠和完全置諸腦後的態度。由此可見，一切都是在沒有教會的絲毫同情的情況下發生的，因爲在許多的情況下教會在那裡已經根本不存在了，剩下的唯有教會人士和一座座壯麗的教堂，而教會本身早已經力圖從教會這一低級形態過渡到國家這一高級形態，以便讓教會完全消融于國家之中。這情形起碼在信奉路德教的國家中看來是這樣。至於羅馬，宣告由國家來取代教會已經有一千年了①。因此罪犯本身並不認爲自己是教會中的一員，因此一旦被開除，便置身於絕望之中。所以他一旦回到社會就會常常心懷仇恨，彷彿社會也自動清除了他似的。這事最後會發生什麼結果呢，你們自己也不難作出判斷。在許多情況下，我國的情況也一樣；但是問題是，除了已經建立的法庭外，我國還存在教會，它永遠也不會失去與罪犯的聯繫，而且自始至終把他當作自己可愛的、依舊十分寶貴的兒子來看待，此外，還保留著教會的法庭，雖然，僅僅在思想上——現在，它雖然還不活躍，但是畢竟存在著，爲未來存在著，雖然它的存在僅僅在幻想中，可是無疑，罪犯本人，他的心的本能是承認有這法庭存在的。大家剛才在這裡說的話也是有道理的，假如真的成立了教會法庭，而且能行使他的全部權力，即，假如說整個社會都變成了教會，那不僅教會法庭能對罪犯的改造施加現在所沒有的影響，而且，也許，連罪犯本身也會當真減少到

---

①　教皇國（首都羅馬）成立於七五六年，是一個以教皇爲首的神權政治國家。一八七七年，教皇國並入義大利王國。教皇遂退居羅馬城西北之梵蒂岡。

難以置信的程度。再說教會對未來的罪犯和未來的犯罪的看法，無疑在許多情況下也會與現在迥然不同，而且肯定會使被開除的人重新回歸，預防蓄意犯罪的人，並使已經墮落的人獲得新生。誠然，」長老苦笑了一下，「現在，基督教團體本身尚未準備就序，而僅僅建立在七位聖徒之上；但是因為他們的影響仍在，所以教會的存在依然具有堅實的基礎，可以指望它從眼下幾乎還屬異端的社會團體完全轉變成為一個統一的普天下的和統治一切的教會。此乃我誠心所願，阿門，阿門，哪怕到世紀末，因為只有這才是一定要實現的！不要因時候和日期而焦急不安，因為時候和日期的秘密存在於上帝的睿智裡，存在於他的預見和他的愛裡①。按照人間的算法，這也許還異常遙遠，但是按照上帝的安排，也許現在已經到了基督二次降臨的前夜，已經在門口了②。最後說的這事，乃我誠心所願，阿門，阿門。」

「阿門！阿門！」派西神父虔敬而又莊嚴肅穆地重申道。

「怪，怪極了！」米烏索夫道，神態並不激昂，倒彷彿含有某種惱怒似的。

「您覺得什麼怪極了？」約瑟神父委婉而又客氣地問道。

「這到底是怎麼回事呢？」米烏索夫彷彿脫口而出似的叫道，「人世間取消了國家，而教會上升到國家的地位！這不僅是教皇至上主義，簡直是超教皇至上主義了！連教皇格裡戈利七世都不曾夢

---

① 參見並比較《新約・使徒行傳》第一章第七節：「父憑著自己的權柄所定的時候、日期，不是你們可以知道的。」

② 典出耶穌基督的門徒問耶穌，他二次降臨人世有何徵兆時，耶穌說：「你們看見這一切的事，也該知道人子近了，正在門口了。」（《馬太福音》第二十四章第三十三節）

想過這個①！」

「您的理解適得其反！」派西神父嚴肅地說，「您要明白這道理，不是教會變成國家。這是羅馬及其幻想。這是魔鬼的第三次試探②！而是相反，國家變成教會，並在普天下變成教會——這與教皇至上主義，與羅馬，與您的解釋適得其反，這是東正教在人間的偉大使命。這顆明星將從東方燦爛升起。」

米烏索夫煞有介事地沉默不語。他的整個身子都表現出一副自以為是的模樣。他嘴上透出一絲高高在上的寬容的微笑。阿廖沙注視著一切，心在怦怦亂跳。這整個談話都使他感到十分不安和激動。他偶然抬起頭來看了一眼拉基京；拉基京仍舊一動不動地站在門口，站在從前站的位置上，在留神諦聽和觀察，儘管他兩眼低垂。但是從他臉上緋紅的臉色看來，阿廖沙猜到拉基京也很激動，他的激動似乎並不亞於他；阿廖沙知道使他激動的是什麼。

「請允許我告訴諸位一個小小的故事。」米烏索夫突然煞有介事，並且帶著一種特別威嚴的樣子說道。「在巴黎，這已經是好幾年以前的事了，在十二月政變③後不久，有一次，我去拜訪一位我認識的非常非常重要和非常非常有勢力的人物，在他家遇到了一位非常有意思的先生。這人不僅是

①　教皇格裡戈利七世，於一七七三－一七八五年擔任羅馬教皇期間，曾極力主張教會應凌駕於國家之上；教皇的權力是獨立的、無限的；他和他的繼承人應成爲僧俗各界的最高首腦。

②　據《馬太福音》載，魔鬼曾用權力和榮華富貴第三次試探耶穌：「魔鬼又帶他上了一座最高的山，將世上的萬國與萬國的榮華都指給他看，對他說：『你若俯伏拜我，我就把這一切都賜給你。』耶穌說：『撒旦退去吧。』」（第四章第八－九節）

③　指一八五一年十二月二日路易・拿破侖・波拿巴（即拿破侖二世）發動的政變。

密探，而且還像是一大批政治密探的頭目——就某一點說，也可以說官居要津吧。我抓住這個機會，出於一種非同尋常的好奇心，便與此公交談起來，因為他此來不是因交情而作的禮節性拜訪，而是作為一名下屬前來報告工作的，他看到我受到他的上峰的接待，因此也就對我多少開誠布公地說了幾句——唔，自然，所謂開誠布公也只是在一定程度上，也就是說其中禮貌多於坦率，本來法國人就一向講禮貌，更何況他又看見我是個外國人。但是我對這種人還是很了解的。我們談論的話題是當時他們正在追捕的社會革命黨。先不說我們談話的主要內容，我只想舉一個這位先生脫口而出的非常有意思的看法。他說：『其實我們對所有這些社會主義者（無政府主義者、無神論者和革命派）倒並不十分擔心；我們在監視他們，他們耍的手腕我們都知道。但是他們中間有些特殊人物，雖然人數不多：這些人是信仰上帝的基督徒，同時又是社會主義者。因此我們最擔心的還是這些人，這些人才最可怕！一個社會主義者兼基督徒比一個無神論的社會主義者更可怕。』這話在當時就使我吃了一驚，但是現在，諸位，我置身於你們之中，不知為什麼又突然想起了這話……」

「您的意思是想把他講的這話安到我們頭上，您認為我們是社會主義者，是不是？」派西神父直截了當、直來直去地問道。但是正在彼得・亞歷山德羅維奇動腦筋如何回答以前，門開了，那位姍姍來遲的德米特里・費奧多羅維奇進來了。大家好像真的不再等他了，因此他的突然出現，在最初一剎那，甚至產生了某種驚訝。

六、這種人活著幹什麼！

德米特里・費奧多羅維奇是個二十八歲的年輕人，中等個兒，面孔很討人喜歡，但是看上去他比他的實際年齡大得多。他肌肉發達，可以想見，他膂力過人，可是臉上卻似乎流露出一種病態。他面容清瘦，兩頰塌陷，臉上似乎透出一點兒不健康的灰黃色，一雙深色的金魚眼睛相當大，雖然看起人來，表面上似乎很堅定，很固執，但又似乎毫無表情。甚至在他很激動，怒氣沖沖地說話的時候，他的目光也似乎不服從他內心的情緒而表現出一種異樣的神態，有時似乎完全不符合當前情況。「摸不透他在想什麼。」跟他談過話的人有時候會這樣說。常常，有些人剛看見他眼睛裡流露出一種若有所思的憂鬱，會忽然被他突如其來的縱聲大笑嚇一跳，他笑，說明正當他神情憂鬱的時候，他腦子裡卻活躍著一些快活的、令他覺得好玩的想法。然而，當前他的病態的面容還是可以理解的：大家都知道或者聽說過他最近在我們這裡所過的那種令人異常擔憂的「縱酒狂飲」的生活，大家也同樣知道他跟自己的父親為了一筆有爭議的款項吵了起來，這使他感到異常惱怒。關於這事，城裡已經不脛而走地流傳著幾種趣聞。誠然，他生性愛衝動。正如敝縣調解法官謝苗・伊萬諾維奇・卡恰利尼科夫在一次會上談到他時曾一針見血地指出的那樣，他的「想法是陣發性的、刁鑽古怪的」。他進門時的穿戴無可挑剔，而且穿得很講究，上衣的扣子扣得整整齊齊，戴著一副黑手套，兩手拿著高筒禮帽。因為他是一名退伍不久的軍人，所以蓄著唇髭，兩頰和下巴上的鬍子則刮掉了。他的頭髮是深褐色的，剪得很短，鬢角處則略往前梳。他走起路來大步流星，雄赳赳、氣昂昂，一副軍人派頭。他站在門口，稍停片刻，向大家瞥了一眼，然後筆直地向長老走去，猜想他就是這裡的主人。他向長老深深一鞠躬，並請他為自己祝福。長老微微起立，給他祝了福；德米特里・費奧多羅維奇恭恭敬敬地吻了吻他的手，接著便異常激動地、差不多憤怒地說道：

「請諸位多多包涵，讓諸位久等了。但是我一再問家父打發來的僕人斯梅爾佳科夫何時開會，他硬說定在一點，而且說了兩遍。現在我才忽然發現……」

「不要急，」長老打斷道，「沒關係，就稍許晚來了一點兒，不要緊的……」

「承蒙關照，不勝感激之至。」德米特里・費奧多羅維奇打斷道，說罷再次一鞠躬，接著又驀地轉過身來，面對自己的「父親」，也向他同樣恭恭敬敬地深深一鞠躬。看得出來，鞠躬這事他早想好了，而且他想這樣做是出於真心，認為自己理應以此來表示一下自己的恭敬和出於一片好意。費奧多爾・帕夫洛維奇雖然沒想到他會來這一手，卻立刻用他自己的方式想出了應付的辦法：他從軟椅上忽然跳將起來，也同樣向兒子深深一鞠躬，算是還禮。他的臉突然變得鄭重其事和神氣活現，然而這倒使他的臉顯得更猙獰可怕了。接著，德米特里・費奧多羅維奇又默默地向屋裡所有在座的人總的行了個禮，然後大步流星和雄赳赳、氣昂昂地走到窗口，在放在離派西神父不遠處的唯一的一把空餘的椅子上坐了下來，然後坐在椅子上，整個人探向前面，立刻準備好了洗耳恭聽因他進屋而被打斷的談話。

德米特里・費奧多羅維奇的出現佔用了大約不到兩分鐘，因此又立刻回到了從前的話題。但是這次彼得・亞歷山德羅維奇對派西神父咄咄逼人和近乎惱怒的問題卻認為無須作答。

「請允許我繞開這一話題。」他以上流社會某種大大咧咧的派頭說道。「再說，這問題很複雜。瞧，伊萬・費奧多羅維奇在衝咱倆笑呢：想必，他對這問題另有高見。您問他吧。」

「我並沒什麼高見，只有一點小小的看法，」伊萬・費奧多羅維奇立刻回答道，「愚見是，一般說來，歐洲的自由主義，甚至我們俄羅斯的僅學得一點皮毛的自由主義，常常而且早就將社會主義的最終目標同基督教的最終結果混爲一談了。不用說，這種毫無道理的結論很典型。然而，把社會主義和基督教攪和在一起的，自然並不僅僅是自由主義者和那些半瓶子醋的人，在許多情況下，與他們沆瀣一氣的還有憲兵，我自然是說外國的憲兵。您剛才講的那個巴黎趣聞就相當典型，彼得・亞歷山德羅維奇。」

「總之，我再次懇請諸位不必再談這一話題了，」彼得・亞歷山德羅維奇再一次重申，「作爲補償，我倒想給諸位另外再講一段關於伊萬・費奧多羅維奇的非常有趣又非常典型的故事。大約不超過五天前吧，在這裡的一處大半爲女士的社交場合，他在爭論中莊嚴地宣稱，普天下根本不存在任何促使人們愛其同類即『人愛人』這樣的自然法則，假如迄今爲止人間還有愛和有過愛，那也不是因爲自然法則，而僅僅是因爲人們相信自己是不死的①。伊萬・費奧多羅維奇在此還附帶補充道，如果說有自然法則的話，那這就是自然法則了，所以你在人類一旦消滅了對自己不死的信仰，那人身上隨之枯竭的就不僅是愛，連繼續塵世生活的任何活力也將隨之寂滅。此外：那時候也就沒有任何不道德的事了，一切都可以爲所欲爲，甚至人吃人。但是還不僅如此，他最後還斷言，對於每個像我們現在這樣的個別的人，即既不信仰上帝，也不信自己靈魂不死的人來說，自然界的道德法則就應該立刻變爲與過去宗教法則截然相反的東西，甚至發展到作惡多端的利己主義，不僅應該被容許，甚至應該承認，在這個人所處的情況下，這樣做非但是必須的、極其明智的，而且幾乎是一種最最高尙的出路。根據這樣的奇談怪論，諸位，你們就不難推斷出我們這位親愛的怪客和奇談怪論

① 指靈魂不死。

者伊萬・費奧多羅維奇在所有其他問題上宣告和打算宣告的種種奇談怪論了。」

「對不起，」德米特里・費奧多羅維奇忽然叫道，「爲了不致聽錯：『一個人作惡多端不僅應該被允許，甚至應當承認這是任何一個不信神的人擺脫困境的最必須和最聰明的出路』！是不是這樣呢？」

「一點不錯。」派西神父說。

「我一定牢記。」

德米特裡・費奧多羅維奇說完這話以後，就像他猛然插進一槓子參加他們的談話一樣，又猛地閉上了嘴。大家都好奇地望了望他。

「難道您當真以爲，人對他們靈魂不死的信仰一旦枯竭就必然會產生這樣的後果嗎？」長老突然問伊萬・費奧多羅維奇。

「是的，我說過這話。沒有靈魂不死就沒有美德①。」

「您這麼堅信，是覺得有福了，還是覺得很不幸呢！」

「爲什麼不幸？」伊萬・費奧多羅維奇莞爾一笑。

「因爲您自己想必既不相信您的靈魂不死，甚至也不相信您關於教會和關於教會問題所寫的那些東西吧。」

「也許，您說得對！……但是話又說回來，我並非完全開玩笑……」伊萬・費奧多羅維奇突然奇怪地承認道，但是，剛說完這話，他又立刻臉紅了。

① 可參看《戰爭與和平》中皮埃爾的話：「如果有上帝，有陰間，就有眞理，有美德。」

「並非完全開玩笑，這話不假。這個思想尚未在您心中解決，而且它一直在折磨您的心。但是一個受折磨的人有時候也喜歡以自己的絕望自娛，這似乎也由絕望而起。現在您也是出於絕望而聊以自娛——又是給雜誌寫文章，又是在社交場合進行辯論，您自己都不相信自己的辯才，您私下裡還懷著內心的痛苦在嘲笑您那如簧之舌……您心中的這個問題還沒解決，您最大的不幸就在這裡，因爲這問題非解決不可……」

「但是這問題在我心中能夠解決得了嗎？能夠向肯定方面解決嗎？」伊萬・費奧多羅維奇感到奇怪繼續問道，同時又帶著某種令人說不清、道不明的微笑望著長老。

「即使不能向肯定方面解決，也永遠不會向否定方面解決，您自己也知道您心靈的這一特點；這也就是您的心感到十分痛苦之所在。但是您要感謝造物主，是他給了您一顆能夠經受這種磨難的高超的心，能夠『思念上面的事和探索上面的事，我們是天上的國民』①。願上帝保祐您，使您的心還在人間就能得到解答，願上帝祝福您，保祐您鵬程萬里！」

長老舉起手想從座位上給伊萬・費奧多羅維奇畫個十字。但是伊萬卻突然從座位上站起來，走到他身邊，接受了他的祝福，並親吻了他的手，然後才默默地回到自己的座位上。他的樣子既堅定而又嚴肅。他的這一舉動，以及在此以前誰也沒有料到伊萬・費奧多羅維奇會跟長老作這麼一番談話，以及談話的莫測高深，甚至帶有某種莊嚴肅穆的味道，這使所有的人都感到吃驚，因此一時間大家都緘默不語，而阿廖沙的臉上甚至露出了一絲近乎恐懼的表情。但是米烏索夫突然聳了聳肩膀，與此同時，費奧多爾・帕夫洛維奇卻陡地從椅子上站了起來。

① 參見《新約・歌羅西書》第三章第一—二節與《腓立比書》第三章第十八—二十節。

「至神至聖的長老！」他指著伊萬・費奧多羅維奇叫道。「這便是小兒，我的親骨肉，我最心愛的骨肉！這是我的最可尊敬的（可以說吧）卡爾・穆爾，至於剛進門的那小子德米特里・費奧多羅維奇，也就是我現在要請您代加管教的這逆子，乃是最不肖的弗朗茲・穆爾——這兩人都是席勒《強盜》①中的人物，而我，在這種情況下，我自己就成了Regierender Graf von Moor②！請您給我評評理，救救我！我們需要的不只是您的禱告，我們還需要您的預言。」

「說話不要故作癲狂，也不要下車伊始便侮辱您的家人。」長老用微弱而又疲憊的聲音答道。他明顯地越來越累了，明顯地漸漸越來越沒力氣了。

「一場惡作劇，我到這裡來的時候就預感到了！」德米特里・費奧多羅維奇憤然叫道，也從座位上跳起來。「對不起，聖法師，」他向長老說道，「我是個沒文化的粗人，我甚至不知道該怎麼稱呼您，但是您上當了，您太善良了，居然允許我們到您這裡來聚會。家父只想出醜，幹什麼呢——這就是他的如意算盤。他永遠有他的如意算盤。但是我心裡有數，他來究竟要幹什麼……」

「大家，他們大家都譴責我！」費奧多爾・帕夫洛維奇也叫道，「瞧，連彼得・亞歷山德羅維奇也指責我。您指責我了，彼得・亞歷山德羅維奇，您也指責我了！」他突然轉身對米烏索夫說，雖然米烏索夫根本就沒想打斷他的話。「他們指責我把孩子的錢藏進靴筒裡了，指責我拿了對半利；但是，對不起，難道沒王法了嗎？德米特里・費奧多羅維奇，根據您的收據、信件與協議書，法庭會給您算清楚的，您原來有多少，您花了多少和還剩下多少！爲什麼彼得・亞歷山德羅維奇躲躲閃閃

①德國詩人和劇作家席勒（一七五九—一八〇五）寫的著名劇本。

②德語：世襲伯爵封・穆爾。費奧多爾・帕夫洛維奇把伊萬看成是行爲高尚的卡爾・穆爾，而把德米特里看成是狡詐的弗朗茲・穆爾，是犯了個大錯誤。以後的情節將會證明二者適得其反。

地不肯說個誰是誰非呢？德米特里·費奧多羅維奇對他又不是外人。因此，大家就都衝我來了，其實細算起來，德米特里·費奧多羅維奇還倒欠我的錢呢，而且不是欠一星半點，而是欠好幾千，您哪，對此我有需要的一切憑據！要知道，他成天價花天酒地，已經鬧得滿城風雨，盡人皆知了。而在他過去當兵的地方，爲了誘騙良家婦女，動不動就一千、兩千地亂花；德米特里·費奧多羅維奇，這，咱全知道，您哪，連最秘密的細節咱也知道，而且我能提出真憑實據，您哪……至聖的神父，您信不信：他讓一個大家閨秀愛上了他，好人家出身，有田有地，是他過去上司的女兒，這位上司是位勇敢的上校，曾因戰功卓著得過帶寶劍的聖安娜勳章，他以求婚作誘餌敗壞了這位小姐的名聲，現在她就在這裡，現在她父母雙亡，我是說他的未婚妻，可他卻當著她的面，去跟這裡的一個人見人愛的大美人兒鬼混。但是，這位大美人兒雖然跟一位可敬的人已經非正式結婚①，但是她有主見，是任何人也攻不破的堡壘，跟正式結過婚的太太完全一樣，因爲她守身如玉——是的，您哪！諸位神聖的神父，她確實守身如玉！可是德米特里·費奧多羅維奇卻想用金鑰匙來打開這座堡壘，因此他現在跟我胡攪蠻纏，想逼我拿出錢來，而眼下他在這個大美人兒身上已經花了好幾千；因此他才沒完沒了地借錢，順便說說，你們想，他到底想跟誰借錢呢？要不要說出來，米佳？」

「住嘴！」德米特里·費奧多羅維奇叫道，「您有話等我出去了再說，當著我的面，不許您糟蹋一位最高尚的姑娘……就憑您膽敢對她說三道四，對她就是恥辱……我不允許！」

他氣喘吁吁。

「米佳！米佳！」費奧多爾·帕夫洛維奇似乎神經衰弱地叫道，同時擠出了幾滴眼淚，「父親的

---

① 俄俗：指一種未去教堂舉行婚禮的自由同居。

祝福對您也無所謂嗎？要是我詛咒你，你怎麼辦呢？」

「無恥之尤，裝腔作勢！」德米特里‧費奧多羅維奇狂叫。

「他這是在罵他爸，罵他爸！那麼他對別人會怎樣呢？諸位，你們想想：這裡有位貧窮而又可敬的人，是位退伍大尉，他遭到了不幸，被革了職，但不是公開革職，而是未經法庭審訊，仍舊保持著自己的大好名聲，他拉家帶口，負擔很重。可是三星期前，我們的這位德米特里‧費奧多羅維奇卻在小飯館裡一把揪住他的鬍子，把他拽到大街上，在大街上當著大夥的面把他毒打了一頓，原因不外是我私底下托他辦了件小事。」

「滿嘴胡唚！表面看，倒像是真的，骨子裡是假的！」德米特里‧費奧多羅維奇氣得渾身發抖。「爸！我並不想對自己的行爲辯護；是的，我可以當著大夥的面承認：我對這位大尉的舉動像一頭野獸，現在我感到悔恨，由於這種野獸般的憤怒，我對自己都感到噁心，但是您的這位大尉，您的這位代理人，卻跑去找您剛才說的那位人見人愛的大美人兒，用您的名義請她收下您手頭的幾張期票，讓她去告我，然後根據這幾張期票讓我蹲大獄，如果我在財產問題上跟您過分計較的話。現在您倒反咬我一口，說我對這位太太不懷好意，可是您自己卻叫她來勾引我。要知道，這話是她當面告訴我的，親口對我說的，她還嘲笑您！您想讓我蹲大獄，僅僅因爲您爲了她在吃我的醋，因爲您自己已經開始向這個女人求愛了，這事我偏偏全知道，而且她也在笑話您——聽著——這話是她一面笑話您，一面講給我聽的。諸位神聖的人，在你們面前的就是這主兒，就是這個責備兒子尋花問柳的父親！諸位都是見證人，請原諒我發怒，但是我早就預感到了，這個狡詐的老東西讓你們大家到這裡來是居心叵測的。我來這裡的目的就是既往不究，只要他向我伸出手來，我就原諒他，也請求他原諒！但是他剛才非但侮辱了我，而且還侮辱了一位最最高尚的小姐，由於對她的崇敬，我都不敢妄稱她的名①，所以我才拿定主意把他玩的這套把戲全部公諸於眾，雖然他是我父親！……」

他說不下去了。他眼睛裡閃著怒火，他呼吸困難。但是，修道室裡的所有人也很激動。除了長老，大家都不安地從自己的座位上站起來。兩位司祭神父鐵青著臉，但是都在等候長老的示下。長老坐著，臉色煞白，倒不是出於激動，而是因爲有病，全身無力。他的嘴上閃出一絲懇求的笑；他間或舉起手來，彷彿想阻止這兩個氣瘋了的人，其實，他只要做個手勢就足以使這場戲收場；但是他似乎還在等待什麼，他在仔細地觀察，彷彿想要弄清個中就裡，彷彿還有些事他自己也沒弄明白。終於，彼得・亞歷山德羅維奇・米烏索夫感到自己徹底受了侮辱。

「對於剛才鬧的這齣醜劇，我們大家都有責任！」他熱烈地說，「但是我到這裡來時萬萬沒有料到，雖然我知道我現在跟什麼人在打交道……這事必須立刻了結！大法師，請相信，剛才這裡暴露的所有細節我一概不知，我不願意相信這是真的，而且我現在才第一次聽到……一個父親居然爲一個搔首弄姿的女人吃兒子的醋，還跟這個淫婦串通一起，想讓兒子蹲大獄……我到這裡來，居然同這幫人爲伍……我上了大當，我向大家聲明，我上當的程度決不在其他人之下……」

「德米特里・費奧多羅維奇！」費奧多爾・帕夫洛維奇突然聲嘶力竭地大叫，「如果您不是我的兒子，我非立馬找您決鬥不可……用手槍，距離三步……隔一塊手帕！」他最後跺著腳說道。

有這麼一些信口開河的主兒，一輩子都在演戲，有時候裝腔作勢到這種程度，竟會激動得當真發抖和哭泣，儘管甚至就在這一剎那（或者僅僅過了一秒鐘），他們就會自己對自己低語：「要知道

① 源出《舊約・出埃及記》第二十章第七節：「不可妄稱耶和華你神的名」（摩西十誡中的第三誡）以及《申命記》第五章第十一節（內容同）。

你是演員，即使現在，在這『神聖』的憤怒時刻，你似乎『義憤塡膺』，但你始終在演戲。」

德米特里・費奧多羅維奇雙眉深鎖，露出一種難以形容的輕蔑看了看父親。

「我還以爲……我還以爲，」他低聲而又克制地說道，「我攜同我心愛的天使，我的未婚妻回歸故里，將侍奉膝下，使他頤養天年，誰知道我碰到的卻是一個道德敗壞的老色鬼和一個最最卑鄙的丑角！」

「決鬥！」老傢伙又開始氣喘吁吁、唾沫四濺地嗥叫。「彼得・亞歷山德羅維奇・米烏索夫，要知道，先生，在你們全家族裡，也許沒有，也不曾有過一個人，比您剛才膽敢把她稱之爲淫婦的那個女人，更高尙，更冰清玉潔的了！——您聽著，沒有比她更冰清玉潔的了！德米特里・費奧多羅維奇，而您居然用自己的未婚妻來換這個『淫婦』，可見您自己也認定，您的未婚妻還抵不上她的一隻鞋底，這就是你們兩位說的這個所謂淫婦！」

「可恥啊！」約瑟神父突然脫口叫道。

「可恥，死不要臉！」一直保持沉默的卡爾加諾夫滿臉通紅，氣得用少年人的聲音，而且聲音發抖地叫道。

「這樣的人活著幹什麼！」德米特里・費奧多羅維奇悶聲悶氣地悻悻然叫道，他氣得差點發狂，由於過高地聳起了肩膀，幾乎變成了羅鍋，「不，請諸位告訴我，還能聽憑他玷汙這塊土地嗎？」他舉起一隻手，指著老人，看了看大家。他說得慢而有節奏。

「你們聽見了嗎，諸位修士，你們聽到這個弒父者說的話了嗎？」費奧多爾・帕夫洛維奇忽地質問約瑟神父。「這就是對您的『可恥啊』的回答！什麼可恥不可恥的？這個『淫婦』，這個『搔首弄姿的女人』，也許比你們還聖潔，二位苦修苦煉的修士司祭先生！她年輕的時候由於環境作祟①也許墮落過，但是『她的愛多』，連基督也赦免了『愛多』的女人②……」

「基督赦免的不是這樣的愛……」好脾氣的約瑟神父忍不住脫口說道。

「不，他赦免的就是這樣的愛，就是這樣的愛③！你們在這裡吃素修行，就自以為是正人君子了！你們吃鉤魚，每天吃一條鉤魚，於是你們就想用鉤魚來收買上帝！」

「簡直豈有此理，簡直豈有此理！」從修道室的四面八方傳來了憤怒的聲音。

但是這齣鬧得太不像話的醜劇卻突如其來地收場了。長老從座位上站了起來。阿廖沙因為替長老和大夥兒擔心，差點弄得完全不知所措，然而他還是站起身來扶住長老的胳膊。長老向德米特里・費奧多羅維奇的方向邁前一步，走到他身邊，向他撲通一聲跪了下來。阿廖沙還以為他是因為兩腿無力摔倒的，但是，否。長老跪下後，向德米特里・費奧多羅維奇清晰而且有意識地行了個大禮，甚至前額都碰到了地上。阿廖沙大驚失色，甚至當長老起立時，他都沒來得及把他扶起來。長老的嘴角閃過一絲淡淡的微笑。

「請諸位原諒！請諸位多多原諒！」他說罷便向自己的客人一一鞠躬告辭。

德米特里・費奧多羅維奇驚惶失色地站了片刻：向他磕頭——這是什麼意思？他終於霍地喊了

---

① 杜思妥也夫斯基反對「環境決定論」。他承認環境對人的影響，但是人必須同環境抗爭，不能因此而推卸自己走上邪路的責任。

② 參見《路加福音》第七章第四十四節：「她許多的罪都被赦免了，因為她的愛多。」

③ 這是對福音書的歪曲。這女人雖然行為不檢，是個罪人，但她被基督赦免，是因為她對主的愛多。

起來：「噢，上帝！」接著便雙手捂著臉，衝出了房間。所有的客人也尾隨他魚貫而出，由於慌亂都沒向主人鞠躬告辭。只有兩位修士司祭又走到主人身邊接受了祝福。

「他幹麼要磕頭，這有什麼象徵意義嗎？」不知爲何怒氣突然全消的費奧多爾・帕夫洛維奇試著想打開話匣子，但是他這話又不敢衝任何人說。這時他們大家正一一走出隱修區的院牆。

「我不想對瘋人院和瘋子負責，」米烏索夫立刻惡狠狠地答道，「但是恕不奉陪，費奧多爾・帕夫洛維奇，而且請相信，永不再見。方才那位修士呢？……」

但是「那位修士」，即方才請他們到院長那裡用齋的那位修士並未有勞他們久候。他們剛走下長老修道室的台階，他就立刻前來迎接客人，倒像他一直站在門外恭候他們似的。

「勞駕，尊敬的神父，請替我向院長神父致以最深的敬意，並替我米烏索夫本人向大法師他老人家代致歉意，由於突然遇到一些始料不及的情況，我無緣參與盛宴，儘管我非常真誠地想去。」彼得・亞歷山德羅維奇憤憤然向那位修士道。

「這個始料不及的情況，當然指我！」費奧多爾・帕夫洛維奇馬上接話道。「您聽見了吧，神父，這是由於彼得・亞歷山德羅維奇不願意留下來與我爲伍，否則他會立刻前去的。您去吧，彼得・亞歷山德羅維奇，請您賞光到院長神父那裡去吧——祝您胃口好！要知道，應該迴避的是我，而不是您。回家，回家，咱回家吃飯，在這裡我自己也覺得諸多不便，彼得・亞歷山德羅維奇，我的最最親愛的親戚。」

「我不是您的親戚，也從來不是您的親戚，您是個下流胚！」

「我是故意這樣說的，我就要讓您發火，因爲您不願意承認有我這門親戚，雖然說到底，不管您怎麼耍滑頭，您還是我的親戚，我可以拿出教堂日曆來證明給您看①；伊萬・費奧多羅維奇，到時候我會派馬車來接你，如果你願意，儘管留下。至於您，彼得・亞歷山德羅維奇，甚至出於禮貌，現在您也應該去拜會一下院長神父，咱倆在這裡做了許多不體面的事，您也該去表示一下歉意嘛……」

「您果真要走？您不騙人？」

「彼得・亞歷山德羅維奇，出了這種事以後，我怎麼還敢留下呢！我一時衝動，對不起，諸位，我一時衝動！再說，我受了很大震動！而且心中有愧。諸位，有的人的心就像馬其頓王亞歷山大那樣，而有的人的心就像小狗菲傑利卡。我的心就像小狗菲傑利卡。我心虛了。瞎胡鬧了一通以後，怎麼有臉再去吃齋呢，再去狼吞虎嚥地吃修道院的齋呢？不好意思，我不敢去，請原諒！」

「鬼知道他，說不定又是騙人！」米烏索夫若有所思地站住了，用莫名其妙的眼光注視著那個扭頭離開的小丑。那小丑回過頭來，看見彼得・亞歷山德羅維奇盯著他，伸手給了他一個飛吻。

「您上院長那裡去嗎？」米烏索夫生硬地問伊萬・費奧多羅維奇。

「為什麼不去呢？再說昨天院長還特意邀請了我。」

「不幸的倒是我確實感到幾乎很有必要去赴這個該死的午齋。」米烏索夫依舊用他那種苦澀的惱怒口吻繼續道，甚至絲毫不介意那個小修士就在一旁聽著。「我們在這裡闖了這麼大的禍，總該去表示一下歉意吧，同時也應該去說明一下這不是我們幹的……閣下尊意？」

「是的，應該去說明一下這不是我們幹的。再說家父也不去。」伊萬・費奧多羅維奇說。

① 教堂日曆是按月份排列順序，分別記載每年的宗教節日和相應的聖徒的名字。但是，根據教堂日曆是證明不了親戚關係的。

「要是令尊去，那還用說。這個該死的午齋！」

不過大家還是去了。那名小修士一聲不吭地聽著他們說話。穿過小樹林的時候，他只有一次提到院長神父早在恭候大駕，我們已經遲到半個來小時了。沒有人理他。米烏索夫憎恨地望了望伊萬・費奧多羅維奇。

「竟像沒事人似的去赴午齋了！」他想。「木頭木腦和一副卡拉馬助夫家族的不知人間有羞恥事。」

七、一心想出人頭地的神學校學生

阿廖沙把長老領進臥室，侍候他在床上坐下。這是一間小屋。只有幾樣最必需的家具；床很窄，上面沒有床墊，只有一塊毛氈。牆角，聖像旁，有一誦經台，台上放著十字架和福音書。長老無力地跌坐在鐵床上；他的眼睛在閃亮，他呼吸困難。他坐定後似乎在思索某件事，注意地看了看阿廖沙。

「去吧，親愛的，去吧，我身邊有波爾菲裡就夠啦，你快去吧。那裡需要你，到院長神父那裡去，吃齋時在一旁侍候侍候。」

「您讓我待在這裡吧！」阿廖沙用央求的聲音懇求道。

「那裡更需要你。那裡不會太平的。在一旁侍候侍候，會有用處的。魔鬼一出現，你就念禱告文。要知道，好孩子（長老喜歡這麼叫他），以後，這裡也不是你的久居之地。要記住這點，小夥子。一旦上帝賜福予我，讓我歸天——你就趕緊離開修道院。徹底離開。」

阿廖沙打了個哆嗦。

「你怎麼啦？眼下，這裡不是你的久居之地。我允許你在家修行。你必須雲遊四方。你也應當娶妻，應當的。你應該經受住一切，然後再回到這裡來。有許多事要做。但是對你，我是放心的，因此才放你出去。願基督和你同在。你心中有基督，基督的心中就會有你。你會看到大痛苦，但是在這痛苦中你會感到幸福。我給你一句臨別贈言：要在痛苦中尋求幸福。幹吧，要不知疲倦地幹。從此要記住我的話，因爲我雖然還有話跟你說，但是我已經來日無多了，不是來日無多，而是還能活幾小時都數得清的了。」

阿廖沙臉上又流露出激烈的內心活動。他的嘴角在顫動。

「你怎麼又來了呢？」長老淡淡地一笑。「就讓世俗人用眼淚送別他們的死者吧，而這裡我們要爲往生他世界的神父感到欣慰，感到高興，並爲他祈禱。你離開我，走吧。我要禱告了。走吧，快走。待在你的兩位兄長身旁。不過，不是待在一個，而是待在兩個人身旁。」

長老舉起手來替他祝福。要違拗是不可能的，雖然阿廖沙非常想留下來。他還想問問，甚至這問題：「你向德米特里大哥磕頭究竟是什麼意思呢？」都已經要脫口而出了——但是他不敢問。他知道，如果可以的話，即使他不問，長老也會主動說給他聽的。可見，他不想說。而這磕頭卻使阿廖沙大驚失色；他盲目地相信，這裡一定有某種神秘的含義。非但神秘，也許還很可怕。當他走出隱修區的院牆，想在院長開始請客人吃飯前趕到修道院去（當然，不過是站在桌旁侍候）的時候，他的心突然痛苦地收緊了，於是便在原地停住了：他耳邊似乎重又響起長老說他即將圓寂的那些話。長老的預言，而且還言之鑿鑿，那無疑是一定會發生的，阿廖沙虔誠地相信這話。但是長老死了，他怎麼辦呢？他怎麼能再也看不見長老，再也聽不到他的聲音呢？他能到哪裡去呢？長老不讓他哭，讓他離開修道院，主啊！阿廖沙很久都沒有經受過這樣的苦惱了。他迅速地走進樹林，也就是把隱修區和修道院隔開的那座樹林，因爲思慮的重擔壓得他受不了，他開始張望林間小道旁那一株株參天的古松。這通道並不長，最多五百步；這時候不可能遇見任何人，但是突然在小道的第一個轉彎處，他發現了拉基京。他似乎在等什麼人。

「你不會在等我吧？」阿廖沙走到他身旁問道。

「等的就是你。」拉基京莞爾一笑。「你要趕到院長神父那裡去。我知道，他請客。自從那次招待都主教和帕哈托夫將軍以來，記得嗎，還從來沒有這麼請過客。那裡我不去，你去吧，去給他們端湯送菜吧。阿列克謝，請你告訴我一件事：這夢是什麼意思①？我想問你的正是這事。」

「什麼夢？」

「向你大哥德米特里·費奧多羅維奇磕頭的事呀。而且還磕了個響頭！」

「你說佐西馬神父？」

「是的，佐西馬神父。」

「響頭？」

「啊，說得有欠恭敬！哼，有欠恭敬就有欠恭敬吧。你說，這夢到底是什麼意思？」

「我不知道是什麼意思，米沙。」

「我早知道他不會把這事解釋給你聽的。這事當然毫無奧妙之處。似乎，不過是老一套的自以爲得計的蠢事②。但是要這戲法是故意的。這下好了，城裡所有那些善男信女們就會議論紛紛了，而且會立刻傳遍全省：『這夢到底是什麼意思呢？』我看這老頭的鼻子還真靈：他嗅出了要出人命。

① 借用謝德林的話，但源出普希金的《新郎》：「……什麼夢？我的好女兒，你給我們講一講，行不行？」

② 借用謝德林用過的話（最早見於《農村有個僻靜的地方》）。這話出自拉基京之口，意在諷刺謝德林。

你們那裡有股臭味。」

「什麼人命？」

拉基京顯然有什麼話想一吐爲快。

「你們那個破家呀，肯定要出人命。這人命就出在令兄和你那位有錢的父親之間。因此佐西馬長老才磕了個響頭，以備不時之需。以後倘若出了什麼事：『啊呀，這不是那位聖長老預示過，而且預言過的嗎？』——其實磕個響頭又能算什麼預言呢？不，有人會說，這是象徵，這是寓意，還有鬼知道什麼什麼！於是聲名遠揚，有口皆碑。說什麼他預見到了犯罪，指出了人犯。有些瘋教徒①也往往這樣：向酒館畫十字，向教堂扔石頭。你那位長老也一樣：用棍子把正人君子趕走，而對殺人犯卻跪下磕頭。」

「什麼犯罪？給哪個殺人犯？你說什麼呀？」阿廖沙站住了，莫名其妙，拉基京也停下了腳步。

「哪個？你還裝不知道？我敢打賭，你肯定也想過這事。順便說說，這倒也蠻有意思的：我說阿廖沙，你永遠說實話，雖然你永遠腳踏兩條船②：你有沒有想過這事？請回答！」

「想過。」阿廖沙低聲答道。連拉基京也感到有點尷尬。

「你說什麼呀。難道你也想過？」他叫起來。

「我……倒也不是真想過，」阿廖沙囁嚅道，「而是你剛才那麼奇怪地說到這事時，我覺得我好像也想過似的。」

---

① 瘋教徒指一些狂信或裝瘋賣傻的基督徒，據迷信，他們有預言的才能。

② 「腳踏兩條船」是謝德林批評杜思妥也夫斯基的話，現在作者又回敬給謝德林。

「你瞧（你說得多麼清楚），你瞧見啦？今兒個，當你瞧著你爸和你大哥米堅卡①的時候，你想到可能出現犯罪嗎？可見，我沒想錯，是不是？」

「慢，且慢，」阿廖沙驚惶地打斷了他的話，「這一切你是從哪裡看出來的？……爲什麼你對這事這麼感興趣，這倒是個首要問題。」

「這兩個問題彼此有別，但又十分自然。讓我分開來回答。爲什麼我看出來了呢？如果我今天不是突然對令兄德米特里·費奧多羅維奇一下子全了解了，一下子，而且突然之間對他的真面目了解了個透的話，那我對這事是什麼也看不出來的。根據某一特點，我就一下子抓住了他整個的人。在這麼一些爲人非常正直，但性欲又非常強烈的人身上有一個不容忽視的特點。說不定——說不定他會一刀子捅了令尊的。而令尊又是個酒色無度的人，從來不明白凡事應該適可而止——兩人都按捺不住，撲通一聲，兩人都會掉進河裡去的……」

「不，米沙，如果僅僅是這樣的話，你倒使我放心了。還不致於弄到這個地步。」

「那你爲什麼渾身發抖呢？你知道個中奧妙嗎？儘管他爲人厚道，我是說米堅卡（他雖然渾，但是厚道），但他又是個大色鬼。這就是他這人的特點和他的內在本質。這種卑劣的貪淫好色是父親遺傳給他的。不過我瞧著你倒覺得挺奇怪：你怎麼會仍舊是個童男子呢？要知道，你也姓卡拉馬助夫呀！要知道，在你們這家人身上貪淫好色已經達到了無以復加的程度。瞧，現在這三個好色之徒正在虎視眈眈地彼此注視著……靴筒裡藏掖著刀子。三人狹路相逢，而你是第四個也說不定。」

「你如果講那個女人，那你就錯了。德米特里看不起她。」阿廖沙似乎打著哆嗦說。

---

① 米佳、米堅卡都是德米特里的小名。

「你說格魯申卡？不，老弟，不是看不起她。一個人明目張膽地拿自己的未婚妻來換她，那就不會是看不起她。這裡……老弟，這裡還有些你現在弄不懂的東西。要是一個人愛上了某種美，愛上了女人的肉體，或者甚至於，僅僅是愛上了女人肉體的某一部分（這是好色之徒都懂得的），為了她，他就會不要自己的親骨肉，就會出賣父母。出賣俄羅斯和祖國；一個老實本分的人，會去偷；一個溫文爾雅的人，會去殺人，一個忠貞不貳的人，會叛變。普希金是個歌頌女人秀足的歌手，他用詩歌歌頌過這些秀足①；另一些人雖然並不歌頌，可是一看到女人纖巧的秀足就不能不抽風。但是問題並不在秀足……老弟，這裡光是看不起是無濟於事的，哪怕他當真看不起格魯申卡。儘管看不起，還是看不夠。」

「這我懂。」阿廖沙貿然道。

「是嗎？既然你剛一開口就說你懂，可見這種事你是真懂。」拉基京幸災樂禍地說。「這話你是無意中說出來的，這話脫口而出。這樣供認不諱就更可貴：可見，你對這問題很熟悉，已經想過這問題了。唉，你呀你呀，還是童男子呢！阿廖沙，你不言不語，你是聖徒，我同意，但是儘管你不言不語，鬼知道你什麼問題沒想過，鬼知道你懂得什麼！一個童男子，卻鑽得這麼深、透——我早就在觀察你了。你不愧姓卡拉馬助夫，你是貨真價實的卡拉馬助夫——可見，血統和選什麼人為妻大有關係。從父親那兒遺傳來的是好色，從母親那兒遺傳來的是癲狂。你幹麼發抖呀？難道我說的不是大實話嗎？我說：格魯申卡讓我給你捎句話：『你把他（就是你）帶來，我要把他身上的修士服扯下來。』她再三再四地求我：你要把他帶來呀，你要把他帶來呀！我心裡直犯嘀咕：她對你這麼

① 指普希金在《葉甫蓋尼．奧涅金》第一章第三十節寫道：「我愛那如癲如狂的青春，／愛華麗、歡樂和擁擠的人群，／也愛太太們挖空心思的打扮；／愛她們纖巧的秀足；依我看，／走遍整個俄羅斯，您未必能夠／找出三雙漂亮的女人的秀足。」

感興趣究竟爲啥呢？要知道，她可不是一般的女人呀！」

「替我謝謝她，你告訴她我不能去。」阿廖沙苦笑了一下。「米哈伊爾①，你把要說的話先說完，然後我再告訴你我的想法。」

「有什麼說完不說完的，一切都一清二楚。老弟，這一切全是老生常談了。如果你骨子裡也是個好色之徒的話，你的同胞手足伊萬又怎能例外呢？要知道，他也姓卡拉馬助夫。你們卡拉馬助夫家的整個問題也就在這裡：好色、貪財和癲狂！現在你二哥伊萬不知出於什麼愚蠢之極的打算，居然開玩笑似的發表了幾篇神學論文，你二哥伊萬自己是個無神論者，他自己也承認這樣做是卑鄙的。此外，他還想從你大哥米佳手裡把他的未婚妻給搶過來，而且看來這一目的他能夠達到。特別有意思的是，怎麼達到法呢：他居然得到了米堅卡本人的同意，因爲米堅卡自動把自己的未婚妻讓給了他，只要米堅卡能夠把她甩了，趕快去找格魯申卡就行！而這一切都是在標榜自己高尙和無私的幌子下做出來的，請你注意這點。正是這些人最要命了！鬼才弄得清你們到底是怎麼回事：自己承認自己卑鄙，自己還硬要往卑鄙裡鑽！你接著往下聽：現在你老爸擋了米堅卡的道。要知道，這老東西也突然迷上了格魯申卡，只要一瞅見她，口水就直往下流。要知道，剛才在修道室裡，就是因爲她，他才大吵大鬧的，就因爲米烏索夫膽敢叫她淫婦。他愛得嗷嗷叫，比貓兒叫春還厲害。過去她只是在酒館裡給他幹點見不得人的事，混點錢花，可現在他突然摸透了她的心思，看清了她的爲人，張狂起來，得寸進尺地追她，當然，居心叵測，追求的無非是枕席之歡。我看呀，他們父子倆狹路相逢，非碰個鼻青臉腫不可。而格魯申卡既沒有答應這個，也沒有答應那個，暫時還只是閃爍其詞，兩

① 米沙的大名，即拉基京。

面討好，她在窺測方向，看跟誰更有利可圖，因為雖然可以向爸爸撈到很多錢，可是他肯定不會娶她，說不定到後來還會像猶太佬那樣摳門兒，扎緊錢袋，一毛不拔。在這種情況下，米堅卡就値錢啦；錢，他沒有，但是他會娶她。是的，您哪，他會娶她！他的未婚妻卡捷琳娜．伊萬諾芙娜，長得美麗非凡，又有錢，又出身貴族，是一位上校的千金，可是他肯定會拋棄她，而娶格魯申卡。格魯申卡過去曾是一個做生意的老頭，一個好色的粗人兼市杜馬議長薩姆索諾夫的外室。由此看來，倒的確可能引起衝突——刑事衝突。而你二哥伊萬等待的就是這個，那時他就可以坐享其成了：非但可以把他朝思暮想的卡捷琳娜．伊萬諾芙娜弄到手，而且還可以撈到她的六萬盧布陪嫁。他是一個小人物和窮光蛋，作為開頭，這點錢對他還是非常有誘惑力的。你可要注意了：米佳不僅不會見怪，甚至還會終生感激不盡。我有確切情報，還在上星期，米堅卡在小飯館裡跟一些茨岡女人喝得醉醺醺的，他曾經當著大家的面親口嚷嚷，說他配不上自己的未婚妻卡堅卡①，只有他的二弟伊萬才配得上。至於卡捷琳娜．伊萬諾芙娜本人，碰到像伊萬．費奧多羅維奇這樣一個迷人的男子，最後是不會拒絕的；要知道，即使現在，她也在他倆之間搖擺不定。這個伊萬究竟用什麼把你們大家全給迷住了，以致你們對他全佩服得五體投地呢？而他卻在嘲笑你們，他心裡在說，我坐享其成，你們破費，我大快朵頤。」

「你怎麼知道這些？你為什麼說得那麼肯定呢？」阿廖沙皺起眉頭，突然生硬地問道。

「那你為什麼一面現在提問題，一面又預先害怕我的回答呢？這說明你自己也同意我說的是大實話。」

「你不喜歡伊萬。伊萬不在乎錢。」

---

① 卡捷琳娜的小名。

「是嗎？那麼卡捷琳娜•伊萬諾芙娜的美貌呢。這不僅是金錢問題，雖然六萬盧布對他非常有誘惑力。」

「伊萬看得高。即使幾萬、幾十萬，伊萬也不在乎。伊萬謀求的不是金錢，不是安逸。說不定他在尋找痛苦。」

「這又是什麼奇談怪論？唉，你們呀……你們這些貴族呀！」

「唉，米沙，他的靈魂在劇烈動蕩。他的腦子在苦苦思索。他有個大問題沒有解決。他是屬於那樣的人：他們不需要百萬家產，只需要解決思想問題。」

「這是剽竊，阿廖什卡①。你不過是套用你那長老的話。倒是伊萬給你們打了個啞謎！」拉基京帶著明顯的惱恨叫道。甚至他的臉色也變了，氣得嘴角歪斜。「這是一個愚蠢的啞謎，沒必要妄加猜測。稍微動動腦筋——你就會明白的。他那篇文章是可笑的、荒唐的。我方才聽他們說到他那愚蠢的理論：『沒有靈魂不死就沒有美德，就意味著可以爲所欲爲。』（你記得嗎，順便提一下，米堅卡大哥還叫了一聲：『我一定牢記！』）這是爲混蛋們預備的頗具誘惑力的理論……我罵人了，這不好……不是爲混蛋們預備的，而是爲那些『深層思想沒有解決』的誇誇其談的學究們預備的。一個吹牛大王，其全部實質是：『一方面不能不招認，另一方面又不能不承認！』他的整個理論就是無恥！人類肯定會在自身中找到力量，爲實現美德而生，甚至不相信靈魂不死也無妨！肯定會在熱愛自由、平等、博愛②中找到力量……」

① 阿列克謝的暱稱。
② 這是法國大革命時期提出的資產階級口號。

拉基京激動起來，幾乎不能自已。但是他似乎想起了什麼，又驀地打住。

「好了，夠啦！」他比剛才更甚地苦笑了一下。「你笑什麼？認爲我俗氣？」

「不，我想也沒想過你俗氣。你很聰明，但是……你千萬別往心裡去，我是傻笑。我明白，你有權激動，米沙。從你的衝動中我猜到，你本人對卡捷琳娜・伊萬諾芙娜也不是無動於衷的，老兄，我早就疑心這點了，所以你才不喜歡我二哥伊萬。你不會是吃他的醋吧？」

「而且，也爲她的錢吃醋？加上這點，不更好嗎？」

「不，關於錢的事，我無意置喙，我不想對你說過頭的話。」

「我信，既然你這麼說了，但是你和你的二哥伊萬都見鬼去吧！你們誰也不明白，即使沒有卡捷琳娜・伊萬諾芙娜，人家也會非常不喜歡他的。我憑什麼要喜歡他，他媽的！要知道，他曾經親自賞臉罵過我。我爲什麼沒權利罵他？」

「我從來沒聽他說過關於你的事，既沒說過好話，也沒說過壞話；他壓根兒沒提到過你的事。」

「我倒聽到過，前天，他在卡捷琳娜・伊萬諾芙娜那兒把我編派得一無是處——你看，他對鄙人——你們恭順的奴僕興趣有多大。在發生這事以後，到底誰吃誰的醋——我就不得而知了！他發表了一通高見：如果我無意在最近的將來角逐修士大司祭這一職位並決定削髮①爲僧的話，那我肯定會去彼得堡加盟一家大的雜誌社，而且肯定會主持批評專欄，一寫就是十幾年，最後，把這家雜誌社抓到自己手裡。然後重新出版這家雜誌，而且肯定會走自由主義和無神論的路子，帶一點社會主義色彩，甚至還會擺出一副小小的社會主義派頭，但是萬事謹慎，其實是左右逢源，愚弄傻瓜而

---

① 基督教修士削髮，不同於佛教的剃度，僅剪去一圈頭髮。

已。據令兄的說法：我的功名利祿的最後表現必定是，雜誌的社會主義色彩並不妨礙我把讀者的雜誌預訂費存進自己的活期存摺，如有機會，便在某個猶太佬的指點下讓資金周轉，直到在彼得堡蓋大樓，然後讓編輯部搬進去，把其餘的樓層出租給房客。我甚至把樓房的地點都選定了：在涅瓦河的新石橋附近，據說，在彼得堡，這橋正在設計中，由翻砂街直達對岸的維堡區①……」

「啊，米沙，要知道，這一切肯定會實現，甚至逐字逐句，直到最後一個字！」阿廖沙突然叫道，他忍俊不禁，快樂地笑了。

「您也來挖苦我，阿列克謝·費奧多羅維奇。」

「不，不，我開玩笑，請原諒。我心裡想的完全是另一件事。不過對不起：誰會把個中詳情統統告訴你呢？你又能從誰嘴裡聽到這一切呢？總不至於他在談論你的時候，你就躲在卡捷琳娜·伊萬諾芙娜家吧？」

「我不在那裡，但是德米特里·費奧多羅維奇在那裡，這話是我親耳聽德米特里·費奧多羅維奇告訴我的，也就是說，如果你願意知道的話，他告訴的不是我，是我偷聽來的，自然是無意的，因為我就坐在格魯申卡的臥室裡，德米特里·費奧多羅維奇待在隔壁房間裡的時候，我一直出不去。」

「啊，對了，我倒忘了，她是你的親戚呀……」

「親戚？格魯申卡是我的親戚？」拉基京忽然叫起來，滿臉漲得通紅。「你是不是瘋了？腦子有問題。」

「那又怎麼啦？難道不是親戚？我聽人家這麼說……」

① 該橋現名翻砂橋，建於一八七五—一八七九年，是彼得堡涅瓦河上的第二座大橋。

「你能在哪兒聽到這話呢？不，你們這幾位卡拉馬助夫先生，硬充是什麼歷史悠久的大貴族，可當時令尊卻依人爲生，到處當小丑，依靠人家的恩典在廚房裡混碗飯吃。就算我只是一名牧師的兒子吧，在你們這幫貴族面前不過是個小人物，但是請你們不要這樣快樂而又肆無忌憚地侮辱我。我也有人格，阿列克謝・費奧多羅維奇。我不可能是格魯申卡的親戚，她是婊子，您要明白！」

拉基京十分惱怒。

「看在上帝分上，請您原諒，我怎麼也想不通，她怎麼會是婊子呢？難道她……是這種人嗎？」阿廖沙突然臉紅了。「再向你說一遍，我是這麼聽說的，她是你的親戚。你常常去看她，你自己也對我說過，你跟她並沒有卿卿我我的關係……我壓根兒就沒想到你會這麼鄙視她！難道她應該受到這樣的對待嗎？」

「我常常去看她，我自有要去看她的理由，你就甭問了。至於親戚不親戚的，倒是你哥或者是你爸硬要把她拉成是你的而不是我的什麼親戚。好了，到了。你還是去廚房好。啊呀，這是怎麼回事，這是什麼？莫非遲到了？他們不可能這麼快就用完飯呀？莫非又是你們卡拉馬助夫家的什麼人在這裡調皮搗蛋了？肯定是這樣。這不是你爸嗎，而且伊萬・費奧多羅維奇也跟在他後面。他們這是從院長那裡衝出來的。瞧，那邊伊西多爾神父站在台階上衝他們嚷嚷呢。而且你爸也在嚷嚷，揮動著兩手，大概在對罵。啊呀，那邊米烏索夫也坐上馬車走了，瞧，馬車跑了。瞧，地主馬克西莫夫也在跑，肯定大打出手了；這麼說，沒吃成飯！他們該不是把院長給揍了吧？要不就是他們挨揍了？這就活該啦！……」

拉基京大驚小怪地連聲感嘆，他並沒有弄錯。的確發生了大吵大鬧，而且聞所未聞，完全出人意料。一切都出於「心血來潮」的一念之差。

八、大吵大鬧

因爲彼得・亞歷山德羅維奇畢竟是個很有修養的上等人，所以當他和伊萬・費奧多羅維奇就要走進院長房間的時候，他心裡便立即產生了一個就某方面來說微妙的心理活動，他開始覺得他剛才發脾氣是可恥的。他暗自感到，對這個下三爛費奧多爾・帕夫洛維奇，實際上就應當根本不把他放在眼裡，因此他剛才在長老修道室也就無須沉不住氣，更不必像方才那樣自己先就亂了套。「起碼，這幾名修士在這方面毫無過錯，」他在院長室的台階上驀地認定，「假如這裡也是位上等人（這位院長尼古拉神父，看來也是貴族出身），那爲什麼不能對他們和顏悅色、客客氣氣、彬彬有禮呢？……我決不爭論，甚至準備隨聲附和，以禮取勝，而且……而且……我要證明，我跟這個伊索①，跟這個逗哏的丑角並非同夥，我跟大家一樣，上了他的當……」

有爭議的某處樹林的伐木問題和捕魚問題（這一切究竟在哪兒，他自己也不知道），他決定向他們徹底讓步，而且永不反悔，今天就幹，再說這一切也值不了幾個錢，他同修道院打的一切官司就此作罷。

當他們走進院長神父的齋堂後，這一切良好的打算就更加堅定不移了。其實，院長也沒什麼齋堂，因爲這整座房子裡像樣的房間總共也就有兩間，固然，比起長老的房間來，那就寬敞得多，也方便得多了。但是房間裡的陳設也不見得特別舒適：家具是皮的、紅木的，全是二十年代的陳舊款式；甚至地板也沒有油漆；但是窗明几淨，一切都很乾淨，窗台上擺著許多名貴花卉；但是此時此

① 著名的古希臘寓言家。此處轉意爲言行乖張的人。

刻最闊氣的，自然還是那張擺設得十分闊氣的餐桌，雖然，話又說回來，這也僅是相對而言：桌布乾乾淨淨，餐具晶光亮；有烤製得非常好的三種麵包，兩瓶葡萄酒，兩瓶上好的修道院出產的蜂蜜，一大玻璃罐修道院釀製的附近聞名的克瓦斯。但是沒有伏特加，根本沒有。拉基京後來告訴大家，這次午齋共準備了五道菜：清蒸鱘魚、魚餡包子，接著是做法十分別致的燴魚肉，然後是紅魚肉排、冰淇淋和水果蜜餞，最後是一種類似牛奶杏仁酪的果凍①。拉基京忍不住，特意去了一趟院長的廚房（他也跟廚房有關係），把這一切打聽得一清二楚。他到處都有關係，到處都有人供給他情報。他心懷嫉妒，為人很不本分。他充分意識到他這人很有能耐，但是自視甚高，因此神經質地誇大了這種能耐。他很有把握，他一定會在某方面有所成就。阿廖沙同他很要好，但是他的朋友拉基京並不光明磊落，又毫無自知之明，相反，還自以為他不會偷別人桌上的錢，所以就認定自己是世界上最最光明磊落的人，這使阿廖沙感到很痛苦。但這事不僅阿廖沙，任何人也拿他沒辦法。

拉基京因為是個小人物，所以他沒有資格被邀請去吃午齋，但是卻邀請了約瑟神父、派西神父，跟他倆一起被邀請的還有另一位修士司祭。當彼得・亞歷山德羅維奇和伊萬・費奧多羅維奇跨進房間的時候，他們在院長的齋堂裡已經恭候多時。在齋堂裡恭候他倆的還有地主馬克西莫夫。院長神父為了歡迎客人還特意跨前幾步，走到房間中央。他是一個又高又瘦的老人，但依舊很健壯，黑髮裡夾著銀絲，臉長長的，清瘦而又威嚴。他默默地向客人們一一鞠躬致意，但是這一回他們都走近前去接受了他的祝福。米烏索夫甚至冒了一下險，想親吻他的手，但是院長及時把手抽了回來，因此沒有吻成。然而伊萬・費奧多羅維奇和卡爾加諾夫卻在這次接受了全套的祝福，也就是按老百姓

① 東正教規定的齋飯，主要指不吃肉製品，魚和酒不在此列。

的樣子十分老實地吧嗒了一下嘴唇，吻了一下手。

「我們應該鄭重道歉，大法師，」彼得・亞歷山德羅維奇客氣地咧嘴微笑著，口氣倨傲，但又不失恭敬，「鄭重道歉，因為我們獨自來了，您邀請的我們的那位同伴費奧多爾・帕夫洛維奇未能前來；他不得已只能謝絕您的盛情款待，而且這不是沒有原因的。在聖佐西馬的修道室裡，他因一時衝動，被同兒子的不幸的家族糾紛弄得心煩意亂，說了幾句非常不得體的話……總而言之，完全登不了大雅之堂……這事，看來（他望了一眼兩位修士司祭），大法師大概早知道了。他自知有罪，也誠心悔改，深感汗顏無地，而且無法克服內心的愧疚之感，因此他請我們（在下和他的二公子伊萬・費奧多羅維奇）向您表示由衷的歉意……總之，他希望並且願意以後再行設法彌補這一切，而現在，他懇請您給他祝福，並請您忘掉今天發生的事……」

說到這裡，米烏索夫打住了。他抑揚頓挫地說完他的長篇演說的最後幾句話後，覺得十分得意，因此不久前的惱怒在他心裡連一點影子也沒有了。他又完全地、真心真意地愛人類了。院長莊重地聽完了他的話，微微低下頭，答道：

「對他的不辭而別深感遺憾。也許，當我們用飯時，他又會像我們愛他一樣地愛我們了。請賞光，諸位，請入席吧。」

他站到聖像前，開始誦讀禱告詞。大家都恭恭敬敬地低下了頭，地主馬克西莫夫還特別搶前一步，手指交叉，合十當胸，以示特別虔誠。

也就在這時，費奧多爾・帕夫洛維奇又拋出了自己的最後一個花招。應當看到，他倒的確想走來著，在長老的修道室裡幹下了他那可恥的行徑之後，再要像沒事人似的到院長那裡吃飯，他也的確感到很難辦。倒不是自慚形穢，深感內疚；甚至於也許根本相反；但是他終究還是感到現在去赴宴有失體統。但是當他那嘎吱作響的馬車被趕到客堂台階旁的時候，他已經抬腿要上車了，卻猛不防止住了腳步。他想起自己在長老那兒說的話：「我總覺得我無論走到哪兒，我比所有的人都卑鄙，大家都把我當小丑——那也好，那就讓我再當一回小丑吧，因爲你們大家無一例外地都比我渾，也都比我卑鄙。」他偏要噁心噁心大家，以示報復。偏巧這時候他突然想起了一件事：有一回，還在從前，有一次人家問他：「您幹麼這麼恨某某人呀？」當時恰逢他無恥的小丑脾氣突然發作，他回答道：「是因爲這樣：他倒的確沒招我惹我，但是我卻對他做了件喪天害理的壞事，我剛做完這事，就立刻因此而對他恨之入骨。」現在，他一想起這事，沉思少頃，便冷冷地發出一聲獰笑。眼睛忽閃了一下，甚至嘴唇都抖了起來。「乾脆一不做二不休，幹壞事就幹到底。」他突然拿定了主意。這一瞬間，他內心最深處的感覺可以用這樣的話來表達：「既然現在我已經名譽掃地，無法挽回，那我乾脆豁出去了，無恥到底；對於你們，我沒有什麼可丟人現眼的，就這麼回事！」他讓馬車夫在這裡稍候，自己則快步回到修道院，徑直向院長那裡走去。他還不清楚他會做出什麼事來，但是他知道他已經控制不住自己了，只要稍微來個由頭，霎時間，他現在就會窮凶極惡，什麼卑鄙下流的事都做得出來——話又說回來，也僅止於出出洋相而已，決不至於犯罪或幹出什麼可能觸犯刑律的越規行動來。在後一種情況下，他永遠會見好就收的，有時他甚至自己都對自己的這種本領感到驚奇。他出現在院長齋堂之時，恰逢祈禱已經結束，大家紛紛入座的時候。他站在門口，掃了大家一眼，發出一聲又長又放肆的獰笑，並且大膽地直視著大家的眼睛。

「他們還以爲我走了，瞧，我不又來了！」他向整個齋堂嚷道。

一時間，大家都緊盯著他，啞默無聲，大家霎時間感到馬上就要出事了，出一件既醜惡又荒唐的事，而且肯定會大吵大鬧。彼得·亞歷山德羅維奇本來已經心平氣和，一下子變得暴跳如雷。業已在他心中平靜、熄滅的一切，一下子又復活了，抬頭了。

「不，我受不了這個！」他叫道，「根本受不了，而且……怎麼也受不了！」

血猛地衝上他的腦海，他甚至語無倫次了，但是他已經顧不上章法，一把抓起自己的禮帽。

「他究竟受不了什麼呢？」費奧多爾・帕夫洛維奇叫道，「『怎麼也受不了，無論如何受不了』？大法師，我能不能進來呢？您接待不接待我這個應邀前來赴宴的客人呢？」

「衷心歡迎您賞光。」院長回答。「諸位！能不能容許我，」他突然補充道，「衷心地請求諸位捐棄前嫌，在敝院的這個薄宴上像親戚般和和美美，相親相愛，並且一起禱告上帝呢……」

「不，不，不可能。」彼得・亞歷山德羅維奇彷彿心慌意亂地叫道。

「既然彼得・亞歷山德羅維奇說不可能，那我也不可能，我也不準備留下來。我此來就爲的跟他在一起。現在，我將永遠跟彼得・亞歷山德羅維奇形影不離：彼得・亞歷山德羅維奇，您走我也走，您留下我也留下。院長神父，您剛才說像親戚般和和美美，您可是狠狠地刺了他一下，因爲他不承認是我的親戚！對否，封・佐恩？瞧，封・佐恩也在這裡。你好，封・佐恩。」

「您……跟我說話？」驚訝不止的地主馬克西莫夫嘟囔道。

「當然跟你。」費奧多爾・帕夫洛維奇叫道。「不然的話，還能跟誰呢？院長神父總不會是封・佐恩吧！」

「要知道，我也不是封・佐恩呀，我叫馬克西莫夫。」

「不，你是封・佐恩。大法師，您知道封・佐恩是何許人嗎？有這麼一樁刑事案：他讓人在一座淫窟（這類地方你們好像是這麼稱呼的吧）裡給打死了，是謀財害命，儘管他年事已高，還是被人釘進了一口箱子，並予密封，裝上了行李車，編上了行李號，從彼得堡運到了莫斯科。釘箱子的時候，那些承歡的舞女還唱歌、彈琴，就是說彈鋼琴①。他就是那個封・佐恩。他起死回生了，對否，封・佐恩？」

「這到底是唱的那一齣呀？這算什麼話？」在一群修士司祭中有人叫道。

「咱們走！」彼得・亞歷山德羅維奇向卡爾加諾夫叫道。

「不，對不起！」費奧多爾・帕夫洛維奇又向室內跨進一步，發出一聲尖叫，打斷了他們的話，「也讓我把要說的話說完嘛。在那邊修道室，有人糟踐我，似乎我的行爲大不敬，究其因，就因爲我叫了一聲鉤魚。敝親彼得・亞歷山德羅維奇・米烏索夫喜歡在談話中plus de noblesse que de Sincérité②，而我則恰好相反，喜歡在我的談話中plus de sincérité que de noblee③，我壓根兒就瞧不起這個noblsees④！對否，封・佐恩？對不起，院長神父，我雖然是小丑，而且經常扮演小丑，不過我是個人格高尚的騎士，我喜歡直來直去。對，我是個人格高尚的騎士⑤。而彼得・亞歷山德羅維奇身上只有一顆受到傷害的自尊心，此外再沒有什麼了。我方才到這裡來，也許就爲了來看看，說說自己的心裡話。我有一個兒子阿列克謝在這裡修行；我是他父親，我關心他的命運，也應當關心他的命運。我一直在聽大家說話和演戲，但也悄悄地冷眼旁觀，而現在我想把這戲的最後一幕給你們

① 一八七〇年三月二十八—二十九日，聖彼得堡地區法院曾開庭審理了這一案件。封・佐恩被拷打和釘進箱子的時候之所以要彈琴、唱歌、拍手、跺腳，是爲了不讓外面聽見凶手們的作案聲和被害人的喊叫聲和呻吟聲。

② 法語：高尚多於眞誠。

③ 法語：眞誠多於高尚。

④ 法語：高尚。

⑤ 這裡是諷刺和貶低屠格涅夫論別林斯基時說過的類似的話，他說別林斯基的心「純潔得近乎靦腆，綿軟得近乎溫柔，高尚得近乎騎士」。

演完。我們這裡到底是什麼情形呢？我們這裡，凡是倒下去的就讓它躺著，聽之任之。在我們這裡一旦跌倒了，就永世不得翻身。那怎麼行呢！我偏要站起來。神聖的神父們，我對你們很有意見，甚至義憤填膺。懺悔是偉大的聖禮，連我也對之十分崇敬，誠惶誠恐，五體投地，可是方才在那邊修道室裡大家卻突然跪著，出聲地懺悔。難道懺悔也能讓旁人聽見嗎？聖神父們規定懺悔只能對一個人耳語，那樣，你們的懺悔才能成爲聖禮，而且這是自古以來的規矩①。要不我怎麼能當著大夥的面向他說明，比如說吧，我這個那個的……也就是說那個這個，您明白了嗎？要知道，有時候是說不出口的。要知道，這豈不是丟人現眼嗎！不，諸位神父，跟你們在一起，豈不是興許就變成鞭笞派②了嗎……我一有機會非上書給東正教最高會議不可，我還要把小兒阿列克謝帶回家去……」

這裡要請大家注意。費奧多爾・帕夫洛維奇聽到過什麼地方在敲鐘③。過去曾有人惡意造謠，甚至傳到了都主教的耳朵裡（不僅傳遍鄙縣的修道院，也傳遍了施行長老制的其他修道院），似乎長老們過於受到尊崇了，甚至院長的地位都受到了損害，又順帶提到似乎長老們濫用懺悔這一聖禮，等等。這種指責是荒唐的，因此到時候就不攻自破了，非但在敝縣，而且到處都一樣。但是混帳的魔鬼抓住了費奧多爾・帕夫洛維奇，並且利用他自己的神經質使他在無恥的深淵裡愈陷愈深，魔鬼乘機把從前對長老的這一責難悄悄地告訴了他，其實，費奧多爾・帕夫洛維奇對此一竅不通。再說，個中道理他也說不清，更何況這一回誰也沒跪在長老的修道室裡出聲地懺悔，因此費奧多爾・帕夫

① 十三世紀前，基督徒的懺悔是公開進行的，直到十三世紀初才規定懺悔也可以單獨或秘密進行，但是根據自願原則，公開懺悔也是可以的。
② 產生於俄國十七世紀的一個宗教派別，它的主要教條是鞭身——用鞭子驅趕附在人體上的魔鬼。
③ 指謠諑紛紜。

洛維奇也不可能親見與此類似的任何情形，他只是根據他臨時想起來的早已老掉牙的飛短流長信口胡說一氣罷了。但是把這一套混帳話說出來以後，他也感到這是瞎掰，十分荒唐，因此便想馬上向他的聽眾證明，更要緊的是向他自己證明他說的話根本不是瞎掰。他這是欲蓋彌彰，越說越荒唐，越說越不像話——但是他欲罷不能，就像從山上滾下來似的，收不住腳了。

「真卑鄙！」彼得・亞歷山德羅維奇叫道。

「對不起，」院長忽然開口道，「自古以來就有這樣的說法：『有人說了我許多壞話，簡直難聽極了。但是我聽完之後便對自己說：這是耶穌在對症下藥，借以治療我那愛好虛榮的靈魂。』因此我們非常感謝您，尊貴的客人！」

他說罷便恭恭敬敬地向費奧多爾・帕夫洛維奇鞠了一躬。

「嘖嘖嘖！假仁假義和老一套的漂亮話！老一套的漂亮話和老一套的裝腔作勢！老一套的假惺惺和老一套的磕頭鞠躬！這些磕頭鞠躬咱一清二楚！『嘴上親吻，心上插刀』，就跟席勒的劇本《強盜》裡一模一樣。神父們，我不喜歡虛情假意，我喜歡實事求是！但是實事求是不在鉤魚不鉤魚的，這道理我曾公開宣布過！修士神父們，你們幹麼吃齋？你們幹麼期望靠吃齋而受到上天的恩賞？要知道，上天真要恩賞，那我也去吃齋了！不，神聖的修士，你應當修身養性、潔身自好，做個有益於社會的人，不要關在修道院裡飯來張口，衣來伸手，也不要期待上蒼的恩賞——真要做到這點是比較難的。要知道，院長神父，我也會說得蜜裡加糖的。他們在這裡到底預備下了什麼好吃的東西呢？」他走近桌旁。「老牌法克托裡牌的波爾多葡萄酒，葉裡謝耶夫兄弟公司灌裝的美陀克葡萄酒，神父們，真行啊！要知道，這可不像幾尾鉤魚呀。神父們還真拿出了好幾瓶酒，嘿嘿嘿！那這一切又是誰供給的呢？這是俄國老百姓，勞苦者，用自己長滿趼子的雙手掙得的幾文小錢，從自己的家用和國家的需要中硬摳出來，送到這裡來的！要知道，神聖的神父們呀，你們是在吸人民的血呀！」

「你說這話也太不成體統了。」約瑟神父道。派西神父則閉緊嘴，不說話。米烏索夫衝出了房間，卡爾加諾夫也緊隨其後跑了出去。

「好了，諸位神父，我也要緊跟彼得・亞歷山德羅維奇走了！我再也不到你們這兒來啦，即使你們跪下來求我，我也不來啦。我曾經布施過你們一千盧布，你們現在又瞪大了眼睛緊盯著我，嘿嘿嘿！不，我再也不給啦。我要報仇！爲我逝去的青春，也爲我受到的種種侮辱！」他裝腔作勢，貌似激動地用拳頭捶了一下桌子。「這個破修道院在我一生中起了很大作用！由於這座破修道院，我曾經傷心落淚！你們唆使我那瘋婆子起來跟我作對。你們在七次普世會議①上詛咒過我，在四鄉八鄰到處散布我的謠言！夠啦，諸位神父，現如今是自由主義的時代，輪船和鐵路的時代。不用說一千盧布，就是一百盧布，一百戈比，你們也休想從我手裡拿到！」

還得請讀者注意。敝縣的修道院在他的一生中從來沒有起過任何特別的作用，他也從來沒有因爲它而傷心落淚過。但是連他自己也被他裝出來的眼淚迷惑住了，竟然在一剎那間連他自己都對自己的裝腔作勢信以爲真了；甚至都感動得哭了出來；但是在這同一瞬間他又感到現在該是見好就收的時候了。院長對他的惡意造謠只是低頭傾聽，然後才再一次莊嚴地說道：

「還是古話說得好：『對那無意中加在你頭上的侮辱要愉快地忍受，不要在意，更不要恨那個侮辱你的人。』我們也一定照此辦理。」

---

① 基督教曾開過多次普世會議，東正教只承認基督教東西教派正式分裂前召開的七次普世會議。在這幾次會上都有人遭到詛咒和譴責。

「嘖嘖嘖，不要在意！淨胡說八道！你們去不要在意吧，神父們，我可要走了。我還要把小兒阿列克謝帶走，運用我做父親的權力把他永遠帶走。伊萬・費奧多羅維奇，我的最有出息的兒子，請允許我命令你跟我一起走！封・佐恩，你留在這裡幹什麼！立馬進城到我府上去。我家可快活啦。總共才一俄里，我不會讓你吃素油的，我要請你吃乳豬粉蒸肉；咱們美美地吃一頓，我要請你喝白蘭地，接著是蜜酒；還有北極懸鉤子露酒……喂，封・佐恩，不要錯過機會，有福不享呀！」

他吵吵嚷嚷、指手畫腳地走了出來。也就在這工夫拉基京看見他走出來，並指給阿廖沙看。

「阿列克謝！」父親看到他後，從遠處叫了他一聲，「今天就搬回我那兒去住，咱不回來了，把枕頭和床墊也全帶走，從此以後不許你再來。」

阿廖沙站住了，呆若木雞，他默默地、注意地觀看著這場戲。這時費奧多爾・帕夫洛維奇已經鑽進馬車，伊萬・費奧多羅維奇也緊跟在他後面，板著臉，默默地鑽進了馬車，甚至都沒有向阿廖沙回過頭來說聲再見。但這時又發生了一件幾乎令人難以置信的耍活寶，作爲這個故事的補白。地主馬克西莫夫突然出現在馬車的踏腳板旁。他生怕趕不上趟，氣喘吁吁地跑了來。拉基京和阿廖沙看見他在跑。他急煎煎地伸出一隻腳，踏上了踏腳板（這時，伊萬・費奧多羅維奇的左腳還踩在踏板上），兩手抓住車子，就想往馬車裡跳。

「我也去，我也跟你們去！」他一邊跳一邊叫，發出快樂的咯咯笑聲，怡然自得，滿臉放光，不顧一切，「把我也帶去！」

「我不是早就說過嗎，」費奧多爾・帕夫洛維奇興高采烈地叫道，「他是封・佐恩！他是一個起死回生的真正的封・佐恩！你怎麼從那裡脫身的呢？你在那裡耍盡了活寶，一副封・佐恩的樣子，你又怎麼能離席而去呢？要知道，只有糊塗蟲才會去吃這頓飯！我已經夠糊塗的了，我看，老弟，你比我還糊塗！快跳上來，快跳！萬尼亞①，讓他上來，這下可有樂子瞧了。車上，他可以湊合著趴在我們腳旁。你能趴著嗎，封‧佐恩？要不然的話，就讓他跟車夫在前頭坐在一塊兒？……跳上車夫座，封‧佐恩！……」

但是伊萬‧費奧羅多維奇已經在座位上坐好了，他默默地對準他的胸脯使勁推了一下，把他推得一個重心不穩，飛出一俄丈開外。如果說他沒有跌倒，那純屬偶然。

「快走！」伊萬‧費奧多羅維奇惡狠狠地向車夫喝道。

「你這是幹麼呀？何必呢？你幹麼這麼待他？」費奧多爾‧帕夫洛維奇的氣不打一處來，但是馬車已經動起來了。伊萬‧費奧多羅維奇沒有回答。

「你這人也真是的！」費奧多爾‧帕夫洛維奇沉默了兩分鐘後，斜睨著兒子，又說道。「修道院這事前前後後都是你策劃的，都是你挑唆的，都是你首肯的，爲什麼現在又發脾氣呢？」

「行了，別廢話了，現在您歇會兒行不行。」伊萬‧費奧多羅維奇不客氣地回敬道。

費奧多爾‧帕夫洛維奇又沉默了約莫兩分鐘。

「現在有杯白蘭地就好啦。」他勸諭似地說道。但是伊萬‧費奧多羅維奇沒有回答。

「到家後，你也喝點兒。」

伊萬‧費奧多羅維奇仍舊一言不發。

費奧多爾‧帕夫洛維奇輕蔑地聳了聳肩，轉過臉去，開始觀看路邊的風光，然後一直到家兩人都沒吭聲。

① 伊萬的小名。

第三卷　色狼

一、下房

費奧多爾・帕夫洛維奇的私宅離市中心很遠，既不在市中心，但也不完全在郊區。這房子相當古舊，但外表看去還頗悅目：是座平房，帶閣樓，牆上刷著灰漆，加上一個紅鐵皮屋頂。然而，這房子巋然不動，還能維持很久，屋內很寬敞，也很舒適。裡面有許許多多各式各樣的儲藏室，各種各樣可以藏人的地方，以及意想不到的暗樓梯。屋裡老鼠成群，但是費奧多爾・帕夫洛維奇並不十分討厭老鼠：「每到晚上，只有你一個人的時候，畢竟不致于太寂寞。」他倒真有這習慣：一到夜裡就讓僕人回耳房，自己則獨自一人關在上房裡過夜。這耳房坐落在院子裡，既寬敞又結實；費奧多爾・帕夫洛維奇規定廚房也設在耳房裡，雖說上房裡也有一間廚房：他不喜歡廚房裡發出的氣味，因此無論冬夏，飯菜都是經由院子裡端進來的。總的說，這上房蓋起來本來是給一個大家庭使用的，主僕合在一起人數比現在再多四倍也容納得下。但是當我們開始講這個故事的時候，住在上房裡的只有費奧多爾・帕夫洛維奇和伊萬・費奧多羅維奇，而在下人住的耳房裡一共才有三名僕人：老頭子格里戈里，老太婆馬爾法，也就是他的老婆，還有一名僕人斯梅爾佳科夫，還是個年輕人。關於這三名僕人必須略微多說幾句。然而，關於老頭子格里戈里・瓦西里耶維奇・庫圖佐夫，前面已經說得夠多了。這是一個認準目標，一條道走到黑的人，他認定的事就會一往無前，不達目的決不罷休，只要這事由於某種原因（常常是非常不合邏輯的）在他看來是不可推翻的真理的話。一般說，他爲人剛正不阿。他老婆叫馬爾法・伊格納季耶芙娜，儘管她一輩子對丈夫唯命是從，可是有時候也會死乞白賴地纏著他，比如說，在農民解放①之後便立刻離開費奧多爾・帕夫洛維奇到莫斯科去，在那裡做點小生意（他們多少攢了點錢）；但是格里戈里當時就認定，而且一條道走到黑，這是娘們在胡扯，「因爲任何娘們都是靠不住的」，至於離開從前的主人，更不應該，不管這主人從前怎麼樣，「因爲這是他們現如今應盡的天職」。

「你懂得什麼叫天職嗎？」他問馬爾法・伊格納季耶芙娜。

「什麼叫天職，我當然懂啦，格里戈里・瓦西里耶維奇，但是咱們硬要留這兒，這算什麼天職，這道理我就不懂啦。」馬爾法・伊格納季耶芙娜斷然道。

「不懂拉倒，就這麼定了。以後不許多嘴。」

結果也果真如此：他們沒走，而費奧多爾・帕夫洛維奇給他們定了工錢，雖然工錢不多，但工錢還是給的②。再說，格里戈里知道他對老爺擁有無可爭議的影響。他感到了這一點，而且這也是有道理的：費奧多爾・帕夫洛維奇是一個狡詐而又固執的小丑，正如他自己所說，「在生活中的某些

① 指一八六一年在俄國以廢除農奴制爲主要內容的所謂「農民改革」。

② 「農民改革」前，他們是家奴，沒有工錢。改革後，情形就不同了，他們成了自由民，所以必須付工錢。

事情上」，他的性格非常堅強，但是他自己也感到驚奇，在某些其他「生活瑣事」上，性格又變得非常軟弱。他自己也知道究竟是哪些事，非但知道，而且在許多方面感到很害怕。在某些生活瑣事上必須保持警惕，不可掉以輕心，碰到這樣的事，身邊沒有個可靠的人，事情就難辦了，而格里戈里是個非常忠實的僕人。甚至常常發生這樣的情形：費奧多爾・帕夫洛維奇在他投機鑽營的一生中曾多次可能挨打，而且是挨一頓毒打，但是每次都是格里戈里救了他，雖然事後他每次都要嘮叨幾句，告誡他一番。但是僅止於挨打是嚇不到費奧多爾・帕夫洛維奇的：但是有時候也會發生一些嚴重的情況，甚至很微妙、很複雜的情況，這時費奧多爾・帕夫洛維奇也許自己都鬧不清他多麼異乎尋常地需要一個既忠實而又親近的人，而這種需要，他有時會突然於刹那之間而且不可思議地突然感覺到。這是一種近乎病態的情形：費奧多爾・帕夫洛維奇是個淫邪成性，好色得常常像凶猛的毒蟲一樣殘忍的人，但是有時候，在喝醉酒之後，心裡會突然感到一種精神上的恐懼和一種道德上的震動，從而在他心裡產生一種（可以說吧）近乎生理上的痛苦。「這些時候，我的心好像提到了嗓子眼，在發抖。」他有時候常常這麼說。就在這樣的瞬間，他喜歡在他身邊，就在近處，哪怕不在一個房間裡也行，在耳房，有這麼一個人，忠實、堅強，跟他完全不同，並不縱情酒色，儘管所發生的這一切放蕩行爲他都看在眼裡，知道一切秘密，但是他出於忠心仍舊對這一切聽之任之，並不反對，主要是並不責備，也不用今生或死後可能發生的什麼事來威脅他；而且必要的時候甚至還會挺身出來保護他，使他不受誰的傷害呢？使他不受某個他所不認識的，但是可怕而又危險的人物的傷害。這事的微妙之處正在於一定要有一個別人，一個相處多年的友好的人，以便在痛苦的時刻能夠叫他來，就爲了能夠看看他的臉，也許，再侃上幾句，侃些完全不相干的話也行，如果這人沒有什麼，並不見怪，心裡就會覺得好受些，如果他見怪，那也沒有什麼，不過愁上再加個愁字罷了。常常發生這樣的事（不過這種事難得一遇），費奧多爾・帕夫洛維奇甚至半夜跑到耳房裡去叫醒格里戈里，讓他到他那邊去呆一會兒。於是格里戈里就走過來，費奧多爾・帕夫洛維奇便跟他海闊天空地閒聊一氣，很快也就讓他走了，有時甚至還嘲笑一番，開點小小的玩笑，他自己則啐口唾沫，上床睡覺，這時候睡覺已經心裡踏實，睡得很香了。阿廖沙回到老家後，費奧多爾・帕夫洛維奇也曾發生過類似的情況。阿廖沙「住了下來，什麼都看見了，但是什麼責備的話也沒說」，這就「深深地打動了他的心」。除此以外，他還帶來了一件過去從未有過的東西：對他這個老人沒有半點輕蔑，相反，總是對他和和氣氣，總是對他十分親熱，而且這親熱十分自然而又襟懷坦蕩，而他是不配人家這樣待他的。這一切，對於他這個老色鬼和形單影隻的孤老頭子來說完全是個驚喜，對於他這樣一個至今不思悔改，「作惡」多端的人來說，更是萬萬沒有想到。阿廖沙走後，他向自己承認，他多少懂得了一些他過去不想弄懂的道理。

我在開始講這個故事的時候已經提到格里戈里恨費奧多爾・帕夫洛維奇的髮妻阿傑萊達・伊萬諾芙娜，恨費奧多爾・帕夫洛維奇的長子德米特里・費奧多羅維奇的母親，相反卻極力維護他的續絃，即那個瘋女人索菲婭・伊萬諾芙娜，甚至不惜反對自己的主人，反對所有想要說她壞話或者不負責任地胡說一氣的人。他對這個不幸的女人的同情竟變成某種神聖不可侵犯的感情，因此事過二十年他仍舊受不了不管出之於任何人之口的對她惡意的含沙射影，並且對這個惡意中傷的人立即予以反駁。從外表看，格里戈里這人冷冷冰冰，很威嚴，不愛多嘴，說的話很有分量，決不說輕飄飄的不負責任的話。同樣，乍一看，根本說不清他是否愛他那個逆來順受、百依百順的妻子，其實他還真愛她，當然，她也明白這點。馬爾法・伊格納季耶芙娜這女人不僅不笨，甚至比她丈夫還聰明也說不定，起碼在一些日常生活問題上她比他精明得多，但是從結婚之初她就毫無怨言、逆來順受地對他言聽計從，並且無可爭辯地尊重他，承認他在精神上的優勢。有意思的是他倆一輩子極少互相交談，除非說一些最必要的話和當前立刻要辦的事。威嚴而又莊重的格里戈里從來自行其是，獨自考慮自己的一應事務和急於要辦的公務，因此馬爾法・伊格納季耶芙娜老早就明白了，他根本不需要她作什麼忠告，出什麼主意。她感到她丈夫很看重她的沉默，並認爲她這樣做很聰明。他從來沒有打過她，充其量只有一次，也只是輕輕地碰碰她而已。在阿傑萊達・伊萬諾芙娜和費奧多爾・帕夫洛維奇結婚的頭一年，有一次在鄉下，村裡的大姑娘小媳婦們（當時還是農奴）都聚到老爺的院子裡來唱歌跳舞。開始時跳《牧場上》①，那時候馬爾法・伊格納季耶芙娜還是個年輕少婦，她突然衝進舞圈，站在歌隊前，用一種特別的跳法，跳了這支「俄羅斯」舞，她並不像鄉下的小媳婦們那樣跳，而是像她還在財主米烏索夫家當侍女時在地主的家庭劇場（當時他們從莫斯科請來了一位舞蹈老師，專教演員們跳舞）裡學到的那樣跳。格里戈里看在眼裡，當他的妻子跳完後過了一小時，便在自家的木屋裡，輕輕地拽住她的頭髮，教訓了她一頓。但是所謂「毆打」云云也就從此告終，以後一輩子再沒發生過類似的事，而且馬爾法・伊格納季耶芙娜也發誓從此再不跳舞了。

上帝沒有賜給他們兒女，曾經有過一個不點大的孩子，但是這孩子死了。格里戈里非常喜歡孩子，甚至也不掩飾這點，就是說並不羞於表露。當阿傑萊達・伊萬諾芙娜跟人私奔之後，當時德米特里・費奧多羅維奇才三歲，他便把這孩子領過來，撫養了差不多一年，親自給他用小梳子梳頭，還親自在木盆裡給他洗澡。後來，他還照管過伊萬・費奧多羅維奇和阿廖沙，還爲了這事挨了一記

① 這是一支民間舞曲。歌中唱道：年輕的姑娘央求她父親不要把她嫁給一個老頭子，而應當把她嫁給一個與她年齡相當的人。

耳光，但是關於這一切我在前面已經說過了。當馬爾法・伊格納季耶芙娜還在懷孕的時候，他也曾歡喜過一陣，以爲很快就會有自己的孩子了。可是等孩子生下來以後，卻使他大吃一驚，心頭充滿了悲傷和恐怖。問題是這孩子生下來竟是個六指兒①。格里戈里看到這情形後傷心已極，非但一直到受洗那天一言不發，甚至還故意躲到花園裡生悶氣。時當春天，他接連三天在花園的菜地裡挖畦。到第三天，就該給嬰兒施洗了；在這以前，格里戈里已經拿定了主意。他走進木屋，教士們都來齊了，客人們也來了，最後連主人費奧多爾・帕夫洛維奇也來了，是親自來當孩子的教父的，這時他突然宣布，這孩子「根本用不著受洗」，他說話的聲音不大，話也不多，而且是一個字一個字地慢吞吞地吐出來的，說這話時，他只是神態木然地注視著神父。

「爲什麼這樣？」神父快活而又驚訝地問道。

「因爲這是……一條毒龍②……」格里戈里喃喃道。

「怎麼會是毒龍，怎麼會是毒龍呢？」

格里戈里沉默少頃。

「發生了造化的錯亂……」他喃喃道，雖然說得非常不清楚，但是聲音很堅定，顯然不想多說廢話。

大家付之一笑，不用說，還是給這可憐的孩子施了洗。格里戈里在聖水盤旁熱烈地祈禱，但是對這個初生兒的看法卻始終不變。不過，他也沒有橫加阻撓，只是在這個病孩子存活的所有兩星期

① 俄俗：生下來的孩子，如有生理缺陷和精神缺陷，迷信的人就認爲這孩子身上有魔鬼附體。

② 龍在西方民俗中並不象徵「富貴」和「吉祥」，而是一種「妖孽」。

中，幾乎看也不看他，甚至都不想看見他，多半是離開房間一走了之。但是過了兩星期，當這孩子死於鵝口瘡後，他又親自把他裝進小棺材，非常傷心地看著他，當人們向那個不深的小墓穴裡填土的時候，他跪了下來，向小小的墳頭磕了個頭。從那以後，多年來，他一次也沒提到過自己的孩子，而且馬爾法・伊格納季耶芙娜當著他的面也一次都沒敢念叨過自己的孩子，即使有時她也跟別人談到自己的「娃娃」，那也是壓低了聲音，儘管當時格里戈里・瓦西里耶維奇並不在她身旁。據馬爾法・伊格納季耶芙娜說，他自從打孩子的墳頭回來以後，便悉心鑽研「神學」，閱讀《每月念誦集》，多半是默念和獨自一人，每次還都戴上他那大大的銀邊的圓眼鏡。他很少念出聲來，除非是大齋期。他最喜歡讀《約伯記》①，又不知從哪裡弄到了一本「我們與神靈相通的神父伊薩克・西林②」的語錄和佈道集，他讀得很認真而且多年來一直如此，但是他幾乎什麼也沒讀懂，但是正因為讀不懂，所以說不定他才特別珍愛這本書。最近，他開始留意和鑽研鞭笞派的教理（這教理他也是由於街坊鄰舍的關係偶爾碰到的），看來受了很大震動，但是要轉而皈依一個新教派，他又認為欠妥。由於熟讀「經書」，不用說，這就更給他的相貌平添了幾分威儀。

也許，他這人傾向於神秘主義。而這時又偏巧出了一件事，他的六指幼童的出世和死亡偏偏又跟另一件非常奇怪的、出乎他意料之外的新奇事巧合，於是這事便在他心中（正如後來有一回他自己所說）留下了「烙印」。這事是這麼發生的：就在埋葬了那個不點大的六指兒的當天，馬爾法・伊格納季耶芙娜半夜醒來，似乎聽到有新生嬰兒在啼哭。她嚇壞了，便叫醒了丈夫。她丈夫聽了聽，

① 舊約聖經中的一篇。
② 伊薩克・西林，公元七世紀基督教教父，苦行者和著作家。

說，很可能是什麼人在呻吟，「好像是個女人」。他下了床，披上衣服；那是一個相當暖和的五月之夜。他走出屋子，踏上台階，清楚地聽到這呻吟聲是從花園那邊傳來的。但是每到夜間花園是從院子這邊上了鎖的，除了這一入口，要進花園是不可能的，因爲花園四周淨是又高又堅固的圍牆。格里戈里回到屋裡後就點了一盞馬燈，拿了花園的鑰匙，也不理睬他妻子那近乎歇斯底里的恐怖（她還是一個勁地嘮叨，說她聽到的是孩子的哭聲，肯定是她那孩子在哭，在喊她），一聲不吭地向花園走去。這時他清楚地聽到，這呻吟聲來自他們的澡堂，而這澡堂就在花園裡，離園門不遠，而且他聽到的當真是一個女人在哼哼。他開開澡堂，看到裡面的景象後都驚呆了：一個全城聞名、流落街頭的本城的瘋教徒，一個外號叫臭丫頭利扎韋塔的女人，鑽進了他們家的澡堂，剛生下了個孩子。那嬰兒就躺在她身旁，而她挨著這孩子已經奄奄一息。她什麼話也沒說，因爲她本來就不會說話。但是這一切必須另闢一章才說得清楚。

二、臭丫頭利扎韋塔

這裡有一個特別的情況，深深震動了格里戈里，徹底堅定了他過去曾經產生過的那個令他不快和極端厭惡的疑惑。這個臭丫頭利扎韋塔是個個頭很小的姑娘，僅「兩俄尺①稍多一點」，就像她死後敝縣許多朝聖的老太太不勝感慨地回憶她時所說。她那二十歲的臉，健康、寬闊而又紅潤，可是完全像個白癡；她的目光呆滯，令人不快，雖然很溫順。她一輩子，無論冬夏，都是光腳，穿一件

① 一俄尺等於〇・七一米。

粗麻布襯衫。她的頭髮幾近黑色。又濃又密，像羊毛一樣鬈曲，頂在她頭上好像戴了頂大帽子似的。此外，她的頭髮總是髒兮兮的，沾滿泥土和各種髒東西，粘著樹葉、木棍和刨花，因為她總是睡在泥地上和垃圾堆裡。她父親是個無家可歸、一無所有、長年鬧病的小市民伊利亞，他總是喝得爛醉如泥，多年來總是給一些家境殷實的東家（也是敝城的小市民）幫傭，打短工，寄人籬下，聊以謀生。利扎韋塔的母親早死了。長年鬧病而且脾氣很壞的伊利亞一看到利扎韋塔回家就殘忍地把她毒打一頓。但是她很少回家，因為她是個神癡①，依靠全城人的布施為生。無論是伊利亞的東家，還是伊利亞本人，甚至城裡許多富有惻隱之心的人，主要是男男女女的商人，曾經不止一次地想讓利扎韋塔穿得像樣些，不要只穿一件襯衫，到冬天就給她穿上皮襖，套上皮靴；但是通常，她乖乖地讓人家替她穿戴上一切之後，便走開了，隨便找個地方，多半是在教堂門口的台階上，把人家施捨給她的東西統統脫下來，頭巾呀，裙子呀，皮襖呀，靴子呀，等等——把一切都留在原地，然後照舊光著兩腳和穿著一件襯衫走開了。有一回還出過這麼一件事：敝省一位新上任的省長偶爾下鄉，順道視察敝縣，他看到利扎韋塔後，大為光火（儘管他的用心是好的），雖然他明白，這是個「瘋教徒」，人家也是向他這麼稟報的，他還是嚴加申斥：一個年輕姑娘，只穿一件襯衫，招搖過市，實在有礙觀瞻，著令今後不得再有此類事情發生。但是省長走了，對利扎韋塔又聽之任之了，她還是老樣子。最後，她父親死了，她成了一名孤女，而城裡那些虔誠的信徒們反倒覺得她更可親可愛了。說真格的，似乎，大家甚至於還很愛她，甚至一些小男孩也不逗她和欺負她了，而敝縣的小男孩，尤其是小學生，最愛惡作劇了。她也常常跑到一些不認識的人家去，可是誰也不趕她走，相反，所

① 指俄國迷信的老百姓認為能夠通神並有預言才能的瘋教徒。

有的人對她都很和氣，還賞給她一些小錢。人家給她錢，她就拿著，立刻拿去放進募捐箱，教堂的或者監獄的，隨便哪個都行。也有人在市場上給她個麵包圈或者小白麵包，她就一定會拿去，隨便碰到哪個小孩，把麵包圈或者小白麵包送給他，要不然的話，她就會隨便攔住一位敝城最有錢的闊太太，把麵包送給她；而太太們收下這麵包時甚至於還很高興。至於她自己，僅以黑麵包就著清水果腹。有時候，她也會走進一家闊氣的店鋪，隨隨便便地坐下來，那裡既擺放著貴重的貨物，那裡又有錢，但是掌櫃的從來也不提防她，因爲他們知道，即使在她面前把成千上萬的錢拿出來，而且拿出來以後就忘了，她也不會從中拿一個戈比。她很少進教堂，至於睡覺，則躺在教堂門口的台階上，或者鑽進籬笆（敝城直到今天還有許許多多籬笆，而不是圍牆），睡在隨便那家的菜園裡。

她約莫每周回家一次，也就是回到她那已故的父親從前住過的那些主人家，而每到冬天，她就天天回去，但是這也僅僅是爲了過夜，或者睡在門斗裡，或者睡在牛棚裡。大家都覺得奇怪，她怎麼經受得住這樣的生活，但是她已經過慣了；她雖然個子小，但是體格卻異常結實。敝縣縣城的一些先生們認爲，她這樣做僅僅因爲自尊心在作祟，但是又似乎扯不上：她連一句話也不會說，只會間或動動舌頭，發出一點哞哞的叫聲——這又哪兒說得上什麼自尊心不自尊心呢。後來出了這麼一件事，有一天（那是很久以前的事了），在九月的一個月明星稀的溫暖的夜，一輪滿月高掛中天，在我們看來，已經非常晚了，有一群喝得醉醺醺的尋歡作樂的爺們，五六個花花太歲，從俱樂部裡出來，想從「後街」回家。胡同兩旁都是籬笆，籬笆後面則是相鄰各家的菜園；胡同出來則是幾座小橋，小橋架設在敝城的一條又臭又長的水溝上，我們有時習慣地把它叫做河。我們的這幫老少爺們發現利扎韋塔就睡在籬笆旁的一叢蕁麻和牛蒡草裡。這幾位喝得醉醺醺的爺們在她身旁站住了，大笑不止，開始口沒遮攔地說些下流的俏皮話。有位少爺忽然心血來潮，就一個豈有此理的話題提出了一個完全超乎人之常情的問題，他說：「能不能有人，隨便哪位都成，把這頭野獸當作女人，哪怕現在就對她如此這般一番，等等。」大家都倨傲而又極端厭惡地認定，這辦不到。但是在這一小撮人裡也有費奧多爾・帕夫洛維奇在場，他猛然地跳了出來，並且認定可以把她當作女人，甚至還蠻有味道，甚至還有某種別具風味的刺激，以及其他等等，等等。誠然，當時他那模樣實在太做作了，死乞白賴地硬要當小丑，出洋相，他就愛跳出來給老少爺們逗個樂，當然，表面上，他似乎與大家平起平坐，實際上在他們面前不過是個下三爛。這事正好發生在他從彼得堡得到消息，說他的原配夫人阿傑萊達・伊萬諾芙娜死了，當時他帽子上還箍著黑紗，但卻一味喝酒和胡鬧，甚至讓城裡那些最放蕩的人看了都覺得噁心。這幫酒鬼對於他這種出人意料的看法自然大笑不止；其中一人甚至還開口挑唆費奧多爾・帕夫洛維奇，但是其他人都連連嗤之以鼻，雖然當時整個氣氛仍舊異常快活，最後大家便分道揚鑣了。後來，費奧多爾・帕夫洛維奇曾指天發誓，當時他也跟大夥兒一起走了；也許，事情本來就是這樣，因爲關於這事誰也說不出個子午卯酉來，也永遠說不出來，但是過了五個月或者六個月，城裡所有的人都義憤塡膺地說利扎韋塔懷孕了，大家都在問，都想弄清楚到底是誰造的孽？到底是誰幹的這種缺德事？就在這時候突然有一則可怕的傳聞傳遍了全城，說幹這缺德事的就是這個費奧多爾・帕夫洛維奇。這傳聞從何而來？在這幫酗酒夜遊的爺們中間，當時留在城裡的只有一位參加者，而且這是位上了年紀的可敬的五等文官，有家有室，而且還有幾個待字閨中的黃花閨女，這人是絕對不會出去散布流言蜚語的，甚至確有其事，他也決不會隨便張揚；而參加夜遊的其他幾位先生，約莫有五個人，當時都已各奔東西，走散了。但是傳聞仍舊直接指向費奧多爾・帕夫洛維奇，而且有增無已，並不收斂。當然，費奧多爾・帕夫洛維奇甚至對此根本不以爲意：對什麼小商人、小市民之類的胡言亂語，他根本不屑一顧。當時他很傲氣，除非在官員和貴族圈子裡才談笑風生，給他們湊個趣、逗個樂。正是在這時候，格里戈里十分起勁和竭盡全力地站出來替自己的老爺說話，非但極力維護他，反對所有這些閒言碎語，而且爲了他還一再跟人鬥嘴和吵鬧，而且許多人居然被他說服了。「她是個下流胚，自找的。」他很有把握地說，而造這個孽的不是別人，正是「螺釘卡爾普」（當時有個全城聞名的可怕的囚犯就叫這名字，在此以前，他從省監獄越獄潛逃，當時正潛伏本城）。這個猜測聽起來頗有道理，大家想起了卡爾普，想到正是在那些夜晚，在初秋時分，他在城裡流竄作案，洗劫了三個人。但是這整個事情，以及所有這些流言蜚語，非但沒有使大家不再同情和關注這個可憐的瘋女人，反而使大家更加保護她和呵護她了。一位老闆娘，名叫孔德拉季耶芙娜，她是一位家境殷實的寡婦，她甚至作了這樣的安排，到四月底就把利扎韋塔領回家，目的是不放她出去，直到分娩。她派人日夜看著她；但是結果卻出了這樣的事，儘管日夜提防，到最後一天晚上，利扎韋塔還是突然離開了孔德拉季耶芙娜，溜走了，而且出現在費奧多爾·帕夫洛維奇的花園裡。她身懷六甲，是怎麼爬過花園又高又結實的圍牆的，這在某種程度上一直是個謎。一些人說，是有人幫她爬過去的，又有一些人說，是「冥冥中有什麼東西」把她弄過去的。最大的可能還是，這事雖然發生得非常奧妙，但還是十分自然的，利扎韋塔本來就會翻籬笆爬進人家的菜園過夜，這次也就設法爬上了費奧多爾·帕夫洛維奇的圍牆，然後再從圍牆跳進花園，儘管她身懷六甲，可能對自己的身體有害。格里戈里見狀急忙回去叫馬爾法·伊格納季耶芙娜，讓她到利扎韋塔那兒去幫忙，他自己則跑去請接生婆，一個小市民，她正好住得不遠。孩子得救了，利扎韋塔則在天亮前死了。格里戈里抱起這嬰兒，帶回了家，讓他的妻子坐下，把孩子放在她的兩腿上，塞進她的懷裡：「上帝的孤兒是大家的親人，對於咱倆就更不用說了。這是咱們死了的那孩子送給咱們的，他是魔鬼的兒子和一個規規矩矩的女人生的。你就餵養餵養他吧，以後就別哭了。」於是馬爾法·

伊格納季耶芙娜就把這孩子撫養大了。讓他受了洗禮並取名帕維爾，至於父稱，並沒有人示意，大家（包括他倆）都管他叫費奧多羅維奇①。費奧多爾・帕夫洛維奇也沒提出任何異議，反而覺得這很好玩，雖然他對一切仍舊死不認帳。他收養了這棄兒，城裡人對這還是很高興的。後來，費奧多爾・帕夫洛維奇還給這棄兒編出了個姓：管他叫斯梅爾佳科夫，這是根據他母親的諢名臭丫頭利扎韋塔取的②。就是這個斯梅爾佳科夫後來成了費奧多爾・帕夫洛維奇的第二名僕人，而在我們講述這段故事之初，他在耳房裡跟老頭子格里戈里和老太婆馬爾法住在一起。由他來充當廚子。本應專門爲他說點什麼，但是，使讀者分心，花這麼多時間來注意這麼一個平平常常的傭人，我實在過意不去，因此只好先講故事，再說其他，我希望，在故事的進一步發展中會自然而然地再回過頭來講到斯梅爾佳科夫。

三、一顆熱烈的心的懺悔（詩體）

阿廖沙聽到他父親在離開修道院時從馬車裡向他大聲發出的命令後，在原地站了片刻，感到莫名其妙。他並沒有站在那裡呆若木雞，他是不會發生這種情形的。相反，他雖然心中非常不安，還是抓緊時間立刻跑到院長的廚房裡，打聽清楚了他爸到底在上面幹了些什麼。接著，他就動身進城，希望在進城的路上多少解決一點這一使他苦惱的問題。我要先說明幾句：對於父親的喊叫和讓他「帶

① 意爲費奧多爾的兒子。
② 斯梅爾佳科夫（Смердяков）與臭丫頭（Смердящая）在俄語中諧音，而且詞根相同。

著枕頭和褥子」立刻搬回家的命令，他倒一點也不害怕。他非常清楚，命令他搬回家去，聲音這麼大，而且還這麼裝腔作勢地嚷嚷，乃是他「一時衝動」，甚至可以說是為了保全面子——正如在他們那座小城裡有一個小市民，不久前過命名日，酒喝得太多了，因為不讓他多喝酒，他就大發脾氣，竟當著客人的面砸盆摔碗，撕自己和老婆的衣裳，砸自己的家具，最後又砸房子裡的玻璃，說到底，這一切無非因為愛面子。不用說他爸爸現在發生的事在某種程度上也庶幾近之。第二天，那個喝多了的小市民酒醒了，看到被打碎的盆盆罐罐，當然很後悔。阿廖沙知道，他老爸到明天肯定會讓他再回修道院去的，甚至今天就讓他回去也說不定。而且他很有把握，他父親可以做對不起別人的事，決不會做對不起他的事。阿廖沙深信，全世界永遠不會有一個人想欺負他，不僅不會欺負他，而且也不可能欺負他。這對於他是一條亙古不移的、彰明較著的道理，於是他就這樣繼續前進，毫不動搖。

但這時他心裡卻騷動著另外一種恐懼，一種完全不同的恐懼，而且這恐懼使他痛苦，因為他自己也說不清他到底恐懼什麼，說到底，他怕的是女人，他怕見到卡捷琳娜・伊萬諾芙娜，因為卡捷琳娜・伊萬諾芙娜不久前托霍赫拉科娃太太給他捎來一封短箋，懇求他千萬到她那裡去一趟，似乎有什麼事。這一要求以及必須到她那裡去一趟的情況，使他心中立刻產生了一種痛苦感，而且整個上午越來越厲害，他心中的這一感覺在不斷地劇痛而且越來越感到痛苦，儘管以後緊接著在修道院，剛才又在院長那裡接二連三地發生了許多吵鬧和意外的事故。他怕的倒不是他不知道她會跟他說什麼和他應該怎麼回答她。他怕她也不是一般地因為她是個女人：當然他對女人知之甚少，但他畢竟一輩子，從很小的時候起一直到進修道院，都是跟女人生活在一起的。他怕的只是這個女人，只怕卡捷琳娜・伊萬諾芙娜。他從頭一次見到她那時候起就怕她。他見到她總共才有一兩回，見過她三回也說不定，有一回甚至還碰巧跟她說過幾句話。她的樣子他還記得起來，記得她是個很美，很高傲，也很威嚴的姑娘。但是讓他感到痛苦的並不是她的美，而是別的什麼東西。正是他的這種說不出所以然來的恐懼，更加劇了他現在的這種恐懼。這姑娘的用心是十分高尚的，這，他知道；她極力想挽救他大哥德米特里（他大哥已經做了對不起她的事），她努力這樣做僅僅是出於寬宏大量。然而，儘管他意識到這點，也能正確地對待她的所有這些美好的、既往不究的感情，他背上還是感到一陣陣發涼，而且離她的家越近，這種感覺越強烈。

他琢磨，雖然二哥伊萬・費奧多羅維奇跟她很接近，他在她那裡肯定碰不到他：伊萬二哥現在肯定跟他爸在一起。至於德米特里，那就更碰不到了，他預感到這是爲什麼。

由此可見，他倆的談話將會單獨進行。他非常希望在進行這次要命的談話之前先見見大哥德米特里，上他那裡去一趟，不給他看信，就這樣跟他隨便聊聊。但是德米特里大哥住得很遠，現在也肯定不會在家。他在原地站了片刻，終於拿定了主意。他習慣地在身上匆匆畫了個十字，並立即會心地微微一笑之後，便邁著堅定的腳步，向自己心目中那位可怕的女士走去。

她的家他是認識的。但是，假如走大馬路，然後穿過廣場等等，那就相當不近了。敝縣這個不大的小縣城住得非常分散，因此彼此間的距離相當遠。再說父親在等他，也許他還沒忘記他剛才下的命令，可能會大發脾氣，因此必須趕快，得趕得上去兩個地方，兩處都不耽誤。基於上述想法，他決定抄近路，走後街，而城裡所有這些嘰裡旮旯的路他全認識，而且了如指掌。走後街，說穿了，等於無路可走，貼著荒涼的圍牆根，有時還得爬過人家的籬笆，穿過人家的院子，不過這些地方的人都認識他，而且都跟他打招呼。如果抄這麼一條近路，再走大馬路，可以近一半。走這裡，他甚至要走過一處離父親私宅很近的地方，即穿過一座與父親的花園相毗鄰的花園，這花園屬於一座破舊、歪斜、有四扇窗戶的人家。這座小屋的女主人，據阿廖沙所知，是敝城的一個小市民，一個癱瘓在床的老太婆。她跟自己的女兒住在一起；這女兒過去在京城裡當過文明侍女，不久前還屢屢在一些將軍家做事，現在因爲老太婆有病，已經回來差不多一年了，常常穿著講究的衣服在人前炫耀。然而，這位老太太和她的女兒卻陷入可怕的貧窮中，甚至每天都到隔壁的費奧多爾・帕夫洛維奇家的廚房裡去要菜湯和麵包。馬爾法・伊格納季耶芙娜常常非常樂意舀幾勺湯給她們。但是那女兒，雖然常常來要湯，她的衣服卻一件也捨不得賣，有一件據說還拖著一條長長的衣裾。當然，關於這最後一個情況，阿廖沙完全是碰巧才聽見的，那是他的朋友拉基京告訴他的，而拉基京在他們那個小縣城裡是個包打聽，簡直無所不知。阿廖沙聽到後，自然也就立刻忘了。但是，他現在走到鄰居的這座花園跟前，突然想起的正是這條長長的衣裾，他本來低著頭，在想心事，這時便迅速抬起頭……猛然間碰上了一件完全意想不到的巧遇。

在籬笆後面，在路旁的那座花園裡，他大哥德米特里・費奧多羅維奇正站在一件什麼東西上，半身探出牆外，在向他使勁招手，讓他過去，顯然，不僅害怕高聲喊叫，甚至都怕說出聲來，以免旁人聽見。阿廖沙立刻跑到籬笆跟前。

「幸虧你自己回頭，要不然，我差點沒喊出聲來。」德米特里・費奧多羅維奇對他快樂而又匆匆地小聲道。「快爬過來！快！哎呀，你來了，實在太好了。我剛才還在想你哩……」

阿廖沙也很高興，只是不明白怎樣才能翻過籬笆去。但是「米佳」卻伸出大力士般的手，一把抓住他的胳膊肘，幫助他縱身一躍。阿廖沙撩起修士服，像個城裡的赤腳男孩一樣，十分靈巧地翻了過去。

「這下好了，走吧！」米佳興高采烈地小聲道。

「上哪？」阿廖沙小聲問，他向四處看了看，看到花園裡空空如也，除了他倆，沒一個人。花園雖小，但是主人家的房子仍舊離他們遠遠的，不下五十步。「這裡沒一個人，你幹麼要小聲說話呢？」

「幹麼要小聲說話？啊，真見鬼，」德米特里・費奧多羅維奇突然放開喉嚨大聲叫道，「我幹麼要小聲說話呢？唉呀，你看，一個人的本性竟會突然出現這樣的錯亂！我潛伏在這裡，正在窺視一個秘密。以後再跟你解釋，因爲我心中明白這是秘密，所以說起話來也就變得秘密了，毫無必要地小聲說話，像個傻瓜。走吧！上那兒！你先別說話。我想吻吻你！

榮耀歸於世界上至高的神，
榮耀歸於我心中至高的神！①……

你來之前，方才我坐在這裡，一直在重複這句話……」

這花園約有一俄畝大小，或者稍大一些，但是僅四周沿著四堵園牆種了些蘋果樹、槭樹、菩提樹和白樺樹。園子中央是一小片空曠的草地，夏天可以割幾普特乾草。這園子每逢春天就由女主人若干盧布租出去。園子裡還種了幾畦馬林果、刺李和黑豆，也全挨著園牆；園子裡緊挨房子還種了幾畦蔬菜，不過這菜地乃是不久前才開出來的。德米特里・費奧多羅維奇把客人帶到離房子最遠的園子的一個角落。那裡濃蔭匝地，長滿了一棵棵菩提樹，一叢叢刺李和接骨木，瓊花和丁香，在綠

① 源出《路加福音》第二章第十三—十四節：「忽然有一大隊天兵，同那天使讚美神說：『在至高之處榮耀歸於神，在地上平安歸於他所喜悅的人。』」

蔭叢中突然現出了一座廢墟似的十分破舊的綠色涼亭，涼亭已經發黑，歪歪斜斜，四周圍著花格牆，但是亭上還有頂蓋，還能避雨。這涼亭只有上帝知道建於何年何月，據傳，約建於五十年前，是由這所房子的當時的主人亞歷山大·卡爾洛維奇·封·施密特，一位退伍的中校所建。但是一切都破敗了，地板爛了，一塊塊木板也都鬆動了，木頭也發出一股潮濕的氣味。涼亭裡有一張埋在土裡的漆成綠色的木頭桌子，周圍是一圈長凳，也漆成綠色，長凳上還能坐人。阿廖沙立刻發現哥哥的神態十分興奮。但是他走進涼亭後，發現小桌上有半瓶白蘭地和一隻小酒杯。

「這是白蘭地！」米佳哈哈大笑，「你那樣子好像在說：『又酗酒啦？』別信這怪影。

別相信這些無聊而又虛僞的人，
把你心中的疑慮忘個乾淨……①

我不酗酒，不過『解解饞』而已，就像你那頭蠢豬拉基京所說，那傢伙即使做到五等文官，也免不了會常常說『解解饞』之類的話。你坐下。我真想把你抱起來，阿廖什卡，貼近自己的胸部，而且要這樣，緊緊地摟著你，因爲全世界……我真正……真……正……（請三思！三思！）愛的只有你一個人！」

他說最後這句話時幾乎處於一種迷狂狀態。

「只有你一個人，不過還得加上一個『賤貨』，我迷上了這『賤貨』，就從此完蛋了。但是入迷

---

① 引自涅克拉索夫的詩《從謬見的迷霧中走出來……》（一八四六）

並不等於愛上。迷上一個人也可能出於恨。記住！現在我說這話暫時還挺快活！坐這兒，挨著桌子，我坐在你旁邊，讓我一邊瞅著你，一邊說話。你不用開口，讓我原原本本地告訴你，因爲也到該說的時候了。不過，你知道嗎，我尋思，說話的聲音還真應該輕些，因爲這裡……這裡……冷不防會有人偷聽的。我會把一切給你解釋明白的，剛才說了：以後再細講。所有這些日子，還有剛才，我爲什麼急於想見你，渴望立刻見到你呢？（我在這裡拋錨停泊已經五天了。）爲什麼所有這些日子我都在想你呢？因爲這一切我只能告訴你一個人，因爲必須這樣，因爲我需要你，因爲明天我就要飛下雲頭，因爲明天生活就得結束和開始。你有沒有體驗過，你有沒有夢見過，人怎麼從山上摔進谷底的？嗯，我現在就在飛落，不過不是在夢中。但是我不怕，你也不用害怕。也可以說，不是甜絲絲的，而是歡天喜地的……唉，真見鬼，不管怎麼著吧，反正一樣。精神堅強，精神懦弱，跟個娘們似的，怎麼都一樣！我們應該讚美造化：你瞧，陽光多燦爛，天空多明朗，樹葉多蒼翠，還完完全全是夏天，下午三點多，一片寂靜！你剛才要去哪兒？」

「去找父親，不過想先到卡捷琳娜・伊萬諾芙娜那兒去一趟。」

「又找她，又找父親！簡直太巧了！你知道，我叫你來究竟要幹什麼嗎？爲什麼我希望見到你，爲什麼我滿心指望，甚至我的肋骨都渴望能見到你呢？爲的就是讓你代表我去找父親，然後再去找她，找卡捷琳娜・伊萬諾芙娜，並且從此與她與父親一了百了。我要派個天使去。本來我派什麼人去都可以，可是我要派個天使去。這下趕巧了，你自己也要去找她和父親。」

「你難道想派我去？」阿廖沙脫口道，臉上流露出痛苦的表情。

「等等，這你知道，我看得出來你馬上全明白了。但是你先別吭聲，先別說話。不要可憐我，也不要哭！」

德米特里・費奧多羅維奇站了起來，若有所思，舉起一個手指，貼近腦門：

「她親自叫你去的，她寫信給你了，或者隨便什麼，因此你才去找她，不然的話，你難道會去嗎？」

「就是這封短箋。」阿廖沙把信從口袋掏出來。米佳匆匆看了一眼。

「於是你就抄近路，走後街了！噢，神靈啊！謝謝你們讓他走了後街，他才像童話裡的金魚落到老傻瓜漁夫手裡那樣跑到了我跟前①。聽我說，阿廖沙，聽我說，弟弟。現在我打算把一切都說出來。因爲總得把這事告訴一個人吧。我已經告訴了天上的天使，但是還必須告訴地上的天使。你就是地上的天使。你聽我說完後就會作出判斷，你就會寬恕我……而我需要的也正是比我站得高的人能夠寬恕我。你聽我說：如果有兩個人突然脫離紅塵，飛往一個非比尋常的地方，或者他們兩人中起碼有一人，在此以前，即在即將飛升或毀滅之際，來到另一個人身邊，說道：請你務必替我做件什麼什麼事，而這事是他任何時候都不會請求任何人做的，只有當他已經奄奄一息了，他才會提出這一請求——倘若這人是朋友，是兄弟，難道他會不答應去做嗎？……」

「我一定照辦，但是告訴我，這到底是什麼事，你就快說吧。」阿廖沙道。

「快說快說……嗯。你別著急嘛，阿廖沙：你既著急又擔心。現在還無須心急。現在天下太平。唉，阿廖沙，可惜你想來想去卻想不到皆大歡喜的事兒！話又說回來，我跟他說什麼了呀？他能想不到？我這傻瓜蛋在說什麼呀：

---

① 指普希金的童話《漁夫和金魚的故事》。

人呀，你應該高尚！①

這是誰的詩？」

阿廖沙決定等他說下去。他懂得，他現在能做的事，說真的，也許就只有待在這兒。米佳沉思少頃，將胳膊肘支在桌子上，用手托著頭。兄弟倆相對默然。

「廖沙②，」米佳說，「只有你一個人不會笑話我！我想……用席勒的歡樂頌……來開始我的懺悔。An die Freude！③

但是我不懂德語，只知道一個An die Freude。你也別以爲我喝醉了話多。我根本就沒喝醉。白蘭地就是白蘭地，但是要讓我喝醉必須喝兩瓶，

西勒諾斯④

滿臉紅光，

騎在跌跌撞撞的毛驢上⑤。

① 引自歌德的詩《神物》（一七八三年）：「人呀，你應該高尚！／要有同情心，要善良！／只有高尚的感情，／光明磊落和善良，／才能區別人／與人間的其他生靈。

② 阿列克謝的小名。

③ 德語：歡樂頌。席勒的名篇，十八世紀歌頌人道主義和樂觀主義的經典著作。它歌頌歡樂，歌頌人們彼此相愛。

④ 西勒諾斯是希臘神話中的酒神狄俄倪索斯的伴神，他常用毛驢代步。

⑤ 俄國詩人邁科夫的詩《淺浮雕》中的最後兩行。

我連四分之一瓶都沒喝完，而且我也不是西勒諾斯。雖然不是西勒諾斯，但卻意志堅強①，因爲我已經鐵了心。請你原諒我說的這一雙關語。今天有許多事都要請你原諒，不僅是雙關語。你放心，我不是在打馬虎眼，我是說正經話，一會兒我就言歸正傳。我不會討你嫌的。等等，這是怎麼寫來著……」

他抬起頭，若有所思，突然興高采烈地朗誦道：

膽怯、赤身露體而又野蠻②，
原始人穴居在山岩的洞窟，
游牧民族在曠野上游蕩，
田野荒蕪，一片狼藉。
捕獸人手持長矛和弓箭，
兇狠地在林莽間奔馳……
可憐那幫人被風浪
拋擲到那蠻荒的海岸上！

① 西勒諾斯（Силен）與堅強（Силён）在俄語中諧音。
② 以下是席勒的詩《厄琉西斯節》的第二、三、四節。厄琉西斯節是紀念得墨忒耳和珀耳塞福涅的農業慶節。

從奧林波斯山的巍巍山頂，
母親刻瑞斯①
下來緊追不捨，
追趕那被掠走的普洛塞庇娜：
她面前是一片蠻荒的世界。
女神在那裡既無棲息之所，
也無供果款待；
到處都沒有神殿，
證明對神的敬仰。

席面上空空如也，一片淒涼，
既無一串串葡萄，也無五穀雜糧；
只有人體的殘骸，
在血汙的祭壇上。
刻瑞斯悲切地極目四望，
到處都一樣，

① 刻瑞斯即希臘神話中的農業女神得墨忒耳。之後所提及的普洛塞庇娜即得墨忒耳的女兒珀耳塞福涅。珀耳塞福涅因被冥神哈得斯掠走，得墨忒耳才下奧林波斯山尋找。她離開奧林波斯山後，因無人主管農業，於是土地荒蕪，五穀不生。也無人祭祀。

人將不人，
任人宰割，備受欺凌！

朗誦到這裡，米佳突然失聲痛哭。他抓住阿廖沙的手。

「弟弟、弟弟，備受欺凌，現在也還是備受欺凌啊。一個人活在世上要受多少苦啊，一個人又有多少災難啊！你別以爲我不過是個披著軍官服的混蛋，就知道喝白蘭地和玩女人。弟弟呀，我幾乎一直都在想這事，都在想這個備受欺凌的人，如果我不是信口開河的話。但願上帝保祐我現在既不要信口胡說，也不要自賣自誇。因爲我想來想去都是這個備受欺凌的人，而我自己也就是這樣的人。

要使人的靈魂超脫卑鄙與無恥①，
與古老的大地母親
永遠結盟，永不離分。

但是我怎麼與大地母親永遠結盟，永不離分呢？這就是問題了。我既不能親吻大地母親，也不能剖開她的胸膛②；難道讓我做個農夫或者牧人嗎？我走啊走啊，但是我不知道：我走進了汙穢和

① 以下是席勒的詩《厄琉西斯節》第七節的前半部分。
② 這一形象化的說法借自費特的詩《春天來了，森林鬱鬱蔥蔥》（一八六六年）。

恥辱，還是走進了光明和歡樂。要知道，糟就糟在這裡，因爲一切在世界上都是謎！每當我沉湎在最最，最最無恥的荒淫之中時（而我是經常發生這樣的情況的），我就朗讀這首關於刻瑞斯和關於人的詩。這首詩有沒有改掉我的壞習慣呢？根本沒有！因爲我姓卡拉馬助夫。因爲我要掉進深淵裡去的話，乾脆頭朝下，腳朝上，痛痛快快地掉下去，甚至於正因爲用這種屈辱的姿勢掉下去，我還會自鳴得意，認爲這很美。而且正是在這種恥辱中我還會突然唱起歡樂頌。就算我應該受到詛咒，就算我下流而又卑鄙吧，但是也讓我親吻一下我的上帝所穿的衣飾的下襬吧①；就算我同時也緊跟著魔鬼，但是，主啊，我畢竟也是你的兒子呀，我愛你，並且感到歡樂，沒有這歡樂，世界便不能存在，同時也不成其爲世界了。

永恆的歡樂灌溉著②
上帝創造的心靈，
它用神秘的騷動
點燃生命的酒杯；
它使小草面向光明，
使混沌變成璀璨的星辰，
使它遍布在星相家也掌握不了的

① 這一形象化的說法借自歌德的詩《人類的界限》（一七七八－一七八一年？）。
② 引自席勒的《歡樂頌》，先是第七節，接著是第五節。

浩瀚無垠的蒼穹。
在美好的大自然的懷抱裡，
有生命的一切都在把歡樂痛飲；
一切生物，一切民族，
都被它緊緊吸引；
在不幸中它給我們以朋友，
把葡萄汁與花冠賜與我們，
使昆蟲產生性的衝動……
讓天使侍立在上帝座前。

但是不要讀詩啦！我淚水漣漣，你就讓我痛哭一場吧。即使這很傻，大家會笑我，但是你是不會的。瞧，你的眼睛也紅了。別讀詩啦。我現在想跟你說說『昆蟲』，也就是上帝讓它產生性的衝動的昆蟲：

使昆蟲產生性的衝動！

弟弟，我就是這昆蟲，這話就是專門說我的。咱們都姓卡拉馬助夫，全一樣，即使在你這樣的天使身上這昆蟲也活著，它將在你的血液裡興風作浪。這是暴風雨，因爲性衝動就是暴風雨，比暴風雨更厲害！美，這是可怕而又恐怖的東西！它之所以可怕，就因爲它難以琢磨，琢磨不透，因爲上帝給我猜的只是一些啞謎。這裡，兩岸可以合攏，這裡，所有的矛盾可以同時並存。弟弟，我是個大老粗，但是我關於這事想過很多。有許許多多神秘莫測的東西！人世間，有許許多多啞謎壓在我們頭上。你盡量去猜吧，但願你能出汙泥而不染。美！然而我不忍看到的是，有的人，甚至心靈高尚、智力超群的人，也是從聖母的理想開始，以所多瑪①的理想告終。更可怕的是有人心裡已經抱著所多瑪的理想，但是他又不否認聖母的理想，而且他的心還在因此而燃燒，真的，真的在燃燒，就像天真無邪的少年時代那樣。不，人是博大的，甚至太博大了，我恨不得他能夠褊狹些。鬼才知道這究竟是怎麼回事，真是的！理智上認爲可恥，可是心裡面卻常常認爲它很美。所多瑪城裡有美？請相信，對於絕大多數人來說，美就在所多瑪城——你知道這秘密嗎？令人恐怖的是美不僅是可怕的，而且還是一件神祕莫測的東西。這裡，魔鬼跟上帝在搏鬥，這戰場就是人心。不過話又說回來，一個人有病，說來說去都在說病。好了，現在言歸正傳。」

四、一顆熱烈的心的懺悔（故事體）

「我在那兒飲酒作樂。方才父親說，我動輒花好幾千盧布去勾引人家的黃花閨女。這是豬狗不如的捕風捉影，從來就沒有發生過這種事，至於真正發生過的，那『這事』也不用花錢。我手裡的錢不過是用來點綴點綴，一時興起，製造一種氣氛。今天她是我的相好，明天就可以找個野妓來代替她。既讓這個開心，也讓那個如意，大把大把地花錢，搞個樂隊，大轟大嗡，搞幾個茨岡女人來尋歡作樂。如有必要，就給她點錢，因爲她們愛錢，貪錢，這點必須承認，有了錢就心滿意足，千

① 所多瑪與蛾摩拉是《舊約・創世記》中描寫的罪惡之城，後被上帝降硫磺與火毀滅。

恩萬謝。那些不要臉的太太們也愛過我，不是所有的人，但是屢見不鮮，屢見不鮮；但是我最喜歡去的地方常常是一些小胡同，那些偏僻的、在市場背後的，嘰裡旮旯的地方——那裡有奇遇，那裡有意料不到的豔遇，那裡有陷於汙泥之中的渾金璞玉。我這是打個比喻，弟弟。在我們那個小城裡這種物質上的、有形的小胡同是沒有的，但是卻有一些精神上的無形的小胡同。但是，如果你跟我一樣，你就會明白這些小胡同是什麼意思了。我喜歡尋花問柳，也喜歡由尋花問柳招來的恥辱。我喜歡殘暴：難道我不是只臭蟲，不是只毒蟲嗎？早說過——我姓卡拉馬助夫嘛！有一次全城到郊外野遊，坐了七輛三套馬車；冬天，黑的，在雪橇上，我握住坐在我身旁的一個女郎的小手，強迫這女孩同我親吻。這女孩是位窮官吏的千金，但是很可愛，很溫存，百依百順。她讓我吻了，還讓我在黑暗中做了許多更加放肆的事。這可憐的姑娘還以為我明天就會去接她，向她求親（主要是大家看得起我，把我當成了真心誠意想要結婚的人）；可是在這以後我沒跟她說過一句話，五個月沒跟她說過半句話。每次舉行舞會（我們那裡常常舉行舞會），我看到她的秋波從舞廳的一角一直注視著我，我看到她的兩眼燃燒著火花——燃燒著如怨如艾、又愛又恨的火花。這種逢場作戲無非是為了解悶，滿足滿足我在心中豢養著的那只毒蟲的性衝動。五個月後，她嫁給了一個官吏，離開了那裡……也許，既生氣又有點戀戀不舍。現在他們生活得很幸福。請注意，我沒告訴過任何人，沒在背後說過她的壞話；我這人的願望固然是下流的，我也愛下流，但我不是一個卑鄙無恥的人。你臉紅了，你的眼睛閃了一下。給你講這些髒話已經夠你受的了。這一切還不過是隨便說說而已，不過是保爾·德·科克①式的開場白，雖然殘暴的毒蟲已經漸漸長大，已經蔓延到我的全身心。弟弟，這些回憶

① 保爾·德·科克（一七九三—一八七一），法國色情小說作家。

可以貼滿一大本相冊。但願上帝保祐這些可愛的人健康。我跟她們斷絕關係時不愛吵吵嚷嚷。我從來沒出賣過一個女人，也從沒有在背後說過一個女人的壞話。但是不說這個了，難道你以為我叫你來就為了說這些亂七八糟的事嗎？不，我要告訴你的事要有意思得多；但是你不要吃驚，我居然不知羞恥地跟你說這種話，好像還挺得意似的。」

「你說這話是因為我臉紅了。」阿廖沙忽然說道。「我並不是因為聽了你的話，也不是因為你做的那些事才臉紅的，我臉紅是因為我也跟你一樣。」

「跟我一樣？不，你這話說得有點過頭了。」

「不，不過頭。」阿廖沙熱烈地說道。（看來，他心裡早就有這個想法了。）「我們站在同一個台階上。我站在最下面一級，而你站在上面，就算是第十三級吧。我是這麼看這件事的，但是這都一樣，性質完全相同。誰踏上最下一級，誰就一定會爬到最高一級。」

「那麼說，根本就不應該踏上這台階？」

「有人就能辦到──根本不踏上去。」

「那你呢，辦得到嗎？」

「大概辦不到。」

「別說了，阿廖沙，別說了，親愛的，我真想吻吻你的手，倒也不是為什麼，我太感動了。那個鬼精靈格魯申卡把人看得準，有一次，她對我說，總有一天，她要把你一口吞下去。好，好，我不說了，我不說了！讓我們從這些骯髒事，從這個叮滿了蒼蠅的地方轉到我的悲劇上去吧，不過這地方也叮滿了蒼蠅，就是說，也充斥著各種卑鄙下流的事。要知道，問題在於，雖然老傢伙胡說八道，說我勾引良家婦女，但是實際上，在我的悲劇裡還真有其事，雖說僅有一次，而且這事也沒有實現。老頭用無中生有的事數落我，可是這件事他並不知道：我從來沒跟任何人講過，現在我頭一次告訴你，當然，伊萬除外，伊萬全知道。他比你早，早知道了。但是伊萬守口如瓶。」

「伊萬守口如瓶？」

「是的。」

阿廖沙異常注意地聽著。

「要知道，我在軍營，是個邊防營，雖說也算個准尉，但是就像受人家監管似的，跟流放犯差不多。可是這個小城裡的人卻對我非常好。我大把大把地花錢，因此他們以爲我很富，我自己也這樣相信。不過話又說回來，他們所以喜歡我，可能還有其他原因。雖說彼此不過是點頭之交，可是，說真格的，大家都喜歡我。我的上司是位中校，是個老頭子，他突然討厭起我來了。對我橫挑鼻子豎挑眼；但是我有靠山，再說全城的人都站在我一邊，對我吹毛求疵也辦不到。也怪我自己不對，故意冒犯他，對他不夠尊重。驕傲了。這個倔老頭是個很不錯的人，心腸特好，十分好客，他曾經有過兩個妻子，兩個妻子都死了。頭一個妻子出身平民，給他留下一個女兒，這女兒也十分忠厚老實。我在那裡的時候，她已經是個二十四五歲的大姑娘了，她和她父親跟她姨媽（她去世母親的妹妹）住在一起。那姨媽是不言不語的老實，而外甥女，即中校的大女兒，則是活潑麻利的老實。每當回憶往事，我就愛實事求是，有一說一：親愛的，我還從來沒見過一個女人的性格比這姑娘更好的了，她叫阿加菲婭，要知道，她叫阿加菲婭・伊萬諾芙娜。而且她還長得一點不難看，很有俄國女人的味道——人高馬大，體態豐滿，一雙眼睛長得很美，儘管臉有點粗糙。她還沒出嫁，雖然有兩個人來提過親，她都拒絕了，但並沒有因此而煩惱。我跟她很要好——不是那種要好，不，這要好很純潔，很單純，像兩個好朋友。要知道，我常常與女人友好相處，毫無歹意，像朋友似的。我有時候跟她閒聊，說一些十分露骨的話，哼！——她只是抿著嘴笑。你要注意，許多女人都喜歡聽露骨的話，再說她還是個大姑娘，這就使我更開心了。還有件事：她無論如何不能稱之為大家閨秀。她跟姨媽一起住在父親那裡，彷彿自願降低身分，並不與其他人攀比。大家都很喜歡她，而且有求於她，因為她是一個很有點名氣的女裁縫：她很能幹，幫人家幹點活也不要錢，完全出於好意，但是如果人家硬要送她點什麼——她也不推三阻四。至於中校，那就沒法比了！中校是我們那地方首屈一指的人物。過得很闊氣，全城的人都做過他的座上客，又是晚宴，又是舞會。當我來到當地並向軍營報到以後，整個這座小城都在說中校的二女兒很快就要從京城大駕光臨了，說她是個數一數二的大美人，如今剛從京城的一所貴族女子中學畢業。這個二女兒也就是你認識的卡捷琳娜・伊萬諾芙娜，她是中校的續絃所生。而這位業已亡故的二太太出身名門，出身於一個地位很高的將門之家，雖然，話又說回來，我十分有把握地知道，她也沒有給中校帶來任何嫁資。也就是說，她只有闊親戚，如此而已，除非對將來可以抱有某種希望，而現金則分文全無。然而，當那位貴族女子中學學生一來（做客而已，並非久住），我們整個小城便煥發了生機，我們的小城最有名望的太太——兩位將軍夫人，一位上校夫人，還有所有，所有的太太小姐們都跟著她們仨，立刻全體出動，對她贊不絕口，開始安排各種娛樂活動，讓她做舞會和郊遊的皇后，還炮製了幾幅『活畫』①，為某些家庭女教師義演。我看在眼裡，並不言語，只管開懷暢飲，就在這時候我要了個小小的把戲，結果鬧得滿城風雨。我看到，她有一次打量了我一眼，那是在砲兵連長家做客，我就是不過去跟她打招呼：意思是不屑與她認識。我過去向她問候，那已經是過了若干時候以後，也是在一次晚會上，我

①指一種舞台畫面，人物粉墨登場，擺出各種姿勢，但沒有動作和台詞。

開口跟她說話，她待答不理，輕蔑地噘起小嘴，我想，你就等著瞧吧，我非報復不可！在當時大多數情況下，我是一個非常粗魯的大兵，而且我自己也感覺到這點。主要是我感到，『卡堅卡』①並不是一個天真爛漫的女學生，而是一個有性格的、高傲的、真正品德高尚的女人，最令人注目的是她很聰明，而且受過教育，而我既不聰明，又沒有受過教育。你以為我想向她求婚？沒門，我只是想報復，就因為我是這麼一個棒小夥，而她竟沒有看出來。我暫時只是拼命喝酒和一味胡鬧。最後，中校關了我三天禁閉。也就在這時候父親給我捎來了六千盧布，而在此以前我給父親捎去了一份正式字據，申明放棄一切，也就是說我們已經『兩訖』了，從今以後我無權向他提出任何要求。那時候我啥都不懂；弟弟，直到來這以前，甚至於直到最近這幾天，也許直到今天，我都莫名其妙我跟父親的一應金錢糾紛到底是怎麼回事。但是這都見鬼去吧，以後再談。那時候，也就是在我拿到這六千盧布以後，我從朋友的一封來信中突然知道了一件對我來說十分有趣的事，即有人不滿意我們這位中校，懷疑他手腳不乾淨，一句話，他的仇人準備給他穿小鞋。果然師長來了，狠狠地訓了他一通。接著，過不多久，又要他引咎辭職。我就不對你細說這一切究竟是怎麼發生的了，因為他的確有不少仇人，城裡突然對他和他全家變得異常冷淡，大家忽然對他似乎退避三舍了。也就在那時候我的第一個花招出台了：我遇到阿加菲婭・伊萬諾芙娜，我跟她一直很要好，我說：『要知道，令尊短缺了四千五百盧布公款。』『您這是怎麼啦，為什麼這麼說呢？不久前，將軍來過，一切都沒問題……』『當時沒問題，現在有問題了。』她嚇壞了：『請您別嚇唬我，您聽誰說的？』我說：『您放心，我不會去告訴任何人的，我對這種事守口如瓶，您是知道的，不過對於這種事，為了『以防萬

① 卡捷琳娜的小名。

一』，我倒想多說一句：如果上峰向令尊追索那四千五百盧布，而他手頭又沒錢的話，那麼與其吃官司，然後，已經垂垂老矣還要被罰去當兵，還不如把你們家那位女中學生秘密地給我送來，我恰好收到一筆錢，我會慷慨解囊的，施捨給她區區四千之數也說不定，同時絕對保密。』她說：『啊呀，您多麼卑鄙啊（她就是這麼說的）！您這人真是又狠毒又卑鄙！您怎麼敢說這種話呢！』她十分惱怒地走了，而我衝她的背影又嚷了一嗓子，我一定絕對保密，決不食言。我要預先申明，這兩個女人，也就是阿加菲婭和她姨媽，在這整個故事中，一直表現得很好，像兩個純潔的天使，而她們對那個高傲的妹子卡佳是真心崇拜，在她面前不惜低三下四，簡直成了她的使喚丫頭……不過我倒巴不得阿加菲婭能夠把這把戲，也就是我跟她的談話立刻告訴她。後來這一切我一五一十地全打聽清楚了。她沒有隱瞞，嗯，而我，不用說，要的就是這股勁兒。

「突然新來了一位少校，來接管我們的邊防營。正辦理交接手續。老中校突然病了，不能動彈，在家裡待了兩天兩夜，那筆公款硬是交不出來。我們的軍醫克拉夫欽科說，他有病倒是真的。只有我詳細知道個中秘密，甚至早知道了：那筆公款，每當上級查看以後，這已經連續四五年了，就暫告失蹤。中校把這筆款子借給了一位最可靠的人，我們那兒的一個商人，一個老鰥夫，他叫特里豐諾夫，大鬍子，戴金邊眼鏡。他到交易會去轉一圈，在那裡做了一點他需要做的周轉，就立刻把錢如數還給中校，與此同時，他又從交易會上帶回來一些禮物，而跟禮物一起還有一筆小小的利息。不過這一回（當時，這一切我完全是偶然聽來的，這是一個少年，特里豐諾夫那個愛流口水的寶貝兒子告訴我的；他是他的兒子，又是繼承人，是個天底下少有的道德十分敗壞的臭小子），這一回，我說的是這一回，特里豐諾夫從交易會回來，什麼也沒有還給他。中校急忙跑去找他：『我從來沒拿過您什麼東西呀，也不可能拿嘛。』——這就是回答。於是，我們這位中校只能無可奈何地坐在家裡，頭上扎著毛巾，她們仨一起張羅著把冰塊敷在他頭頂上，突然傳令兵帶著簽收簿送來一道命令：『著即交回公款，限兩小時以內，不得有誤。』他簽了字，這簽字，後來我在簽收簿上看到了——他站起來說他去穿制服，他跑進自己的臥室，拿起一支雙筒獵槍，裝上彈藥，放進一粒軍用子彈，右腳脫下靴子，用槍頂住胸口，開始用腳趾尋找扳機。可是阿加菲婭已經起了疑心，想起了我當時說的話，她悄悄走過去，及時看到了這嚇人的場面：衝進去，猛地從他背後撲過去，抱住了他，一聲槍響，打到上面去了，打中了天花板；誰也沒傷著；其他人也跑了進來，一把抱住他，奪走了他的槍，摁住了他的手……這一切詳情是我以後才聽說的。當時我坐在家裡，時當黃昏，剛要出去，穿好了衣服，梳好了頭，手帕上灑了香水，拿起了軍帽，突然門開了——在我面前，在我那套公寓裡，赫然出現了卡捷琳娜・伊萬諾芙娜。

「常有這樣的怪事：那時大街上居然沒一個人注意到她是怎麼走進去找我的，因此城裡對這事一無所知。我那套公寓是向兩名官吏的遺孀租來的。這是兩名老而又老的老媼，她倆也負責照料我的生活，這兩女人對我畢恭畢敬，我怎麼說她們就怎麼聽，在我的吩咐下，後來她們就像街上的兩根短鐵柱①一樣一言不發。當然，我立刻全明白了。她進來後，兩眼筆直地盯著我，她那雙深色的眼睛神情很堅決，甚至有一種豁出去了的神態，但是在她的嘴上和嘴的左近，我看到，仍然猶疑不決。

「『姐姐告訴我，如果我來拿……我親自到您這裡來，您就會借給我四千五百盧布。現在我來了……給我吧！……』她未能堅持到底，說著說著就喘不過氣來了，她害怕了，說不下去了，她的

① 指立於人行道上或路邊的短柱子，拴馬用。

嘴角和嘴上的線條忽然哆嗦起來了。——阿廖什卡，你在聽還是睡著了？」

「米佳，我知道你會把真相全部說出來的。」阿廖沙激動地說。

「我要說的就是全部真相。如果要把真相全部說出來，那事情是這樣的，我決不給自己臉上貼金。我的頭一個想法是卡拉馬助夫式的。有一回，弟弟，有一隻避日蟲螫了我一口，我躺了兩星期，一直在發燒；現在我覺得我的心也被一隻避日蟲螫了一口，這是一隻毒蟲，你明白嗎？我用一隻眼睛打量了她一下。你見過她嗎？她長得可美啦。但是當時她美並不是因為她長得美。那時候她之所以顯得美是因為她高尚，而我則是個無恥之徒，她偉大，她捨己為人，她情願為父親犧牲自己，而我不過是只臭蟲罷了。可是我卻把她整個兒捏在我手心裡，渾身上下，裡裡外外，從靈魂到肉體，而我不過是個臭蟲和無恥之徒。她被我的魔法震住了。我跟你實說了吧：這個想法，避日蟲的想法，當時攫住了我的心，使我痛苦得心裡的血都流光了。看來，不可能再有任何思想鬥爭了：就應當像臭蟲，像毒蜘蛛一樣，毫無憐憫地……行動。甚至我都喘不過氣來了。你聽我說：要知道，我明天自然可以去提親，那這一切就會皆大歡喜，獲得圓滿解決，那就誰也不會知道也不可能知道這事了。要知道，因為我這人的願望雖然下流，但是我這人還是光明磊落的。然而就在這同一秒鐘又有人向我耳語：『要知道，她明天就會翻臉，你去求婚，她根本不會出來見你，她會讓馬車夫把你從院子裡攆出去。她會說，你去說我的壞話吧，哪怕傳遍全城，我也不怕！』我瞅了一瞅這妞，我心中的聲音沒有騙我：沒錯，肯定會這樣。肯定會把我轟出去，現在從她臉上就看得出來。我怒從心上起，我想甩出商人們常玩的那種最卑鄙無恥的豬狗不如的把戲：先嘲弄地看了看她，然後趁她還在你面前站著，立刻用一種商人才會使用的語調給她當頭一棒，我說：

「『這四千嘛！我不過開開玩笑罷了，您這是怎麼啦？小姐，您也太容易上當啦。如果是區區二百盧布，說不定我倒很高興，也很樂意為您效勞，而四千——這可不是個小數目，小姐，哪能隨隨便便一扔了之呢。您枉駕前來，白跑了一趟。』

「要知道，當然我很可能全盤落空，她很可能扭頭就走，但是我總算鬼蜮般地報了仇，其他等等就在所不計了。然後再捶胸頓足地後悔一輩子，但是只要現在能別出心裁地要一要這把戲就成！你信不信，我還從來沒跟一個女人發生過這種事，像如今看她似的充滿了恨——我可以把十字架拿出來起誓，我當時瞧著這妞，足有三秒鐘或五秒鐘，充滿了可怕的仇恨——再由這恨到愛，到最瘋狂的愛——僅一根頭髮之差！我走到窗口，把前額貼到上凍的玻璃窗上，我記得窗上的冰就像火似的燒灼著我的腦門。我沒有多耽擱，你不用擔心，我回過身，走到桌旁，拉開抽屜，拿出一張面額為五千盧布的五厘息的不記名期票（就夾在我的法文辭典裡）。然後默默地拿給她看了看，折好，交給了她，我親自給她開了通向外屋的門，然後後退一步，向她恭恭敬敬、誠誠懇懇地深深一鞠躬，你信不！她全身哆嗦了一下，注意地看了我一秒鐘，臉色變得煞白，像張白桌布，然後突然，一句話也不說，也不衝動，而是柔和地、深深地、慢慢地，全身匍匐下去，筆直地跪在我腳下，額角碰到了地，不是那種貴族女中學生的氣派，而是按照俄國人的習慣！然後她跳起身來跑了。她跑出去以後，我當時帶著佩劍；我拔出劍，真想立刻把自己捅個窟窿，因為什麼，我也不知道，當然是可怕的愚蠢，但也可能因為心花怒放。你懂嗎，有時候一個人因為太高興了也可能自殺的；但是我沒有把自己捅個窟窿，只是吻了吻劍，又把劍插回了劍鞘——話又說回來，我本來是可以不必向你提起這事的。甚至我覺得，剛才，我一面講所有這些思想鬥爭，一面又有自賣自誇、塗脂抹粉之嫌。但是就這樣吧，就讓它這樣吧，就讓一切窺測人心的秘密的人都見他們的鬼去吧！這就是我跟卡捷琳娜·伊萬諾芙娜過去發生過的全部『事情』。現在知道這事的就伊萬二弟和你——如此而已！」

德米特里・費奧多羅維奇站起身來，激動地跨前一步，又跨了一步，掏出手絹，擦了擦頭上的汗，接著又坐了下來，但不是坐在從前坐的那地方，而是換了位置，坐到對面的長凳上，靠著另一面牆，因此阿廖沙必須向他轉過身來。

五、一顆熱烈的心的懺悔：失控

「現在，」阿廖沙說，「這事的前一半我知道了。」

「前一半你懂：這是正劇，劇情就發生在那兒。後一半則是悲劇，劇情將發生在這兒。」

「後一半直到眼下我什麼也不明白。」阿廖沙說。

「那麼我呢？難道我就明白嗎？」

「等等，德米特里，這裡有一句很要緊的話。告訴我：你不是未婚夫嗎，現在還是不是未婚夫呢？」

「我不是立刻就當上未婚夫的，而是在發生那事以後足足過了三個月。發生了那事以後的第二天，我對自己說，這事全完了，了結了，不會再有下文了。跑去向她求婚，我認爲是卑鄙的。而她那方面，在此後她住在我們那座城裡的整整六星期中——音信全無，沒有給過我片言隻字。誠然，有一件事除外：她來訪之後的第二天，她們家的侍女溜進來，找到了我，一句話也沒說，交給了我一個大封套。封套上寫著地址：某某某收。我打開封套一看——裡面是五千盧布期票兌現後的找頭。因爲總共只需四千五百盧布，加上五千盧布期票的貼息，扣除二百幾十盧布。她一共給我送來彷彿二百六十盧布，我記不清了，只有錢——沒有附言，沒有片言隻字，沒有說明。我在封套裡尋找用鉛筆做的任何記號——也一無所獲！沒有辦法，我只好用我剩下的錢飲酒作樂，以致新來的那位少校也不得不對我作了記過處分。嗯，可是中校卻交齊了公款——順順噹噹，而且所有的人都感到十分驚奇，因為誰也沒料到他的錢會完整無缺。交齊了公款後，他就一病不起，躺了大約三星期，後來突然出現了大腦軟化症，五天內就一命嗚呼了。他被大家用軍禮埋葬了，因為他還沒來得及申請退役。卡捷琳娜•伊萬諾芙娜、姐姐和她倆的姨媽，剛剛掩埋完父親，約莫十天之後就動身到莫斯科去了。不過在動身之前，在臨走那一天（我既沒有看見她們，也沒有送她們），我收到了一個小小的信封，藍色，裡面有一張繪有花邊的信紙，紙上只有一行鉛筆字：『等著，我會給您寫信的。卡。』這就是信的全部內容。

「現在我再用三言兩語給你說明一下以後的情況。在莫斯科，她們的情況像閃電般急轉直下，像天方夜譚般出人意料。一位將軍夫人，她的主要近親，突然一下子喪失了她的兩個最近的繼承人，她的兩個最近的侄女——兩人都在同一星期裡出天花死了，深感震驚的老夫人看到卡佳後高興極了，把她當成了親閨女，當成了救星，熱心地抓住她不放，立刻改寫了遺囑，指定她為遺產繼承人，不過這是後話，而當前，二話不說，先給了她八萬盧布，她說，這是給你的陪嫁，你愛怎麼花就怎麼花。這是一個歇斯底里的老媼，我後來在莫斯科注意觀察過她。就在那時候，我忽地收到從郵局匯來的四千五百盧布；不用說，我莫名其妙，詫異得都說不出話來。三天後，我收到了她曾經答應寫給我的那封信。這信我至今還藏在身邊，永遠揣著它，至死都帶在身邊——要不要給你看看？你一定要看看：她以身相許，要做我的未婚妻，她說：『我瘋狂地愛您，即使您不愛我，我也愛您，只要您做我的丈夫就成。不用害怕——我不會讓您受到任何約束的，我要做您的家具，做聽憑您踐踏的地毯……我要永遠愛您，我要挽救您，讓您悔過自新……』阿廖沙，我甚至不配用我的鄙俗的語言，用我積習難改的鄙俗口吻來複述這段話！這封信直到今天還在刺痛我的心，難道現在我心裡就輕鬆，難道今天我心裡就輕鬆嗎？當時我立刻回了她一封信（我實在脫不了身，沒法親自到莫斯科去。那封信我是流著眼淚寫的；只有一點我永遠感到無地自容：我提到她現在闊了，有了陪嫁，而我不過是個叫花子、臭大兵——我提到了錢！我本來應當忍住不說的，可是卻信筆塗鴉，亂寫了一氣。當時我還立刻寫了一封信到莫斯科去給伊萬，我在信中盡可能向他說明瞭一切，寫了六張信紙，並讓伊萬去看她。瞧你那模樣，幹麼看著我？沒錯，伊萬愛上了她，而且現在還對她戀戀不捨，這我知道，在你們看來，就世俗觀點看來，我做了件蠢事，但是，也許，正是因爲我做了這件蠢事，現在才能拯救我們大家！唉！你難道看不出來她是多麼崇拜他，多麼尊敬他嗎？難道她把我倆比較之後，尤其在這裡發生這一切之後，還能夠愛一個像我這樣的人嗎？」

「可是我深信，她愛的就是你這樣的人，而不是像他那樣的人。」

「她是愛自己的高尚的品德，而不是愛我。」德米特里・費奧多羅維奇身不由己地，但卻是近乎惡狠狠地脫口說道。他笑了，但是一秒鐘之後他的眼睛閃了一下，他滿臉通紅，攥緊拳頭，使勁捶了一下桌子。

「我敢向你起誓，阿廖沙，」他以一種真實的對自己無比憤恨的心情感嘆道，「信不信由你，但是就像上帝是神聖的，基督是我們的主一樣，我起誓，儘管我剛才嘲笑了她的高尚的感情，但是我知道，我的靈魂比她要渺小一百萬倍，她的這些良好的感情是真誠的，就像天上天使的感情一樣！悲劇也就在於我清清楚楚地知道這一點。一個人稍微有點裝腔作勢又有什麼關係呢？難道我不就在裝腔作勢嗎？可是你要知道我是真誠的，真誠的。至於說伊萬，要知道，我懂，他對造化是多麼切齒痛恨啊，而且他又這麼聰明！她看上了誰，又看上了他的什麼呢？看上了一個惡棍，而且這惡棍已經是未婚夫了，大家都看著他，他居然在這裡還克制不住自己，到處胡鬧，而且這還當著未婚妻的面，當著未婚妻的面啊！像我這樣一個人，居然被她看上了，她竟不要他。但是，這又因爲什麼呢？就因爲出於感激，這姑娘竟不惜強行決定自己的生活和命運！荒唐！這意思我從來沒有向伊萬說過，對此，伊萬當然也沒有對我說過半句話，作過任何暗示；但是命中注定的事定將實現，有資格的人定將站到他應當站的位置上，而沒有資格的人只好永遠躲進小胡同——躲進自己骯髒的小胡同，躲進他心愛的和他應該去的小胡同，而且在那裡的一片烏煙瘴氣中自願毀滅。我好像有點胡言亂語了，我的話都老掉牙了，想到什麼說什麼，但是我認準了的事是一定會實現的。我將在窮街陋巷中淹沒無聞，她則嫁給伊萬。」

「等等，大哥，」阿廖沙非常不安地又打斷了他的話，「要知道，有一件事你至今沒有向我解釋清楚：你不是跟她訂婚了嗎，你終究是未婚夫呀，不是嗎？如果未婚妻不願意，你怎麼可以自說自話地跟她一刀兩斷呢？」

「我是正式的、受過祝福的未婚夫，一切都發生在莫斯科，在我到莫斯科之後，儀式很隆重，手捧聖像，十分風光。將軍夫人祝福了我，而且——你信不信，她還向卡佳道喜，說什麼：你挑得很好，我一眼就看得出這人是什麼樣的。你信不信，她不喜歡伊萬，也沒有向他道賀。我在莫斯科跟卡佳談了許多次，我把自己是怎樣的一個人一五一十地都說了，襟懷坦白，有一說一，真摯而且誠懇。她把一切都聽進去了：

既有可愛的羞人答答，

也有溫柔的好言規勸……

嗯，也有高傲的嚴詞訓斥。當時她硬要我許下宏願，一定要改過自新。我答應了。可是現在……」

「現在怎麼啦？」

「可是現在我叫你過來，我今天（記住今天這日子！）硬把你拽來，是爲了讓你，也就是在今天，去找卡捷琳娜・伊萬諾芙娜，而且……」

「而且什麼？」

「而且要你告訴她，從今以後我再也不去看她了，說我讓你向她問好。」

「你這樣做，她難道受得了嗎？」

「我之所以讓你替我去，就因爲這樣做雙方都難堪，要不然的話，這話我自己怎麼對她說得出口呢？」

「你要去哪兒？」

「去胡同。」

「那麼說，你要去找格魯申卡囉！」阿廖沙舉起兩手一拍，傷心地叫道。「拉基京說的難道當真是實話？我還以爲你隨便去看看她就完了呢。」

「一個身爲未婚夫的人能這樣隨便嗎？而且他還有這樣一位未婚妻，還在眾目睽睽之下，這難道可能嗎？要知道，我總還有點人格吧。這道理我還是懂得的：我一開始去找格魯申卡，我就立刻不再是未婚夫和正人君子了。你看著我幹麼？你知道嗎，起先我是去揍她的。我打聽到，而且現在已經千真萬確地知道，有一張我出的借據，由一名步兵上尉（父親的代理人）交給了這個格魯申卡，目的是讓她出面向我追討，好讓我放老實點，就此罷手。他們想嚇唬我。於是我就跑去揍這個格魯申卡。以前我倒是跟她匆匆見過一面。她並沒有傾國傾城之貌。那個老商人的事我也知道，再說他如今有病，臥病在床，而且病得不輕，但是畢竟會留給她一筆數量可觀的巨款。我也知道她貪財，在拼命撈錢，放高利貸，是個詭計多端的騙子，毫無憐憫之心。我本來是去揍她的，結果卻待在她身邊不走了。雷雨大作，瘟疫流行，我受到了傳染，而且至今未癒，我知道一切都完了，永遠也不會有別的什麼了。真是因果報應，毫釐不差。我的情況就這樣。而當時，我這一文不名的窮光蛋，偏巧身邊出現了三千盧布。我就跟她一起離開這兒到莫克羅耶①去了一趟，離這裡二十五俄里，找來了一幫茨岡男女以及香檳酒，我用香檳酒把那裡所有的老少爺們、大姑娘小媳婦全灌醉了，一擲千金。三天後我變得一文不名，但卻神氣得像頭鷹。你以為這頭鷹嚐到了什麼甜頭嗎？甚至都不讓我遠遠地瞅上一眼。告訴你吧：曲線。格魯申卡這騷娘們的身體有這麼一種曲線，這曲線也反映在她的腿上，甚至也反映在她左腳的小腳趾上。我見過，也親吻過，但僅此而已——我起誓！她說：『你要願意，我就嫁給你，要知道，你是個叫花子。你說你不打我，而且讓我愛幹什麼就幹什麼，那麼，我嫁給你也說不定。』她說著就笑了。而且現在還在笑我！」

德米特里・費奧多羅維奇幾乎憤憤然從座位上站了起來，但驀地變得跟喝醉了酒似的。他的眼睛忽然充滿了血絲。

「那你當真想娶她嗎？」

「只要她願意，我立刻娶她，她不願意，我也無可奈何；只好待在她院子裡給她掃地看門。你呀……你呀，阿廖沙啊……」他突然在他面前停下腳步，抓住他的肩膀，忽地使勁兒搖晃，「你知道

---

① 俄羅斯的常見村名。

嗎，你這天真無邪的孩子，這一切全是扯淡，毫無意義的扯淡，因爲這是一齣悲劇！你要明白，阿列克謝，我可能成爲一個卑鄙小人，具有各種卑鄙下流和腐化墮落的癖好，但是我德米特里·卡拉馬助夫永遠不會做一個賊，做一個扒手和溜門撬鎖的小偷。可是現在你要知道，我是一個賊，我是一個扒手，我是一個溜門撬鎖的小偷！正當我要去揍格魯申卡之前的那天上午，卡捷琳娜·伊萬諾芙娜來叫我去，非常機密，暫時不讓任何人知道（爲什麼要這樣，我也不知道，大概她認爲有這個必要吧），她請我去一趟省城，讓我在那裡往莫斯科郵匯三千盧布給阿加菲婭·伊萬諾芙娜，所以要去省城，就爲了不讓這裡的人知道。當時我兜裡正是揣著這三千盧布出現在格魯申卡家，也是用這錢去了莫克羅耶的。後來我就裝作匆匆去過省城了，但是並沒有把郵局的收據交給她，只告訴她錢寄走了，以後再拿收據來，可是我至今沒有拿去，忘了。現在，你猜怎麼著，這樣吧，你今天先去找她，對她說：『他讓我問您好，』如果她問你：『錢呢？』你不妨告訴她：『他是個卑鄙的色狼，是個色膽包天的卑鄙小人。他那天沒替您郵錢，揮霍掉了，因爲他跟畜生一樣克制不住自己，』但是你也不妨加上一句：『不過他不是賊，您那三千盧布，他會還給您的，您自己寄給阿加菲婭·伊萬諾芙娜吧，他讓我問您好。』可那時候她要是突然問：『那錢呢？』」

「米佳，你真不幸，真的！但是畢竟不像你想的那樣嚴重，你也別太絕望，太難過了！」

「你以爲我弄不到三千盧布還給她，我會開槍自殺嗎？問題就在於我決不會開槍自殺。現在我還沒這勇氣，以後會也說不定，而現在我要去找格魯申卡了……豁出去啦！」

「找她幹什麼？」

「做她的丈夫，榮任她的老公。來了情夫，我就出去，到另一間屋子去。我要給她的朋友們刷髒套鞋，煽茶炊，跑腿……」

「卡捷琳娜・伊萬諾芙娜會明白一切的，」阿廖沙突然莊重地說，「她會明白這整個不幸的全部深度，不會同你計較的。她這人非常聰明，因爲，她一定會看到不可能有人比你更不幸的了。」

「她不會容忍這一切的。」米佳微微一笑。「弟弟，這裡有某種東西，是任何女人都不能遷就的。你知道最好應該怎樣嗎？」

「怎樣呢？」

「把這三千盧布還給她。」

「到哪兒去弄這筆錢呢？聽我說，我手頭倒有兩千盧布，再讓伊萬湊一千，不就三千了嗎，你先拿去還她。」

「你那二千盧布什麼時候才能弄到手呢？再說你還沒有成年，而且今天你一定，一定要去向她致意告別，帶錢去或者不帶錢去都成，因爲我不能再拖下去了，這事就到此爲止。明天就晚啦。我還要讓你去找一趟父親。」

「找父親？」

「是的，先去找父親再去找她。向他要三千盧布。」

「他決不會給的，米佳。」

「他哪會給呢，我知道他決不會給的。阿列克謝，你知道什麼叫做絕望嗎？」

「知道。」

「聽我說：在法律上，他什麼也不欠我的。他該給我的我全拿走了，我知道。但是，要知道，在道義上，他欠我的情，是不是這樣呢？要知道，他是拿著我母親的兩萬八千盧布起家的，賺了十萬。我只要他從這兩萬八千裡給我三千，他就能使我的靈魂脫離地獄，就能贖清他的許多罪孽！我向你堅決保證，我拿了這三千盧布後就跟他一了百了，就銷聲匿跡，再也不來起唆他。這是我最後一次給他一個做父親的機會。你告訴他，這是上帝賜給他的這機會。」

「米佳，他無論如何不會給的。」

「我知道他不會給，我知道得一清二楚。尤其是現在。此外我還知道：現在，就在這幾天，說不定就是昨天，他才頭一次正經八百地聽說，也許，格魯申卡的確不是開玩笑，她真想嫁給我也說不定。他曉得她的脾氣，曉得這隻貓的脾氣。他已經讓她迷得神魂顛倒，難道他還會給我再饒上這一筆錢來玉成這件好事嗎？但是這麼說還不夠，我還要給你再講一件事：我知道，已經有四五天了，他掏出了三千盧布，換成了一百盧布一張的鈔票，裝在一個大的信封裡，打上了五個封印，信封上還十字交叉地紮上了一根紅緞帶。你瞧，我知道得多詳細！信封上赫然寫著：『如芳駕親臨，便贈予我的天使格魯申卡』，這是他悄悄地，秘密地，鬼畫符似的寫上的，而且除了那個僕人斯梅爾佳科夫以外，誰也不知道他手頭有這筆錢，他對這僕人的誠實可靠深信不疑，就跟相信他自己一樣。今天，他已經是第三天或者第四天在等格魯申卡了，希望她親自來拿這信封，他已經讓人傳話告訴了她，她也讓人來傳話：『我沒準會來的。』要知道，如果她當真來找老頭子，難道那時候我還娶得了她嗎？現在你該明白爲什麼我要秘密地守在這裡，我究竟在守候什麼了吧？」

「你在守候她？」

「守候她。有個人叫福馬，他向這兩個臭娘們，也就是這裡的兩個女房東租了間小屋。這福馬是從我們那地方出來的，他在我們那兒當過兵。他替她倆當差，夜裡守夜，白天外出打松雞，並以此爲生。我躲在他房間裡；無論是他，也無論是女房東，都不知道這秘密，都不知道我在這裡守候什麼。」

「就斯梅爾佳科夫一個人知道？」

「就他一個人。那女的一到老頭兒那兒，他就立刻來告訴我。」

「關於信封的事也是他告訴你的？」

「就是他。這是一個絕大的秘密。甚至伊萬也不知道，無論是關於錢的事，還是關於別的事，他都不知道。老頭則想把伊萬打發到契爾馬什尼亞去逛三兩天：有個買主，想花八千盧布買下他的一片林子的採伐權，於是老頭就懇求伊萬：『你幫幫忙，親自去跑一趟吧』，就是說，去三兩天。這是他的如意算盤，想讓格魯申卡趁他不在的時候來。」

「那麼說，他今天也在等格魯申卡囉？」

「不，她今天不會去，看得出來。肯定不會去！」米佳忽然叫道。「而且斯梅爾佳科夫也這麼認爲。現在父親正跟伊萬二弟同坐一桌，在酗酒。你去一趟吧，阿列克謝，向他要這三千盧布……」

「米佳，親愛的大哥，你倒是怎麼啦！」阿廖沙叫道，他從座位上跳起來，仔細打量著正處於一種迷狂狀態的德米特里•費奧多羅維奇。一時間，他都以爲大哥瘋了。

「你想哪兒去啦？我腦子沒錯亂。」德米特里•費奧多羅維奇說，他凝神注視著弟弟，樣子甚至頗爲莊嚴。「甭害怕，我既然讓你到父親那裡去，我知道我現在在說什麼：我相信奇蹟。」

「奇蹟？」

「上帝安排的奇蹟。上帝知道我的心，他看到我已經走上了絕路。他看到了這整幅圖畫。難道他能聽任這可怕的事情發生嗎？阿廖沙，我相信奇蹟，你去吧！」

「我一定去。告訴我，你會在這裡等我嗎？」

「會的，我明白，這不是跑一趟，三下五除二就能解決的！他現在喝醉了。我可以等三小時、四小時、五小時、六小時、七小時，但是你要明白，必須是今天，哪怕到半夜都成，你一定要去找卡捷琳娜・伊萬諾芙娜，帶錢去或者不帶錢去，你就說：『他讓我問您好。』我就要你說這句話：『他讓我問您好。』」

「米佳！要是格魯申卡今天突然來了呢……即使今天不來，明天或者後天來呢？」

「格魯申卡？我一旦發現，就衝進去，阻止他們……」

「要是……」

「要是真有那麼回事，我就殺死他。我受不了。」

「殺死誰？」

「殺死老頭。她，我不會殺的。」

「大哥，你說什麼呀！」

「其實我也不知道，我也不知道……不殺也說不定，殺也說不定。我怕的是在那一刻他那副尊容突然變得讓我深惡痛絕。我恨他那喉核，恨他那鼻子，恨他那眼睛，恨他那無恥的嘲笑。我對這個人本身感到極端厭惡。我怕的就是這個。我怕到時候克制不住自己……」

「我一定去，米佳。我相信上帝會安排好的，他肯定知道怎麼才能使這件可怕的事不會發生。」

「那我就在這裡等候奇蹟。不過，要是不出現奇蹟，那……」

於是，阿廖沙便若有所思地動身去找他父親了。

六、斯梅爾佳科夫

他果真碰到父親還坐在餐桌旁。照老習慣，餐桌仍舊擺在客廳，雖然家裡有正式的餐廳。這間客廳是家裡最大的房間，陳設得古色古香。家具十分古老，白色，蒙著陳舊的半絲質的紅色面料。窗戶間的牆壁上鑲嵌著鏡子，鏡框奇巧精緻，雕刻十分古老，也一色白底描金。牆上糊著白色的壁紙，許多地方壁紙已經破裂剝落，在顯眼的地方掛著兩幅肖像——一幅是三十年前曾任本地區總督的某公爵，另一幅是某位高級僧侶，也早已圓寂。在客廳前部的牆角處供著幾幀聖像，聖像前每到夜晚就點上長明燈……這樣做，與其說出於敬神，毋寧說爲了屋裡的夜間照明。每天夜裡費奧多爾・帕夫洛維奇很晚才上床，常常要到凌晨三點或者四點，而在此以前，他老在屋裡走來走去或者坐在安樂椅上想心事。他已經養成了這樣的習慣。他經常獨自一人在正房過夜，把傭人全打發走，讓他們回耳房，但大部分時間，每到入夜，他就讓僕人斯梅爾佳科夫留下來陪他，讓他睡在前廳作長凳用的板箱上。當阿廖沙進屋時，午飯已經全部用完，但又端來了果醬和咖啡。費奧多爾・帕夫洛維奇愛在午飯後邊喝白蘭地酒邊吃甜食。伊萬・費奧多羅維奇坐在桌旁，也在喝咖啡。兩名傭人格里戈里和斯梅爾佳科夫站在桌旁伺候。主僕四人似乎都興致勃勃，異常歡悅。費奧多爾・帕夫洛維奇在放聲大笑；還在外屋，阿廖沙就聽到他那像尖叫似的、他過去非常熟悉的笑聲，他從笑聲中立刻聽出他父親離喝醉酒還早著哩，眼下不過是優閒自在地喝著玩罷了。

「瞧，他來了，他來了！」費奧多爾・帕夫洛維奇一看到阿廖沙突然高興極了，高興得大叫。「快來陪我們坐坐，喝杯咖啡——素的，要知道，素的①，是熱的，而且味道很好，我不請你喝白蘭地，你吃齋，想喝點嗎，想嗎？不，我還是讓你喝點甜酒好，很好的甜酒！斯梅爾佳科夫，去酒櫃，在

① 指咖啡裡未加牛奶；東正教認爲牛奶屬葷腥。

第二層右邊，給你鑰匙，快！」

阿廖沙也不喝甜酒。

「反正得拿來，你不喝，我們喝。」費奧多爾·帕夫洛維奇滿臉放光。「等等，你吃飯了沒有？」

「吃了。」阿廖沙說，其實他只在院長的廚房裡吃了一片麵包和喝了一杯克瓦斯。「不過我倒很願意喝杯熱咖啡。」

「好孩子！真是好樣的！他喝咖啡。要不要給你再熱熱？哦，不，現在還滾燙的。這咖啡很好喝，斯梅爾佳科夫煮的。煮咖啡，做大餡兒餅，斯梅爾佳科夫是我們家的一把好手，還有清燉魚湯，真的。以後有機會來喝魚湯，預先打個招呼就成……慢，且慢，我方才讓你今天徹底搬回來，帶著床墊和枕頭，是不是？你把床墊拿回來了嗎？嘿嘿嘿！……」

「沒有，沒拿回來。」阿廖沙也微微笑了一下。

「嚇壞啦，方才嚇壞了吧，嚇壞啦？唉，你呀，好孩子，我怎麼能讓你受委屈呢。我說伊萬，我最不能見到他這樣看著我的眼睛笑了。他一笑，我的五臟六腑就也開始衝他笑，我喜歡他！阿廖什卡，讓我這做爹的祝福你。」

阿廖沙站了起來，但是費奧多爾·帕夫洛維奇立刻又改了主意。

「不，不，我現在只給你畫個十字，就這樣，坐下吧。好，現在讓你高興高興，我們方才談的正是你愛聽的話題。你會笑個夠的。我們家的巴蘭的驢開口說話了①，而且說得頭頭是道，有條有

① 源出聖經故事。見《舊約·民數記》第二十二章第二十一—三十一節：巴蘭奉摩押王之命騎驢前去詛咒以色列，路逢耶和華的使者擋住了驢的去路，這驢便停了下來。巴蘭用棍子打它，驢仍不動，卻忽然開口說話了。

理！」

巴蘭的驢原來是指他的傭人斯梅爾佳科夫。還是個年輕人，總共才二十四五歲，性情極其孤僻，而且不愛說話。倒不是他怕生或者對什麼事感到害臊，不，恰恰相反，他生性孤傲，似乎所有的人都不放在他眼裡。但是我們寫到這裡免不了要對他說幾句，哪怕三言兩語也成。他是由馬爾法・伊格納季耶芙娜和格里戈里・瓦西里耶維奇一手撫養大的，但是這孩子，正如格里戈里所說，對他們「毫無感恩之意」。他長成一個很古怪的孩子，老從一個角落冷眼看世界。小時候，他非常喜歡把貓吊死，然後爲貓舉行葬禮。爲此，他常常披上一條床單，權充法衣，唱著輓歌，在死貓旁晃動一件什麼東西，彷彿教堂裡用的手提香爐。這一切都是背著人做的，絕對保密。有一回，正當他幹這勾當的時候，被格里戈里捉住了，格里戈里用樹條狠狠地抽了他一頓。挨打後，他就鑽進一個角落，從那裡斜眼看人，約一星期之久。「這惡棍不喜歡咱倆，」格里戈里對馬爾法・伊格納季耶芙娜說，「他也不喜歡任何人。你難道是人嗎，」他又忽地回過頭來對斯梅爾佳科夫說，「你不是人，你是從澡堂裡一灘粘乎乎的東西裡長出來的，哼，你就是這玩意兒……」後來發現，斯梅爾佳科夫永遠也不能原諒他說的這話①。格里戈里教會了他識字，過了十二歲，又教他讀聖經故事。但是這事立刻以無結果而告終。有一天，一共才教到第二課或第三課，這孩子突然發出一聲冷笑。

「你怎麼啦？」格里戈里樣子嚇人地從眼鏡底下看著他，問道。

「沒什麼，您哪。我主上帝在第一天創造了光，而在第四天又造出了日月星辰。那麼頭一天光

① 這句罵人話是作者在西伯利亞流放地向犯人學來的，偏巧斯梅爾佳科夫又出生在澡堂，這就有了加倍的侮辱人的意思。

明普照，這光打哪來的呢①？」

格里戈里聞言呆若木雞。這孩子卻嘲弄地瞧著自己的老師。甚至從他的目光裡都顯出一種侮慢。格里戈里按捺不住。「就是從這兒來的！」他喝道，說罷狠狠地給了他的學生一記耳光。這孩子挨了嘴巴後沒有回嘴，但是又鑽進一個角落，接連好幾天不出來。恰好過了一星期，他生平第一次暴發了癲癇病，而且這病以後一輩子都沒離開過他。知道這事以後，費奧多爾·帕夫洛維奇彷彿忽然改變了對這孩子的看法。過去他對這孩子似乎漠不關心，雖然從來沒罵過他，見到他的時候往往還給他一戈比。碰到他心情好的時候，有時還從桌上扔給這孩子一點甜食吃。但是現在知道他有病，便對他十分關心起來，請來了大夫，開始給他看病，但是後來發現，這病根本治不好。他平均每月發作一次，或早或晚，時間不等。發作的厲害程度也不一樣——有時輕，有時非常重。費奧多爾·帕夫洛維奇嚴禁格里戈里對孩子體罰，並讓這孩子到上房陪他。暫時不讓他學任何東西。但是有一次，這孩子大約已經十五歲了，費奧多爾·帕夫洛維奇發現，這孩子在書櫥旁轉悠，隔著玻璃念裡面的書名。費奧多爾·帕夫洛維奇有很多書，約莫有百十來本，但是從來沒一個人看見他讀過書。他立刻把書櫥的鑰匙交給斯梅爾佳科夫：「你愛讀就讀吧，就讓你管理圖書，總比在院子裡閒逛強，你坐下來敞開讀吧。就讀這一本。」說時費奧多爾·帕夫洛維奇抽出一本《狄康卡近鄉夜話》②。

這小夥子讀了，但是讀後並不滿意，一次也沒笑過，相反皺著眉頭讀完了。

---

① 上帝創造光和日月星辰等見《舊約·創世記》第一章第三—五節與十四—十九節。

② 果戈理的一本中篇小說集。

「怎麼樣？可笑不可笑？」費奧多爾·帕夫洛維奇問。

斯梅爾佳科夫不言語。

「回答呀，傻瓜。」

「書裡的事全是假的。」斯梅爾佳科夫一面冷笑一邊含糊其詞地說道。

「給我見鬼去吧，你這個只配當奴才的下賤胚子。等等，給你看這本斯馬拉格多夫的《通史》，書裡的事全是真的，讀吧。」

但是斯梅爾佳科夫沒有讀完十頁斯馬拉格多夫的《通史》，就覺得枯燥乏味。於是這書櫥就重新鎖上了。過不多久，馬爾法和格里戈里稟報費奧多爾·帕夫洛維奇說，斯梅爾佳科夫慢慢地突然出現了一種可怕的潔癖：坐著喝湯，拿起勺，在湯裡舀過來舀過去，彎著腰，仔仔細細地看過來看過去，最後舀起一勺，又湊到亮光底下看。

「有蟑螂嗎？」常常，格里戈里問。

「也許有蒼蠅吧！」馬爾法說。

這個愛乾淨的小夥子從來避不作答，但是無論是麵包，是肉，還是其他食物，他都如法泡製：常常，用叉子叉起一塊東西，湊到亮光前，仔仔細細地觀察半天，跟看顯微鏡似的，看過來看過去，拿不定主意，最後才下定決心把它塞進嘴裡。「哼，出了位少爺。」格里戈里瞧著他那模樣，嘟囔道。費奧多爾·帕夫洛維奇知道斯梅爾佳科夫有這個新特點後，立刻認定他是個當廚子的料，於是就派他到莫斯科去學廚藝。他在莫斯科學了好幾年，回來時相貌大變。好像一下子老多了，變得異乎尋常的老，臉上滿是皺紋，同他的年齡很不相稱，臉黃黃的，像個閹割派教徒。而精神上，他回來時幾乎一如既往，跟去莫斯科前一模一樣：跟從前一樣孤僻，一樣不愛跟任何人交往。後來有人說，他在莫斯科也總是一言不發；莫斯科這座城市也極少引起他的興趣，因此他除了在莫斯科耳聞目睹了一些事情以外，對其他一概不聞。甚至有一回他還上過一次戲園子，但是他默默地去了，又默默地回來了，並不感到開心。但是他從莫斯科回來時卻衣冠楚楚，穿著整潔的上衣和襯衫，每天肯定有兩次親自用刷子把自己的衣服仔仔細細地刷得乾乾淨淨，而對他那雙十分講究的小牛皮靴，最愛用一種特別的英國鞋油擦得像鏡子般亮。他成了一名非常好的廚師。費奧多爾・帕夫洛維奇給他講定了工錢，於是斯梅爾佳科夫就把自己的工錢差不多全花在買衣服，買雪花膏，買香水等等東西上。但是，正如他看不起男人一樣，他似乎也不把女人放在眼裡，他跟她們在一起時態度十分穩重，幾乎冷若冰霜。費奧多爾・帕夫洛維奇已開始對他另眼相看了。問題在於他的癲癇病發作加劇了，他發病的那幾天就只好由馬爾法・伊格納季耶芙娜來做飯，可是她做的飯菜一點也不對費奧多爾・帕夫洛維奇的胃口。

「你的病怎麼老發作呀？」他有時斜眼瞅著這個新廚師，注視著他的臉。「你還是娶個老婆吧，要不要我給你說門親事？」

斯梅爾佳科夫聽到這些話後只是氣惱得臉色發白，但是什麼也不回答。費奧多爾・帕夫洛維奇只好甩手不管，由他。最要緊的是他相信他為人誠實可靠，決不會隨便拿人家任何東西，決不會偷，而且這看法一旦形成，再不更改。有一天發生了這樣一件事：費奧多爾・帕夫洛維奇喝醉了，在自家院子的爛泥地上丟了三張花票子①，這票子他剛拿到手，直到第二天他才發覺：急忙翻遍口袋到處尋，可是那三張花票子卻一張不少地都放在他桌上。哪來的呢？原來斯梅爾佳科夫撿了起來，還

---

①指一百盧布的鈔票（因票子花花綠綠而得名）。

在昨天就拿來了。「諾，好孩子，我還沒見過像你這樣的。」當時費奧多爾・帕夫洛維奇斷然道，賞給了他十個盧布。應當補充的是，他不僅相信他誠實可靠，而且不知道爲什麼還很喜歡他，雖然這小子也像看別人那樣斜眼看著他，總是不言不語。他很少開口。如果這時有人望著他，想弄個明白：這小夥子到底對什麼感興趣，他腦子裡又經常在想什麼，那，說真格的，從他外表看，那是不可能看清楚的。而且有時就在家裡，或者哪怕在院子裡，或者在大街上，他常常會停下來，若有所思，而且一站就是十來分鐘。會看相的人端詳過他的臉以後一定會說，他既不在沉思，也不在默想，而是作一種靜觀。畫家克拉姆斯科伊①有一幅名畫，叫《靜觀者》：畫的是一座冬天的樹林，樹林中，大道上，有一名農夫，在踽踽獨行，穿著破衣裳和樹皮鞋，陷於深深的孤寂之中，他站在那裡，若有所思，其實他什麼也沒有想，而是在「靜觀自身」。如果推他一下，他肯定會如夢初醒似的看著您，但是什麼也不明白。沒錯，他立刻就醒了，如果有人問他，他站在那裡究竟在想什麼，他肯定什麼也記不起來，但是他肯定會把他靜觀自身時所得到的印象貯存在自己的記憶裡。這些印象對他彌足珍貴，他肯定會把這些印象不知不覺地，甚至是無意識地積聚起來——積聚起來乾什麼，有什麼用呢，當然，他也不知道：也許，這些印象經過多年積累之後，他會突然拋棄一切，到耶路撒冷去，雲遊四方，潛心修煉，也可能，他會猛地放一把大火，把自己家鄉的村莊燒個精光，也可能，二者兼而有之。這些靜觀者在民間很多。斯梅爾佳科夫大概也是這樣的一個靜觀者，他大概也在拼命積攢自己的印象，幾乎自己也不知道他這樣做究竟要幹什麼。

① 克拉姆斯科伊（一八三七－一八八七年），俄國巡迴展覽派畫家。他的名畫《靜觀者》曾於一八七八年在彼得堡展出。杜思妥也夫斯基去世後的第二天，克拉姆斯科伊還爲他畫了一幅與眞人等大的名畫《彌留之際的杜思妥也夫斯基》。

七、爭論

但是巴蘭的驢突然開口說話了。談論的話題很怪：格里戈里清早到商人盧基揚諾夫的鋪子裡取貨，聽他說有個俄國士兵，在靠近亞細亞人的遙遠的邊疆，被他們俘獲後，他們強迫他背離基督教，改信伊斯蘭教，否則就立刻讓他不得好死，但是這個俄國兵不肯改變自己的信仰，情願受苦受難，讓他們剝去身上的皮，然後在對基督的一片讚頌聲中死去，這件功德恰好就登在當天收到的報紙上。格里戈里站在餐桌旁講的就是這事。費奧多爾・帕夫洛維奇過去就喜歡每次飯後，在上點心和水果之前，說說笑笑，哪怕就跟格里戈里聊聊天也成。這一回，他心情輕鬆，歡快，談興正濃。聽了剛才說的這消息，他邊喝白蘭地邊說道，這樣的士兵應當立刻尊爲聖徒，而他被剝下的那塊皮則應立刻護送到隨便哪個修道院去展覽：「肯定看的人海了去，錢也滾滾而來。」格里戈里皺了皺眉，他看到費奧多爾・帕夫洛維奇一點也沒受到感動，而是按照自己的老習慣說起了瀆神的話。斯梅爾佳科夫本來站在門口，這時卻突然發出一聲冷笑。即使在過去，也就是在快要用完飯的時候，也常常會讓斯梅爾佳科夫過來站在桌旁伺候。自從伊萬・費奧多羅維奇來到敝縣縣城以後，幾乎每次用飯，他都在一旁伺候。

「你笑什麼？」費奧多爾・帕夫洛維奇問，他立刻注意到他的冷笑，當然也明白這笑是衝格里戈里來的。

「我笑方才說的那事，您哪，」斯梅爾佳科夫突然大聲而又出乎意料地開口道，「即使這位值得贊許的士兵功德很大，但是依照愚見，一旦發生這種偶然的情況，硬要一個人背棄基督的名和自己所受的洗，他為了保全自己的性命，以便將來多做好事，然後以積善多年來救贖自己的怯懦，這似乎也無可厚非。」

「怎麼會無可厚非呢？胡說八道，單憑這點就可以讓你下地獄，像烤羊肉串似的讓你受炮烙之刑。」費奧多爾・帕夫洛維奇接口道。

就在這時候阿廖沙走了進來。正像我們看到的，費奧多爾・帕夫洛維奇看見阿廖沙來了非常高興。

「這是你愛聽的話題，這是你愛聽的話題！」他快活地嘿嘿笑著，讓阿廖沙坐下來聽。

「關於羊肉串云云，倒也未必，您哪，為了這事下地獄，也絕對不可能，您哪，而且也不應該這樣，如果憑心而論。」斯梅爾佳科夫儼乎其然地說道。

「哪來的什麼憑心而論。」費奧多爾・帕夫洛維奇用膝蓋捅了捅阿廖沙，更加快活地叫道。

「他是個卑鄙無恥的東西，他就是這樣的人！」格里戈里猛地罵道。他憤怒地瞪了斯梅爾佳科夫一眼。

「關於卑鄙無恥云云，請稍安毋躁，格里戈里・瓦西里耶維奇，」斯梅爾佳科夫鎮靜而又克制地回敬道，「您還是自己想想，既然我落到那幫迫害基督徒的人手裡，當了俘虜，他們硬逼著我詛咒上帝的名和背棄自己所受的神聖的洗禮，那我完全有權用自己的理智來做出決定，因為這無可厚非。」

「這話你已經說過了，就不必再添油加醋啦，你就給我們說說個中道理吧！」費奧多爾・帕夫洛維奇叫道。

「一個就會熬肉湯的廚子！」格里戈里輕蔑地喃喃道。

「關於就會熬肉湯云云，也請您少安毋躁，不要罵罵咧咧，先自己想想，格里戈里・瓦西里耶維奇。因爲我只要對那些迫害基督徒的人說：『不，我不是基督徒，我詛咒我的真上帝』，我就會立刻受到最高的神的法庭的審判，立刻受到特別的詛咒，被革出教門，被徹底開除出神聖的教會，被認爲是異教徒，甚至在那一刹那——還不是我剛要說出這話的時候，而是在我剛想這麼說的時候，因此過了甚至還不到四分之一秒鐘，我就已被開革了——是不是這樣呢，格里戈里・瓦西里耶維奇？」

他非常得意地問格里戈里，實際上僅僅在回答費奧多爾・帕夫洛維奇的問題，對於這點他心裡非常清楚，但卻故意裝出一副似乎這些問題是格里戈里向他提出來似的。

「伊萬！」費奧多爾・帕夫洛維奇忽然叫道，「趴下身來，跟你說句悄悄話。這一切他是說給你聽的，想讓你誇他。你就誇他兩句吧。」

伊萬・費奧多羅維奇一本正經地聽完了爸爸這一興高采烈的話。

「等等，斯梅爾佳科夫，你先停一停。」費奧多爾・帕夫洛維奇又叫道。「伊萬，你再趴下身來，跟你說句悄悄話。」

伊萬・費奧多羅維奇又以一種十分儼乎其然的樣子彎下了身子。

「我愛你跟愛阿廖沙一樣。別以爲我不喜歡你。要不要來點白蘭地？」

「來點吧。」伊萬・費奧多羅維奇仔細看了看父親的臉，心想：「不過你自己也灌得差不多了。」至於斯梅爾佳科夫，他則以極大的興趣在觀察他。

「你現在也已經受到了詛咒，被革出了教門，」格里戈里突然發作起來，「你這混帳東西受到了詛咒，居然還敢大發謬論，要是……」

「別罵人，格里戈里，別罵人！」費奧多爾・帕夫洛維奇打斷他的話道。

「請少安毋躁，格里戈里・瓦西里耶維奇，請稍候片刻，您聽我把話說完，因爲我還有話要說。

因爲我已經立即受到了上帝的詛咒，您哪，就在那一刻，就在那最崇高的一刻，我反正已經成了異教徒了，我受的洗也就從我身上自行解除，我已經不可能再承擔任何罪責了——這樣說總該沒錯吧，您哪？」

「說下去，好孩子，快呀，說下去呀！」費奥多爾・帕夫洛維奇催促道，津津有味地從酒杯裡呷了口酒。

「既然我已經不是基督徒了，那麼說，那些迫害基督徒的人問我：『我是不是基督徒？』我說不是，我並沒說謊，因爲我已被上帝親自革除了基督教的教籍，原因僅僅因爲我的一念之差，而且還在我沒來得及向那些迫害者說出一個字之前。既然我已經被開除了教籍，那麼憑什麼，憑什麼理由在陰曹地府要把我當作一名基督徒來追究責任，說我背離了基督呢？其實我早在背離基督之前，就因爲我的一念之差已經除去了我所受的洗。既然我已經不是基督徒了，那我就不可能再背離什麼基督，因爲那時候我已經沒有什麼東西可背離的了。哪怕在天上，格里戈里・瓦西里耶維奇，誰會因爲一個不信基督的韃靼人生下來就不是基督徒而追究他的責任呢，誰會因此而懲罰他呢，因爲一頭牛身上是剝不下兩層皮的。即使主宰一切的上帝在那個韃靼人死後還要追究他的責任，那麼我認爲，他也只會稍加懲罰（因爲不能完全不懲罰他），因爲他認爲，這個韃靼人的父母就不相信基督，因此他出生到這世上來也就不信基督，他是無辜的。我主上帝總不能把這個韃靼人硬抓起來吧，硬說他從前也是基督徒吧？如果是那樣的話，那主宰一切的主就是瞎掰了。難道主宰天地的主會信口雌黃，那怕就說這麼一句瞎話嗎，您哪？」

格里戈里都被他的話嚇呆了，瞪大兩眼看著這個滔滔不絕的演說家。雖然他並不完全明白他在說什麼，但在這一套胡說八道中他突然聽懂了某些東西，於是便突然停下來，那模樣就像一個人突然一頭撞到了牆上似的。費奧多爾・帕夫洛維奇把酒杯裡的酒一飲而盡，嘿嘿嘿地尖聲笑起來。

「阿廖什卡，阿廖什卡，怎麼樣！唉，你呀，真是個詭辯家！伊萬，他從前肯定在耶穌會士①那裡待過。我說你呀，真是個臭耶穌會士，這一套謬論是誰教你的？不過你這詭辯家是在胡說八道，徹頭徹尾地胡說八道。不要難過，格里戈里，我們就會立刻打得他片甲不留的。你這頭突然開口的驢，你倒是給我說說：就算面對迫害你的人你做得有理吧，但是你畢竟在你心中背離了你的信仰，而且你自己也說你當時就受到了詛咒，被革出了教門，既然革出了教門，那你下地獄後，就憑這革出教門，人家也不會對你客氣。你對此有何高見呢，我的好上加好的耶穌會士②？」

「我自己在自己心中背離了自己的信仰，這是沒有疑問的，但是這樣做實在無可厚非，您哪，即使有罪，也不過是最最普通的小罪，您哪。」

「怎麼會最最普通呢，您哪！」

「胡說八道，該死的東西。」格里戈里咬牙切齒地說。

「您自己想想嘛，格里戈里・瓦西里耶維奇，」斯梅爾佳科夫泰然自若而又穩重得體地繼續道，他意識到已經勝券在握，但又彷彿對被擊敗的對手惠予寬容似的，「您自己想想嘛，格里戈里・瓦西里耶維奇：須知，聖經上寫道，假如你們有信仰，即使這信仰只有最小的芥菜種那麼大，可是你們對這座山說，讓他挪到海裡去，它也必挪去③，而且毫不拖延，只要你們下道命令就成。怎麼樣，

① 耶穌會是天主教的一個教派，該教派蔑視人類的道德規範，爲了達到目的，可以不擇手段。
② 本句套用普希金的詩《沙皇薩爾坦的故事》（一八三一年）：「你好，我的好上加好的公爵！」
③ 源出《馬太福音》第十七章第二十節：「耶穌說：『……我實在告訴你們，你們若有信心像一粒芥菜種，就是對這座山說，你從這邊挪到那邊，它也必挪去。並且你們沒有一件不能作的事了。』」

格里戈里・瓦西里耶維奇，既然我是一個不信上帝的人，而您的信仰又那麼堅定，甚至還不斷罵我，那您自己就不妨試試嘛，您哪，您去對這座山說，也不用叫它挪到海裡去（因爲我們這裡離大海太遠了，您哪），讓它挪到我們花園後面那條臭河溝裡去就成，那您就會立刻看到，什麼也不會移動，您哪，而且一切都會原模原樣和完好無損地留在原地不動，不管您怎麼喊，怎麼叫，它們都會依然如故，您哪。這說明，格里戈里・瓦西里耶維奇，您對上帝的信仰也信仰得不到家嘛，你就會變著法地罵別人不信上帝。不過我們仍須看到，在我們這個時代，沒有一個人，不僅是你們，而且任何人，從最高的大人物到最底的莊稼漢，都不能夠把一座大山推進大海，普天之下除非有一個人，最多兩個人，而且連這兩個人說不定也躲在埃及的某個隱修院在秘密修行，因此根本找不到他們——既然這樣，既然所有其他人原來都不相信上帝，那麼，除了那兩名隱修士以外，所有其他的人，即人世間的所有的人，都要受到主的詛咒囉，儘管大家都知道我主大慈大悲，那麼他對他們之中的任何人也不肯饒恕嗎？因此我堅信，儘管我曾經懷疑過，只要我痛哭流涕，表示懺悔，我肯定會得到上帝的饒恕的。」

「等等！」費奧多爾・帕夫洛維奇興高采烈地尖叫，「那麼說，你認爲那兩個能夠移山塡海的人還是有的？伊萬，記下來，這才能表現出一個完整的俄羅斯人！」

「你說得完全正確，這就是老百姓的信仰特點。」伊萬・費奧多羅維奇面含贊許的微笑，同意道。

「你同意！既然你同意，那就沒錯！阿廖什卡，此話有理，不是嗎？要知道，這才是完完全全的俄羅斯信仰，不對嗎？」

「不對，斯梅爾佳科夫的信仰根本就不是俄羅斯信仰。」阿廖沙嚴肅而又堅定地說。

「我不是說他的信仰，我是說這個特點，說那兩個隱修士，僅僅是說這個特點：要知道，這就是俄羅斯的特點，是不是俄羅斯的特點？」

「是的，這是地地道道的俄羅斯的特點。」阿廖沙微微一笑。

「巴蘭的驢，你的話值一個金幣，我今天就把錢給你，但是在其他方面你畢竟在胡說八道，胡說八道和信口開河；我說傻瓜，我們大家在這裡僅僅因爲不肯動腦筋所以才不信仰上帝，因爲我們沒工夫動腦筋：第一，因爲俗事纏身，第二，因爲上帝給的時間太少，一天就有二十四小時，因此既沒工夫美美地睡足覺，更不用說懺悔自己的罪孽了。而你在那裡，面對那些迫害基督徒的人，當你除了信仰以外再無別的東西可想了，正當你應當借此機會表現自己信仰的時候，你卻背棄了自己的信仰！是不是這樣呢，我想，小兄弟，是不是這個理兒呢？」

「是倒是這個理，但是您自己想想，格里戈里．瓦西里耶維奇，正因爲是這個理，所以我的罪孽也就更輕了。要是當時我循規蹈矩地信仰這個真理，那麼，我不接受因堅持自己的信仰而施加予我的苦難而改信了伊斯蘭邪教，那我的確罪莫大焉。但是，要知道，當時還根本談不上受苦受難呀，您哪，因爲我在那一瞬間只要對這座山說：挪過去，壓死這幫迫害基督徒的人，山就會當真挪過去，立刻把那幫傢伙像蟑螂似的壓死，於是我就可以像沒事人似的謳歌和讚美著上帝，揚長而去。要是我在這千鈞一髮的時刻試驗了這一切，而且還特意向這座山喊道：壓死這幫迫害基督徒的人，而這座山偏偏不聽我的話，不肯去壓他們，那麼，我倒要請問，尤其在這樣一種生死攸關的大恐怖時刻，我又怎能不心生懷疑呢？即使不懷疑我也知道，我是決不可能完完全全地到達天國的（因爲山並不聽我的話，它沒有挪動，這說明上天並不十分相信我的信仰，並沒有很大的獎賞在他世界等待著我），那麼憑什麼（再說對我也無任何好處）我要讓人家剝我的皮呢？因爲我背上的皮即使已經讓人家剝掉了一半，這座山也不會聽我的話或者聽從我的呼喚挪動一釐一毫的。因此在這樣的時刻不僅懷疑可能應運而生，甚至出於恐懼還可能完全失去理智，因此連思考也就變得完全不可能了。這麼一來，既然無論在他世界或者在此世界我都看不到對自己的任何好處和任何獎賞，那麼我還不如起碼保住我這層皮爲好，那麼，我現在這樣做，究竟有什麼特別的罪過呢？因爲我非常相信主是大慈大悲的，我寄予希望，我一定會得到主的徹底的饒恕，您哪……」

八、酒酣耳熱

爭論結束了，但是說來奇怪，本來興高采烈的費奧多爾・帕夫洛維奇最後突然雙眉深鎖。他皺緊眉頭，一仰脖子，又乾了一杯白蘭地，但是這杯酒已經是完全多餘的了。

「你們這幫耶穌會，快給我滾，」他向僕人喝道，「滾，斯梅爾佳科夫。答應給你的一枚金幣今天就給你，先給我滾。格里戈里，你也別難過，到馬爾法身邊去，她會安慰你，伺候你睡覺的。這兩個混帳東西硬不讓人吃完飯後靜靜地坐會兒。」當兩傭人遵照他的命令立刻退下去以後，他煩躁地斷然道：「現在，每到吃飯的時候，斯梅爾佳科夫就鑽到這裡來，他對你很感興趣，你倒是用什麼手段把他哄上手的呢？」他又向伊萬・費奧多羅維奇加了一句。

「什麼手段也沒用，」他回答，「看得起我唄；他是個下人，是個奴才。話又說回來，時候一到，他可以打衝鋒，當砲灰。」

「當砲灰？」

「也有另一些人比他們強，但是也必須有這號人，先由這號人打頭陣，在他們之後才是更強的。」

「那麼這時候什麼時候到呢？」

「會打信號彈的，也可能一亮就滅了。老百姓眼下還不怎麼愛聽這幫熬肉湯的伙夫的話。」

「可不是嗎，孩子，你瞧，這匹巴蘭的驢在想呀，想呀，鬼才知道他肚子裡在想什麼鬼主意。」

「會想出個道道來的。」伊萬冷笑道。

「你瞧，我早看出來了，他非常討厭我，就像討厭所有的人一樣，他也同樣討厭你，雖然你還覺得他『看得起』你。對阿廖什卡，就更甭提了，他根本看不起阿廖什卡。但是他不偷，這是個優點，也不無事生非，他不言語，也不會把家醜張揚出去，大餡兒餅烤得好極了，除此以外，干我何事，說真格的，值得談論他嗎？」

「當然不值得。」

「至於說他在肚子裡淨琢磨事，究竟會琢磨出個什麼花樣來，那麼，一言以蔽之，俄國人就應該用鞭子抽①。我一直都這麼說。咱們的老百姓都是騙子，不值得可憐他們，好在現如今，有時候還能夠痛打他們幾頓。俄羅斯的土地好就好在有白樺樹。把林子砍光了，俄羅斯的土地也就完蛋了。我贊成那些聰明人的主張。即使我們不再毒打老百姓了，這一招高做得聰明，可是他們會自己繼續痛打自己的。他們這樣做也好。用一把尺子量別人，也必將用同樣的尺子量自己②，或者聖經上這

---

① 作者通過主人翁說的這話是別有所指的：當時，俄國有些很開明的自由派人士說過：俄國人天生一副奴才相，不挨揍就難受，他們不同於法國九三年大革命時期的巴黎人。

② 源出《路加福音》第六章第三十七節─三十八節。耶穌基督說：「你們不要論斷人，就不被論斷。你們不要定人的罪，就不被定罪。你們要饒恕人，就必蒙饒恕。你們要給人，就必有給你們的。……因爲你們用什麼量器量給人，也必用什麼量器給你們。」

話是怎麼說來著……總之也必將這樣量自己。而俄羅斯連豬狗都不如。我的孩子，你不知道我多麼恨俄羅斯……也可以說不是恨俄羅斯，而是恨所有這些汙七八糟的東西……沒準這也是恨俄羅斯。Tout cela c'est de la cochonnerie①。你知道我喜歡什麼嗎？我喜歡說俏皮話。」

「您又喝了一杯酒。別喝啦。」

「等等，我再來一杯，還要再來一杯，然後就不喝了。不，且慢，你把我的話打斷了。有一回，我路過莫克羅耶，問一個老頭，他回答我：『我們最愛用皮鞭抽被判鞭刑的小妞，還總讓大小夥去抽她們。今兒個這妞挨了揍，明兒個那小夥就娶她做老婆，所以那些小妞還挺樂意挨揍。』真是一些德・薩德侯爵②書裡的人物，是不是？不管怎麼著吧，這話挺俏皮，咱們有機會也去看看，怎麼樣？阿廖什卡，你臉紅了？甭害臊嘛，好孩子。可惜，方才我沒在院長那兒赴宴，沒跟那些修士們聊聊莫克羅耶的小妞們。阿廖什卡，你別生氣，我方才把你的那位院長給得罪了。當時我一聽就有氣，好孩子，要知道，如果上帝是有的，存在的──那，我自然有罪，我應該得到報應，如果根本就沒上帝，那還要他們那些神父幹什麼呢？如果那樣，砍他們的腦袋算是輕的，因爲他們阻撓了進步。你信不信，伊萬，一想起這事，我的氣就不打一處來。不，你不相信，因爲我從你的眼神裡看出來了。你相信別人的話，認爲我不過是個小丑。阿廖沙，你信不信，我不僅僅是小丑？」

「我信，你不僅僅是小丑。」

「我相信你信，而且說這話是出於真心。你的神態是真心的，你說的也是真心話。可伊萬不是。

---

① 法語：這一切連豬狗都不如。
② 德・薩德（一七四〇－一八一四年），法國色情小說作家，以描寫淫亂與性虐待著稱。

伊萬孤傲……不管怎麼說，我還是想讓你們那座破修道院徹底完蛋。在整個俄羅斯的土地上一下子清除那套裝神弄鬼的玩意兒，讓所有那幫傻瓜蛋徹底醒悟。這樣一來，會有多少金銀財寶送進造幣廠啊！」

「爲何要清除呢？」伊萬問。

「讓真理之光早點普照大地，就爲這個。」

「要知道，倘若真理之光普照大地，那頭一個就會拿你開刀，讓你傾家蕩產，然後……掃地出門。」

「啊呀！要知道你這話也許是對的。啊呀，我真是頭蠢驢。」費奧多爾・帕夫洛維奇忽地揚起頭，輕輕拍了下腦門。「既然這樣，阿廖什卡，那就讓你那座破修道院照舊待著吧。而我們這些聰明人卻要暖暖和和地坐著，喝白蘭地。你知道嗎，伊萬，這是上帝特意安排的也說不定？伊萬，你說：有沒有上帝？慢：要說得丁是丁卯是卯，正經八百地說！你又笑什麼？」

「我笑的是，您方才還十分俏皮地說到，斯梅爾佳科夫相信有兩個能夠移山填海的長老存在。」

「難道現在也像？」

「很像。」

「那好，這說明我也是俄羅斯人，我也有俄羅斯人的特點，你是哲學家，也可以在你身上捕捉到這一類特點。你願意的話，我就捉出來給你看。咱們打賭，我明天準能捉住。不過，你還是說說：到底有沒有上帝？要正經地說！現在我要的就是正經二字。」

「沒有，沒有上帝。」

「阿廖什卡，有上帝嗎？」

「有上帝。」

「伊萬，那有沒有靈魂不死呢？隨便什麼靈魂不死都成，哪怕是小小的，不點兒大的也成？」

「也沒有靈魂不死。」

「一點也沒有？」

「一點也沒有。」

「就是說完全化爲烏有或者多少有這麼一丁點兒。也許，多少總有這麼一丁點兒吧？總不能什麼也沒有吧！」

「完全化爲烏有。」

「阿廖什卡，有靈魂不死嗎？」

「有。」

「上帝和靈魂不死都有？」

「上帝和靈魂不死都有。靈魂不死就存在於上帝之中。」

「嗯。很可能伊萬說得對。主啊，只要想想，有信仰的人獻出了多少精力，又有多少精力白白地花費在這個幻想上，而且又歷經多少千年啊！是誰竟敢這麼嘲弄人呢？伊萬？你最後一次丁是丁卯是卯地說：到底有沒有上帝？我最後一次問你！」

「即使是最後一次，沒有還是沒有。」

「究竟是誰在嘲弄人呢，伊萬？」

「也許是魔鬼吧。」伊萬·費奧多羅維奇微微一笑。

「那麼有魔鬼嗎？」

「沒有，也沒有魔鬼。」

「可惜。他媽的，既然這樣，誰第一個憑空想出上帝來的，我非要他的好看不可！把他吊死在苦楊樹上還是輕的。」

「如果不想出個上帝來，也就根本不會有文明了。」

「不會有文明？你說沒有上帝就不會有文明？」

「是的。也不會有白蘭地。不過您這兒的白蘭地還是拿走的好。」

「等等，等等，等等，親愛的，再來一小杯。我說這些話讓阿廖沙不高興了。你不生氣嗎，阿列克謝？我的可愛的小阿廖沙，小阿廖沙！」

「不，我不生氣。我知道您的意思。您的心比您的頭腦好。」

「我的心比頭腦好？主啊，這話又是什麼人說的呢？伊萬，你愛阿廖什卡嗎？」

「愛。」

「應該愛。（費奧多爾・帕夫洛維奇已經大醉。）——我說阿廖沙，方才我對你的長老失禮了。但我當時心裡很亂。要知道，這位長老還是挺風趣的，伊萬，你以為怎樣？」

「也許有點吧。」

「就是挺風趣，挺風趣嘛，**il y a du Piron là-dedans**①他是個耶穌會士，我是說俄國的耶穌會士。像一個有地位的人那樣，他只能在心裡暗自痛恨他必須逢場作戲……硬給自己身上披上一件神聖的

---

① 法語：這裡有點皮龍的味道。皮龍（一六八九－一七七三年），法國詩人和劇作家。他剛成名時被認為是黃色作家，因此未能選進法蘭西科學院。據說，他還寫過許多俏皮而又辛辣的諷刺短詩。他晚年皈依宗教，寫了許多宗教詩，但是始終未能洗清過去的惡名。

外衣。」

「要知道，他可是信仰上帝的呀。」

「他才不信哩。你還不知道？不過，他倒是對所有人都說他信，就是說，也不是對所有人，而是對所有來訪的聰明人。他就曾經痛痛快快地對省長舒爾茨說：credo①，也不知道他信什麼。」

「真的？」

「沒錯。但是我尊敬他。他這人有點梅菲斯特②的味道，或者不如說，有點《當代英雄》裡的……那個阿爾別寧或者那書裡叫什麼來著③……的派頭，就是說，你知道嗎，他是個好色之徒；此人極端好色，即使現在，要是我的女兒或者老婆到他那兒去懺悔，我也要替她們捏把汗。你知道，只要一打開話匣子……前年他請我們去喝茶，還有甜酒（這甜酒是太太們送的），他就繪聲繪色地講起了當年的風流韻事，我們聽了肚子都笑破了……尤其是講到他怎樣把一個病得有氣無力的女人給治好了。他說：『要不是我腳疼，我真想給你們跳個舞。』怎麼樣，這老頭有兩下子吧？他說：『想當年，我身在修道院，但是可沒少偷雞摸狗。』他還從那個叫傑米多夫的商人那兒撈到六萬盧布。」

「怎麼，偷的？」

「那主兒把他當成好人送上門的：『好兄弟，請替我代為保管一下吧，明天我家有人來搜查。』於是他就代為保管了。後來他竟說：『你不是布施給教堂了嗎。』我對他說：你真卑鄙。他說，不，

① 拉丁文：我信。
② 歌德詩劇《浮士德》中的魔鬼名。
③ 阿爾別寧是萊蒙諾夫的詩劇《假面舞會》裡的主人翁，可是費奧多爾・帕夫洛維奇故意把他與《當代英雄》中的畢巧林相混。

這不叫卑鄙，叫來者不拒……不過話又說回來，幹這事的不是他……是另一個人。我弄混了，說起了另一個人……沒注意。好了，再喝一杯就不喝了，伊萬，你把酒瓶拿走吧。我胡說八道，你爲什麼不阻止我，伊萬……也不告訴我：我在信口開河？」

「我知道您自己會打住的。」

「瞎掰，你是對我懷恨在心，正是懷恨在心。你看不起我。你居然到我這裡來，居然在我家裡看不起我。」

「我說走就走；白蘭地把您給灌糊塗了。」

「我用基督和上帝的名義請你去一趟契爾馬什尼亞……就去一兩天，可你硬不去。」

「既然你硬要我去，我明天就去。」

「你不會去的。你要在這裡監視我，你要幹這事，壞東西，所以你才不肯去，是不是？」

老人越說越來勁了。他已經醉到這種程度，即使一向老老實實的醉鬼也一定會突然身不由己地想要大發脾氣和擺擺威風。

「你瞧著我幹什麼？瞧你那眼神！你那雙眼睛瞧著我像在對我說：『瞧你那模樣，醉鬼。』你的眼神很可疑，你那眼神一副瞧不起人的樣子……你之所以回家自有你自己的打算。你瞧阿廖什卡的神態，他的眼睛發亮。阿廖沙沒瞧不起我。阿列克謝，你不要喜歡伊萬……」

「你不要生二哥的氣嘛！不要再冤枉他啦。」阿廖沙突然固執地說道。

「嗯，好吧，我興許有點兒那個。唉，頭疼。伊萬，把白蘭地拿走，都說第三遍了。」他陷入沉思，突然發出一聲長長的、狡猾的微笑。「我老了，是個窩囊廢，你別生我的氣，伊萬。我知道你不喜歡我，不過我還是要你別生我的氣。我也真沒什麼值得人喜歡的地方。你先去契爾馬什尼亞，我隨後就到，還要給你捎去一點好吃的。在那裡我還要讓你看個小妞，我早看上她了。她暫時還是個臭要飯的。見了臭要飯的，甭怕，也別瞧不起她們——她們是珍珠！……」

他吧嗒了一下嘴唇，親了親自己的手。

「對於我，」他突然渾身來了勁，剛一接觸到他心愛的話題，彷彿突然之間酒又醒了，「對於我……唉，你們呀，還是孩子！不點大的孩子，兩只小豬崽，對於我呀……甚至這輩子都不曾見過一個醜女人，這就是我的準則！你們懂得這道理嗎？你們哪會懂這道理呢：你們還乳臭未乾，還沒從雞蛋殼裡孵出來！按照我的這一準則，任何女人身上，他媽的，都可以找到一點非常有意思的、別有風味的東西，而這東西是在任何一個別的女人身上找不到的——不過這要有本領才能找到，個中奧妙也就在這裡！這是一種才能！對於我就不曾有過一個醜女人：只要她是女人就行，這事就成了一半……你們哪懂得這道理呢！甚至老處女，有時候在她們身上也能找到別有風味的東西，使你不由得對那幫傻瓜蛋感到納悶，他們怎麼會讓她老到這般地步，至今都沒發現呢！要飯的女人和醜女人，先要讓她感到一陣驚喜——這時候下手才萬無一失。你不知道？讓她們感到一陣驚喜，驚喜到心花怒放，驚喜到心亂如麻，驚喜到羞人答答：這麼一位老爺居然會愛上一個像她這樣的黑不溜秋的女人。真太好啦，世界上現在有，將來也永遠會有奴才和老爺，因此永遠會有擦地板的女傭人，永遠有她的主人，要知道，為了享受人生樂趣，這是必不可少的！等一等……我說阿廖什卡，我一向都能使你已故的母親感到驚喜，不過這是另一類驚喜。我從來不跟她親親熱熱，可是一到節骨眼上——我就突然拼命巴結她，跪在地上，親吻她的腳，每次，每次都弄得她（這事我至今記得清清楚楚）發出一長串細碎的格格的笑聲，銀鈴似的，聲音不大，神經質的特別的笑聲。她就一個勁這麼傻笑。我知道，她一這樣，肯定犯病了，明天肯定會歇斯底里地大喊大叫，而現在這種細碎的笑聲絲毫也不表示高興，這雖然是假象，但畢竟是高興。這就是說，在一切方面都要有一種善於找到它的特點的本領！有一回，別利亞夫斯基——這裡的一名美男子和大財主，使勁兒追求她，開始時常常跑到我家來——突然在我家，而且當著她的面，給了我一記耳光。她這麼一個綿羊般的女人竟大光其火，我當時以爲，因爲這記耳光，她非揍扁了我不可，她說什麼：『你現在挨了打不是，挨了打不是，你挨了他一記耳光不是！你把我賣給他啦……他怎麼膽敢當著我的面打你！你從今以後休想靠近我，休想！立刻跑去，找他決鬥……』於是我就把她送進了修道院，讓她安靜下來，神父們給她一遍又一遍地念禱告。上帝作證，阿廖沙，我可從來沒欺負過我的瘋老婆！除非有一次，還在結婚的頭一年：她當時禱告得很起勁，尤其是紀念聖母的那幾個節日①，她齋戒沐浴，祈禱如儀，還讓我別纏著她，把我趕到書房裡去睡覺。我想，我非得把她腦子裡這一套裝神弄鬼的玩意兒打掉不可！於是我就對她說：『瞧，你瞧見了吧，這是你的聖母像，就是這張，現在我就敢摘下它來。你瞧呀，你以爲它能顯靈，可是我就敢當著你的面立刻向它吐唾沫，而且我這樣做準沒事！……』她一看見我真這麼做了，主啊，我想：現在她非打死我不可，可她僅僅跳起來，舉起兩手一拍，然後突然用兩手捂住臉，渾身發抖，栽倒在地板上……就這麼倒下了……阿廖沙，阿廖沙！你怎麼啦，你怎麼啦！」

老人嚇得跳了起來。阿廖沙從他一開始講他的母親起，臉色就逐漸開始變化。他的臉紅了，他的眼睛像著了火似的，嘴唇開始發抖……老傢伙喝醉了，唾沫橫飛，什麼也沒察覺，直到阿廖沙突然出現了一種十分奇怪的現象，就跟重複出現他方才說的那「瘋女人」的舉動一模一樣。阿廖沙突

---

① 指紀念聖母的幾個大節：聖母聖誕節（俄曆九月八日），聖母進堂節（俄曆十一月二十一日），聖母報喜節（俄曆三月二十五日）；聖母帡幪節（俄曆十月一日），聖母升天節（俄曆八月十五日）。

然從椅子上跳起來，就跟剛才說的他母親一樣，舉起兩手一拍，然後兩手捂住臉，栽倒在椅子上，突然渾身發抖，歇斯底里發作，忽然淚下如雨，泣不成聲。因爲同他母親的情形非常相像，使老人感到特別吃驚。

「伊萬，伊萬！快給他水。這跟她一樣，跟她，跟他母親一樣！用嘴朝他臉上噴水，過去我對她就是這麼做的。他這是因爲他母親，因爲他母親……」他向伊萬喃喃道。

「我想，他的母親不也就是我的母親嗎，您看呢？」伊萬突然怒不可遏而又異常輕蔑地猝然道。老人看到他兩眼噴出怒火，不由得打了個哆嗦。但是，這時又出現了一個很奇怪的情況，固然只有一秒鐘：老人似乎確實忘記了阿廖沙的母親也就是伊萬的母親……

「怎麼會是你的母親呢？」他莫名其妙地喃喃道。「你說這幹什麼？你說哪一個母親？……難道她……啊呀，見鬼！她不也是你的母親嗎！啊呀，見鬼！孩子，我還從來沒這麼糊塗過，對不起，我還以爲，伊萬……嘿嘿嘿！」他說到這裡打住了。一長串醉醺醺的、一半無意義的訕笑拉長了他的臉。驀地，就在這一刹那，過道屋裡發出了一片可怕的喧譁聲和吵鬧聲，傳來一迭連聲的狂呼亂叫，房門忽然洞開，德米特里・費奧多羅維奇闖進了客廳。老人嚇得一個箭步衝到伊萬跟前：

「他會殺死我的，他會殺死我的！別把我交給他！」他抓住伊萬・費奧多羅維奇的衣襟，叫道。

九、色狼

緊隨德米特里・費奧多羅維奇之後，格里戈里和斯梅爾佳科夫也跑進了客廳。他們倆在過道屋裡跟他打了起來，硬不放他進來（因爲幾天前費奧多爾・帕夫洛維奇曾親自下過指示）。格里戈里利用德米特里・費奧多羅維奇衝進客廳後立定片刻向四下張望的機會，繞過桌子，把對著客廳門的兩扇通往內室的房門關上了，他站在緊閉的房門前面，叉開兩手，準備誓死保衛這一入口，可以說，準備流盡最後一滴血。德米特里見狀，不是大喝一聲，而是似乎發出一聲尖叫，一個箭步向格里戈里撲了過去。

「原來她在裡邊！把她藏裡邊了！滾，混蛋！」他想把格里戈里拽到一邊去，但是格里戈里把他推開了。德米特里大怒，揮起拳頭使勁向格里戈里一拳打去。老人轟然倒地，德米特里則一個箭步，跨過他的身體，衝進了房門。斯梅爾佳科夫待在客廳裡，站在另一頭，臉色蒼白，渾身發抖，緊挨著費奧多爾・帕夫洛維奇。

「她進來了，」德米特里・費奧多羅維奇叫道，「剛才我親眼看見她拐了個彎，向這幢房子走來，不過我沒追上她。她在哪兒？她在哪兒？」

「她進來了！」這一聲喊，對費奧多爾・帕夫洛維奇起到了不可思議的作用。他心頭的整個恐懼不翼而飛。

「抓住他，抓住他！」他狂叫，並一個箭步，跟在德米特里・費奧多羅維奇後面緊追不捨。格里戈里這時已經從地上爬了起來，但似乎還有點迷迷糊糊。伊萬・費奧多羅維奇和阿廖沙也緊跟在父親之後跑了過去。在第三間屋子裡忽地傳來什麼東西摔倒在地板上，打得粉碎，發出叮叮噹噹的聲音：原來屋裡的大理石台座上放著的一隻玻璃大花瓶，德米特里・費奧多羅維奇跑過去時碰倒了。

「逮住他！」老人狂叫。「救命！」

伊萬・費奧多羅維奇和阿廖沙總算追上了老人，把他使勁拽回了客廳。

「追他做什麼呀！說不定他會當真殺了您的！」伊萬・費奧多羅維奇憤憤然衝父親叫道。

「萬涅奇卡，廖舍奇卡①，這麼說，她進來了，格魯申卡進來了，他說他親眼看見她跑進來了……」他上氣不接下氣。這次他沒料到格魯申卡會來，現在突然聽說她來了，這使他一下子失去了理智。他渾身發抖，跟發狂似的。

「您不是也看見她沒來嗎！」伊萬叫道。

「也許從另一扇門進來的呢？」

「那門不是鎖上了嗎，而且鑰匙還在您身邊……」

德米特里忽然又出現在客廳裡。他當然發現那門是鎖上的，而且鑰匙也的確裝在費奧多爾‧帕夫洛維奇的兜裡。所有房間裡的所有的窗戶也都關得嚴嚴實實；可見，格魯申卡既進不來，也出不去。

「抓住他！」費奧多爾‧帕夫洛維奇重又看見德米特里之後，立刻尖聲叫道，「他在裡邊臥室偷了我的錢！」他從伊萬身邊掙脫出來後又向德米特里撲去。但是德米特里舉起兩手，猛地揪住老人殘留在鬢角上的兩綹頭髮，使勁一拽，轟然一聲，把他拽倒在地。他還接連兩三次用鞋後跟往躺在地上的父親的臉上猛踹。老人發出刺耳的尖叫。伊萬‧費奧多羅維奇雖然沒有大哥德米特里有勁，還是用兩手抱住了他，把他使勁從老人身上拽開。阿廖沙力氣雖小，還是拼命幫助伊萬從前面抱住了大哥。

「瘋子，你把他踹死了！」伊萬喝道。

① 二者分別爲伊萬和阿廖沙的暱稱。

「他這是活該！」德米特里氣喘吁吁地嚷道。「沒踹死，我還來，非打死他不可。你們護著他也沒用！」

「德米特里！馬上離開這裡！」阿廖沙威嚴地喝道。

「阿列克謝！你告訴我，我就相信你一個人：她剛才有沒有來過這兒？我親眼看見她了，看見她剛才從一條小胡同裡出來，貼著籬笆，溜到這裡來了。我喊了她一聲，她就跑了……」

「我向你起誓，她沒到這裡來過，這裡壓根兒就沒人在等她！」

「但是我看見她了……那麼說，她……我馬上就能弄清楚她在哪兒……再見，阿列克謝！關於錢，現在就甭對伊索①提了，至於卡捷琳娜・伊萬諾芙娜，你一定要立刻去找她：『他讓我問你好，他讓我問你好，問你好！正是問你好，向你道別！』向她描述一下你剛才看到的情形。」

這時，伊萬和格里戈里已經把老人扶了起來，讓他坐在圈椅上。他臉上血肉模糊，但是神志清醒，他一直豎起耳朵聽著德米特里的叫嚷。他還始終認爲格魯申卡一定躲在他家的什麼地方。德米特里・費奧多羅維奇臨走時憎恨地瞪了他一眼。

「你流了血，我並不後悔！」他憤憤然說道，「留神，老東西，留神，別想得太美，因爲我是決不會善罷干休的！我也詛咒你，從今天起，咱倆徹底斷絕關係……」

他跑出了房間。

「她來了，她肯定來了！斯梅爾佳科夫，斯梅爾佳科夫！」老人勉強聽得見地嗄聲道，伸出一個指頭，叫斯梅爾佳科夫過去。

---

①伊索（公元前六世紀），希臘寓言家，以相貌醜陋著稱。此處指老卡拉馬助夫。

「說她沒來就是沒來嘛，您這老頭瘋了。」伊萬惡狠狠地衝他嚷道。「唉呀，他暈過去了！水，毛巾！快，斯梅爾佳科夫！」

斯梅爾佳科夫急忙跑去拿水。終於給老人脫去了衣服，把他抬進了臥室，讓他躺進了被窩。給他腦袋上敷上了濕毛巾。他喝了白蘭地，心情十分激動，又挨了打，已經有氣無力，他一碰到枕頭，霎時間一翻白眼，就昏睡了過去。伊萬・費奧多羅維奇和阿廖沙回到客廳。斯梅爾佳科夫把打碎的花瓶的碎片掃了出去，格里戈里則悶悶不樂地低頭站在桌旁。

「要不要給你的腦袋也敷上濕毛巾，你要不要也去躺會兒。」阿廖沙對格里戈里說。「我們在這裡看著他；大哥把你的……腦袋打得很重，非常疼。」

「他還對我真下得了手！」格里戈里悶悶不樂而又一字一句地說道。

「他對父親都『下得了手』，何況是你！」伊萬・費奧多羅維奇撇了撇嘴，說道。

「我給他在木盆裡洗過澡……他竟對我下得了這毒手。」格里戈里重複道。

「他媽的，要不是我把他拽開，他真會打死他也說不定。伊索經得起多大折騰？」伊萬・費奧多羅維奇對阿廖沙悄聲道。

「上帝保祐！」阿廖沙不勝感慨。

「幹什麼『保祐』他呀？」伊萬惡狠狠地撇了撇嘴，繼續用同樣的低語悄聲道。「一條毒蛇咬死另一條毒蛇，他倆全活該！」

阿廖沙打了個哆嗦。

「我自然不會讓他們鬧出凶殺案，就像剛才那樣。阿廖沙，你留這兒，我到院子裡走走；有點頭疼。」

阿廖沙走進臥室陪父親，他隔著屏風在他的床頭坐了大約一小時。老人突然睜開眼，默默地看著阿廖沙，看了很久，似乎在追憶和思考。驀地，他臉上現出異乎尋常的激動。

「阿廖沙，」他提心吊膽地悄聲道，「伊萬在哪？」

「在院子裡，他頭疼。他在給咱倆望風。」

「把鏡子遞給我，就是放那邊的那面小鏡子，給我拿過來！」

阿廖沙把放在五斗櫃上的一面折疊式的小圓鏡遞給了他。老人照了照鏡子：鼻子被踩腫了，腫得很厲害，腦門上，左眉毛上方，有一塊很大的深紅色瘀血。

「伊萬說什麼啦？阿廖沙，親愛的，你是我唯一的兒子，我怕伊萬；我更怕伊萬，超過怕他。只有你一個人我不怕……」

「也甭怕伊萬，伊萬在生氣，但是他會保護您的。」

「阿廖沙，那他呢？跑去找格魯申卡啦！親愛的天使，告訴我實話：方才格魯申卡來過沒有？」

「誰也沒看見她。那是騙人，她沒來過！」

「要知道，米季卡①想娶她，跟她結婚！」

「她不會嫁給他的。」

「不會嫁給他的，不會嫁給她的，不會嫁給他的，決不會嫁給他的，無論如何不會嫁給他的！……」老人高興得全身爲之精神一振，似乎這時再沒有比告訴他這話更使他開心的了。他興高采烈地一把抓住阿廖沙的手，把他的手緊貼在自己心口。甚至他的兩眼都閃出了淚花。「聖像，就是

---

① 德米特里的小名。

我方才說的那幀聖母像，你拿去吧，帶走吧。我也准許你再回修道院……我方才是開玩笑，你別生氣。頭疼，阿廖沙……廖沙，你就安慰安慰我這顆心吧，你就行行好，告訴我實話吧！」

「您說來說去還是那句話：她來過沒有？」阿廖沙傷心地說。

「不不不，我相信你，要不，這樣吧：你去找一趟格魯申卡，要不就想辦法見她一面；你快向她問個明白，越快越好，親眼判斷一下：她到底想跟誰，跟我還是跟他？啊？怎麼樣？能做到嗎？」

「我要是看到她，一定問。」阿廖沙無可奈何地咕噥道。

「不，她不會告訴你的，」老人打斷道，「她是個淘氣包。她會親吻你，說她想嫁給你。她是個騙子，她不要臉，不，你不能去找她，不行！」

「再說這也不好，爸，很不好。」

「方才他讓你去哪兒？他走的時候不是向你嚷嚷：『去一趟』嗎？」

「他讓我去找卡捷琳娜・伊萬諾芙娜。」

「拿錢？問她要錢？」

「不，不是去拿錢。」

「他沒有錢，身無分文。我說阿廖沙，我要躺一夜，仔細想想，你先走吧。能碰到她也說不定……不過明天一大早你一定要上我這兒來；一定。我明天要告訴你一句要緊的話；你來嗎？」

「一定來。」

「你來可要裝作你自己要來的，來看看我。別跟任何人說是我叫你來的。別跟伊萬提到一個字。」

「好。」

「再見，我的天使，你方才替我打抱不平，我一輩子忘不了。我明天有句要緊話要告訴你……

不過還要再想一想。」

「您現在感到身體怎麼樣？」

「明天，明天我就能下床走路了，身體棒極了，棒極了，棒極了！……」

阿廖沙穿過院子的時候，遇見二哥伊萬坐在大門口的長凳上：他坐在那兒，用鉛筆在他的筆記本裡記著什麼。阿廖沙告訴伊萬老人醒了，神志清醒，准許他回修道院去睡覺。

「阿廖沙，我將會很高興明天一大早能夠見到你。」伊萬欠起身子，和顏悅色地說道——這種和顏悅色甚至完全出乎阿廖沙的意外。

「明天我要到霍赫拉科娃家去。」阿廖沙回答道。「如果現在見不到卡捷琳娜・伊萬諾芙娜，明天再去也說不定……」

「那現在你快去找卡捷琳娜・伊萬諾芙娜吧！這是去『道別，道別』？」伊萬忽然微微一笑。阿廖沙很尷尬。

「他方才十分感慨地說的話，我好像全聽明白了，過去的事我也多少明白了一點。德米特里大概是請你去看她，並轉告她，他……嗯……嗯，總而言之，是『告別』，對嗎？」

「二哥！父親和德米特里鬧成這樣，會鬧出什麼結局來呢？」阿廖沙感嘆道。

「說不準。也許不了了之：一風吹。這女人是野獸。不管怎麼說吧，必須讓老頭子待在家裡，不讓德米特里進來。」

「二哥，請允許我再問一句：難道任何人在對待旁人的問題上都有權決定：他們當中誰值得活下去，誰不值得活下去嗎？」

「為什麼要扯到值得不值得的問題呢？人們在心裡決定這個問題時，常常不是根據他值得不值得，而是根據其他原因，自然得多的原因。至於說權利，那誰沒有權利希望做到他希望做到的事呢？」

「總不能希望別人死吧？」

「即使希望別人死又怎麼樣呢？既然大家都這樣過活，換一種活法，說不定他們又辦不到，那爲何要自欺欺人呢。你問這話大概是因爲我方才說過的一句話『兩條毒蛇將會互相撕咬』吧？既然如此，也讓我問你一句話：你是不是認爲我跟德米特里一樣也能給伊索放放血，嗯，殺死他呢，啊？」

「什麼呀，伊萬！我可從來沒想到這個！即使德米特里，我也不認爲……」

「謝謝你，哪怕就爲了這句話。」伊萬微微一笑。「要知道，我一定會永遠保護好他的。但是就我的願望說，對於這一點，我要保留我馳騁遐想的充分自由。明天再見。別對我求全責備，也別把我看成壞蛋。」他又微笑著加了一句。

他倆緊緊地握了握手，過去這是從來沒有過的。阿廖沙感到，這是二哥首先向他邁出了一步，他這樣做想達到什麼目的呢，肯定另有打算。

十、兩個女人在一起

阿廖沙走出父親家後，比剛才進門看父親的時候，更感到心力交瘁。他心裡也是千頭萬緒，亂糟糟的，與此同時，他又感到他害怕把這些千頭萬緒的想法理出個頭緒來，這天他經歷的種種矛盾太痛苦了，他也害怕從所有這些矛盾中得出一個總的看法來。阿廖沙在心中有一種近乎絕望的心理，這也是他過去從來不曾有過的。一個要命而又沒有解決的大問題像座大山一樣壓在一切之上：父親和大哥德米特里爲了這個可怕的女人，鬧到後來將會怎樣了局呢？他如今親眼目睹了一切。他親自參加了全過程，親眼看見他倆狹路相逢。話又說回來，最後成爲不幸者的，成爲一個徹底而又可怕的不幸者的只能是德米特里大哥：一場不可避免的不幸正在一旁守著他。還可能出現一些其他人，這一切也可能牽涉到他們，人數也許比阿廖沙過去所能感覺到的還要多得多。甚至還出現了某種謎一般的東西。二哥伊萬向他邁近了一步，這是阿廖沙過去求之不得的，但是現在他卻不知怎的感到，這一步接近使他恐懼。那麼那兩個女人又怎樣呢？說來奇怪：方才，他剛動身去找卡捷琳娜・伊萬諾芙娜的時候，感到自己的處境異常難堪，可現在卻一掃而空；相反，他自己也急煎煎地想去見她，彷彿想在她那裡找到啓示似的。可是話又說回來，要把大哥托他說的話轉告她，現在卻分明比方才更難辦了：三千盧布的事已無可挽回，德米特里大哥現在感到自己混帳透了，已經無藥可救，自然就會破碗破摔，乾脆墮落下去。再說德米特里大哥還讓他把剛才在父親那兒發生的一幕轉告卡捷琳娜・伊萬諾芙娜。

阿廖沙動身去找卡捷琳娜・伊萬諾芙娜已是傍晚七點，夜幕漸漸低垂的時候。卡捷琳娜・伊萬諾芙娜住在大馬路，佔了一幢很寬敞、很舒適的房子。阿廖沙知道，她跟兩位姨媽同住。其中一位其實只是她姐姐阿加菲婭・伊萬諾芙娜的姨媽；這是住在她父親家的一個寡言少語的女人，當她從貴族女子中學回家跟她們同住之後，這位姨媽就同她姐姐一起照料她的生活。另一位姨媽是一個頗有上流社會風度而又很神氣的莫斯科太太，雖然出身貧寒。聽說，她倆事事都聽卡捷琳娜・伊萬諾芙娜的，她倆陪她同住純粹是出於禮貌。至於卡捷琳娜・伊萬諾芙娜，她只聽命於她的恩人將軍夫人，將軍夫人因爲有病留在莫斯科了，因此她必須每周寫兩封信給將軍夫人，詳細報導自己的起居和其他情況。

當阿廖沙走進前廳，請給他開門的侍女進去通報他來了的時候，客廳裡的人顯然已經知道他來了（也許是從窗戶裡看見的），但是阿廖沙還是突然聽到一陣嘈雜的忙亂聲，可以聽到奔跑的女人的腳步聲和衣服的窸窣聲：也許有兩個或者三個女人跑出去了。阿廖沙覺得奇怪，他的來臨居然會掀起這麼大的騷動。但是，他還是被立刻領進了客廳。這是一個大房間，陳設精緻，家具齊全，完全不像外省的擺設。室內擺著許多大小沙發和沙發榻，以及大大小小的茶几；四面牆上掛著油畫，桌上陳設著花瓶和檯燈，有許多鮮花，甚至窗前還有一隻金魚缸。由於暮色蒼茫，屋裡顯得有點昏暗。阿廖沙看到顯然剛才有人坐過的長沙發上扔著一條綢披肩，沙發前的桌子上還放著兩杯沒喝完的可可茶、奶油餅乾和兩只水晶盤：一隻放著藍葡萄乾，另一隻放著糖果。剛才大概在招待客人。阿廖沙明白了，他正好碰上有客，他皺了皺眉頭。但是就在這時候門簾掀開了，卡捷琳娜・伊萬諾芙娜邁著快疾而又急促的步子走了進來，臉上掛著快樂的興高采烈的微笑，向阿廖沙伸出了兩手。就在這時候一名女僕拿進兩支點著的蠟燭，放在桌上。

「謝謝上帝，總算把您等來了。我整天禱告上帝，盼來盼去，就盼著您一個人！請坐。」

卡捷琳娜・伊萬諾芙娜的美貌過去就曾使阿廖沙驚嘆不已，那時，也就是三兩個星期前，因為卡捷琳娜・伊萬諾芙娜本人非常想見見他，德米特里大哥頭一回把他帶到她家裡來，介紹他倆認識。不過，那次見面，他倆沒有細談。卡捷琳娜・伊萬諾芙娜看到阿廖沙很害羞，似乎存心照顧他，所以那次她一直跟德米特里・費奧多羅維奇說話。阿廖沙一聲不吭，但卻看清楚了許多東西。使他吃驚的是，他看到這是一位很驕傲的姑娘，頤指氣使，既矜持而又放肆，還頗自信。而且這一切都彰明較著，毫無疑問。阿廖沙感到他並沒有誇大。他發現，她那又黑又亮的大眼睛很美，加上她那蒼白的，甚至有點灰黃的鵝蛋臉，顯得特別般配。但是她那雙眼睛，一如她那美麗的嘴唇一樣，其中有一種說不出來的東西，這東西可以使他大哥一見就著迷，但是這種癡迷卻不能持久。在這次拜訪之後，德米特里死乞白賴地纏著他，硬要他不要隱瞞，談談他看到他的未婚妻後有何感想——當時，他幾乎直言不諱地談了自己的看法。

「你跟她在一起將會是幸福的，但是，說不定……這將是一種騷動不安的幸福。」

「弟弟，你說得很有道理，一個人秉性難移，他們是不會安分守己、聽天由命的。那麼你以爲我不會永遠愛她嗎？」

「不，你也許會永遠愛她，但是，你跟她在一起不會永遠幸福也說不定……」

阿廖沙當時說了自己的意見後面紅耳赤，他對自己很惱火：居然聽從大哥的請求，說出了這樣「愚蠢」的看法。因爲他剛說出自己的意見，自己就立刻覺得這意見愚不可及。而且這麼自以爲是地發表對一個女人的看法，他也覺得心中有愧。因此現在他乍一看到向他迎面跑來的卡捷琳娜・伊萬諾芙娜時，就感到更驚訝了，該不是當時看錯了吧。這一回，她的臉煥發出一種毫不做作的淳樸而又善良、率直而又熱烈的真誠。從過去使阿廖沙感到十分驚訝的整個「矜持與傲慢」中，現在只看到一種既勇敢而又高尚的堅毅，以及某種明快而又強烈的自信。阿廖沙乍一看到她，剛聽她說頭幾句話就明白了，她如此熱愛的男人引起的她的處境的悲劇性，對於她根本就不是秘密，她也許全知道了，統統知道了。然而，儘管如此，她臉上仍舊充滿了光明，充滿了對未來的自信。阿廖沙在她面前突然感到自己犯了嚴重錯誤，而且是蓄意犯罪。他立刻被征服了，而且被她吸引住了。除了這一切以外，她一開口說話，他就發現她處在一種強烈的興奮狀態，也許這在她身上很不尋常——這興奮甚至近似一種狂喜。

「我所以迫不及待地等候您來，就因爲我現在只能從您一個人的嘴裡聽到全部真相——此外再沒有別人了！」

「我來了……」阿廖沙語無倫次地喃喃道，「我……他讓我來的……」

「啊，他讓您來的，我早料到啦。現在我全明白了，全明白了！」卡捷琳娜・伊萬諾芙娜叫道，眼睛突然發出了光。「等等，阿列克謝・費奧多羅維奇，我要先告訴您，我為什麼這樣迫不及待地等您來。您知道嗎，我也許比您自己知道得還多得多；我需要從您嘴裡聽到的不是消息。我需要從您嘴裡聽到的是這個：我需要知道的是您自己的、個人的對他的最後印象，我需要您最最直截了當地告訴我，不加修飾，甚至很粗糙（噢，多粗糙都行！）自從您今天同他見過面以後，現在您自己對他，對他的狀況是怎麼看的？這比我親自去找他談心說不定要好得多（他已不肯再來看我了）。您明白我希望您做什麼了嗎？他現在讓您來找我，要您做什麼呢（我早料到他會讓您來的！）您簡單明瞭地說，說說他最近的情況！……」

「他讓我向您……問好，他說他永遠不會再來看您了……可是向您問好。」

「問好？他是這麼說的嗎，他原話是這麼說的嗎？」

「是的。」

「也許是捎帶，無意之中，用錯詞了，說了不該說的話？」

「不，他正是這麼說的，他讓我向您『問好』。求了我三次，讓我不要忘了把這話轉告您。」

卡捷琳娜・伊萬諾芙娜的臉騰地紅了。

「阿列克謝・費奧多羅維奇，現在請您幫幫我的忙，我現在正需要您幫忙：我把我的想法告訴您，您只消對我說我這種想法對不對？聽我說，如果他讓您問我好是捎帶的，並沒有堅持非要您轉達這句話不可，並沒有強調這句話，那一切就完了……這事就吹了！但是，如果他特別堅持非要您向我問好不可，如果特意拜托您別忘了向我轉達這個問候——那由此可見，當時他很激動，有點反常也說不定，是不是？他拿定了主意，又害怕自己拿定的這個主意！他不是毅然決然地離開我的，而是從山上一個倒栽蔥摔下去的。強調這句話只能說明他是硬著頭皮逞強……」

「對，對！」阿廖沙熱烈地肯定道，「我現在也這麼認為。」

「既然這樣，那他還沒有完蛋。他不過陷於絕望之中，我還可以救他。您等一等：他有沒有告訴過您關於錢，關於三千盧布的事嗎？」

「他不僅告訴我了，而且最使他難過的也許就是這事。他說他現在已經人格喪盡，他現在已經一切都無所謂了。」阿廖沙熱烈地答道，他用他的整個心感覺到，他的心裡又開始充滿希望，他大哥當真有出路也說不定。「但是，您難道……知道這錢的事？」他加了一句，又突然打住了。

「早知道啦，知道得清清楚楚。我曾經打電報到莫斯科去問過，早知道錢沒有收到。他沒把錢郵出去，但是我沒吭聲。上星期我還打聽到，他需要錢，而且現在還需要，對此我只有一個目的：讓他知道，應當回到誰身邊去，誰是他最忠實的朋友。不，他不肯相信我是他最忠實的朋友，不願意了解我，他只把我看作一個女人。整整一星期，我都在痛苦地琢磨：怎樣才能使他不至於因為花了我的這三千盧布而羞於見我？也就是說，他儘管覺得愧對所有的人，愧對他自己，但是決不應當對我覺得羞愧。要知道，他可以向上帝說明一切而不覺得羞愧。為什麼他至今都不了解我可以為他承受一切呢？他為什麼，為什麼不了解我呢？在發生了過去的種種事情以後，他怎麼還敢不了解我呢？我要徹底挽救他。他盡可以忘掉我，忘掉我是他的未婚妻！可是他倒好，在我面前擔心起自己的人格來了，阿列克謝・費奧多羅維奇，他對您並不害怕開誠布公，不是嗎？可是為什麼至今我還沒資格得到同樣的東西呢？」

她說最後這幾句話時熱淚盈眶；眼淚奪眶而出。

「我還要告訴您一件剛才他跟父親發生的事。」阿廖沙也聲音發抖地說道。接著他就講了發生爭吵的全過程，講了大哥讓他去向父親要錢，他衝了進來，揍了父親，這以後他又特別而且堅決地再一次向他阿廖沙重申，讓他前來向她「問好」……「現在他去找那個女人了……」阿廖沙低聲加了一句。

「您以爲我肯定不待見這女人嗎？他以爲我肯定不待見她嗎？但是他不會娶她的，」她猛地神經質地大笑起來，「難道卡拉馬助夫家的人的慾火能夠永遠這樣燃燒下去嗎？這是一種慾火，而不是愛情。他不會娶她的，因爲她決不會嫁給他……」卡捷琳娜・伊萬諾芙娜又異樣地突然笑了。

「他會娶她也說不定。」

「告訴您吧，他不會娶她的！您知道嗎？這姑娘是天使！您應該知道這點！」卡捷琳娜・伊萬諾芙娜突然異常熱烈地說道。「她是一個非常奇妙而又離奇的女人！我知道她十分迷人，但是我也知道她十分善良、堅定和高尚。您爲什麼這麼看我，阿列克謝・費奧多羅維奇？也許，您對我說的話感到驚奇，也許，您不相信我剛才說的話？阿格拉費娜・亞歷山德羅芙娜①，我的天使！」她望著另一個房間，突然對什麼人叫道，「您過來一下，這是一個可愛的人，這是阿廖沙，他對咱倆的事全知道，您出來讓他見一見！」

「我在門簾後面就等著您叫我哩。」一個女人的聲音說道，這聲音既溫柔而又甜甜蜜蜜。門簾掀開了，於是……格魯申卡本人笑容滿面、開開心心地走到了桌旁。阿廖沙的心裡好像有什麼東西翻了個過兒似的。他的目光緊盯在她身上，眼睛簡直沒法離開。這就是她，那個可怕的女

①格魯申卡的大名和父稱。

人……「野獸」，正如半小時前二哥伊萬提到她時脫口所說的那樣。然而，站在他面前的似乎是個平平常常、最普通不過的女人——一個既善良又可愛的女人，就算她很漂亮吧，但是也跟所有其他一些雖然漂亮，但卻「平平常常」的女人一樣！誠然，她長得很好看，甚至十分好看——一種俄羅斯的美，一種讓許多人慾火攻心的美。這是一個身材相當高的女人，不過比起卡捷琳娜・伊萬諾芙娜來稍矮（卡捷琳娜・伊萬諾芙娜是個大高個兒）——長得很豐滿，她的一舉一動顯得那麼柔和，無聲無息，似乎嬌柔得達到一種特別甜蜜的程度，就像她說話的聲音一樣。她走近的時候也不像卡捷琳娜・伊萬諾芙娜那樣——步履矯健；相反，悄無聲息。根本聽不到她踩在地板上的腳步聲。她在圈椅上款款落座，輕柔地整了整她那華麗的黑色綢裙，發出輕微的窸窣聲，嬌柔地用她那貴重的黑色毛圍巾輕輕裹上她那白如凝脂的豐腴的脖頸和寬闊的肩膀。她芳齡二十又二，她的臉也恰好表現出這個年齡。她的臉長得很白，兩腮上一抹淡淡的紅暈，鮮豔奪目。她的臉長得似乎略寬，下巴甚至有點向前突出。上嘴唇很薄，下嘴唇又稍許突出，比上嘴唇厚了一倍，似乎腫了。但是她那十分美麗而又濃密的深褐色頭髮，深色的、紫貂一般的眉毛，加上非常好看的灰藍色眼睛，配上長長的睫毛，一定會促使一個最粗心大意和最心不在焉的男人，甚至在人群中，在散步時，在人頭攢動中，一旦看到這張臉便會身不由己地停下來，久久難忘。使阿廖沙吃驚的是這張臉上那孩子般淳樸無邪的表情。她像孩子般看人，像孩子般對什麼事感到歡天喜地，她走到桌旁時正是「歡天喜地」，像孩子般迫不及待地、既信任而又好奇地在等待著立刻會出現什麼有趣的事情似的。她的目光使人看了感到心花怒放——阿廖沙感到了這點。她身上還有一些他說不清道不明的東西，但是這東西也許已經不知不覺地對他產生了影響，但究竟是什麼呢？他感覺到的只是她的動作的輕柔，以及她的一舉一動像貓一樣無聲無息。然而，話又說回來，這又是一個強壯、豐滿的肉體。圍巾下隱約可見她那豐滿、寬闊的雙肩，高高的、還十分富有彈性的胸部。這身體也許很有希望變成米洛斯的維納斯①般的體形，雖然現在的比例肯定已經略嫌大了些——這是可以預感到的。研究俄羅斯女性美的行家們，看見格魯申卡的模樣，就能正確無誤地預言，這一嬌豔欲滴、還很年輕的美，到了三十歲，就會失去和諧，變得臃腫，臉上的皮膚也會變得鬆弛，眼角和前額也會異常迅速地出現一縷縷小小的皺紋，臉會變得粗糙，也許會發紫——總而言之，這是曇花一現的美，轉瞬即逝的美，正是在俄羅斯女人身上能夠十分經常地遇到這種美。阿廖沙當然沒有想到這些，但是他雖然看入了迷，畢竟有一種令他不快的感覺，他彷彿在惋惜地自問：她說起話來幹什麼拖長了聲音，難道不能說得自然些嗎？她這樣做，顯然以爲拿腔拿調使發音和吐字顯得十分甜蜜，一定很美。這當然不過是一種追求不良風度的不良習慣，足見她教養之低，以及從小養成的對於體面文雅的庸俗理解。不過話又說回來，這種發音和這種說話腔調，在阿廖沙看來，跟這種孩子般淳樸無邪而又歡天喜地的臉部表情，跟這種嬰孩般安靜、幸福的目光，簡直是一種不可思議的矛盾。卡捷琳娜・伊萬諾芙娜立刻讓她坐在阿廖沙對面的沙發上，興高采烈地吻了吻她那含笑的嘴唇，而且接連吻了好幾次。她簡直好像愛上她了。

「我們倆是頭一次見面，阿列克謝・費奧多羅維奇，」她不勝陶醉地說道，「我想了解她，看看她，想到她府上去拜訪她，但是她一聽說我想見她就自己跑來了。我早知道我們在一起就能解決一切，一切就會迎刃而解！我的心有這樣的預感……有人勸我不要走這步棋，但是我預感到這是一條擺脫困境的出路，而且我果然沒弄錯。格魯申卡向我說明瞭一切，說明了她自己的全部打算；她就像一位好心的天使從天而降，帶來了平靜和歡樂……」

① 米洛斯的維納斯，即我們常見的斷臂的維納斯雕像，因於米洛斯島出土而得名，現藏法國羅浮宮。

「是您不嫌棄我，親愛的好小姐。」格魯申卡像唱歌似的拉長了聲音說道，臉上仍舊掛著那種可愛的、快樂的微笑。

「不許您對我說這種話，您這迷人的小妖精！我怎麼會嫌棄您呢？我要再親一次您的下嘴唇。你這嘴唇好像腫了似的，那就讓它腫得更厲害吧，偏要親，偏要……阿列克謝・費奧多羅維奇，您看她笑得多開心，看著這天使，就會令人心花怒放……」阿廖沙紅著臉，渾身在看不見地微微發抖。

「您在寵我，親愛的小姐，也許，我壓根兒不配受到您的愛。」

「不配，她竟不配！」卡捷琳娜・伊萬諾芙娜又同樣熱烈地叫道，「要知道，阿列克謝・費奧多羅維奇，我們的頭腦充滿了幻想，我們的心非但任性，而且非常高傲！阿列克謝・費奧多羅維奇，我們高尚，我們寬容，您知道這個嗎？我們只是不幸。我們隨隨便便就心甘情願地為一個也許不值得你相信，或者行為輕浮的男人作出任何犧牲。從前有個人，這人也是軍官，我們愛上了他，我們把一切都給了他，這是很久以前，五年以前的事了，他卻把我們忘了，娶了別人。現在他的妻子死了，他寫信來說他要到這裡來——要知道，我們只愛他一個人，至今只愛他一個人，一輩子都愛他！他一旦來了，格魯申卡又會變得很幸福了，而過去這五年她一直很不幸。但是誰會責怪她呢，誰能自誇得到了她的青睞呢！只有一個瘸腿老頭，一個商人，但是他無寧說是我們的父親，我們的朋友，我們的呵護人。他碰見我們的時候，我們正走投無路，正處在被我們所愛的人遺棄的痛苦中……要知道，她當時想跳河自殺，是那個老頭救了她，救了她呀！」

「親愛的小姐，您太護著我了，您幹什麼事都那麼心急。」格魯申卡又拉長了聲音說道。

「護著您？我們配護著您嗎，再說我們敢在這件事情上護著您嗎？格魯申卡，我的天使，把您的手伸給我，您瞧這胖乎乎的小手多美呀，阿列克謝・費奧多羅維奇；您看見這小手了嗎，這只小手給我帶來了幸福，使我復活了，我現在要好好地親親它，從上面開始親，一直親到手心，就親，就親，偏親！」於是她連續三次，彷彿陶醉了似的，親了又親格魯申卡那只的確非常美麗，也許太胖了點的小手。格魯申卡則伸出自己的纖纖玉手，注視著「親愛的小姐」，發出神經質的、清脆而又美麗的笑聲，有人這麼親她的手，她大概覺得很開心。「也許，高興得過了頭吧！」這想法在阿廖沙的腦子裡倏忽閃過。他臉紅了。在這段時間裡，他心裡一直特別不安。

「親愛的小姐，您當著阿列克謝・費奧多羅維奇的面這麼親我的手，真把我臊死了。」

「難道我親您是想讓您害臊嗎？」卡捷琳娜・伊萬諾芙娜有點奇怪地問道，「啊呀，親愛的，您太不了解我啦！」

「親愛的小姐，您大概也沒完全了解我，我也許比您從外表看到的情形要壞得多。我心壞，我任性。當時，我所以要勾引可憐的德米特里・費奧多羅維奇，僅僅是爲了嘲笑他。」

「但是，要知道，現在也是您救了他。您作過保證。您要開導他，要向他公開，您愛的是別人，而且早愛上他了，也就是現在向您求婚的那個人……」

「啊，不，我沒有向您作過這個保證。這話統統是您對我說的，我可沒有保證呀。」

「那麼，我沒有正確理解您的意思了，」卡捷琳娜・伊萬諾芙娜低聲說，她的臉似乎有點發白，「您答應過……」

「啊，不，我的天使，我的小姐，我對您什麼也沒有答應過。」格魯申卡依舊帶著愉快而又天真的表情，不慌不忙地低聲打斷她的話道。「現在看得出來，好小姐，我在您面前有多麼壞，又多麼專斷。我想幹什麼就非這麼幹不可。方才，我答應過您什麼也說不定，可現在我又想：說不定我又喜歡起他來了呢，我是說米佳——既然我曾經非常喜歡過他，甚至喜歡了幾乎整整一小時。說不定我會立刻去找他，並對他說：從今天起，您就留在我身邊吧……瞧，我這人多麼反覆無常呀……」

「您方才……完全不是這樣說的呀……」卡捷琳娜・伊萬諾芙娜好不容易才說道。

「啊。方才！要知道，我這人心腸軟，我這人也渾。只要想想，他爲了我受了多大的罪呀！說不定我回到家後，會覺得他可憐的，那時候怎麼辦呢？」

「我沒料到……」

「唉呀，小姐，您在我面前是多麼善良，多麼高尙呀。因爲我這脾氣，您現在也許要不喜歡我這樣的混帳東西了。我的天使，我的小姐，請把您那可愛的小手給我，」她溫柔地說，然後似乎十分崇敬地拿起了卡捷琳娜・伊萬諾芙娜的手。「親愛的小姐，現在我要拿起您的小手，像您吻我的一樣親吻您了。您親了我三次，因此我要親吻您三百次才能還清。那就這麼辦吧，以後聽憑上帝安排，也許我會完完全全成爲您的奴隸的，並在一切方面情願像奴隸一樣對您百依百順。聽憑上帝安排，乾脆這麼辦，我們彼此也用不著任何約定和許諾了。小手，您的小手真可愛，多可愛的小手呀！您是一位可愛的小姐，您是我的美得不能再美的大美人兒！」

她說罷便把這隻手輕輕地舉到唇邊，不錯，抱著奇怪的目的：用親吻來「還帳」。卡捷琳娜・伊萬諾芙娜沒把手抽回來：她抱著一絲膽怯的希望聽完了格魯申卡最後的、雖然表達得叫人十分納悶的許諾：她將「奴隸般地」對她百依百順；她緊張地注視著她的眼睛：她在這眼睛裡看到的仍舊是那種既淳樸又信任的表情，仍舊是那種開朗的歡天喜地……「她太天真了也說不定！」卡捷琳娜・伊萬諾芙娜的心裡閃過一線希望。這時，格魯申卡卻似乎在欣賞「這隻可愛的小手」，慢慢把它舉到自己唇邊。但是在貼近唇邊的時候，她突然抓住這隻手停了兩三秒鐘，似乎在考慮什麼。

「您聽我說，我的天使，我的小姐，」她突然拉長了腔調用最溫柔、最甜蜜的聲音說道，「您聽我說，我又突然不想親您的手了。」她說罷又十分開心地咯咯地笑了起來。

「隨您便……您倒是怎麼啦？」卡捷琳娜·伊萬諾芙娜忽然打了個哆嗦。

「就這樣吧，給您留個紀念：您親了我的手，我沒親您的。」她的眼睛裡驀地有什麼東西一閃。她十分注意地看著卡捷琳娜·伊萬諾芙娜。

「死不要臉！」卡捷琳娜·伊萬諾芙娜突然說道，似乎忽然明白了什麼，她滿臉緋紅，從座位上跳了起來。格魯申卡也款款起立。

「一忽兒我就告訴米佳，您怎麼親我的手，可我壓根兒沒親您的。他肯定會笑死的！」

「混帳，滾！」

「啊呀，多可恥呀，小姐，啊呀，多可恥呀，說這樣的話多下流呀，親愛的小姐。」

「滾，臭婊子！」卡捷琳娜·伊萬諾芙娜吼道。在她完全扭曲的臉上每根線條都在發抖。

「可不是臭婊子嗎。一個大姑娘家的，天都黑了，還跑去向一個男人家要錢，送上門去出賣色相，這種事我也知道嘛。」

卡捷琳娜·伊萬諾芙娜大叫一聲，縱身向她撲去，但是被阿廖沙使勁兒拽住了。

「一步別動，一句話也別說，什麼也別回答，她會走的，馬上就會走的！」

這時卡捷琳娜·伊萬諾芙娜的兩位姨媽，聽到叫聲也跑進了房間，侍女也跑了進來。大家都向她奔去。

「我這就走。」格魯申卡從沙發上拿起披肩，說道。「阿廖沙，親愛的，請你送送我！」

「您走吧，快走吧！」阿廖沙向她拱手作揖，一再央求她。

「親愛的阿廖申卡①，送送我！路上，我要告訴你一句非常動聽的話！阿廖申卡。剛才我是爲了你才故意使她難堪的。送送我吧，寶貝兒，以後你肯定會喜歡我的。」

阿廖沙絞著手，轉過了身子。格魯申卡清脆地咯咯笑著，跑出了屋子。

卡捷琳娜・伊萬諾芙娜犯病了。她嚎啕大哭，一陣陣抽搐把她憋得喘不過氣來。大家都圍著她忙作一團。

「我早就警告過您，」大姨媽對她說道，「我不讓您這麼做……您太心急了嘛……難道可以走這步棋嗎！您不知道這幫賤貨，人家說，就數這女人最壞了……不，您太任性啦！」

「這是只雌老虎！」卡捷琳娜・伊萬諾芙娜吼道。「您幹什麼攔著我，阿列克謝・費奧多羅維奇，我真想狠狠地揍她一頓，揍扁了她！」

她在阿廖沙面前沒法控制自己，不過她不想控制也說不定。

「應當用鞭子抽她，讓她上斷頭台，讓劊子手砍下她的腦袋，斬首示眾……」

阿廖沙退到房門口。

「但是，上帝呀！」卡捷琳娜・伊萬諾芙娜舉起兩手一拍，霍地叫道，「原來是他！他竟能這麼不講人格，這麼不通人性！關於那天，關於那個要命的、應該永遠受到詛咒的一天發生的事，不就是他告訴這賤貨的嗎！『您去出賣色相了，親愛的小姐！』她居然知道這事！您大哥真卑鄙，阿列克謝・費奧多羅維奇！」

阿廖沙想說什麼，但是他又無言以對。他的心痛苦得在不斷收緊。

① 阿列克謝的小名。

「您走吧，阿列克謝・費奧多羅維奇！我覺得可恥，我覺得可怕！明天……我雙膝下跪地求您了，您明天再來吧。請別見怪，對不起，我不知道我還會對您做出什麼事來！」

阿廖沙彷彿跌跌撞撞地走到大街上。他也想與她同聲一哭。突然，一名女僕追上了他。

「小姐忘了把霍赫拉科娃太太的信交給您了，這信從晌午起就放在小姐這兒了。」

阿廖沙機械地接過一個小小的粉紅色信封，近乎無意識地把它塞進了口袋。

十一、又一個人名譽掃地

從城裡到修道院頂多一俄里多一點。阿廖沙急急忙忙地沿著一條這時很少有人走的路走去。天幾乎已經黑了，三十步以外已經看不清東西了。半道上有個十字路口。路口有株孤零零的爆竹柳，樹下遠遠地看去有個人影。阿廖沙則走到路口，那個黑影就一個箭步向他撲來，一聲斷喝：

「留下買路錢，不然要你的命！」

「是你呀，米佳！」阿廖沙打了個哆嗦，然而又非常驚奇地問道。

「哈哈哈！你沒料到吧？我想：在哪等你呢？在她家附近？從那兒出來有三條道，我可能一疏忽就把你錯過去的。終於想到在這兒等你，因爲這是必經之地，上修道院沒有別的路。好了，請你把真實情況告訴我吧，把我像只蟑螂一樣一腳踩死吧……你倒是怎麼啦？」

「沒什麼，大哥……我這是嚇的。唉，德米特里！方才父親流的這血。」阿廖沙哭了，他早想哭，現在他心裡就好像有什麼東西突然爆發了出來。「你差點沒把他打死……還詛咒了他……可是現在……眼下……你卻在開玩笑……留下買路錢，不然要你的命！」

「啊，那又怎麼啦？難道不成體統？不符合規定？」

「那倒不是……我隨便說說……」

「等等。你瞧這夜色：你看見了吧，多麼陰暗的夜，烏雲四合，刮起了多大的風！我躲在這裡的爆竹柳下，在等你，我突然想（真的，上帝作證！）：爲什麼還要這樣苦度歲月，還等什麼呢？這裡有柳樹，有手帕，有襯衫，馬上可以搓根繩子，再加上這兩根背帶——何不讓這世界少個累贅，何不讓我這個下流胚不再給世人丟人現眼呢！就在這時候我聽見你來了——主啊，好像有什麼東西突然從天而降：這麼說，畢竟還有一個我所愛的人，要知道，這就是他，這就是那個好人，我親愛的三弟，這世上我最最愛的就是他，他是我唯一愛的人！我是那麼地愛你，在這一刻，我是多麼地愛你啊，因此我想：讓我馬上撲過去摟住他的脖子！這時又突然來了個愚蠢的念頭：『讓他樂一樂，嚇唬嚇唬他。』因此我就像個傻瓜似的大叫：『留下買路錢！』請原諒我犯傻——這不過是扯淡，可是我心裡……還是正兒八經的……好了，真見鬼，你還是說說那兒的情形吧？她說什麼啦？任憑刀劈斧鋸，別可憐我！她氣病了？」

「不，不是那麼回事——那裡根本不是那麼回事，米佳。那裡……剛才在那裡我碰到了她倆。」

「什麼她倆？」

「在卡捷琳娜．伊萬諾芙娜家碰到了格魯申卡。」

德米特里．費奧多羅維奇頓時呆若木雞。

「不可能！」他叫道，「你在說胡話！格魯申卡到她家去了？」

阿廖沙把他進去找卡捷琳娜．伊萬諾芙娜起，所發生的一切，原原本本地都說了。他說了約莫十分鐘，不能說他說得很流利和很有條理，但是似乎說得很清楚，抓住了最主要的話和最主要的舉動，同時又鮮明地表露了（常常只用一言半語）自己當時的感受。德米特里大哥默默地聽著，瞪大了兩眼，嚇人地緊盯著他，但是阿廖沙心裡明白，他已經全聽懂了，領會了整個事實。但是，隨著故事的進展，他的臉不但越來越陰沉，而且似乎越來越可怕了。他皺緊眉頭，咬緊牙齒，他那凝視的目光變得更加一動不動，更加咄咄逼人，也更加可怕了……更加出人意料的是，他那本來怒氣沖沖、凶相畢露的臉一下子全變了，其速度之快令人覺得不可思議，咬緊的牙齒也鬆開了，接著德米特里・費奧多羅維奇便突然哈哈大笑起來，笑得前仰後合，毫無做作的成分。他簡直被笑聲所淹沒，甚至很長時間笑得都說不出話來了。

「到底還是沒親她的手！到底還是沒親她的手就跑掉！」他叫道，處在一種病態的狂喜中——如果這狂喜不是毫無做作的成分的話，甚至可以說是處在一種無恥的狂喜中。「那麼她大叫，罵她是雌老虎！真是隻雌老虎！應當把她送到斷頭台去？對，對，應當，應當，我也是這意見。應當，早應當這麼辦了！你知道嗎，三弟，即使上斷頭台，也應當先讓她恢複健康呀。我明白，真是個無恥之尤，她這人全表現在這裡了，全表現在是不是吻手這件事情上了，真是個潑婦！這是世界上可以想像得出來的潑婦之王。就某方面說，幹得還真痛快！那麼她跑回家啦？我這就……啊……我這就去找她！阿廖什卡，別責怪我，要知道，我是同意的，掐死她還是輕的……」

「可是卡捷琳娜・伊萬諾芙娜呢！」阿廖沙悲傷地叫道。

「我也看透了她，整個兒看透了，而且從來沒有像今天這樣看得一清二楚！這簡直是一大發明，等於是發現世界的四方，應當說五方①！竟出此下策！這樣才是那個貴族女子中學學生卡堅卡的本

---

① 德米特里把「四方」（東西南北）和「五大洲」（歐、亞、非、美、澳）中的「方」和「洲」字說混了。

色，她爲了救父親，出於捨己爲人的想法，竟不怕冒著被可怕地侮辱的危險，跑去見一個荒唐、粗野的軍官！真是驕傲無比，情願冒險，敢於向命運挑戰，敢於橫下一條心，鋌而走險！你說，那位姨媽曾經勸阻過她？要知道，這位姨媽一向我行我素，要知道，她就是那位莫斯科將軍夫人的親姐，過去鼻子翹得比她還高，可是她丈夫被揭發盜用公款，於是失去了一切，失去了領地和其他一切，於是驕傲的夫人突然變得低聲下氣了，並且從此一蹶不振。那麼說她勸阻過卡佳，而卡佳偏不聽。說什麼：『我能戰勝一切，一切都得聽命於我；只要我願意，也能使格魯申卡著魔，然而她過於自信了，自以爲了不起，能賴誰呢？你以爲，她心存詭祕，故意第一個親格魯申卡的手嗎？不，她倒是真心，她倒是當真愛上了格魯申卡，也可以說不是愛上了格魯申卡，而是愛上了自己的夢囈，因爲這也是**我的**幻想，**我的**夢囈！親愛的阿廖沙，你當時是怎麼離開她們，離開這幫人逃之夭夭的呢？撩起修士服拔腿飛跑，是嗎？哈哈哈！」

「大哥，你大概沒注意到你把那天的事告訴了格魯申卡，你是多麼傷了卡捷琳娜・伊萬諾芙娜的心啊，當時格魯申卡就立刻回敬她，說您自己『偷偷跑去向一個男人出賣色相！』大哥，難道還有比這更叫人惱火的嗎？」阿廖沙感到最痛苦的是大哥對卡捷琳娜・伊萬諾芙娜受到侮辱似乎感到很開心，雖然這分明是不可能的。

「啊呀！」德米特里・費奧多羅維奇突然緊鎖雙眉，用手掌拍了一下自己的腦門。他現在才注意到這事，雖然阿廖沙方才全說了，既說了卡捷琳娜・伊萬諾芙娜十分傷心，又說了她喊「您大哥真卑鄙！」。「是的，正如卡佳所說，關於那『要命的一天，』也許我當真告訴過格魯申卡也說不定。是的，沒錯，我告訴過她，我記起來了！這還是在那時候，在莫克羅耶，我喝醉了，一群茨岡女人在唱歌……但是，要知道，我在嚎啕大哭，當時我痛哭流涕，我跪在地上，我在向我心中卡佳的形象祈禱，格魯申卡是明白我的意思的。她當時全明白，我記得她也哭了……啊，見鬼！現在還會是另一種樣子嗎？當時她哭，可現在……現在卻『當胸一刀』！娘們都這樣。」

他低下頭，陷入沉思。

「是的，我真卑鄙！卑鄙透了！」他突然用陰沉的聲音說道。「不管我是不是哭過，反正我卑鄙透了！請您告訴她，我認爲她罵得好，如果這能夠使她消消氣的話。好了，夠啦，再見，還胡扯什麼！沒有讓人開心的事。你走你的路，我走我的道。而且我再也不想見到你了，直到命歸黃泉的最後那一刻。別了，阿列克謝！」他緊緊握住阿廖沙的手，然後仍舊低著眼睛，不肯抬頭，彷彿猛地掙脫似的，大步流星地向城裡走去。阿廖沙望著他的背影，不相信他會這樣永遠地走了。

「等等，阿列克謝，我還要招供一件事，就向你一個人招供！」德米特里·費奧多羅維奇又突然走回來。「你看著我，仔細看著我：要知道，就在這裡，就在這裡——正在醞釀著一件可怕的奇恥大辱。（德米特里·費奧多羅維奇在說『就在這裡』的時候，用拳頭猛捶自己的胸脯，他的神態是那麼古怪，彷彿這奇恥大辱就掛在和保存在他的胸脯上，藏在某個地方，也許藏在口袋裡，或者縫在什麼東西裡，掛在他的脖子上似的。）你已經知道我是什麼人了：卑鄙透頂的混蛋，公認的混蛋！但是你要知道，無論過去、現在和將來，我要做和將要做的任何事——任何事，任何事，就卑劣程度而言都無法跟我現在，跟我此時此刻藏在這裡，藏在胸脯上的奇恥大辱的事相比，這事正在醞釀，正在付諸行動，這事我完全能夠制止它，既能制止它，也能促使其實現，你要注意到這點！因此，要知道，我會促使其實現，而不是阻止其實現。我方才已經把什麼都告訴你了，就這件事沒告訴你，因爲我還沒有糊塗到把這種事都說出來的程度！我還可以就此罷手；一旦罷手，我明天就能把丟失的廉恥的那一半統統找回來，但是我決不罷手，我一定要實現我的卑鄙的圖謀，以後你可以做我的見證，說我預先就把這事告訴了你，是明知故犯！毀滅與黑暗。沒有必要解釋，到時候你就知道了。令人掩鼻的胡同和惡魔般的潑婦！別了。別爲我禱告，我不配，再說也毫無必要，毫無必要……我根本不需要！我走了！……」

他說罷便掉頭而去，這回是徹底地走了。阿廖沙也向修道院走去。「我怎麼會，我怎麼會永遠見不到他呢，他說什麼呀？」他覺得這話說得很古怪，「我明天非見到他不可，我要到處找他，他說什麼呀！……」

他繞過修道院，穿過松樹林，直接向隱修區走去。雖然這時已經誰也不讓進去了，那裡還是給他開了門。當他走進長老的修道室時，他的心在發抖：「他爲什麼，爲什麼要出去呢，爲什麼他要他『還俗』呢？這裡是一片寧靜，這裡是一方聖土，而那邊是一片騷擾和黑暗，一個人在黑暗中是會迷失方向和誤入歧途的……」

在修道室裡的，有見習修士波爾菲裡和修士司祭派西神父。派西神父今天一整天每隔一小時就來了解一下佐西馬神父的病情。阿廖沙驚恐地得知，佐西馬神父的病情越來越惡化了。甚至每天晚上都要舉行的與修士們的談話也未能舉行。平常，每到晚上做完祈禱，在即將就寢之前，修道院的修士們就聚集到長老的修道室，每人都向他當眾懺悔自己這天所犯的罪孽、有罪的幻想、念頭和誘惑，甚至相互間的爭執，如果發生過這樣的爭執的話。有些人還跪著懺悔。長老則替他們消解、調停、開導、准予悔過自新，給予祝福，然後讓他們回去。那些反對長老制的人出面反對的也正是這種集體「懺悔」，說：懺悔是一種聖禮，這是對聖禮的褻瀆，近乎瀆神，雖然這完全是風馬牛。他們甚至告到教區主管，說這樣的懺悔不僅達不到好的目的，甚至會有意當真把人引向犯罪和誘惑。有人說，許多修士把到長老那兒去引以爲苦，是迫不得已才去的，因爲大家都去，不去人家會認爲他們矜誇和有離經叛道之嫌。有人還說，有些修士去夜間懺悔之前就彼此商量好了，說什麼「我說，早上我曾對你發脾氣，你就證實我的話沒錯」——這是爲了有話可說，借以搪塞。阿廖沙知道，有時倒也的確是這樣。他也知道師兄弟中有些人很氣憤，因爲隱修士們收到的家書，按照慣例，也要先拿給長老，收信人還沒拆看，先要讓他看。自然，原來的設想是：這一切應當是自覺自願的，出於真心，爲了能夠謙下自律和接受上師的開示，但事實上有時做得非常沒有誠心，甚至適得其反，虛與委蛇，弄虛作假。但是較爲年長和富有經驗的修士卻堅持要這樣，認爲「誰真心真意地走進這四堵牆裡修煉，那長老規定的所有這些修持和功德，對於他們，無疑會有益於修煉，必定會給他們帶來很大的好處；相反，如果有人引以爲苦，牢騷滿腹，那這種人等於已經不是修士了，大可不必出家進修道院，這種人塵緣未盡，應當在世俗中了此塵緣。不僅在塵世中逃避不了罪孽和魔鬼，甚至身在教堂也不能倖免，因此，對於罪孽，決不可縱容姑息。」

「他虛脫了，總是貪睡。」派西神父給阿廖沙畫了個十字，悄聲道。「叫都叫不醒。其實倒也無須叫醒他。剛才他醒了四五分鐘，讓我們把他的祝福帶給諸位師兄弟，同時請他們替他做晚禱。明天一早，他還打算再領一次聖餐。阿列克謝，他提到你了，問你走了沒有，有人回答說你進城了，『是我讓他到那裡去的；他的位置在那裡，暫時不在這裡』——這就是他提到你時說的話。他每次提到你都充滿了愛和關切，你明白你承受了多大的關注嗎？不過，他怎麼會看到你塵緣未盡，應有一段時間暫時還俗呢？這說明，他一定預見到你命運中的什麼了！你要明白，阿列克謝，即使你還俗了，也應當把這看作是長老派給你的任務，而不是去醉生夢死，追求塵世的浮華……」

派西神父出去了。長老即將圓寂，這對阿廖沙是沒有疑問的，雖然他還能再活一天或者兩天。阿廖沙堅決而又熱烈地決定，儘管他許過願明天一定要去看父親、霍赫拉科娃母女、大哥和卡捷琳娜・伊萬諾芙娜，但是他明天一定不走出修道院一步，一定留在長老身邊，直到他圓寂。他的心燃燒著愛，他痛苦地責備自己，剛才在城裡居然一刹那間甚至忘記了留在修道院裡他在這世上最最尊敬的即將圓寂的師父。他走進長老的臥室，雙膝下跪，向睡在床上的長老磕了個頭。長老靜靜地、一動不動地睡著了，呼吸均勻，幾乎聽不出來。臉色安詳。

阿廖沙退出去，回到另一個房間（也就是清早長老接待客人的那個房間），只脫了靴子，幾乎和衣躺到那張又硬又窄的皮沙發上——他一向就睡在這張皮沙發上，時間已經很久了，而且每夜都睡在這兒，只隨身拿來了個枕頭。至於不久前他父親嚷嚷的那床墊，他已經很久都忘了鋪它了。他只脫下自己那身修士服，把衣服權當被子蓋在身上。但是臨睡前，他又翻身下跪，禱告了很長時間，他在自己的熱烈的禱告中，並不請求上帝向他說明他內心的騷亂，而僅僅渴望得到一種歡悅的感動，過去，每當他贊頌過上帝後，這種感動就會降臨他的心田，而贊頌上帝則是他就寢前舉行例行的祈禱的全部內容。降臨到他心田的這種歡悅，便引導他漸漸進入輕鬆而又平靜的夢鄉。現在他正在這麼祈禱的時候，突然碰巧摸到他口袋裡的那個小小的粉紅色信封，也就是卡捷琳娜・伊萬諾芙娜的女僕追上他後交給他的那個信封。他感到一陣心慌，但還是做完了祈禱。然後在稍許動搖之後，打開了信封。裡面是寫給他的一封短信，署名麗莎①，即今天早晨當著長老的面使勁取笑他的霍赫拉科娃太太的那位年輕的女兒。

阿列克謝・費奧多羅維奇，她寫道，我瞞著大家，也瞞著媽媽給您寫這封信，我知道這很

---

① 法語：Lise。

不好。但是，如果我不把心裡的話告訴您，我沒法活下去，而這話除了您我兩人以外暫時不能讓任何人知道。但是我怎麼告訴您我非常想告訴您的話呢？有人說，紙不會臉紅，我敢向您保證，這不是眞的，因爲它也像我現在一樣羞得滿臉通紅。親愛的阿廖沙，我愛您，從小就愛您了，還在莫斯科的時候就愛您了（那時候您完全不像現在這樣），而且我會一輩子愛您。我的心選中了您，我要同您結合在一起，白頭偕老，生死相戀。當然有個條件，就是必須等您離開修道院之後。因爲我們年齡還小，我們可以等待，一直等到法律規定的年齡。到那時候，我的病一定全好了，我又能走路和跳舞了。這是無須多說的。

您看，我考慮得多周到，只有一件事我想不出來：您讀了我這封信以後會對我怎麼想？我一向愛笑，愛淘氣，今天我惹您生氣了，但是請您相信，現在，在我拿起筆來寫信以前，我向聖母像禱告了，而且現在還在禱告，差點沒哭。

我的秘密全捏在您手心裡了；明天您來的時候，我眞不知道該怎麼抬頭見您。啊，阿列克謝·費奧多羅維奇，要是我瞧著您那模樣，又忍俊不禁，像傻子似的，跟今天這樣笑起來，那怎麼辦呢？要知道，您會把我當成特愛嘲笑人的那種壞孩子的，那您就不會相信我在信上說的那些話了。因此我懇求您，親愛的，如果您對我抱有同情的話，那您明天進屋的時候，不要那麼過於筆直地瞅著我的眼睛，因爲我一碰到您的眼神，肯定會撲哧一聲笑出來的，再說您又穿著那件長衣服……甚至現在，我一想到這事就全身發冷，因此，請您進屋的時候，在若干時間内根本不要看我，而看著媽媽或者窗户……

我竟給您寫了這樣一封情書，我的上帝，我做了什麼呀！阿廖沙，不要瞧不起我，如果我做了一件很壞的事，讓您傷心了，請您原諒我。我已名譽掃地，現在這秘密全掌握在您手裡了。

我今天非大哭一場不可。再見，而這再見又太可怕了。

麗莎

又及：阿廖沙，您可一定，一定，一定要來呀！

麗莎

阿廖沙驚訝地讀完了信，讀了兩遍，想了想，突然靜靜地、甜蜜地笑了起來。他差點打了個哆嗦，他覺得這笑是有罪的。但是稍候片刻，他又照樣輕輕地、幸福地笑了。他把這信慢慢地裝進信封，畫了個十字，就躺了下來。那一時的心亂突然過去了。「主啊，請寬恕他們大家，寬恕方才那些人，保祐他們，保祐這些不幸的和不安分的人吧，給他們指條路吧。你有的是路：給他們指條路，救救他們吧。你就是愛的化身，你會賜給大家歡樂的！」阿廖沙畫著十字，喃喃道，接著便安然入睡。

第二部

第四卷 反常

一、費拉蓬特神父

清晨，天還沒亮，阿廖沙就驚醒了。長老醒來，感到身體很虛，可是他卻想下床坐到安樂椅上去。他的神志完全清醒；他的臉色雖然十分憔悴，但是面容開朗，近乎快樂，眼神則是愉快、和藹可親和笑吟吟的。「我也許活不過今天了。」他對阿廖沙說；接著他就想立刻懺悔和領聖餐。接受他懺悔的牧師一向是派西神父。做完兩項聖禮後就開始塗聖油①。司祭們都來了，修道室裡漸漸擠滿了修士。這時天已大亮。修道院裡也來了人。塗油禮完畢後，長老便想與大家一一告別，接著便與大家親吻。由於修道室地方小，先來的人便走出去，讓位於後來的人。阿廖沙站在長老身旁，長老則再次坐到安樂椅上。他盡自己的力量說話和爲大家做開示，他的聲音雖然弱，但聽去還相當硬朗。「這麼多年來我一直爲諸位弘法、開示，可見這麼多年來我一直在說話，倒養成了說話的習慣，而

① 東正教的臨終儀式，爲即將去世的人祈求寬恕和赦罪。

一說話就給諸位開示，因此不說話倒比說話幾乎更困難了，親愛的神父們和師兄弟們，儘管現在我身體虛弱，情形亦然。」他非常感動地看著聚集在他周圍的人，開了一句玩笑。阿廖沙後來記起了一些他當時說的話，雖然他當時說得很清楚，聲音也相當硬朗，但是他的話還是相當不連貫。他說了許多問題，似乎想在臨死前把一生中沒有說完的話統統說出來，再說一遍，這倒不僅僅是爲了開示道友，而是好像渴望與大家分享他內心的喜悅和歡欣，在這一生中再一次向大家傾吐自己的肺腑之言……

「神父們，你們要彼此相愛①，」長老開示道（就阿廖沙後來記得起來的）。「要愛上帝的子民。並不是因爲我們到這裡來出家了，關在這四堵牆裡修道，我們就比在家的人聖潔，相反，任何一個到這裡來出家的人，他之所以要到這裡來，正因爲他看到他不如所有在家的人，不如塵世間所有的人和事。一個修士在這四堵牆裡修煉得越久，他對這點的認識和感覺就越深。因爲不認識到這點，他也就完全沒有必要到這裡來出家了。只有當他認識到他不僅不如所有在家的人，而且他還應當在所有人面前因爲大家和因爲一切而感到自己有罪，因爲人的種種罪孽，因爲世界的和個人的種種罪孽而感到自己有罪，只有到那時候，我們閉關隱修的目的才能達到。你們要知道，親愛的，因爲毫無疑問，我們中的每個人都應當爲世界上所有的人和所有的事而感到自己有罪，這不僅是講世界總的罪惡，即使我們每個人也應當爲這世上的一切人和每個人而感到自己有罪。只有認清了這點，才能說是經過修煉而得道，這也是塵世間任何人應該走的路。因爲修士並不是不同於旁人的人，而是世上所有的人都應該成爲的那種人。只有到那時候，我們的心才會開悟，轉而產生一種無邊的愛，

① 源出《約翰福音》第十三章第三十四節：「我賜給你們一條新命令，乃是叫你們彼此相愛。」

包羅宇宙萬象的、永遠愛不夠的愛。那時候，你們中的每個人就能用愛擁有整個世界，用自己的眼淚洗淨世界的罪惡……每個人都要反省吾身，每個人都要不斷地向自己懺悔。不要怕自己有罪，甚至，認識到自己有罪，只要悔改就可以了，但是不要跟上帝講條件。我再說一遍——不要驕傲。不要在小人物面前驕傲，也不要在大人物面前驕傲。對那些排擠你們，侮辱你們，辱罵你們，誹謗你們的人不要恨。也不要恨那些無神論者、教唆別人做壞事的人和唯物論者，不僅不要恨他們中間的好人，也不要恨他們中間的壞人，因爲他們中間也有許多好人，特別是在我們這個時代。要在禱告中提到他們，要這麼說：主啊，請你挽救那些無人替他們禱告的人，挽救那些不願意向你祈禱的人。還要立刻再加上一句：並不是因爲我高傲我才向你祈求這個，主啊，因爲我自己就壞透了，遠勝於一切人和事……要愛上帝的子民，不要讓外來人劫奪羊群，因爲假如你們偷懶，或者潔身自好和高傲，對此事不屑一顧，而最爲嚴重的是出於貪欲，那人們就會從四面八方走來，奪走你們的羊群。要不斷地給老百姓講解福音書……不要接受賄賂，不要愛金銀財寶，不要斂財……要信仰上帝，要舉起旗幟。高高地舉起旗幟……」

話又說回來，長老說的話要凌亂得多，並不像這裡的敘述和後來阿廖沙的筆記那樣有條有理。有時他說了上句又忘了下句，好像要歇歇力，喘口氣似的，但是他的興致又似乎很高。大家都十分感動地聽他做開示，雖然許多人聽了他的話覺得很奇怪，認爲這些話晦澀難懂……直到後來才重新想起他的所有這些話。阿廖沙曾經離開修道室，出去了一會兒，他看到修道室裡和修道室附近聚集了許多神父和修士，他們大家都很激動，滿懷著期待；阿廖沙見狀感到很驚訝。這種期待在一些人中顯得驚惶不安，在另一些人中則表現得莊嚴肅穆。大家都在等待長老升天後立刻出現某種大的奇蹟。這種期待從某種觀點看來似乎顯得很淺薄，但是，甚至連最嚴肅的長老也受到這一影響。修士司祭派西長老的臉顯得最嚴肅。阿廖沙之所以走出修道室，是因爲拉基京從城裡回來了，帶回了霍赫拉科娃太太的一封奇怪的信，於是他就叫一名修士把阿廖沙偷偷地叫了出來。霍赫拉科娃太太告訴阿廖沙一件很有意思、而且來得十分湊巧的消息。事情是這樣的：昨天來拜見長老和接受他祝福的一些老百姓中的女信徒，其中有一位城裡來的老太太，叫普羅霍羅娃，她是一位士官的遺孀。她曾經問過長老：可不可以把她兒子瓦先卡當死人在教堂裡作一次追薦亡魂的祈禱，因爲他因公出了遠門，到西伯利亞的伊爾庫茨克去了，可是已經一年她沒有得到他的任何消息了？對這事長老非常嚴厲地回答了她，禁止她胡來，並稱這樣來追薦亡魂類似於妖術。但是後來，因爲她無知便原諒了她，並說了句寬慰她的話，「就像未卜先知一樣」（霍赫拉科娃在自己的信中這樣說）：「她的兒子瓦夏無疑還活著，或者很快就會自己回來，要不就會來信，他勸她回家去等著，等候好消息。結果怎樣呢？」霍赫拉科娃太太興高采烈地補充道，「這預言甚至一字不差地應驗了，甚至還超過了這個。」待老太太一到家，人家就立刻遞給她一封已經在等候她的西伯利亞來信。但是，還不僅是這事：這封信是半道上寫的，寄自葉卡捷琳堡，瓦夏在這封信裡告訴母親，他本人已動身回俄羅斯內地，他是跟一位官員一起回來的，這封信收到後再過三星期，「他就有希望擁抱自己的母親」了。霍赫拉科娃太太堅決而又熱烈地懇求阿廖沙把這件再次發生的「預言奇蹟」立刻轉告院長和本院的全體修士：「這事必須讓大家，讓大家都知道！」她在她自己那封信的末尾感嘆道。她的信是急就章，寫得很倉促，寫信人的激動心情在信的每一行字上都有反映。但是阿廖沙已經無須將這事告訴修士們了，因爲大家已經知道了一切：拉基京在讓一名修士叫他的時候，還拜托他「恭恭敬敬地稟報派西大法師，說他拉基京有要事求見，此事至關重大，因而他一分鐘也不敢延誤，必須立刻向他稟報，唐突之處，請恕冒昧，弟子頓首。」因此那名小修士把拉基京的請求轉告派西神父的時候早於阿廖沙，所以阿廖沙回到自己的坐位後，僅須讀完之後立刻把它作爲物證交給派西神父就行了。於是甚至這位一向嚴峻而又不輕信的人，皺緊眉頭讀完關於「奇蹟」的消息後，也克制不住自己內心的某種激動。他的眼睛倏忽一閃，嘴上突然威嚴而又熱忱地露出了一絲微笑。

「我們還能見到更大的奇蹟嗎？」他忽然彷彿脫口而出。

「我們還能見到更大的奇蹟的，我們還能見到更大的奇蹟的！」周圍的修士們齊聲應和，但是派西神父卻緊鎖雙眉，請大家對於這事暫時不要聲張，不要告訴任何人，「得到進一步證實後再說，因爲在家人做事常嫌浮躁，何況也可能這事是自然而然發生的。」他謹慎地加了一句，似乎是爲了使自己的良心稍安，但對這樣的保留意見幾乎連他自己也不相信，這是連旁聽的人也看得清清楚楚的，與此同時，這「奇蹟」當然也就沸沸揚揚地弄得全修道院都知道了，甚至許多到修道院來參加祈禱的在家人也知道了。對所發生的奇蹟最感震驚的似乎是昨天前來掛單的一名小修士，也就是從極北區奧勃多爾斯克①的一座小修道院名叫「聖謝利韋斯特爾」來的那名修士。昨天，他曾站在霍赫拉科娃太太身旁拜見過長老，他還向長老指著這位太太的「被治癒」的女兒熱忱地問他：「您怎敢做這樣的事？」

問題在於，他現在已經處在某種惶惑狀態，他幾乎不知道應該相信什麼了。還在昨晚，他就去拜訪過修道院的費拉蓬特神父。費拉蓬特神父住在養蜂場後面的一間單獨的修道室裡。這次拜訪給這名小修士產生了非同一般的、觸目驚心的影響，使他感到很震驚。這位老人費拉蓬特神父是一位最最年邁的修士，也是一位嚴格持齋和許下宏願決不妄語的隱修士，他是我們前面已經提到過的佐

① 奧勃多爾斯克現名薩列哈爾德，屬雅馬爾涅茨民族自治州，地處北極圈。

西馬長老的反對者，主要是長老制的反對者。他認爲實行長老制是一種輕舉妄動的、有害的花樣翻新。這個反對者非常危險，雖然他發誓決不妄語，幾乎不跟任何人說一句話。他的危險主要在於許多修士非常贊同他的觀點，而到此地來的俗家弟子中又有許多人十分景仰他，把他看做是一個道行很高的教徒和苦行者，儘管大家也無疑把他看做是一名瘋教徒。但是正因爲他瘋瘋癲癲，才別有一種吸引力。這位費拉蓬特神父從沒有來看過佐西馬長老。雖然他就住在隱修區，但是隱修區的堂規對他並沒有很大的約束力，這也無非是由於他的一舉一動很像個瘋教徒的緣故。他約有七十五歲高齡，如果不是更老的話，他就住在隱修區養蜂場後面的一個牆旮旯，住在一間破舊的、幾乎就要倒塌的木頭修道室裡，這間修道室蓋於古代，還在上世紀爲了一位也是非常嚴格持齋和許下宏願決不妄語的約拿神父蓋的。約拿神父活到了一百零五歲，關於他的種種功德，至今還在修道院和在修道院的附近地區傳頌著許多令人嘆爲觀止的故事。七年前，費拉蓬特神父終於設法讓自己也搬到這間最偏僻的小修道室裡來修行，這實際上不過是一間木屋，很像禮拜堂，因爲其中保存著非常多的施主們捐獻的聖像，聖像前還永遠微燃著施主們捐獻的小長明燈，費拉蓬特神父被派來似乎就是爲了照看這些聖像和負責點燃這些長明燈的。據說（而且這是真的），他三天頂多才吃兩俄磅①麵包；一位就住在這裡養蜂場的養蜂人每隔三天給他拿來一次。這名養蜂人是負責照料他的起居的，但是費拉蓬特神父就是跟這名養蜂人也難得說一句話。這四俄磅麵包，加上禮拜天晚禱後院長派人按時給這位瘋修士送來的聖餅，就構成他一週中的全部食糧。口杯中的水每天給他換一次。他很少去做日禱。他的信徒前來看他，常常看到他有時候整天跪著祈禱，長跪不起，目不斜視。即使他有時候跟

① 一俄磅等於四〇九・五一克。

這些人說話，也只是三言兩語，陰陽怪氣，而且常常近乎粗魯。但是也有非常難得的時候，有時他也會跟來訪者談天，但是大多是說一些奇奇怪怪的話，這話常常給來訪者打一個大啞謎，然後，不管大家再三請求，他也不作任何解釋。他沒有教職，只是一名普普通通的修士。在一些最愚昧無知的人中流傳著一個非常離奇的謠言，說費拉蓬特神父能與天神交際，他只跟天神說話，因此才對普通人緘默不語。奧勃多爾斯克來的那名小修士在養蜂人的指點下，偷偷走進養蜂場，他也是一個非常沉默寡言和陰陽怪氣的修士，他向坐落著費拉蓬特神父那間小修道室的牆角走去。「說不定他也會像跟來訪的人那樣跟你說話的，也可能你從他那裡什麼話也聽不到。」養蜂人預先關照他。正如他後來告訴別人的，他走到那間修道室跟前，心裡直打鼓。當時天色已經相當晚了，這回，費拉蓬特神父正坐在修道室門口的一張小矮凳上。一棵高大的老榆樹在他頭上微微搖曳，發出颯颯的響聲。陡地吹來一陣黃昏的清涼。奧勃多爾斯克來的那名小修士對這位瘋修士翻身下拜，請求祝福。

「修士，你是不是希望我也向你跪下磕頭呢？」費拉蓬特神父說。「起來。」

小修士站了起來。

「你祝福了別人，也接受了祝福，在我身旁坐下。什麼風把你吹來的，打哪兒來的？」

使這名可憐的小修士感到最吃驚的是，費拉蓬特神父儘管持齋甚嚴（這是沒有疑問的），而且又年邁，但是看去這老頭仍很強壯高大，腰板挺得筆直，並不彎腰曲背，精神矍鑠，雖然略嫌清臒，但身板很硬朗。無疑，他的精力依然旺盛。有一副孔武有力的體格。儘管他已年逾古稀，但是他的頭髮尚未完全斑白，過去是全黑的令人望而生畏的鬚髮仍很濃密。他的眼睛是灰色的，很大，炯炯有神，但是兩眼非常突出。他說話時o音很重。他穿著一件淺褐色的農民上衣，按照從前的說法，這是用做囚衣的粗呢子做的，腰裡繫著一根粗繩子。他的脖子和胸部敞開著。上衣下露出一件用極厚的麻布做的、幾乎變得漆黑的、幾個月不曾洗換過一次的襯衫。據說，他在上衣下還繫著一副三十俄磅重的鐐銬。他光腳穿著一雙又舊又破、幾乎沒法再穿的破鞋。

「打從奧勃多爾斯克的一座小修道院，名叫聖謝利韋斯特爾來的。」來訪的小修士謙遜地回答，用他那雙伶俐而又好奇的眼睛（雖然有點懼怕）打量著這位隱修士。

「過去，我常常去看你的那位謝利韋斯特爾。在你們那兒掛過單。謝利韋斯特爾的身體好嗎？」

小修士很尷尬，不知道說什麼好了。

「你們都是一幫沒出息的人。你們持齋的情況怎樣？」

「我們的齋飯是按古代隱修區的規矩安排的：四旬齋①期間每逢周一，周三，周五辟谷。周二，周四給修士們吃白麵包，蜜果羹，雲莓果或者醃白菜加燕麥糊。周六是白菜湯，豌豆粉麵條，果汁粥，裡面全有黃油。禮拜天是菜湯加上乾魚和粥。大齋期最後一週，從周一到周六晚上，一共六天，只吃麵包和水，也不沏茶，就這點東西也不能放開肚皮吃；要是可能的話就不一定每天吃飯，像大齋期的頭一週那樣。在神聖而又偉大的周五②則辟穀（不食穀物），在偉大的周六，我們應持齋到下午三點，然後才吃稍許麵包和水，還讓每人喝一杯酒。

在神聖而又偉大的周四，我們吃不放黃油的果醬，喝點酒，或者吃點乾糧。因爲在洛奧狄西亞普世宗教會議③上對偉大的周四有明文規定：『不應在四旬齋最後一週的周四開齋，玷辱整個四旬齋。』我們那裡的規定也是這樣。但是這哪能跟您比呢，偉大的神父，」那個小修士說著說著膽子

①四旬齋即復活節前的大齋期，由謝肉節起共七七四十九天。

②按聖經記載：耶穌於星期五被釘上十字架。

③於三六〇年（或三七〇年）在小亞細亞的洛奧狄西亞（當時屬羅馬帝國版圖）舉行。

大了些，因此又加了一句，「因為一年四季，甚至在神聖的復活節，您也只吃麵包和水，供我們吃兩天的麵包就夠您吃一週了。像您這樣嚴格持齋，真令人驚嘆。」

「那捲邊乳蘑呢？」費拉蓬特神父帶著很重的鄉音突然問道。

「捲邊乳蘑？」小修士驚訝地問。

「對對。我可以不吃他們的麵包，根本不需要吃麵包，哪怕到樹林裡去都成，在那裡有捲邊乳蘑或者野果，足夠咱果腹了，可是他們在這裡離不開麵包，可見被魔鬼捆住了手腳。如今有些公開違反教規的人居然大言不慚地說，根本無須持齋。他們的這套謬論是藐視和踐踏教規。」

「啊，說得對。」小修士嘆了口氣。

「你在他們身旁看見魔鬼沒有？」費拉蓬特神父問。

「他們是誰呀？」小修士怯生生地問。

「去年我在聖三主日①到院長那兒去過，從那以後就再沒去過啦。我看到魔鬼就坐在一個人的胸脯上，躲在他的法衣下，不過露出兩只犄角②；我又看到魔鬼躲在一個人的口袋裡，在向外張望，眼睛在滴溜溜地亂轉，怕我；我還看見一個魔鬼躲在一個人的肚子裡，在他的最骯髒的肚子裡，而在某個人身上，則掛在他的脖子上，抓緊不放，被帶來帶去，可是他對魔鬼卻視而不見。」

「您……看得見？」小修士問。

「跟你說過我看得見，看得清清楚楚。我從院長那邊出來，一看——有個魔鬼避開我躲到門後

①在復活節後的第五十日。
②基督教傳說中的魔鬼頭長兩只犄角，身後拖著一條長尾巴。

面去了，很大，足有一俄尺半①長，可能還多，尾巴很粗，褐色的，很長，尾巴尖正好夾在門縫裡，我可不傻，砰的一聲猛地把門關上，夾住了它的尾巴。它一聲尖叫，死命掙扎，我向它畫了個十字，連畫三次——就把它鎮住了。它當場斃命，像隻被踩死的蜘蛛。現在它該在那個牆旮旯裡腐爛了，在發臭，可他們硬看不見，也聞不出臭味。我已經一年不到那邊去了。因爲你是外鄉人，所以才告訴你。」

「您說的事真可怕！我說偉大的神父，」小修士的膽子越來越大了，「您的名氣很大，遠近聞名，聽說您能通神，此話當真？」

「聖靈從天而降。常來。」

「怎麼從天而降？是什麼模樣？」

「像只小鳥。」

「聖靈不是像只鴿子嗎②？」

「有時是聖靈，有時是天神。天神不一樣，他也能變成別的鳥從天而降：有時像燕子，有時像金翅雀，有時像隻小山雀。」

「您怎麼能把他跟小山雀分辨開呢？」

「他會說話。」

「他怎麼會說話呢，說什麼話？」

---

① 一俄尺等於〇·七一米。
② 據福音書傳說，鴿子象徵聖靈。

「說人話。」

「他對您說什麼啦？」

「比如說，他今天告訴我，有個傻瓜要來看我，會問一些沒用的問題。修士啊，你想知道的東西太多啦。」

「您說的事也太可怕啦，最最神聖的神父。」小修士搖搖頭。然而在他驚恐的眼睛裡流露出了一絲不信任。

「你看見這棵樹了嗎？」費拉蓬特神父沉默少頃，問道。

「看見了，最神聖的神父。」

「你看到的是榆樹，我看到的卻是另一幅圖畫。」

「什麼圖畫？」小修士在徒然的等待中沉默了一會兒。

「常常發生在夜裡。你看到這兩根樹杈了嗎？可是夜裡，它卻變成基督的兩只手在向我伸來，他在用手找我，我看得清清楚楚，我在發抖。可怕，噢，太可怕啦！」

「如果這就是基督，有什麼可怕的呢？」

「給他一把抓住會帶到天上去的。」

「把一個大活人？」

「關於以利亞的心志能力①難道你沒聽說過嗎？他會把你抱起來帶走的。」

---

①　參見《路加福音》第一章第十七節。書中講到施洗約翰說：「他必有以利亞的心志能力，行在主的前面，叫爲父的心轉向兒女，叫悖逆的人轉從義人的智慧。」

雖然奧勃多爾斯克來的那位小修士，在那次交談後，回到了分配給他與一位師兄合住的小修道室，他還是感到莫大的困惑，但是他的心，比之對佐西馬神父，無疑更向著費拉蓬特神父。這名奧勃多爾斯克來的小修士首先贊成持齋，而像費拉蓬特神父這樣一位嚴格持齋的人，能夠「看到奇蹟」也就不足為奇了。他說的話自然似乎有點荒謬，但是，這些話包含的意思主是知道的，而那些靠別人施捨過日子的所有瘋教徒們說的話和做的事，其荒謬程度還猶過於此。至於魔鬼的尾巴被夾住一事，他打心眼裡樂意相信，不僅指這事的寓意，哪怕說真有其事，他也深信不疑。除此以外，在過去，即到修道院之前，他就對長老制抱有很大成見。以前，他對長老制的了解也僅根據別人口述，就跟在其他許多人後面堅持認為長老制不過是一種有害的花樣翻新。他在修道院就聽到一些輕率地反對長老制的修士們背後發的牢騷。再說就他的天性而言，這修士非常機靈而且愛管閒事，對什麼事都非常好奇。因此佐西馬長老作出了新「奇蹟」這個大消息，倒把他弄糊塗了，令他百思不得其解。阿廖沙後來回想，在擠到長老身邊和在長老修道室外圍觀的眾多修士中，這名好奇的奧勃多爾斯克來客的身影，曾多次在他眼前晃來晃去，哪兒人多，他就往哪兒鑽，不管人家講什麼他都豎起耳朵聽，不管遇到什麼人他都上去問個沒完。然而當時阿廖沙很少注意他，直到後來才回想起了一切……再說他也顧不上管他：佐西馬長老又感到很累，又躺進了被窩，剛要閉目養神，又突然想起了阿廖沙，就要他到自己身邊來。阿廖沙立刻跑了過來。當時守在長老身邊的只有派西神父、修士司祭約瑟神父，再加上一名見習修士波爾菲裡。長老睜開疲倦的雙眼，用心看了一眼阿廖沙，突然問道：

「孩子，你們家的人在等你回去嗎？」

阿廖沙很尷尬，不知道說什麼好。

「他們找你有事嗎？你昨天有沒有答應過什麼人今天回去？」

「答應過……父親……哥哥……還有別的一些人……」

「你瞧。那就一定要去。不要悲傷。要知道，倘若我不當面告訴你我在這世上的最後一句話，我是不會死的。孩子，我要告訴你這句話，這也是我對你的遺言。正是對你的遺言，好孩子，因爲你愛我。現在你就先去找你答應過的那些人吧。」

阿廖沙立刻聽從了長老的吩咐，雖然離開他心裡很難過。但是答應要聽到長老在這世上說的最後的話，而主要是這似乎是對他阿廖沙的遺言，使他內心既感到震動，又感到歡欣。他急忙走出門去，希望把城裡的事統統辦完後早點回來。恰好這時派西神父也對他說了幾句臨別贈言，對他產生了強烈而又意料不到的影響。這話是他倆走出長老的修道室後說的。

「要記住，年輕人，要牢牢記住，」派西神父沒有任何開場白就直截了當地說道，「世俗的科學已形成一股巨大的力量，特別是在最近一世紀，人世的科學家經過殘酷的分析之後，已經研究清楚了聖經中說的一切屬於天國的東西，因而過去視爲神聖的東西已蕩然無存。但是他們分析的是各個部分，卻忽略了整體，對於整體卻閉著眼睛視而不見，這不由得令人感到驚奇。然而這整體卻跟過去一樣巋然不動地屹立在他們面前，甚至陰間的權柄也不能勝過它①。難道這整體不是已經存在於每個人的心田和人民大眾的活動裡嗎？甚至在那些業已毀棄一切的無神論者的心田，這整體也像過去一樣屹立著，巋然不動！因爲即使那些背離基督教和起來造反反對基督教的人，實際上他們自己

① 參見《馬太福音》第十六章第十八節：耶穌基督說：「我要把我的教會建造在這磐石上。陰間的權柄不能勝過它。」

也仍然保持著他們過去一直保持著的基督的面貌，因為迄今為止，不管他們有多聰明，也不管他們心裡的熱度有多高，他們還是無法給人及其價值創造出另一個較之基督在古代規定的形象更高大的形象來。也有人作過嘗試，但是弄出來的不過是一些醜陋無比的東西。年輕人，要特別記住這點，因為你那即將圓寂的長老指令你還俗，到紅塵中去。或許，當你想到今天這偉大的日子，也就不會忘記今天我對你說的話了，我說的這些話是發自內心的對你的臨別贈言，因為你畢竟還年輕，而人世的誘惑層出不窮，憑你的力量是經受不住的。好啦，你現在走吧，苦命的孩子。」

派西神父就用這些話祝福了他。阿廖沙邊走出修道院邊思忖著這些突如其來的話，他想著想著突然明白了，這位修士一貫對他很嚴厲而且不苟言笑，卻是他過去不曾意料到的新朋友和一個熱愛他的新上師——倒像佐西馬長老在臨終前把阿廖沙託付給他了似的。「也許他們倆就這麼說好了。」阿廖沙突然想道。他剛才聽到的他那出人意料的、很有見地的看法，正是這個，而不是別的什麼，這證明派西神父有一顆非常熱烈的心：他已經急於想盡可能快地武裝這個少年的頭腦，使他能夠同誘惑作鬥爭，給這顆託付予他的少年的心修築一道堅固無比的堤壩——還能有什麼比這堤壩更堅固呢，連他自己也想像不出。

二、在父親身旁

阿廖沙首先跑去看父親。快到的時候，他才想起來，昨天他父親曾一再叮囑他要設法避開伊萬二哥，悄悄地走進來。「為什麼要這樣呢？」阿廖沙不由得突然想道。「即使父親有什麼話要單獨地悄悄告訴我，又何必讓我悄悄地走進來呢？大概，他昨天心裡亂糟糟的，想說的是另一個意思，又沒有說上來。」他認爲一定是這樣。可是當馬爾法・伊格納季耶芙娜出來給他開了邊門（格里戈里病倒了，躺在耳房裡），他問她伊萬在家嗎？她告他說，伊萬・費奧多羅維奇已經出去兩小時了，他聽後覺得很高興。

「我爹呢？」

「起床了，在喝咖啡。」馬爾法・伊格納季耶芙娜有點冷冷地回答道。

阿廖沙推門進去了。老人獨自一人坐在桌旁，趿拉著便鞋，披著一件舊大衣，在翻閱帳本，權作消遣，然而又似乎漫不經心。整幢房子就他一個人（斯梅爾佳科夫也出去採購中午的食品了）。但是他並不在專心查帳。雖然他從一清早就早早地下了床，精神抖擻，但是面色畢竟略現疲勞和憔悴。腦門上一夜之間長了幾個紫色的大鼓包，頭上扎了一塊紅手帕。鼻子也在一夜之間腫脹得很厲害，鼻子上也有點點斑斑的好幾處淤血，雖然不很大，卻使他的整個臉部顯出一副特別兇狠和惱怒的樣子。老人自己也知道這個，陰陽怪氣地看了看走進來的阿廖沙。

「咖啡是冷的，」他生硬地嚷道，「不請你喝了。我自己，孩子，今天也就喝了一樣清燉魚湯，沒有請任何人。你光臨寒舍有何貴幹？」

「來問候您的健康。」阿廖沙說。

「對，此外，也是昨天我自己讓你來的。這一切都是廢話。勞你駕白跑了一趟。話又說回來，我早料到你會立刻顛顛顛地跑來的……」

他說這話時心情很不痛快。這時，他又從座位上站起身來，擔心地照了照鏡子（也許，一早起來已經第四十次照鏡子了），看了看自己的鼻子。又伸出手來整了整腦門上的紅手帕，讓它顯得美觀些。

「紅的好，白的倒像住院了。」他像背治家格言似的說道。「嗯，你那兒怎麼樣？你那長老怎麼樣？」

「他病得很重，今天會死也說不定。」阿廖沙回答，但是父親壓根兒沒聽清，連剛才提的問題也轉眼就忘了。

「伊萬出去了。」他突然說。「他正在使勁兒搶米季卡的未婚妻，就爲了這事他才住這兒。」他惡狠狠地加了一句，同時又齜牙咧嘴地看了看阿廖沙。

「難道他親自跟您說的？」阿廖沙問。

「可不，而且早說了。你以爲怎麼著：說了約莫三星期了。他到這兒來總不會是想偷偷地宰了我吧？他回來總該有什麼目的吧？」

「哪能呢！您幹麼說這種話呀？」阿廖沙感到非常尷尬。

「沒錯，他沒跟我要錢，就是要，也得不到我一個子兒。最最親愛的阿列克謝・費奧多羅維奇，我打算在世界上盡可能活得長些，你們務必要懂得這道理，因此我必須積攢每一個戈比，活得越長就越需要錢。」他繼續道，他身穿一件寬大的、油漬麻花的、用黃色亞麻布做的夏季大衣，兩手插在大衣兜裡，在房間裡從一個角落走到另一個角落。「現在我畢竟還是條漢子，總共才五十五歲，但是我還想再做二十年男人，一到我老了，討人嫌了，那時候她們就不會自動來找我了，到那時候我就需要錢了。因此現在我要拼命攢錢，越多越好，我攢錢是爲我自己，我親愛的兒子阿列克謝・費奧多羅維奇，你們務必要懂得這道理，因爲這種骯髒的日子我準備一直過到底，你們務必要懂得這道理。這日子雖說骯髒，卻甜甜蜜蜜：大家都罵它骯髒，但是大家又樂此不疲，不過大家是偷偷的，我是公開的。因爲我實事求是，有一說一，所以那些狗男女們就對我群起而攻之。我不願意上你那個天堂去，阿列克謝·費奧多羅維奇，這道理你也務必明白，再說，一個正兒八經的人到你那個天堂去，即便人死後真有天堂的話，也不成體統呀。我願，一覺睡過去，長睡不醒，化爲烏有，你們願意追薦我的亡魂就追薦，不願意就拉倒。這就是我的人生哲學。昨天，伊萬在這裡說得好，雖說我們倆都醉了。伊萬是牛皮大王，其實他什麼學問也沒有……他也沒有受過任何專門教育，常常一聲不吭，默默地衝著你樂——他就是利用這個來使巧賣關子，從中漁利。」

阿廖沙聽著他的話，一聲不吭。

「他爲什麼不跟我說話呢？即使說話，也是裝腔作勢；你那伊萬是個混帳東西！只要我樂意，我立刻就可以娶格魯申卡。因爲我有錢，阿列克謝·費奧多羅維奇，我要什麼就有什麼。伊萬最怕的就是這個，因此老看著我，怕我結婚，因此他就拼命慫恿米季卡，讓他娶格魯申卡：這樣一來，他就可以一箭雙鵰；既讓我娶不成格魯申卡（倒好像我娶不成格魯申卡，就會把錢留給他似的），另一方面，米季卡要是娶了格魯申卡，伊萬就可以把他的有錢的未婚妻弄到手了，這就是他的如意算盤！你那個伊萬真是個混帳東西！」

「您的火氣真大。這都是因爲您昨天惹了一肚子氣的緣故；您還是去躺著吧。」阿廖沙說。

「瞧你說的這話，」老人驀地說道，倒像這想法頭一回鑽進他腦海似的，「你說這話，我不生你的氣，如果伊萬也對我說這話，我非光火不可。只有跟你在一起，我才心裡好受些，要不的話，我的脾氣可大了。」

「您不是脾氣大，而是有點心理變態。」阿廖沙微微一笑。

「我說，今天我真恨不得讓這個強盜米季卡蹲大獄，不過現在我還拿不定主意。當然，在當今這個新時代，大家都時興把孝敬父母視同成見，但是，要知道，根據法律，似乎，即使當代也不允許一把揪住老爸的頭髮，在地上拖，然後用腳往他的臉上踩，而且還是在他自己家裡，還大吹大擂地說什麼他要來把他徹底結果了——而且還當著大家的面，有目共睹。要依我呀，非得給他點顏色瞧瞧，爲了昨天的事，我可以立刻讓他蹲大獄。」

「可是您不想去告他，對不？」

「給伊萬勸住了。其實我完全可以不買伊萬的帳，可是我自己也知道會出現這一類的事……」

他向阿廖沙彎過身子，壓低了聲音，推心置腹地繼續道：

「我要是把這混帳東西關起來，她一聽是我把他關起來的，就會立刻跑去找他。如果今天她一聽是他把我這個衰弱的老頭子打得半死，沒準就會拋棄他，跑到我身邊來看望我……要知道，咱們都生就這脾氣，偏要反其道而行之。我把她看透了！怎麼樣，想喝點白蘭地嗎？你先喝點冷咖啡，我再給你倒小半杯酒，孩子，這樣才有滋有味。」

「不，不要，謝謝。您要是肯給的話，我拿走這個小麵包得了。」阿廖沙說，拿起一個才值三戈比的法國小麵包，放進了修士服的口袋。「至於白蘭地，您最好還是別喝了。」他打量著老人的臉，擔心地勸說道。

「你說得對，酒只能讓人火上加火，不能使人平靜。不過我就喝一小杯……我到酒櫃裡拿……」

他用鑰匙打開「酒櫃」，倒了一杯，一飲而盡，然後鎖上酒櫃，又把鑰匙放回了口袋。

「夠了，喝一杯死不了。」

「瞧你現在人也變得和氣了。」阿廖沙微微一笑。

「嗯！不喝白蘭地我也喜歡你，至於跟那幫混帳東西，他們混帳我也混帳。伊萬不肯到契爾馬什尼亞去——爲什麼？他要刺探我的情報：如果格魯申卡來，看我給她多少錢。都是些混帳東西！

我根本不認伊萬是我兒子。這孬種打哪兒來的？跟咱們根本不是一條心。似乎我會給他留下點什麼？我連遺囑也不留，這點你們務必要明白。至於米季卡，我要像踩死一只蟑螂似的踩死他。對那些黑蟑螂，夜裡我就用鞋踩：一踩上去，就聽見喀嚓一聲。你那米季卡也會喀嚓一聲完蛋的。我說你那米季卡，因爲你喜歡他。你喜歡他，我也不怕。要是伊萬喜歡他，我就要替自己捏把汗了，我怕他喜歡他。但是伊萬不喜歡任何人，伊萬不是我們的人，像伊萬這樣的人，孩子，不是我們的人，他們是揚起的灰塵……一颳風，灰塵就吹跑了①……昨天，當我讓你今天務必要來一趟的時候，我腦子裡就想到一個傻念頭：我想通過你去了解一下米季卡，如果我給他一千，要不就兩千，而且現在就給，他這叫花子和惡棍肯不肯就此滾得遠遠的，而且一滾就是五六年，最好三十五年，不過不許帶格魯申卡，跟格魯申卡一刀兩斷，怎麼樣？」

「我……我可以去問問他……」阿廖沙吞吞吐吐地說道。「要是給整整三千，那，說不定，他……」

「胡說！現在就甭問了，什麼也甭問了！我改主意了。這是我昨天一時糊塗，想出了這餿主意。什麼也不給，一個子兒也不給，我的錢我自己有用。」老人連連揮手。「不給他錢，我也要像踩死一隻蟑螂似的踩死他。什麼話也甭給他說了，要不然，他會異想天開的。你在我這裡也根本沒什麼事可幹了，你走吧。他那個未婚妻，叫什麼卡捷琳娜•伊萬諾芙娜的，他總是費盡心思把她藏起來，不讓我看見她，她是不是準備嫁給他呢？你昨天好像到她那裡去過，是不是？」

「她無論如何不肯放棄他。」

① 參見《舊約・詩篇》第一篇第四—五節：「惡人並不是這樣，乃像糠秕被風吹散。因此當審判的時候，惡人必站立不住。」

「這幫嬌小姐們偏愛這麼一種人，又酗酒，又混帳，實話告訴你吧，這幫嬌滴滴的小姐都犯賤；換個情況，……哼！要是我跟他一樣年輕，再加上我當年那小白臉（我二十八歲的時候長得比他帥多了），我也會跟他一樣無往而不勝。他是個流氓！他休想得到格魯申卡，休想……我要讓他變成臭狗屎！」

說到最後，他又怒氣沖沖地氣不打一處來。

「你也快走吧，我這兒，今天沒你的事了。」他不客氣地說道。

阿廖沙走過去同他告別，吻了吻他的肩膀。

「你這是幹什麼？」老人感到有點驚訝。「咱倆不是還要見面嗎。難道你以爲咱倆從此不見面了？」

「完全不是這樣的，我不過隨便親親，出於無心。」

「我也沒什麼，也不過隨便一說……」老人望著他。「你聽著，聽我說，」他向他的背影叫道，「你隨便找個時候來一趟，早點來，來吃魚，我燉魚湯給你吃，特別的，不是今天這樣的，一定要來呀！就明天吧，聽見嗎，明天來！」

等阿廖沙一走出房門，他又走到酒櫃前，一口氣喝了半杯。

「再不喝了！」他清了清嗓子，嘟囔道，又鎖上了酒櫃，又把鑰匙放回了口袋，然後向臥室走去，無力地躺倒床上，一剎那就睡著了。

三、跟小學生們攙和上了

「謝謝上帝，他總算沒問到格魯申卡，」阿廖沙離開父親到霍赫拉科娃太太家去的時候，不由得想道，「要不然，說不定就不得不講到昨天遇見格魯申卡的事了。」阿廖沙感到很痛心：兩個冤家一夜之間秣馬厲兵，隨著新的一天的到來，又心如鐵石：「父親怒氣沖沖，火氣很大，他想出了一個辦法，準備大鬧一場；那麼德米特里又怎樣呢？一夜之間他也加強了防守，想必也怒氣沖沖，火氣很大，他自然也想出了對策……噢，今天無論如何一定要找到他才成……」

但是阿廖沙還沒能夠好好想想：半道上，突然發生了一件事，表面看去似乎無關緊要，但卻使他大爲震驚。他剛穿過廣場，拐進一條胡同，想走到與大馬路平行、但與之僅有一河之隔的米哈伊洛夫街（敝縣的整個縣城河渠縱橫），這時他突然看見坡下，在一座小橋前，有一小群學生，這些孩子年齡都不大，至多從九歲到十二歲。他們正背著書包放學回家，有些則在肩膀上掛著皮書包，有些穿著皮夾克，有些穿著大衣，還有些則穿著靴統上打折的高統皮靴，一些被家境富裕的父親嬌慣了的小小孩最愛穿著這類靴子出去出風頭了。這幫孩子在熱烈地談論著什麼，看來在商量什麼事。阿廖沙每次看見孩子從來不會神態漠然地擦肩而過，住在莫斯科的時候，他也時常發生這種情況，雖然他最愛的是三歲或三歲左右的小孩，但是十歲、十一歲左右的小學生他也非常喜歡。因此現在他儘管心事重重，但是卻突然想拐過去，跟他們說幾句話。他走近時看了看他們那紅噴噴的、激動的小臉蛋，突然發現所有的孩子手裡都拿著一塊石頭，有的手裡還拿了兩塊。河對面，與這幫孩子相隔大約三十步，在柵欄牆旁，還站著一個小男孩，也是小學生，也在一側掛著書包，看身材最多十歲左右，或者還小一些——臉色蒼白，好像有病，但是一雙黑眼睛卻閃閃發光。他注意而又留神地觀察著那幫學生，一共六人，顯然是剛才從學校裡同他一起放學回家的他的同學，但他分明與他們處在敵對狀態。阿廖沙走過去，問一個長著金色鬈髮、穿著黑色皮夾克的、臉蛋紅紅的男孩，先把他打量了一番，然後問道：

「當我像您一樣背著同樣的書包上學的時候，我們總是掛在左邊，右手伸過去就可以拿到東西；可是您的書包卻掛在右邊，拿東西不方便。」

阿廖沙絲毫沒有預先定下什麼計謀，一開口就直截了當，從這個實際問題說起，然而一個大人想要一下子取得孩子特別是一大幫孩子的信任，也只能這樣單刀直入，就事論事。一開口就應當嚴肅，應當實事求是，跟他們處於完全平等的地位；阿廖沙本能地懂得這道理。

「他是左撇子呀！」另一個十一二歲英氣勃勃、身體健壯的小男孩立刻答道。其餘的五名小男孩則瞪起眼睛，盯著阿廖沙。

「他扔石頭也是左撇子。」第三個孩子說。就在這時候，一塊石頭恰好飛進人群，微微擦著了點那個左撇子男孩，但是沒有打著，飛過去了，雖然這石頭扔得很巧、也很有力。扔石頭的是對岸那個小男孩。

「狠狠揍他，給他一下，斯穆羅夫！」大家嚷嚷開了。但是斯穆羅夫（左撇子）即使大家不嚷嚷也不會讓大家久候，他立刻進行了回擊：他拿起一塊石頭就向對岸的那小男孩扔去，但是扔偏了：石頭掉到了地上。對岸的那名小男孩立刻又向這幫孩子扔了一塊石頭，這回直接對準了阿廖沙，相當疼地打中了他的肩膀。對面的那個小男孩滿口袋都裝滿了石頭子兒。他的大衣口袋裝得鼓鼓囊囊，三十步以外就看得清清楚楚。「他這是打您，打您呢，他存心瞄準了您。要知道，您是卡拉馬助夫家的，您不是姓卡拉馬助夫嗎？」孩子們嘻嘻哈哈地笑著，叫道。「來，大家一齊向他開火，齊射！」

於是六塊石頭從這幫孩子中間一下子飛了出去。一塊石頭子兒打中了那男孩的腦袋，他被打倒在地，但他一骨碌又爬了起來，恨得牙癢癢地開始用石頭子兒回敬那幫孩子。雙方開始了混戰，互相扔石頭。那幫孩子中的許多人兜裡也裝滿了石頭子兒。

「你們這是怎麼啦！不害臊嗎，諸位！六個打一個，你們會把他打死的！」阿廖沙叫道。

他跳起來，迎著飛來的石頭用自己身子擋住對岸的孩子。有三四個孩子停了一會兒手。

「是他頭一個動手的！」一個穿紅襯衫的小男孩用怒氣沖沖的童音叫道，「他混帳，方才他在教室裡用削筆刀扎克拉索特金來著，都流血啦。克拉索特金只是不想去告狀罷了，必須狠揍這混蛋一頓才解氣……」

「憑什麼？大概是你們先惹了他吧？」

「您瞧，他又往您背上扔石頭了。他認識您。」孩子們喊道。「他現在是扔石頭打您，而不是打我們。來，大家一齊動手，再瞄準他，別打偏了，斯穆羅夫！」

於是又開始了混戰，這一回，仗打得很激烈。一塊石頭打中了對岸那孩子的胸部；他叫了一聲，哭了，拔腳跑上了山，上了米哈伊洛夫街。孩子們唧唧喳喳地嚷嚷開了：「啊，膽小鬼，跑了，樹皮團！」

「您還不知道哩，卡拉馬助夫，他混帳透了，打死他還是輕的。」一個穿皮夾克的小男孩重複道，他兩眼冒火，看起來比所有的男孩都大。

「他到是怎麼啦？」阿廖沙問。「愛告狀，是嗎？」

孩子們彷彿訕笑似的面面相覷。

「您不是也到米哈伊洛夫街去嗎？」那男孩又繼續道。「那您追上去，肯定能追上他……您瞧，他又停下來了，在等著，朝您看哩。」

「朝您看哩，朝您看哩！」孩子們齊聲應和。

「您追上他以後就問他，他是不是喜歡澡堂裡用壞了的樹皮團①。聽見了嗎，就這麼問他。」

發出了哄堂大笑。阿廖沙望著他們，他們也望著阿廖沙。

「您別去，他會打傷您的。」斯穆羅夫警告道。

「諸位，我不會問他關於樹皮團的事的，因爲你們大概用這話刺他了，但是我會向他打聽清楚：爲什麼你們這麼恨他……」

「您去打聽好了。」孩子們笑了起來。

阿廖沙走過小橋，沿著柵欄上坡，一直向那個被歧視的男孩走去。

「留神，」孩子們在他身後警告他，「他不怕您，他會冷不防用刀扎您的，就像扎克拉索特金那樣。」

那小男孩留在原地不動，在等他。阿廖沙走得很近了，才看清這孩子最多不過九歲，身體很弱，個子也小，橢圓形的小臉蛋又瘦又蒼白，深色的眼睛大大的，在狠狠地瞪著他。他穿著一件十分破舊的大衣，大衣小，個子卻長大了，因此顯得很難看。兩手裸露在袖子外。褲子的右邊膝蓋上補了個大補丁，右腳的靴子上，在大腳趾所在的靴面上有個大洞，看得出來，這洞曾用墨水一遍又一遍地塗過。他大衣的兩只口袋鼓鼓囊囊的，塞滿了石頭子兒的。阿廖沙在離開他兩步遠的地方停了下來，疑惑地望著他。這男孩從阿廖沙的兩隻眼睛裡一眼就看出他並不想打他，所以也就放下了與之拼命的架勢，甚至自己先開口道：

「我一個，他們六個……我一個人可以把他們大家打個落花流水。」他忽然說道，眼睛忽閃了

① 俄國民間把椴樹內皮砸爛，制成纖維，揉成一團，洗澡時擦洗身子用。

一下。

「有一塊石頭子兒想必把您打得很疼吧！」阿廖沙說。

「可我打中了斯穆羅夫的腦袋！」那男孩叫道。

「他們對我說，您認識我，而且為了一件什麼事才向我扔石頭子兒的，是嗎？」阿廖沙問。

那男孩陰陽怪氣地看了看他。

「我不認識您。難道您認識我嗎？」阿廖沙接著問。

「您有完沒有？」那男孩突然怒氣沖沖地喝道，但是仍舊站在原地不動，好像一直在防備著什麼，重又惡狠狠地忽閃著眼睛。

「好吧，我走，」阿廖沙說，「不過我不認識您，也沒招您惹您。他們告訴我他們怎麼惹您生氣了，但是我不想惹您，再見！」

「穿法國綢褲的修士！」小男孩叫道，依舊用那惡狠狠的、挑釁般的目光注視著阿廖沙，又乘機擺出一副架勢，滿以爲阿廖沙現在非向他猛撲過去不可，但是阿廖沙只是轉過身來，看了看他，走開了。可是他還沒來得及走滿三步，那男孩就從口袋裡掏出一塊最大的鵝卵石向阿廖沙扔去，很疼地打中了他的後背。

「您居然從背後下手？可見，他們說得對，您就愛鬼鬼祟祟地暗中傷人，不對嗎？」阿廖沙又轉過身來，可是這一回小男孩又惡狠狠地掏出一塊石頭筆直地對準阿廖沙的面部扔去，但是阿廖沙及時地用胳膊擋了一下，石頭打中了他的胳膊肘。

「您怎麼不害臊！我怎麼招您惹您啦？」他叫道。

小男孩一言不發，挑釁般地等著阿廖沙現在一定按捺不住，非向他撲去不可；他看到阿廖沙連這回也沒衝過去打他的意思，便像隻小野獸似的氣得狺狺然：他猛地一個箭步向阿廖沙撲了過去，阿廖沙還沒來得及閃開，這個惡狠狠的小男孩便低下頭，兩手一把抓住他的左手，很疼地咬了他的中指一口。他用牙齒咬住這隻手指足有十秒鐘不鬆口。阿廖沙疼得叫了起來，使盡所有力氣想把這隻手指抽回來。小男孩終於鬆開了口，並一個箭步跳回原來相距的那個距離。手指被咬得很疼，緊挨著指甲蓋，很深，咬到了骨頭；血流如注。阿廖沙掏出手帕，緊緊包住了那只受傷的手。他幾乎花了整整一分鐘來包紮傷口。那小男孩一直站在那兒，等候著。阿廖沙終於向他抬起了平靜的目光。

「好哇，」他說，「您瞧，您把我咬得多疼呀，這樣總行了吧？現在您總可以告訴我，我做了什麼對不住您的事了吧？」

小男孩驚奇地看了看他。

「我雖然根本不認識您，頭一回看見您，」阿廖沙仍舊十分平靜地說道，「總不至於我沒做任何對不住您的事吧，要不然，您也就不會平白無故地讓我吃這麼大苦頭了。請告訴我，我到底怎麼招您惹您了？」

小男孩沒有回答，可是忽然大聲哭了起來，哭出了聲而且忽然撇下阿廖沙，逃走了。阿廖沙不慌不忙地跟在他後面，向米哈伊洛夫街走去，他很長時間還看見那小男孩在遠處奔跑，既不放慢腳步，也不回頭張望，大概還在放聲大哭。他拿定主意，只要抽得出時間，非找到這個小男孩，非弄清楚使他感到異常震驚的這個啞謎不可。但是現在他還顧不上。

四、在霍赫拉科娃家

他很快就走到霍赫拉科娃太太住的那座小樓，這是一座兩層樓的磚瓦房，是座很漂亮的私宅，是敝縣縣城數得上的好房子。雖然霍赫拉科娃太太大部分時間住在其他省，那兒有莊園，或者住在莫斯科，那兒有私邸，不過她在敝縣縣城的房子是她祖上遺傳下來的自己的房子。再說她在敝縣擁有的莊園乃是她三座莊園中最大的一座，然而迄今爲止她卻極少到敝省來。她一直跑到外屋來迎接阿廖沙。

「關於新出現的奇蹟，您收到，收到信了嗎？」她又快又神經質地問道。

「是的，收到了。」

「當眾傳閱了嗎，給大家看了嗎？他把兒子還給他母親了！」

「他今天就要死啦！」阿廖沙說。

「我聽說了，我知道，噢，我多麼希望能夠跟您談談啊。跟您或者隨便什麼人談談這一切。不，要跟您談，要跟您談！可是我怎麼也見不到他，多遺憾啊！全城上下都很激動，大家都在翹首以待。但是現在……您知道卡捷琳娜．伊萬諾芙娜現在在我們家嗎？」

「啊，這太好了！」阿廖沙高興地說。「那我就可以在您家裡跟她見面了，昨天她讓我今天一定要去找她一趟。」

「我全知道，全知道啦。昨天她家發生的事……以及跟那個……賤貨之間發生的令人發指的事，我都聽說啦，詳詳細細地聽說啦。C'est tragique①，如果我換成是她，換成是她，我真不知道該怎麼辦了！還有您大哥，您那德米特里．費奧多羅維奇，這人也真是的——噢上帝啊！阿列克謝．費奧

---

① 法語：這眞是悲劇；這太令人震驚啦。

多羅維奇，我說話顛三倒四的，您想想嘛：現在令兄坐在裡邊，我不是說您大哥，不是昨天那個可怕的傢伙，而是您二哥伊萬・費奧多羅維奇坐在裡邊，在跟她說話：他倆的談話一副莊嚴肅穆的樣子……您簡直沒法相信，現在他倆之間發生了什麼——這真是太可怕啦，實話告訴您吧，這簡直是反常，簡直是天方夜譚，簡直讓人沒法相信：兩人都在莫名其妙地毀掉自己，這，他倆自己也知道，可是卻樂此不疲，引以爲樂。我一直在等您來！熱切地盼望您來！主要是因爲我看到這個就受不了。我馬上就把一切講給您聽，但是現在我要講另一件事，最最要緊的事——啊呀，我差點忘了這是最最要緊的事啦：請告訴我，爲什麼麗莎發歇斯底里？她一聽見您來了就歇斯底里大發作！」

「Maman①！現在是您在發歇斯底里，不是我。」麗莎的尖嗓子突然從一側房間的門縫裡嘰嘰喳喳地傳了出來。這門縫小極了，而聲音尖細得有點反常，活像一個人非常想笑出聲來，可是又拼命壓住了笑聲。阿廖沙一眼就發現了這條小縫，大概麗莎坐著輪椅正從門縫裡向他張望，但是這情景他又看不清。

「這不足爲怪，麗莎，不足爲怪——你一發脾氣，我就得發歇斯底里，不過她倒的確病得不輕，阿列克謝・費奧多羅維奇，她鬧了一夜病，發燒，淨哼哼！我好不容易等到天亮，請來了赫爾岑什圖勃大夫。他說他也莫名其妙，必須觀察一段時間再說。這個赫爾岑什圖勃總是這樣，來了就說莫名其妙。您剛一走到我們家門口，她一聲驚呼，老毛病就犯啦，硬讓大家把她推到她過去住的那房間……」

「媽媽，我根本就不知道他來了，完全不是因爲他我才挪到這屋裡來的。」

① 法語：媽媽。

「這就不說實話啦，麗莎，尤利婭跑進來告訴你阿列克謝・費奧多羅維奇來了，她是替你望風的。」

「親愛的媽媽，您這話說得也太不聰明啦。如果您想趕快改正，想立刻說句非常聰明的話，那，親愛的媽媽，您就告訴這位來訪的先生阿列克謝・費奧多羅維奇：在發生了昨天那件事情以後，他居然不顧大家都在笑話他，竟敢冒昧地到我們家來，這就足以證明此公太不機靈啦。」

「麗莎，你也太放肆了，告訴你，把我逗急了，我非好好教訓你一頓不可。誰笑話他啦，他來了我高興還來不及呢，我找他有事，有很要緊的事。唉，阿列克謝・費奧多羅維奇，我太不幸啦！」

「您倒是怎麼了嘛，親愛的媽媽？」

「哎呀，還不是因為你愛鬧脾氣，麗莎，說風就來風，說雨就來雨，還有你那病，發了一夜高燒，太可怕啦，還有那個可怕的、老一套的赫爾岑什圖勃，主要是說來說去總是老一套。最後，一切的一切……最後，甚至這奇蹟！噢，這奇蹟使我多麼吃驚，多麼震驚啊，親愛的阿列克謝・費奧多羅維奇！還有那邊客廳裡的現在的這齣悲劇，我受不了這個，我要預先向您宣布，我受不了。是喜劇，不是悲劇也說不定。請問，佐西馬長老能活到明天嗎？能嗎？噢，我的上帝！我倒是怎麼啦，往往一閉上眼睛就看見一切全是扯淡，全是扯淡。」

「我有個不情之請，」阿廖沙突然打斷她的話道，「能不能給我一塊乾淨布包一包手指頭。我把它弄傷了，傷得很重，現在我覺得疼極了。」

阿廖沙解開被咬傷的手指。那塊手帕上滿是鮮血。霍赫拉科娃太太一聲驚叫，閉上了眼睛。

「上帝，傷得多重呀，太可怕啦！」

但是，麗莎在門縫裡一看見阿廖沙的手指，就譁啦一聲立刻拉開了房門。

「快進來，快到我這裡來，」她用命令的口吻不容違抗地叫道，「現在就別做傻事啦！噢主啊，您怎麼能這麼長時間站著一聲不吭呢？他會流血過多的，媽媽！您這是在哪兒，您這是怎麼搞的嘛？先弄點水來，先弄點水來！應當把傷口先洗乾淨，乾脆放進冷水，這樣可以止痛，浸在水裡，一直浸著……快，快拿水來呀，媽，倒進漱口杯裡。快呀！」她神經質地大叫。她嚇壞了；阿廖沙的傷口使她大驚失色。

「要不要把赫爾岑什圖勃大夫請來？」霍赫拉科娃太太驚慌失措地叫道。

「媽，真要命。您那個赫爾岑什圖勃來了也只會說莫名其妙。拿水來，拿水來呀！媽，看在上帝分上，您自己去跑一趟吧，催尤利婭快來，她一定在什麼地方磨蹭，從來就不會快去快來！您快點吧，媽，要不我快急死啦……」

「這算不了什麼呀！」阿廖沙叫道，他倒反過來被她們的恐懼嚇壞了。

尤利婭端著水跑了進來。阿廖沙把手指泡進了水裡。

「媽，看在上帝分上，拿點棉紗團①來；拿棉紗團和給傷口消毒用的那種刺鼻而渾濁的藥水來，這藥水叫什麼來著！咱們家有，有，有嘛……媽，您也知道藥瓶在哪，在您那臥室右邊的小櫃裡，那裡有個大藥瓶和棉紗團……」

「我立刻統統拿來，麗莎，不過你別嚷嚷，你別急。瞧，阿列克謝‧費奧多羅維奇多堅強，並不把自己的不幸放在心上。您這是在哪兒受了這麼可怕的傷呀，阿列克謝‧費奧多羅維奇？」

霍赫拉科娃太太急匆匆地走了出去。麗莎早就盼著她出去了。

① 俄國舊時從破棉布上扯下的棉紗，以代替裹傷用的棉花。

「首先請您回答一個問題，」她急煎煎地對阿廖沙說，「您這是在哪兒受的傷？然後我還要跟您談一件完全不相干的事。你說呀！」

阿廖沙本能地感覺到，這段時間，直到媽媽回來，對她是寶貴的，因此他匆匆地，許多細節略而不提，但卻十分準確和清楚地告訴了她，他跟小學生們謎一般相遇的經過。麗莎聽完他的話後舉起兩手一拍。

「您怎麼能，怎麼能，而且還穿著這身衣服，跟那些小男孩攙和在一起呢！」她憤怒地叫道，好像她已經擁有管束他的某種權利似的，「您居然會做出這種事來，說明您自己還是個孩子，最小最小的孩子，不能比您再小了！不過您一定要給我設法打聽清楚這壞孩子的情況，然後一五一十地告訴我，因爲這裡肯定有什麼秘密。現在談第二點，首先我問您：阿列克謝・費奧多羅維奇，儘管您疼得很厲害，您還能不能夠談論一些完全無關緊要的事，但是必須談得通情達理呢？」

「完全能夠，況且現在我已經不感到很疼了。」

「這是因爲您的手指泡在水裡。必須立刻換水，因爲水一眨眼就會變熱的。尤利婭，馬上到地窖去拿塊冰來，再用一只漱口杯去舀碗水來。好啦，她現在走啦，我說正事兒：親愛的阿列克謝・費奧多羅維奇，請您立刻把我昨天捎給您的信還我——快，因爲媽媽說話就回來，我不願意……」

「我沒把信帶在身邊。」

「不對，它就在您身邊。我早料到您會這麼回答的。它就放在您的這邊口袋裡。爲了這個愚蠢的玩笑，我後悔了一宿。馬上把信還我，還我！」

「信留在修道院裡了。」

「但是，您看了我寫的這封信以後（我在信中開了這麼愚蠢的玩笑），您再不會把我看作一個小女孩，一個很小很小的小女孩了！請您原諒我的這個愚蠢的玩笑，但是這信您一定要給我拿來，如果當真不在您身邊的話——今天就給我拿來，一定，一定要拿來！」

「今天無論如何不行，因爲我回修道院以後，兩天、三天、也許四天不能來看您，因爲佐西馬長老……」

「四天，簡直扯淡！我說，您是不是存心取笑我？」

「我一點也沒有取笑您。」

「爲什麼？」

「因爲我對一切都深信不疑。」

「您侮辱我。」

「毫無此意。我一看完信就想，將來肯定會這樣的，因爲等佐西馬長老一死，我就必須立刻離開修道院。然後我要去繼續求學，通過考試，等到滿了法定年齡，咱倆就結婚。我會愛您的。雖然我還沒工夫細想，但是我想，我再也找不到比您更好的妻子了，而長老叮囑我必須結婚……」

「要知道，我可是有殘疾的呀，還要坐輪椅！」麗莎滿臉羞得通紅，笑了。

「我要親自給您推輪椅，但是我深信，到那時候，您的病肯定會好的。」

「但是您是瘋子，」麗莎神經質地說道，「給您隨便開個玩笑，您就當真了，淨胡說八道！……啊呀。媽媽來了，也許來得正是時候。媽媽，您怎麼總是慢吞吞的，要這麼長時間，至於嗎！瞧，尤利婭把冰也拿來了！」

「啊呀，麗莎，別嚷嚷，最要緊的是別嚷嚷，一聽見你嚷嚷，我就……有什麼辦法呢，你自己把棉紗團塞到別的地方去了……我找呀找呀……我疑心，你這是存心。」

「我總不至於知道他肯定會帶著被咬傷的手指到咱們家來吧，要不然，倒好像我當真存心這麼做了似的。媽媽，我的天使，您說的話也太聰明啦。」

「管它聰明不聰明呢，但是你讓人多著急呀，麗莎，我是說阿列克謝・費奧多羅維奇的手指以及所有這一切！唉，親愛的阿列克謝・費奧多羅維奇，使我傷心的不是什麼個別的事，也不是什麼赫爾岑什圖勃，而是這一切加在一塊兒，整個的一切，我受不了的正是這個。」

「夠啦，媽媽，別再說赫爾岑什圖勃啦，」麗莎愉快地笑道，「快把棉紗團給我拿來，媽媽，還有藥水。這藥水叫醋酸鉛洗液，阿列克謝・費奧多羅維奇，我現在想起它的名字來了，這是一種非常好的洗液。媽媽，您想想，他來的時候居然在大街上跟孩子們打架了，這是一個小男孩咬的，您瞧，他自己不也是個小男孩嗎，媽媽，發生了這種事，他怎麼還能夠結婚呢，因爲，您想想嘛，他還想結婚哩，媽媽。您想想，他要是結婚，豈不是太可笑，也太可怕了嗎？」

麗莎邊說邊狡獪地望著阿廖沙，一直在笑，發出一片神經質的咯咯笑聲。

「啊呀，怎麼扯上結婚了呢，麗莎，這話又從何說起呢，你這話也說得太玄啦……那孩子興許瘋了吧。」

「啊呀，媽媽！哪來這麼多瘋孩子呀？」

「怎麼會沒有呢，麗莎，倒像我說了什麼傻話似的。您那孩子一定是給瘋狗咬了，所以他也變成了瘋子，逮住誰咬誰。她給您包紮得多好呀，阿列克謝・費奧多羅維奇，我就永遠學不會。您現在還感到疼嗎？」

「現在還稍微有點疼。」

「那您不怕水嗎①？」麗莎問。

「哎呀，行了，麗莎，關於瘋孩子的事，我也許說得太心急了點，你就立刻抓住把柄，做起文章來了。卡捷琳娜・伊萬諾芙娜一聽說您來了，阿列克謝・費奧多羅維奇，她就急忙來找我，她非常，非常想見到您。」

「啊呀，媽媽！您一個人去那兒不就得了，他馬上去不了，他的傷口太疼了。」

「我一點不疼了，我能去，完全行……」阿廖沙說。

「怎麼！您要走？您怎麼這樣？您怎麼這樣？」

「那有什麼？要知道，那邊的事一完我就回來嘛，我們又可以說說話兒了，愛說多少都行。我非常需要見到卡捷琳娜・伊萬諾芙娜，因爲我今天無論如何要盡快回到修道院去。」

「媽媽，帶他走，快把他帶走。阿列克謝・費奧多羅維奇，見過卡捷琳娜・伊萬諾芙娜後，您就甭費心再來找我了，您就直接回修道院去吧，您就只配到那裡去！我可要睡了，我一宿沒睡。」

「啊呀，麗莎，你不過是開玩笑罷了，要是你當真睡著了，那該多好！」霍赫拉科娃太太著急地說。

「我不知道我哪兒……如果您願意，我可以再待兩三分鐘，甚至五分鐘。」阿廖沙咕噥道。

「甚至五分鐘！您快把他帶走吧，媽媽，他是個怪物。」

「麗莎，你簡直瘋了。咱們走，阿列克謝・費奧多羅維奇，她今天的脾氣可怪啦，我怕惹她。噢，跟一個神經質的女人在一起真糟糕，阿列克謝・費奧多羅維奇！要知道，有您在身邊，她也許

---

① 恐水病即狂犬病。看見水就恐懼，是狂犬病的主要症狀。

當真想睡了。您怎麼這麼快就能讓她想睡了呢，這多好呀！」

「啊呀，媽媽，您說得多好呀。為了這句話我得親親您，好媽媽。」

「我也要親親你，麗莎。我說阿列克謝・費奧多羅維奇，」霍赫拉科娃太太跟阿廖沙一起出去的時候，神秘兮兮而又一本正經地用急促的低語說道，「我什麼話也不想提醒您，我也不想捅開這層窗戶紙，但是您進去後就會看到那裡發生的一切。簡直可怕，真是一齣最最荒唐的惡作劇：她明明愛您二哥伊萬・費奧多羅維奇，可是卻偏要自己相信她愛的是您大哥德米特里・費奧多羅維奇。這太可怕了！我跟您一起進去，只要不攆我走，我就等您一直等到底。」

五、客廳裡的反常

但是客廳裡的談話已經快要結束；卡捷琳娜・伊萬諾芙娜非常激動，雖然神態十分堅決。當阿廖沙和霍赫拉科娃太太進去的時候，伊萬・費奧多羅維奇正要起身告辭。他的臉略顯蒼白，阿廖沙不安地看了看他。問題是，這時候阿廖沙心中的一個疑團，一個若干時間以來一直使他百思不得其解的、令他不安的啞謎，現在正在逐漸解開。還在大約一個月前，就有人從不同的角度提醒他，說他二哥伊萬愛著卡捷琳娜・伊萬諾芙娜，最要緊的是他當真想把她從米佳手裡「搶走」。直到最近，阿廖沙還覺得這事近乎荒唐，雖然這使他很不安。兩個哥哥他都愛，深怕他倆之間發生這種爭風吃醋的事。然而德米特里・費奧多羅維奇自己昨天突然直截了當地向他宣布，他甚至很樂意讓二弟伊萬把他的未婚妻給搶了去，這反過來倒是幫了他德米特里一個大忙。他能幫他什麼忙呢？幫他娶那個格魯申卡嗎？但是阿廖沙認為這事乃是因走投無路而採取的下策。除了這一切以外，直到昨天晚上，他對卡捷琳娜•伊萬諾芙娜本人熱烈而又執著地愛著他大哥德米特里，是深信不疑的——但是也僅僅是到昨天晚上爲止，他才這麼相信。再說，他不知爲什麼總覺得她不可能愛像伊萬這樣的人，而只能愛他的大哥德米特里，愛他現在的本來面目，儘管這樣的愛顯得十分荒唐。但是昨天他目睹了她跟格魯申卡的那場爭吵，他突然似乎有了另外的想法。剛才霍赫拉科娃太太說的「反常」一詞，使他幾乎打了個哆嗦，因爲就在昨天夜裡，他在黎明前半睡半醒的時候，他似乎回答自己的夢境似地突然說道：「反常，反常的衝動！」他昨天做了一夜夢，夢見的全是昨天在卡捷琳娜•伊萬諾芙娜家發生的那場爭吵。現在霍赫拉科娃太太忽然又開門見山地硬說卡捷琳娜•伊萬諾芙娜愛二哥伊萬，只是因爲演戲，出於一種「反常的衝動」，才存心自欺欺人，用一種似乎出於感恩的假裝的愛情來自己折磨自己——霍赫拉科娃太太的話使阿廖沙吃了一驚：「是的，也許真的全部真相就在這些話裡！」但是，既然如此，二哥伊萬的情況又怎樣呢？阿廖沙憑著某種本能感覺到，像卡捷琳娜•伊萬諾芙娜這種性格的人，必須發號施令，而她可能對之發號施令的也只有像德米特里這樣的人，而決不可能是像伊萬這樣的人。因爲只有德米特里（就算需要花費很長時間吧）才會最後「福至心靈」地對她俯首帖耳（阿廖沙甚至希望這樣），伊萬則不然，伊萬決不可能對她俯首帖耳，而且這種俯首帖耳也不可能給他帶來幸福。阿廖沙不知爲什麼，不由得對伊萬形成了這樣的看法。就在他現在即將踏進客廳的那一刹那，他的腦海裡飛掠過所有這些搖擺不定的想法。他腦海裡還掠過這樣一個想法——他突然而又無法遏制地想：「如果她誰也不愛，既不愛這個，也不愛那個，那怎麼辦呢？」必須指出，阿廖沙似乎因爲自己有這樣的想法而感到羞恥。最近一個月來，這些想法紛至沓來地進入他的腦海，他經常爲此而不斷自責。「對於愛情和女人我又懂得什麼呢，我怎麼能這麼武斷地得出這樣的結論呢。」每逢他產生這樣的想法或猜測後，他常常不無自責地想。他本能地懂得，現在，比如說，在他兩位兄長的命運中，這場角逐是一個非常重要的問題，許多事都將取決於這場角逐的勝敗。「一條毒蛇咬死另一條毒蛇。」二哥伊萬在憤然談到父親和大哥德米特里時昨天曾這樣說過。可見，大哥在他眼裡是條毒蛇，說不定早就是毒蛇了？該不是從二哥伊萬認識卡捷琳娜・伊萬諾芙娜以後就開始了吧？這句話當然是伊萬昨天無意中脫口說出來的，但是正因爲無意，所以才更重要。假如是這樣，那還有什麼和平可言呢？相反，這豈不是在他們家中引爆仇恨和敵對的新的導火線嗎？而主要是他阿廖沙該可憐誰呢？希望他們每個人怎麼樣呢？他們倆他都愛，但是在這樣可怕的矛盾中，他又能希望他們每個人怎麼樣呢？在這團亂麻中簡直不知道如何是好了，而阿廖沙的心最受不了的就是不知道如何是好，因爲他愛的性質永遠是積極的。他不會消極地愛，只要愛上某個人，他就會立刻動手去幫助他。但是要做到這點，必須先確立目標，必須堅定地知道，對於他們每個人什麼是好的和必需的，必須先確信目標是正確的，然後才談得上去幫助他們每個人。但是現在一切都沒有堅定的目標，有的只是情況不明和一團亂麻。現在只有「反常」二字。但是即使在這個「反常」中他又懂得什麼呢？在這一團亂麻中，遇到的第一個詞他就不懂。

卡捷琳娜・伊萬諾芙娜一看到阿廖沙，就迅速而且快樂地對已經從座位上站起來，準備告辭的伊萬說道：

「請稍等！請您再稍等片刻。我想聽聽我全身心都對之無限信任的這個人的意見。卡捷琳娜・奧西波芙娜，您也不要走。」她又對霍赫拉科娃太太加了一句。她讓阿廖沙坐在她身旁，而霍赫拉科娃太太則坐在她對面，挨著伊萬・費奧多羅維奇。

「這裡都是我的朋友，我在這世上認識的所有人都是我的朋友，我的親愛的朋友。」她熱情地開口道，真誠而又痛苦的眼淚在她的聲音中顫動，於是阿廖沙的心一下子就倒向她一邊去了。「阿列克謝・費奧多羅維奇，您是昨天那件……可怕的事的見證人，您也看到了我當時的情況。您沒有看見這個，伊萬・費奧多羅維奇。他對我昨天的情況是怎麼想的——我不知道，我只知道一點，如果今天，現在再發生同樣的事，我將會表露出與昨天同樣的感情，說同樣的話和做同樣的事。您記得我當時的做法吧，阿列克謝・費奧多羅維奇，當我正要做其中一件事的時候，您攔住了我……（她說這話的時候臉紅了，而且她的眼睛閃出了光。）我要向您宣布，阿列克謝・費奧多羅維奇，我甚至不知道我現在是不是愛他。我瞧著他**可憐**。這是愛的一種不好的證明。如果我愛他，現在還繼續愛他，說不定我現在就不會可憐他了，而是相反，應當恨他……」

她的聲音開始發抖，淚花在她的睫毛上閃了一下。阿廖沙怦然心動：「這姑娘的話是實在的、真誠的，」他想，「而且……而且她再也不會愛德米特里了！」

「這話在理！在理。」霍赫拉科娃太太不勝唏噓地說。

「且慢，親愛的卡捷琳娜・奧西波芙娜，我還沒說最主要的事，還沒把我昨晚決定的最後結果說出來。我感到，也許我的決定是可怕的（對於我），但是我又預感到，我決不會改變這一決定，無論如何不會，我這輩子不會，必須這樣。我的親愛的，我的好人，我的始終不渝和捨己爲人的密友和深知吾心、我在這世上唯一的好友伊萬・費奧多羅維奇，贊成我所做的一切，並誇獎我的這一決定……他知道這一決定。」

「是的，我贊成這一決定。」伊萬・費奧多羅維奇用低沉而又堅定的聲音說道。

「但是我希望阿廖沙（啊，阿列克謝・費奧多羅維奇，對不起，我把您乾脆叫阿廖沙了）①，

① 阿廖沙是小名，大名應是阿列克謝。俄俗：對人稱大名加父稱才是最客氣、最尊敬、最有禮貌的。

我希望聽聽阿列克謝・費奧多羅維奇的意見，請他現在當著我的兩位朋友的面說說，我對還是不對？我有一種本能的預感，您，阿廖沙，我的好弟弟（因爲您就是我的好弟弟嘛），」她又興高采烈地說道，伸出她那熱得發燙的手抓住了他那冰涼的手，「我預感到，您的決定，您的首肯，儘管我受盡了痛苦，它將會使我的心平靜下來，因爲聽到您的話以後我就心平了，認了──我預感到這個。」

「我不知道您要問我什麼，」阿廖沙漲紅了臉說道，「我只知道我愛您，而且我此時此刻希望您幸福更甚於希望我自己！……但是，要知道，這些事我一點也不懂……」他突然不知爲什麼急急忙忙地加了這麼一句。

「這些事，阿列克謝・費奧多羅維奇，這些事最要緊的是名譽和義務，我不知道還應該有什麼，但是應當有某種崇高的，也許比義務還更崇高的東西。我的心在告訴我這個不可抗拒的感情，這種感情以不可抗拒之勢讓我去愛。不過，長話短說，我已經拿定了主意：即使他當真娶了那個……」她莊嚴地開始道，「我永遠，永遠也不能饒恕的那個賤貨，**我也不會離開他**！從現在起，我已經永遠永遠也不會離開他了！」她淒然地、強顏歡笑地說道。「倒不是說我硬要纏住他，無時無刻不待在他眼前，折磨他──噢不，我要到別的城市去，隨便上哪兒，但是我將一輩子，一輩子不知疲倦地關注他的一切。當他跟那個賤貨在一起一旦遭到不幸，而且這是一定會很快發生的，那就讓他來找我，他遇到的一定是個好朋友和好妹妹……不過是好妹妹而已，當然，永遠不過是好妹妹，但是他最終將會深信，這妹妹的確是終身愛他，終身爲他犧牲的妹妹。我一定要做到這點，我一定要堅持做到讓他終於了解我，能夠毫不羞愧地向我傾訴一切！」她好像發狂似的大聲疾呼。「我將成爲他的上帝，他將向我頂禮膜拜──而這是最起碼的，因爲他有負於我，因爲他對我變了心，因爲我昨天因他而遭受到種種羞辱。但願他一輩子都能看到，儘管他不忠實，儘管他變了心，但是我一輩子對他都將是忠實的，都是信守我曾經向他許下的諾言的。我要……我要變成僅僅是實現他的幸福的手段（這話該怎麼說呢），實現他的幸福的工具和機器，而且我要一輩子，一輩子都這樣做，讓他今後一輩子都看到這個！這就是我的全部決定！伊萬．費奧多羅維奇也非常贊成我的這一決定。」

她說罷氣喘咻咻。她本來想把自己的想法表達得也許更好、更動聽、也更自然得多，但卻說得太匆忙，太露骨了。其中有許多是年輕姑娘的意氣，許多話只是昨天餘怒的回音，出於一種表示驕傲的需要——這，她自己也感覺到了。她的臉不知怎的突然變得陰沉起來，眼睛裡的表情也變得不對頭了。阿廖沙立刻注意到了這一切，他猛然動了惻隱之心。就在這時二哥伊萬也插進來說話。

「我只是談了我的看法。」他說。「換了任何別的女人，這一切就會顯得反常和極不自然，然而您卻不是這樣。換了別的女人就會顯得無理取鬧，而您是言之成理的。我不知道您這樣做有什麼道理，但是我看到您說這話出於真誠，因此您是有道理的……」

「但是，要知道，這不過是眼下的一時之見……這眼下的一時之見又是什麼呢？無非是因為昨天受了侮辱——這就是眼下一時之見的由來！」霍赫拉科娃太太突然忍不住說道，她顯然並不希望介入談話，但又忍不住，冷不防說出了一個十分正確的想法。

「對，對，」伊萬打斷她的話道，突然似乎很激動，對於別人打斷他的話分明很惱火，「對，但是換了別人，這一時之見僅僅是昨天留下的餘音，僅僅是一時之見而已，而就卡捷琳娜．伊萬諾芙娜的性格來說，這一時之見將會貫穿她的一生。而對於別的女人來說，這僅是一時的許諾，而對她來說，這卻是恆久不變、雖然沉重、也許還很掃興，但卻是孜孜不倦應予遵循的義務。她履行了這一義務，她將以此而得到自慰。卡捷琳娜．伊萬諾芙娜，現在您的一生將在痛苦中度過，在觀照自己的感情、自己的功德無量和自己的不幸中度過，但是後來這痛苦減退了，您的一生將會變成對您那業已說一不二地履行了的堅定而又足以自豪的意圖的甜蜜觀照，這意圖從某方面說的確足以自豪，但是不管怎麼說卻是出於無奈，但是被您戰勝了，這種認識最終將會帶給您極大的滿足，並使您安於斯、樂於斯地了此餘生……」

他說這話分明帶著一種惡意，分明是存心氣她，甚至，說不定他根本無意掩飾自己的意圖，即他說這話是存心氣她，意在嘲笑。

「噢上帝，怎麼總覺得不對頭呢！」霍爾拉科娃太太又感慨系之地說道。

「阿列克謝・費奧多羅維奇，該您說了！我非常想聽聽您的高見！」卡捷琳娜・伊萬諾芙娜不勝悵惘地說，忽然淚如雨下。阿廖沙從沙發上站了起來。

「這沒事，沒事！」她帶著哭聲繼續道，「這是因爲不大舒服，因爲昨天一宿沒睡好，但是有你們這兩位朋友（您和您二哥）守在我身邊，我感到自己還是很堅強的……因爲我知道……你們二位永遠不會離開我……」

「不幸的是，說不定我明天就要到莫斯科去，要離開您很久……而且不幸的是無法改變……」伊萬・費奧多羅維奇驀地說道。

「明天，到莫斯科去！」卡捷琳娜・伊萬諾芙娜的臉色霎時全變了，「但是……但是我的上帝，這有多巧啊！」她叫道，霎時她的聲音也全變了，她的眼淚也在刹那間全乾了，連影子也沒有了。正是刹那之間她身上出現了驚人的變化，使阿廖沙驚奇不止：本來是個受人欺侮的、可憐巴巴的姑娘在百感交集中痛哭失聲，現在卻忽地變成一個完全鎮定自若的女人，而且對某件事感到非常滿意，好像對某件事驀地感到興高采烈似的。

「噢，倒不是說因爲您要離開我，我才說這太巧了，自然不是這樣，」她忽然帶著一種社交場合慣見的媚笑，彷彿糾正似的說道，「像您這樣一位朋友是決不會這樣想的；相反，如果我失去了您，那我就太不幸了（她突然飛也似的衝向伊萬・費奧多羅維奇，抓住他的兩隻手，熱情地握了握）；但是我說這太巧了，巧就巧在您現在可以到莫斯科去把我的整個情況，我現在的整個可怕的遭遇親自告訴我姨媽和阿加莎了，您可以跟阿加莎完全開誠布公，對親愛的姨媽則不妨委婉些，到底怎樣，您自己一定會看情況辦的。您簡直沒法想像，昨天和今天早晨我有多不幸啊，我真不知道該怎麼給她們寫這封可怕的信了……因爲信裡這事是無論如何說不清楚的……現在就好寫了，因爲您將親自到她們那兒去，您會說明一切的。噢，我多高興啊！但是我高興的只是這一點，再一次請您相信我。您本人對於我來說當然是不可替代的……現在我就跑去寫信。」她忽然結束道，甚至已經走了一步，想要走出房間。

「那麼阿廖沙呢？您一定想要聽聽的阿列克謝・費奧多羅維奇的意見呢？」霍赫拉科娃太太叫道。她說話的口氣流露出挖苦和惱怒。

「我沒忘記這個，」卡捷琳娜・伊萬諾芙娜突然停下腳步，「眼下這時候您爲什麼對我這麼凶呀，卡捷琳娜・奧西波芙娜？」她帶著既痛苦而又熱烈的責備說道。「我說的話從來是算數的。他的意見對我是必須的，此外：我還需要他的決定！他怎麼說，我就怎麼做——到了這樣一種程度，恰恰相反，我迫切需要聽到您的話，阿列克謝・費奧多羅維奇……但是您怎麼啦？」

「我從來沒想到過，也沒法想像會出現這樣的情況！」阿廖沙突然痛心地說。

「什麼，什麼想到過？」

「他要到莫斯科去，您竟會歡呼，您是存心這麼嚷嚷的！然後您又立刻解釋說您歡呼的不是這事，而是相反，您捨不得他走……您會失去一位朋友，但是，您是存心演戲……就像在劇院裡演滑稽戲一樣！……」

「我在演戲？怎麼回事……這倒底是怎麼回事？」卡捷琳娜・伊萬諾芙娜非常驚訝地叫道，而且滿臉漲得通紅，雙眉深鎖。

「儘管您一再向他保證，您失去了他這位朋友感到很惋惜，可是您還是當著他的面堅持說幸虧他要離開這裡……」阿廖沙不知怎的已經完全上氣不接下氣地說。他站在桌旁，並沒坐下來。

「您說什麼呀，我不明白……」

「我也不知道我說什麼……我好像忽地恍然大悟似的……我知道我這樣說不好，但是我還是要把要說的話全說出來。」阿廖沙仍舊用那種發抖的、時斷時續的聲音說道。「我恍然大悟的是，您根本不愛我大哥德米特里也說不定……從一開始就不愛……而且德米特里說不定也根本不愛您……從一開始就不愛……只是尊敬您……說真的，我也不知道我怎麼現在竟敢把這一切全說出來，但是總得有人把事實真相說出來呀……因爲這裡任何人都不願意說出事實真相……」

「什麼事實真相？」卡捷琳娜・伊萬諾芙娜叫道，她的聲音中已經流露出歇斯底里。

「這就是事實真相，」阿廖沙囁嚅道，彷彿從房頂上摔下來似的，「您不妨立刻把德米特里叫來——我能找到他——讓他到這兒來，讓他抓住您的一隻手，然後再抓住二哥伊萬的一隻手，再把你們兩人的手接合在一起。因爲您這是在折磨伊萬，其原因就因爲您愛他，而您之所以折磨他，就因爲您反常地愛著德米特里……這是一種不真實的愛……因爲您硬要自己相信您是愛他的……」

阿廖沙的話中斷了，他閉上了嘴。

「您……您……您簡直是個小瘋子，瘋教徒！」卡捷琳娜・伊萬諾芙娜氣得臉色發白，嘴角歪斜地斷然說道。伊萬・費奧多羅維奇忽地笑了，從座位上站起身來。他兩手攥著禮帽。

「你錯啦，我的好心的阿廖沙，」他說，他臉上的表情是阿廖沙從來沒有見過的——既有年輕人的真誠，又有一種強烈的、遏制不住的坦率，「卡捷琳娜・伊萬諾芙娜從來沒有愛過我！她一直知道我愛她，雖然我從來沒有向她說過一句話說我愛她——她知道，但是她不愛我。我也從來沒有做過她的朋友，一次也沒有，一天也沒有：一個高傲的女人是不需要我這樣的朋友的。她讓我待在她身邊為的就是不斷報復。她向我報復，在我身上報復她在所有這段時間裡隨時隨地從德米特里那裡受到的一切侮辱，從他倆第一次見面起就受到的侮辱……因為他倆第一次見面就是作為一種侮辱留在她的心坎上的。她的心就是這樣！從那時以來，我所能做的就是洗耳恭聽她不厭其煩地說的她對他的愛。現在我要走了，但是您要知道，卡捷琳娜・伊萬諾芙娜，您確實愛的只是他。而且他越侮辱您，您就越愛他。這就是您反常的地方。您愛的正是他現在這種樣子，儘管他侮辱您，您還是愛他。他要是改過自新了，您就會馬上拋棄他，根本不愛他。但是您之所以需要他，就在於您可以借此不斷地觀照您忠於他的豐功偉績，並且可以不斷地責備他不忠實。而這一切均出於您太驕傲了。噢，這裡有許多低三下四和備受凌辱的事，但這一切均出於您太驕傲了……我太年輕，也太愛您了。我知道我本不該對您說這種話，乾脆離開您，一走了之，倒能更多地保持一些我的個人尊嚴；這樣做也不至於有汙您的清聽。但是，要知道，我要走得遠遠的，永遠也不回來。要知道，這是永別……我不願意待在這裡，眼看著別人反常……話又說回來，我已經不會再說什麼了，要說的話都說完了……別了，卡捷琳娜・伊萬諾芙娜，您千萬不要生我的氣，因為我受到的懲罰超過您一百倍：單說我將永遠不再看見您，這對我的懲罰就夠重的了。別了。我不需要跟您握手。您折磨我是完全有意識的，因此現在我不能原諒您。以後我會原諒您的，現在就不必握別了。

Den Dank, Dame, begehrichnicht.①」

他苦笑著加了這麼一句詩，說明（然而卻是完全出人意料地）他也知道席勒的詩，而且能夠背誦，這是阿廖沙以前所沒法相信的。他走出了房間，甚至沒向女主人霍赫拉科娃太太告辭。阿廖沙舉起兩手一拍。

「伊萬，」他不知所措地在後面叫道，「你回來，伊萬！不，不，現在他說什麼也不會回來了！」他在痛心的恍然大悟中感嘆道，「但是，都得賴我，都是我引起的！伊萬的話充滿敵意，這不好。說得既不公平，又充滿敵意……」阿廖沙像個瘋子似的連聲嘆息。

卡捷琳娜·伊萬諾芙娜突然走出去，進了另一間屋。

「您沒有錯，您像個天使似的做得太好了。」霍赫拉科娃太太向痛心疾首的阿廖沙急促而又興高采烈地悄聲道。「我將盡力不讓伊萬·費奧多羅維奇離開……」

使阿廖沙分外傷心的是她還興高采烈、歡天喜地。但是卡捷琳娜·伊萬諾芙娜忽然回來了。她手上拿著兩張花票子②。

「我對您有一件不情之請，阿列克謝·費奧多羅維奇。」她徑直向阿廖沙開口道，聲音顯然很平靜，好像剛才真的什麼事也沒發生過一樣。「一星期——對，好像是一星期前——德米特里·費奧多羅維奇幹了一件很莽撞而又很不公平的事，很不像話。這裡有一個壞地方，一家小飯館。他在那家飯館裡遇見了一位退伍軍官，是位步兵上尉，令尊曾僱用他辦過一些什麼事。德米特里·費奧多

① 德語：太太，我不需要賞賜。引自席勒的抒情敘事詩《手套》（一八三一年）。
② 意爲兩張一百盧布的鈔票。

羅維奇不知為什麼對這位步兵上尉很生氣，於是就一把抓住他的鬍子，並當著大夥的面，使他下不了台地拽到大街上，而且還在街上把他拖了很長一段路，據說有個小男孩，是這位步兵上尉的兒子，他在這裡的一所學校裡上學，是個小孩，看到這情形後，就一直跟著他們跑，嗚嗚地哭，替他父親求情，他求爺爺告奶奶地求遍了所有的人，請他們替他作主，可是大家竟一笑置之。對不起，阿列克謝·費奧多羅維奇，每當我想起**他**的這一可恥行為時，我就不能不憤慨……能夠不顧一切地做出這種舉動來的只有德米特里·費奧多羅維奇一個人，當他怒不可遏……氣不打一處來的時候！這事我說不出口，也沒法說清楚……我說亂了。我打聽了一下這個受害人的情況後，才得知他是一個很窮的人，姓斯涅吉廖夫。他在公務中不知犯了什麼錯誤，被開除了，這事我跟您說不清楚，現在他拉家帶口的，很不幸，孩子有病，妻子好像是個瘋子，陷入了可怕的貧困。他早就住在本城，不知道做什麼事，大概在什麼地方當過文書，可現在人家忽然一個錢也不給了。我瞥了您一眼……就是說我想——我不知道，不知怎的我又說亂了——您知道嗎，我想求您辦一件事，阿列克謝·費奧多羅維奇，我的最最好心的阿列克謝·費奧多羅維奇，您能不能夠到他那裡去一趟，找個藉口，上他家去看看，就說是找那位步兵上尉——噢上帝！我說得多亂呀——既客客氣氣，又小心謹慎——只有您一個人才能做到這點（阿廖沙突然臉紅了）——才能把這一點救濟，瞧，二百盧布，交給他。他可能會收下的……就是說硬要他收下……或者不，這話怎麼說呢？你知道嗎，這不是跟他講和的代價，想請他不要上告（因為他好像要上告），而只是出於同情，希望幫幫他的忙，這是我，這是我，是德米特里·費奧多羅維奇的未婚妻給他的，而不是他本人……總之，您會把這事辦好的……我本來應當親自去，但是您一定會比我辦得更好。他住在湖濱街，住在小市民卡爾梅科娃家……看在上帝分上，阿列克謝·費奧多羅維奇，幫我做好這件事吧，而現在……現在我有點兒……累了。再見……」

她突然很快一轉身，掀開門簾走了進去，不見了，阿廖沙沒來得及說一句話——他還有話要說。他想責怪自己，請她原諒——反正他有許多話要說，因爲他的心裡裝得滿滿的，不說出來，他是無論如何不願意走出這個房間的。但是霍赫拉科娃太太一把抓住他的手，主動把他還帶了出去。在外屋，她又像方才一樣讓他先停一停，別走。

「很驕傲的姑娘，能克制自己，但是心腸好，非常可愛，又能捨己爲人！」霍赫拉科娃太太不勝感慨地悄聲道。「噢，我多麼愛她呀，特別是有時候，現在我又對一切，對一切感到挺高興了！親愛的阿列克謝·費奧多羅維奇，您是不知道這事：要知道，我們大家，大家——我，她的兩位姨媽——總之所有的人，甚至還有麗莎，已經整整一個月了，我們希望和祈禱的只有這個，但願她同您那寶貝哥哥德米特里·費奧多羅維奇一刀兩斷（他連理也不理她，而且一點不愛她），回過頭來嫁給伊萬·費奧多羅維奇——這是一個博學多才的很好的年輕人，而且愛她勝過愛世上的一切。我們已經策劃好了，訂了一個周密的計畫，說不定我之所以不離開這裡也僅僅是因爲這道理……」

「但是她不是哭了嗎，又受到了侮辱！」阿廖沙叫道。

「別相信女人的眼淚，阿列克謝·費奧多羅維奇——在這類事情上，我永遠反對女人，贊成男人。」

「媽媽，您害了他，也毀了他。」傳來房門後面的麗莎的尖嗓子。

「不，這都怪我，我犯了可怕的錯誤！」依舊不能釋然的阿廖沙又重複道，他對剛才冒冒失失的做法感到痛苦和羞愧，甚至悔恨得伸出兩手捂住了臉。

「恰好相反，您剛才做得像個天使，真像個天使，我願意把這話重複一千遍。」

「媽媽，他爲什麼做得像個天使呢？」又傳來麗莎的尖嗓子。

「我看著這一切，不知道爲什麼突然感到，」阿廖沙繼續道，好像沒聽見麗莎剛才說的話似的，「她愛的是伊萬，因此我就說了那句蠢話……現在會鬧出什麼事來呢！」

「誰呀，你們說誰呀？」麗莎叫道，「媽媽，您大概想慾死我吧。我問您——您就是不回答我的問題。」

這時候，一名侍女跑了進來。

「卡捷琳娜・伊萬諾芙娜犯病了……小姐在哭……發歇斯底里，要死要活。」

「怎麼回事？」麗莎叫道，聲音裡已是一片驚慌。「媽媽，我才會發歇斯底裡呢，她不會的！」

「麗莎，看在上帝分上，別嚷嚷啦，你會要我命的。你還小，大人知道的事你不必全知道，我很快就回來——能夠告訴你的事我會統統告訴你的。噢，我的上帝！我這就去，這就去……歇斯底里——這是好兆頭，阿列克謝・費奧多羅維奇，她犯了歇斯底里，這太好啦。這樣才好哩。在這類事情上，我最反對女人，反對所有這些歇斯底里和女人的哭哭啼啼。尤利婭，你快去告訴她，我馬上就來。至於伊萬・費奧多羅維奇就這麼走了，那得賴她自己。但是他走不了的。麗莎，看在上帝分上，別嚷嚷！啊呀，對了，你沒嚷嚷，是我在嚷嚷，請原諒你媽，但是我太高興啦，太高興啦，太高興啦！您注意到沒有，阿列克謝・費奧多羅維奇，伊萬・費奧多羅維奇方才出去的時候，那副年輕人的派頭多帥，說完話就走了！我還以爲他才高八斗，學富五車，可他竟會十分熱烈，坦率而又瀟洒，雖然缺乏經驗但十分瀟洒，這一切是多麼好，多麼好呀，就像您一樣……而且還說了一句德文詩，跟您簡直一模一樣！但是我得快走了，真得快走了。阿列克謝・費奧多羅維奇，快去辦她託您辦的那事吧，辦完了就盡快回來。麗莎，你還要什麼東西嗎？看在上帝分上，一分鐘也別耽擱阿列克謝・費奧多羅維奇啦，他馬上會回來看你的……」

霍赫拉科娃太太終於跑了出去。阿廖沙臨走之前想推開麗莎的房門，進去看她。

「千萬別進來！」麗莎叫道，「現在無論如何別進來！有話就在門外說。您怎麼會變成天使了呢？我只想知道這點。」

「因爲我說了句可怕的蠢話，麗莎！再見。」

「不許您就這麼走了！」麗莎叫道。

「麗莎，我有件十分痛心的事！我馬上就回來，但是我有件非常、非常痛心的事！」

他說罷跑出了房間。

六、木屋裡的反常

他的確有一件迄今爲止很少經歷過的感到十分痛心的事。他冒冒失失地跳出來，「說了許多蠢話」──對什麼事情說了蠢話呢：在愛情問題上！「對這種事我又懂得什麼呢？對這種事我又能分辨什麼呢？」他面紅耳赤，第一百次在心中反覆叨念，「唉，丟人現眼倒沒什麼，丟人現眼是我應得的懲罰，糟糕的是，現在我無疑成了新的不幸的罪魁禍首了……而長老是讓我去做調解和說合工作的。有這麼說合的嗎？」這時他又猛地想起他是怎樣「說合」的，他又感到羞愧得無地自容。「雖然我做這一切是真誠的，但是以後一定要放聰明些。」他突然下了這樣的決心，但是甚至沒有對這決心感到一絲兒欣慰。

卡捷琳娜・伊萬諾芙娜託他辦的事必須去湖濱街，而大哥德米特里恰好就住那兒，是順路，離湖濱街不遠，在一條胡同裡。阿廖沙決定，在去找步兵上尉之前，無論如何要順道先去看看他，雖然他預感到他不會碰到大哥。他疑心大哥也許現在正在故意躲著他，但是無論如何必須把他找到。時間緊迫：自從他離開修道院起，對於長老即將圓寂的牽掛，一分鐘，一秒鐘也沒有離開過他。

在卡捷琳娜•伊萬諾芙娜託付他辦的事情中閃現出一個使他也非常感興趣的情況：當卡捷琳娜•伊萬諾芙娜提到一個小男孩，小學生，那位步兵上尉的兒子，在父親身旁跑著，大聲哭泣的時候，阿廖沙立刻閃過一個念頭，這孩子大概就是方才那小學生，當阿廖沙追問他，他究竟怎麼得罪了他的時候，他竟咬了他的手指。現在，阿廖沙對這事幾乎深信不疑，雖然他自己也不知道有什麼根據。就這樣，因爲他老想著別的事分了心，他決定再不去「想」他剛才闖下的那「禍」了，不再用後悔來折磨他自己了，辦正事要緊，其他就隨它去吧，不管它了。他這麼一想也就徹底振作起來了。他拐進胡同去找德米特里大哥的時候，他恰好感到肚子餓，就從口袋裡掏出剛從父親那兒拿來的那個麵包，邊走邊吃也就吃完了。這使他增加了體力。

德米特里不在家。房東家的幾個人——老木匠、他兒子和他老伴——甚至懷疑地看了看阿廖沙。「已經第三天沒回來睡覺了，可能出遠門了。」對阿廖沙的一再追問，老頭回答道。阿廖沙懂了，他這樣回答是受人叮囑過的。於是他問：「該不是在格魯申卡那兒吧，要不又躲福馬家了？」阿廖沙故意這麼開門見山地問。這時房東家的那幾個人甚至害怕地望了望他。「可見，他們愛他，在替他說話，」阿廖沙想，「這就好。」

他終於在湖濱街找到了小市民卡爾梅科娃家，這是一所破舊的小屋，東倒西歪，臨街只有三扇窗戶，院子很髒，院子中間孤零零地站著一頭奶牛；得先進院子才能拐進過道屋；過道屋往左住著房東老太太和她的女兒，她女兒也是個老太太，兩人好像都耳背。他問她們上尉住哪兒，重複了好幾次，其中一位老太太才終於聽明白了是打聽房客，於是她伸出手指了指過道屋另一邊的一間乾乾淨淨的木屋的門。步兵上尉家果真只是一間普通的木屋。阿廖沙伸出手去想拉門上的鐵把手，但是他忽然發現門裡面異常寂靜，這使他吃了一驚。不過他從卡捷琳娜．伊萬諾芙娜告訴他的話裡知道，這位退伍的步兵上尉是個拉家帶口的人：「他們或者睡了，或者聽到我來了，因此在等我推門進去也說不定；我不如先敲一下門再說。」——於是他敲了敲門。傳來了應門聲，但並非立刻，而是過了也許甚至十秒鐘。

「誰呀？」有人怒氣沖沖地喝問道。

於是阿廖沙推開門，跨過門檻。他出現在一間木屋裡，雖然這木屋很寬敞，但卻顯得異常擁擠，擠滿了人，堆滿了各種家用什物。左邊是一座很大的俄式灶炕。從灶炕到左面的窗戶，穿過整個房間，拉了一條繩子，繩子上掛著各種破爛衣服。左右兩邊靠牆的地方各放著一張床，床上鋪著線毯。在其中一張床上，也就是在左邊那張床上，堆著一摞四個花布枕頭，一個比一個小。在右邊的另一張床上，只看到一個很小的枕頭。然後在前面的一個角落有塊不大的地方，也用布幔或被單隔開，布幔或被單也掛在繩子上，繩子橫拉過這一角落。在這布幔後面，從側面也可以看到一張床鋪，是用長凳加上一把椅子拼湊起來的。一張普普通通的、農家用的木頭方桌，從前面那個角落被挪到了中間的那扇小窗戶跟前。三扇窗戶，每扇都裝有四塊小玻璃，玻璃已經發霉，長滿了綠毛。窗戶很暗，而且關得緊緊的，因此屋裡很悶，而且也不怎麼亮。桌上放著一隻煎鍋，鍋裡還剩下了一點荷包蛋，桌上還放著一塊咬過幾口的麵包，此外還放著一只瓶底留有少許「人間至樂」的殘酒的酒瓶。挨著左邊的床，有個女人坐在一把椅子上，穿著花布裙，像是位太太。她的臉很瘦，臉皮發黃；她的塌陷的兩頰，一眼看去，就說明她有病。但是使阿廖沙最感吃驚的是這位可憐的太太的目光——目光充滿疑問，同時又異常傲氣。當這位太太沒開口說話前，在阿廖沙還在向主人說明來意的時候，她一直睜大了她那雙深栗色的大眼睛，傲慢而又疑惑地一會兒看著這個說話的人，一會兒又看著那個說話的人。在這位太太身旁，靠近左邊窗戶，站著一位年輕姑娘，臉長得相當難看，一頭黃毛，稀稀落落，穿得很寒酸，雖然非常整潔。她厭惡地打量著進來的阿廖沙。右邊，也靠近床，還坐著一個女人。這是一個非常可憐的人兒，也是個年輕姑娘，二十上下，但是駝背，瘸腿，後來有人告訴阿廖沙，她患的是兩腿萎縮性癱瘓。她的雙枴就放在身旁，在床與牆之間的一個角落裡。但是，這位可憐的姑娘的一雙眼睛卻非常美，非常善良，她帶著一種溫柔的恬靜，望了望阿廖沙。一位四十五歲上下的先生正坐在桌旁吃剩下的荷包蛋，他個子不高，瘦骨嶙峋，體格孱弱，一頭淺紅色頭髮，一部稀稀落落的紅褐色鬍子，非常像那種用壞了的樹皮團（這比喻，尤其是「樹皮團」一詞，不知爲什麼從第一眼瞥見他起就忽地閃過阿廖沙的腦海，這是他後來才想起來的）。顯然，剛才在門後一聲斷喝「誰呀！」的就是這先生，因爲屋子裡沒有其他男人。但是當阿廖沙進去後，他似乎猛地從他坐在桌旁的長凳上跳將起來，用滿是破洞的餐巾匆匆擦了擦嘴唇，就一個箭步竄到阿廖沙跟前。

「修士給修道院化緣，一找就給找到了！」這時站在左邊角落裡的那姑娘大聲說道。

但是，向阿廖沙跑來的那位先生，卻猛地用腳後跟當軸心向她轉過了身子，用激動而又斷斷續續的聲音回答她道：

「不，您哪，瓦爾瓦拉·尼古拉耶芙娜，這不對，您哪，您沒猜對，您哪！還是讓我來問他吧，」他又轉身面對阿廖沙，「您來……舍下有何貴幹？」

阿廖沙注意地看著他，他還是頭一次看見這個人。他身上好像有一種別別扭扭的東西，性急而又愛發火。雖然他分明剛喝過酒，但並未喝醉。他臉上活畫出一種極端蠻橫無禮的表情，與此同時——

說來也怪——又分明顯得十分膽小。他就像一個長期寄人籬下，受盡了窩囊氣，現在突然跳出來，想要揚眉吐氣似的。或者不如說，他更像一個非常想打您，而又十分害怕挨您打的人。在他的話語中以及在他那尖細的嗓音裡似乎可以聽到一種癲狂的幽默感，一會兒好似冷嘲熱諷，一會兒又彷彿畏畏縮縮，聲調忽起忽落，聲音也時斷時續。關於「舍下」云云，他提出這問題時似乎渾身在發抖，兩眼圓睜，直逼阿廖沙，使阿廖沙不由得後退了一步。這位先生穿著一件非常寒磣的深色土布大衣，綴滿了補丁，斑斑駁駁。他身上穿了一條顏色奇淺的方格褲，這種褲子如今早就沒人穿了，料子極薄，褲腿下部揉得皺皺巴巴，因此褲子向上縮，活像一個小孩長大了，原來的褲子嫌短了似的。

「鄙人是阿列克謝・卡拉馬助夫……」阿廖沙回答道。

「久聞大名，您哪。」這位先生立刻不客氣地打斷道，他那口氣似乎在說，即使阿廖沙不通名報姓，他也知道他是何許人。「鄙人是斯涅吉廖夫步兵上尉，您哪；但是鄙人還是想請問閣下來此有何……」

「鄙人不過是順道來訪。說實在的，有句話想奉告閣下……倘若您允許的話……」

「既然如此，那就請坐，您哪，請上坐。正如古代喜劇裡說的那樣：『請上坐』……」於是這位步兵上尉急忙順手抓過一把空椅子①（農民坐的普通椅子，全是木頭的，椅子上沒包任何東西），把它放到幾乎房間的正中央；然後又給自己抓過另一把同樣的椅子，在阿廖沙對面坐下，依舊緊緊地面對著他，兩人的膝蓋幾乎碰到了一塊。

「尼古拉・伊里奇・斯涅吉廖夫，俄國步兵前上尉，雖然過失屢犯而丟人現眼，但畢竟是名上

---

① 原文是從法語直譯過來的俄國話，盛行於十八世紀與十九世紀初的俄國。法語原文是prenez place。

尉。其實應該說是唯唯諾諾的上尉，而不是斯涅吉廖夫上尉，因爲我從後半生起就開始『您哪』、『您哪』地唯唯諾諾了。這唯唯諾諾的毛病是在低三下四中逐漸養成的①。」

「這倒也是，」阿廖沙笑道，「不過養成這習慣是身不由己的呢，還是故意的呢？」

「上帝作證，是身不由己的。我從不這樣說話，一輩子都沒有『您哪，您哪』地唯唯諾諾過，突然摔倒了，再站起來時就唯唯諾諾了。這是天意。看得出來，您對當代的熱點問題很感興趣。不過，話又說回來，我究竟在什麼方面能引起您這麼大的好奇心呢？因爲我居住在這樣的環境裡，無法實現我的好客。」

「我來……是爲了那件事……」

「爲了哪件事？」上尉迫不及待地打斷道。

「也就是關於閣下與家兄德米特里・費奥多羅維奇狹路相逢的那件事。」阿廖沙尷尬地說道。

「什麼狹路相逢，您哪？該不是指那次吧，您哪？就是說，關於樹皮團，澡堂裡用的樹皮團？」他突然向前挪了挪，這次他的兩個膝蓋完全頂住了阿廖沙。他的嘴唇不知怎麼閉得緊緊的，抿成一條縫，樣子很古怪。

「什麼樹皮團？」阿廖沙支吾道。

「爸爸，他是來向你告狀的，告我的狀！」一個阿廖沙已經熟悉的尖嗓子從屋角的布幔後叫道，說這話的就是不久前的那小男孩。「今天我把他的手指給咬了！」布幔忽地被掀開，於是阿廖沙看見

① 唯唯諾諾，這裡的原文本是словоерс。意爲在每句話後加上一個с音（意爲先生、老爺），有如北京話的「您哪」。這裡的譯法取其引申義。

了自己不久前的死對頭，他躺在那個屋角裡，在幾幀聖像下，在用長凳和椅子拼湊起來那張床鋪上。那小男孩蓋著自己的大衣和破舊的小棉被。顯然，他有病，從那雙火辣辣的眼睛看得出來，他正在忽冷忽熱地發高燒。現在他不同於方才，正毫無畏懼地瞅著阿廖沙，他那眼神似乎在說：「在我家，現在，你休想碰我。」

「咬了什麼手指？」上尉從椅子上微微跳將起來。「他咬了您的手指，您哪？」

「是的，咬了我的。不久前他在外面跟一幫孩子扔石頭子兒打仗；那幫孩子一共六個人，打他一個，他只有一個人。我走到他跟前，他就用石頭扔我，後來另一塊石頭又扔在我腦袋上。我問他：我做了什麼對不住他的事了？他就猛地撲過來，很疼地咬了我的手指，我也不知道這究竟爲什麼。」

「我馬上揍他，您哪！說話就揍他，您哪！」上尉霍地從椅子上跳將起來。

「我根本不是來告狀的，我不過說說而已……我根本不是要讓您揍他。再說，他現在好像有病……」

「您以爲我真會揍他嗎，您哪？您以爲我真會一把抓住伊柳舍奇卡，並且立刻在您面前揍他一頓，讓您出出這口氣嗎？您要我馬上這麼辦嗎？」上尉道，他猛地向阿廖沙轉過身來，那架勢好像要向他撲過去似的。「先生，我對您的那隻手指感到很遺憾，但是您是否願意我在揍伊柳舍奇卡之前，先用這把刀子，馬上當著您的面把我的四個手指砍下來，替您先出出這口惡氣呢？我想，四個手指用來滿足您那渴望報仇雪恨的願望，也就夠了，您哪，您是不是還要第五個手指呢？……」他突然像憋不過氣來似的說到這兒打住了。他臉上的每根筋都在抽動，臉上帶著兇狠的挑釁神態。他似乎處在發狂的狀態中。

「我現在好像全明白了。」阿廖沙繼續坐著，難過地低聲答道。「這說明，您這孩子是好孩子，愛父親，因爲欺負您的是我哥哥，所以他就向我報仇……這道理我現在明白了。」他邊沉思邊重複道。「但是家兄德米特里・費奧多羅維奇爲這事自己也很後悔，我知道這個，只要他有可能親來府上，或者最好跟您在老地方見面，他將向您當眾請罪……只要您願意。」

「就是說拔下了鬍子，再請求我原諒……就此一了百了，皆大歡喜，是嗎？」

「噢不，相反，他將做您願意要他做的一切，隨便您願意要他怎樣都行！」

「假如我請他這位大人在我面前跪下，而且就在那家飯館——這家小飯館名字叫『京都飯店』——或者就在廣場上，您哪，他也肯下跪嗎？」

「是的，他一定下跪。」

「您深深地打動了我。您使我熱淚盈眶，深深地打動了我，您哪。我這人太重感情了。請允許我徹徹底底地自我介紹一下：這就是我的家，我的兩個女兒和我的一個兒子——我的小崽子，您哪。我死了，誰來疼他們呢？我現在還活著，除了他們以外，又有誰會來疼愛像我這樣一個混帳東西呢？這是主爲每個像我這樣的人安排的一件大事，您哪。因爲像我這樣的人也總得有人來疼，有人來愛呀，您哪……」

「唉，這可是千真萬確的啊！」阿廖沙感慨系之地說。

「得啦，別耍活寶啦，隨便來了個混帳東西，您就讓我們出乖露醜！」站在窗口的那姑娘帶著一種厭惡和鄙夷不屑的神態，猛地向父親叫道。

「請少安毋躁嘛，瓦爾瓦拉・尼古拉耶芙娜，請允許我把活寶耍到底。」父親向她喝道，雖然聲調是命令式的，但是他卻十分贊許地望著她。「我們大家都是這脾氣，您哪。」他又轉身面向阿廖沙。

「自然界的萬事萬物，
都休想得到他的祝福①。

就是說，這裡應當用陰性：都休想得到她的祝福，您哪。但是現在請允許我把您介紹給內人：這位是阿林娜・彼得羅芙娜，是一位無腳太太，您哪，四十二三歲，腳倒能走，但是走不了幾步。出身平民，您哪。阿林娜・彼得羅芙娜，請賞個臉：這位是阿列克謝・費奧多羅維奇・卡拉馬助夫。請您站起來，阿列克謝・費奧多羅維奇！」他抓住他的一隻手，把他猛地拉了起來，甚至都料想不到他的力氣會這麼大。「把您介紹給一位太太，就應當站起來嘛，您哪。孩子他媽，不是那個卡拉馬助夫，就是……嗯，等等再說吧，而是他的弟弟，一位非常溫文爾雅的人。請允許我，阿林娜・彼得羅芙娜，請允許我，孩子他媽，請允許我親吻一下您的玉手。」

於是他恭敬而且溫柔地親吻了一下夫人的手。站在窗口的那姑娘憤憤然扭過身去，背對著這一場面，可是夫人那既高傲而又充滿疑問的臉忽然露出異常親切的表情。

「您好，請坐，契爾諾馬佐夫先生。」她說。

「卡拉馬助夫，孩子他媽，卡拉馬助夫（我們出身平民，您哪）。」他又悄聲道。

「什麼卡拉馬助夫不卡拉馬助夫的，可我一直管這叫契爾諾馬佐夫②……請坐，他幹麼要把您硬拉起來呢？他說無腳太太，腳倒是有的，不過腫得像水桶，而我整個人也乾癟了。從前呀，我可

① 引自普希金的詩《惡魔》（一八二三年）。

② 卡拉馬助夫（Карамазов）中的「卡拉」二音，在突厥－韃靼語中意爲「黑」，意譯成俄語，就變成「契爾諾」（черно），故有此說。作者是在西伯利亞流放期間學會了某些突厥－韃靼語的。

胖啦，可現在，倒像吞了根繡花針似的……」

「我們是平民出身，平民出身，您哪。」上尉又再次提醒。

「爸爸，啊呀，爸爸呀！」那個駝背姑娘突然說道，在此以前她一直坐在椅子上一言不發，現在卻突然用手帕捂住了兩眼。

「小丑！」站在窗口的那姑娘冷不防地說道。

「您瞧，我們家也真新鮮，」媽媽攤開兩手，指著兩個女兒，「好像雲來了；可是雲一過去，又是我們那老調子。過去我們當軍人的時候，我們家賓客如雲。先生，我並不想跟過去比。誰愛什麼人，由他愛去得了。當時助祭太太來了，說：『亞歷山大・亞歷山德羅維奇是個心腸非常好的好人，可是納斯塔西婭・彼得羅芙娜卻是個妖魔鬼怪。』我回答說：『蘿蔔青菜，各有所愛，你塊兒不大，卻臭氣熏天。』她說：『你得給我放老實點兒。』我對她說：『啊呀，你這黑刀子，你倒來教訓我了！』她說：『我要放點新鮮空氣進來，因爲你這人嘴髒。』我又回答她：『你去問問所有的軍官先生，是我嘴髒，還是另有其人？』從那時起，這事就一直擱在我心上，前些日子，我像現在這樣坐在這裡，看見到這裡來過復活節的那位將軍進來了，我問他：『怎麼樣，將軍大人，能不能夠對一位有身分的太太說要放點新鮮空氣進來？』他回答說：『是的，你們這裡應當把氣窗或房門打開，因爲你們這裡的空氣不新鮮。』說來說去都是老一套！我這兒的空氣跟他們有什麼相干？死人的氣味還更難聞哩。我說：『我不想弄髒你們的空氣，我去定做雙鞋就走。』先生們，寶貝們，不要責備你們的親娘！尼古拉・伊里奇，孩子他爸，我沒讓你過得稱心如意，總算我還有個伊柳舍奇卡，他快放學了，他愛我。昨天還給我帶回來一個蘋果。對不起，先生們，對不起，寶貝們，請你們原諒你們的親娘，原諒我這個孤老婆子，你們爲什麼覺得我的氣味難聞呢！」

接著這可憐的女人忽然嚎啕大哭起來，淚如雨下。上尉馬上一個箭步向她跑了過去。

「孩子他媽，孩子他媽，寶貝兒，好啦好啦！你並不孤苦伶仃。大家都愛你，大家都疼你！」於是他又開始親吻她的兩手，並且伸出手去溫柔地撫摩她的臉蛋；抓起餐巾，又忽然給她擦起了臉上的淚水。阿廖沙甚至覺得他的眼裡也閃爍著淚花。「哼，您看見了？」他不知怎的突然怒氣沖沖地向他轉過身來，用手指著那個可憐的神經失常的女人。

「我看見了，也聽見了。」阿廖沙喃喃道。

「爸爸，爸爸！難道你跟他……你別理他啦，爸爸！」那小男孩在自己的床鋪上微微欠起身子，用火熱的目光看著父親，忽然叫道。

「您別耍活寶啦，別出洋相啦，您那套把戲沒一點用！……」瓦爾瓦拉·尼古拉耶芙娜氣極了，她從她那角落裡叫道，甚至還跺了跺腳。

「您這回發脾氣是非常有道理的，瓦爾瓦拉·尼古拉耶芙娜，因此我立刻就來滿足您的願望。阿列克謝·費奧多羅維奇，請戴上您那帽子，而我則拿上這便帽——咱倆一塊出去，您哪。我有句要緊話要告訴您，不過咱們到外邊去說。那邊坐著的那姑娘——是我的小女兒，名叫尼娜·尼古拉耶芙娜，我忘記給您介紹了——她是上帝派來的天使的化身……下凡來到人間……您只要懂得這點就成……」

「他就跟抽風似的，一個勁兒發抖。」瓦爾瓦拉·尼古拉耶芙娜憤憤然繼續道。

「而這一位，也就是現在向我跺腳，方才罵我耍活寶的姑娘——她也是上帝派來的天使的化身，她罵我耍活寶罵得在理，您哪。咱們走吧，阿列克謝·費奧多羅維奇，我得把話說完，您哪……」

於是他抓住阿廖沙的手，把他帶出了房間，一直領到大街上。

七、清新空氣下的反常

「這裡空氣清新，在我那木屋裡的確很渾濁，甚至在所有方面。先生，咱倆先慢慢溜達。我非常希望我的話能使您感興趣，您哪。」

「我也有件非常要緊的事想跟您談談……」阿廖沙說，「就是不知道怎麼開口。」

「我怎麼會看不出來您找我有事呢，您哪？沒事您是決不會來找我的。難道您此來當真是為了告孩子的狀嗎？要知道，這是不可能的，您哪。既然話到嘴邊，就說說這孩子吧，您哪：在家裡，有些話我不便對您細說，在這裡，我現在倒不妨給您描繪一下當時的情景。您知道嗎，總共一星期前，我這樹皮團還密一點——我說的是我這把鬍子，您哪；要知道，大家管我的鬍子叫樹皮團，主要是小學生們叫出來的，您哪。嗯，就這樣，令兄德米特里·費奧多羅維奇當時揪住了我的鬍子，從小飯館裡一直拖到廣場，恰好小學生們放學回家，伊柳沙也跟他們一塊。他一看見我這副模樣，就向我撲過來，叫道：『爸爸，爸爸！』他抓住我，摟著我，想把我奪過去，他向欺負我的那人叫道：『您放了他吧，您放了他吧，他是我爸爸，爸爸，您饒了他吧，』要知道，他就是這麼叫的：『您饒了他吧』，還用他那小手抓住他，抓住他的手，抓住他揪住我鬍子的那隻手，吻它，您哪，當時，我還記得他那小臉蛋是怎樣的，我沒忘，忘不了，您哪！……」

「我起誓，」阿廖沙激動地叫道，「家兄一定會最真誠、最徹底地向您表示歉意，哪怕就在那面廣場上向您下跪……我一定要讓他這麼做，否則我就不認他做哥哥！」

「啊，那麼說，原來這還只是計畫。並不是他本人的意思，而僅僅是您那顆火熱的心激發出來的高尚行為。您早這麼說不就成了，您哪。不，既然如此，那就讓我談談令兄當時有高度騎士之風和軍官之風的高尚行爲吧，因爲他當時就表現了這種行爲，您哪。他抓住我的樹皮團，拽到廣場上後就放了我，他說：『你是軍官，我也是軍官，如果你能找到一個正派人做你的決鬥證人，就讓他來找我——我一定滿足你的要求。雖然你是王八蛋！』您瞧他說的這話。眞富有騎士精神！當時我就跟伊柳沙走開了，而這個家族世系圖就這樣永遠銘刻在伊柳沙的心裡。不成，我們哪能學他們那種貴族氣派呢，您哪。再說，您自己想想嘛，剛才您在我那木屋裡也親眼看到了——看到什麼了呢？坐著三個女的，您哪，一個癱瘓了，精神失常，另一個也癱瘓了，是駝背，第三個倒是能走動，可是人太聰明瞭，在高等女校上學，急著想回彼得堡，想在那兒的涅瓦河畔尋求俄國女權。至於伊柳沙，我就不說了，您哪，總共才九歲，我孑然一身，因爲，假如我一死——這一大家子人怎麼辦呢，我想問您的只有這一點，您哪？既然如此，假如我當眞去找他決鬥，他三下五除二把我打死了，那時候又該怎麼辦呢？那時候拿他們大伙兒怎麼辦呢？如果他沒把我打死，只把我打成殘廢，只會更糟：工作幹不了，嘴倒有一張，那時候誰來餵它，餵我這張嘴呢，那時候誰又來養活這一大家子人呢？難道叫伊柳沙不去上學，每天叫他去討飯嗎？所以，找他決鬥對我就意味著這個，這是一句蠢話，蠢極了，您哪。」

「他會請求您原諒的，他會在廣場中央向您磕頭下跪的。」阿廖沙又帶著火一般燃燒的目光叫起來。

「我曾經想上法院告他，」上尉繼續道，「但是您翻開我國的法典，因爲遭受人身侮辱，我又能得到多大賠償呢，您哪？就在這時候阿格拉費娜・亞歷山德羅芙娜突然把我叫了去，向我嚷嚷道：『你休想！如果你上法院告他，我就會讓全世界知道他打你是因爲你詐騙，到時候就會把你本人押上法庭。』其實只有主才知道，這詐騙是誰唆使的，我這小卒子又是聽從誰的命令行事的——不就是根據她和費奧多爾・帕夫洛維奇的指示嗎？她又補充道：『再說，我要永遠讓你滾蛋，從今往後，你休想在我這裡掙到一個戈比。我還要告訴我那掌櫃的（她總是管那老頭叫我那掌櫃的），他也會讓你滾蛋的。』因此我想，要是那掌櫃的也讓我滾蛋，那我還能上哪兒掙錢糊口呢？要知道，我剩下的主顧就只有他們倆了，因為令尊費奧多爾・帕夫洛維奇由於一件不相干的事不僅不再信任我了，而且因為他手裡捏著我的收據，他自己還想把我拽上法庭哩。有鑑於此，我只好偃旗息鼓了，先生，您也看見我那一大家子人了，您哪。現在我倒要請問：他今天把您的手指咬得很疼嗎？我是說伊柳沙。在我那『公館』，當著他的面，我沒敢細問。」

「是的，很疼，而且他火氣很大。他是把我當作卡拉馬助夫家的人替您報仇的，這點我現在清楚了。但是您沒看見他是怎樣跟同學們扔石頭打仗的。這很危險，他們會把他打死的，他們是孩子，不懂事，石頭飛過來，會打開腦袋的。」

「實際上已經打中了，不是打在腦袋上，而是打中了胸脯，離心臟稍高一點，今天被石頭打的，一塊青紫，您哪，回來後就哭，不斷叫疼，於是就病倒了。」

「您知道嗎，他在那裡是頭一個動手，一個人攻打所有的人，他是替您恨他們，他們告訴我，他今天還用鉛筆刀扎了一個名叫克拉索特金的男孩，扎了他的腰……」

「這事我也聽說了，很危險，您哪：克拉索特金他爸是本地一名當官的，說不定還會有麻煩，您哪……」

「我倒有個主意，」阿廖沙熱烈地繼續道，「在一段時間內，乾脆別讓他上學了，等他平靜下來以後再說……等他心中的憤怒過去了……」

「憤怒，您哪！」上尉接道，「正是憤怒，您哪！人不大，怒氣倒不小，您哪。您還不曉得個中的全部情況，您哪。讓我來跟您專門講個故事。問題是，在發生了這事以後，學校裡的所有學生都開始戲弄他，罵他是樹皮團。學校裡的孩子們是一幫毫無惻隱之心的人：把他們一個個分開，都是上帝的天使，可把他們湊到一塊兒，尤其在學校裡，就常常變得毫無惻隱之心。他們開始戲弄他，弄得伊柳沙義憤填膺，忍不可遏。如果換上一個普通孩子，一個軟弱的兒子——也就逆來順受了，因自己的父親而感到羞恥，可這孩子卻爲了父親獨自起來與所有的孩子作對。爲了父親和爲了正義，您哪，爲了討個公道，您哪。因爲他當時心裡是什麼滋味，他怎樣親吻令兄的雙手，怎樣向他呼號：『您饒了我爸爸吧，您饒了我爸爸吧』——這滋味只有上帝知道，還有我，您哪。瞧，我們的孩子就這樣——就是說，不是你們的，我是說我們的孩子，您哪，這是一些雖然被人看不起，但卻是感情高尚的窮人家的孩子，您哪，雖然只有九歲，但卻飽嚐了人情澆薄，世態炎涼，您哪。富人家的孩子哪會嚐到這種滋味呢，他們一輩子也不會有這麼深的體會，而我的伊柳沙，在廣場上的那一刻，當他親吻他的手的時候，弱肉強食，世態炎涼就全嚐遍了。這道理一進入他的心田，就使他備感壓抑，永遠抬不起頭來，您哪。」上尉熱烈地說道，彷彿又處於一種迷狂狀態，他說罷伸出右拳猛擊了一下自己的左掌，彷彿想清醒地說明這苦澀的「人情冷暖」怎樣使伊柳沙備感壓抑，抬不起頭來似的。「他當天就發起了高燒，忽冷忽熱，整夜說胡話。那天一整天他都跟我很少說話，甚至一聲不吭，不過我注意到：他從他那個角落裡時不時看著我，而大部分時間則趴在窗口，假裝學習功課的樣子，可是我看見，他腦子裡想的根本不是功課。第二天我借酒澆愁，喝得爛醉如泥，人事不省，真作孽呀。孩子他媽也哭起來，您哪——我很愛我那老伴——可是心裡憋得難受，就把最後幾文錢拿去一醉方休了，您哪。您不要看不起我，先生：在俄羅斯喝醉酒的人是最最善良的人。我國最善良的人也就是喝得爛醉如泥的人。我醉倒在床上，伊柳沙那天的情形我就記不大清楚了，也就是在那天，從一大早起，孩子們就在學校裡取笑他，向他嚷嚷：『樹皮團，人家揪住你父親的樹皮團把他從小飯館裡拽出來，你還在旁邊跑，向人家求饒。』第三天，他又從學校回來，我一看——他面如土色，一點血色也沒有。我問他你怎麼了？他不吭聲。唉，在我們那『公館』裡是沒法說話的，一說話，孩子他媽和兩個姑娘就會插嘴——其實兩個姑娘早知道了，甚至頭天就全知道了。瓦爾瓦拉・尼古拉耶芙娜已經開始嘮叨：『小丑，活寶，難道你們還能做出什麼聰明的事情來嗎？』我說：『您說得對，瓦爾瓦拉・尼古拉耶芙娜，難道我們還能做出什麼聰明的事情來嗎？』這次我就這樣搪塞過去了。一到傍晚，我就把我那孩子帶出去散步。不瞞您說，還在發生這事以前，每天晚上，我跟我那孩子也常常出去散步，我們走的道就跟咱倆現在走的一樣，從我們家的柵欄門一直到那邊有塊大石頭的地方，也就是那邊路上挨著籬笆孤零零地立著的那塊石頭，也就是從那兒開始有一片本城牧場的地方：這地方雖然荒涼，但非常美。我跟伊柳沙走著，我照例拉著他的小手；他的手很小，手指很細，而且冰涼冰涼的——要知道，他胸部有毛病。他叫我：『爸爸，爸爸！』我問他：『什麼事兒？』我看到他的眼睛在發光。『爸爸，他當時打你打得多凶呀，爸爸！』我說：『有什麼辦法呢，伊柳沙。』『別輕饒了他。同學們說，他打了你，給你十盧布就算了啦。』我說：『不，伊柳沙，我現在無論如何不會拿他的錢的。』於是他就開始渾身發抖，伸出兩隻小手抓住我的手，又親吻起來。他說：『爸爸，爸爸，找他決鬥，學校裡有人氣我，說你是膽小鬼，不敢跟他決鬥，可是給你十個盧布，您肯定會收下的。』『伊柳沙，我沒法找他決鬥呀，』我答道，於是我就簡要地把我剛才跟您說過的話跟他說了一遍。他聽完後說：『爸爸，爸爸，即使這樣，也不要輕饒了他：等我長大了，我自己找他決鬥，殺死他！』他說時兩眼發光，在燃燒。唉，話雖這麼說，我畢竟是父親呀，我必須告訴他做人之道。我說：『殺人是有罪的，即使決鬥殺人也有罪。』他說：『爸爸，爸爸，等我長大以後，我一定要把他打翻在地，我要用自己的劍打掉他的劍，一個箭步衝上去，把他打翻在地，用劍向他一揮，對他說：我本來可以立刻殺死你，但是饒了你，先給你點顏色瞧瞧！』您瞧，您瞧，先生，這兩天，他那小腦瓜裡在想什麼呀，他日日夜夜想的就是怎樣拔劍在手，替我報仇，他夜裡說胡話想必也是說的這事，您哪。不過他放學回來被人打了，而且打得很疼，前天我就全知道了，而且您說得也對，今後我不能讓他再去那所學校上學了。我打聽到，他一個人居然跟全年級作對，主動向全體同學挑戰，他義憤塡膺，心在燃燒——我一聽說這事，就替他捏把冷汗。有一回，我們又去散步。他問我：『爸爸，爸爸，難道有錢人是世界上最厲害的人嗎？』我說：『是的，伊柳沙，世界上沒有比有錢人更厲害的了。』他說：『爸爸，我要發財，我要當軍官，我要打敗所有的人，沙皇將會褒獎我，我一出現，就沒人敢欺侮爸爸了。』然後他沉默片刻，又說道（他的嘴唇依舊在抖動）：『爸爸，咱們這縣城多差勁呀，爸爸！』我說：『是的，伊柳舍奇卡，我們這座縣城是不很好。』他說：『爸爸，咱們搬到別的城市去吧，搬到一個好城市去，那兒誰也不認識咱們。』我說：『好吧，咱們搬，咱們一定搬，伊柳沙，不過得攢錢。』我很高興能有這樣的機會使他分心，不再去想那些令人不快的心事，於是我就開始跟他一起幻想，我們怎麼搬到另一座城市去，我們先買一匹馬和一輛大車。讓媽媽和姐姐們坐在車上，給她們裹上毯子，我們則在一旁走，間或也讓你上車歇歇腿，我則在一旁步行，因爲必須愛惜自己的馬，不能讓大家全坐上去，於是我們就出發了。他聽到這些話後高興極了，主要是我們要有自己的馬了，也能騎馬玩了。大家知道，俄羅斯的孩子生來就喜歡馬①。我們聊了很長時間，謝謝上帝，我想，我總算讓他分心了，使他感到了安慰。這還是前天晚

① 據作者夫人回憶，這是作者的切身體會。杜思妥也夫斯基的長子費佳非常喜歡馬，因此他老跟他講馬的故事。

上的事，昨天晚上情況就變了。一早他又到那所學校裡去上學了，回家的時候臉色陰沉，一副悶悶不樂的樣子。晚上，我拉著他的手，帶他出去散步，他不說話，一言不發。當時起風了，太陽已經西沉，秋風肅殺，天色漸黑——我們走著，我倆都無精打采。我說：『孩子，咱倆怎麼收拾東西準備動身呢，』我想把他引到昨天的話題上去。他不說話。我只覺得他的手指在我的手掌中哆嗦了一下。我想，唉呀，不好，一定有新情況。我們像現在這樣一直走到這塊石頭的旁邊，我在這塊石頭上坐了下來，天上正在放風箏，發出嗡嗡嚶嚶和劈劈啪啪的聲音，放眼看去，可以看到二三十隻風箏。正趕上放風箏的季節，您哪。我說：『伊柳沙，咱們也該放放去年做的那只風箏了。我來把風箏修理一下，你把它藏哪啦？』我那孩子還是不做聲，眼睛看著一邊，站在那兒，向我側過了身子。這時突然風聲大作，飛沙走石……他整個人猛地撲到我的懷裡，兩隻小手摟住我的脖子，摟得緊緊的。您知道嗎，大凡孩子們沉默寡言而又十分驕傲，他們能夠長時間把眼淚憋在心裡，可是一旦碰到大的傷心事就會突然衝決出來，不是簡單地眼淚汪汪，而是像一條條小溪似的飛濺而出，您哪。他那飛濺的熱淚驀地打濕了我的整個臉。他像抽風似地嚎啕大哭，全身哆嗦，緊緊偎依著我，我坐在石頭上。他叫道：『好爸爸，好爸爸，親愛的好爸爸，他多麼卑鄙地侮辱了你呀！』這時我也痛哭失聲，您哪，我們倆渾身發抖，抱頭大哭。他喊道：『好爸爸，好爸爸！』我也向他說道：『伊柳沙，伊柳舍奇卡！』當時誰也沒看見我們，只有上帝看見了，也許會給我填上記事簿的，您哪。阿列克謝·費奧多羅維奇，謝謝令兄。不，我決不會為了讓您出氣去揍我的孩子的，您哪！」

他最後又用上了方才用過的那種冷嘲熱諷和裝瘋賣傻的語調。儘管如此，阿廖沙感到，他已經開始信任他了，如果不是他，而是另外一個人，他決不會跟這個人這樣「說話」的，也決不會告訴這人他現在說的這番話的。這鼓舞了阿廖沙——他的心在哆嗦，想與他同聲一哭。

「啊，我多麼願意與令郎言歸於好啊！」他動情地說。「如果您能夠安排一下。」

「這話在理，您哪。」上尉咕噥道。

「但是現在先不談這個，還完全談不上這個，您聽我說，」阿廖沙繼續動情地說道，「您聽我說！我受人之託，有一事相求：我那長兄，我那德米特里・費奧多羅維奇也侮辱了自己的未婚妻，一位非常高尚的姑娘，關於她，您大概聽說了。我有權向您公開她所受的侮辱，我甚至應當這麼做，因爲她一聽到您受到了欺負，一聽到您的不幸處境，就立刻托我……就在不多久以前……替她給您送來這筆救濟……不過這僅僅是她一個人給的，與德米特里無關（德米特里也拋棄了她），絕對不是的，而且也不是我——他的弟弟給的，也不是任何人給的，而是她給的！她懇求您接受她的這點幫助……你們倆受到同一個人的欺負……當她受到他給與的同樣的欺負時（就受到欺負的程度而言），她才想起了您！這意味著，妹妹想幫助哥哥……她託我務必勸您收下她的這筆錢，一共二百盧布，是妹妹給哥哥的。任何人也不會知道這事，任何沒有道理的流言蜚語都不可能發生……這就是那二百盧布，我發誓，您務必要收下這錢，否則……否則的話，這麼一來，世界上大家就只能彼此敵對了！但是，要知道，世界上彼此親如兄弟的人多的是……您有一顆高尚的心……您是應該，應該明白這道理的！……」

阿廖沙說罷便遞給他兩張嶄新的一百盧布一張的花票子。當時他倆就站在那塊大石頭旁邊，挨著柵欄牆，而周圍沒一個人。這兩張鈔票似乎對上尉產生了可怕的影響：他打了個寒顫，但是起先好像僅僅出於驚奇：他做夢也沒想到會出現這樣的事，這樣的結局是他壓根沒料到的。居然會有人慷慨解囊，而且又是這麼一大筆錢，這是他連做夢也沒有想到的。他接過票子，約有一分鐘，幾乎連話也說不上來了，他臉上掠過一絲全新的表情。

「這給我，給我嗎，這麼多錢，二百盧布！天哪！我已經整整四年沒看到這麼多錢了，主啊！而且說這是妹妹給的……此話當真，當真嗎？」

「我向您發誓，我告訴您的一切都是真的！」阿廖沙叫了起來。上尉一陣臉紅。

「您聽我說，親愛的，您聽我說，要是我收下這筆錢，我不會太卑鄙嗎？阿列克謝・費奧多羅維奇，在您眼裡，我不會，我不會太卑鄙嗎？不，阿列克謝・費奧多羅維奇，您聽我說，您聽我說嘛，」他急匆匆地說道，還不時伸出兩手碰一碰阿廖沙，「您勸我收下這筆錢的時候，雖然嘴上說這是妹妹給的，可是，要是我當真收下來的話，您心裡，您私心深處會不會看不起我呢？」

「決不會的，決不會的！我用我的出家修行向您起誓，決不會的！而且任何人任何時候都不會知道這事，只有咱們仨：您和我，還有她，還有一位太太，她的好朋友……」

「那位太太倒沒什麼！您聽我說，阿列克謝・費奧多羅維奇，您聽我說，要知道，現在到了這樣的時刻，您非聽聽我的想法不可，因爲您甚至想像不到，這二百盧布現在對於我有多重要。」這個可憐的人兒繼續說道，漸漸進入一種語無倫次、近乎古怪的狂喜。似乎被弄糊塗了，話說得非常急促、匆忙，似乎害怕人家不讓他把話說完似的。「除了這是光明正大地得來的，是一位非常可敬和聖潔的『妹妹』贈送的以外，您知道嗎，我現在可以給孩子他媽和尼諾奇卡（我那駝背的天使，我那小女兒）治病啦？赫爾岑什圖勃大夫，由於他心腸好，曾經來我家給她們倆檢查過整整一小時，他說：『莫名其妙，』話雖這麼說，他還是給開了礦泉水（礦泉水在本城藥房裡有售，無疑會給她帶來好處）和洗腳用的藥水。礦泉水是三十戈比一罐，必須喝大約四十罐。所以我只好把這藥方放到聖像下的擱板上，現在還在那放著。他還開了一張方子讓尼諾奇卡在一種浴液裡洗澡，加上熱水，進行浴療，每日早晚兩次，但是我們哪能進行這樣的治療呢？我們家，在我們那間斗室裡，既沒有傭人，又沒有幫忙的人，既沒有澡盆，又沒有熱水。而尼諾奇卡渾身上下都有風濕病，我還沒把這事告訴您哩，每到夜裡，她的整個右半身都疼，難受極了，可是您信不信，她是上帝派來的天使，硬挺著，不讓我們著急，也不哼哼，就怕吵醒了我們。我們是有什麼吃什麼，弄到什麼吃什麼，可是她從來只拿最後剩下的、只配扔給狗吃的一小塊，她這樣做似乎在說：『我不配吃這塊東西，我剝了你們的份兒，我成了你們的累贅。』她那天使般的目光想表露的就是這意思。我們侍候她，可她覺得過意不去：『我不配你們這樣待我，我不配，我是一個毫無價值的殘廢人，沒一點用處。』——她哪會不配呢，您哪，她用她那天使般的溫柔替我們大家向上帝祈禱，沒有她，沒有她那嫻靜的禱告詞，我們家非變成地獄不可，她甚至使瓦裡婭①的心也軟了下來。至於瓦爾瓦拉·尼古拉耶芙娜，您也不要對她求全責備，她也是天使，她也受盡了委屈。夏天她回來看我們，她身邊有十六個盧布，是做家教掙來的，本來想攢起來做路費，預備在九月份，也就是現在，拿這錢回彼得堡去。可是我們拿她的錢都花光了，她現在已經沒盤纏回學校去了，就這麼回事，您哪。再說她也回不去了，因為她像個苦役犯似的在替我們幹活——我們把她像匹駑馬似的套上車，馱上鞍，什麼活都幹，縫縫補補，洗洗涮涮，掃地呀，扶她媽上床呀，而她媽又十分任性，她媽又愛哭哭啼啼，她媽又是瘋子，……因此現在有了這二百盧布我就可以僱個傭人了，您哪，您明白嗎，阿列克謝·費奧多羅維奇，我就可以想辦法給親愛的人兒看病了，我就可以讓我那女學生到彼得堡去上學了，您哪，我就可以買牛肉了，我就可以給我們的飯菜換換花樣了，您哪。主啊，這可是我的夢想啊！」

阿廖沙看到他給他帶來那麼多歡樂，而且這可憐的人也同意享受這歡樂，他高興極了。

① 瓦爾瓦拉的小名。

「等等，阿列克謝・費奧多羅維奇，等等，」上尉又抓住一個他突然出現的新的幻想，用一種近乎癲狂的急促的語調，像爆豆般說道，「您知道嗎，我跟伊柳什卡或許當真能實現我們的幻想也說不定：買一匹馬，買一輛車，這馬必須是黑色的，他說一定要買匹黑馬①，這樣我們就可以出發了，就像我倆前天描繪的那樣。我在K省有位熟悉的律師，是我的總角之交，您哪，他託一個可靠的人捎信給我，說，假如我去，他一定在他的辦事處給我找個書記員的位置什麼的，可不是嗎，誰知道呢，也許他會給的……這樣我們就可以讓孩子他媽坐上車，讓尼諾奇卡坐上車，再讓伊柳舍奇卡坐上去趕車，而我則在一旁步行，步行，讓大家坐車走，您哪……主啊，我有一筆要不回來的小債，如果能拿到手的話，也許，甚至這樣安排也夠用啦，您哪！」

「準夠，準夠！」阿廖沙激動地叫道，「卡捷琳娜・伊萬諾芙娜還可以再送給您一點錢，要多少都成，您知道嗎，我也有錢，您要多少都成，就當是一個弟弟給的，一個朋友給的，以後您還我好了……（您會發財的，您會發財的！）要知道，您想搬到另一個省去，您再也想不出比這更好的主意啦。這樣，你們就有救啦，主要是您那兒子有救啦——要知道，要快，趕在冬天之前，趕在天冷之前，到那裡以後給我們來封信，我們應當保持兄弟關係……不，這不是幻想！」

阿廖沙真想擁抱他，他太滿意了。但是，他看了他一眼，突然打住了：上尉站著，伸長了脖子，噘起了嘴唇，面色蒼白，處於一種迷狂狀態，嘴唇在動，在悄悄地念念有詞，好像他有什麼話要說；但是又聽不見聲音，可是他不停地蠕動著嘴唇，念念有詞，使人感到有點納悶。

「您怎麼啦！」阿廖沙不知怎麼突然打了個寒噤。

---

① 據作者夫人回憶，這是杜思妥也夫斯基長子費佳的要求：一定要買匹黑馬。

「阿列克謝·費奧多羅維奇……我……您……」上尉支支吾吾，欲言又止，奇奇怪怪地緊盯著他，那模樣就像下決心要從山上跳下去似的，與此同時，他的嘴又似乎在笑，「我……您……要不要我馬上給您變個戲法，您哪！」他突然用一種急促而又堅定的語調悄聲道，他的話已經不再斷斷續續了。

「什麼戲法？」

「戲法，是這麼一種戲法。」上尉一直在悄聲絮語；他的嘴歪到了左邊，左眼眯起，他目不轉睛地盯著阿廖沙，彷彿眼睛鉚在了他身上似的。

「您倒是怎麼啦，您要變什麼戲法？」阿廖沙非常害怕地叫道。

「是這麼一種戲法，瞧！」上尉突然尖叫道。

他向他舉起那兩張花票子（在整個談話過程中，他一直用右手的拇指和食指捏著這兩張鈔票的一角），突然惡狠狠地把這兩張鈔票一把握住，揉成一團，並緊緊地握在右手的手掌之中。

「您看見了吧，看見了吧，您哪！」他向阿廖沙發出一聲尖叫，臉色蒼白，幾近狂亂，他猛地舉起拳頭，使勁一揮手，把兩張揉皺了的鈔票扔到沙地上，「您看見了吧，您哪？」他又發出一聲尖叫，用手指著鈔票，「這就是我要變的戲法，您哪！……」

他又猛地抬起右腳，惡狠狠地衝過去用腳踩它，每踩一下就發出一聲吶喊，呼哧呼哧地直喘氣。

「這就是你們的錢！這就是你們的錢！這就是你們的錢！這就是你們的錢，您哪！」他突然後退一步，在阿廖沙面前挺直了腰桿。他的整個外貌都表現出一種說不出的高傲。

「請告知打發您來的那些人，樹皮團決不出賣自己的人格，您哪！」他向上舉起一隻手，叫道。接著便迅速轉過身去，拔腿飛跑；但是他還沒跑完五步，又全身轉過來，突然向阿廖沙揮了揮手，以示告別。但是，他又沒跑完五步，又最後一次回過頭來，但是這一回臉上已沒有了苦笑，而是相反，泣不成聲，淚流滿面。他用斷斷續續的、上氣不接下氣的像急促的哭聲喊道：

「要是我不顧廉恥，拿了你們的錢，我怎麼向我的兒子交代呢？」他說完這話就拔腿飛跑，這次已經再也沒有回頭。阿廖沙以一種說不出的苦澀望著他的背影。噢，他明白了，這名上尉直到最後一剎那也不知道，他會把鈔票揉成一團扔掉。他跑了，一次也沒有回頭，阿廖沙也早料到他決不會回頭。他也不想去追他和叫他回來，他知道他爲什麼要這樣。當上尉跑得看不見了的時候，阿廖沙把兩張鈔票撿了起來。鈔票只是揉得很皺，踩扁了，踩進了沙子，但是還完好無損，甚至當阿廖沙把它們抻開、撫平的時候，還跟新的一樣，發出響聲。他把鈔票撫平，折好後塞進了口袋，便去向卡捷琳娜・伊萬諾芙娜報告他此行的結果。

第五卷　贊成和反對[①]

一、婚約

霍赫拉科娃太太又是頭一個出來迎接阿廖沙。她慌慌張張：出了一件要緊事：卡捷琳娜・伊萬諾芙娜鬧了半天歇斯底里，最後昏厥了過去，接著又出現了「可怕而又可怖的虛弱，她躺下來，一翻白眼就說起了胡話。現在發起了高燒，去請赫爾岑什圖勃大夫，又派人去請兩位姨媽。兩位姨媽已經來了，可是赫爾岑什圖勃還沒來。大家都坐在她的房間裡等著。肯定要出事，可她昏迷不醒。要是得了熱病就糟啦！」

霍赫拉科娃太太在大驚小怪地說這些話的時候，神態嚴肅，十分慌張：「這可了不得啦，了不得啦！」她每說一句話都要加上這聲感嘆，好像她從前發生過的一切都沒什麼了不得似的。阿廖沙苦澀地聽她說完了；便開始向她敘說他今天遇到的事，但是剛說幾句，她就把他的話打斷了：她沒工

① 原文是拉丁文。

夫聽他講，她請他先到麗莎房間裡去坐坐，在那兒等她。

「最最親愛的阿列克謝・費奧多羅維奇，麗莎，」她幾乎耳語似的向他悄聲道，「麗莎剛才的表現真讓我感到驚訝，同時也讓我十分感動，因此我心裡已經完全原諒她了。您想，您剛走，她就忽然真誠地開始懺悔了，說她昨天和今天不該取笑您。其實她也沒有取笑您，不過開開玩笑罷了。但是她卻悔恨不已，幾乎流了眼淚，因此我感到很驚訝。過去，她取笑我的時候，從來就沒正兒八經地表示過懺悔，對一切付之一笑也就完了。然而您是知道的，她時不時地取笑我。可現在她卻一本正經，現在幹什麼都一本正經。她非常看重您的意見，阿列克謝・費奧多羅維奇，如果可以的話，請您不要見怪，也不要對她苛求。我自己就常常原諒她，不把她的話放在心上，因爲她是那麼聰明——您信不信？她剛才還說您是她的總角之交，『我小時候最要好的朋友』，您想想這話，最要好的，那我呢？在這方面，她的感情是非常認真的，甚至回憶也是，主要是這些句子和這些話，這些話太出人意料了，因此你簡直意想不到，而這是突然蹦出來的。比如不久前我們談起松樹：在她很小很小的時候，我們家的花園裡曾經有一棵松樹，也許現在還在那裡，因此根本不必說『曾經』二字。松樹不是人，松樹是常年不變的，阿列克謝・費奧多羅維奇。她說：『媽媽，我記得這棵松樹，如在夢中』——就是說『松樹，如在夢中』①——

她說的可能略有不同，因爲這話有點繞口，松樹這詞本來很普通，可經她一說，卻有了新意，我簡直沒法學給您聽。再說我也全忘了。好了，再見，我受了極大震動，會發瘋也說不定。啊，阿列克謝・費奧多羅維奇，我這輩子發過兩次瘋，後來治好了。快到麗莎那邊去吧。讓她振作起來，

---

① 原文сосна, как со сна——「松樹」與「夢中」完全諧音。漢語無法表達，只能以意譯之。

就像您平常做到的那樣，您有這本領，您一向做得很好。麗莎，」她走到她房門口，叫道，「我把受盡您欺負的阿列克謝．費奧多羅維奇領來了，告訴你吧，他一點也不生氣，相反，他感到奇怪，你怎麼會有這種想法的！」

「Merci，maman[1]，請進，阿列克謝．費奧多羅維奇。」

阿廖沙進去了。麗莎的神態有點羞人答答，忽然滿臉漲得通紅。她分明對什麼事情感到難爲情，因此像往常一樣，遇到這種情形後就立即唧唧喳喳地顧左右而言他，好像只有這件不相干的事才是她當前最感興趣的。

「阿列克謝．費奧多羅維奇，媽媽剛才忽然把那二百盧布的事，以及拜託您……去找那個可憐的軍官的事告訴我了……她還把他怎麼受人欺負的那個可憐的故事原原本本地告訴了我，您知道嗎，雖然媽媽說得東一榔頭西一棒槌……顛三倒四……我還是聽著聽著哭了。怎麼樣，結果怎麼樣，您把這錢交給他了嗎，現在這個不幸的人怎麼樣了呢？……」

「問題就在於沒有交給他，這事說來話長。」阿廖沙回答，似乎最令他懊惱的也是沒能夠把錢交給他，然而麗莎卻十分清楚地注意到，他的兩眼望著一邊，也分明在顧左右而言他。阿列克謝在桌旁坐了下來，開始從頭講起，但是剛說了不多幾句，他就完全不覺得尷尬了，講著講著使麗莎也聽入了迷。他是在強烈的感情和不久前受到的異乎尋常的印象的支配下說這番話的，因此他說得既生動又詳細。還在過去，還在莫斯科的時候，還在麗莎小時候，他就愛常常到她家去，有時講他剛剛發生的事，有時講他讀過的書，有時則講他度過的童年。有時甚至於兩人在一起幻想，兩人在一

---

① 法語：謝謝，媽媽。

起編故事，但這故事大部分是快樂的和可笑的。現在他倆好像又突然回到了兩年前的莫斯科時代。麗莎被他的故事深深打動了。阿廖沙以熱烈的感情在她面前描繪了一幅「伊柳舍奇卡」的生動形象。當他詳詳細細地說完了那個不幸的人怎樣踩錢的場面後，麗莎舉起兩手一拍，情不自禁地叫道：

「您竟沒有把錢交給他，您竟讓他就這麼跑了！我的上帝，您起碼應當親自去追他呀，應當追上他呀……」

「不，麗莎，我還是不追他的好。」阿廖沙說，說罷他從椅子上站起來，心事重重地在房間裡踱了一會兒步。

「怎麼好啦，好什麼呀？現在他們沒有麵包吃，會餓死的！」

「餓不死的，因爲這二百盧布到頭來還得歸他們。明天他反正會收下這筆錢的。他明天肯定會收下的。」阿廖沙說，在沉思中踱著步。「您知道嗎，麗莎，」他走到她面前突然停下來，繼續道，「我自己在這事上犯了個錯誤，不過正是這錯誤有可能使情況好轉。」

「什麼錯誤？爲什麼能使情況好轉呢？」

「是這樣的，因爲這人膽小，性格軟弱。他受盡生活的煎熬而又爲人十分善良。我現在一直在琢磨：到底是什麼使他突然氣不打一處來，用腳拼命踩這錢的呢，因爲，實話告訴您吧，他到最後一刹那都不曾想到他會用腳去拼命踩錢。我總覺得，他生氣的原因是多方面的……而且處在他這種境地也不能不這樣……第一，他生氣的是，當著我的面，他對這錢表現得太高興了，而且在我面前沒有掩飾他的高興。如果他雖然高興，可是並不很高興，並沒有喜形於色，像別人一樣裝腔作勢，一面把錢收下，一面又做出勉爲其難的樣子，如果是這樣，他倒還能夠咬咬牙收下來，可是他太實在了，竟大喜過望，這就讓他覺得可氣了。啊，麗莎，他是一個老實本分而又善良的人，在這種情況下，他吃虧也就吃虧在這兒！他說話的時候，聲音很低，有氣無力，而且又講得很快，老是嘿嘿嘿地笑，要不就哭……他真的哭了，他太高興啦……他還講到自己的女兒……講到在另一個城市裡人家可能會給他個位置……他向我剛一吐露心曲，又立刻因爲向我傾吐衷腸而感到羞愧。因此他又立刻開始恨我。而他是一個非常有羞恥心的窮人。最要緊的是，他太匆忙地把我當作了他的朋友，很快就向我投降了，他對這事感到很惱火，不多一會兒前，他還在氣勢洶洶地向我興師問罪，嚇唬我呢，可是剛一看到錢就忽然擁抱起我來了。因爲他確實擁抱了我，不斷用手拍我的肩膀。正因爲他採取了這一姿態，他才感到這樣做太低下了，而我又偏巧在這時候犯了這個錯誤，一個很重大的錯誤：我突然對他說，如果他要搬到另一個城市去，路費不夠的話，還可以再給他，甚至我也可以給他，我也有錢，而且給多少都行。正是這一點使他陡地吃了一驚，他想，爲何我也硬要跳出來幫助他呢？您知道嗎，麗莎，當大家都這樣看一個受盡侮辱的人並以他的恩人自居的時候，這對於一個受盡侮辱的人是非常難堪的……這話我是聽人家說的，是長老告訴我的。我不知道應該怎麼表達這意思，但是我自己也常常看到這情況。對此我也深有體會。而最要緊的是，他雖然到最後一刹那都不知道他會拼命踩這兩張鈔票，但是他畢竟預感到了這一點，所以他才那麼興高采烈……雖然這一切是那麼糟糕，但畢竟有可能好轉。我甚至這樣想，這事大有希望，甚至再好不過了……」

「爲什麼，爲什麼再好不過了呢？」麗莎十分詫異地望著阿廖沙，大驚小怪地問道。

「麗莎，因爲，如果他不拼命踩，而是收下這筆錢，那他回到家，過了這麼一小時，他就會痛哭自己太犯賤了，結果一定會是這樣的。他一定會痛哭流涕，說不定明天一早就會來找我，也許還會把鈔票擲還給我，而且還會像今天這樣用腳拼命去踩。而現在他驕傲而勝利地走了，雖然他也知道，他這樣做『毀了他自己』。這麼一來，現在就容易得多了，至多明天我們就可以讓他收下這二百盧布了，因爲他已經證明了自己的高尚人格，錢扔過了，也拼命踩過了……當他踩的時候，他不可能知道我明天還會把錢給他送回去。話又說回來，他非常需要這錢。雖然他現在很高傲，可是他畢竟甚至在今天就會想到他失去了一筆多大的救濟啊。半夜，還會覺得更惋惜，做夢都會夢見它，而到明天早晨，說不定他就準備跑來找我，請求我原諒了。而我也正好在這時出現了。我說：『您是一個高傲的人，您用自己的行動證明了這點，但現在就請您收下吧，請原諒我們的冒昧。』那時他準收下！」

阿廖沙陶醉般地說道：「那時他準收下！」麗沙高興得拍起手來。

「啊，這倒是真的，啊，這道理我一下子全明白啦！啊，阿廖沙，這一切您怎麼會知道的呢？您這麼年輕就知道人家心裡在想什麼……我是永遠也想不出這道道來的……」

「最要緊的是現在必須先說服他，讓他相信儘管他拿了我們的錢，他跟我們大家是平等的，」阿廖沙自我陶醉地繼續道，「不僅平等，甚至還站得比我們高……」

「『還站得比我們高』——太棒了，阿列克謝・費奧多羅維奇，但是，您說下去，說下去呀！」

「不過……關於站得更高的問題……我可能說得不對……不過，這不要緊，因爲……」

「啊，不要緊，不要緊，當然不要緊！對不起，阿廖沙，親愛的……您知道嗎，迄今爲止，我幾乎不尊敬您……就是說尊敬是尊敬的，不過彼此平等，而現在因爲您站得高，我會更尊敬您的……親愛的，請別生氣，我又『說俏皮話』了。」她立刻熱情奔放地接話道。「我這人可笑，年紀又小，但是您，您……我說阿列克謝・費奧多羅維奇，在我們談論的所有這些話裡，就是說在您談的……不，還是說我們好，有沒有包含著對他，對這個不幸人的輕蔑呢……我是說，我們現在這麼分析他的心理，好像有點兒高高在上似的，是不是？而且我們現在那麼有把握地認定，他一定會把錢收下，對不？」

「不，麗莎，我們沒有小看他的意思，」阿廖沙堅定地答道，好像對這個問題早有所準備了似的，「我到這裡來的時候就曾想過這個問題。您想想，這有什麼小看不小看的呢，因為我們也同他一樣，大家都同他一模一樣。因為我們也是同他一樣的人，並不見得好些。即使略微好些吧，如果我們處在他的地位，也會跟他一樣的……我不知道您怎麼樣，麗莎，但是我捫心自問，我在許多方面靈魂是渺小的。可是他的靈魂並不渺小，相反，非常溫文爾雅……不。麗莎，這對他沒有任何小看的意思！您知道嗎，麗莎，我那長老有一次說過：對人應當像對孩子一樣小心謹慎，而對有些人則應加倍小心，就像侍候醫院裡的病人一樣……」

「啊，阿列克謝·費奧多羅維奇，啊，親愛的，讓咱們就像侍候病人一樣對待他人吧！」

「好，麗莎，我一定這麼做，不過我不見得一定能做好；有時候我顯得很不耐煩，有時候又分不清是非。您就不一樣。」

「啊，我不信！阿列克謝·費奧多羅維奇，我多幸福啊！」

「這話您說得多好啊，麗莎。」

「阿列克謝·費奧多羅維奇，您太好啦，但是有時候您像個書呆子……可是再一看，根本不是書呆子。您到門口去看看，把門輕輕推開，看媽媽是不是在偷聽。」麗莎突然用一種神經質的、急促的低語悄聲道。

阿廖沙去了，把門推開了一點，說，沒人偷聽。

「走近點，到這兒來，阿列克謝·費奧多羅維奇，」麗莎繼續道，面孔越來越紅了，「把您的手給我，對，就這樣。聽我說，我要向您供認一件重要的事：我昨天寫給您的那封信不是開玩笑，我是認真的……」

她說罷用手捂住了眼睛。看得出來，承認這樣的事，她感到很害羞。她突然抓住他的手，急速地親吻了三次。

「啊，麗莎，這太好啦！」阿廖沙快樂地歡呼道。「要知道，我完全相信，您寫這封信是認真的。」

「相信，您想想！」她猛地甩開他的手，可是握著，並沒鬆開，她滿臉緋紅，咯咯地發出幸福的嬌笑，「我親他的手，他居然說『太好啦』。」但是她的責備有欠公允：阿廖沙的心也在七上八下。

「我希望您能夠永遠喜歡我，麗莎，但是我不知道怎樣才能夠做到這點。」他好不容易嘟囔道，也羞得滿臉通紅。

「阿廖沙，親愛的，您既冷淡又放肆。您看見了嗎。他選中了我做他的夫人就心安理得了！他已經堅信我寫給他的信是認真的，想得倒美！但是，要知道，這是放肆——沒錯！」

「我堅信難道不好嗎？」阿廖沙驀地笑道。

「啊呀，阿廖沙，恰恰相反，這太好啦。」麗莎溫柔而又幸福地瞟了他一眼。阿廖沙站著，他的手仍舊握在她的手裡。他驀地彎下腰，親了親她的嘴唇。

「這又是怎麼回事？您怎麼啦？」麗莎一聲斷喝。阿廖沙完全慌了手腳。

「嗯，如果我做得不對……請您原諒。我太蠢了也說不定……您說我冷淡，因此我就冒冒失失地親了您……不過我看得出來，這樣做很蠢……」

麗莎笑了，用手捂住了臉。

「而且還穿著這身衣服！」她在笑聲中脫口而出，但是她猛地停止了笑，面容肅然，近乎嚴厲。

「我說阿廖沙，咱倆還是慢點接吻好，因為咱倆還不會幹這個，而且咱倆還要等很長時間。」

她驀地下了這個結論。「您最好說說，您這麼一個聰明人，這麼一個既有頭腦又有見地的人，怎麼會看上我這麼一個傻瓜，一個有病的傻丫頭的呢？啊，阿廖沙，我太幸福啦，因爲我完全配不上您呀！」

「配得上，麗莎。我不久就要徹底離開修道院了。一旦還俗就要結婚，這，我知道。而且他也是這麼叮囑我的。比您更好的人我上哪找去……除了您以外，誰會要我？這，我已經反複考慮過了。第一，咱倆青梅竹馬，第二，您有許多我壓根兒沒有的才能。您的心比我活潑；主要是您比我純潔，我已經接觸了許許多多您不曾接觸過的東西……啊，您不知道，我也姓卡拉馬助夫！您愛笑，也愛開玩笑，也愛笑話我，那有什麼關係呢；相反，您笑好啦，我還高興哩……但是您笑話別人的時候像個小姑娘，考慮問題卻像個苦難聖徒……」

「怎麼會是苦難聖徒呢？這是哪兒的話呀？」

「是的，麗莎，比如說，您方才問：我們在剖析那個不幸的人的心理的時候，我是不是有小看他的意思——這就是一個苦難聖徒才會提出的問題……要知道，這話我是絕對說不出來的，但是，誰能夠提出這樣的問題，誰就有一顆大慈大悲的心。您現在坐在輪椅裡，想必已經反複考慮過許多問題了……」

「阿廖沙，把您的手給我，幹麼把手縮回去呀！」麗莎用幸福得十分嬌媚的聲音說道。「我說阿廖沙，您一旦出了修道院穿什麼，穿什麼衣服呢？您別笑，也別生氣，這對我非常非常重要。」

「麗莎，我還沒想過衣服的問題，但是，您讓我穿什麼我就穿什麼唄。」

「我希望您穿深藍色的天鵝絨上衣，穿白色的燈芯絨坎肩，戴灰色的長毛絨軟帽……您說說，方才，當我否認我昨天寫的信時，您是否當真信了，以爲我不愛您？」

「不，我不信。」

「噢，這人真叫人受不了，積習難改！」

「您瞧，因爲我知道您似乎是愛我的，但是我假裝我相信您說的您並不愛我，這樣您心裡會……舒服些……」

「只會更糟，糟極了，也好極了。阿廖沙，我非常非常愛您。方才，您快進來的時候，我算了個卦：我向他索還昨天那封信，如果他若無其事地把信掏出來，還給我（這傢伙難說，肯定做得出來），那就說明他壓根兒不愛我，什麼也感覺不出來，不過是個蠢透了的壞孩子，而我也就完了。但是您把信留在修道室了，這倒使我受到了鼓舞：該不是您預感到我會把信要回來，所以才故意把信留在修道室裡可以不還我吧？對嗎？是不是這樣？」

「唉，麗莎，根本不是這樣的，要知道，信就在我身邊，現在也在我身邊，方才也在我身邊，就放在這口袋裡，這不是嗎。」

阿廖沙笑嘻嘻地掏出信，遠遠地給她看了看。

「不過我不會把它還給您的，從我手上看看得了。」

「什麼？那麼說，您方才說謊了，出家人還說謊？」

「或許說了謊，」阿廖沙也笑道，「爲了不把信還給您，說了個謊。這信對我很寶貴，」他又熱情洋溢地加了一句，說罷又臉紅了，「我將一輩子保存它，我永遠不把它交給任何人！」

麗莎喜氣洋洋地望著他。

「阿廖沙，」她又悄聲道，「到門口去看看媽媽是不是在偷聽？」

「好，麗莎，我去看，不過還是不看較好，啊？幹麼要疑心您媽媽會幹這種低下的事呢？」

「怎麼低下？什麼低下？她偷聽女兒有何動靜，這是她的權利，而不是什麼低下。」麗莎騰地漲紅了臉。「請您相信，阿列克謝‧費奧多羅維奇，等我自己做了母親，而且也有一個像我這樣的女兒，那我是一定要偷聽她說話的。」

「是嗎，麗莎？這可不好。」

「啊呀，我的上帝，這有什麼低下不低下的？如果是什麼普普通通的社交應酬的談話，我偷聽了，那才是低下，而現在是自己的親生女兒跟一個年輕男子關在房間裡……我說阿廖沙，給您挑明了吧，以後，我們結了婚，我也要監視您的行動，還要給您挑明的是，您的所有來往信件我都要拆看……現在先讓您心裡有個數……」

「是的，那自然，如果是那樣的話……」阿廖沙喃喃道，「不過這不好……」

「啊呀，多麼自以爲了不起呀！阿廖沙，親愛的，咱倆可不要一開頭就吵架——我還是把心裡話原原本本地告訴您的好：偷聽人家說話，這當然很糟，我自然不對，而您是對的，不過我將來非偷聽不可。」

「隨您便。不過您不會發現我有什麼了不起的事情的。」阿廖沙笑了起來。

「阿廖沙，您將來會對我百依百順嗎？這也是咱倆應當事先講明的。」

「非常樂意，麗莎，而且說到做到，不過不是在最主要的問題上。在最主要的問題上，如果您不同意我的做法，我還是要義無反顧地履行自己的天職的。」

「應當這樣嘛。實話告訴您吧，恰恰相反，不僅在最主要的問題上，我甘心服從您，而且在一切方面我都會讓著您，對此，我現在就能對您起誓——在一切方面，而且終身不渝，」麗莎熱烈地喊道，「而且我這樣做感到高興，感到幸福！非但如此，我還要對您起誓，將來我決不偷聽您的底細，一次也不，永遠也不，決不偷看您的任何一封信，因爲您是對的，我不對。雖然我非常想偷聽，這，我知道，但我還是不偷聽，因爲您認爲這樣做不高尚。您現在就彷彿是我的上帝……我說阿列克謝・費奧多羅維奇，您爲什麼這兩天老悶悶不樂呢，昨天是這樣，今天也是這樣；我知道，您有許多麻煩，有許多災難，但是我還是看到，除此以外，您還有一種特別的心事，也許是秘密的心事，對不？」

「是的，麗莎，是有秘密的心事。」阿廖沙悶悶不樂道。「既然您猜到了這點，可見您是愛我的。」

「什麼心事？關於什麼？可以告訴我嗎？」麗莎怯怯地央求道。

「以後再告訴您，麗莎……以後吧……」阿廖沙猶豫道。「現在說出來，您不見得會明白。再說，我可能自己也說不清。」

「我知道，除此以外，讓您寢食不安的還有兩位哥哥和父親，對不對？」

「是的，還有兩位哥哥。」阿廖沙說，似乎在沉思。

「阿廖沙，我不喜歡您那二哥伊萬・費奧多羅維奇。」麗莎驀地說道。

阿廖沙聽到這話後感到奇怪，但是沒有接她的話。

「兩個哥哥都在作踐自己，」他繼續道，「父親也一樣。作踐自己，還作踐別人。這裡有一種『土生土長的卡拉馬助夫的原始力量』，正如前些日子派西神父所說——土生土長而又狂暴肆虐，未經馴化……甚至上帝的靈是否在這股力量上巡行——我也說不清。我只知道我也姓卡拉馬助夫……我是修士，我是修士嗎？麗莎，我是修士嗎？不多會兒前您好像說我是修士？」

「是的，說過。」

「可是說不定我連上帝都不信。」

「您不信上帝，您怎麼啦？」麗莎謹慎而又低聲地說道。但是阿廖沙沒有回答這個問題。這裡，在他的這些冷不防冒出來的話裡有著某種過分神秘、過分主觀的東西，也許連他自己也說不清這到底是什麼，但這問題無疑使他很苦惱。

「再說現在，除了這一切以外，我的朋友，一個世界上最好的好人就要離開人世了。麗莎，您不知道，您不知道，我跟這人在心靈上是多麼難捨難分啊！瞧，我將獨自留下……我將會來到您的身邊，麗莎……從今以後我們將永遠在一起……」

「是的，在一起，在一起！從今以後我們將永遠在一起，一輩子在一起。我說，您親親我吧，我讓您吻，讓您親。」

阿廖沙吻了吻她。

「好了，現在您走吧，基督保祐您！（她替他畫了個十字。）快到他那裡去吧，趁他還活著。我看得出來，我硬把您留下是太殘酷了。我今天要替他和您禱告。阿廖沙，我們會幸福的！我們肯定會幸福的，會嗎？」

「好像會的，麗莎。」

阿廖沙從麗莎那兒出來後，認為不必再去找霍赫拉科娃太太了，因此沒有向她告辭，就想從她們家出去。但是他剛一拉開門，走到樓梯上，也不知道打哪兒鑽出來的，在他面前赫然站著霍赫拉科娃太太。剛說第一句話，阿廖沙就猜到她是故意在這裡等他的。

「阿列克謝·費奧多羅維奇，這太可怕了。這簡直是孩子氣的廢話，全是胡鬧。我希望您不會心存幻想拿這個當真吧……蠢透了，蠢透了，蠢透了！」她氣勢洶洶地衝他嚷道。

「不過千萬別把這話告訴她，」阿廖沙說，「要不她會著急的，現在這對她的健康有害。」

「我聽到一個懂道理的年輕人的懂道理的話。我是不是應當這樣來理解：您之所以同意她的要求，是因為您出於對她的病況的同情，不忍心拂她的好意而使她生氣，對不對？」

「噢，不是的，完全不是的，我跟她說的話是非常認真的。」阿廖沙堅定地說。

「認真二字在這裡是不可能的，也是不可思議的，第一，從今以後，我將對您閉門謝客，不許您再來，第二，我要離開這裡，把她帶走，您要放明白點。」

「這又何苦呢，」阿廖沙說，「要知道，這還不是說辦就辦的事，還要等一兩年也說不定。」

「啊，阿列克謝・費奧多羅維奇，這倒是實話，而且在這一兩年裡您會跟她爭吵一千次，然後各奔東西。但是我也太倒楣啦！就算這是廢話吧，畢竟傷了我的心。現在我就像最後一幕裡的法穆索夫，您是恰茨基，她是索菲婭，您想想，我故意跑出來，到樓梯上來等您，要知道，那劇本裡所有要命的事也都發生在樓梯上①。我都聽見了，我差點沒暈過去。原來昨天鬧了一夜，方才又歇斯底裡大發作，原因在這裡！女兒談戀愛，要了母親的命。乾脆躺進棺材得了。現在談第二件，也是最重要的事：她給您寫了一封信，這信到底是怎麼回事，快把信拿出來給我看看，快！」

「不，不必了。請問，卡捷琳娜・伊萬諾芙娜的身體怎麼樣，我很想知道。」

「還躺著，還在說胡話，一直沒醒；她那兩位姨媽都來了，只會唉聲嘆氣，向我擺架子，而赫爾岑什圖勃來了，把他嚇成那副模樣，我真不知道拿他怎麼辦才好了，怎麼才能救他這條老命，我都想去請大夫了。後來才派人用我的馬車把他送走了。這件事剛鬧完又突然發生了您和那封信的事。沒錯，這一切還得過一兩年。現在我用一切偉大和神聖事物的名義，用您那即將圓寂的長老的名義，請您把那封信拿出來給我看看，阿列克謝・費奧多羅維奇，給我，給她的母親看看。」

① 以上都是格里鮑耶陀夫（一七九五或一七九四－一八二九）的喜劇《智慧的痛苦》中的人物。該劇最後一幕也發生在樓梯上。

「不，不能給您看，卡捷琳娜・奧西波芙娜，即使她讓看，我也不讓看。我明天再來，如果您願意，我有許多話要跟您談，而現在——再見！」

說罷，阿廖沙便快步走下樓梯，上了大街。

二、斯梅爾佳科夫彈吉他

再說他也沒工夫。還在他與麗莎告別的時候，他就閃過一個念頭。這念頭就是怎樣用最巧妙的辦法逮住德米特里大哥？德米特里大哥顯然極力躲著他。天色已經不早，已經是下午兩點多了。阿廖沙雖然全身心地急著回修道院去，回去看他那位「偉大的」即將圓寂的長老，可是必須立即看到德米特里大哥的願望超過了一切：在阿廖沙的腦海裡，確信即將發生難以避免的可怕的災難這一想法，每時每刻都在增長。至於究竟會發生什麼災難，眼下他想跟大哥說什麼，也許他自己也說不清。「即使我那恩人在我不在他身邊的時候圓寂，起碼我也不至於終生責備自己，也許，在事情還可以挽回的時候不去挽回，居然掉頭不顧，急著回家。我這樣做是遵從他的偉大指示……」

他的計畫是最好能在無意之中與德米特里大哥碰個正著，具體說，就是跟昨天一樣，翻過籬笆，走進花園，坐進那座涼亭。「如果他不在裡面，」阿廖沙想，「那就誰也不告訴，既不告訴福馬，也不告訴那兩個房東老太太，我躲在涼亭裡等，哪怕等到晚上。如果他跟從前一樣，在守候格魯申卡到來，那他就很可能會到涼亭裡去……」話又說回來，阿廖沙對他計畫的細節並沒有想得太多，但他決意照此辦理，哪怕今天回不了修道院也在所不惜……

一切都進行得很順利：他幾乎就在昨天那老地方翻過了籬笆，人不知鬼不覺地潛入了涼亭。他不希望有人發現他：那個女房東和福馬（如果他在這裡的話）很可能站在大哥一邊，聽從他的命令，這樣一來，就很可能不讓阿廖沙進花園，或者及時報告大哥，說有人找他，在打聽他的下落。涼亭裡一個人也沒有。阿廖沙坐在昨天坐的那個座位上，開始等候。他仔細察看了一下涼亭，他發現這涼亭不知爲什麼比昨天還要破敗得多，這回他覺得它一片朽敗。不過天氣晴朗，跟昨天一樣。在綠桌上留下了一個小圓印，想必是昨天那只盛白蘭地的酒杯溢出來留下的酒漬。一個空空洞洞、於事無補的想法，像平常在無聊地等候時一樣，鑽進了他的腦海：比如說，他現在走進這裡後，爲什麼偏偏坐在他昨天坐過的老地方，而不是坐在另一個地方呢？最後他終於感到十分煩惱，由於擔心和不知情而感到煩惱。但是他還沒坐滿一刻鐘，突然，在很近的地方，傳來了吉他的聲音。在離他頂多大約二十步的地方，有人坐在樹叢中或者這人剛剛坐下來。阿廖沙猛地想起，他昨天離開大哥從涼亭裡出來的時候看到，或者似乎在他眼前閃現過，樹叢中有一張綠色的又矮又舊的花園長椅，就在左邊，挨著柵欄牆。客人想必就坐在這張長椅上。到底是誰呢？一個男聲突然用甜甜的假嗓子唱起了一支小曲，用吉他自彈自唱：

一種不可戰勝的力量
使我愛上了一個姑娘。
主啊，保祐我們倆：
保祐我和這姑娘！
保祐我和這姑娘！
保祐我和這姑娘！

歌聲戛然而止。僕役式的男高音，僕役式的唱腔。另一個，已經是女人的聲音，突然親熱地，又似乎怯怯生生地說話了，但是聲音聽來嗲聲嗲氣，十分做作：

「您怎麼很久都不來看我們呢，帕維爾・費奧多羅維奇①，您怎麼總看不起我們呢？」

「沒有的事，您哪。」一個男人的聲音回答道，雖然說得很客氣，但是神氣十足，架子很大。看得出來，這男人佔優勢，那女人則在跟他調情。「這男人好像是斯梅爾佳科夫，」阿廖沙想道，「起碼聽聲音聽得出來，而那女人——大概是這家房東老太太的女兒，從莫斯科回來的那妞，穿拖地長裙和常去找馬爾法・伊格納季耶芙娜要菜湯喝的那位……」

「我最喜歡各式各樣的詩了，只要念得順口。」那女人的聲音繼續道。「您幹麼不唱下去呢？」那男聲又唱道：

不要沙皇的皇冠——
只要我那情人康健。
主啊，保祐我們倆，
保祐我和這姑娘！
保祐我和這姑娘！
保祐我和這姑娘！

① 斯梅爾佳科夫的名字和父稱。

「上回您唱得還要好。」那個女人的聲音說道。「您唱到皇冠的時候是這樣唱的：『只要我的心肝兒康健』。這樣聽起來更柔情蜜意，您今天大概忘了。」

「詩都是扯淡，您哪。」斯梅爾佳科夫搶白道。

「啊，不，我非常喜歡詩。」

「只要是詩，您哪，都是徹頭徹尾地扯淡。您自己想嘛：世界上誰說話是押韻的？要是我們說話都押韻，哪怕奉上級命令，我們也說不出很多話來，您哪！寫詩和讀詩，那不是正經人幹的事，瑪麗亞·孔德拉季耶芙娜。」

「您怎麼樣樣事都那麼聰明，您怎麼樣樣事都懂得那麼透呀？」那女人的聲音越來越充滿柔情蜜意了。

「我要不是從小就是這命，我會的還不只這些，懂的也不只這些哩。要是有人因爲我沒有父親，是那臭丫頭生的，膽敢罵我是孬種，我就要找他決鬥，用手槍打死他，而他們在莫斯科居然當著我的面說三道四，這得感謝格里戈里·瓦西里耶維奇，都是從他那兒傳出去的，您哪。格里戈里·瓦西里耶維奇責備我，說我造反，說我反對把自己生出來，他說：『是您從她肚皮裡鑽出來的。』①肚皮又怎麼樣，我恨不得在她肚皮裡就讓人弄死，只要我壓根兒不生到這世上來就行，您哪。市場上就有人風言風語，而您媽更是極不禮貌地告訴我，她頭上長有糾髮病，個頭總共才有兩俄尺掛零。

① 這話源出《舊約·出埃及記》第十三章第二節及第十二節，或第三十四章第十九節。但這話在中文聖經中未翻譯出來。

幹麼說掛零，為什麼不跟所有人一樣，簡簡單單地說兩俄尺多？我真想含著眼淚，帶著哭聲說這話，要知道，這不過是一種所謂下人的眼淚和下人的感情罷了。難道俄國的下人能夠同有知識的人一樣有感情嗎？由於沒有知識，他不可能有任何感情。我打小時候起，一聽到有人說『掛零兒』，就恨不得去撞牆。我恨整個俄羅斯，瑪麗亞・孔德拉季耶芙娜。」

「要是您當了陸軍士官或者年輕英俊的驃騎兵，您就不會說這話了，您就會抽出馬刀，挺身而出，去保衛整個俄羅斯了。」

「我不僅不想當驃騎兵，瑪麗亞・孔德拉季耶芙娜，相反，我希望消滅一切士兵，您哪。」

「那，敵人來了，誰來保衛咱們呢？」

「根本就不用保衛，您哪。一八一二年，法國皇帝拿破侖一世，也就是現在那個拿破侖的父親①，曾大舉進犯俄羅斯，如果當時那幫法國人把我們征服了，那才好哩：一個聰明的民族就應當征服一個愚蠢至極的民族，您哪，並將它吞併。真要是那樣的話，這世道就全變啦，您哪。」

「倒像他們在自己國內比咱們的小夥子強似的？！一個咱們的英俊小夥，哪怕給我三個最最年輕的英國佬，我也不換。」瑪麗亞・孔德拉季耶芙娜柔情似水地說，想必在說這話時一定還飛了個嬌媚的秋波。

「蘿蔔青菜，各有所愛，您哪。」

「跟您說句不嫌害臊的話吧，您自己就像外國人，像個最有身分的外國人。」

① 斯梅爾佳科夫在這裡講的「現在那個拿破侖」，指拿破侖三世。但拿破侖一世並不是拿破侖三世的父親，而是他的伯父。拿破侖三世是荷蘭國王路易・拿破侖的兒子。

「如果您想知道的話，不瞞您說，在尋花問柳上，外國人和咱們國家的人全一樣。大家都是騙子，所不同的是外國人穿著亮的皮靴，咱們那幫下流東西則一無所有，窮得發臭，而且並不覺得這有啥不好。費奧多爾・帕夫洛維奇昨天說得對，俄國人就得挨揍，雖然這老東西和他的幾個兒子都是瘋子，您哪。」

「您自己不是也說過，您很尊敬伊萬・費奧多羅維奇嗎。」

「可少爺把我當成了臭傭人。他以為我會造反；這，他就錯啦，您哪。要是我兜裡有一大筆錢，我早就不在這裡了。德米特里・費奧多羅維奇無論在行爲，在聰明才智，在一無所有上，都不如任何一個當下人的，您哪，而且他什麼也不會幹，可是氣人的是他卻得到大家的尊敬。就算我只會熬湯燒菜吧，但是一旦時來運轉，我就可以在莫斯科的彼得羅夫卡①開一家附設咖啡廳的飯館，因爲我會做許多特色菜，而且，除了外國人以外，莫斯科沒一個人會做這種菜。德米特里・費奧多羅維奇是個窮光蛋，您哪，如果他向一位最神氣的伯爵少爺挑戰，找他決鬥，那人就會奉陪，他哪點比我強，您哪？因爲他蠢得跟我沒法比。他毫無用處地白花了多少錢啊，您哪。」

「我想，決鬥一定很有意思吧。」瑪麗亞・孔德拉季耶芙娜驀地說道。

「什麼很有意思，您哪？」

「又十分可怕，又顯得很勇敢，尤其是兩個年輕軍官爲了一個女人，舉起手槍，你打我，我打你。簡直太好看啦。啊，要是讓姑娘們去看就好啦，我非常想去看。」

「如果他對準別人，還好說，要是人家對準他的臉，那滋味就非常難受啦。您會扭頭就跑的，

① 位於莫斯科市中心的一條繁華街道。

瑪麗亞・孔德拉季耶芙娜。」

「難道您會跑嗎？」

但是，斯梅爾佳科夫不予回答。沉默了一小會兒後，又響起了吉他聲，一個假嗓子唱起了那首小曲的最後一段：

不論你怎樣阻擋，
我也要離開家鄉，
到京城尋歡作樂，
要活出個人樣！
我不想窩窩囊囊！
我根本不想窩囊，
也不打算窩窩囊囊！

這時出現了一個意外：阿廖沙忽然打了個噴嚏；長椅上的人霎時間不說話了。阿廖沙站起來，向他們那邊走去。這人的確是斯梅爾佳科夫，穿得衣冠楚楚，而且油頭粉面，幾乎連頭髮都燙過，而且腳穿發亮的皮鞋。吉他放在長椅上。那女人正是房東的女兒瑪麗亞・孔德拉季耶芙娜；她穿的裙子是天藍色的，後面還拖著一條兩俄尺長的尾巴；這姑娘還很年輕，而且也不難看，就是臉太圓，臉上滿是可怕的雀斑。

「德米特里大哥很快就回來嗎？」阿廖沙盡可能鎮定地問道。

斯梅爾佳科夫慢悠悠地從長椅上站了起來；瑪麗亞・孔德拉季耶芙娜也欠起了身子。

「爲什麼我就應當知道德米特里・費奧多羅維奇的下落呢？如果讓我看著他還好說。」斯梅爾佳科夫輕輕地、一字一頓而又十分輕蔑地回答道。

「我不過問您知道不知道？」阿廖沙解釋道。

「他的行蹤我一概不知，也不想知道，您哪。」

「我大哥偏偏對我說過，家裡發生的一切統統由您向他報告，您還答應阿格拉費娜・亞歷山德羅芙娜一來，就立刻通知他。」

斯梅爾佳科夫慢慢悠悠而又不動聲色地抬起頭來，瞟了他一眼。

「這回，您是怎麼過來的，因爲這裡的大門已經插上門閂一小時了？」他怔怔地注視著阿廖沙，問道。

「我在胡同裡翻過圍牆就直接進了涼亭。我希望您能原諒我這麼做，」他轉身向瑪麗亞・孔德拉季耶芙娜說，「我想盡快找到大哥。」

「啊呀，我們哪會見怪呢，」瑪麗亞・孔德拉季耶芙娜對阿廖沙的道歉感到很得意，她拖長了聲音答道，「因爲德米特里・費奧多羅維奇也常這樣走到涼亭來，我們都不知道，可是他卻坐在涼亭裡。」

「我現在到處找他，有要緊的事情要見他，要不就請你們告訴我，他現在在哪兒。請相信我，這事對他很要緊。」

「少爺沒有告訴我們呀！」瑪麗亞・孔德拉季耶芙娜支支吾吾地說道。

「雖然，因爲彼此認識，我常到這裡來串門，」斯梅爾佳科夫又開口道，「可是少爺在這裡也不放過我，老逼著問我關於老爺的事：老爺那裡有什麼事？那裡的情況怎麼樣？誰來了？誰又走了？我能不能再告訴他一點別的什麼？等等。他甚至兩次用死來威脅我。」

「怎麼會用死來威脅您呢？」阿廖沙很驚奇。

「難道這對他還算回事嗎，您哪，他那脾氣，昨天您不是也領教過了，您哪。少爺說，如果我把阿格拉費娜・亞歷山德羅芙娜放過去了，讓她在這裡過夜——你頭一個就不用活了。我非常怕他，要不是我更怕他的話，早就上城裡的官府檢舉他了。只有上帝知道他會幹出什麼事來，您哪。」

「前些日子少爺還對他說：『我要用石臼把你搗個稀巴爛』。」瑪麗亞・孔德拉季耶芙娜補充道。

「石臼什麼的，也許不過說說罷了……」阿廖沙說。「如果我現在能馬上碰見他，說不定我倒能跟他說說這事……」

「我能告訴您的就只有這些。」斯梅爾佳科夫彷佛思慮再三後拿定了主意。「因爲是老街坊，所以我常到這裡來串門，我怎能不常來常往呢，您哪？另一方面，伊萬・費奧多羅維奇今天一大早就打發我到湖濱街大少爺的住處去找他，沒讓捎信，您哪，他讓我捎句話給德米特里・費奧多羅維奇，請他務必到這裡廣場上的一家小飯館來一趟，與他共進午餐。我去了，您哪，但是我在他的住處沒找到德米特里・費奧多羅維奇。當時已經八點了。房東說：『回來過，又出去了』——這話是少爺那兒的房東告訴我的。他們雙方好像有什麼密謀似的，您哪。現在，這工夫，大少爺或許正跟他兄弟伊萬・費奧多羅維奇坐在那家小飯館裡也說不定，因爲伊萬・費奧多羅維奇今天沒回來吃飯，而費奧多爾・帕夫洛維奇一小時前就獨自吃完了飯，現在正歇晌。不過我懇求您千萬別告訴大少爺您碰見過我，也千萬別跟他說我告訴了您什麼，反正什麼也別說，因爲大少爺是會無緣無故殺人的，您哪。」

「我二哥伊萬今天叫德米特里去小飯館了?」阿廖沙立即追問。

「沒錯,您哪。」

「去廣場上的京都飯館了?」

「就是那家。您哪。」

「這倒很可能!」阿廖沙十分激動地叫道。「謝謝您,斯梅爾佳科夫,這消息很重要,我馬上就到那兒去。」

「別說是我告訴您的呀,您哪。」斯梅爾佳科夫衝他的背影說道。

「噢,不會的,我到飯館去就像是無意中碰見他們似的,您放心。」

「您上哪呀,我給您開花園門。」瑪麗亞・孔德拉季耶芙娜叫道。

「不,這裡近,我還是翻籬笆過去吧。」

這消息使阿廖沙感到十分震驚。他抬腿就往那家小飯館跑去。他穿著他那身衣服到小飯館去似乎不甚雅觀,但是在樓梯上先打聽一下,叫他們出來,還是可以的。他剛剛走到那家小飯館跟前,一扇窗子忽地打開了,二哥伊萬從樓上的一個窗口向他叫道:

「阿廖沙,你能不能夠馬上到我這裡來一下?不勝感謝之至。」

「太可以了,但是我不知道我穿著這身衣服怎麼進來?」

「我正好要了個單間,你先上台階,我下樓來接你……」

一分鐘後,阿廖沙就跟他二哥坐在一起了。伊萬獨自一人,在吃飯。

三、兄弟倆相互了解

其實，伊萬坐的並不是單間。這不過是在窗口用屏風隔開的一個角落，但是閒人在屏風外畢竟看不見裡面坐的是什麼人。這房間是入口處的第一間，一側靠牆還有個小賣部。跑堂的不斷地在屋裡跑前跑後。顧客中只有一位老人，是個退伍軍人，坐在一角喝茶。然而在這家飯館的其他房間裡，卻是在飯館常見的嘈雜景象，傳來一片呼喚跑堂的吆喝聲，啤酒的開瓶聲，檯球的撞擊聲和亂糟糟的管風琴聲。阿廖沙知道，過去伊萬從來不到這家飯館來，而且他一般也不愛上飯館；可見，他想，他之所以到這裡來完全是爲了約大哥德米特里出來見面。但是大哥德米特里沒來。

「我給你要碗清燉魚湯或者別的什麼，你總不能光喝茶吧！」伊萬叫道，看來他能把阿廖沙拉上來感到非常得意。他自己已經吃完飯了，在喝茶。

「先來碗魚湯，然後再來茶，我餓了。」阿廖沙愉快地說。

「要不要來點櫻桃醬？這裡有。你記得小時候你在波列諾夫家就愛吃櫻桃醬嗎？」

「你還記得這個？那就來點果醬吧，我現在還喜歡吃。」

「我全記得，阿廖沙，你的情況在十一歲前我都記得，當時我快十五歲了。十五和十一，這有很大差別，這個年齡的兄弟是永遠玩不到一起的。我不知道，我甚至是不是喜歡過你。當我去莫斯科之後，頭幾年，我壓根兒就不曾想到過你。後來，你也到莫斯科來了，我們好像在什麼地方見過一面。再說我到這裡來已經住了三個來月了，可是你我至今沒說過一句話。明天我就要走了，剛才，我坐在這裡想：我得設法見他一面，向他告別，而你恰好路過。」

「那你很想見到我嗎？」

「很想，我想徹徹底底地了解你，同時也讓你了解我。然後咱們再分手。我覺得，人們在分別前最容易相互了解。這三個月來，我發現你老看著我，你眼神裡有一種不斷的期待，正是這個我最討厭，因此我才沒主動接近你。但是到後來我學會了尊敬你，我想，這小傢伙還站得挺穩。注意了，我現在雖然在笑，但是我的話是嚴肅的。你不是站得很穩嗎，是不是？我就喜歡立場堅定的人，不管他們站在哪兒，哪怕他們跟你一樣只是一些毛孩子。你那期待的目光，後來我已經完全不覺得反感了；相反，我終於喜歡上了你那期待的目光……阿廖沙，你不知因爲什麼似乎很愛我，對吧？」

「我愛你，伊萬。德米特里大哥在談到你的時候說：伊萬能守口如瓶。我談到你的時候則說：伊萬是個謎。即使現在，你對我也是個謎，但是我對你已經略知一二，不過也是從今天早晨才開始的。」

「這是怎麼回事？」伊萬笑道。

「你不會生氣？」阿廖沙也笑道。

「說吧！」

「我發現你跟所有其他二十三歲的年輕人一樣，也是個年輕人，是個同他們一樣年輕瀟洒、朝氣蓬勃的好孩子，甚至還很幼稚！怎麼樣，我沒讓你很不高興吧？」

「相反，咱倆所見略同，這使我感到吃驚！」伊萬快活而又熱烈地叫道。「你信不信，咱倆今天在她家見過面之後，我一直在琢磨這事，我在想，我已經二十三歲了，還那麼幼稚，現在卻突然被你猜個正著，而且你一開口就說到這事。我剛才坐這裡，你知道我在琢磨什麼：即使我不相信生活，即使我對心愛的女人大失所望，即使我對天理人倫大失所望，甚至我相信，一切都恰好相反，到處都是紊亂的、可詛咒的、也許還像魔鬼般一團糟，甚至我大失所望，遭到可怕的打擊——我還是要活下去，我要趴在這杯苦酒上，不把它全部喝乾，決不罷休！話又說回來，如果到三十歲我還沒把這杯苦酒喝乾，那我也只好扔下這杯苦酒，拂袖而去了……去哪兒，我也不知道。但是在三十歲以前，我有把握，我的青春將戰勝一切——戰勝任何失望，戰勝對生活的任何厭惡。我多次捫心自問：世上有沒有這樣一種失望，它能戰勝我心中這種發狂般的、也許還是不登大雅之堂的對生活的渴望，我認定決沒有這樣一種失望，當然，這仍是講三十歲以前，至於三十歲以後，我自己也覺得活著沒意思了，我這麼覺得。這種對生活的渴望，一些病懨懨的沒出息的道德家常常把這稱之爲卑鄙下流，尤其是詩人。這話不假，這種對生活的渴望多少也是卡拉馬助夫家族的特點，不管怎麼說吧，你身上也一定有這特點，但是爲什麼這種渴望就是卑鄙下流呢？咱們這星球上還是有很強的向心力的，阿廖沙。我想活，而且我也活著，雖然這違背邏輯。儘管我不相信天理人倫，但是我仍萬分珍愛春天正在綻開的蒼翠欲滴的嫩葉①，萬分珍愛那湛藍的天空，萬分珍愛某些人，對這些人，你信不信，有時候會無緣無故地愛他們，也不知道因爲什麼，萬分珍愛人的豐功偉績，其實對這種所謂豐功偉績我也許早就不信了，可是由於舊的記憶，心裡面對此畢竟還是肅然起敬的。瞧，給你把清燉魚湯拿來了，你隨便吃吧。這魚湯不錯，做得很好。我想到歐洲去，阿廖沙，離開這裡後就去；不過我也知道，我不過是去憑弔公墓罷了，但是憑弔的是最珍貴的公墓，真是這樣！那裡長眠著一些可愛的人，墳頭的每塊墓碑都在敘述一個異常熱烈的逝去的生命，敘述他們對自己的偉業，對自己的真理，對自己的鬥爭和對自己畢生鑽研的學問的熱烈信仰，我預先知道，我將匍匐在地，親吻這些墓

① 源出普希金的詩《冷風還在吹》（一八二八年）。

碑，在墳頭哭泣①——與此同時，我的整個心已深信不疑，這一切早已是一坏黃土，無非是一方墓地罷了。我並不是由於絕望而大哭，而僅僅是因爲一掬同情之淚才能使我感到心胸舒暢。我將陶醉在自己的無限感慨之中。我愛那春天蒼翠欲滴的嫩葉，我愛那湛藍的天空，真是這樣的！這不是理智，也不是邏輯，而是全身心，發自肺腑的愛，愛自己風華正茂的年輕活力……阿廖沙，你在我的這一派信口胡言中聽懂了一點什麼沒有呢？」伊萬驀地笑了起來。

「太懂了，伊萬：你想要全身心和發自肺腑地去愛——你這話說得太好了，你想要這麼生活，我太高興了。」阿廖沙十分感動地說道，「我想，所有的人首先應當在這世上熱愛生活。」

「熱愛生活更甚於熱愛它的意義嗎？」

「一定要這樣，愛，應當先於邏輯，就像你說的那樣，一定要先於邏輯，只有那時候我才會懂得人生的意義。這點我早就模模糊糊地想到了。你熱愛生活，伊萬，這樣你的事情就做成了一半，得到了一半：現在你該努力的是你的後一半，這樣你就會修煉圓滿，得道開悟了。」

「你又來普渡眾生了，也許我還沒墮落呢！至於你說的後一半，指什麼？」

「我指的是應當讓你的那些人死而復活，他們根本沒死也說不定。好了，喝茶吧。我很高興咱倆能夠談談，伊萬。」

「我看，你好像很興奮。我最喜歡聽這類……見習修士的這類professions de foi②。你這人很堅定，阿列克謝。聽說你想離開修道院，是真的嗎？」

---

① 以上指一八四八年法國革命失敗後的犧牲者。

② 法語：佈道；述說信仰。

「是真的。我那長老讓我還俗。」

「那麼我們在你還俗之後還能再見面，還能在我三十歲以前，在我將要丟開這杯苦酒之前再見面吧。父親在七十歲以前還不想拋棄這杯人生的苦酒，甚至還想活到八十歲，這是他自己說的，他說這話時十分認真，雖然他不過是小丑。他立足於追求性快感，似乎這就是人生的樂趣……雖然一個人在三十歲以後，誠然，除了這種快感以外，也沒什麼可追求的了……但是到七十歲就下流了，還是到三十歲好：這樣多少可以自欺欺人地保持『一點清高』。你今天沒看見德米特里嗎？」

「沒有，沒看見，但是我看到了斯梅爾佳科夫。」於是阿廖沙就把遇到斯梅爾佳科夫的情形詳詳細細地匆匆告訴了哥哥。伊萬突然非常關切地聽著，有些事甚至還重複地問了一遍。

「不過，他要我別把他談到德米特里的事告訴大哥。」阿廖沙又加了一句。

伊萬雙眉深鎖，陷入了沉思。

「你這是因爲斯梅爾佳科夫才皺眉頭的嗎？」阿廖沙問。

「對，就因爲他。讓他見鬼去吧，我原來倒真想見見德米特里，現在就不必了……」伊萬不樂意地說道。

「二哥，你當真這麼快就要離開這裡嗎？」

「是的。」

「那德米特里和父親的事怎麼辦呢？他們倆的事會怎麼了局呢？」阿廖沙擔心地問。

「你怎麼老扯這些廢話呢！這關我什麼事兒？難道我負責看著德米特里大哥嗎？」伊萬怒氣沖沖地答道，但是他不知爲什麼又突然發出一聲苦笑。「這倒像該隱關於他兄弟被殺的事回答上帝的話

①，是不是？說不定你此刻就在這樣想，對不對？但是，他媽的，我總不能當真留在這裡看著他們倆吧？事情辦完了，我就走。你該不是以為我在吃德米特里的醋吧，你該不是以為這三個月來我一直在搶他的大美人兒卡捷琳娜·伊萬諾芙娜吧。唉，見鬼，我有我自己的事。事情辦完了，我就走。我的事早辦完了，你是見證。」

「你說的是方才發生在卡捷琳娜·伊萬諾芙娜家那事？」

「是的，就是她家那事，一下子了結了。那又有什麼？我才不管德米特里的事呢？德米特里與我毫無關係。我跟卡捷琳娜·伊萬諾芙娜的事完全是我們自己的事。恰恰相反，你自己也知道，德米特里的做法倒像他跟我串通好了似的。要知道，我根本就沒求他什麼，是他自己把她莊重地交給了我，並且祝福了我。這簡直是笑話。不，阿廖沙，不，你不知道，我現在倒覺得自己鬆了一口氣！瞧，我坐在這裡，吃了飯，你信不信，我真想來杯香檳酒慶賀慶賀我剛才獲得的自由。呸，幾乎半年了——突然一下子，一下子解開了。甚至昨天我都不曾料到，你只要願意一了百了，完全可以不費吹灰之力！」

「你是說自己的戀愛，伊萬？」

「就算戀愛吧，你願意這麼說也可以，是的，我愛上了一位小姐，愛上了一位貴族女子學校的學生。我因她而十分煩惱，她折磨我。我廝守著她……忽地一切全成了泡影。我方才說話還十分激動，可是一走出她家，不禁啞然失笑——這，你信不信？不，我說的是大實話。」

---

① 源出聖經故事：該隱是亞當和夏娃的兒子，他出於忌妒殺死了他的弟弟亞伯。耶和華問該隱：「你兄弟亞伯在哪裡？」他說：「我不知道。我豈是看守我兄弟的嗎？」（見《創世記》第四章第九節）

「你現在說這話也十分快活。」阿廖沙說，注視著他那當真喜形於色、豁然開朗的面容。

「以前我怎麼知道我根本不愛她呢！嘿嘿！可是到頭來卻發現我根本不愛她。要知道，原來我是多麼喜歡她啊！甚至方才，當我作那番講演的時候，我也十分喜歡她。你知道嗎，甚至現在我也非常喜歡她，可是要離開她又覺得大大地鬆了口氣。你以為我在打腫臉充胖子嗎？」

「不，不過這本來就不是愛情也說不定。」

「阿廖什卡，」伊萬笑道，「別談什麼愛情不愛情啦！這對你是有失體統的。方才，方才，是你自己跳出來的，哎呀呀！為了這點，我還忘了親你哩……她把我折磨得好苦呀。真是廝守在反常之旁而不自知。唉，她知道我愛她！其實她愛的是我，而不是德米特里。」伊萬快活地堅持道。「德米特里不過是一種反常。我方才向她說的一切都是千真萬確的。但是問題僅僅在於，最主要的是她需要也許十五年或者二十年的時間才會明白過來，她根本不愛德米特里，她愛的只是我，但她卻一直在折磨我。她永遠也不會明白也說不定，儘管有今天這樣的教訓。唔，也好：站起身來，一走了之，一了百了。順便問問，她現在怎麼樣了？我走之後，那裡怎麼樣啦？」

阿廖沙跟他談了關於她發歇斯底里的事，又說她現在大概昏迷不醒，在說胡話。

「不會是霍赫拉科娃瞎編的吧？」

「好像不是。」

「應當去打聽一下。話又說回來，發歇斯底裡是從來不會死人的。就讓她去發歇斯底裡吧，上帝是出於愛才賜給女人歇斯底里的。我根本不會再到那兒去了，再死乞白賴地到那兒去，幹麼呢！」

「話又說回來，你方才不是對她說，她從來沒有愛過你嗎。」

「我是故意這麼說的，阿廖什卡，我要來點香檳酒，來為我的自由乾杯。不，你不知道我有多高興！」

「不，二哥，咱們還是別喝好，」阿廖沙忽然說，「再說我心裡不知爲什麼悶得慌。」

「是的，你早就有點悶悶不樂了，這，我早看出來了。」

「那麼你明天早晨一定要走？」

「早晨？我沒說過早晨呀……不過，也可能是早晨吧。你信不信，要知道，我今天所以在這兒吃飯，完全是因爲不想跟老頭一塊吃飯，他讓我厭惡透了。如果只有他一個人，我早走了，你怎麼六神無主似的？在我動身之前，天知道我們還有多長時間。這時間簡直沒完沒了，無窮無盡。」

「你明天就走，怎麼會無窮無盡呢？」

「這跟咱倆有什麼關係？」伊萬笑道，「反正咱倆有足夠的時間說完咱倆要說的話，談完咱倆到這裡來要談的事，不是嗎？你怎麼大驚小怪地看著我？你說：咱倆爲什麼湊到一塊兒來了？爲了談對卡捷琳娜‧伊萬諾芙娜的愛嗎？爲了談老頭和德米特里嗎？談國外嗎？談俄羅斯要命的現狀嗎？談拿破侖皇帝嗎？是這樣嗎？是爲了談這個嗎？」

「不，不是爲了談這個。」

「這麼說，你也明白爲了談什麼。人家有人家的事，咱們這些初出茅廬的人則有咱們自己的事，咱們必須首先解決一些亙古長存的問題，我們關心的是這個。現在，俄羅斯的所有年輕人都在紛紛談論永恆的問題。可是老人們現在卻忽然都操心起實際問題來了。這三個月來你究竟因爲什麼老是企盼地望著我？是不是想審問我：『你信仰什麼，還是根本就沒有信仰？』——三個月來你的目光不就是歸結爲這樣一個問題嗎，難道不是這樣嗎？」

「也許是這樣的。」阿廖沙莞爾一笑。「現在你不是在嘲笑我吧，二哥？」

「我嘲笑你？我的小兄弟三個月來一直企盼地望著我，我才不想傷他的心哩。阿廖沙，你抬起頭來看看：我不是跟你一樣是個毛孩子嗎，差別僅僅在於我不是見習修士罷了。你知道，俄羅斯青年至今在怎樣大肆活動嗎？我是說有些人？比如說，這家臭氣熏天的小飯館，他們就在這裡聚會，找個角落坐下。過去他們一輩子都互不相識，而一旦走出這飯館，又將四十年互不來往，那又怎樣呢，他們抓住在小飯館裡相遇的這一瞬間又在議論什麼呢？他們談論的無非是世界性問題：有沒有上帝？有沒有靈魂不死？而那些不相信上帝的人就談論社會主義和無政府主義，談論怎樣重新排座次，改造全人類，他們談來談去都一樣，還是那些老問題，只是看問題的角度不同罷了。在我國，在當代，有許許多多標新立異的青年談論的淨是那些永恆的問題。難道不是這樣嗎？」

「是的，對於真正的俄羅斯人來說，有沒有上帝和有沒有靈魂不死的問題，或者像你所說從另一個角度提出的問題，當然是首先應該考慮的第一位的問題，而且也應當這樣。」阿廖沙說，依舊用他那文靜的、試探的目光端詳著哥哥。

「阿廖沙，做一個俄羅斯人，有時候真不聰明，但是也畢竟沒有比現在那幫俄羅斯青年所做的事更蠢的了，簡直沒法想像。但是有一個俄羅斯青年，名叫阿廖沙，我非常喜歡。」

「瞧你話鋒一轉，說得多動聽。」阿廖沙忽然笑道。

「那你說從哪裡談起呢，隨你便。——先說上帝？是否存在上帝，好嗎？」

「你願意先說什麼就先說什麼，哪怕『從另一個角度』也行。你昨天不是在父親那裡宣布過沒有上帝嗎？」阿廖沙探詢地望了望哥哥。

「昨天在老頭那兒吃飯的時候，我存心拿這問題逗你，我看到你的兩隻眼睛都燃燒起來了。但是現在我絲毫不反對跟你談談，而且十分嚴肅地談談這個問題。我想同你取得共識，阿廖沙，因爲我沒有朋友，我想試試。嗯，你想，也許我能接受上帝呢，」伊萬笑道，「這出乎你的意料，是嗎？」

「是的，當然，只要你現在不是開玩笑。」

「『開玩笑』。倒是昨天在長老那兒有人說我開玩笑。你知道嗎，親愛的，十八世紀有個虧心的老人，他說什麼如果沒有上帝，就應當造一個上帝出來，**S'il n'existait pas Dieu il faudrait l'inrenter**。①而且人們果然造出了一個上帝。上帝果真存在，這倒不奇怪，不令人驚訝了，令人驚訝的倒是這樣一種想法（必須有上帝的想法），居然會鑽進像人這樣既野蠻而又兇惡的動物的腦海，這想法是如此神聖，這想法又如此感人，如此英明，這想法簡直成了人的榮耀。至於我，我早就決定不去想它了：到底是人創造了上帝呢，還是上帝創造了人？不用說，我也無意逐一剖析俄國青年在這方面提出的當代公理，而這些所謂公理無非是從歐洲人提出的種種假設中得出來的；因爲在人家那裡還只是假設，到了俄國青年手裡就變成公理了，而且不僅青年們如此，連他們的教授或許也一樣，因爲俄國的教授，現在也跟俄國的小青年如出一轍。因此我們且對這些假設撇開不談。那麼，現在咱倆的任務是什麼呢？咱倆的任務是讓我盡快地向你說清楚我的本質，就是說我是何許人，我信仰什麼，我的希望是什麼，難道不是這樣嗎？不是這樣嗎？因此我才宣布，我直截了當而又十分乾脆地接受上帝。然而，我們必須指出：假如有上帝，假如他真的創造了大地，那他也是按照歐基里德的幾何學創造的，而他的頭腦也與人類相同，僅擁有三維空間的概念。然而過去有，甚至現在也還有一些幾何學家和哲學家，甚至是一些出色的幾何學家和哲學家，他們懷疑整個宇宙或者說得範圍更廣點——整個存在僅僅是按照歐基里德的幾何學創造的，他們甚至敢於幻想，兩條平行線，按照歐基

---

① 法語：意義同上（伏爾泰語）。

里德原理，在地球上是永遠不會相交的，但卻可能在無窮遠的某個地方相交。因此，親愛的，我認定，既然我連這個道理都弄不懂，我哪懂得有關上帝的事呢。因此我只好老老實實承認，我毫無能力解決這樣複雜的問題，我的頭腦是歐基里德式的世俗的頭腦，因此我哪能解決來自非人間的問題呢。好阿廖沙，因此我也勸你永遠別想這類問題，尤其是關於上帝的問題：有沒有上帝的問題。這些問題完全不是僅有三維空間概念的凡夫俗子的頭腦所能解決的。因此，我接受了上帝，不僅欣然接受，而且除此以外我還接受了我們根本不得而知的他的大智大慧和他的目的，我信仰天理人倫，信仰人生的意義，信仰我們似乎將會打成一片的永恆的太和，信仰普天下都嚮往的上帝的道，『道與神同在』，道就是神①，還有等等，等等，以至無窮。這方面所立的道很多。看來，我還是走在正道上的——是不是？請你想想，可是就最終的結果而言，我還是不能接受上帝創造的此世界②，雖然我知道此世界是存在的，但是我與它誓不兩立。我不是不接受上帝，你要明白這點，我是不接受他創造的世界，我沒法接受。我要申明一點：我像赤子一樣深信；痛苦將會癒合和平復，整個可氣復可笑的人間矛盾，將會像可憐的海市蜃樓一樣銷聲匿跡，歐基里德式的人的智慧是蒼白無力的、像原子般渺小的，它虛構的卑劣謊言將會煙消雲散，最後，在世界的終點，在永恆的太和到來之時，將會產生和出現某種至為寶貴的東西，它足以撫慰所有的心靈，消弭所有的憤懣，彌補人們的一切惡行和他們所流的全部鮮血，足以使我們不僅可以原諒，而且可以為人們所發生的一切辯解——就算，就算這一切終將發生和出現吧，我也不接受這世界，而且我也不願意接受！即使兩條平行線終

---

① 參見《約翰福音》第一章第一—二節：「太初有道，道與神同在，道就是神。這道太初與神同在。」

② 指上帝創造的現實世界。

於相交，而且我也親眼看到了：看到了而且親口承認是相交了，我還是不願接受這世界。這就是我的本質，阿廖沙，這就是我要提出的基本論題。我對你說這話是嚴肅的。我是故意跟你這麼說話的，一開頭其蠢無比，說的都是大白話，但是我步步深入，把你領到我的自白，因爲你要聽的就是我的自白。你感興趣的並不是有沒有上帝，你只需要知道你所愛的你的二哥的人生準則。因此我才向你直抒胸臆。」

伊萬突然用一種意料不到的慷慨激昂的語調結束了自己的皇皇宏論。

「那你爲什麼一開頭要做得那麼『其蠢無比』呢？」阿廖沙問，若有所思地望著他。

「第一，爲了用標準的俄國話跟你說話：用俄國話談論這類話題永遠顯得其蠢無比。第二，話又說回來，話說得越白越蠢，問題也就說得越透。大白話簡單明瞭，咬文嚼字其實是躲躲閃閃，支吾搪塞。咬文嚼字爲了自欺欺人，說大白話才開門見山，光明磊落。我已經走投無路，所以把這問題擺出來，話說得越白，對我越有利。」

「你倒跟我說說你爲什麼『不接受這世界』？」阿廖沙問。

「我當然會說的，這並不是秘密，我說了半天也就爲了說明這事。我的好弟弟，我並不想使你離經叛道，改變你的生活準則，我想用你來治我的病也說不定。」伊萬突然笑道，笑得完全像個又小又乖的孩子。阿廖沙還從來不曾見過他這樣笑過。

四、離經叛道

「我要向你坦白一件事，」伊萬開始道，「我永遠也弄不明白怎麼可以愛自己的鄰舍①。我看哪，正是因爲他們是鄰舍，才沒法愛他們，如果是遠遠的、不相干的人倒還好說。有一回，我不知道在哪本書裡讀到一則關於一名聖徒叫『仁慈約翰』的故事②，有一名又餓又冷的過路人走到他身邊，請他讓這人暖和暖和，他竟與他同睡一床，摟著他，並向這人由於得了什麼可怕的疾病而流膿發臭的嘴裡哈氣。我堅信他這樣做是出於一種反常的虛僞，是出於一種考慮到天職而硬裝出來的愛，是出於一種硬套在自己頭上的宗教懲罰。要愛一個人，就得讓這人不露面，這人一旦露出自己的尊容——愛也就完了。」

「關於這個，佐西馬長老也曾不只一次說過，」阿廖沙說，「他也說一個人的臉常常妨礙許多對愛還沒有經驗的人去愛。但在人類中畢竟有許多愛幾乎與基督的愛類似，這我倒是知道的，伊萬……」

「我暫時還不知道有這種情況，也無法理解，而且難以數計的許多人也與我有同感。要知道，問題在於，這是因爲人的惡劣的品性呢，還是因爲人的天性如此。依我看，基督式的對人的愛，就某方面來說乃是人間不可能有的奇蹟。誠然，他是上帝。但是，我們不是上帝呀。比方說，就算我能夠深深地痛苦，但是別人永遠也不可能知道我到底痛苦到了什麼程度，因爲他是別人，而不是我，

① 源出《路加福音》第十章第二十七節：「要愛鄰舍如同自己。」

② 這則故事出自福樓拜的《關於仁慈的尤利安的傳說》。當時（一八七七年），曾由屠格涅夫譯成俄語，載《歐洲導報》一八七七年第四期。

此外，極少有人肯承認另一個人是受難者（好像這是一種頭銜似的）。他爲什麼不肯？你是怎麼想的呢？就因爲，比方說吧，我身上發出一股臭味，我這人長得很蠢，我有一次踩了他的腳。再說痛苦與痛苦不一樣：一種屈辱的痛苦，一種有損我的自尊的痛苦，比如說飢餓，這倒情有可原，我的恩人還能容許我身上存在這種痛苦，但是這痛苦只要稍高一點，比方說爲了實現某種思想，那就不行了，除非在難得一遇的情況下，他才會容許我可以存在這痛苦，因爲，比方說，他看了看我，忽然發現我的臉也跟他想像中的，比方說，爲實現某種思想而受苦受難的人的臉完全不一樣。於是他就會立即取消對我的某種恩典，他這樣做甚至完全不是因爲他心腸壞。叫花子，尤其是那些潔身自好的叫花子，應當永遠不到外面去拋頭露面，而只是通過登報進行求乞。抽象上，倒還可以愛鄰舍，甚至有時遠遠地愛也行，但是在近處就永遠辦不到了。如果一切都發生在舞台上，發生在芭蕾舞中，當叫花子登台的時候穿著綢子做的破爛衣服，衣服上還鑲著撕破了的花邊，他們優美地跳著舞向人求乞，那倒還可以欣賞一番。但欣賞畢竟不是愛。不過，先不談它了。我需要的僅僅是讓你站到我的觀點上看問題。我本來想泛泛地談人類的苦難，但還是專門談談孩子們的苦難吧。這可以使我的論證範圍縮小到原來的十分之一，還是專談孩子們好。不用說，這對我並不更有利。但是，第一，在近處對孩子們也可以愛，儘管這些孩子邋邋遢遢，甚至臉也長得很醜（不過我覺得孩子們從來就沒有容貌醜陋的）。第二，我之所以不想談大人，除了他們令人噁心，不值得愛以外，還因爲他們遭到了報應：他們偷吃了禁果，懂得了善與惡，變得『跟上帝一樣』①。而且他們現在還在吃禁果。

①聖經故事講亞當與夏娃在伊甸園偷吃了知識之樹上的禁果，懂得了善與惡，反被上帝逐出天堂。他們偷吃禁果是因爲受到蛇的慫恿，蛇說：「……你們吃的日子眼睛就明亮了，你們便如神能知道善惡。」（《創世記》）

但是孩子們什麼也沒吃，因此暫時還無任何罪過。阿廖沙，你喜歡孩子嗎？我知道你喜歡，所以現在我為什麼只想談孩子，你應當是能夠理解的。倘若他們在世上也在可怕地受苦受難的話，那當然是代人受過，代自己的先輩，偷食了禁果的自己的先輩①而受到懲罰——但是，要知道，這一推論是另一個世界對我們的看法，這道理是世間人心所不能理解的。一個清白無辜的人是不該代人受過的，況且還是這樣一些清白無辜的人！阿廖沙，你一定對我感到驚奇，因為我也非常愛孩子。請注意了，一些殘忍的人，那些慾火旺盛、貪淫好色的卡拉馬助夫家的人，有時候也很愛孩子。孩子畢竟是孩子，比如說在七歲以前，與大人有天淵之別：彷彿是具有另一種天性的完全不同的生物。我認識關在囚堡裡的一名強盜：他在幹他的本行，夜闖民宅，殺人越貨的時候，常常一舉殺死全家，與此同時也一併殺死了幾個孩子。但是他坐牢時卻出奇地愛孩子。他常常從囚堡的窗戶裡出神地眺望著在監獄院子裡玩耍的孩子們。有一個小男孩（他跟他混熟了）竟常常到窗下來看他，跟他十分要好……你知道我為什麼要說這一切嗎，阿廖沙？我好像有點頭疼，而且心裡悶悶不樂。」

「你說話的時候樣子很怪，」阿廖沙不安地說，「好像你有點神經不正常似的。」

「順便說說，不久前，在莫斯科，有一個保加利亞人告訴我，」伊萬・費奧多羅維奇繼續道，好像沒聽見弟弟說話似的，「有些土耳其人和切爾克斯人因為擔心斯拉夫人的大規模起義②，便在保加利亞到處為非作歹——殺人，放火，姦淫婦女和幼女，把俘虜的耳朵用釘子釘在圍牆上，讓他們這樣一直待到天明，然後清早把他們——絞死——等等，等等，簡直難以想像。說實在的，有時候

① 按基督教教義：亞當和夏娃是人類的祖先，他倆因不聽上帝的話，偷食了伊甸園的禁果，因而被逐出天堂——這叫人類的原罪。

② 一八七五－一八七六年，保加利亞的民族解放運動洶湧澎湃，後來遭到土耳其人的殘酷鎮壓。

常聽人說，人『像野獸般殘忍』，但是這對野獸來說是十分不公平的，也是可氣的：野獸從來不會像人那樣殘忍，殘忍得那樣技藝精湛，那樣妙筆生花。老虎只會撕，只會咬，只會這樣而已。牠甚至想都沒想到過可以把人的耳朵釘起來過夜，哪怕牠能夠這樣做也罷。然而，這些土耳其人卻帶著極大的快樂折磨兒童，包括用匕首把他們從母腹裡挖出來，直到當著母親的面，把吃奶的嬰兒向上拋擲，然後用刺刀接住，把他挑死。他們的主要樂趣就是讓母親親眼看到。但是，話又說回來，這是一幅令我觸目驚心的圖畫。請想像一下：一個嚇得戰戰兢兢的母親，懷裡抱著一個吃奶的孩子，周圍則是一批闖進來的土耳其人。他們搞了一個開心的把戲：他們逗孩子玩、笑，讓孩子發笑，他們成功了，孩子笑了。就在此刻，一名土耳其人在離他的臉四俄寸①的地方用手槍瞄準了他。那孩子快樂地呵呵笑著，伸出兩隻小手想抓住手槍，突然那個殺人的行家用手對準他的臉扣動了扳機，把他的小腦袋打了個稀巴爛……幹得可真是藝術，不是嗎？順便說說，據說土耳其人很喜歡吃甜食②。」

「哥哥，你說這一切要說明什麼呢？」阿廖沙問。

「我想，如果並不存在魔鬼，可見，它是人創造出來的，他是照著自己的形象，按著自己的樣式創造魔鬼的③。」

「那麼說，人也是這麼創造上帝的囉。」

---

① 一俄寸等於四．四厘米。
② 「很喜歡吃甜食」在俄語中又有好色，追求性快感和強烈刺激之意。
③ 語出《創世記》：「神說：『我們要照著我們的形象，按著我們的樣式造人。』」（第一章第二十六節）。這裡是借其意而用之。

「正如《哈姆雷特》中的波洛尼烏斯所說，你真會舉一反三，聽話聽聲。」伊萬笑道。「你抓住了我的話把，就算這樣吧，我很高興。既然上帝是人照自己的形象，按照自己的樣式創造出來的，可見你那上帝也好不到哪兒去。你剛才問我，我說這一切究竟要說明什麼：你知道嗎，我專愛收集某些小小的實例，你信不信，我從各種報紙和小說裡，隨便碰到什麼，抄錄並收集某一類奇聞軼事，現在我已經收集了一大批資料。土耳其人的事當然也在我的收集之列，但他們畢竟是外國人。我還有不少本國人搞的玩意兒，甚至比土耳其人的事還精彩。要知道，在我國多半採取鞭打，多半採用樹條和鞭子，這玩意兒具有民族性：在我國用釘子釘耳朵是不可思議的，因為我們畢竟是歐洲人，但是樹條，但是鞭子——這就是我國特有的了，別人無法掠美①。在國外，似乎現在已經完全不打人了，是風氣淨化了呢，還是制定了這樣的法律，似乎從此不許人打人了，但是為此他們卻想出了另外的補償辦法，這辦法也像我國一樣帶有純粹的民族性，其民族性的程度，在我國看去似乎是行不通的，然而這辦法也似乎逐漸引進了我國，尤其是宗教運動②以來的我國的上流社會。我有一本寫得非常精彩的小冊子，是從法文翻譯過來的，書中講到在日內瓦，在不多久以前，也就在四五年以前吧，處決了一個名叫理查的壞蛋和殺人犯，好像還是個二十三歲的小夥子，他在臨上斷頭台前痛悔前非，皈依了基督教。這個理查是名私生子，他很小的時候，六歲左右，他父母就把他**贈送**給了一名瑞士山區的牧民，他的養父母撫養了他，想等他長大後能夠用他來幹活。他像隻小野獸似的在他們身邊逐漸長大，他的養父母沒教會他任何東西，相反，七歲的時候就讓他出去放牛放羊，無

---

① 一七五三和一七五四年伊麗莎白·彼得羅芙娜女皇曾下詔在俄國廢除死刑，但允許使用各種形式的鞭打，並且屢將犯人鞭打至死，所以在當時的俄國死刑實際上依舊存在。

② 指十九世紀七十年代在俄羅斯一度流行的宗教熱。

論是陰雨天，還是大冷天，都得出去，幾乎沒有衣服穿，幾乎也不給他東西吃。當然他們這樣做的時候，誰也沒有猶豫動搖過和於心不忍過，相反認爲他們完全有這樣做的權利，因爲理查是當作東西贈送給他們的，他們甚至不認爲有給他東西吃的必要。理查後來自己也說，在那些年，他就像福音書裡的浪子一樣，餓極了，甚至非常想吃餵肥了賣錢的給豬吃的飼料，但是連豬飼料也不給他吃，於是他就到豬圈裡偷，因此常常挨打，他就這樣度過了自己的整個童年時代和少年時代，直到他長大，年富力強之後，自己出去偷盜時爲止。這個野孩子先在日內瓦打零工掙錢，掙來了錢就喝酒，生活中無惡不作，結果殺死了一個老人，把他的錢財搶劫一空。把他抓了起來，開庭審訊，判了死刑。要知道，那裡是不搞溫情脈脈這一套的。他在監獄裡立即被一幫牧師們，各種基督教團體的會員們，以及許許多多大慈大悲的太太小姐們，等等，包圍了起來。他們在監獄裡教會了他讀書和寫字，開始給他講解福音書，使他感到內疚，說服他，軟的不行就來硬的，使他終於莊重地認了罪。他皈依了基督教，並親自上書法庭，說他是個惡棍，但他終於蒙主恩，幡然悔悟。這事在日內瓦引起了轟動，日內瓦整個慈善界和虔誠的宗教界都激動不已。所有的名士貴胄都紛紛前往監獄探望他；親吻和擁抱理查：『你是我們的兄弟，神恩降臨到你身上了！』而理查本人只會感動得哭：『是的，神恩降臨到我身上了！過去，我的整個童年和少年能吃到豬食就很高興了，而現在神恩也降臨到我身上了，我要在主的懷抱中死去！』『是的，是的，理查，你應在主的懷抱中死去，你流了別人的血，那就應在主的懷抱中死去。儘管你過去完全不知道主，儘管你羨慕過豬食，儘管你因爲偷了人家的豬食被人毒打（這，你就做得不對啦，因爲偷別人的東西是不允許的），你是沒有罪的，但是你殺了人就必須償命。』後來臨刑的最後一天到了。筋疲力盡的理查只會哭，他就會不斷地重複一句話：『這是我畢生中最美好的一天，我要到主那裡去了！』『是的，』牧師們、法官們以及大慈大悲的太太小姐們齊聲呼喊道，『這是你最幸福的一天，因爲你就要到主那裡去了！』這一幫人，全都坐車或者步行，跟在押送理查的刑車後面，向斷頭台走去：『去死吧，我們的兄弟，』大家都向理查喊道，『在主的懷抱中去死吧，因爲神恩也降臨到你身上了！』於是這個理查兄弟臉上印滿了眾弟兄們的親吻，被押上了斷頭台，放到了斷頭刀下，最後喀嚓一聲像親兄弟般地砍下了他的腦袋，因爲神恩也降臨到他身上了。不，這太典型了。這本小冊子是我國上流社會某些路德派①慈善家們翻譯成俄語，並隨報紙和其他刊物免費贈送給讀者，以教化俄國的老百姓的。理查這事好就好在富有民族性。在我國，如果就因爲他成了我們的兄弟，就因爲神恩也降臨到他身上了，就砍掉他的腦袋，這是荒唐的，但是，我要再說一遍，我國自有幾乎不比任何國家差的自己的東西。我國用鞭打懲罰犯人的時候，自有一種歷史的、直接的、十分痛快淋漓的情趣。涅克拉索夫有一首詩，說的是一個農民怎樣用鞭子抽馬的眼睛，抽牠的『溫順的眼睛』②。這情景誰沒見過呢，這是典型的俄國現象。他描寫一匹瘦弱的馬，因爲拉車過重，陷進了泥坑，怎麼拉也拉不出來。農民打牠，發狂般打牠，打到後來他都不明白他在幹什麼了，他陶醉在鞭撻中，只知道狠狠地打，難以數計地打：『即使你拉不動也要拉，即使你死也得給我拉！』那匹駑馬拼命地拉呀拉呀，而他就開始抽牠，抽這匹無人保護的瘦馬，抽牠噙滿眼淚的『溫順的眼睛』。它發狂般地拼命一拉，終於把車拉出了泥坑，它渾身發抖，上氣不接

①　又名路德宗或「信義宗」，基督教（新教）的主要宗派，以馬丁·路德的宗教思想爲主要依據的各教會的統稱。

②　指涅克拉索夫的組詩《談談天氣／街頭感懷》中的《暮色降臨之前》一詩（一八五九年），其中談到一個趕車的農民怎樣殘酷鞭打一匹行將倒斃的馬。殘酷鞭打馬的情景在杜思妥也夫斯基的《罪與罰》中也有描寫（見《罪與罰》第一部第五章「拉斯科爾尼科夫的夢」）。

下氣，有點歪著身子，跌跌撞撞地向前走去，樣子很不自然，受盡了恥辱——這在涅克拉索夫筆下實在太可怕了。但是，要知道，這不過是一匹馬呀，上帝把馬賜給我們就是爲了讓我們用鞭子抽的。韃靼人曾這樣給我們解釋過，並且把馬鞭送給我們留作紀念。但是，要知道，也可以用鞭子抽人呀。比如有一位有文化、有教養的先生和他的太太就曾鞭打自己的女兒，一個七歲的娃娃，竟用樹條抽——關於此事，我已詳細作了記載①。那個當爸爸的居然還挺高興，因爲樹枝上有節疤，『可以打得更疼，』他說，於是他就開始『狠狠地抽』自己的親生女兒。我清楚地知道有這麼一些愛用鞭子抽人的人，而且越抽越來勁，一直發展到一種淫虐狂，而且是地地道道的淫虐狂，每多打一下，那狂勁就越足，越發展。抽了一分鐘，最後抽了五分鐘，十分鐘，越抽越來勁，越急，越狠。孩子叫呀叫呀，終於叫不出聲來了，她上氣不接下氣地說：『爸爸，爸爸，好爸爸，好爸爸！』這事由於某個該死的不體面的情況鬧到了法庭。他們僱了名律師。俄國人民早就把我國的律師稱之爲『律師律師——被收買的良知』。這名律師在爲自己的當事人辯護時大呼小叫地說道：『這是一件極其簡單而又平常的家務事，父親打女兒，居然鬧到了法庭，豈非當代的一大恥辱！』被他說服了的陪審員們休庭討論，居然作出了宣布被告無罪的判決。公眾聞此高興得歡呼雀躍，因爲那個毒打女兒的人被宣判無罪了。唉，可惜我當時不在場，否則我真要大聲疾呼，建議設立一種獎學金，以紀念這位殘酷鞭打女兒的人！……這樣的畫面實在太精彩了。但是，關於我國兒童的遭遇，我還有更精彩的材料，阿廖沙，我收集了很多很多有關俄國兒童的情況。有兩位父母親，都是『受過教育、很有教養

① 這是當時的眞人眞事。那位先生名叫克羅寧貝爾格。杜思妥也夫斯基曾在他的一八七六年二月的《作家日記》（第二章）上作過記載，發表過評論。

的非常可敬的官宦子弟』，居然極端仇視一個五歲的小女孩①。要知道，我還想再次肯定一個事實，許多人具有這麼一種特點——喜歡虐待孩子，但僅限於毒打自己的孩子。可是對別人，這些虐待自己孩子的人，卻顯得異常溫文爾雅，頗像一些很有教養、很有人道的歐洲人，但是他們卻非常喜歡虐待孩子，以此來體現他們對孩子的愛。正是這些孩子無力保護自己，引誘著那些虐待狂對他們拳腳交加，孩子們無處可躲，無人可求，而且他們對父母抱有一種天使般的信任——正是這點刺激著虐待者們的卑劣的血。當然，任何人身上都蘊藏著獸性，這是一頭動輒發怒的野獸，一頭聽到被虐殺的犧牲品的叫喊便感到一種沸騰的快感的野獸，一頭剛被解開鎖鏈就橫行無忌的野獸，一頭因縱欲過度因而染上各種髒病、痛風、肝病等等的野獸。這兩位受過教育的父母想盡一切辦法來虐待這個五歲的小女孩。他們對她拳腳交加，用鞭子狠狠地抽，他們自己也不知道因爲什麼，把她打得遍體鱗傷，渾身青紫；最後，他們竟挖空心思地折磨她：在大冷天，在天寒地凍的夜晚，把她關進茅房，鎖起來，凍了一夜，理由是她夜裡尿床（倒像一個五歲的孩子，像天使般睡得又香又甜的，這麼小的年紀就能學會自己起來要求撒尿拉屎似的）——就因爲這個，他們便用她拉的屎抹了她一臉，並逼著她把這屎吃了，而且這還是母親，母親硬逼她這麼幹的！當夜裡傳來這可憐的孩子被關在這個糟糕的地方而發出的呻吟時，這母親居然睡得著覺，你明白這慘絕人寰的情況嗎？當這個甚至還不懂得人家爲什麼這麼對待她的小東西，在那個糟糕的地方，在寒冷和黑暗中，伸出她那不點小的小拳頭捶打自己那受盡毒打的小胸脯，痛哭流涕，流著她那帶血的、溫順而又善良的眼淚，向『親愛的上帝』禱告，請他保護她的時候——你明白這種荒唐的情況嗎？我的朋友和我的兄弟，我的謙

①　這也是當時的眞人眞事，發生在一八七九年的哈爾科夫，那兩個父母都是在俄國的德國僑民。

恭的信奉上帝的小修士，你明白需要這種荒唐事和製造這種荒唐事究竟是爲了什麼嗎！有人會說，沒有這種事，人就無法活在世上，因爲那樣人就認不清善惡了。既然認識善惡要花這麼大的代價，爲什麼要認識這個該死的善與惡呢？要知道，我們的全部認識也不值這孩子當時向『親愛的上帝』求告時流的那些眼淚啊。我不說大人們的痛苦，他們偷吃了禁果，那就讓他們見鬼去吧，讓鬼把他們統統抓去吧。但是這些孩子，這些兒童！我使你痛苦了，阿廖什卡，你好像六神無主似的。如果你不讓我說下去，我就不說了。」

「沒事兒，我也想痛苦痛苦。」阿廖沙喃喃道。

「還有一幅，還有一幅圖畫，我說它也是出於好奇，很有代表性，主要是因爲我剛讀了一本刊載我國古代史料的集子，這集子叫《文獻》呢，還是叫《文物》，需要查一查①，我甚至忘了到底在哪兒讀到的了。這事發生在農奴制時代的一個最黑暗的時期，還在本世紀初，啊，人民解放者萬歲②！本世紀初，有一位將軍，他認識朝廷裡的很多命官，而且是一名非常富有的地主，但是，他屬於這樣一號人（誠然，這在當時也似乎爲數不多），這類人在告老還鄉之時，就幾乎深信他們因權高資深已經擁有對自己的奴婢的生殺予奪之權。這樣的人在當時並不少見。那位將軍在告老還鄉後就住在他那擁有兩千名農奴的大莊園，作威作福，根本不把那些小鄰居放在眼裡，把他們全當成了食客和供他取樂的小丑。他有一座狗舍，養著幾百條狗，幾乎有一百名養狗的下人，都穿著號衣，全騎著馬。這時有一名家奴的小男孩，很小，才八歲，玩耍時不知怎麼扔了一塊石頭，打傷了將軍的一條

① 這是當時的兩種月刊，一叫《俄羅斯文獻》，一叫《俄羅斯文物》，主要刊載俄國十八—十九世紀的史料。
② 指沙皇亞歷山大二世，因他於一八六一年下詔廢除俄國農奴制而得此美譽。

心愛的獵犬的腿。『爲什麼我那愛犬的腿瘸了？』於是有人向他報告說，就是這小男孩，向他的愛犬扔了塊石頭，把牠的腿砸傷了。『啊，是你呀，』將軍打量了他一眼，『把他抓起來！』於是家丁就把他抓了起來，他在牢房裡坐了一夜，第二天一早，天剛亮，將軍就帶著全體扈從出發去打獵，將軍跨上坐騎，他四周簇擁著眾食客、獵犬、負責養狗和負責捕獵的下人，全都騎著馬。周圍聚集著全體家奴，準備聽訓，而站在最前面的則是那個有罪的小男孩的母親。那小男孩也被人從牢房裡提了出來。那是一個陰冷而又霧濛濛的秋日，是打獵的好日子。將軍命令把那小男孩的衣服剝光，於是這小男孩的衣服便被剝個精光，他發抖，嚇破了膽，連叫都不敢叫……將軍下令道：『轟他！』眾下人向他齊聲吶喊：『跑，快跑！』小男孩拔腿飛跑……『逮住他！』將軍大吼一聲，並放出所有善跑的獵犬向他猛撲過去。將軍就在母親親眼看到的情況下放犬咬人，這群獵犬猛撲過去，終於把這孩子撕成了碎塊！這位將軍後來似乎被判應受監護。唉……又能把他怎麼樣呢？槍斃？爲了滿足人們的道義感把他給斃了？你說呢，阿廖沙！」

「槍斃！」阿廖沙低聲道，向哥哥抬起了眼睛，他臉上現出一絲蒼白的淒苦的笑。

「棒極了！」伊萬興高采烈地吼道，「你既然說了這話，那就說明……你這個受了具足戒的苦修士[①]真不錯呀！那麼說，在你那小心眼兒裡還有個小小的魔鬼在作祟[②]，阿廖什卡·卡拉馬助夫啊！」

「我說了荒謬的話，但是……」

「問題就在這個『但是』……」伊萬叫道。「要知道，我的小修士啊，人世間太需要荒謬了。這

---

① 阿廖沙既沒有受具足戒，甚至也不是一名正式修士。

② 這說明阿廖沙激於義憤，動了殺機，有違修士戒律。

世界就是建立在荒謬之上的，不荒謬，這世界就什麼事也做不成了。這點我們知道得太清楚了！」

「你知道什麼呢？」

「我什麼也不明白，」伊萬似乎在說胡話似的繼續道，「而且我現在什麼也不想明白。我只想談事實。我早已決定糊塗到底。如果我硬要去明白什麼，就立刻會使事實面目全非，因此我決定只談事實……」

「你幹麼要吊我的胃口呢？」阿廖沙帶著一種病態的衝動，愁容滿面地說道，「你倒是肯不肯告訴我呀？」

「我當然會全告訴你的，我說了老半天就爲了告訴你。你對我很寶貴，我不願意把你給放跑了，也決不把你讓給你的佐西馬。」

伊萬沉吟片刻，他的臉突然變得悶悶不樂起來。

「聽我說：我之所以只以兒童爲例，是爲了讓事情更加一目了然。關於我們的整個地球從地表到地心都浸透了人間的其他血淚——我還隻字未提，我把我的論題故意縮小了。我是一只臭蟲，我自慚形穢地承認，我絲毫不明白爲什麼一切偏偏是這樣。人似乎是自作自受：給了他們天堂，他們偏要自由，而且偷了天上的火種①，他們早知道這樣做只會遭到不幸，所以不必可憐他們。噢，我看呀，憑我這點可憐的、人間的、歐基里德式的頭腦來判斷，我只懂得人間的苦難是有的，但是應對此負責的人卻沒有，一切都是由簡單的因果關係直接產生的，一切都在自然流動，並互相取得平

①這是把聖經故事（亞當和夏娃因偷吃禁果而被逐出天堂）和古希臘神話（提坦神普羅米修斯盜竊天火給人類，因而遭到宙斯的懲罰）結合在一起的說法。

衡——然而這不過是歐基里德式的胡說八道，我對此知道得一清二楚，所以我無法贊同按這種胡說八道而渾渾噩噩地過日子！沒有應該對此負責的人，我也知道這道理，但是認識到這點對我毫無意義——我要看到報應，否則寧可毀滅。而且這報應不是在無窮遠的某時某地，而是必須在此時此地，就在人世間，我要親眼看到報應的實現。我深信，我要親眼看到，如果那時候我已經死了，就應當讓我復活，因爲假如這一切發生了，我未能親見，那就未免太冤枉了。我受苦受難並不是爲了把自己當作肥料，用自己的爲非作歹和受苦受難來爲旁人培育未來的太和。我要親眼看到一頭馴鹿怎樣在獅子身旁隨隨便便躺下，一個被殺的人怎樣站起來與殺死他的兇手互相擁抱①。我願意在大家忽然懂得爲什麼一切曾經是這樣的時候也在現場。人世間的一切宗教都是建立在這個願望之上的，而我是信仰宗教的。但是話又說回來，兒童，那時候我又該拿他們怎麼辦呢？這是一個我無法解決的問題。我要第一百次地重申——問題很多，但是我僅舉兒童爲例，因爲這可以無可爭辯地說明我想說的話。我說：如果大家都應該受苦受難，以便用自己的苦難來換取永恆的太和，但是，我倒要請問：這跟孩子有什麼關係呢？簡直莫名其妙，爲什麼他們也應當受苦，他們幹麼也要用自己的苦難來換取太和呢？他們爲什麼也要變成材料，並用自己作肥料來爲旁人培育未來的太和呢？我明白，在犯罪上，人與人應當共同負責，我也明白，在報應上，人與人也應當協同一致，但是不能讓孩子們對犯罪共同負責呀，如果他們對他們的祖先在作惡多端和爲非作歹上確應與他們的祖先共同負責的話，那這道理當然就決不會是現世界的，因此我莫名其妙。愛開玩笑的人也許會說，孩子反正會

① 這一說法源出《舊約·以賽亞書》第十一章第六節：那時「豺狼必與綿羊羔同居，豹子與山羊羔同臥。少壯獅子與牛犢，並肥畜同群。小孩子要牽引它們。」

長大的，有足夠的犯罪機會，但是他畢竟還沒長大呀，他才八歲，就被別人放狗咬成了碎塊。噢，阿廖沙啊，我並非在瀆神！我也明白，這需要經過多麼厲害的天翻地覆，天上和地下的一切才會匯成一片讚美聲，活著的和曾經活著的一切才會齊聲歡呼：『主啊，你是對的，因爲你指引的路終於顯出來了！』①當母親終於同縱狗把她的兒子咬成碎塊的殺人魔王互相擁抱，他們仨都噙著眼淚齊聲歡呼：『主啊，你是對的』的時候，當然，這將使人豁然開朗，茅塞頓開。但是這就碰到難題了，正是這點我無法接受。趁我現在還活在世上，我急於採取我自己想要採取的措施。你知道嗎，阿廖沙，也許終於發生這樣的事也說不定：我終於活到了那一天或者到那時候我死而復活，看到了這一盛況，我看到母親與殘害她孩子的劊子手互相擁抱，也許我也會情不自禁地跟大家一起歡呼：『主啊，你是對的！』但是那時候我才不願意歡呼哩。趁現在還有時間，我要趕緊使自己有所防備，所以我根本拒絕接受那種所謂太和。這樣的太和還抵不上僅僅一個孩子的眼淚，一個被關在其臭無比的茅房裡，捶胸頓足，用她那無法補償的眼淚向『親愛的上帝』求告時流的眼淚！它之所以抵不上，是因爲她的眼淚是補償不了的。而這些眼淚應該得到補償，否則就不可能有什麼太和。但是你用什麼，用什麼來補償這些眼淚呢？難道這補償得了嗎？莫非他們得到了報應就算了嗎？但是他們是否遭到了報應跟我有什麼相干，這些殺人魔王是否下地獄跟我又有什麼相干呢，那些孩子已經被折磨死了，地獄又能挽救什麼，起什麼作用呢？如果有地獄，還有什麼太和可言：我願意寬恕這些人，擁抱這些人，但是我不願意讓人們繼續受苦。如果孩子們的苦難是用來補足贖買這真理②所必須遭受的苦難

① 與這大致相同的說法源出《新約・啓示錄》第十五章、第十六章與第十九章。
② 即人類想要達到人際關係的高度和諧即太和。

的總數的話，那我現在要預先申明，這整個真理不值這樣的代價。最後我也不願意看到母親跟那個縱狗把她兒子咬成碎塊的兇手互相擁抱！不許她寬恕這個殺人魔王！如果她硬要寬恕，那就替她自己寬恕他好了，寬恕這個殺人魔王給予她這個做母親的無比的痛苦好了；但是她那被咬成碎塊的兒子的苦難，她無權寬恕，不許她寬恕這個殺人魔王，哪怕孩子本人寬恕了他給他帶來的苦難也不成！如果是這樣，如果不許他們寬恕，那又有什麼太和可言呢？那麼普天之下有沒有人能夠寬恕和有權寬恕呢？我不願意人間出現太和，由於我愛人類我不願意。我寧可帶著我未得到補償的痛苦堅持到底。儘管我不對，但是我寧可固守在我那未得到補償的痛苦中，固守在我那未曾消弭的憤怒中。要獲得太和的代價太高了，我根本買不起這門票。因此我只好趕緊把自己這張門票退回。只要我是個光明磊落的人，我就必須盡早把這門票退掉。而且我也是這麼做的。阿廖沙，我不是不接受上帝，我只是恭恭敬敬地把門票退給他罷了。」

「這可是離經叛道呀。」阿廖沙垂下了頭，低聲說。

「離經叛道？我不願意聽到你說這種話。」伊萬發自肺腑地說道。「能不能以離經叛道為生呢？但是我願意以此為生。請你向我說實話，我求你了——請回答：假如說，你自己要建造一座人類命運的大廈，目的在於建成之後為人類造福，最後給予他們和平和安逸，但要做到這點，必須而且無可倖免地要殘害一個，而且僅僅是一個小小的生靈，比如說就是那個捶胸頓足、痛不欲生的小女孩吧，並在她那未曾得到伸冤的眼淚上締造這座大廈，在這種情況下，你是否同意做這座大廈的建築師呢？請直言相告，不要說謊！」

「不，我不同意。」阿廖沙低聲道。

「那你能不能夠允許這樣的想法存在：你為之建造這座大廈的人將會同意在一個被殘害致死的

孩子的無辜的鮮血上接受自己的幸福，而且接受之後將永遠感到幸福呢[1]？」

「不，我不能允許。二哥，」阿廖沙突然兩眼放光地說道，「你剛才問：普天之下有沒有人能夠寬恕而且有權寬恕？但是，這人是有的，他能夠寬恕一切，寬恕一切人和一切事，而且**任憑任何過錯**，他都能寬恕，因爲他自己就曾爲一切人和一切事獻出過自己無辜的血。你忘記了他，而且只有在他身上才能建造起這座大廈，而且人們將對他歡呼：『主啊，你是對的，因爲你指引的路顯出來了。[2]』」

「啊，這是『唯一無罪的人』和他流的血！不，我沒有忘記他，相反，我還一直覺得奇怪，你怎麼這麼久都不舉他爲例呢，因爲通常在爭論中，你們那幫人總是首先把他抬出來作爲擋箭牌。我說阿廖沙，請別見笑，我曾經撰寫過一部長詩[3]，大約一年前吧。如果你還能跟我一起浪費十幾分鐘的話，那我就把這部長詩的內容跟你說說。」

「你寫了一部長詩？」

「噢不，我沒有把它寫下來，」伊萬笑道，「有生以來我還從來不曾寫過甚至兩行詩。我只是構思了這部長詩並把它默記於心。我是在熱血沸騰中構思成的。你是我的第一個讀者，應當說是聽眾，

① 上述議論也曾出現在杜思妥也夫斯基臨死前一年所作《談談普希金》的講演中。

② 源出《新約．啓示錄》第十五章第三—四節：「主，神，全能者啊，你的作爲大哉，奇哉！萬世之王啊，你的道途義哉，誠哉！主啊，誰能不敬畏你，不將榮耀歸與你的名呢？因爲獨有你是聖的，萬民都要來在你面前敬拜，因你公義的作爲已經顯出來了。」此處是據其義自由引用。

③ 長詩（поэма）一詞在俄文中並非一定要用詩體寫，用散文寫也是可以的。它以內容深刻和涵蓋面廣而區別於其他文體。

一個作者，說真的，幹麼要失去他的唯一聽眾呢。」伊萬莞爾一笑。「要不要說說呢？」

「我洗耳恭聽。」阿廖沙說。

「我的這部長詩名叫《宗教大法官》，這東西是荒謬的，但我願意把它的內容先講給你聽聽。」

五、宗教大法官

「要知道，在這裡不說幾句開場白是不行的——我是說必須說幾句文學上的前言，」伊萬笑道，「說來慚愧！我又算個什麼作家呢！你知道嗎，我這故事發生在十六世紀，而那時候——不過，你上學時想必知道這點——那時候在詩作中恰好有讓天上的神仙下凡的習慣。且不說但丁。在法國，法院裡的辦事員，還有各修道院的修士們，常常上演整本整本的戲，在戲裡把聖母、天使、聖徒、基督、甚至上帝都搬上了舞台。當時這一切都非常實在。在維克多·雨果的《Notre Dame de Paris》①裡，爲了慶祝法國王儲華誕，在巴黎，在路易十一在位的時候，還曾在市政廳大廈作過一場足以醒世警俗的免費義演，戲名叫《Le bon jugement de la trés sainte et gracieuse Vierge Marie》②，在這齣戲裡，聖母馬利亞曾親自登場，宣讀了她的bon jugement③。在我國的莫斯科，遠在彼得大帝前，也常常舉行與此相同的戲劇演出，尤其是取材於《舊約聖經》的戲；但是，除了戲劇演出以外，當時世界上還廣爲流傳著不少小說和『詩歌』，其中，在必要的時候，也常常有聖徒、天使和天兵天將登

---

① 法語：《巴黎聖母院》。

② 法語：《大慈大悲的聖母馬利亞的仁慈判決》。

③ 法語：仁慈判決。

場。我國各地的修道院也從事翻譯、傳抄，甚至創作這一類長詩，而且還是在韃靼人統治時期。比方說，有一部修道院長詩（當然，是從希臘文翻譯過來的）：《聖母巡視地獄裡的諸磨難》，其場面之慘烈與描寫之大膽，決不亞於但丁的地獄。聖母巡視地獄，由天使長米迦勒帶領她巡視地獄裡的種種『磨難』。她看到了罪人以及他們在地獄裡受到的種種苦刑。順便說說。地獄裡有一火湖，湖中有一類十分令人感興趣的罪人：他們中的有些人已沉入湖中，而且再也爬不上來了，『他們已被上帝遺忘』——這話說得很有深度，也很有分量。聖母被這一景象所震懾，於是她噙著眼淚跪倒在上帝的寶座前，請求上帝赦免，不加區別地赦免她在地獄裡看到的所有的人。她同上帝的談話非常有意思。她苦苦哀求，不肯離開，當上帝向她指著手腳都被釘在十字架上的她的兒子①問她：『我怎麼能寬恕殘害他的那些人呢？』這時她就吩咐所有的聖徒、所有的苦行僧，所有的天使和天使長跟她一起匍匐在地，祈求上帝不加區別地赦免所有的人。直到後來，終於求得上帝的恩准在每年耶穌受難日到聖三一主日停止用刑，地獄裡的罪人們聞訊立刻感謝上帝，向他大聲呼號：『主啊，你這樣判定是對的。』至於我那部長詩，也屬於這一類，如果它在當時出現的話。他在我的詩中也出場了；誠然，他②在我的長詩裡一句話也沒說，只是出場片刻，又退場了。自從他許諾他必將降臨他的國之日起，已經過去了十五個世紀，自從他的預言者寫下了：『我必快來』③，也已經過去了十五個世紀。『但那日子，那時辰，沒有人知道，連子也不知道，唯有天上的父知道。』④

① 指耶穌基督。
② 同前。
③ 見《新約．啓示錄》第三章第十一節，第二十二章第七、十二、二十節。
④ 參見《馬可福音》第十三章第三十二節。

這話還是他本人尚在人間時說的。但是人類還是帶著舊日的信仰和往昔的感動在等待著他，噢，甚至信仰還更堅定了，因爲已經過去了十五個世紀，沒有得到上天對人的繼續保證：

沒有上天的保證，
就相信自己的心聲①。

也只能僅僅相信自己的心聲了！誠然，當時曾出現過許多奇蹟。曾有些信徒能夠進行神奇的治療，據聖徒傳記載，天上的女皇②也曾降臨人世，親自去看望某些高僧大德。但是魔鬼並沒有打盹，於是在人類中便逐漸產生了疑問，開始懷疑這些奇蹟是否真實。恰在那時，在北方，在德國，出現了一個可怕的新的異端③。一顆巨星，『好像火』（指教會），『落在眾水的泉源上，這水就變苦了』④。這些異端便開始褻瀆神明，否認奇蹟。但是矢志不移的人卻信得更熱烈了。人類照舊熱淚盈眶地仰望著他，仍舊像過去一樣等待著他，熱愛他，寄希望於他，渴望受苦受難，爲他去死……人類滿懷信仰和熾熱的感情祈禱了這麼多世紀：『主到我們這裡來吧』，人類向他祈求了這麼多世紀，於是他終於大慈大悲地想要降臨人世，來看望那些祈禱者了。在此以前，他也曾降臨人世，來看望過某些高僧大德、苦難聖徒和隱修的聖者，那時他們尚在人間，這在描寫他們的《聖徒傳》中曾有記載。

① 引自席勒的《願望》（一八〇一年）。
② 指聖母。
③ 指十六世紀出現在德國的宗教改革。
④ 參見《新約·啓示錄》第八章第十—十一節。

我國有位詩人，叫丘特切夫，深信他說過的話都是千真萬確的，他曾莊嚴宣告：

奴隸模樣的天國之帝，
背負著沉重的十字架，
走遍了你，親愛的大地
步履蹣跚，賜福於你①。

我要告訴你，當時一定是這樣的。於是他就想要顯現片刻，來看望他的子民——來看望那些備受折磨、受苦受難，又臭又有罪，但卻像嬰兒般愛他的平民百姓。我的故事發生在西班牙，在塞維利亞，在宗教法庭盛行的那個最可怕的時代②，當時為了讚美上帝，在西班牙國內，每天都要燒起一堆堆烈火，

在輝煌絢爛的烈火中
燒死邪惡的異端③。

① 這是丘特切夫的詩《……這些貧窮的村莊》的最後一段。這幾句詩，本書作者曾在自己的作品中多次引用。

② 宗教法庭一譯異端裁判所，是羅馬天主教會設立的專門偵查、審判和懲處異端的法庭，而以西班牙的宗教法庭最爲猖獗和殘酷。一四八〇年在西班牙的塞維利亞曾建立宗教審判庭，當時被處死並在火堆上燒死的人數近十萬之眾。

③ 轉引自俄國詩人波列扎耶夫（一八〇四—一八三八年）的長詩《科利奧蘭》（引用時略有改動）。

噢，這當然不是指他曾經允諾過的在世界末日時，他將頭戴光環，身披白光，『像閃電從東邊一直照到西邊』①那樣突然降臨人世。不，他只是想來看看他的子民，他恰好就降落在那焚燒異端的烈燄騰空的地方。他因爲大慈大悲又以一千五百年前他曾在人間巡行三年的同樣的人的形象，再次巡行於人間。他降臨在那座南方城市的一處『沸沸揚揚的廣場』上，而這裡，恰好在前一天，在國王、宮廷內侍、騎士、紅衣主教和天仙般的宮廷貴婦們統統到場的情況下，在整個塞維利亞的民眾面前，剛由擔任宗教大法官的紅衣主教在『輝煌絢爛的烈火』中一下子燒死了幾乎整整一百名異端，**ad majorem gloriam Dei**②。他是悄悄地、不爲人察覺地出現的，但是說也奇怪，大家一下子全認出了他。大家是怎麼認出他來的，這應是我這部長詩的最精彩的篇章之一。人們以不可阻擋之勢向他紛紛擁來，把他團團圍住，他周圍的人越聚越多，尾隨著他。他默默地在他們中間走著，臉上掛著平靜的、大慈大悲的微笑。愛的太陽在他心中燃燒，他的眼睛閃爍著光明、教誨和力量的光，這光投射到人們身上，以愛回報愛地震撼著人們的心。他向人們伸出雙手，祝福他們，他們只要摸一摸他，甚至只要摸一摸他的衣服，他們就會感到一種力量，使他們的病豁然痊癒③。這時，在人群中有個從小就瞎了眼的老頭高呼道：『主啊，治好我的病吧，我也就能看見你了！』於是立刻就似乎有一片

---

① 參見《馬太福音》第二十四章第二十七節：「閃電從東邊發出，直照到西邊。人子降臨，也要這樣。」

② 拉丁文：爲了主的至高的榮耀。這是天主教耶穌會的口號。他們的行爲準則是只要對耶穌會或天主教有利，可以不擇手段，無所不用其極。

③ 只要摸一摸耶穌基督的衣服，病人就會痊癒的說法，可參看《馬太福音》、《馬可福音》和《路加福音》的有關章節。

魚鱗從他的眼上脫落，瞎子看見了他。人們感動得熱淚盈眶，親吻他走過的大地。孩子們在他面前拋擲鮮花，唱著歌，齊聲歡呼：『和撒那①！』『這是他，就是他，』大家翻來覆去地說，『一定是他，除了他沒有別人。』他在塞維利亞大堂的台階上停住了腳步，正巧這時一具孩子的小棺材在一片痛哭聲中抬進教堂，棺材蓋敞著：棺材裡躺著一個七歲的小女孩，她是一位貴族公民的獨生女。這個死小孩全身躺在鮮花裡。『他會讓你的孩子復活的，』人群中有人向慟哭的母親喊道。從裡面出來迎候棺材的神父雙眉深鎖，一副困惑的樣子。但就在這時傳來了死小孩的母親的嚎啕大哭。她趴倒在他腳下：『如果這是你，那就請你讓我的孩子復活吧！』她向他伸出雙手，苦苦哀求。送殯的行列停了下來，小棺材被放到台階上他的腳旁。他憐憫地看著，他的嘴唇再一次低語道：『大利大古米』——意為『閨女，你起來。』②

那小女孩在棺材裡抬起身，坐了起來，驚訝地睜著雙眼，微笑著，望著周圍。她的雙手還抱著她躺在棺材裡時抱著的那束白玫瑰③。人群中出現了騷動，有人在喊叫，有人在放聲大哭，就在這時候，由紅衣主教兼任的宗教大法官突然穿過廣場走來，路過大堂。他是一位年近九十的老人，身材高大，腰板挺直，但是面容憔悴，眼睛塌陷，但依舊目光如炬，像兩團火一樣放射出光芒。噢，他這時並沒有穿光彩奪目的紅衣主教服——可是昨天在放火焚燒羅馬天主教的敵人的時候，他在民眾面前，曾神氣活現地身穿主教服——不，這時候，他只穿著一襲粗鄙的舊法衣。他身後，保持著

① 按聖經所載注解：「和撒那」原有求救的意思，在此乃稱頌的話（見《馬太福音》第二十一章第九節）。
② 源出《馬可福音》第五章第四十—第四十二節，《路加福音》第八章第五十二—五十五節，《馬加福音》第九章第二十三—二十五節。
③ 西俗：白玫瑰是純潔無邪的象徵。

一定距離，緊跟著他的幾名板著臉的助手、奴隸以及他的『神聖』的護衛。他在人群前停下腳步，從遠處向這面眺望。他全都看見了，他看到有人把棺材放到他的腳旁，他也看到那姑娘是怎樣復活的，於是他的臉頓時堆滿了烏雲。他皺緊他那白色的濃眉，他的兩眼射出了凶光。他伸手一指，吩咐護衛立刻把他拿下。他的權力就這麼大，老百姓也養成了習慣，對他服服帖帖，戰戰兢兢，百依百順，因此群眾立刻在護衛面前讓開一條道，於是就在突然降臨的一片死寂中，護衛向他伸出了魔爪，把他帶走了。群眾立刻像一個人似的匍匐在地，在年高德劭的宗教法官面前磕頭如搗蒜，宗教法官默默地祝福了眾百姓，然後揚長而去。護衛則把他們抓獲的這名囚徒帶到神聖法庭的一座古老大廈裡的一間又黑又窄的拱頂牢房，關了起來。白天過去了，一個黑暗、悶熱、『透不過氣』來的塞維利亞之夜降臨了。周圍是一片『月桂和檸檬香味』①。在一片深深的黑暗中，牢房的鐵門忽然洞開，那位老者——大法官親自掌著燈，慢慢地走進牢房。就他一個人，牢門在他身後又立刻關上了。他佇立在入口處，長時間地，足有一兩分鐘之久，仔細端詳著他的臉。最後才慢慢走近前來，把燈放在桌上，對他說道：『是你？是你嗎？』但是，沒有得到回答，他又迅速加了一句：『你也無須回答，不用說話。再說你又能說什麼呢？你要說什麼，我太清楚了。而且你也無權對你過去說過的話再增添任何新的內容。你幹麼要到這兒來妨礙我們呢？因為你就是到這兒來妨礙我們的，這，你自己知道。但是你知道明天將會發生什麼事嗎？我不知道你是誰，也不想知道：這是你，或者不過相貌像他，但是我明天一定要審判你，給你定罪，把你當作一個最兇惡的異端在烈火中燒死，而今天親吻你腳的那些人，明天將會在我的一聲號令下，蜂擁而上，對你火上加油，落井下石，你知道這

①　引自普希金的悲劇《石客》（一八二六－一八三〇，第二幕），略有改動。

個嗎？是的，你知道也說不定。』他在洞察幽微的沉思中又加了一句，他的目光一刻也沒離開過他的囚徒。」

「伊萬，我不完全明白，這到底是什麼意思？」阿廖沙微微一笑，他一直在默默聽著，「這是沒邊沒影的幻想呢，還是老年人常犯的毛病，某種令人啼笑皆非的qui pro quo？①」

「你就把這看成後者吧，」伊萬大笑，「既然你已經被當代的現實主義慣壞了，經受不住一點幻想的成分，那就隨你便吧，說是qui pro quo也未嘗不可。倒也對，」他又大笑起來，「這老傢伙九十歲了，人老了就愛認死理，因此他早該發瘋了。這名囚徒的外貌也可能使他大吃一驚。最後，這也可能是一個九十歲老人臨死前的夢魘和幻覺，昨天燒死一百個異端的火刑更可能使他頭腦發熱。但是，究竟是qui pro quo呢，還是沒邊沒影的幻想呢，這對咱倆還不都一樣？這裡的事情僅僅在於這老傢伙有話要說，整整九十年來他終於第一次公開說出了他埋藏在心底整整九十年的話。」

「而那名囚徒也不說話？看著他，一句話不說？」

「甚至在所有這類情況下，也應當這樣。」伊萬又笑了。「再說這老傢伙已經對他說過，他無權對他過去已經說過的話再增添任何新內容。如果你不介意的話，起碼照鄙人看來，羅馬天主教最根本的特徵也就在這裡，他們說什麼：『你既然把一切都已經交給了教皇，因此，現在教皇就應當大權獨攬，你現在根本就不應當來，起碼暫時不要來多管閒事。』類似的話，他們不僅在說，而且正在形諸筆墨，起碼耶穌會就是這麼做的。他們有自己的神學家，這話我在他們的書裡讀到過。『你是否有權向我們宣告你來的那個世界的哪怕一個秘密呢？』那老頭問他道，接著他又自己替他回答：『不，

① 拉丁文：張冠李戴，顛三倒四，纏夾不清。

你沒有這個權利，你無權在你已經說過的話之外再增添什麼，因爲你無權剝奪人們的自由，這自由是你尙在人間的時候堅決捍衛過的。你將要重新宣告的一切，必將侵犯人們的信仰自由，因爲這一切將作爲奇蹟出現，而人們的信仰自由，還在一千五百年以前，你就看得重於一切。當時，你不是經常說：『我要使你們得到自由』①嗎。但是你現在不就看見這些自由的人了嗎。』這老傢伙忽然發出一聲深沉的冷笑，加上了一句。『是的，這事曾經花費了我們高昂的代價，』他嚴厲地看著他，繼續說道，『但是我們終於以你的名完成了這一事業。十五個世紀以來，我們爲贏得這一自由歷盡千辛萬苦，但是現在這事完成了，徹底完成了。你不相信這事已經徹底完成了嗎？你溫順地看著我，甚至對我毫無惱怒之意？但是，要知道，現在，正是眼下，這些人比過去任何時候都更確信他們是完全自由的，然而與此同時，他們自己又把自己的自由給我們送了來，服服貼貼地把他們的自由放到我們腳下。但是做到這點的是我們，你希望他們做到的是這樣嗎，是這樣的自由嗎？』」

「我又弄不清了，」阿廖沙打斷道，「他在諷刺，在取笑？」

「毫無此意。他正是把這點歸功於他自己和他的那夥人，即他們終於壓制了自由，而他們這樣做正是爲了使人能夠幸福。『因爲只有現在（他說的自然是擁有宗教法庭的時代）才有可能破天荒第一次地設想人們的幸福。人天生就不安分守己；難道一個不肯安分守己的人能夠幸福嗎？我們已經再三警告過你，』他對他說道，『我們對你不乏警告和指點，但是你不聽警告，你拒不接受可以使人得到幸福的唯一道路，但是，幸好你在升天之前把這事交給了我們。你答應過，你用你的約言肯定

① 耶穌基督曾對信他的猶太人說道：「你們若常常遵守我的道，就眞是我的門徒。你們必曉得眞理，眞理必叫你們得以自由」等等。（《約翰福音》第八章第三十一—三十六節，《路加福音》第四章第十八節。）

過，你給予我們捆綁和釋放的權利①，因此，很自然，你現在休想再把這個權利從我們手中奪去。你為何要到這兒來妨礙我們呢？』」

「什麼叫做『對你不乏警告和指點』？」阿廖沙問。

「這也正是老傢伙想要說的主要問題。

「『一個可怕而又聰明的魔鬼，一個自戕和虛無的魔鬼，』老傢伙繼續道，『一個大惡魔曾同你在曠野裡談過話，這話都記載在聖經裡並且告訴我們了，說他曾經似乎『試探』過你②是不是這樣呢？難道能夠說出比他在這三個問題裡向你宣示的道理更富真理的話來嗎？但是你拒不接受，而且聖經上也把這稱之為『試探』。不過話又說回來，如果說什麼時候在人世間曾出現過令人振聾發聵的真正的奇蹟的話，那正是在那一天，即進行這三次試探的那一天。正是在他提出的這三個問題裡包含著這一奇蹟。如果說我們可以大膽設想（僅僅為了嘗試和舉例），那名魔鬼提出的這三個問題已經在聖經裡湮沒無聞，消失得無影無蹤的話，那我們就應當恢復這三個問題，重新想出和編出這三個問題，再重新把它們寫到聖經裡去，為此就必須將人世間的所有聖賢——統治者、祭司長、學者、哲學家和詩人統統集中起來，向他們提出這道課題：想出和編出這三個問題，但是這三個問題不僅應當包羅萬象，而且必須用三句話，三句人說的話來說出世界和人類的整個未來史，——你是否以

---

① 宗教大法官提醒基督，他曾經對他的一名門徒說：「我還告訴你，你是彼得，我要把我的教會建造在這磐石上；陰間的權柄不能勝過它；我要把天國的鑰匙給你；凡你在地上所捆綁的，在天上也要捆綁，凡你在地上釋放的，在天上也要釋放。」（《馬太福音》第十六章第十八—十九節）

② 指福音書中記載的魔鬼曾三次「試探」耶穌的故事（《馬太福音》第四章第一—十一節；《路加福音》第四章第一—十三節）。

爲，將人間的全部智慧集中起來就足以想出就力量和深度而言能與這三個問題相類似的問題嗎？而這三個問題當時的確曾經向你提出過，而且是由那個強大而聰明的魔鬼在曠野中向你提出來的。單就這些問題本身而言，單就提出這些問題這一奇蹟而言，我們就不難懂得，這不是一個人的現有智慧能夠提得出來的，而是某個永恆的、絕對的智慧的產物。因爲這三個問題似乎集合成了一個整體，並預示著人類繼往開來的整個發展史，同時在這三個問題中出現了三個形象，而在這三個形象裡又集中了普天下人類天性無法解決的所有歷史性矛盾。當時，這還不可能看得十分清楚，因爲未來是不可知的，但是現在過去了十五個世紀，我們看到這三個問題已經預料到和預言到了一切，而且一切都被證實無誤，因而對這三個問題既無須再增添什麼，也無須再減少什麼。

「『你自己說吧，究竟誰對？你對還是當時問你問題的那個魔鬼對？請回想一下第一個問題；雖然不是他的原話，但意思一樣：「你想進入人間，而且兩手空空地去，答應給他們自由，可是他們由於自己的頭腦簡單和與生俱來的膽大妄爲，根本不懂得什麼叫自由，他們怕自由，一聽見自由就膽戰心驚，因爲有史以來對於人和人類社會來說再沒有什麼東西比自由更叫人受不了的了！你看見這一片灼熱的不毛之地上的這些石頭了嗎？如果你能把這些石頭變成食物，人們就會像羊群一樣跟著你跑，對你感恩戴德而且服服貼貼，雖然他們也將永遠戰戰兢兢，生怕你把自己的手縮回去，不再給他們食物。」但是你不願意使人們失去自由，拒絕了這一建議，因爲你認爲，如果他們的服服貼貼是用食物買來的，那又算什麼自由呢？你反駁說，人活著不是單靠食物①，但是你知道嗎，這人

① 據《馬太福音》載，這一個問題是這樣提出來的：「那試探人的進前來，對他說：『你若是神的兒子，可以吩咐這些石頭變成食物。』耶穌卻回答說：『經上記著說，人活著不是單靠食物，乃是靠神口裡說出的一切話。』」

間的魔鬼正是以這食物爲名起來反對你，跟你交戰，並戰勝你，於是大家都跟他跑了，還歡呼：『誰能比這獸，他把天上的火給了我們！』①

你知道嗎，再過若干世紀，人類將用他們的絕頂聰明和科學向全世界宣告：沒有犯罪，因此也沒有罪孽，而只有飢餓的人群。『先讓他們吃飽，再讓他們講道德！』——這就是寫在他們旗幟上的口號，他們將舉起這面旗幟反對你，你那聖殿將因這面旗幟而坍塌。你那聖殿的廢墟上將矗立起一座新的大廈，一座可怕的巴別塔②將重新拔地而起，雖然這座通天塔跟過去那座一樣也未能建成，但是你畢竟可以避免讓人去重建這樣的高塔，並把人們的苦難減少一千年，因爲他們爲重建這座高塔經歷過千年的磨難之後，就會跑來找我們！他們會在隱藏在地下的墓窟裡重新找到我們（因爲我們重又受到了迫害和磨難），他們找到我們以後，就會向我們呼天搶地地喊道：『給我們吃飽飯吧，因爲那些答應把天上的火給我們的人，並沒有把火給我們。』那時候就會由我們來建成他們想建造的通天塔，因爲能夠建成這座高塔的，只有那個能夠讓他們吃飽飯的人，而能夠讓他們吃飽飯的只有我們，用你的名義，或者假冒你的名義。噢，要是沒有我們呀，他們是永遠，永遠也餵不飽他們自己的！只要他們仍舊是自由人，那任何科學也給不了他們食物，結果必定是他們把自己的自由拱手交給我們，並對我們說：『還是奴役我們好，只要你們能讓我們吃飽。』他們自己也終於懂得了：自由和飽餐人間的食物，對於任何人都是二者不可兼得的，因爲他們永遠，永遠也學不會彼此公平

① 參見《新約．啓示錄》第十三章第四節：「誰能比這獸，誰能與牠交戰呢？」第十三節：另一隻獸「又行大奇事，甚至在人面前，叫火從天降在地上。」

② 關於巴別塔的故事，參見《創世記》第十一章。巴別塔即通天塔，因上帝變亂人們的語言，人與人無法交際、協作，故該塔未能建成。

分配！他們也將深信，他們永遠也不可能成爲自由人，因爲他們生性軟弱、行爲放蕩、爲人渺小，而且叛逆成性。你曾經答應給他們天上的食物，但是我再說一遍，天上的食物，在生性軟弱、永遠放蕩、永遠不知感恩的人類的眼裡，又怎能和人間的食物相比呢？就算爲了能夠吃到天上的食物，將會有成千上萬的人跟你走吧，但是還有千千萬萬，乃至幾百億捨不得爲了天上的食物捨棄人間的食物的人，又該怎麼辦呢？難道你看重的僅僅是那幾萬偉大而且強有力的人嗎？難道餘下的那千千萬萬人、多得像海灘上的沙子一樣無數的芸芸眾生，那些人雖然是弱者，但卻愛你的人就應當充當那些偉人和強者的材料嗎？不，我們覺得這些弱者也是寶貴的。雖然他們品行惡劣，而且叛逆成性，但是到後來他們就會十分聽話。他們將會對我們五體投地，認我們爲神，因爲我們身爲他們的頭領，竟同意把自由一腳踢開，進而統治他們——到後來他們就會認爲做自由人實在太可怕了！但是我們將宣告，我們是聽你的話，也是以你的名義進行統治的。我們將再一次欺騙他們，因爲我們再也不會讓你到我們身邊來了。正是在這個欺騙中包含著我們的痛苦，因爲我們不能不撒謊。這就是在曠野中向你提出的第一個問題的含義，也是你爲自由而拒不接受魔鬼建議所產生的後果，因爲你把自由看得高於一切。然而這問題中卻蘊含著現世界的一大秘密。如果你同意變『食物』，你就能回答人（個別的人和整個人類）的一個普通而又永恆的煩惱——即『崇拜什麼人』的問題。當一個人是自由人的時候，再沒有比盡快找到一個他可以崇拜的人，更使他念念不忘和使他經常苦惱的問題了。但是人要尋找的是一個無可爭議的崇拜對象，最好無可爭議得讓所有人一下子全同意崇拜他。因爲這些可憐蟲關心的不僅僅是找到一個我可以崇拜或者別人將會崇拜的對象，他要尋找的是一個所有人普遍信賴他，崇拜他的人，而且一定要**萬衆一心，普遍崇拜**。正是**普遍崇拜**這一需要，從太初以來便成爲每個人，乃至整個人類最主要的痛苦。因爲要做到普遍崇拜，他們便用劍來互相殘殺。他們創造一個又一個的神，並不斷呼籲對方：『拋棄你們的神，過來崇拜我們的神，否則就要你們和你們那些神的命！』就這樣一直繼續到世界末日，甚至世界上的神都已消聲匿跡：反正得找些偶像來頂禮膜拜。你知道，而且你也不可能不知道人的天性的這一基本秘密，但是你卻拒絕接受交給你的這面唯一的絕對的旗幟，只有這面旗幟才能使所有的人無可爭議地崇拜你——這是一面人間食物的旗幟，可是你卻以自由和天上的食物的名義拒絕了它。你再看看，你接著又做了什麼。一切又都抬出了自由的名義！實話告訴你吧，一個人不幸而降臨人世，而上天給予他的贈品就是自由，可是他汲汲想找到一個他可以把自由趕快拱手交給他的人。但是只有那個可以使他們良心平靜的人，才能握有他們的自由。連同食物一起又把一面無可爭議的旗幟交給了你：你給食物，人們就崇拜你，因為沒有任何東西比食物更無可爭議的了，如果與此同時，有人把你撇在一邊掌握了他的信仰——那時候他甚至會拋棄你給他的食物，而去追隨一個抓住了他的信仰的人。就這點來說，你是對的。因為人類生存的秘密並不僅僅在於活著，而在於為什麼而活著。一個人如果沒有對為什麼活著這一問題的堅定認識，他寧可自我毀滅，也不願意在世上苟且偷生，儘管在他周圍全是食物。這話倒也有理，但是結果怎樣呢？你非但沒有收回人們的自由，反而給他們增添了更多的自由！你難道忘了，平靜，甚至死亡，對一個人來說，比分辨善惡中的自由選擇更可貴嗎？對於一個人來說，沒有任何東西比信仰自由更具有吸引力的了，也沒有任何東西比信仰自由更痛苦的了。你本應提供一個一勞永逸地安撫人的信仰的堅實基礎，但是你卻拿走了一切不尋常的、可疑的和含糊不清的東西，拿走了一切人力達不到的東西，因此你的做法好像根本不愛他們似的——而這是誰呢：竟是那個前來為他們獻出自己生命的人！你本應把人的自由收回去，可是你卻增添了人的自由，使人的精神王國永遠承受著渴望自由的折磨。你希望人能夠自由地愛，能夠自由地追隨你，為你所吸引，被你所俘虜。

取代說一不二的古代律法的，是人今後必須用自由的心去解決什麼是善，什麼是惡的問題，而用來作爲指導的只有他們面前的你的形象①，但是難道你就沒有想到過，一旦他被自由選擇這一可怕的重負壓得喘不過氣來的時候，他就會最終捨棄你的形象和你的真理，甚至會對此提出異議嗎？他們會最終呼喊，真理並不在你手裡，因爲再沒有比像你這麼做，給他們留下這麼多的煩惱和無法解決的問題，使他們更加心神不定和痛苦的了。由此可見，你自己就爲摧毀你的國打下了基礎，這事你無須再去責怪任何人。然而，向你提出的那三個問題對不對呢？人世間有三種力量，唯一的三種力量，它們能夠永遠征服和俘虜那些意志薄弱的離經叛道者的信仰，這也是爲了他們的幸福——這三種力量就是奇蹟、神秘②和權威。你把它們一一拒絕了，你自己爲起而效尤者作出了榜樣。當可怕而又絕頂聰明的魔鬼讓你站在殿頂上，對你說：「如果你想知道你是不是神的兒子，你可以跳下去，因爲經上記著說，天使將會托著他，帶他飛走，因此他既摔不下來，也不會粉身碎骨，那時候你就會知道你是不是神的兒子了，那時候你就將證明你對你父的信仰有多堅定了。」③但是你聽完了他的話後，並沒有接受他的建議，你沒有讓步，你沒有往下跳。噢，當然，你這樣做像神一樣很高傲，很了不起，但是那些凡夫俗子呢，那個軟弱的離經叛道的種族——他們也是神嗎？噢。你那時候很

① 古老的律法指舊約聖經，其中嚴格地逐一規定了猶太人的生活準則，而新約聖經的最大誡命則是愛：愛主和愛人如己。正如《馬太福音》所說：「這兩條誡命，是律法和先知一切道理的總綱。」（第二十二章第四十節）

② 原文爲Тайна，具有神秘、奧祕、秘密三層意思。我們在下文中根據不同的上下文分別將此詞譯爲神秘、奧祕和秘密，但原文都是同一個詞。

③ 關於魔鬼對耶穌的第二次試探可參閱《馬太福音》第四章第五—七節。

明白，你只要邁前一步，僅僅做個向下跳的姿勢，那你立刻就在試探主，你就會喪失對主的全部信仰，你就會摔倒在你前來拯救的大地上，摔得粉身碎骨，而那個聰明的前來試探你的魔鬼便會興高采烈①。但是我要再重複一遍，像你這樣的人有多少呢？難道你當真以為，哪怕就一分鐘吧，普通的凡夫俗子也經得住這樣的試探嗎？難道人的天性被創造出來就能夠拒絕接受奇蹟，而且在生命垂危這麼可怕的時刻，在內心面臨自己最可怕、最痛苦的根本問題時，還能依然聽憑心靈作出自由的抉擇嗎？噢，你知道你的豐功偉績將永垂竹帛，萬古流芳並將傳遍天涯海角，你希望人們學你的樣便能與上帝同在，並不需要奇蹟。但是你不知道，人只要一旦捨棄了奇蹟，也就立刻捨棄了上帝，因為與其說人在尋求上帝，不如說人在尋求奇蹟。因為人離開了奇蹟就活不下去，因此他就會給自己創造出許許多多新的奇蹟，他自己的奇蹟，他就會去膜拜巫醫的奇蹟、妖婆的巫術，儘管他本人是個地地道道的離經叛道者、異端和不信神的壞蛋。當人們譏嘲你，挑逗你，向你喊叫：「你從十字架上下來，我們就相信這是你」②時，你並沒有從十字架上下來。而你之所以沒有下來，依然因為你不願用奇蹟來降服人，你渴望的是自由的信仰，而不是依仗奇蹟的信仰。你渴望的是自由的愛，而不是奴隸慑服於強大的威力而表現出的奴隸般的狂熱。但是就在這方面你也把人看得太高了，因為他們雖然生來就不安分守己，但仍不免是奴隸。你不妨環顧四周，再好好想想，已經過去十五個世紀了，你再去看看他們：你究竟把什麼人提高到你的水平了呢？我敢發誓，人生來就比你想像的要軟弱和卑下！難道他，難道他能夠做到你所做到的事嗎？你把人看得太高了，因此你的做法就好

① 當時耶穌對試探他的魔鬼說：「經上又記著說，不可試探主你的神。」（《馬太福音》第四章第七節。

② 據《馬太福音》載：有人從十字架旁經過，便譏嘲耶穌說：「你如果是神的兒子，就從十字架上下來吧。」（第二十七章第四十節）

像不再憐憫他們了似的，因爲你對他們的要求太高了，而這樣做的人是誰呢，竟是一個愛人甚於愛己的人！不要把人看得太高，也不要對人的要求太高，這樣倒更接近於愛，因爲這樣人心的負擔也就輕了。人是軟弱的，也是卑鄙下流的。儘管他現在到處造反，反抗教會的權力，並以此感到自豪，這又有什麼大不了呢？這不過是兒童和小學生的自豪。這不過是一幫孩子在課堂裡造反，想趕走他們的老師罷了。但是小孩們的狂熱就要到頭了，他們將爲此付出高昂的代價。他們將會把教堂推倒，使大地血流成河。但是這幫混帳孩子遲早會懂得，儘管他們起來造反，但是他們造反的力量太薄弱了，不足以把他們的造反堅持到底。他們將會痛哭流涕，流著愚蠢的眼淚，終於認識到，那把他們造就成不安分守己的造反者的人，無疑是想要開他們的玩笑。他們將會在絕望中說出這一看法，於是他們的話就成了瀆神，而由於瀆神，他們將會變得更不幸，因爲人的天性是不能容忍瀆神的，因此它到頭來將會永遠因瀆神而自譴自責。因而，你在爲了他們的自由受盡凌辱和折磨之後，騷動、暴亂和不幸就成了人們現在的命運。你的大預言家在幻象和諷喻中說，他看見了所有第一次復活的人，每支派各一萬兩千人①。但是，即使復活了這麼多人吧，那他們似乎已經不是人，而是神了。他們背負了你的十字架，他們在餓殍遍野、寸草不生的荒漠中忍飢挨餓了幾十年，只能吃蝗蟲和草根——你當然可以指著這些由自由和自由的愛產生的兒女，指著這些爲了你的名而自由地、壯烈地犧牲的兒女而自豪。但是你要想想，他們一共才十幾萬人，而且全都是神，可是餘下的人怎麼辦呢？其餘的弱者，受不了強者所能忍受的苦難的弱者——他們又有什麼過錯呢？那些無力經受這麼多可

① 參見《新約・啓示錄》，這裡的大預言家指《啓示錄》的作者約翰。據書中所載，當時受永生神的印的，各支派中共有十四萬四千（每支派各一萬二千人）。（第七章第四—八節）

怕的考驗的軟弱的靈魂，又有什麼過錯呢？難道你當真只到少數選民那兒去，並且只為少數選民而降臨人世嗎？但是，如果是這樣的話，那就未免神秘了，我們無法理解。既然是神秘，那我們也同樣有權宣揚神秘，並且教他們相信神秘，重要的不是心靈的自由抉擇，也不是愛，而是神秘，他們對此應當盲目服從，甚至可以置他們的信仰於不顧。因此我們也就這麼做了。我們糾正了你建立的功德，我們把它建立在**奇蹟**、**神秘與權威**之上。於是人們皆大歡喜了，因為他們又跟羊群一樣被人轟著前進了，從他們心上也終於解除了那給他們帶來如許痛苦的贈品。你倒說說看，我們這麼教他們，自己也這麼做了，到底對不對呢？我們那麼老老實實地認識到人類的軟弱無能，我們那麼滿懷愛地減輕他們心靈的負擔，有時也讓人類軟弱無能的天性犯一點過錯，但是必須在得到我們允許之後——我們這樣做，難道不是因為我們愛人類嗎？現在，你為什麼來妨礙我們呢？你幹麼用你那溫柔的眼睛默默地、熱忱地望著我呢？你暴跳如雷吧，我不要你的愛，因為我也不愛你。我對你何必隱瞞？難道我不知道我在跟誰說話嗎？我要跟你說的話，你已經統統知道了，我從你的眼睛裡看得出來。我哪能對你隱瞞得了我們的秘密呢？也許，你正想聽我親口把這秘密告訴你，那你聽著：我們不是跟你同在，而是跟**他**①同在，這就是我們的秘密！我們早已經不跟你同在了，而是跟**他**同在，而且已經八個世紀了。整整八個世紀以前，我們從他手裡接過了你當年憤然拒絕的東西，接過了他把世上的萬國指給你看後送給你的最後的贈品②：我們從他手裡接過了羅馬和凱撒的劍，僅僅宣布

① 指魔鬼。

② 這裡指魔鬼對耶穌的第三次試探：「魔鬼又帶他上了一座最高的山，將世上的萬國與萬國的榮華都指給他看，對他說：『你若俯伏拜我，我就把這一切都賜給你。』耶穌說：『撒旦退去吧。』」（《馬太福音》第四章第八—十節。）

自己是人間的皇帝，獨一無二的皇帝，雖然至今我們還沒來得及徹底完成我們的事業①。但是這是誰的過錯呢？噢，這項事業至今還僅僅處在開始階段，但是它畢竟開始了。要等它徹底完成還需要很長時間，人世間還要受很多苦，但是我們一定能達到這一目的，我們將成爲凱撒，那時候我們就可以來考慮普天下的人的幸福了。話又說回來，本來你當時就可以接過凱撒的寶劍的。你幹麼當時要拒絕這最後的贈品呢？如果你當時接受了強有力的魔鬼的第三個忠告，你就可以滿足人在人間尋求的一切，即崇拜誰，把良心交給誰，以及大家最後怎樣才能聯合起來，變成一群無可爭議的、共同生活在一起而又行動一致的芸芸眾生，因爲需要全世界聯合起來乃是人的第三個也是最後一個苦苦追求的目標。人類作爲一個整體一向追求統一，而且一定要是全世界的統一。過去有過許多偉大的民族，它們有自己的偉大的歷史，但是這些民族的地位越高，它們就越不幸，因爲它們比其他民族更強烈地意識到必須把人們聯合起來，實行全世界的統一。偉大的征服者帖木兒②和成吉思汗，像旋風般飛掠過大地，力圖徵服天下，他們雖然是不自覺地，但卻同樣表現了人類需要實行普天下統一的偉大要求。如果你接受了世界和凱撒的皇袍，你就可以創建一個全世界的王國，並給全世界帶來太平。因爲只有掌握了人們的信仰，並在自己手裡握有他們食物的人，才能駕馭人類。我們也接過了凱撒的劍，當然，一旦接過他的劍，我們也就拋棄了你，跟他走了。噢，自由的頭腦常常想入非非，他們的科學和吃人哲學還將猖獗許多世紀，因爲他們沒有得到我們允許就動手建造起自己

① 指公元七五六年成立的以天主教教皇爲首的神權制國家（教皇國）。教皇既是天主教教會的首腦，又爲一國之君，取得了世俗權力。

② 帖木兒（跛子帖木兒，一三三六—一四〇五），帖木兒帝國的創建者，興起於中亞撒馬爾罕，曾遠征波斯、南高加索、花剌子模、欽察汗國（一直打到伏爾加河）和北印度，他曾興兵二十萬遠征中國，但中途病死。

的巴別塔，他們定將以人吃人而告終。但是到那時候，那頭怪獸就會爬到我們身邊，舔我們的腳①，他的眼睛裡流出帶血的眼淚，灑落在我們的腳上。於是我們就騎上這頭怪獸，舉杯祝賀，杯上將會赫然寫著：『奧祕哉！』②但是只有到那時，到那時候，人們渴望的那個太平盛世才會降臨。你以你的那些選民而自豪，但是你也只有這些選民而已，而我們卻可以使所有的人坐享太平。再說，還有這樣的情況：在這些選民中。以及有可能成爲選民的強者中，有許許多多人因爲等候你的降臨，終於等累了，他們已經並將繼續把他們的精神力量，他們的滿腔熱血轉移到其他活動領域中去，到頭來必將高高地舉起自己的**自由**旗幟來反對你。但是，這面旗幟本是你自己舉起的。在我們這裡所有的人都將是幸福的，他們再也不會起來造反，再也不會像過去那樣在享受你的自由時到處互相殘殺。噢，我們一定會說服他們，讓他們懂得，只有當他們爲我們而放棄自己的自由並且對我們俯首帖耳的時候，他們才能成爲真正的自由人。怎麼樣，我們是對呢，還是自欺欺人呢？他們自己將會確信我們是對的，因爲他們一定會記起你那個自由使他們遭受到多麼可怕的奴役和動亂。自由、胡思亂想和科學將會把他們帶進一片林莽，使他們面對一片奇蹟和無法解決的奧祕，以致他們中的一部分倔強和狂暴的人只能自我摧殘，以自殺告終，另一部分人也很倔強，但是力量單薄，他們只能互相殘殺，而剩下的第三部分人，都是些不幸的弱者，他們只好爬到我們的腳下，向我們呼喚：『是啊，

① 關於一隻從海中爬出來形似「紅龍」的十角七頭的獸，請參看《啓示錄》第十三章與第十七章第三—十七節。

② 在《啓示錄》第十七章中，先知約翰在自己的幻覺中看到「一個女人騎在朱紅色的獸上」，「穿著紫色和朱紅色的衣服。」她「手拿金杯，杯中盛滿了可憎之物，就是她淫亂的汙穢。在她額上有名寫著說：『奧祕哉，大巴比倫，作世上的淫婦和一切可憎之物的母。』」在宗教大法官的皇皇宏論中，那個淫婦的所作所爲實際上被他和他的同謀人（天主教會）取代了。

你們是對的，只有你們才明白他的奧祕，因此我才回到你們身邊來，救救我們吧，把我們從我們自己手裡救出來吧。』他們從我們手裡領到食物時自然會清楚地看到，這食物是他們用自己的雙手創造出來的，我們不過是從他們手裡拿走後再發給他們罷了，並沒有任何奇蹟，他們將會看到我們並沒有把石頭變成食物，但是他們能從我們手裡領到食物確實比能夠吃到食物更高興！因爲他們記得太清楚了，過去，沒有我們的時候，他們創造的食物在他們手裡只會變成石頭，可是他們回到我們身邊之後，同樣一些石頭卻在他們手裡變成了食物。他們非常，非常珍惜，一勞永逸地俯首帖耳，其意義有多重大啊！當人們不懂得這道理的時候，他們是不幸的。請問，到底誰是罪魁禍首呢？到底是誰助長了這種愚昧呢？到底是誰攪亂了羊群，讓他們在不可知的道路上疲於奔命呢？但是羊群又集合起來了，又變得乖乖地聽話了，而且從此再也不會走散了。那時候我們將給他們平靜而又謙卑的幸福，他們生來就是弱者的幸福。噢，我們將最終說服他們從此不要驕傲，因爲你把他們捧得太高了，因而使他們學會了驕傲；我們將向他們證明，他們是弱者，他們是些可憐的孩子，但是孩子的幸福卻比任何人的幸福更甜蜜。他們將會變得膽小如鼠，將會害怕地望著我們，偎依在我們身邊，就像小鳥偎依在母親的懷裡一樣。他們將會對我們不勝驚奇和害怕，將會對我們這麼強大、這麼聰明，竟能把這麼一大群天不怕地不怕的數十億之眾制服得服服貼貼而感到驕傲。他們將會對我們的憤怒嚇得戰戰兢兢，他們的思想將會變得謹小慎微，他們的眼睛將會像孩子和女人的眼睛一樣總是眼淚汪汪，但是只要我們一揮手，他們也會很容易地破涕爲笑，喜笑顏開，幸福得像孩子一樣唱歌跳舞。是的，我們將會強迫他們幹活，但是勞動之餘我們將會把他們的生活安排得跟兒童遊戲一樣，既有孩子般的歌詠和合唱，也有天真爛漫的舞蹈。噢，我們也將允許他們犯錯誤，他們是軟弱無力的，他們將會像孩子般愛我們，因爲我們允許他們犯錯誤。我們將會告訴他們，任何過失都是可以彌補的，只要犯錯誤的時候得到我們允許就成；我們之所以允許他們犯錯誤，無非因為我們愛他們，因此對於這些過失的懲罰，我們也將當仁不讓，就應該當仁不讓嘛，而他們就會對我們感恩戴德，把我們看作恩人，因為我們在上帝面前替他們承擔了罪責。他們將不會有任何隱瞞我們的秘密。我們將會允許他們或者不允許他們同自己的妻子和情婦同房，要孩子或者不要孩子——一切都看他們的聽話程度而定——於是他們就會心悅誠服地聽我們的話。他們將把折磨著他們良心的最痛苦的秘密，把一切的一切都向我們和盤托出，由我們來替他們解決一切，而他們將會快樂地信賴我們的決定，因為這將使他們擺脫大的煩惱，以及現在硬要他們本人來自由作出決定的可怕的痛苦。於是所有的人，除了幾十萬統治他們的人以外全都很幸福。因為只有我們，只有我們這些保守秘密的人才會不幸。將會有幾十億幸福的赤子和十萬名代人受難者，因為後者主動承擔了因能識別善惡而遭到的詛咒。他們將會平靜地死去，為了你的名而平靜地銷聲匿跡，在死後得到的只有死亡。但是我們將保存這秘密，為了他們的幸福，我們將用天國的永恆的獎賞引誘他們。因為即使在他世界真有什麼的話，那當然也不是為他們這號人預備的。有人傳頌，並且預言，你將會降臨並再度獲勝①，帶著你的選民，帶著你的那幫高傲而又強大有力的人一起降臨人世，但是我們要說，他們只是拯救了自己，而我們卻拯救了所有的人。他們還說那個坐在怪獸上、手握**奧祕**的淫婦將要受辱，那些弱者將會重新起來造反，撕碎她的皇袍，露出她那「可憎」的肉體②。但是那時候我將會站起來，指

① 關於基督將再度降臨人間，光明勢力將最終戰勝代表惡與不幸的黑暗勢力，可參見《馬太福音》第二十四章第三十節，以及《啓示錄》第十二章，第二十七章，第十九章與第二十章。

② 參見《啓示錄》第十七章第十五－十六節：天使對約翰說「你所看見那淫婦坐的眾水，就是多民、多人、多國、多方。你所看見的那十角與獸必恨這淫婦，使她冷落赤身，又要吃她的肉，用火將她燒盡。」

給你看幾十億不知道罪孽爲何物的幸福的赤子。而我們這些爲了他們的幸福主動承擔他們的罪責的人，將會站到你面前，並且說：「審判我們吧，只要你能夠，只要你有這膽量。」要知道我並不怕你。要知道我也在那曠野裡待過，我也吃過蝗蟲和草根，我也曾祝福過你曾用來祝福人們的自由，我也曾想增列於你的選民之列，我也曾渴望「濫竽充數」，增列於那些強大而有力的人們之列①。但是我醒悟了，我不願爲瘋狂效勞。我回來了。我離開了那些高傲的人，爲了那些謙卑的人的幸福而回到了那些謙卑的人裡面。我對你說的話定將實現，我們的王國必將建成。再向你說一遍，你明天就會看到那幫馴服的芸芸眾生，只要我一聲令下，他們就會一窩蜂衝上前去把滾燙的火炭耙到我要燒死你的那個火堆上，我之所以要燒死你，就因爲你跑來妨礙我們。因爲，誰最有資格受到我們的火刑呢，那就是你。我明天非燒死你不可。Dixi②。伊萬說到這裡打住了。他說話時情緒激動，而且說得很來勁；但是等他把話說完，卻忽地微微一笑。

阿廖沙一直默默地聽著他說話，聽到後來就非常激動了，多次企圖打斷哥哥的話，但是又分明克制住了自己，這時他忽然開口了，好像猛地跳將出來似的。

「但是……這是荒謬的！」他叫道，漲紅了臉。「你的長詩是對耶穌的贊頌，而不是詆毀……像你希望做到的那樣。而且誰會相信你說的關於自由的話呢？難道對自由應當這樣，應當這樣來理解

---

① 參見《啓示錄》第六章第九—十一節：「我看見在祭壇底下，有爲神的道，並爲作見證被殺之人的靈魂，大聲喊著說：『聖潔眞實的主啊，你不審判住在地上的人，給我們伸流血的冤，要等到幾時呢？』於是有白衣賜給他們各人，又有話對他們說：『還要休息片時，等著一同作僕人的和他們的弟兄也像他們被殺，滿足了數目。』」

② 拉丁語：我說完了。意爲該說的話我都說了，對得起自己的良心了。

嗎！難道東正教是這樣理解的嗎……這是羅馬的看法，而且還不是整個羅馬，這是不對的——這是天主教裡的壞人，宗教法庭的法官，耶穌會士！……像你憑空臆造的大法官那樣的人是根本不會有的。所謂替人們承擔下來的罪責到底指什麼呢？為了人們的幸福遭到某種詛咒的、掌握個中奧祕的人又指誰呢？你什麼時候見過這樣的人。我們知道有些人叫做耶穌會，大家都說這些人壞，但是，你說的就是這些人嗎？他們根本不是，根本就不是……他們不過是為建立未來的普世地上王國的一支羅馬軍隊罷了，為首的是皇帝——地上的羅馬大主教……這就是他們的理想，但毫無神秘和崇高的憂慮可言……無非是一種想攫取權力，取得人世的骯髒財富，奴役他人……就像後來的農奴制那樣，目的在於當地主……這就是他們追求的一切。也許，他們連上帝也不信。你那位憂國憂民的大法官不過是幻想的產物……」

「等等，等等，」伊萬笑道，「瞧你多麼慷慨激昂啊。你說這是幻想的產物，就算是吧！當然是幻想的產物。但是對不起，話又說回來：難道你當真以為，最近幾世紀以來，這整個天主教運動，當真僅僅想要攫取權力，僅僅是為了取得骯髒的財富嗎？莫非派西神父是這麼教你的？」

「不，不，相反，派西神父有一次說的話甚至跟你類似……但是，當然說的不是那事，完全不是那事。」阿廖沙突然醒悟過來。

「不過，這倒是珍貴的情報，儘管你申明『完全不是那事』。我正想問你：為什麼你說的那些耶穌會士和宗教法官沆瀣一氣，僅僅是為了取得骯髒的物質財富呢？為什麼在他們中間就不可能出現一個憂國憂民、熱愛人類的受難者呢？要知道：不妨假定，在所有這些僅僅想得到骯髒的物質財富的人們中，終於出現了一個像我所說的那個宗教老法官一樣的人，他自己也在曠野裡吃草根，瘋瘋癲癲，壓制著自己的肉慾，目的是為了把自己修煉成一個自由的、盡善盡美的人，但是，話又說回來，儘管他終生熱愛人類，可是卻猛地大徹大悟，終於看到，一旦達到隨心所欲而不逾矩，也並不是什麼了不起的精神幸福，因爲他同時也看到千千萬萬的上帝的其他造物，他們的處境簡直是個諷刺：他們永遠無能爲力，不知道應該怎樣處置自己的自由，他也看到那些可憐的離經叛道者永遠也成不了巨人，他們永遠也建不成通天塔，他也看到，這樣一些蠢鵝決不能達到那個偉大的理想主義者所幻想的太和。他明白了這一切以後便回來加入了……聰明人的行列。難道這情況不可能發生嗎？」

「參加到什麼人的行列裡，參加到什麼聰明人的行列裡？」阿廖沙近乎狂熱地叫道。

「他們那幫人裡面既沒有出類拔萃的聰明人，也沒有任何奧祕和秘密……除非一樣——不信神，這就是他們的全部秘密！你的那個宗教法官根本就不信上帝，這就是他的全部秘密！」

「就算這樣吧！你總算想明白了。的確如此，這的確是全部秘密的關鍵，但是像他怎樣一個人，畢生在曠野裡苦修，可是仍沒有治愈他愛人類的痼疾，難道對於一個像他這樣的人來說不是受苦受難嗎？他直到風雨飄搖的晚年才逐漸明白過來，只有那個可怕的大魔鬼的忠告，才能馬馬虎虎地使那些軟弱無力的離經叛道者，使那些『創造出來貽笑大方的未完成的試驗品』過一種差強人意的生活。有鑑於此，他才終於明白必須按照那個聰明的魔鬼，那個死亡和毀滅的可怕的魔鬼的指點去做，因此就必須撒謊和騙人，有意識地把人們引向死亡和毀滅，而且一路上還必須欺騙他們，以免他們多少發覺正在把他們領到哪裡去，爲的是起碼在半途中這些可憐的瞎子還自以爲是幸福的。請注意，這欺騙還是以他的名進行的，而這老人終其身都熱烈信奉著他的理想！難道這不是不幸嗎？統率這支『渴望權力，僅僅爲了取得骯髒的財富』的大軍的人當中，哪怕僅僅出現一個這樣的人，難道還不足以引起一場悲劇嗎？此外：只要爲首的有一個這樣的人就已足矣，整個羅馬的事業（連同他的所有軍隊和耶穌會士）最後就會出現一個真正的指導思想，即這一事業的最高思想。我對你直說了吧，我堅信，在統率運動的人們中間是永遠不會缺少這個唯一的人的。誰知道呢，在羅馬的最高司祭中也許會出現這樣一些唯一的人。誰知道呢，也許這個該死的老傢伙（他是如此執著而又如此別出心裁地愛著人類）現在還健在——有許許多多這樣絕無僅有的老人，他僅是其中之一，而且他的存在決不是偶然的，而是作為一種協議，作為一種秘密同盟，這樣的秘密同盟是早就安排好了的，其目的是為了嚴守秘密，不讓那些不幸和軟弱無力的人知道，而這樣做的目的也為了使他們幸福。這情況一定有，而且應該有。我覺得，甚至共濟會在骨子裡也有某種與這一奧祕相類似的東西，正因為此，天主教才那麼恨共濟會，認為他們是競爭者，是來擾亂他們的思想統一的，而羊群應該統一，牧人應該只有一個①……話又說回來，我極力為我的想法辯護，倒像我是一個經不住你批評的著作家似的。好了，不談這些了。」

「你也許自己就是共濟會吧！」阿廖沙猛地脫口而出。「你不信上帝。」他又加了一句，但神情已經十分沮喪。再說，他覺得二哥正嘲笑地看著他。「你這部長詩是怎麼收場的呢？」他兩眼望著地面，突然問道，「或者它已經完了？」

「我想這樣來結束我的長詩：這位宗教法官閉上嘴以後，等待了若干時候，想聽聽他的這名囚

---

① 共濟會是世界上最大的秘密團體，起源於英國，後傳遍世界各國。最早是由中世紀的石匠和建築教堂的工匠行會演變而來，發展到後來它企圖把自己的教義提高到世界宗教的地位，並想借助於這一宗教統治全人類。天主教一直是共濟會的死敵。從一八四六年起羅馬教皇庇護九世曾先後七次抨擊共濟會。伊萬講到天主教與共濟會之爭，是根據基督下面的話：「凡一國互相紛爭，就成為荒場，一城一家自相紛爭，必站立不住。」（《馬太福音》第十二章第二十五節）

徒怎麼回答他。他的沉默使他感到難堪。他看到他的這名囚徒一直靜靜地、洞若觀火地看著他，筆直地望著他的眼睛，分明不想說任何話來反駁他。老人很希望他能隨便說點什麼，哪怕這話讓人聽起來感到很苦澀，很可怕。但是他卻猛地默默地走近老人，輕輕地吻了吻他那沒有血色的九十高齡的嘴唇。這就是全部回答。老人家感到不寒而慄。

他的嘴角微微翕動了一下；他走到門口，打開門，對他說道：『走吧，別再回來了……永遠不要再回來了……永遠，永遠也不要再回來了！』他說罷便放他到『這都市的黑暗的廣場上』①去了。於是這名囚徒就走了。」

「那老人呢？」

「這吻在他的心上燃燒，但是老人依然故我，並未改變他的想法。」

「那你，你也跟他站在一起？」阿廖沙傷心地驚呼道。伊萬笑了。

「要知道，這都是瞎編的，阿廖沙，要知道，這不過是一個從來沒有寫過兩行詩的糊塗大學生寫的糊塗長詩。你幹麼就當真了呢？難道你當真以為我會直接走到那兒，去找那些耶穌會士，加入糾正他的功德的人的隊列裡去嗎？噢，主啊，這跟我有什麼關係呢！我不是告訴過你嗎：我只想勉強活到三十歲，然後就把酒杯摔到地上，拂袖而去！」

「那蒼翠欲滴的樹葉，寶貴的墳墓，藍天，心愛的女人呢？你準備怎麼活下去，你用什麼來愛

---

① 引自普希金的詩《回憶》（一八二八）（略有改動）：

　　當喧鬧的一天爲凡人而沉寂下來，
　　　在都市的靜謐的廣場上
覆蓋下來那半透明的黑夜的影子……

他們呢？」阿廖沙傷心地驚呼。「胸中和頭腦裡裝著這麼一座地獄，難道這受得了嗎？你正是想去同他們同流合汙……如果不去，你就會自殺，你肯定會受不了的！」

「有這麼一種力量，它什麼都受得了！」伊萬說道，發出一聲冷笑。

「什麼力量？」

「卡拉馬助夫家的……卡拉馬助夫家的卑劣的力量。」

「這就是沉湎酒色，讓靈魂在腐化糜爛中窒息，是嗎，是嗎？」

「也許，這也算吧……不過就到三十歲，能倖免也說不定，到那時候……」

「怎能倖免呢？靠什麼來倖免呢？憑你這樣的想法是不可能的。」

「靠的就是卡拉馬助夫家的做法。」

「你說的是『爲所欲爲』嗎？爲所欲爲，對嗎，對不對？」

伊萬雙眉深鎖，他的臉忽然奇怪地變得煞白。

「啊，這是你抓住了米烏索夫昨天大爲光火的那句話……這是昨天德米特里大哥那麼天真地跳出來說的一句話，是不是？」他苦笑了一下。「是的，也許吧：『爲所欲爲』，既然這話已經說出了口。我不準備否認。再說米堅卡的說法也不壞嘛。」

阿廖沙默默地望著他。

「弟弟，我要走了，我本來以爲，起碼在整個世界上我還有你這麼個弟弟，」伊萬突然動情地說，「可是我現在看到，即使在你心中，也不會有我的位置，我親愛的隱修士。我決不否認『爲所欲爲』這一說法，那又怎麼樣呢，你是不是因此要與我一刀兩斷呢？」

阿廖沙站起來，走到他面前，默默地、輕輕地吻了吻他的嘴唇。

「剽竊！」伊萬叫道，突然一變而爲興高采烈，「這是你剽竊我的長詩！不過，謝謝你。走，阿廖沙，咱們走吧，我該走了，你也該走了。」

他倆走了出去，但是在飯館的台階旁又停了下來。

「我還有句話，阿廖沙，」伊萬聲音堅定地說道，「如果我當真還有心思去觀賞蒼翠欲滴的樹葉的話，只有想到你，我才會愛它。只要你還在這裡的什麼地方，對我就夠了，我決不會厭世。你覺得這夠了嗎？如果你願意，把這當作愛的表白也行。可現在你往右，我往左——夠啦，你聽見了嗎，夠啦。就是說，即使明天我不走（看來，我明天肯定會走的），咱倆還可能在什麼地方再見面，你也不必再跟我提所有這些話題了，隻字不提。我堅決請求你。至於德米特里大哥，這是我的又一請求，請你務必做到，甚至，再也不要跟我提起他，」他突然怒氣沖沖地加了一句，「一切要談的話都談完了，一切要說的話都說完了，對不？爲此，我也向你保證：到三十歲，當我想要『把酒杯摔到地上，拂袖而去』的時候，不管你在哪兒，我一定來找你，跟你再一次促膝長談……哪怕我身在美國，也一定來，請你務必記住這點。我會特地來找你的。那時候能夠來看看你倒也蠻有意思的：就看那時候你變成什麼樣了？你看，這可是一個鄭重其事的保證。說真的，我們一別七年或者十年也說不定。好了，現在你去看你那位Pater Seraphicus①吧，他不是快要嚥氣了嗎：要是他死了，你不在他身邊，你說不定會生我的氣的，說我耽擱了你。再見，再親吻我一次，就這樣，你走吧……」

伊萬說罷，突然轉過身子，頭也不回地逕自走了。就像昨天德米特里大哥突然扭頭離開阿廖沙

---

①　拉丁文，意爲「天使般的神父」。原指方濟各（阿西西的）（一一八一或一一八二—一二二〇年），義大利傳教士，天主教方濟各會和方濟各女修會的創始人。天主教教會常稱聖方濟各爲Pater Seraphicus，據傳，源出他曾親見有一次耶穌基督化身爲六翼天使來看他。此處，伊萬指佐西馬神父。

一樣，雖然昨天完全是另一回事。這個奇怪的想法像箭似的飛掠過阿廖沙憂傷的腦海，飛掠過這時他既憂傷又悲哀的腦海。他站在原地稍候片刻，望著二哥的背影。不知為什麼他忽然發現，二哥伊萬走起路來有點搖擺，從後面看，他的右肩似乎比左肩略低。過去他從來沒有注意到這點。但是他突然也轉過身子，幾乎拔腿飛跑似的向修道院走去。已經暮色蒼茫，他幾乎感到一種恐懼；他心裡似有一種他無法解答的新東西在逐漸增長。又像昨天一樣，大風陡起，當他走進隱修區的小樹林時，他周圍的百年古松在陰鬱地颯颯作響。他近乎奔跑。「Pater Seraphicus——這個稱呼他一定是從什麼地方看到的——從哪裡呢①？」這想法在阿廖沙的腦子裡一閃。「伊萬，可憐的伊萬，現在，我什麼時候才能見到你呢……隱修區總算到了，主啊！是的，是的，這是他，他就是PaterSeraphicus，他一定能拯救我……不受他②的蠱惑，永遠不受他的蠱惑！」

後來，在他一生中，有許多次他十分困惑地想起，自從他跟伊萬分手後，他怎麼會把德米特里大哥忘得一乾二淨的呢，那天上午，也就在幾小時前吧，他還拿定主意非找到德米特里不可，甚至當天不回修道院過夜也在所不惜。

六、暫時還很不明朗的一章

伊萬・費奧多羅維奇在跟阿廖沙分手之後就回家了，回到費奧多爾・帕夫洛維奇的私宅。但是

---

① 這一說法源出歌德的詩劇《浮士德》第二部的最後一幕，其中曾出現「天使般的神父」。

② 指魔鬼。

說來奇怪，有一種令人難以忍受的煩惱猛地向他襲來，主要是，每走一步，越接近家門，這種煩惱就越強烈。這奇怪還不在煩惱本身，而在伊萬・費奧多羅維奇怎麼也弄不清他到底在煩惱什麼。過去，他也曾常常覺得煩惱，在這樣的時刻，煩惱忽然襲來，本來也不足爲怪，因爲明天他就要與吸引他到這裡來的一切突然一刀兩斷了，準備在人生中再來個急轉彎，踏上一條新的、十分渺茫的路，又像過去一樣形單影隻，滿懷希望，但又不知道究竟在希望什麼，他對人生有許多企盼，企盼的東西也實在太多了，但是他又說不清他究竟在企盼什麼，甚至他究竟有什麼願望。儘管他心裡的確有一種新的無名的煩惱，但是此時此刻折磨著他的完全不是這個。「難道是對老家的厭惡？」他在心裡思忖。「好像是這麼回事，實在令人厭惡透了，儘管今天我是最後一次跨過這個可憎的門檻，我還是覺得噁心……」但是不對，也不是因爲這事。該不是因爲要跟阿廖沙告別，剛才跟他的那場談話嗎：「多少年來我跟全世界不說一句話，噤若寒蟬，不屑開口，卻冷不防說了一大堆廢話。」說真的，這也是可能的，由於年輕而缺乏經驗，由於年輕而愛好虛榮，因而產生了一種年輕人的懊惱，懊惱自己不會說話，說得不好，而且還是跟阿廖沙這樣的人說話，而他心裡肯定對阿廖沙抱有很大希望。當然，這種心情也是有的，即這種懊惱，甚至肯定會有的，但是這也不對。「煩惱到令人作嘔，但是又說不清我想要什麼。除非不去想它……」

於是伊萬・費奧多羅維奇就嘗試著「不去想它」，但是這樣做也無濟於事。主要是這煩惱令人懊喪、令人生氣的是它具有一種偶然的、純屬表面的外觀；這是感覺得出來的。有個什麼人或者有個什麼物，老在什麼地方待著，矗著，就像有什麼東西有時候老矗在眼前一樣，無論你在做事，也無論你在同別人熱烈地交談，它總矗在那兒，你看不見它，可是你卻分明很惱火，幾乎很痛苦，直到最後你才明白過來，把那個刺眼的東西拿開，而這常常是一件不足掛齒的十分可笑的東西，例如把什麼東西忘了，沒有把它放到應放的地方去，掉在地上的一塊手帕，一本沒有放進書櫥的書，等等，等等。最後，伊萬・費奧多羅維奇心緒惡劣和心情煩躁地終於走到了父親的家，突然，在離邊門約莫十五步的地方，他向大門張望了一下，一下子明白過來了，使他如此痛苦和如此心神不定的那事兒究竟是什麼。

在大門旁的一張小矮凳上坐著傭人斯梅爾佳科夫，他正在戶外納涼，伊萬・費奧多羅維奇對他一瞥之後就明白了，他心中長久不能釋然的就是這傭人斯梅爾佳科夫，他心中最受不了也正是這人。一切都大徹大悟，變得一清二楚了。方才，還在聽阿廖沙講他怎樣遇見斯梅爾佳科夫的時候，就有某種陰暗的、令人反感的東西突然刺進他的心，並在他心中立刻引起憎惡的反應。後來，因為光顧著跟阿廖沙說話了，斯梅爾佳科夫的事被暫時忘到了一邊，但是積澱在他心裡，直到伊萬・費奧多羅維奇跟阿廖沙分手之後，獨自一人走回家的時候，那個被遺忘的感覺才陡地浮上他的心頭。「難道這個混帳東西竟能讓我不安到這般地步嗎！」他想道，心裡的氣不打一處來。

問題在於，近來，尤其是最近幾天以來，伊萬・費奧多羅維奇的確很不喜歡這個人。甚至他自己都開始發現他對這人抱有一種愈來愈強烈的近乎憎恨的感覺。也許，憎恨之所以這樣尖銳，乃是因為伊萬・費奧多羅維奇剛來敝縣之初，情況恰好完全相反。那時伊萬・費奧多羅維奇突然對斯梅爾佳科夫產生了一種特別的好感，甚至認為他是一個與眾不同的人。他主動跟他交談，使他不再認生，但每次都驚訝地發現他這人有點糊塗，或者不如說，他這人有點愛胡思亂想，他不明白究竟是什麼東西居然會使「這個靜觀、內向的人」冥思終日而又如此心神不定。他倆還談了許多哲學問題，甚至還談到，既然太陽、月亮和星星直到第四天才創造出來，爲什麼第一天就有了光①，這事到底應該怎麼理解。但是伊萬・費奧多羅維奇很快就看到，問題根本不在太陽、月亮和星星，雖然太陽、月亮和星星是一個饒有興趣的問題，但是對於斯梅爾佳科夫來說，這完全是次要而又次要的問題，他的言外之意與此完全不同。不管怎麼說吧，反正他那無限的自尊心，而且是受到侮辱的自尊心開始表現和暴露出來了。伊萬・費奧多羅維奇很不喜歡他的這一表現。因此就開始對他產生反感。後來家裡鬧起了糾紛，出現了格魯申卡，鬧起了大哥德米特里的事，麻煩事一件接一件——他倆也常常談到這些事，雖然在談到這些事的時候，斯梅爾佳科夫每次都很激動，但是怎麼也弄不清他本人到底對此抱什麼態度。有時候他的某種態度也會身不由己地流露出來，但永遠態度曖昧，令人捉摸不透，他的有些態度既不符合邏輯又朝三暮四，只能讓人感到吃驚。斯梅爾佳科夫對什麼都愛追根究底，常常繞著彎兒提出一些顯然是明知故問的問題，但是他問這些究竟要幹什麼呢——他又不予說明，而且在問東問西問得最熱鬧的時候常常會突然打住，顧左右而言他，說起了完全不相干的事。但是終於使伊萬・費奧多羅維奇大光其火並使他產生強烈反感的，主要是斯梅爾佳科夫開始對他使勁兒表現出一種讓人噁心而又特別的親暱勁兒，而且愈演愈烈。倒不是說他放肆到了熟不拘禮的地步，相反，他說話的態度永遠畢恭畢敬，但是，事情看去卻常常是這樣，斯梅爾佳科夫天知道爲什麼顯然自以爲他在某件事情上似乎與伊萬・費奧多羅維奇終於達成了共識，說話時老是那麼一副腔調，似乎他倆之間什麼事早就商量好了，但是心照不宣，保守秘密，這事只有他倆知道，至於他倆周圍的芸芸眾生，甚至說出來，他們也不見得懂。話又說回來，當時伊萬・費奧多羅維奇很久都沒

① 關於上帝創造天地的過程，請參看《舊約・創世記》第一章。

弄明白自己對他的這種越來越強烈的反感到底從何而來，直到最近才終於弄明白這到底是怎麼回事。現在，他本想以一種不屑一顧的惱怒狀默默地走過去，對斯梅爾佳科夫不看不理，就直接走進邊門，可是斯梅爾佳科夫卻從小凳子上站了起來，僅僅根據這一姿勢，伊萬・費奧多羅維奇就霎時明白了，斯梅爾佳科夫想跟他單獨談談。伊萬・費奧多羅維奇看了看他，站住了，因爲他突然駐足不前，而不是像他一分鐘前想做的那樣徑直走過去——這使他很惱火，心裡的氣不打一處來。他惱怒而又厭惡地看著斯梅爾佳科夫那像閹割派教徒①一樣枯瘦的臉，兩鬢的頭髮攏在腦後，而且梳了個小小的飛機頭。他的左眼微微瞇起，不停地眨著，在笑，似乎在說：「走什麼，你走不了，要知道，咱們兩個聰明人有許多話要說哩。」伊萬・費奧多羅維奇氣得發抖：

「滾，混帳東西，我跟你談不到一塊兒，混蛋！」這話本來就要從他的舌尖上脫口而出，但使他十分詫異的是，從他的舌尖上飛出來的竟完全是另一番話。

「我爸爸怎麼樣？睡著了還是醒了？」他低聲而又溫和地說，自己都感到意外，他突然，也完全出乎意外地坐到了小板凳上。他後來想起這事時發現，當時他霎時間幾乎害怕起來。斯梅爾佳科夫站在他面前，倒背著雙手，充滿自信而又近乎嚴厲地望著他。

「還睡著哩，您哪。」他不慌不忙地說道(言外之意似乎在說：「是你先開口說話的，而不是我。」)。

「我瞧著您覺得納悶，先生。」他沉默片刻後又加了一句，有點裝模作樣地垂下了眼睛，接著伸出右腳，擺弄著一隻皮鞋的鞋尖。

「你對我有什麼可納悶的？」伊萬・費奧多羅維奇生硬而又嚴厲地說道，使勁克制著自己，但

① 俄羅斯的一種教派，妄圖用閹割的辦法根絕肉慾。

是他又突然厭惡地明白了，他感到一種非常強烈的好奇，如果不滿足這一好奇心，他是無論如何不會離開這裡的。

「先生，您爲什麼不到切爾馬什尼亞去呢？」斯梅爾佳科夫忽地抬起他那小眼睛，親暱地微微一笑。他那微微瞇起的左眼似乎在說：「我究竟笑什麼，既然你是聰明人，就應該明白我的意思嘛。」

「我爲什麼要到切爾馬什尼亞去？」伊萬・費奧多羅維奇覺得奇怪。

斯梅爾佳科夫又沉吟不語。

「費奧多爾・帕夫洛維奇不是親自求過您這事兒嗎，您哪。」他終於不慌不忙地說道，彷彿自己都不以爲他的回答有什麼價值，他的言外之意似乎在說：我用這個次要而又次要的理由來搪塞，無非是想找句話說說罷了。

「哎呀，見鬼，你要說就說清楚點，你究竟要說什麼？」伊萬・費奧多羅維奇終於憤怒地叫起來，由平靜一變而爲粗魯。

斯梅爾佳科夫把右腳收回，靠近左腳，把身子挺直了些，但是繼續鎮定地看著他，臉上仍舊掛著剛才的那絲笑容。

「什麼要緊的事也沒有，您哪……說到話頭上，隨便說說，您哪……」

他又沉吟不語。雙方沉默了大約一分鐘。伊萬・費奧多羅維奇知道他應該立刻站起來，並且立即發火，可是斯梅爾佳科夫卻站在他面前，似乎在等候：「我倒要看看你會不會發火？」起碼伊萬・費奧多羅維奇是這麼感覺的。他終於晃動了一下身子，想站起來。斯梅爾佳科夫彷彿逮住了這一剎那。

「我的處境太可怕了，伊萬・費奧多羅維奇，簡直不知道怎麼辦才好了。」他忽然堅定地、一字一句地說道，說完最後一個字後還嘆了口氣。伊萬・費奧多羅維奇立刻又坐了下來。

「兩人都由著性子胡來，兩人都快成不點大的小孩了，您哪。」斯梅爾佳科夫繼續道。「我說的是令尊和令兄德米特里・費奧多羅維奇。現在他老人家一起床，我是說費奧多爾・帕夫洛維奇，就會立刻一刻不停地纏住我：『她怎麼還不來？她幹麼還不來？』就這麼一直問到半夜，甚至到下半夜。要是阿格拉費娜・亞歷山德羅芙娜不來（因為她根本就沒打算來，也永遠不會來，您哪），第二天一早，他老人家就會再次衝我嚷嚷：『她幹麼不來？她為什麼不來，什麼時候來？』——倒好像她不來是我的錯似的。另一方面，還有這麼一檔子事，只要天一黑，甚至天還沒黑，您大哥就兩手拿著槍在附近出現，說什麼：『小心了，你這騙子，你這伙夫：你要是看走了眼，把她放過去了，不讓我知道她來了，我先要了你的命。』一夜過去了，第二天一早，大少爺也跟費奧多爾・帕夫洛維奇一樣，又會從頭開始，拼命折磨我：『她為什麼不來，是不是快來了？』——倒好像那位太太不來我在大少爺面前再一次犯了什麼過錯似的。這兩位老少爺們，每天每日，每時每刻，肝火越來越旺，我有時候害怕得真不想活了，您哪。先生，我對他倆簡直毫無辦法，您哪。」

「你幹麼要攙和進去呢？你為什麼要給德米特里・費奧多羅維奇通風報信呢？」伊萬・費奧多羅維奇惱火地說。

「我怎麼能不攙和進去呢？其實我根本就沒攙和進去，如果您讓我有一說一的話，您哪。一開頭我老不吭氣，雖然我不敢說一個不字，是大少爺硬要我做他的聽差利恰爾達①的。從那時起他一

① 十六世紀中葉，俄國有部翻譯小說，是講博瓦王子的故事的，利恰爾達就是小說中格維東國王的聽差。這部內容鄙俗的小說曾流傳民間，一版再版，直至一九一八年。

見我就向我吆喝：『你要是把她放過去了，我就打死你這騙子！』我琢磨著，先生，我明天非發羊癲風不可，長長的羊癲風。」

「什麼叫長長的羊癲風？」

「就是說發作時間很長，非常長，您哪。接連幾小時，說不定會連續一兩天。有一回，我接連發了兩三天病，當時從閣樓上摔了下來。剛停，接著又開始發作；整整三天我都昏迷不醒。當時，費奧多爾．帕夫洛維奇就讓人去請赫爾岑什圖勃，他是這裡的一名大夫，您哪，於是這位大夫就把冰敷在我頭上，此外還用了一種什麼藥……差點沒病死，您哪。」

「聽說，羊癲風事先沒法知道什麼時候犯病。你怎麼說明天準會犯病呢？」伊萬．費奧多羅維奇非常好奇又沒好氣地問道。

「確實沒法事先知道，您哪。」

「再說你當時是從閣樓上摔下來的。」

「我每天都要爬閣樓，明天我也可能從閣樓上摔下來。即使不從閣樓上摔下來，也會一跤摔進地窖，您哪，我每天都要下地窖有事，您哪。」

伊萬．費奧多羅維奇看了看他，看了好長時間。

「我看你在瞎掰，而且對你這人我也有點摸不透，」他低聲但是又有點令人望而生畏地說道，「你是不是想明天假裝發羊癲風，生它三天病？是嗎？」

斯梅爾佳科夫本來一直看著地面，又重新擺弄起他的右腳尖，這時他把右腳收了回來，伸出左腳，抬起頭，微微一笑，說道：

「假如說我會玩這套把戲，我是說裝假，因爲一個精於此道的人要做到這點根本不難，那爲了活命我完全有權採取這一手段；因為我臥病在床，即使阿格拉費娜・亞歷山德羅芙娜來找大少爺他爹，大少爺也決不會拿一個病人是問：『你為什麼不來稟報？』這話他就說不出口了。」

「哼，見鬼！」伊萬・費奧多羅維奇忽然氣勢洶洶地罵道，他的臉都氣歪了。「你怎麼總是貪生怕死呢！德米特里大哥的所有這些威脅不過是在氣頭上說說罷了。他不會殺你的；即使殺人，也不會殺你！」

「他會像拍死一隻蒼蠅一樣殺死我的，我一定首當其衝，您哪。此外，我還怕另一件事：可別把我看作跟大少爺是一夥的，他會對他爹做出什麼荒唐的事來也說不定。」

「怎麼會認為你是他同夥呢？」

「我之所以會被認作同夥，因為我把一些極秘密的暗號告訴了他，您哪。」

「什麼暗號？告訴誰了？他媽的，說清楚點嘛！」

「實不相瞞，」斯梅爾佳科夫慢條斯理而又鎮定自若地說道，「這牽涉到我跟費奧多爾・帕夫洛維奇的一個秘密。您自己也知道（如果您也知道這事的話），老爺已經一連好幾天，一到夜裡，甚至天剛剛擦黑，就立刻把門反鎖上了。近來您每次都回來得很早，而且一回來就上樓回自己的房間，而昨天，壓根兒就沒走出房門一步，因此您也許不知道，老爺現在可小心了，每到夜裡非鎖上門不可。即使格里戈里・瓦西里耶維奇親自前來，老爺也得聽清的確是他的聲音後才會給他開門，您哪。但是格里戈里・瓦西里耶維奇並不常來，因此眼下在屋裡伺候他老人家的就我一個人，您哪——因此自從老爺跟阿格拉費娜・亞歷山德羅芙娜搞起了這套把戲後就親自規定，而且現在，根據他老人家的安排，連我都得離開他去耳房過夜，但是半夜以前不許我睡覺，他讓我值夜，起來巡視院子，等著阿格拉費娜・亞歷山德羅芙娜來，您哪，因為他老人家像個瘋子似的已經等她來好幾天了。老爺是這麼考慮的，他說：她怕他，怕德米特里・費奧多羅維奇（老爺管他叫米季卡，您哪），因此只能在半夜，盡可能晚些，經由後院進來看我；他說，你給我守著她點，一直到半夜和超過半夜。如果她來了，你就趕快跑到我的房門前，敲敲我的門或者從花園裡敲敲我的窗子，先用手敲二下，輕一點，就這樣：一、二，然後再立刻敲三下，快一點：篤篤冬。老爺說：這樣，我就會立刻明白是她來了，我會悄悄地給你開門的。如果出現什麼緊急情況，老爺又告訴了我在這種情況下的另一種暗號：先敲兩下，要快：篤篤，然後稍候片刻，再敲一下，聲音要重得多。這樣，老爺就明白出現了某種突如其來的情況，我有要緊事求見，他也會給我開門，讓我進去稟告。這是因為阿格拉費娜・亞歷山德羅芙娜可能自己不來，而是派人來捎個口信；此外，德米特里・費奧多羅維奇也可能來，那也要立刻通報他就在附近。老爺很怕德米特里・費奧多羅維奇，所以即使阿格拉費娜・亞歷山德羅芙娜已經來了，老爺跟她一起反鎖在屋裡，而這時德米特里・費奧多羅維奇卻出現在附近，一旦發生這種情況，我也務必立刻把這一情況稟報他老人家知道，敲三下，因此，頭一種暗號，敲五下，意思是：『阿格拉費娜・亞歷山德羅芙娜來了』，而第二種暗號，敲三下，意思是：『有急事求見』；為此，他老人家還親自示範，教了我好幾次，並作了說明。因為普天下知道這兩種暗號的就我和老爺倆，因此他老人家會毫不懷疑，而且無須追問是誰（他很怕發出聲音），就會把門打開。可是這些暗號德米特里・費奧多羅維奇現在全知道了。」

「他怎麼會知道的呢？你告訴他了？你怎麼膽敢給他通風報信呢？」

「不就是因為害怕嗎，您哪。我怎麼敢在他面前隱匿不報呢？德米特里・費奧多羅維奇每天都來逼問我：『你騙我？一定有什麼事情瞞著我吧？我非得把你的兩條腿打斷不可！』我被少爺逼得沒辦法，只好把這些暗號告訴了他，起碼讓他看到我的一副奴才相，這下他也就滿意了，認為我沒騙他，而是想法子給他通風報信。」

「如果你覺得他會利用這些暗號闖進屋去，可不能放他進去呀。」

「要是我犯病了，自己都躺倒了，即使我有這個膽量不放他進去，雖然我知道，他這人是什麼事都做得出來的，我怎麼不放他進去法呢，您哪？」

「哎呀，活見鬼！爲什麼你這麼有把握非發羊癇風不可呢？真是活見鬼？你該不是拿我開玩笑吧？」

「我怎麼敢拿您開玩笑呢，都嚇成這樣了，哪顧得上開玩笑？我預感到肯定會犯羊癇風，我有這樣的預感，單憑嚇成這樣，也非發作不可，您哪。」

「哎呀，真見鬼！要是你躺倒了，那守候這任務就得由格里戈里來做了。你應當先關照一下格里戈里，讓他別放他進去。」

「關於暗號，沒有老爺的吩咐，我是無論如何不敢告訴格里戈里・瓦西里耶維奇的，您哪。至於讓格里戈里・瓦西里耶維奇聽見少爺來了別放他進去這事兒，偏他今兒個打從昨天起就病倒了，而馬爾法・伊格納季耶芙娜打算明天給他治病。這是方才他倆說好了的。他們的治療方法還蠻有意思的，您哪：馬爾法・伊格納季耶芙娜知道一種藥酒，您哪，平時老泡著，是用一種草藥泡的，很濃——是祕方，您哪。她就用這種祕傳的藥酒每年給格里戈里・瓦西里耶維奇治三次病，他有腰痛的老毛病，每年約莫犯三次，一犯病就全身不能動彈。他一犯病，馬爾法・伊格納季耶芙娜就拿一條毛巾，蘸上這藥酒，擦他的整個後背，擦半小時，直到把藥酒擦乾，全身擦得通紅，都擦腫了爲止，您哪，然後再把這藥瓶裡剩下的藥酒給他一氣喝了，再念一段禱告詞，不過不讓他通通喝光，因爲她趁這個難得的機會還要給自己留下一小部分，也順便喝點兒，您哪。不瞞您說，他倆都不會喝酒，一喝就醉，而且沉睡不醒，要睡很長時間，您哪，到格里戈里・瓦西里耶維奇一覺醒來，往往病也就好了，您哪，而馬爾法・伊格納季耶芙娜醒來後，往往鬧頭疼。因此，趕明兒，要是馬爾法・伊格納季耶芙娜如法炮製，那他倆就未必聽得見什麼動靜，更不用說不讓德米特里・費奧多羅維奇進去了，您哪。他們會睡著的，您哪。」

「真是扯淡！這一切偏偏趕到一塊來了：你要發羊癇風，他倆醉得不省人事！」伊萬・費奧多羅維奇叫道，「該不是你自己想使壞，讓這一切都湊到一塊了吧？」他忽然脫口道，惡狠狠地皺起了眉頭。

「我怎麼會使壞呢，您哪……幹麼要使壞呢，因爲這裡一切都取決於德米特里・費奧爾多羅維奇一個人，都取決於他的一念之差，您哪……大少爺想幹什麼就幹什麼，您哪，大少爺不想幹，總不能硬把他領來，硬讓他進去見他爹吧。」

「既然你自己也說阿格拉費娜・亞歷山德羅芙娜壓根兒就不會來，他幹麼要到父親那兒去，而且還要偷偷摸摸去呢，」伊萬・費奧多羅維奇繼續道，臉都氣白了，「你自己不也這麼說嗎，而且我住在這裡，也一直深信老人家不過是異想天開，以爲這賤貨會來找他。既然她不會來，德米特里乾嗎要衝進去跟老頭算帳呢？你說呀！我倒想聽聽你是怎麼想的。」

「你自己也知道大少爺到這兒來幹麼，這跟我怎麼想有什麼關係呢？大少爺來，因爲他心裡有氣，或者因爲，比如說，我偏在這時候病了，他起了疑心，就會按捺不住，硬要闖進來看看，就像昨兒個那樣搜遍所有的房間：她該不會悄悄地躲著他跑進去了吧。大少爺也很清楚，費奧多爾・帕夫洛維奇準備了一個大信封，裡面裝有三千盧布，還蓋上了三個封印，紮了一根緞帶，老爺還親筆寫了兩行字：『如芳駕親臨，便贈予我的天使格魯申卡』，後來，過了兩三天，他又在下面加了一句：

『贈予我的小雞』。正是這點令人覺得可疑，您哪。」

「胡說八道！」伊萬・費奧多羅維奇幾乎發狂似的叫道。「德米特里決不會謀財害命，更不會因此殺死父親。他昨天因爲氣瘋了，加上犯渾，倒可能因格魯申卡的緣故殺死父親，但是決不會謀財害命！」

「大少爺現在很需要錢，您哪，需要到了極點，伊萬・費奧多羅維奇。您都不知道他需要到什麼程度，」斯梅爾佳科夫異常鎮定而又十分清晰地解釋道。「再說，這三千盧布，大少爺現在都已經把它看成是他自己的財產了，他曾向我親自說明這道理：『我爹還欠我整整三千。』除此以外，伊萬・費奧多羅維奇，您再考慮一樁鐵板釘釘的事：要知道，應該說，這幾乎是十拿九穩的，我是說阿格拉費娜・亞歷山德羅芙娜，只要她願意，她肯定會讓他娶她，我是說老爺，也就是費奧多爾・帕夫洛維奇，只要她願意就成——嗯，說不定她還真願意，您哪。要知道，我也不過這麼一說，說她不會來，說不定她還不只願意，還想乾脆做這裡的太太呢。我也知道，她那位掌櫃的薩姆索諾夫曾經十分坦率地對她本人說過，這事倒也挺不賴嘛，說這話時，她還笑了。她這人呀，腦子靈著呢，您哪。她是不會嫁給像德米特里・費奧多羅維奇這樣的窮光蛋的，您哪。如果現在把這也考慮進去的話，您自己想想，伊萬・費奧多羅維奇，到那時候，非但德米特里・費奧多羅維奇，甚至您和令弟阿列克謝・費奧多羅維奇，在令尊死後將一無所有，連一個盧布都不會給你們，您哪，因爲阿格拉費娜・亞歷山德羅芙娜之所以要嫁給老爺，就是爲了撈一把，把所有的財產都歸到自己名下，您哪。要是令尊現在就死，趁這一切什麼也沒有發生，你們每個人就可以立刻穩拿四萬盧布，甚至老爺那麼恨的德米特里・費奧多羅維奇也不例外，您哪，因爲老爺還沒立遺囑，您哪……這一切，德米特里・費奧多羅維奇都知道得一清二楚……」

伊萬・費奧多羅維奇的臉上似乎有什麼東西在抽搐和抖動了一下。他驀地滿臉通紅。

「那你為什麼在發生了這一切之後還要勸我到切爾馬什尼亞去呢？」他突然打斷了斯梅爾佳科夫的話。「您想用這個來說明什麼呢？我走了，你們這兒就出了這麼一檔子事。」伊萬・費奧多羅維奇連氣都喘不過來了。

「此話不假，您哪。」斯梅爾佳科夫似乎胸有成竹地低聲道，然而，又凝神注視著伊萬・費奧多羅維奇。

「什麼此話不假？」伊萬・費奧多羅維奇追問，使勁克制著自己，兩眼閃著威嚴的光。

「我是愛護您才說這話的。我換了是你，而我又在這兒的話，我一定立刻撇下一切……也不待在這個是非之地，您哪……」斯梅爾佳科夫回答，帶著極其坦然的神情望著伊萬・費奧多羅維奇目光炯炯的眼睛。兩人沉默少頃。

「你好像是個大白癡，當然，也是個……大混蛋！」伊萬・費奧多羅維奇突然從小凳上站了起來。接著他想立刻走進邊門，但又忽然停住腳步，猛地向斯梅爾佳科夫轉過身來，發生了一件奇怪的事：伊萬・費奧多羅維奇突然好像抽風似的咬緊嘴唇，握緊拳頭，而且——再過一剎那，眼看就要向斯梅爾佳科夫猛撲過去。起碼，在這瞬間，斯梅爾佳科夫注意到了這一點，他打了個哆嗦，全身往後一縮。但是對於斯梅爾佳科夫這一剎那卻順順利利地度過去了，伊萬・費奧多羅維奇只是默默地，但又似乎遲遲疑疑地轉過身去，向邊門走去。

「如果你想知道的話，我明天就到莫斯科去——明天，一早——就這些！」他忽然憤憤地，一字一句地大聲說道，後來他自己都覺得奇怪，他有什麼必要把這事告訴斯梅爾佳科夫呢。

「這就最好不過了，您哪，」斯梅爾佳科夫好像就等著這話似的接口道，「不過，要是出了什麼事，那就只得從這裡打電報通知您，再麻煩您從莫斯科回來，您哪。」

伊萬・費奧多羅維奇又站住了，又向斯梅爾佳科夫急速地轉過臉來。但是又發生了跟剛才相同的情況。他那股親暱勁兒和滿不在乎的態度霎時間不翼而飛；他的整個臉孔又顯出一副非常關心，非常巴結的樣子，但已經是一副怯怯的、竭力奉承的模樣。他那模樣似乎在說：「你還有什麼話要說嗎，要不要再補充兩句。」，他的兩眼一直目不轉睛地緊盯著伊萬・費奧多羅維奇。

「萬一……出了什麼事，他們不是也可以從切爾馬什尼亞把我叫回來嗎？」伊萬・費奧多羅維奇忽然吼道，不知爲什麼忽然拼命提高了嗓門。

「那就要麻煩您……從切爾馬什尼亞回來了，您哪……」斯梅爾佳科夫幾乎耳語般喃喃道，好像不知所措似的，但是他仍舊目不轉睛地直視著伊萬・費奧多羅維奇的眼睛。

「不過莫斯科遠，切爾馬什尼亞近，你可惜那幾個盤纏是不是，所以你堅持要我到切爾馬什尼亞去，要不就是可憐我，怕我繞個大圈？」

「完全正確，您哪……」斯梅爾佳科夫喃喃道，他的嗓音都變了，他猥瑣地笑著，又焦躁地作好了及時躲閃和後退的準備。但是伊萬・費奧多羅維奇卻突然笑了，這使斯梅爾佳科夫吃了一驚，可是他繼續笑著，快步走進了邊門。如果這時有人看一下他的臉，肯定會得出這樣的結論：他笑完全不是因爲有什麼開心事。不過他自己也說不清那時候他到底怎麼啦。他像抽風似的邁動兩腿，向前走著。

七、「跟聰明人說說話兒也蠻有意思的嘛」

連說話也像抽風似的。他一進去就在客廳裡遇見費奧多爾・帕夫洛維奇，他忽然對父親揮著手，嚷道：「我上樓回自己房間，不是來看你的，再見。」說罷便揚長而去，甚至竭力不抬起頭來看父親。很可能這時他對老頭恨透了，但是這麼無禮地表現出敵對情緒，甚至費奧多爾・帕夫洛維奇也感到意外。看來，老人倒真有話想趕快告訴他，所以特意走進了客廳；發現他這樣「有禮貌」，便默默地停了下來，以一種嘲笑的姿態目送著這個寶貝兒子上了樓梯，爬上閣樓，一直到看不見爲止。

「他倒是怎麼啦？」他急忙問緊跟著伊萬・費奧多羅維奇走進來的斯梅爾佳科夫。

「心裡有什麼事，在生氣，您哪，誰鬧得清二少爺是怎麼回事。」斯梅爾佳科夫支吾道。

「真他媽的活見鬼！愛生氣不生氣！把茶炊拿來後快滾，快。沒什麼新聞嗎？」

接著就開始盤問，問來問去也就是剛才斯梅爾佳科夫向伊萬・費奧多羅維奇訴說的那一套，即關於那位久候不至的女客，我們就不在這裡浪費口舌了。半小時後屋門上了鎖，於是這個近乎發狂的老傢伙便獨自一人在幾間屋裡走來走去，心裡直打鼓，在焦急地等候什麼時候突然響起那五下暗號，他間或張望一下黑洞洞的窗戶，但是除了黑夜以外什麼也看不見。

天色已經很晚，可是伊萬・費奧多羅維奇始終沒有睡覺，一直在考慮。這天夜裡，直到半夜兩點，他才上床。但是我們就不來敘述他翻來覆去的整個思路了，再說我們現在要深入他的內心也不是時候：這顆心自有它自己的思路。即使我們想說，也很難說清，因爲這不是什麼想法，而是某種非常模糊不清的東西，主要是一種令人感到六神無主的東西。他自己也覺得千頭萬緒，摸不著頭腦。折磨著他的還有各種各樣奇奇怪怪、幾乎完全沒有意料到的願望，比如說：已經下半夜了，他突然心急火燎，按捺不住地想要下樓，打開門，走進耳房，把斯梅爾佳科夫狠揍一頓，如果您問他憑什麼要揍他，他自己也說不出個子午卯酉來，除非他覺得這個奴才實在可恨，說的話太氣人了，簡直世上少有。另一方面，這天夜裡，一再襲上他心頭的還有一種說不清、道不明、使人感到屈辱的怯懦感——他感到了這點——甚至使他彷彿突然感到渾身無力，欲說還休。他感到頭痛和頭暈。有一種不共戴天的仇恨壓迫著他的心，倒像他打算向什麼人報仇雪恨似的，每當他想到今天跟阿廖沙的那場談話，他甚至恨阿廖沙，有時候也恨自己。至於卡捷琳娜・伊萬諾芙娜，他都差點忘了想她了，後來他對這點感到很奇怪，尤其是因爲他記得清清楚楚，還在昨天上午，當他在卡捷琳娜・伊萬諾芙娜那裡大吹大擂，說他明天要去莫斯科的時候，他心裡就暗自嘀咕：「全是胡扯，你肯定去不了，你根本不可能像你現在大吹大擂的那樣，輕輕易易地一走了之。」之後，過了很久，每當他想起這夜，他就特別厭惡地想到，他常常從沙發上站起來，悄悄地，好像生怕有人在暗中監視他似的，打開房門，走到樓梯上，向樓下側耳傾聽，傾聽樓下房間裡有什麼動靜，他聽到費奧多爾・帕夫洛維奇在樓下活動，在走來走去，他聽了很久，每次五六分鐘，他帶著一種奇怪的好奇，屏住呼吸，心在怦怦跳，至於他爲什麼要這樣做，爲什麼要偷聽——不用說，他自己也說不清。對他的這種「做法」，他後來畢生稱之爲「卑鄙」，而且畢生都認爲（在內心深處，在他靈魂的最深處），這是他有生以來所做的最最卑鄙的事。至於對費奧多爾・帕夫洛維奇本人，他在那時倒沒有感到甚至一絲一毫的恨，而只是感到非常好奇，也不知道爲什麼，他只是留神諦聽他怎樣在樓下走來走去，他現在在樓下他自己的房間裡大概在做什麼，他邊揣測邊想像，他在樓下想必在不時張望那黑洞洞的窗戶，然後又突然在房間中央停下，等呀等呀——等是不是有人敲門。伊萬・費奧多羅維奇爲了偷聽曾跑到樓梯上兩趟。等一切都靜下來以後，費奧多爾・帕夫洛維奇也睡下了，大約午夜兩點左右，伊萬・費奧多羅維奇才上床睡覺，並下定決心要趕快睡著，因爲他感到自己太累了，已經疲憊不堪。果然：頭一倒下，他就睡著了，而且睡得很香，也沒有做夢，但是醒得很早，大約七點左右，當時天已大亮。他睜開眼睛後，驚訝地發現自己精力異常充沛，於是便一躍而起，迅速穿好衣服，接著便拖出自己的皮箱，立刻開始匆匆地收拾行裝。內衣正好昨天上午剛剛從洗衣婦那裡全部取來。伊萬・費奧多羅維奇想到一切都那麼湊巧，而且沒有任何事情耽誤他的突然離去，一念及此，不由得啞然失笑。而他的離去的確是突如其來的。雖然伊萬・費奧多羅維奇昨天就說過（對卡捷琳娜・伊萬諾芙娜，對阿廖沙，後來又對斯梅爾佳科夫說過），他明天要走，但是頭天上床睡覺時他還記得很清楚，那時他根本就沒有想到要走，起碼壓根兒沒想到明天一早醒來後第一件事就是立即歸置皮箱。皮箱和行囊終於準備好了：時間已是九點左右，這時馬爾法・伊格納季耶芙娜走上樓來按照每天的習慣問他道：「您在哪兒喝茶，在您的房間裡還是下樓？」伊萬・費奧多羅維奇下樓了，他的神態幾乎很開心，雖然他身上，在他的言談舉止中有一種彷彿故作洒脫和匆忙的樣子。他向父親客客氣氣地問了好，甚至還特別問候了他的健康，然而，他沒等到他父親把回答他的話說完，就猛地宣布，一小時後他就去莫斯科，而且去了就不回來了，他請父親派人去僱輛馬車。老人聽到他的話後絲毫也不感到驚奇，甚至非常不成體統地忘了應該對兒子的離去表示一點惜別之意；反而突然手忙腳亂起來，因爲他正好想起了一件自己急於要辦的事。

「哎呀，你呀！讓我怎麼說你才好呢！昨天不說……不過也沒什麼，現在還來得及。勞你大駕，我的小祖宗，你就順便到切爾馬什尼亞去一趟吧。你只要從犍牛驛站向左一拐，一共才有這麼十二俄里就到切爾馬什尼亞了。」

「對不起，我去不了：從這兒到鐵路有八十俄里，而去莫斯科的火車晚七點開，剛夠趕火車。」

「今天趕不上就明天，明天趕不上就後天，反正今天你先拐個彎去趟切爾馬什尼亞得了。讓你父親放心，也用不了你費什麼勁兒！要不是這裡有事，我早就自己趕去了，因爲那邊的事急，很要緊，而我在這裡還真脫不開身……要知道，我在那邊別吉喬沃和佳奇金諾兩塊空閒的地段上有片小樹林。有一家姓馬斯洛夫的商人，父子倆只肯出八千盧布買下這片林子的採伐權，可是我在去年就碰上一家買主，肯出一萬二，可他不是本地人，關鍵就在這裡，所以找本地人現在賣不出去：馬斯洛夫父子欺行霸市，家財數十萬：他倆定的價，說一不二，愛賣不賣，而這裡的買主誰也不敢跟他倆較量。可是上星期四伊利英村的神父突然寫信來告訴我們說，有一位叫戈爾斯特金的來了，他也是商人，我認識他，最要緊的是他不是本地人，而是波格列博夫人，因此他不怕馬斯洛夫父子，因為他不是本地人。他說，我可以出一萬一，你聽見了嗎？神父寫信來說，他到這裡來總共只待一星期。因此你最好還是去一趟，跟他敲定了……」

「那您不好寫封信給神父，讓神父跟他敲定嗎！」

「他不會，問題就在這裡。這位神父不會看人。他是個老好人，我可以立刻交給他兩萬盧布讓他保管，甚至不用打收據，可是他卻根本不會看人，連隻烏鴉都騙得了他。你想想，他是位有學問的人。這個戈爾斯特金看上去像個鄉巴佬，穿件藍布大褂，可這人卻生來是個十足的混帳王八蛋，咱們大夥倒楣也就倒楣在這裡了：他嘴裡沒真話，你說要命不要命。有時候他撒了個彌天大謊，簡直叫人納悶他究竟要做什麼呢？前年，他信口雌黃，說他老婆死了，他另娶了一個，其實滿不是那麼回事，你想想：他老婆壓根兒沒死，現在還活著，而且每隔三天就要揍他一頓。所以這一回也要看清楚了：他說他想買，並且給一萬一，是信口胡說呢，還是此話當真？」

「要知道，幹這種事我也是外行，我也是兩眼一抹黑。」

「且慢，你等一等，有你就行，因為我可以把他的一切特徵統統告訴你，我很早就同他打交道了。你知道嗎：要看他的鬍子；他的鬍子是紅褐色的，稀稀落落，讓人噁心。要是他的鬍子發抖，他本人越說越來氣——那就成了，他說的是真話，真心誠意做這筆生意；要是他伸出左手摸鬍子，本人則笑嘻嘻的——那就是說，他想騙你，他在耍你。永遠不要看他的眼睛，憑眼睛是什麼也看不出來的，一潭渾水，騙子——要看他的鬍子。我給你寫封短信，你交給他就成。他叫戈爾斯特金，其實他才不應該叫戈爾斯特金①呢，他應該叫『密探』，不過你別叫他密探，他會生氣的。你要是跟他敲定了，並且看到順順當當，就立刻寫封信回來。只要寫上一句：『沒騙人』，就成了。你要咬定一萬一，可以讓他一千——再多，分文不讓。你想想：八千和一萬一——差三千啊。這三千現大洋等於白撿的，這樣的買主上哪找去，我又急需錢用。你只要告訴我他是認真的，那我就想辦法擠出點時間來，親自上那跑一趟，把這事給了了。而現在，如果這一切是神父想當然地胡思亂想，我何必去白跑一趟呢？嗯，你倒是去不去？」

「唉，我真沒工夫，您就免了我這趟差使吧。」

「唉，你就幫幫父親這個忙吧，我會念你的好的！你們這些人全沒良心，真是的！耽誤你一兩天時間有什麼大不了？你現在要上哪，上威尼斯嗎？兩天之內，你那個威尼斯塌不了。本來我可以讓阿廖什卡去，不過話又說回來，阿廖什卡哪辦得了這種事呢？我所以讓你去，就因爲你是個聰明人，難道我看不出來。你不會做買賣林子的生意，但是你會看人。只要看準了：這傢伙說話是否當真。跟你說，看鬍子：鬍子發抖——就是當真。」

「這可是您自己硬逼我到這個該死的切爾馬什尼亞去的，對不對？」伊萬·費奧多羅維奇發出一聲獰笑，叫道。

---

① 俄文原意有一小把，一小撮，很少一點的意思。

費奧多爾·帕夫洛維奇並沒看出或者不願意看出他有什麼惡意，他把這笑接了過去。

「那麼說，你去嘛，你去嘛？我立刻給你寫封信。」

「我還不知道去不去呢，真不知道，路上再定吧。」

「什麼路上不路上的，現在就定下來。親愛的，定下來吧！跟他敲定了，就給我寫兩句話，交給神父，他會立刻派人把你捎給我的信送來的。然後我決不耽擱你，到你的威尼斯去吧。神父會用自己的馬車把你送回犍牛驛站的……」

老人真是高興極了，急忙寫了封信，並讓人去僱馬車，讓下人端來了下酒菜和白蘭地。老人常常一高興就信口開河，手舞足蹈，但是這一回似乎收斂了些。比方說，關於德米特里·費奧多羅維奇，就沒提一個字。對別離也毫無所動。甚至好像找不出話說似的；這情形伊萬·費奧多羅維奇全一目了然地看在眼裡：「他肯定煩我了。」他暗自尋思。直到把兒子送下台階，老人才似乎有點手忙腳亂起來，想湊過去跟他吻別。但是伊萬·費奧多羅維奇趕緊把手伸了過來跟他握手，分明無意親嘴。老人立刻明白了，霎時勒住了馬。

「好了，上帝保祐你，上帝保祐你！」他站在台階上重複道。「要知道，這輩子你總還會再回來的吧？那就來吧，我永遠歡迎你。好了，基督保祐你！」

伊萬·費奧多羅維奇鑽進了長途馬車。

「別了，伊萬，別在背後臭罵我一頓！」父親最後一次叫道。

家裡的下人也都出來送別：斯梅爾佳科夫、馬爾法和格里戈里。伊萬·費奧多羅維奇送給他們每人十盧布。當他在馬車裡坐定後，斯梅爾佳科夫便跳上馬車給他整理了一下壓在腿上的毯子。

「你知道嗎……我現在去切爾馬什尼亞……」伊萬·費奧多羅維奇又像昨天那樣猛地脫口而出，

像自動飛出去似的，而且還帶著某種神經質的淺笑。後來他對此久久不能忘懷。

「這說明，有句老話說得對，跟聰明人說說話兒也蠻有意思的嘛。」斯梅爾佳科夫堅定地回答，目光銳利地瞅了伊萬・費奧多羅維奇一眼。

馬車出發了，飛馳而去。伊萬的心裡亂得很，但是他貪婪地眺望著原野、丘陵、樹木和高高地在晴朗的藍天飛掠而過的一群大雁。接著他倏地覺得心曠神怡。他跟車夫攀談起來，那個莊稼人回答他的話中有些事使他非常感興趣，但是過了不大一會兒，他又明白過來，這一切不過是耳邊風，說實在的，莊稼漢說的話他並沒聽懂。他閉上了嘴，這樣倒好：空氣清新，微有涼意，天氣晴朗。在他腦海裡倏忽閃過阿廖沙和卡捷琳娜・伊萬諾芙娜的面容；但是他微微一笑，對這兩個可愛的幻覺輕輕吹了口氣，於是這兩個幻影便隨風飄散了：「會有想到他們的時候的。」他想。驛站很快過去了，換了馬，直奔犍牛驛站而去。「爲什麼跟聰明人說說話兒也蠻有意思的呢，他說這話是什麼意思呢？」他突然感到心裡悶得慌。「我幹麼告訴他我去切爾馬什尼亞呢？」馬車一路飛奔，到了犍牛驛站，伊萬・費奧多羅維奇下了車，驛站的馬車夫立刻圍住了他。講定了去切爾馬什尼亞，十二俄里的鄉間土路，坐私人馬車的價錢。他吩咐套車。他走進驛站，打量了一下四周，看了一眼驛站長的老婆，又突然走出來，回到台階上。

「不用去切爾馬什尼亞了。夥計們，現在趕七點的火車不晚嗎？」

「路上的時間正夠。套車嗎？」

「立刻套車。明天你們中間有沒有人進城？」

「怎麼沒有，米特里就去。」

「米特里，你能不能幫個忙？順便去找一趟我父親費奧多爾・帕夫洛維奇・卡拉馬助夫，告訴他我不去切爾馬什尼亞了。能辦到嗎？」

「怎麼辦不到，我一定去；我早就認識費奧多爾・帕夫洛維奇了。」

「這是給你的小費，因為，說不定他不會給你錢的……」伊萬・費奧多羅維奇快樂地笑道。

「還真不會給。」米特里也笑起來。「謝謝你，先生，咱一定辦到……」

晚七點，伊萬・費奧多羅維奇上了火車，向莫斯科飛馳而去。「讓過去的一切統統滾開，跟從前的世界從此一刀兩斷，永不回頭，再不想聽到它的任何消息，任何反應；從此義無反顧地走進一個新世界，新地方！」但是他並不因此而覺得歡樂，相反陡地感到心裡很亂，心裡感到一種過去他畢生沒有感到過的悲傷。他想了一夜；火車在飛奔，直到黎明時分，已經快到莫斯科了，他才好像猛地清醒過來。

「我是個卑鄙小人！」他暗自低語。

而費奧多爾・帕夫洛維奇送走兒子後，心裡十分得意。有整整兩小時他一口口地呷著白蘭地，幾乎感到自己十分幸福；但是家裡忽然發生了一件令所有人十分懊惱和十分不快的事，使費奧多爾・帕夫洛維奇霎時感到十分恐慌：斯梅爾佳科夫不知道下地窖去幹什麼了，從上面的一級梯子一個倒栽蔥摔了下去。幸好當時馬爾法・伊格納季耶芙娜恰好在院子裡，及時聽見了叫聲。怎麼摔下去的她沒看見，但是聽見了叫聲，這叫聲很特別，很奇怪，但卻是她早就熟悉的——這是一個癲癇病患者舊病復發摔倒時的喊叫聲。是他爬下梯子時因舊病復發，失去知覺，摔下去的呢，還是相反，先摔下去，引起了腦震盪，才使斯梅爾佳科夫（誰都知道他有癲癇病）舊病復發的呢？——那就弄不清楚了，反正大家發現他的時候，他已躺在地窖的底部，全身在抽風，發抖，口吐白沫。起初，大家以為，他一定摔傷了什麼地方，不是摔斷了胳膊，就是摔斷了腿，肯定摔得不輕，可是，正如馬爾法・伊格納季耶芙娜所說，「虧了我主保祐」：這類事一樣也沒有發生，只是很難把他從地窖裡抬上來，抬到上帝的世界來。但是他們央求街坊幫忙，好歹總算把他弄上來了。在大家手忙腳亂地折騰這事的時候，費奧多爾・帕夫洛維奇也一直在場，並親自幫忙，分明嚇壞了，不知怎樣才好。然而病人一直沒有恢復知覺：癲癇病的發作雖然暫時停止了，但又時不時復發，大家認爲，這肯定又跟他去年無意中從閣樓上摔下來的情形一樣。大家想起當時曾在他的頭部敷過冰塊。地窖裡還能找到冰，於是馬爾法・伊格納季耶芙娜便如法炮製，傍晚時分，費奧多爾・帕夫洛維奇打發人去請赫爾岑什圖勃大夫，大夫立刻就來了。這是位上了年紀的、十分可敬的老頭，也是全省行醫最認真、最用心的大夫。他仔仔細細地對病人進行了檢查，結論是這次發作非同一般，「可能有危險」，又說他赫爾岑什圖勃還看不很準，如果他現在開的藥未能奏效，那明天早晨他決定再換一種藥試試。病人被安置在耳房裡的一個小房間，緊挨著格里戈里和馬爾法・伊格納季耶芙娜的住處。接著費奧多爾・帕夫洛維奇便整天碰見倒楣事，而且一樁接一樁：午飯是馬爾法・伊格納季耶芙娜做的，菜湯與斯梅爾佳科夫做的相比，簡直「如同泔水」。而烤雞又烤得太老，怎麼也嚼不動。馬爾法・伊格納季耶芙娜還不服氣，雖然老爺的責備聽起來不是味道，但說得還是很有道理的，她卻反駁說，這雞本來就是一隻很老的老母雞，再說她也沒學過廚子。傍晚又出了一件事：有人來告訴費奧多爾・帕夫洛維奇說：前天就病倒的格里戈里現在幾乎完全不能下床了，腰疼得不行。費奧多爾・帕夫洛維奇盡可能早早地喝完了茶，獨自一個反鎖在屋裡。他心急如焚，焦躁不安地等候著。問題在於，偏偏在這晚上，他幾乎滿有把握地認爲格魯申卡準來；起碼還在一大早斯梅爾佳科夫就向他幾乎肯定地說：「她滿口答應今兒個準來，您哪。」這個不達目的決不罷休的老東西心在怦怦跳，十分焦躁，他在他的幾個空房間裡走來走去，不時側耳傾聽。耳朵必須放靈點：德米特里・費奧多羅維奇可能在什麼地方監視她，等她一敲窗（還在前天，斯梅爾佳科夫就對費奧多爾・帕夫洛維奇保證說，他已經把該在哪兒敲窗和怎麼敲窗的事告訴她了），就應當盡可能快地去開門，決不能讓她待在門斗裡多耽誤一秒鐘，上帝保祐，可別讓她看到什麼，一害怕就逃跑了。費奧多爾・帕夫洛維奇感到心急火燎，但是他的心還從來沒有像今天這樣沉醉在甜蜜的希望裡：幾乎可以十拿九穩地說，這一回她已經是必來無疑的了！……

第六卷　俄羅斯修士

一、佐西馬長老和他的客人

阿廖沙驚慌不安、滿心痛苦地走進長老的修道室後，幾乎驚訝地站住了：他滿以爲病人即將去世，一定昏迷不醒（而這正是他怕見到的），可是他忽然看到他坐在安樂椅裡，雖然臉色由於虛弱顯得疲憊不堪，但畢竟看去很矍鑠、很愉快，他被一群客人包圍著，正跟他們進行著平靜而又開朗的談話。其實，他也僅僅是在阿廖沙來到前一刻鐘方才下床；客人們早就聚集在他的修道室裡，等他醒來，因爲派西神父曾經斬釘截鐵地保證，「師父一定會坐起來，這是沒有疑問的，一定會（正如他親口所說，這也是他早晨親口答應過的）同他心愛的人再一次談談的。」對即將圓寂的長老的這一許諾，而且對他的任何話，派西神父都堅信不疑，即使他看到他已經完全失去了知覺，甚至沒有了呼吸，但是只要他答應過一定會再次下床同他告別，即使長老真的死了，也許他也不相信，仍舊會執拗地等著死者醒來，履行自己的諾言。今天一早，佐西馬長老在臨睡前曾對他肯定地說：「在我還沒有同你們，同我心愛的人再暢談一次，瞧瞧你們那可愛的臉，讓我再一次同你們開誠相見以前，我是不會死的。」前來聽取長老也許是最後一次談話的，都是多年以來他的最忠實的朋友。他們一共四人：修士司祭約瑟神父和派西神父，修士司祭米迦勒神父，他是隱修區方丈，這人還不算太老，也不是很有學問，出身平民，但是性格堅強，信仰純樸而且不可動搖，表面看去十分古板，但卻慈悲爲懷，雖然他的慈悲心腸藏而不露，甚至不肯流露到了近乎一種羞澀。第四位客人是一位十分老邁而又憨厚的修士安菲姆大師兄，他出身於一個十分貧苦的農民家庭，甚至可以說識字不多，平素沉默寡言，舉止十分安詳，甚至很少同別人交談，他是一位最謙卑人中的最謙卑的人，他那樣子就像一個人被非他的頭腦所能理解的某種偉大而又可怕的事嚇住了，至今驚魂未定。佐西馬長老非常愛這個似乎永遠戰戰兢兢的人，而且一輩子對他懷著非同尋常的敬意，雖然長老這一輩子跟他說的話也許最少了，儘管過去他曾多年與他雲遊過整個神聖的羅斯①，而且就他們倆。這已經是很久以前的事了，大約有四十年了吧，當時佐西馬長老在一個貧窮的、鮮爲人知的科斯特羅馬修道院第一次開始自己的修士生涯，隨後不久，他就陪同安菲姆神父雲遊四方，外出化緣，爲他們那個貧窮的科斯特羅馬修道院募化。所有的人，主人和客人，都坐在長老的第二個房間，也就是安放著他的床位的那個房間，我們以前曾經指出，這房間非常狹小，所以四名客人（除了見習修士波爾菲裡站在一旁侍立外）只能勉強圍坐在長老的安樂椅四周（椅子是從第一間屋裡搬來的），暮色漸濃，屋子由長明燈和聖像前點的幾支蠟燭照亮著。長老看見阿廖沙進來時站在門口，神色有點不安，便快樂地向他微微一笑，向他伸出手來：

「你好，文靜的孩子，你好，親愛的，你終於來了。我知道你會來的。」

① 俄羅斯的古稱。

哭。

阿廖沙走到他身邊，在他面前長跪不起，泣不成聲。他心如刀割，心靈在顫慄，他真想放聲痛哭。

「你怎麼啦，且慢悲悼，」長老把自己的右手放到他頭上，微微一笑，「你不是看見啦，我坐在這裡，在說話，也許還能活二十年也說不定，正如昨天那位從高山村來的善良而又可愛的太太（她手裡還抱著一個小女孩，名叫利扎韋塔）祝願我的那樣。主啊，賜給母親和她的女兒利扎韋塔平安吧！（他畫了個十字。）波爾菲裡，你把她的布施送到我關照你的那地方去了嗎？」

他這時想起那個快活的女信徒昨天布施的六十戈比，讓他交給「比我更窮的女人」。這類布施通常是因某種原因自願加諸己身的一種懲罰①，而且這錢必須是自己勞動所得。長老昨晚就派波爾菲裡去找一名不久前慘遭回祿之災的敝城的女商販，她死了丈夫，帶著一大幫孩子，在遭受火災之後只好外出乞討爲生。波爾菲裡急忙告訴長老，這事他已經辦妥了，錢也給她了，並且遵照他的囑咐告她說，這是「一位不知名的女施主給的」。

「起來吧，親愛的，」長老繼續對阿廖沙說，「讓我看看你。你去看過你的父親和兄長了嗎，見到你那個哥哥了？」

阿廖沙覺得很奇怪，他問得那麼堅定和明確，而且就問他見到兄長中的某一個沒有，——但這是指哪一個呢：也許就爲了這哥哥，他昨天和今天才一再打發他出去的。

「我見了其中的一個。」阿廖沙回答。

「我說的是我昨天向他下跪的那個老大。」

① 基督教規定的一種宗教性懲罰，如齋戒，募化，長時間的膜拜，祈禱等。

「我昨天倒見到大哥了，可今天怎麼也找不到他。」阿廖沙說。

「快去找，一定要找到他，明天再去，要快，撇下一切，要快。也許還來得及防患於未然。我昨天下跪的正是他未來的大災大難。」

他忽然閉上了嘴，似乎在沉思。他的話很怪。約瑟神父是昨天長老磕頭的目擊者，他向派西神父使了個眼色。阿廖沙忍不住問：

「師父，」他非常激動地說，「您說得太不清楚了……他會遇到什麼大災大難呢？」

「不該知道的事就別問。我昨天感覺到某種可怕的東西……他的眼神彷彿顯示出他的整個命運。當時他有這樣一種眼神……因而使我猛地為他給自己預備下的未來感到毛骨悚然。我有生以來曾經有一兩次見過某些人也有跟他一樣的面部表情……彷彿活畫出這些人的整個命運，而且他們的命運不幸都被我言中了。我之所以讓你去找他，阿列克謝，是因為我想，你對他的手足之情將會幫助他迷途知返。但是一切都取決於主的旨意，我們的全部未來也概莫能外。『一粒麥子不落在地裡死了，仍舊是一粒；若是死了，就結出許多子粒來。』①請記住這句話。阿列克謝，要知道，我有生以來曾經許多次為你的臉在心中祝福過你。」長老露出一絲淡淡的微笑，說道。「關於你，我是這樣想的：你要走出這圍牆，做個在家的修士。你將會有許多敵人，但是連你的敵人也將愛你。生活將會帶給你許多不幸，但是正因為有這許多不幸你才會感到幸福，你將會感謝生活，並使別人也感謝——這才是最重要的。你就是這麼一個人。諸位師父們，」他深情地微笑著，對自己的客人說道，「直到今天為止，我還從來沒有說過，甚至對他也沒有說過，我心裡為什麼會對這青年的臉感到如

---

① 《約翰福音》第十二章第二十四節。

此親切。現在我只告訴諸位：我感到他的臉似乎是一種徵兆和預言。在我早年，我還是個很小的小孩的時候，我有個哥哥，在他很年輕的時候，才十七歲，我就親眼看見他死了。後來，在度過我的一生的時候，我逐漸堅信，我的這個哥哥在我的命運中就好像是上天對我的一種指示和感召，因爲如果他不出現在我的生活中，根本就沒有他這個人，我是這麼想的，也許我永遠也不會削髮爲僧，永遠也不會走上這條彌足珍貴的道路。這頭一個顯示還是在我小時候出現的，後來我已垂垂老矣，又看見了他似乎再現。這事十分奇妙，諸位師父，倒不是他的臉跟他長得很像，僅僅有點像而已。我覺得阿列克謝在精神上與他很類似，以至有許多次我簡直把他當成了那位青年——我的哥哥，在我的人生之路快要走完的時候，他又神秘地來到了我的身邊，作爲我對過去的回憶和對未來的憧憬，因此我自己對自己都覺得驚奇，我居然會有這麼奇怪的幻想。你聽見這話了嗎，波爾菲裡。」他向在一旁侍立的見習修士問道。「我有許多次在你臉上看到你似乎很傷心，因爲我愛阿列克謝甚於愛你。現在你知道爲什麼會這樣了吧，但是我也愛你，你要知道這點，我許多次看到你傷心，我也很難過。至於你們，親愛的客人，我想跟諸位談談我哥哥這個青年，因爲在我的一生中還沒有比他更彌足珍貴、更富預言性和更令人感動的啓示了。我的心因此十分感動，此刻反省、靜觀我的一生，彷彿我又把它整個兒經歷了一遍。」

寫到這裡，我應當指出，長老在他生命的最後一天，同來訪的客人們所作的最後的談話，有一部分被筆錄下來了，並保存至今。這是長老去世後過了一個時期之後，由阿列克謝・費奧多羅維奇・卡拉馬助夫追記的。但是這不完全是當時的談話記錄，也可能是他從過去跟師父的歷次談話中又給自己的這一記錄增添了一些什麼，到底怎樣，我也說不清，再說，長老的整個談話在這份筆錄中似乎連續不斷，倒像他用小說體裁在對自己的朋友講述自己的畢生經歷似的，事實上，根據隨後的敘述看得出來，當時的情形無疑略有不同，因爲那天晚上的談話是大家談的性質，雖然客人們極少打斷主人，但畢竟也介入談話，說了一些什麼，甚至說不定也講述和敘說了一些他們自己的往事；再說，在這一講述中，這樣毫不間斷地一直說下去也是不可能的，因爲長老有時候喘不過氣來，語不成聲，甚至還躺到自己的床上稍事休息，雖然只是假寐片刻，並未入睡，而客人也都安坐不動，沒有離開。還有一兩次談話被誦讀福音書所打斷，是派西神父讀的。然而値得注意的是當時竟沒有一個人認爲他在當天夜裡就會死去，再說，經過白天的熟睡之後，在他生命的這一最後的夜晚，他似乎忽然在自己身體中獲得了一種新的力量，支持著他與朋友們進行這麼長時間的談話。這似乎是一種最後的深情厚誼，支持著他充滿一種難於置信的活力，不過爲時甚短，因爲他的生命猝然停止了……不過，這是後話。現在我想說的是，我無意敘述這次談話的全部詳情，而僅限於講講根據阿列克謝·費奧多羅維奇·卡拉馬助夫的手稿追記的長老的故事。這樣可能說得簡短些，讀起來也不會太累，雖則，當然，我還要重複一遍，有許多內容是阿廖沙摘引自他們過去的談話，全糅在一起了。

二、已圓寂的苦行修士司祭佐西馬長老的生平，由阿列克謝·費奧多羅維奇·卡拉馬助夫根據死者口述編纂（傳記資料）

一、佐西馬長老的哥哥年輕夭折的二三事

敬愛的各位師父們，我出生在我國北方的一個遙遠的省份，在B城，我的父親是一名貴族，但並非名門望族，也沒做過太大的官。他去世時我才兩歲，所以根本不記得父親的樣子了。他留給我媽一座不大的木屋和少許財產，儘管不多，但是讓她同孩子們不虞匱乏地生活，倒也盡夠了。我媽只生我們兄弟二人：我和我哥哥。我叫濟諾維，他叫馬克爾。他比我大八歲，性格暴躁，一點就著，但是為人善良，從不對別人冷眼相看，他平素沉默寡言，尤其在自己家，跟我，跟母親，跟傭人，出奇地不愛說話。他在中學裡學習很好，但是跟同學們合不來，雖然也不爭吵，起碼我媽記得他的情況是這樣的。在他臨死前半年，那時他剛滿十七歲，他開始經常去看望敝城的一個很孤獨的人，這人好像是政治犯，因自由思想從莫斯科被流放到敝城。這個流放犯是位不小的學者和在大學教書的著名哲學家。他不知因為什麼喜歡上了馬克爾，並開始在他家裡接待他，於是這個年輕人便整晚整晚地坐在他家，一冬天都這樣，直到這個流放犯根據他本人提出的申請（因他有靠山），被召回彼得堡擔任國家要職為止。開始了大齋期①，可是馬克爾不願持齋，還罵罵咧咧地對此進行嘲笑，說什麼「這一切全是瞎掰，根本就沒有上帝。」母親和傭人們聽到這話後都嚇壞了，我雖然小，也嚇壞了，因為當時我雖然只有九歲，但是聽見這話後也感到非常害怕。我們家的傭人全是農奴，一共四名，都是用一位我們熟悉的地主的名義買下來的。我還記得，這四人中，我媽曾賣掉一名上了年紀的瘸腿廚娘，名叫阿菲米婭，共賣了六百盧布紙幣，另僱了一名自由民②來代替她。在大齋期的第六星期，哥哥忽感不適，他的身體一向不好，胸部有病，體格衰弱，似有肺癆；他個子不小，但

① 東正教的大齋期在復活節之前，為期七周，大齋期除持齋外，還不得舉行文娛活動，也不得結婚，還有其他許多禁忌。

② 指解除了農奴身分的農民。

是細高挑兒，一副病懨懨的樣子，但是面容端莊文雅。他也許感冒了，但是大夫來後，很快就向我媽低語，他得的是百日癆，活不過今年春天。母親開始哭泣，開始委婉地（多半是因爲怕嚇著他）請哥哥齋戒祈禱，行聖禮，領聖餐，因爲當時他還能下床。他聽到這話後，大發脾氣，破口大罵上帝的殿堂①，可是轉而一想，又立刻明白了：他的病情很危險，因此他母親才想趁他有力氣的時候讓他去齋戒祈禱，領聖餐。話又說回來，他自己也知道他的身體早就有病，還在一年前，有一天，在吃飯的時候，他就對我母親十分平靜地說：「我在塵世上，在你們中間不過是來去匆匆的過客，也許連一年也活不到啦。」誰知這話竟不幸而被言中。過了約莫三天，就到了耶穌受難周②。從星期二早晨起，哥哥就去齋戒祈禱了。他對母親說：「媽，其實，我是爲您才這麼做的，爲了讓您高興，讓您安心。」母親悲喜交加，哭了起來：「他突然發生這麼大的變化，可見他快要死了。」但是他上教堂去的時間不長，便躺倒了，因此只能在家裡舉行懺悔和領聖餐。那幾天風和日麗，百花爭妍，鳥語花香，那年的復活節來得晚③。我記得他整夜都在咳嗽，睡得很不好，可是第二天一早他總是穿好衣服，試著坐到軟椅上去。我也就這麼記住了他的模樣：靜靜地坐著，與世無爭，臉含微笑，自己有病，可是臉上卻歡歡喜喜，快快活活。他在精神上整個兒變了——他身上忽然發生了這麼奇怪的變化！老保姆走進他的房間，對他說道：「親愛的，讓我把你屋裡聖像前的這盞油燈也點上了吧。」而他以前是不讓點的，甚至會吹滅它。這次他卻說：「點吧，親愛的，點吧，我以前不許你們點，是我混帳。你一邊點油燈一邊向上帝禱告，而我歡歡喜喜地看著你，也在禱告。這說明咱倆在向同一

① 指教堂。
② 指復活節前一週。
③ 俄國復活節在春分月圓後的第一個星期日（約在俄歷三月二十二日至四月二十五日之間），所以有早晚之分。

個上帝禱告。」我們聽到這話後覺得很奇怪，而母親則回到自己房間，一個勁地哭，只在要進去看他時，才擦去眼淚，裝出一副高高興興的樣子。「媽，別哭了，親愛的，」他常常說，「我還要活很長時間哩，我還要歡天喜地地跟你們在一起哩，而生活是多麼快活，多麼開心啊！」「唉，親愛的，你還有什麼可開心的呢，整夜發燒，咳嗽，咳得你的胸部都快撕裂了。」他回答她：「媽，別哭啦，生命就是天堂①，我們都生活在天堂裡，可是我們卻不願意知道這道理，如果我們願意知道的話，那明天全世界就都變成天堂啦。」大家聽到他的話後都覺得稀奇，他說這話是那麼奇怪，那麼堅信不疑；大家都感動得聲淚俱下。一些熟人到我們家來看他，他總是說：「可親可愛的人們，我何德何能使你們愛我，愛一個像我這樣的人呢？可是我以前卻不知道，不珍惜這種愛。」他還常常對走進來的僕人說：「我的可親可愛的人，我何德何能讓你們來伺候我呢？我配讓你們伺候我嗎？如果上帝開恩讓我繼續活下去的話，我一定要反過來伺候你們，因為所有的人都應該互相伺候。」我媽一邊聽他說這話，一邊搖頭：「我的好孩子，你是因為有病才這麼說的。」他說：「媽媽，我的歡樂，如果不能沒有主僕之分的話，那我情願做我的僕人的僕人，就像他們現在是我的僕人一樣。不過我還要告訴你一點，媽，我們中間的每個人在所有人面前在所有方面都是有罪的，我則尤甚。」我媽聽到這話後甚至笑了，她破涕為笑，說道：「你怎麼會在所有人面前比大家都有罪呢？世界上還有殺人犯、強盜，你犯了什麼滔天大罪使你一再自責呢？」他說：「媽，我的親媽（當時，他開始常常說一些非常親熱的、出人意料的話），我的嫡嫡親親的可愛而又快樂的好媽媽，要知道，每個人的的確確

① 這生命不同於我們理解的生命。據基督的教義，人活著，這是暫時的生命，人死後，才是永恆的生命，靈魂是不死的。只有真正懂得生命的意義，那，無論是活著還是死了，天堂才會降臨。

在所有人面前對一切人和一切事都是有罪的。我不知道怎麼才能對您說明白這點，但是我痛切地感到正是這樣。過去我們怎麼能渾渾噩噩、怨天尤人地過日子，毫無自知之明呢？」就這樣，他每天從睡夢中醒來，越來越有動於衷，進入一種怡悅的歡喜狀態，整個人煥發出一種愛。有一位德國老大夫名叫愛森施密特的常常來。大夫一來，他就跟他開玩笑：「怎麼樣啊，大夫，我還能在這世上再活滿一天嗎？」大夫則經常回答他：「何止一天，您還能活很長日子哩——幾個月，幾年，還有得活哩。」他則感慨繫之地說：「何必再活幾年，何必再活幾個月呢！又何必算日子呢，一個人要了解全部幸福，有一天就足夠了。我的親愛的人們，我們何必相互爭吵，相互吹噓，相互記恨呢：應當大踏步走進花園，去散步，去玩耍，你愛我，我愛你，你誇我，我誇你，互相親吻，共同讚美我們的生活。」當媽媽把大夫送到台階上的時候，大夫對她說：「令郎在世上活不長了，他因病已經變得神經錯亂了。」他房間的窗戶面向花園，而我們家的花園濃蔭匝地，有許多古樹，樹上綻放著春天的嫩芽，早春的小鳥飛來了，發出一陣陣歡叫，對著他的窗戶唱歌。他欣賞著這些小鳥，忽然請求牠們原諒：「上帝的小鳥，快樂的小鳥啊，你們能原諒我嗎？因為我也對你們犯了罪。」當時這話在我們家誰也理解不了，可是他卻快樂得哭了，他說：「是的，我周圍曾經是一片上帝的榮耀：小鳥、樹木、草地、藍天，只有我一個人生活在恥辱中，只有我一個人使一切蒙上了恥辱，根本沒注意到上帝的美和榮耀。」媽媽聽到這話後常常哭道：「你自責太甚，承擔的罪孽太多了。」「媽，我的歡樂，要知道，我哭是因爲高興，而不是因爲悲傷；要知道，是我自己願意在它們面前引咎自責的，不過我沒法向您說明白這個道理，因爲我不知道怎麼愛它們才好。儘管我在大家面前感到有罪，但是大家都會寬恕我的罪孽的，這就已經是天堂了。難道我現在不就在天堂裡嗎？」

還有許許多多事，我也記不全了，沒法全寫下來。記得有一次，他房間裡一個人也沒有，我獨自一人進去看他。時當薄暮，天氣晴朗，夕陽正在西下，一束斜暉照亮了整個房間。他看見我後，招手讓我過去，我走到他身邊，他伸出兩手抱住我的肩膀，深情而又滿懷愛地看著我的臉；一句話也不說，只是看著我，就這樣看了約莫一分鐘。他說：「好了，現在你走吧，玩去吧，替我好好地活下去！」於是我就玩去了。後來，在我有生之年，我曾多次含淚想起他是怎樣讓我替他活下去的。當時，他還講了許許多多這類十分奇妙，但在當時我們還不理解的話。他是在復活節後的第三周去世的，神志一直很清醒，雖然他已不再說話，但是他直到臨死的最後一刻都沒背離自己的信仰：神情快樂，兩眼充滿歡悅，他用目光尋找我們，向我們微笑，似乎在跟我們打招呼。甚至城裡也議論紛紛，談論他去世的情景。當時這一切使我受到很大震動，但是震動並不太大，雖然在安葬他的時候，我也曾失聲痛哭。當時我還小，還是個孩子，但是在我心上卻留下了不可磨滅的印象，令人蕩氣迴腸。到時候一切就會浮上心田，作出反響。事情也果然這樣發生了。

二、關於聖經與佐西馬長老的一生

當時只剩下我和媽媽相依爲命。很快就有些好心腸的朋友來勸她說，您就剩下一個兒子了，你們家也不窮，有錢有地，爲何不學人家的樣把令郎送到彼得堡去呢，如果把他留在這裡，說不定會斷送他的錦繡前程的。大家勸媽媽把我送到彼得堡的少年武備學堂①去，使我將來能到皇帝御林軍服役。媽媽猶豫了很久：怎麼能跟這根獨苗分手呢，但是，話又說回來，雖然流了不少眼淚，爲我的幸福著想，最後還是拿定了主意。她親自把我送到彼得堡，安排我上了學，但是從此以後我就再

① 沙俄培養貴族子弟的中等軍官校。

也沒有見到她了；因爲過了三年她也去世了，整整三年，她都因爲思念我們倆悲悲切切，擔心害怕。我從老家得到的只有寶貴的回憶，因爲一個人再沒有比他在老家度過的孩提時代更寶貴的回憶了，而且這情況差不多永遠如此，只要在這家多少有點愛和天倫之樂的話。即使這家很壞，它也會給你留下許多寶貴的回憶，只要你的心善於尋找那彌足珍貴的東西。在對於老家的諸多回憶中，也包含著我對於聖經故事的回憶，那時我雖小，但是在老家的時候，我就對聖經故事發生了濃厚興趣。當時我有一本記載聖經故事的書，書中附有精美的插圖，書名叫《新舊約聖經故事一百零四則》，我就是用這本書學習讀書的①。現在這本書還放在我這裡的書架上，我把它當作珍貴的紀念品一直珍藏到現在。但是我記得還在我學會讀書之前，有一回，當時我只有八歲，就有某種神靈感應初次降臨到我身上②。在耶穌受難周的星期一，我媽帶著我一個人（不知道當時我哥哥在哪裡）到主的殿堂做日禱。那天風和日麗，現在回想起來，我似乎又看見從手提香爐中升起的一縷縷青煙，慢慢地裊裊上升，而在頂上，在教堂的圓頂下，透過狹長的小窗戶，有一束上帝的光傾瀉進教堂，照耀著我們全身，而那一縷縷青煙則像滾滾波濤一樣向那光升去，似乎與那光融成了一片。我有感於衷地遙望著這情景，當時我生平第一次心領神會地在自己的心田種下了上帝的道的頭一粒種子。這時，一名少年捧著一本大書走到教堂中央，這書很大，大得我當時甚至覺得拿著都吃力，我把這本書放到誦經台上，打開書，便開始朗讀，當時我忽然頭一次似有所悟，生平頭一次懂得了人們在上帝的殿堂裡誦讀的內容。烏斯地，有一名男子，正直而虔誠，他有許許多多財產，許許多多駱駝，許許多

① 據作者夫人回憶，杜思妥也夫斯基本人在小時候也是用這本書作教本學習讀書的。
② 據作者夫人回憶，這是杜思妥也夫斯基的切身體會，她曾好幾次聽他本人講過。

多綿羊和毛驢，他的子女們終日在家飲宴作樂，他很愛自己的子女，替他們禱告上帝：生怕他們成日價飲宴作樂，犯了罪。有一天，魔鬼和神的眾子到天上去見上帝，魔鬼對主說，他已經走遍了地上和地下。於是上帝就問魔鬼：「你曾看見我的僕人約伯沒有？」接著上帝就指著自己這個偉大而又神聖的僕人對魔鬼誇耀了一番。魔鬼對上帝的話發出一聲冷笑，說道：「你把他交給我，你就會看到你的僕人定將口出怨言，詛咒你的名。」於是上帝便把自己的這個心愛的僕人交給了魔鬼，魔鬼便擊殺了他的子女，擊殺了他的牲畜，掃蕩了他的財產，一切都那麼突然，就像遭到上帝的雷殛一樣，於是約伯便撕裂了自己的衣袍，翻身匍匐在地，呼天搶地地說道：「我赤身出於母胎，也必赤身歸於黃泉，賞賜的是耶和華，收取的也是耶和華。耶和華的名是應當稱頌的，從現在起直到永遠！」①諸位師父，請諸位饒恕我現在的眼淚——因爲我的整個孩提時代彷彿又呈現在我的眼前，我現在呼吸，就像當時我那八歲兒童的胸脯在呼吸一樣，而且像當時一樣感到又驚奇又慌亂又喜悅。而且那些駱駝在當時強烈地佔據了我的想像，還有那撒旦，他居然敢跟上帝這麼說話，還有上帝，他居然把自己的僕人交出去聽憑撒旦置於死地，還有上帝的僕人約伯，他深情地高呼：「你的名是應當稱頌的，儘管你在處罰我。」——接著便是教堂裡低聲而又悅耳的唱詩：「但願我的祈禱有求必應」，然後又是神父手提香爐裡的青煙裊裊上升和雙膝下跪的禱告！從那時起（甚至昨天我還拿起了這本書），每逢我重讀這部聖經故事，我都不能不落淚。這本書裡有多少偉大、神秘和不可思議的東西啊！後來

① 以上故事參見《舊約．約伯記》。《約伯記》曾給杜思妥也夫斯基留下了很深的印象。他在一八七五年六月十日（二十二日）寫給妻子的信中說道：「我讀《約伯記》時幾乎感到病態的愉悅：我往往放下書，在房間裡來回走一小時，幾乎要流下眼淚……這是我一生中最初看到的令人震驚的書之一，我當時幾乎還是個孩子。」（杜思妥也夫斯基：《書信選》，人文版，三一九頁）

我聽到某些惡意嘲笑和惡意非難的人的傲慢無禮的話，說什麼耶和華怎麼能把自己的一名愛徒拱手交給魔鬼，讓他任意取笑呢？剝奪了他的子女，讓他本人染上疾病和毒瘡，讓他用瓦片刮瘡口的膿，這又爲了什麼呢？無非爲了在撒旦面前吹噓：「你瞧，我的愛徒能爲我忍受多大的痛苦啊！」但是，這裡自有奧祕，其偉大之處也就在這裡，其奧祕在於，一個在人世間來去匆匆的過客與永恆的真理在這裡彼此接觸了。在人世的真理面前實現了永恆真理。造物主在這裡跟他在創造世界的頭幾天一樣，每天工作完畢之後總要贊賞地說：「我所創造的東西是好的①，」——與此同時，他現在看著約伯，又情不自禁地贊賞自己的造物。而約伯在讚美耶和華的同時，不僅是在侍奉耶和華，也是在侍奉他千秋萬代的整個造物，因爲他的使命就在於此。主啊，這是一本多好的書啊，多麼寶貴的訓示啊！這聖經是一部多了不起的書啊，它給予人以怎樣的奇蹟和怎樣的力量啊！這部書猶如一尊世界和人以及各種典型人物的群雕，一切都提到了，一切都指明瞭，而且光照一切，永垂後世。其中有多少被解決和被揭示的奧祕啊：上帝又重新恢復了約伯擁有的一切，重又賜給了他財產，又過了許多年，瞧，他已經有了新的子女，另外的子女，而且他也愛他們——主啊：「當從前那些子女已經死於非命，他已經失去他們之後，他又怎能似乎愛上了這些新的子女呢？每當他想起從前的子女，儘管他覺得這些新子女有多麼可親可愛，他又怎能像從前一樣，跟新子女在一起也同樣感到十分美滿和幸福呢？」但是，這還是能夠的，能夠的：舊的悲傷就像人生的一大奧祕，會逐漸轉化成平靜的、令人悠然神往的快樂；代替少年氣盛、血氣方剛的將會是心平氣和、樂天而又達觀的老年：我感謝每天的日出，而且我的心也像過去一樣依舊向日出歌唱，但是現在我已經更愛日落了，愛日落時分

① 參見《舊約・創世記》第一章。

那長長的斜暉，而隨著這一抹斜暉而來的則是靜靜的、心平氣和的、令人悠然神往的回憶，以及從我那整個漫長的、幸福的一生中浮現出來的那些可親可愛的面容——而在這一切之上則是上帝的真理，上帝那使人感動，使人心平氣和與寬恕一切的真理！我的生命就要結束了，我知道也感覺到了這點，但是在剩下的每一天，我都感覺到我的塵世的生命正與無窮的、我們無從知曉的，但卻是即將降臨的新生命相互融合，由於預感到這一新生命的降臨，我正心花怒放，充滿歡樂，我神清氣爽，心在快樂地哭泣……諸位朋友們和師父們，我不只一次地聽說，而且現在，最近一個時期以來，這呼聲更大了，說什麼我國的神父，尤其是鄉村的神父，常常噙著眼淚到處抱怨薪俸太少了，地位太低了①，他們公開說，甚至登在報紙上（我就親自讀到過這一類文章），說他們現在似乎已經沒法向老百姓講解聖經了，因為他們的薪俸太少，如果路德派新教徒和邪教徒前來爭奪教民，那也只好拱手讓他們奪去了，因為我們的薪俸太少了。主啊！我想，還是讓上帝給他們多加點對他們來說如此寶貴的薪俸吧（因為他們的抱怨也是有道理的），但是說實在的：如果應當怪罪什麼人的話，多半也應當怪罪我們自己！因為就算沒有時間，就算他們說得對，就算他們全部時間都忙於工作和行聖禮吧，但是話又說回來，總還不至於是全部時間吧，一星期中他總還抽得出哪怕一兩個小時來想想上帝吧。再說也不是整年都忙於工作呀。他可以每周一次，在晚上，哪怕起先就找一些孩子呢——他們的父親聽見了，父親也會來的。再說，做這種事也不用富麗堂皇的房子，就在自己的木屋裡接待他們；不用怕，他們不會弄髒你的房子的，因為你總共也只讓他們來一兩個小時。你不妨為他們打

---

① 俄國下層神職人員物質待遇菲薄，神父常常哭窮的事，在一八六〇—一八七〇年的俄國報刊上時有所聞。作者也一直十分關心這一問題。

開這部書，爲他們唸，不要講深奧難懂的道理，不要妄自尊大，也不要高高在上，而要滿懷深情而又平易近人地，因爲你能給他們讀聖經，他們也在聽你讀聖經，也懂得你讀的內容，你應當高興才是，因爲你自己也深愛上帝說的這些話，你只須間或停頓一下，給他們解釋一下普通老百姓聽不懂的某些話，不用擔心，他們會全懂的，一顆正教徒的心什麼都聽得懂！你可以給他們讀亞伯拉罕和撒拉的故事，以撒和利百加的故事，雅各怎樣去找拉班，在夢中同耶和華摔角①，並說：「這地方太可怕了」的故事，你一定能使普通百姓虔誠的頭腦感到十分震驚。你也可以給他們（尤其是給孩子們）念念這個故事：哥哥們怎樣把自己的親弟弟，一個可愛的童子，一個愛做夢的偉大預言家約瑟賣給人家當奴隸②，卻反過來拿著他染了血的衣服給他們的父親看，說什麼野獸把他的兒子撕碎了，吃了。你也可以給他們念念，後來約瑟的哥哥怎樣到埃及去羅糧，而約瑟已成了當地的大官，他們沒認出來，於是他就折磨他們，向他們興師問罪，扣留了弟弟便雅憫，不過他仍舊愛他們：「我愛你們，因爲愛，我才折磨你們。」因爲他終其生都記得，他們怎樣在某個炎熱的草原上，在一口枯井旁把他賣給商人，他又怎樣絞著雙手，哭著哀求哥哥們不要把他賣到外地去當奴隸，而現在過了這麼多年之後又看到了他們，重又無限地愛他們，但是他拘禁他們，折磨他們，不過仍舊愛他們。他受不了自己內心的痛苦，終於離開他們，撲到自己的床上，放聲痛哭；後來他擦乾自己臉上的眼淚，出來時已是容光煥發，喜氣洋洋，他向他們宣告：「諸位哥哥，我是約瑟，我是你們的弟弟！」他還可以接著讀當他們的老爸

① 關於亞伯拉罕和撒拉的故事，見《創世記》第十一章第二十九–三十一節，第十二–十八章第二十一–二十三節，關於以撒和利百加的故事，同上，見二十四–二十七章，關於雅各的故事，同上，見第二十八–三十二章，關於雅各和上帝摔角的故事，同上，見第三十二章第二十四–三十二節。

② 參見《創世記》第三十七章，第三十九–第五十章。

雅各聽說他那可愛的孩子還活著，高興極啦，一心想到埃及去，甚至離開了自己的祖國，以致客死他鄉，他在死之前的遺言中向千秋萬代說了一些十分偉大的話，這話早就珍藏在他那溫馴、膽怯的心中，已經珍藏了一輩子，他預言從他這一族，從猶大①這一支派中將出現世界的偉大希望，將出現賜給世界的大救星②！諸位師父，請諸位原諒和不要見怪，原諒我像小孩子一樣侈談你們早就知道的東西，侈談你們能夠百倍生動和廣博地有以教我的東西。我只是因爲非常高興才說這些話的，請原諒我的眼淚，因爲我太愛這部書了！但願他，我國的神父，也能像我一樣熱淚盈眶，他就會看見聽他佈道的人將會怎樣用內心怦怦然來回報他。只需要一顆小小的種子：他只要把這顆種子投進普通老百姓的心田，這顆種子就不會死，將會一輩子活在他的心田，在一片黑暗中，在他的汙濁的罪孽中，將作爲一個亮點，作爲一種偉大的啓示而潛伏在他們的心中。而且無須，無須多加解釋和教導，他們肯定會直截了當地明白一切的。你們以爲普通老百姓聽不懂嗎？那你們再試試給他們念一段故事，一則動人而又感人至深的故事，關於美麗的以斯帖和目空一切的瓦實提的故事③；或者念念先知約拿被鯨魚吞進肚裡去的奇妙故事④，也別忘了讀主的寓言故事，主要是《路加福音》中的寓言故事⑤（過去我就是

①這裡說的猶大是雅各和利亞的兒子，猶太人十二列祖之一；他不是我們所熟知的那個出賣耶穌的加略人猶大。

②這話源出《舊約．創世記》雅各的遺言：「圭必不離猶大，杖必不離他兩腳之間，直等細羅（就是賜平安者）來到，萬民都必歸順（第四十九章第十節）。

③指聖經《以斯帖記》中所載亞哈隨魯王的兩個王后的故事。亞哈隨魯王的第一個王后瓦實提。不肯遵從王命參加飲宴，「使各等臣民看她的美貌」。王聞訊大怒，廢瓦實提爲庶民，另選聰明恭順的以斯帖爲王后。

④見《舊約．約拿書》。

⑤「主的寓言故事」指根據福音書（《約翰福音》除外）改編的寓言故事，借以說明福音書中比較抽象的思想，其中以《路加福音》中的故事最多。

這樣做的），然後是《使徒行傳》中掃羅說的話（這是一定要讀，非讀不可的！）①最後，也不妨讀讀《每月念誦集》②中記載的神癡阿列克謝的生平，以及偉大之中最偉大的快樂的苦行者、親眼見過上帝和心中裝著基督的嬤嬤馬利亞（埃及的）③的生平——你定會用這些普普通通的傳說深深打動他們的心，一週總共才需要一小時，儘管你的薪俸很低，但只要區區一小時就夠了呀。他將會親眼看到，我們的老百姓是寬厚的和知恩必報的，他們定將百倍地報答他；他們將會牢記神父的關懷和他那感人至深的話，他們定將自覺自願地到他的地裡和家裡幫忙，而且會比從前更加尊敬他——這麼一來，他的薪俸不就等於增加了嗎。這事是如此樸實無華，有時我們甚至怕說出來，因爲怕別人笑話你，然而這是千真萬確的！

誰不相信上帝，誰就不會相信上帝的子民。誰相信上帝的子民，誰就必能見到民眾的可貴，儘管在此以前他根本就不相信民眾有什麼可貴之處。只有民眾和他們未來的精神力量才能使我們那些脫離祖國大地的無神論者轉而相信上帝。沒有實例，基督傳布的道不就架空了嗎？沒有上帝的道，民眾就會無所適從，因爲他們的心渴望聽到上帝的道和得到任何美好的感悟。在我的青年時代，已經很久啦，差不多四十年以前吧，我曾跟安菲姆神父走遍整個羅斯，爲修道院募化，有一回，我們

---

①據新約中的傳說稱，掃羅曾肆意迫害基督的信徒，有一次他在前往大馬士革（聖經中譯爲「大馬色」）的途中，忽見天上發光。聽到基督的聲音對他說道：「掃羅，掃羅，你爲什麼逼迫我？」他說：「主啊，你是誰？」主說：「我就是你所逼迫的耶穌。」掃羅聞言大驚，遂皈依耶穌，後來成了耶穌傳道的使徒，爲表示自謙，改名爲保羅（拉丁文意爲「後生小輩」）。

②供東正教徒每日念誦的書，每月一冊，逐日記載聖徒的言行、教誨以及關於宗教節日的傳說。

③據傳說，馬利亞（埃及的）年輕時曾是個行爲不端的淫婦。後來她偶然聽到基督的教義後，即加入朝聖的行列，前往耶路撒冷朝聖，緊接著便在一處隱修院修行，向上帝一心懺悔和祈禱，達四十七年之久。

在一條可以通航的大河旁過夜，在岸邊跟一些漁民在一起，而跟我們坐在一起的還有一個十分英俊的小夥子，他是農民，看去約莫十八九歲，他急於在明天趕到一個指定的地點給一艘商人的駁船拉縴。我看到他深情而又神態開朗地眺望前方。月明星稀，這是一個七月的夜，周圍靜悄悄的，十分暖和，夜霧冉冉升起，使我們感到神清氣爽，魚兒在輕輕戲水，小鳥已停止啁啾，一切都靜悄悄的而又顯得恢宏壯麗，一切都在向上帝祈禱。而沒睡著的只有我倆，我和那青年，我倆開始暢談上帝的世界的美和它的神祕。任何一顆小草，任何一隻小昆蟲、小螞蟻，金色的小蜜蜂，一切都令人驚嘆地知道自己的路，雖然它們沒有思維能力，但卻證明著上帝的神秘，而且他們自己也不斷實現著這一神祕，我說著說著看到那個可愛的小夥子的心漸漸激動起來。他告訴我，他愛森林，愛森林中的小鳥；他曾是一個捕鳥人，他懂得小鳥的每一種叫聲，他能設法誘捕任何一種小鳥；他說，我不知道還有什麼比在森林裡更好的了，而且一切都那麼好。「千真萬確，」我回答他，「一切都那麼好，那麼輝煌，因爲一切都是實實在在的。你瞧，」我對他說，「你瞧那匹馬，那隻大動物，也就是站在那人身邊的那匹馬，再瞧那頭牛，養活人並給人幹活的牛，牠低著頭，若有所思，你瞧瞧牠們的臉：多麼溫順，對人又多麼親熱（可是人卻常常無情地打牠），牠的面部表情多麼寬厚，多麼信任，多麼美啊。它身上沒有任何罪孽——甚至知道這點都令人不由得感動，因爲一切都盡善盡美，一切，除了人以外，都沒有罪孽，而且基督早在我們之前就同它們在一起了。」那青年問：「難道它們也有基督？」我答道：「怎麼能不是這樣呢，因爲這道是大家的道，一切造物，一切生物，每片葉子都在追求這道，都在謳歌上帝，向基督哭泣，憑藉他們無罪的生命奧祕，自己也不知道所以然地完成著這一切。你瞧那邊，」我對他說，「樹林裡有一頭可怕的熊在走來走去，十分凶猛，令人望而生畏，可是牠之長成這副模樣，牠並無任何過錯。」於是我就給他說了一個故事，有一回，一頭熊走到在森林裡一間小修道室裡修道的一位大聖徒跟前，這位大聖徒看牠可憐，便無畏地走出來，給了牠一塊麵包，對牠說：「走吧，基督保祐你！」於是這頭凶猛的野獸便乖乖地、溫和地走了，並沒有傷害他①。那小夥子聽到那頭熊走了，並沒有傷害那位聖徒，而且基督還保祐牠，十分感動。他說：「啊，這多好啊，上帝的一切是多麼好，多麼奇妙啊！」他坐著，陷入沉思，在靜靜地、甜蜜地沉思。我看出他聽懂了。接著他就挨著我睡著了，輕鬆愉快地、純潔無邪地睡著了。願主祝福青春！臨睡前我也替他作了祈禱。主啊，願你把和平與光明賜給你的子民！

三、回憶佐西馬長老出家前的青少年時代／決鬥

我在彼得堡貴族武備學堂上學，上了很久，差不多有八年，由於受到新式教育，因此也就減弱了許多兒時的印象，雖然我什麼也沒忘記。取而代之的是我養成了許多新的習慣，甚至接受了許多新的看法，以致完全變了一個人，近乎野蠻、殘酷，甚至蠻不講理。我學會了一套彬彬有禮、交際應酬的風度，還能說一口法語，我們大家把在學堂裡伺候我們的士兵當成了徹頭徹尾的畜生，我的情況亦然。猶過之而無不及也說不定，因爲在所有的同學中數我最容易學壞。我們畢業後一個個都成了軍官，準備爲我們部隊的榮譽一旦遭到侮辱時挺身而出，拋頭顱灑熱血，至於什麼是真正的榮譽，我們幾乎誰也不知道真正的榮譽到底是什麼，即便知道，我自己也會立刻首先加以嘲笑。我們似乎都把酗酒、吵架和蠻不講理引爲自豪。不能說我們這些人全是壞蛋；應當說，這些年輕人全是

① 這裡所說的大聖徒，指莫斯科附近舉世聞名的謝爾蓋聖三一修道院的創始人謝爾蓋·拉多涅日斯基（一三一四—一三九二年）。杜思妥也夫斯基曾稱他代表了俄羅斯人民的歷史理想。

好的，但是他們的行爲十分惡劣，我則尤甚。主要是我手頭有一筆歸我自己支配的錢，因而恣意妄爲，具有一種年輕人血氣方剛的脾氣，毫無節制，扯起所有的風帆，爲所欲爲。不過有件事很怪：當時我也讀書，甚至讀得津津有味，只有聖經當時我幾乎從未翻過，但又從來沒跟它分開過，上哪都隨身帶著：自己都不知道爲什麼，一直珍藏著這部書，珍藏「至某年某月某日某時」①。

我就這樣當了大約四年軍官，最後終於到了我們部隊當時駐防的K市。該市的社交界色彩紛呈，人物眾多，又快樂，又好客，都很有錢，而且到處都很歡迎我，因爲我生就一副嘻嘻哈哈的脾氣，再說我名聲在外，都知道我不窮，這在上流社會是舉足輕重的。就在這時發生了一個情況，而一切均由此而始。我看上了一位年輕美貌的姑娘，又聰明，又有地位，性格開朗，爲人高尚，父母有錢有勢。他們並非小人物，有財產，有影響，有勢力，對我的態度也十分和藹可親。同時我覺得這妞也似乎對我一見鍾情——每念及此，我就心花怒放，心癢難搔。後來我自己也明白過來了，完全弄清楚了，也許我並不十分愛她，只是欽佩她的聰明和高貴的性格罷了，因爲這是不可能不令人肅然起敬的。然而我那只顧自己尋歡作樂的脾氣，卻妨礙了我當時向她求親：我當時還很年輕，加上有錢，這麼早就與放蕩而又自由自在的獨身生活的種種誘惑分手，我覺得很難，也很可怕。然而，我做了一些暗示。不管怎麼說吧，我決定少安毋躁，先不要輕舉妄動。而這時我忽然要到外縣出差，爲期兩月。過了兩個月我回來後忽然得知這妞已經出嫁了，嫁給了城郊的一位有錢的地主，這人雖然比我大幾歲，但還算年輕，在京城和上流社會廣有門路，而我則沒有，再說這人非常和藹可親，外加很有學問，而我卻什麼學問也沒有。這情況太出乎我的意料了，我感到非常吃驚，甚至我的腦

① 參見《啓示錄》第九章第十五節。

子都亂了。主要的問題還在於，當時我打聽到這個年輕的地主早已跟她訂了婚，而且我在他們家也多次碰到過他，但是，由於我太自負，鬼迷了心竅，居然什麼也沒看出來。但是使我感到最可氣的是：爲什麼別人差不多都知道了，只有我一個人還蒙在鼓裡呢？這到底是怎麼回事呢？我突然感到怒不可遏。我滿臉通紅地回想起，有許多次我向她都差點表白了我的愛情，她居然不制止我，也不警告我，因此我得出結論，她在取笑我。後來我自然想明白了，並且也記起來了，她毫無取笑我的意思，相反，她還多次開玩笑似的打斷這樣的談話，岔開話題，顧左右而言他，但是那時我硬是想不通，怒火中燒，非報這個仇不可。現在我回想起來也覺得十分驚奇，對這種報復的心理和我的怒不可遏，我自己也覺得極其難堪和厭惡，因爲我這人脾氣隨和，無法長時間地生任何人的氣，因此我只好故意給自己火上加油，終於變得十分豈有此理而又荒唐可笑。我等到了一個機會，有一次，在大庭廣眾之中，我似乎找到了一個完全不相干的理由，得以忽地當眾羞辱了我的「情敵」。他對當時的一件要聞（這事發生在一八二六年）發表了自己的看法，我就對他反唇相譏，據說，我當時的話說得很尖刻，也很巧妙。接著我又迫使他找我作出解釋，可是我在作出解釋時態度十分蠻橫，於是他接受我要求決鬥的挑戰，儘管我們之間差距很大，因爲我比他年輕，又位卑職小，是個無足輕重的小人物。後來我千真萬確地打聽到，他之所以接受我的挑戰，似乎也是出於對我的一股醋意：過去，當他的妻子還沒過門的時候，他就有點對我酸溜溜的；而現在他的想法是，如果她知道他對我加諸他的侮辱忍氣吞聲，不敢向我挑戰，要求決鬥，她就會情不自禁地小看他，她的愛也可能會因此發生動搖。我很快就找到了決鬥的證人，他是我的戰友，中尉，在同一團服役。當時雖然對決鬥嚴懲不貸，但是在軍人中，這卻成了時尙——有時候，某些野蠻的偏見非但愈演愈烈，而且根深蒂固。時當六月杪，我們倆定於第二天見面，在郊外，早晨七時正——就在這時，說真格的，我發生了一件似乎命中注定的事。自從傍晚回到家以後，我就像凶神惡煞似的，對我那勤務兵阿法納西大發脾氣，使勁打了他兩個耳光，把他的臉打得鮮血淋漓。他不久前才調來伺候我，我過去也打過他，但從來沒有打得這麼兇狠，這麼殘暴。你們信不信，親愛的朋友，已經過去四十年了，可是我至今想起這事仍羞赧無地，痛苦萬分。我上床睡覺，睡了三小時，起床一看，天已破曉。我猛地一躍而起，已經再沒了睡意，我走到窗口，打開窗戶——窗外是花園——我看見，太陽在冉冉升起，暖融融的，非常美，小鳥在婉轉啼鳴。我心中有某種類似可恥和卑劣的感覺，我想，這是怎麼回事呢？該不是因為我馬上要去殺人吧？不，我想，似乎不是因為這緣故。該不是因為我怕死，怕給人家打死吧？不，完全不對，甚至根本不對……我忽地一下子明白過來了，明白到底是怎麼回事了：原來是因為我昨晚揍了阿法納西！一切又忽然呈現在我眼前，彷彿一切又重演了一遍：他站在我面前，我對準他的臉狠狠地揍他，他則兩手貼緊褲縫，腦袋伸得筆直，兩眼圓睜，就像立正站在隊列裡一樣，每揍一下他就抖動一下，甚至連舉起手來遮擋一下，他都不敢——一個人居然會弄到這般地步，人居然可以打人！這是多麼惡劣的行為！我想到這裡有如萬箭攢心。我像傻了似的站著，這時太陽在閃耀，樹葉在歡樂地閃閃發光，而小鳥，小鳥在讚美上帝……我用兩手捂住臉，倒在床上，放聲大哭。我立刻想起了我哥哥馬克爾和他臨死前對僕人說的話：「我的可親可愛的人們，你們憑什麼要伺候我，憑什麼要愛我，再說我配人家伺候嗎？」——「是的，我配嗎？」這話忽地躍進我的腦海。說真的，我憑什麼配讓另一個人，一個跟我同樣是上帝的形象和樣式的人①來伺候我呢？當時，這個問題生平第一次鑽進了我的腦海。「媽，我的親娘，每個人的的確確在所有人面前對所有的

---

① 語出《創世記》第一章第二十六節：「神說『我們要照著我們的形象，按著我們的樣式造人。』」

人都是有罪的，只是大家都不知道這道理罷了，一旦知道了——就會立刻出現天堂！」主啊，難道說這不對嗎，我一面哭一面想——我的的確確對所有的人都有罪，也許我比所有的人都罪孽深重，而且比世界上所有的人都壞也說不定！我眼前豁然開朗，全部真理忽地呈現在我眼前：我現在要去幹什麼呢？我要去殺人，殺一個好人，殺一個聰明人和高尚的人，去殺一個對我沒有任何過錯的人，而且我將會使他的夫人永遠失去幸福，我將使她痛苦，使她悲痛欲絕。我就這樣趴在床上，把臉埋在枕頭裡，根本沒發現時間已經悄悄地溜過去了。驀地，我那位戰友，那名中尉，進來找我，帶著手槍。他說：「啊，你已經起床了，這太好了，時間到啦，咱們走吧。」這時我才手忙腳亂起來，完全沒了主意，然而，我們走了出去，上了馬車。我對他說：「請稍候，我說話就回來，我把錢包忘屋裡了。」於是我一個人又跑回房間，直接走進小屋去找阿法納西。我說：「阿法納西，我昨天打了你兩記耳光，請你饒恕我。」他聽到這話後打了個哆嗦，好像害怕似的瞪大了兩眼——我看到，這樣做還不夠，很不夠，於是我忽地像進來時那樣，身佩肩章，撲通一聲跪倒在他腳下，磕頭如搗蒜。我說：「請你饒恕我！」這時他都嚇傻了：「大人，長官，老爺，您倒是怎麼啦，我哪配呢……」我忽地哭了起來，就像不多會兒前那樣，兩手捂著臉，轉身面對窗戶，淚如雨下，哭得渾身發抖，我跑了出去，跑到我那位戰友跟前，一屁股坐進馬車，大叫「走！」。我向他叫道：「你見過旗開得勝的人嗎？這就是鄙人！」我心裡充滿一片歡悅，一路上又說又笑，說個沒完，我已經不記得我說些什麼了。他看著我，說道：「我說老弟，你真是個好樣的，看得出來，你一定能爲我們這身軍服爭光。」就這樣我們來到了約定的地點，而他們已經先到那裡了，在等我們。把我們兩人分開，彼此相距十二步，我讓他第一個開槍——我開開心心地站在他面前，我的臉筆直地對著他的臉，連眼睛都不眨，我看著他，充滿了愛，我知道我將做什麼。他開了一槍，只是在我臉上擦破了點皮，碰到了一點耳朵。我叫道：「謝謝上帝，沒有打死人！」於是我一把抓起自己的手槍，回過身去，向上一拋，扔進了樹林。我叫道：「去你的吧！」接著我又向我的對手回過身來，說道：「閣下，請原諒我這個混帳的年輕人，我得罪了您，現在又迫使您向我開槍，這都是我的錯。我這人比您壞十倍，也許還不只十倍。請您把這話轉告您在世上最敬重的那個女人。」我把這話一說完，他們三個就一齊叫了起來。「對不起，」我的對手說，甚至非常生氣，「您既然不想決鬥，幹麼勞師動眾？」我對他說：「昨天我還很渾，今天才開了竅。」我快活地這樣回答他道。他說：「昨天的情況，我信，但是今天的情況，按照您的說法，卻很難下此結論。」「沒錯，」我向他叫道，並拍手叫好，「我十分同意足下這一高見，我自找的！」「閣下，那您還要不要開槍呢？」我說：「我不準備開槍了，不過，如果您願意，您可以再開一槍，不過您還是以不開槍爲好。」這時兩個證人也嚷嚷起來，特別是我的那位證人：「這不是給咱團丟臉嗎，站在決鬥場上，又求人家原諒；早知道是這麼回事，我才不幹呢！」我站在他們大家面前，已經不笑了，正式道：「諸位先生，現在遇到一個人，他對自己做的混帳事認錯了，並當眾請罪，難道在我們這個時代值得這麼大驚小怪嗎？」「可是這已經到了決鬥場上了呀！」我那位證人又嚷嚷起來。「可不是嗎，」我回答他們道，「正是這點令人驚奇，因爲我應該一來到這裡，還在這位先生沒開槍以前就向諸位請罪的，這樣就不至於使這位先生犯這麼大的錯誤了，」我說，「可是事情就這麼豈有此理，我們在這世上自己給自己找不自在，因而要這麼辦幾乎是不可能的，只有等我在十二步的距離內挨了一槍以後，我的話才能對這位先生起到某種作用，可是在開槍以前，我們一到這裡就這麼做，這位先生肯定會說：怕死鬼，一見手槍就害怕了，不用聽他的。諸位，」我忽地真心誠意而又感慨繫之地說道，「請諸位瞧一瞧周圍上帝的恩賜：晴朗的天，清新的空氣，嫩綠的小草，小鳥，大自然是那麼美麗，那麼純淨，而我們，只有我們這些人不信神和混帳透頂，居然不懂得生命就是天堂①，因爲只要我們願意懂得這點，這天堂就會以它的全部美麗立刻降臨在我們眼前，我們將會彼此擁抱和哭泣……」我還有許多話要說，可是我說不下去，甚至覺得憋不過氣來，我感到那麼甜蜜，那麼年輕，心裡又那麼幸福，這幸福是我有生以來從來不曾感到過的。「這些話很有道理，也很虔誠，」我的對手對我說，「不過話又說回來，您這人很特別。」「笑吧，」我笑著回答他道，「以後您就該誇我了。」他說：「現在我就準備誇您，請讓我拉拉您的手，因爲看來您確實是個真心誠意的人。」「不，」我說，「現在就不必了，以後再說吧，等我做得更好些，值得受到您敬重的時候，咱們再拉手——那時候您就做對了。」我們回到家，一路上，我那證人一直罵罵咧咧，而我則連連親吻他。所有的戰友立刻聽到了這消息，當天就一齊跑來罵我。他們說：「他玷汙了他穿的這身軍服，讓他立刻申請退伍。」也有人過來幫我說話：「他畢竟無所畏懼地挨了一槍呀。」「是的，但是他怕再挨第二槍，第三槍，因此在決鬥場上求饒了。」「如果他怕吃槍子兒，就該在求饒之前自己先開槍，而他卻把上好子彈的槍扔進了樹林，不，這是另一回事，別具新意。」我快活地瞧著他們，靜靜地聽著。我說：「諸位最最親愛的朋友們和戰友們，讓我申請退伍一事，你們儘管放心，因爲我已經這麼做了，我已經打了報告，今天早晨我已去過團長辦公室，得到批准後，我就馬上進修道院，我之所以要申請退伍，目的也就在此。」我這話一出口，大家便哄堂大笑：「你一開頭就該挑明了嘛，現在一切都不言自明了，對一名修士還有什麼可說的呢！」他們說罷便嘻嘻哈哈地笑個不停，不過毫無嘲弄之意，而是笑得十分親熱、快活，而且所有的人一下子都愛上了我，甚至連最惡狠狠地罵過我的人也不例外，後來，在退伍還沒批准前的整整一個月裡，我好像被他們捧著，抱

① 參見第四一七頁注。

著，簡直成了他們的寵兒。他們一見我就說：「啊，你這修士呀。」每個人都揀最好聽的話跟我說，也有人開始勸我，甚至覺得怪可惜了的：「你何必自討苦吃呢？」有人反駁道：「不，他很勇敢，他挺胸挨了一槍，他本來可以還擊的，可是他頭天夜裡做了個夢，讓他進修道院，因此他才沒還手。」該城的社交界也差不多發生了同樣的情況。過去，大家並不特別注意我，只是客客氣氣地接待我而已，而現在突然所有的人都爭先恐後地打聽哪一位是我，並爭著讓我上他們家做客：他們雖然笑我，但同時又很愛我。在這裡要申明一點，關於我們決鬥的事，雖然當時都在公開議論，但是上級卻把這事壓下了，因爲我的對手跟我們的將軍是近親，再說這事也沒流血，彷彿鬧著玩似的，再說到後來我又申請退伍，所以也就把這事當真看成了一場玩笑。於是我就公開而又無所畏懼地談論起來，盡管惹他們發笑，因爲這笑並無惡意，而是一種善意的笑。所有這些談話大半發生在晚間有女士們參加的交際場合，當時，女士們更喜歡聽我說話，而且還硬讓男士們陪著聽。「怎麼可以讓我爲大家感到有罪呢，」每個人都當著我的面笑我，「難道，打個比方吧，我能爲您感到有罪嗎？」我回答他們道：「你們哪能明白這道理呢，現在全世界早就走上了歧路，我們現在把徹頭徹尾的謊言當成了真理，而且我們還讓別人也跟著說謊。比如說吧，我生平第一次突然做了一件真心真意的好事，可是你們大家卻把我看成了似乎是個瘋教徒：雖然你們都愛我，可你們畢竟把我當成了笑柄。」「怎麼能不愛像您這樣的人呢？」女主人對我哈哈笑道，當時，她家賓客盈門，高朋滿座。我一看，在女士堆裡忽然站起來一位最年輕的太太，當時我就是因爲她才向她男人提出挑戰，要求決鬥的，也就是她，不多久以前我還有意向她提親來著，可是我壓根兒沒注意，現在她怎麼也來參加晚會了。她站起來，走到我身邊，向我伸出了手。她對我說：「請允許我向您說明一點，我是第一個無意取笑您的人，相反我對您感激涕零，我要對您當時的做法致敬。」這時，她的丈夫也走了過來，接著所有的人也都向我一下子擁了過來，差點沒有親吻我。這時我開心極了，但是我最開心的還是當時我忽然發現一位上了年紀的先生也向我走了過來，這人，我以前雖然知道他的尊姓大名，但是從來沒跟他結識過，而且直到那天晚上我還沒有跟他說過一句話。

四、神秘的來訪者

他在我們那城市任職已久，身居要津，爲眾人所尊敬，他很富有，以樂善好施著名，他曾爲養老院和孤兒院捐獻過一大筆錢，此外還不事張揚地、秘密地做過許多好事，這一切直到他死後才發現。此公年約五十上下，近乎不苟言笑，而且不愛說話；他結婚還不到十年，夫人還很年輕，但已有三個還很年幼的孩子。就在第二天晚上，我正坐在自己房間裡，我的房門忽然被人推開了，有人走了進來，而進來的那人正是這位先生。

應該說明的是，當時我已經不住在我原來住的那套公寓裡了，我剛打報告申請退伍就立刻搬了家，房間是向一位老女人，一位官員的寡妻租來的，並由她的女僕負責照料家務，我之所以要搬到這裡來，只是因爲那天我從決鬥場回來以後就立刻把阿法納西送回了連隊，因爲在不久前我對他做了那事以後，一見他，我就汗顏無地——一個未曾修行得道的俗家人，哪怕幹了一件非常好的好事，也常常會感到羞赧無地。

那位進來找我的先生對我說道：

「我在許多人家裡興味盎然地聽過您講話，已經有好幾天了，聽到後來，我就想親自登門同您認識一下，以便同您詳細談談。先生，您能撥冗惠予首肯嗎？」我說：「可以的，我非常樂意，並以此爲殊榮。」我對他說這話的時候，心裡幾乎感到一陣害怕，我們才初次見面，他當時就使我感到很吃驚。因爲雖然有不少人興味盎然地聽過我講話，但是誰也沒有用這麼嚴肅的、一本正經的神態來找過我。可是這位先生卻親自登門，跑到我屋裡來了。他坐了下來，繼續道：「我看到您堅強的性格，因爲您在您的這項義舉中冒了很大的險，但是您不怕堅持真理，不怕受到別人的普遍蔑視。」「也許，您對鄙人過獎了。」我對他說。「不，我並沒有過甚其詞，」他回答道，「請您相信，要做出這樣的義舉比您想像的要困難得多。」他繼續道：「我本人就對此感到十分驚奇，我來拜見閣下也正是爲此。如果您不嫌棄鄙人如此無禮的好奇的話，那，能否請閣下描述一下，如果您還記得的話，在決鬥時，您下定決心請求對方原諒的那一刻究竟有何感觸？請您不要把我的問題看作輕浮之舉；相反，我在向您提出這樣的問題時，自有我的隱蔽的目的，如果上帝有意使我倆更加接近的話，以後我也許會向您進一步說明個中原委的。」

他說這話的時候，我一直注視著他的臉，我忽然對他感到一種非常強烈的信任，因爲我感到他心中一定埋藏著某種不足爲外人道的秘密。

「您問我在請求對方原諒的那一分鐘到底有何感觸，」我回答他道，「但是，最好還是先跟您說一件我還沒有告訴過別人的事。」於是我就從頭到尾跟他講了我跟阿法納西發生的事，以及我怎樣向他磕頭的經過。「您由此可以看到，」我對他最後道，「決鬥的時候，我心裡已經比較輕鬆了，因爲還在家裡我就已經開始了，既然已經走上了這條路，那以後的事也就順理成章了，不僅不難，甚至還感到快樂。」

他聽完我的話以後，十分感動地看著我，說：「這一切非常有意思，以後我還要再三再四地來拜訪閣下。」從那時起，他幾乎每天晚上都來看我。如果他也能向我談談他自己，說不定我們會非常要好的。可是他幾乎隻字不提自己，而是一個勁地向我問長問短。儘管如此，我還是非常喜歡他，完全信任他，常常向他暢抒胸懷，因爲我想：他的秘密對我有什麼用呢，他即使不說，我也看到他是一個規規矩矩的人。再說他這人十分嚴肅，與我年齡懸殊，居然不嫌棄我，常常來看我這個小青年。而且我向他學到了許多有益的東西，因爲他這人很有頭腦。「至於生命就是天堂，」他突然對我說，「這點我早想到了。」他驀地加了一句：「我思前想後的也正是這個。」他望著我，微微笑著，說道：「我比您更堅信這道理，以後您就會知道爲什麼了。」我聽著這話，心裡尋思：「他一定有什麼心事要向我公開。」他說：「我們每個人的心裡都蘊涵著天堂，它現在也隱藏在我心裡，只要我願意，明天它就會真的降臨，讓我終身受用不盡。」我看到：他說這話是有動於衷的，而且神秘地望著我，似乎在徵求我的意見。接著，他又繼續道：「至於任何人除去自己的罪孽以外，還應對一切人和一切事承擔罪責，對此您的看法是完全對的，令人吃驚的是您怎麼會忽然之間這麼完滿地把握這一思想的呢。誠哉斯言：人一旦懂得了這道理，那天國就會對他降臨，而且不是在幻想中，而是真的降臨。」我向他傷心而又十分感慨地說道：「這什麼時候才會實現呢？再說，有朝一日會實現這樣的奇蹟嗎？這會不會僅僅是幻想呢？」他說：「可見您也不信，您自己在宣傳，可是您自己也不信。要知道，您所說的這一幻想，毫無疑問是一定會實現的，您要相信這點，不過不是現在，因爲任何事情都有自己的規律。這事屬於心靈方面的，是心理的。要重新改造這世界，就必須使人在心理上轉向另一條路。除非您真的同任何人都親如手足，而在這之前，博愛這一境界是不會降臨的。人永遠不能憑藉任何科學的道理和任何利益均沾的想法公平合理地分享財產和分享權利。每個人總嫌占有的太少，總會喋喋不休地抱怨、嫉妒，互相殺戮。您剛才問這事何時才能實現。會實現的，但是先要讓人類**彼此隔絕**的時期結束。」「什麼彼此隔絕？」我問他。「也就是現在到處占統治地位的彼此隔絕，尤其在當代，但是它還沒有全部結束，它的末日還沒有降臨。因爲現在每個人都極力使自己突出於眾人之上，想要充分享受生活的樂趣，結果適得其反，他們絞盡腦汁，非但沒有充分享受到生活的樂趣，反而形同徹頭徹尾的自殺，因爲他們非但沒有確立人之所以爲人的東西，反而陷入徹頭徹尾的與人隔絕的狀態。因爲在當代，所有的人都彼此分離，成爲一個單獨的人，每個人都鑽進自己的洞裡，與外界隔絕，每個人都對別人敬而遠之，躲著別人，有什麼東西就藏起來，弄到後來，非但他們自己與別人疏遠了，甚至也不讓別人去接近他們。他悄悄地積累財富，自以爲我現在多麼有錢有勢，我的生活多麼有保障，可是這瘋子卻不知道，他積累的財富愈多，就愈加陷進等於自殺的糟糕境地。因爲他已經習慣於只靠自己，孤芳自賞，脫離群體，他已經讓自己的心養成不相信別人的幫助，不相信別人，不相信人類的習慣，他戰戰兢兢地惟恐失去的只有他的錢，以及他已經得到的權利。如今的人到處都嘲諷地不願意理解，一個人的真正物質保障不在於他個人孤立地做了什麼努力，而在於群策群力。但是，這種可怕的彼此隔絕狀態的末日一定會到來，到時候大家才會如夢初醒，懂得人與人之間彼此分離有多麼不自然。時代潮流必將是這樣，那時人們就會覺得奇怪，他們怎麼能這麼久地待在黑暗中，居然沒有看到光明。那時人子的兆頭就要顯在天上……①但是在此以前終究應該愛護這面旗幟，間或總還得有人哪怕單槍匹馬地突然作出點榜樣，讓心靈從彼此隔絕中跳出來，完成人與人實現友愛相處的功德，哪怕被人冠以瘋教徒的雅號也在所不惜。這樣做爲的是這一偉大思想不致湮沒……」

我們就是在這樣熱烈而又歡欣鼓舞的談話中度過了一個又一個夜晚。我甚至謝絕與朋友來往，

① 指基督的二次降臨。見《馬太福音》第二十四章第三十節：「那時人子的兆頭要顯在天上，地上的萬族都要哀哭。他們要看見人子，有能力，有大榮耀，駕著天上的雲降臨。」

到別人那裡去登門做客也少得多了，此外，談論我的那陣時髦勁頭也逐漸偃旗息鼓了。我說這話並無責備之意，因爲大家仍舊愛我，對我的態度也仍舊很親熱。但是問題在於趕時髦這一風尚在人世間的確是一個足以左右一切的女皇，這點必須承認。但是對於這位神秘的來訪者我終於另眼相看，十分贊賞，因爲除了欣賞他的遠見卓識以外，我還預感到他心中肯定抱有某種打算，也許正準備去履行一項偉大的功德也說不定。再說我表面上似乎從不探聽他的秘密，既不開門見山，也不旁敲側擊，也許正是這點使他感到滿意。但是我終於發現，他自己也似乎開始心癢難熬了，感到有一種向我公開某事的強烈願望。起碼在他來訪之後大約過了一個月，這已經看得十分清楚了。「您知道嗎，」有一次他問我，「城裡對咱倆的事很好奇，他們對我這麼輕率地來看您覺得很奇怪；但是讓他們去好奇，讓他們去奇怪吧，因爲**很快一切就會不言自明了**。」有時候，他會突然顯得異常激動，幾乎每次發生這種情形時，他差不多總是站起身來，立刻告辭。有時候，他長久地、彷彿要把人看透似的看著我。我想：「他一定要立刻告訴我什麼事情了，」可是他又立刻把話題岔開，開始顧左右而言他，談起一些人所共知的平平常常的事。他也常常鬧頭痛。比如有一次，甚至完全出人意料地，在他長久而又熱烈地說了許多話之後，突然臉色煞白，臉龐也整個變了形，可是仍舊緊緊地盯著我。

「您怎麼啦，」我說，「該不是感到不舒服吧？」

他先推說頭痛。

「我……您知道嗎……我……殺了人。」

他說完這話後微微笑著，可是臉色卻白得像白粉一樣。他爲什麼笑呢——在我還沒想明白以前，這想法突然鑽入了我的心房。我也變得臉色煞白。

「您這是怎麼啦？」我向他嚷道。

「要知道，」他依舊帶著苦笑回答我說，「我好不容易才說出了頭一句話。現在既然說出來了，似乎上路了。那就往前走吧。」

我很久都不相信他告訴我的事，而且也不是他說一次我就相信了，而是在他連續三天來看我，詳詳細細地把事情的經過全部告訴我之後，我才真的信了。我先以爲他神經失常了，直到後來，我才信以爲真，但是心裡非常難過，也十分吃驚。十四年前，他對一位有錢的太太犯了可怕的大罪。這位太太很年輕，很漂亮，是一位地主的寡妻，她在我們城裡有一座私宅，以備進城時暫住。他覺得他很愛她，便向她求愛，並勸她嫁給他爲妻。但是她另有所愛，已經把心交給了另一位顯赫的、地位不低的軍人，當時這位軍人正出征在外，她在等他回來，等他很快回到她的身邊來。她拒絕了他的求婚，而且請他以後不要再來找她。去，他倒是不去了，可是他知道她家的布局，於是一天夜裡潛入花園，並由花園爬上了房頂，真是膽大包天，冒著被人發覺的危險。但是事情卻往往這樣，一切膽大包天的犯罪行爲常常成功的居多。他從天窗爬進房子的閣樓，又從閣樓上的梯子下來，進入她居住的房間，因爲他知道，房門就在梯子盡頭，由於傭人的馬虎，房門往往並不上鎖。因此這次他也寄希望於傭人們的這一疏忽，偏巧這次又給他碰上了。他摸黑潛入她的正房後，又進入她的臥室，這時臥室裡正亮著一盞長明燈。偏巧，她的兩名侍女未經主人許可就悄悄溜到本街的一戶鄰居家參加命名日宴會去了。其餘的男女僕人則睡在下房和廚房裡，在底層。他一看見他那冤家已經睡著了，便怒火中燒，接著一股此仇不報非君子的怨毒加上醋意攫住了他的心，他像喝醉了酒似的忘乎所以，走上前去，對準她的心窩，一刀捅了進去，她連喊都沒喊一聲便死了。接著他又懷著十分陰險和令人髮指的打算做了一番布置，讓人疑心是傭人幹的：他甚至不擇手段地拿了她的錢包，從枕頭底下摸出她的鑰匙，打開她的五斗櫃，從裡面拿走了某些値錢的東西，做得彷彿一個無知無識的傭人所做的那樣，也就是把有價證劵留了下來，只拿錢，還拿了幾樣大件的金器，至於最貴重的小件物品，甚至貴重十倍的，也棄置不顧。他還順手拿了點東西留作紀念，但是關於這事以後再說。他幹完這件可怕的事情以後，就循原路出去了。無論是第二天報警，還是以後在他的整個一生中從來就沒有一個人對他這個真正的凶犯起過一絲一毫的疑心！再說也沒有一個人知道他曾經愛過她，因爲他這人一向沉默寡言、孤僻成性，連個推心置腹的朋友也沒有。大家只把他看做是被害人的一個普普通通的朋友，甚至算不上是好朋友，因爲最近兩周來他壓根兒就沒去看她。大家立刻懷疑這是她的一名家奴名叫彼得幹的，偏巧所有的情況又都湊到了一塊兒，於是更加肯定了這一懷疑，因爲這名僕人知道，而且死去的女主人也不隱瞞，因爲他孤身一人，再加品行不端，她打算送他去當兵，作爲她應出的農民新兵。據說，他喝醉了酒，在酒店裡惡狠狠地威脅說要殺死她。女主人去世前兩天，他又逃跑了，住在城裡一個別人不知道的地方。在凶殺案發生後的第二天，在出城的路上有人發現了他，當時他爛醉如泥，兜裡揣了一把刀，而且不知道爲什麼右手手掌上還沾著鮮血。他硬說手掌上的血是鼻血，可是大家不相信他的鬼話。那兩名侍女則主動請罪，說她倆去參加宴會了，直到她倆回來前，由台階進屋的大門一直虛掩著。此外還有許多這一類的疑點，根據這些疑點就把那名被冤枉的僕人抓了起來。他被捕後便開庭審理，但是事有湊巧，過了一星期，這名在押犯突發高燒，病倒了，躺在醫院裡昏迷不醒，最後竟死了。於是這件案子只能不了了之，大家認爲這是天意，所有的人，包括法官、上層以及整個輿論界在內，都堅信犯下這項彌天大罪的除了這名已死的僕人外，不可能是別人。而以後就開始了懲罰①。

① 指眞正的兇手在良心上受到懲罰。

這位神秘的來訪者，現在已成了我的知交，他告訴我，一開始，他甚至根本沒有受到良心譴責的痛苦。他倒是很難過，而且難過了很長時間，但不是因爲這事，僅僅是因爲殺死了心愛的女人而感到惋惜，人死已經不能復活，他殺死了她，也就是殺死了自己的愛情，可是怒火仍舊在他的血管裡燃燒。但是，對於流了無辜者的血，對於殺人，他當時幾乎連想也沒想。一想到他的犧牲品可能成爲別人的妻子，他就覺得受不了，因此長時間覺得捫心無愧，因爲捨此別無他法。那名僕人的被捕，起初曾使他感到有點內疚，但是這名囚徒很快就病倒了，後來又死了，也就使他安心了，因爲他的死，顯而易見（他當時就是這麼認爲的），並不是因爲被捕和害怕，而是因爲他逃跑在外的那幾天，經常爛醉如泥，整夜醉臥在潮濕的泥地上，得了重感冒所致。至於偷來的物品和錢，倒很少使他感到不安，因爲（他當時一直是這麼認爲的）他之所以偷盜不是因爲財迷心竅，而是爲了避嫌，轉移別人的視線。偷盜的金額是微不足道的，他很快就把這全部金額，甚至還要多得多，都捐獻給了我市開辦的養老院。他是特地這樣做的，因偷盜而使良心稍安，值得注意的是，他竟暫時心安了，甚至還心安了很長一段時間——這是他自己告訴我的。當時他公務繁忙，甚至故意要求去做那些既棘手而又麻煩的差事，這又占了他大約兩年時間，加之他生性堅強，幾乎忘記了所發生的事；有時想起，便盡量不去想它。此外，他一心做起了慈善事業，在我市創辦和資助了許多事業，在兩大京城也名噪一時，在莫斯科和彼得堡還當選爲當地許多慈善團體的董事。但是後來他終於痛苦地陷入沉思，逐漸受不了啦。就在這時他遇到了一個非常美麗而又明理的姑娘，於是他跟她很快結婚了，幻想用結婚來驅散自己的孤獨感，幻想在他走上新路，盡心竭力地履行自己對妻子和孩子的義務之後，能夠徹底擺脫舊日的回憶。但是偏偏又出現了一件與這一期待相反的事。還在婚後第一個月，就有一個想法開始不斷地困擾他：「瞧，妻子很愛我，要是她知道了這事，她會怎樣呢？」當妻子開始懷第一個孩子並把這事告訴他之後，他突然感到不安起來：「我給人以生命，可是我又剝奪了別人的生命。」孩子一個接一個地生下來：「我怎麼敢去愛孩子，去教育孩子，對他們侈談什麼高尙的道德情操呢：要知道我殺過人呀！」孩子們一個個長得十分美麗可愛，他很想跟他們親熱親熱：「我沒法看著他們那純潔的、開朗的臉；我不配。」最後他開始可怕而又痛苦地隱約看到那個被他殺害的人流的血，她那被他殺害的年輕的生命，這血號叫著要求復仇。他開始常常做噩夢。但是因爲心腸硬，他還是長時期地忍受了這痛苦：「我將用我的秘密的痛苦來贖買一切。」但是這一希望也成了泡影：越往後，痛苦越強烈。在社交界，由於他的慈善活動，他開始贏得人們的尊敬，雖然大家也都怕他那嚴厲而又憂鬱的性格，但是人們越尊敬他，他就越覺得受不了。他向我承認，他曾經想自殺。但是他沒有自殺，而是開始出現另一種幻想——這幻想，他起先認爲是不可能的，也是瘋狂的，但是這幻想卻終於牢牢地吸附在他心上，想要擺脫也擺脫不了。他的幻想是這樣的：挺身而出，面對大庭廣眾，向大家公開宣布他殺了人。他帶著這一幻想過了大約三年，他設想著實現這一幻想的不同方式。最後，他終於全心全意地相信，在他宣布了這一罪行之後，無疑就能醫治好他心靈的創傷，使他的心一勞永逸地平靜下來。但是他相信倒是相信了，可是心裡又感到恐懼，因爲怎樣實現這一幻想呢？就在這時忽然發生了我在決鬥中發生的那事。「以您爲榜樣，現在我下定了決心。」我望著他。

我舉起兩手一拍，向他叫道：

「難道這樣一件區區小事能在您心中產生這麼大的決心嗎？」

「我這決心已經醞釀了三年，」他回答我，「您的事只是給它一個推動力。我瞧著您的榜樣，既於心有愧，又十分羨慕。」他對我說這話時態度甚至很嚴峻。

「人家不會相信您的，」我對他說，「都過去十四年了。」

「我有證據，大證據。我可以提供證據。」

當時我哭了，親吻著他。

「有件事請您給我拿個主意，就一件事！」他對我說（倒像現在一切都取決於我似的），「老婆，孩子！賤內也許會傷心死的，孩子們雖然不致於失去貴族的頭銜和領地──但將永遠成爲一個逃犯的子弟。我將會在他們心中留下怎樣的印象啊！」

我默然。

「而且要與他們分開，永遠離開他們？等於永別，等於永別啊！」

我坐著，默默地念著禱告詞。我站起來，終於感到了可怕。

「怎麼辦呢？」他瞧著我。

「去，」我說，「向大家宣布。一切都會過去的，只有真理永存。孩子們長大後會明白的，您毅然下定的這一決心中有多少值得慷慨悲歌的東西啊。」

他當時離我而去，似乎當真下了決心。但是以後兩個多星期中他仍舊每天晚上來看我，老準備去，但又老拿不定主意。他使我的心痛苦極了。他來的時候很堅定，並且極其感動地說：

「我知道天堂定會對我降臨。十四年來我一直待在地獄裡。我願意受苦受難。我一定接受苦難，開始重新生活。一個人可以昧著良心度過一生，到頭來追悔莫及。我現在不僅不敢愛自己的鄰舍①，

①語出《路加福音》第十章第二十七節：「你要盡心、盡性、盡力、盡意，愛主你的神。又要愛鄰舍如同自己。」（這裡所說的「鄰舍」，意爲除自己以外的他人。）

而且也不敢愛自己的孩子。主啊，孩子們也許會懂得我的苦難花費了我多大代價，因而不致譴責我！主的偉大不在於炫耀力量，而在於使真理重見天日。」

「大家都會懂得您立下的功德的，因爲您爲真理盡了力，至高無上的真理，非俗界的真理……」於是他離開了我，似乎得到了安慰，可是第二天他又憤憤然走來了，面色蒼白，嘲笑道：

「我每次來看您，您都好奇地望著我，心想：『又沒有宣布？』請足下少安毋躁，不要對我嗤之以鼻。這事做起來並不像您想像的那麼容易。我壓根兒不想這樣做也說不定。您總不會跑去告發我吧，啊？」

其實，我不僅不敢帶著好奇（因爲這樣做不明智）看他，甚至都沒有勇氣正眼看他。我痛苦得簡直像生了場大病，我心裡充滿眼淚。甚至夜不成寐。

他繼續道：

「我剛才從賤內那裡來。您明白老婆是什麼意思嗎？我臨走的時候，孩子們向我喊道：『再見，爸爸，快點回來，跟我們一起念《兒童讀物》①。』不，個中滋味您是不懂的！別人的災難，您是體會不了的。」

他的兩眼閃出了光，嘴唇開始發抖。他突然捶了一下桌子，以致桌上的東西都跳了起來——這麼好脾氣的人發生這樣的事，還是頭一回。

「何必呢？」他叫道，「又何苦呢？要知道，誰也沒有因我而判刑，誰也沒有因我而被流放，那傭人是病死的。至於我殺人已經受到了內心痛苦對我的懲罰。再說人家也不會相信我的話，不會相

① 當時俄國出版的一種兒童雜誌。

信我提出的任何證據。何必當眾宣布，何必呢？因爲我殺了人，我準備畢生在痛苦中繼續受煎熬，只要不株連我的老婆孩子就行。讓他們跟我同歸於盡，這公平嗎？我們會不會想錯了呢？這事究竟應當怎麼辦呢？再說人們會認爲這樣做是對的嗎？他們會對這樣做給予正確評價，尊重這種做法嗎？」

「主啊！」我腹中尋思，「在這樣的時刻還想會不會得到人家的尊重！」那時候我是多麼可憐他啊，我恨不能分擔他的命運，只要能減輕他的痛苦就成。我看到他像發狂似的。我覺得怕極了，不僅用腦子懂得，而且我感同身受地懂得，下這麼大的決心要花費多大的代價啊。

「您來決定我的命運吧！」他又激動地叫道。

「去公開宣布。」我向他悄聲道。我聲音都發不出來了，但是我語氣堅定。這時，我從桌上拿起了福音書的俄譯本，給他看了《約翰福音》第十二章第二十四節：

「我實實在在的告訴你們，一粒麥子不落在地裡死了，仍舊是一粒，若是死了，就結出許多子粒來。」他來之前，我剛讀了這一節。

他讀了。「沒錯。」他說，但又發出一聲苦笑。「是的，在這書裡，」他沉默片刻後說道，「常常會遇到十分令人觸目驚心的話。硬把這書塞給人家看是容易的。這書是誰寫的呢，難道是人？」

「是聖靈寫的。」我說。

「您隨便說說容易。」他又苦笑了一下，但差不多帶著憎恨。我又拿起了那本書，翻到另一個地方，給他看了《希伯來書》第十章第三十一節。他讀道：

「落在永生神的手裡，真是可怕的①。」

他讀完後，把書扔在一旁，渾身都發起抖來。

「這一節真可怕，」他說，「沒說的，您故意挑的。」他從椅子上站起來，「好，」他說，「再見，也許我不會再來了……天堂裡再見吧。可見，『我落在永生神的手裡』已經十四年了，——原來這十四年是這麼可怕。明天我就請求這手放了我……」

我本來想擁抱他和親吻他，但是我不敢。——他的臉扭歪了，令人看著都難受。他走了出去。「主啊，」我想，「這人要到哪兒去啊！」我立刻雙膝跪下，趴倒在聖像前，爲他向至神至聖的聖母娘娘哭泣，向大慈大悲、救苦救難的聖母娘娘哭泣。我含淚祈禱，過了大約半小時，那時已是深夜十二時左右。突然，我一看，門開了，他又走了進來。我不勝驚訝。

「您上哪兒啦？」我問他。

「我，」他說，「我好像把什麼東西給忘了……似乎是手帕……嗯，即使什麼也沒忘，就讓我稍坐片刻吧……」

他坐到椅子上。我站在他身旁。他說：「您也坐下。」我坐了下來。我們坐了大約兩分鐘，他注意地看著我，驀地一笑，我記住了這笑，然後他站起身來，緊緊地擁抱我，親吻我……

「你要記住，」他說，「我是怎麼再一次回來找你的。聽見了嗎，要記住這點！」

這是他頭一回對我稱你。說罷就走了。「明天。」我想。

---

① 在《新約·希伯來書》裡，這話是指一些人雖然認識了眞道，但仍不尊敬基督和基督的學說，「踐踏神的兒子，將那使他成聖之約的血當作平常，又褻慢施恩的聖靈。」

這事果然發生了。那天晚上我還不知道明天正好是他的生日。最近幾天，我足不出戶，因此也無法從任何人那裡知道這點。每年的這一天，他一向大張宴席，全城人都來慶賀。這一回也高朋滿座。可是，午宴以後，他走到客廳中央，兩手捧著一張紙——呈報上層的正式報告。因爲他的上層就在這裡，因此他便向全體賓客宣讀了這紙公文，其中詳細描述了他犯罪的來龍去脈：「我是個惡棍，我要把自己逐出人群，上帝點化了我，」他在公文的末尾寫道，「我願意受苦受難！」他讀罷便把他保存了十四年、自以爲是他的全部罪證立刻拿了出來，放到桌上：他想要轉移人們對他的懷疑而偷盜的被害人的金器，從她脖子上摘下來的項鏈墜和十字架——項鏈墜裡還嵌有她的未婚夫的照片，以及一本記事冊和兩封信：一封是她的未婚夫寫給她的，告訴她他很快就要回來了，再一封是她給他的回信，剛開了個頭，還沒寫完，當時放在桌上，準備第二天交郵局寄出。這兩封信他都順手拿走了——有什麼用呢？他幹麼不把這兩件罪證銷毀了，而要把它們保存起來長達十四年之久呢？果然發生了下面的情況：大家都吃了一驚，感到可怕，誰也不肯相信，雖然大家異常好奇地聽完了他的話，但是認爲他有病，而且幾天之後家家戶戶已經完全認定，並判定這個不幸的人瘋了。上層和法院不能不受理這一案件，但是他們又束手無策：雖然提交的物品和信件已足夠耐人尋味，但他們還是認定，即使這些憑證確鑿無誤，但僅僅根據這些憑證畢竟不能最後定罪。再說所有這些東西，他作爲她的朋友，也可能得之於她本人，託他代爲保管的也說不定。話又說回來，我聽說，這些東西經被害人的朋友和親屬辨認，確認是屬於她的，其中並無疑問。但是此事又注定無法結案。過了五天左右，大家得知這位多災多難的人病倒了，而且有性命之虞。他到底生了什麼病，我也說不清，有人說是心律紊亂，但是又聽說，由於他夫人的堅決要求，請了幾位大夫來會診，檢查了他的精神狀態，結論是已成神經錯亂。我什麼也沒有透露，雖然大家紛紛前來問我，但是我提出想看望看望他時，卻長時間告曰不許，主要是他夫人：「都是您讓他心情不好的，」她對我說，「他本來就很憂鬱，而最近一年中，大家全發現他非常煩躁，舉止失常，偏巧這時又加上了您，都是您把他給毀了；都是您沒完沒了地給他說這說那把他累垮了的，他整整一個月都沒離開過您。」真沒辦法，不僅是他夫人，甚至全城人都氣勢洶洶地指責我：「都是您！」我一言不發，但是我心中很高興，因爲我看到了上帝無疑的恩寵，上帝對一個敢於自首，敢於懲罰自己的人大發慈悲了。至於說他神經錯亂，我沒法相信。最後他們終於讓我去見他了，這是他自己堅決要求的，他要同我告別。我進去後立刻看出，他不僅來日無多，屈指可數，甚至再活幾小時都是數得清的了。他很虛弱，面色焦黃，兩手發抖，氣喘吁吁，但是他的神態十分感動和快樂。

「終於做到了！」他對我說，「我早就渴望看到你，你怎麼不來呢？」

我沒告訴他人家不讓我來看他。

「上帝垂憐我，讓我到他身邊去。我知道我快要死了，但是，經過如許年之後，我第一次感到快樂與平靜。我剛做了我該做的事，就立刻感到了我心中的天堂。現在我已經敢愛我的孩子和親吻我的孩子了。他們都不相信我的話，誰也不相信，妻子不相信，法官們也不相信；孩子們也永遠不會相信。我在這件事中看到了上帝對我的孩子的垂憐。我死之後，對於他們，我的名字並沒有沾染上汙點。而現在我已經預感到了上帝的愛，我的心像在天堂裡一樣快活……我履行了天職……」

他說不下去，氣都喘不過來了，他熱烈地握著我的手，熱情洋溢地望著我。但是我們的談話時間並不長，他的夫人不斷進來看我們。但他還是抓住機會向我悄聲道：

「你還記得那時候我再次進來看你嗎，在半夜？我還讓你記住？你知道我進來要幹什麼嗎？我是來殺你的！」

我猛地打了個寒顫。

「當時我離開你以後，便走進一片黑暗，我躑躅街頭，與自己進行著鬥爭。驀地，我對你恨之入骨，恨得牙癢癢的。我想：『現在只有他捆住了我的手腳，他是審判我的法官，我已經無法拒絕明天對我的處決，因爲他全知道了。』倒不是我怕你告發（我想也沒想過這個），但是我想：『如果我不去自首，我有何面目去見他呢？』哪怕你遠在天涯海角，只要還活著，只要我一想到你還活著，你全知道，你在譴責我，我就受不了。我對你恨之入骨，彷彿你是一切的罪魁禍首，一切都是你惹出來的。當時我回到你家，我記得，你桌上放著一把匕首。我坐了下來，讓你也坐下，我想了足足一分鐘。即使我殺了你，哪怕我沒有宣布從前的罪行，就因爲這件凶殺案，我反正也活不了啦。但是我壓根兒就沒想到這層，當時我也不願去想。我只是恨你，拚命想爲了這一切向你報仇雪恨。但是我主戰勝了我心中的魔鬼。不過你要知道，你還從來沒有離死那麼近過。」

一星期後，他死了。全城人都去給他送葬。大司祭作了動情的墓前演說。大家都痛悼可怕的疾病使他中年夭折。但是把他埋了以後，全城人都對我群起而攻之，甚至把我拒之門外。誠然，有些人，起初人不多，到後來就越來越多了，開始相信他的供詞是真的，於是便紛紛前來看我，非常好奇和津津有味地向我問長問短：因爲一個人總愛看到正人君子遭殃和這人身敗名裂。但是我不置一詞，而且我很快就離開了這座城市，又過了五個月，承蒙主上帝的恩准，我便走上了一條堅定而又恢宏的路，感謝那隻無形的手給我清楚地指明了這條路。而那位歷盡苦難的上帝的奴僕米哈伊爾，直到今天，我每天都在自己的祈禱中提到他。

三、佐西馬長老的談話和開示錄（摘要）

五、關於俄羅斯修士及其可能起的作用的二三言

各位師父，何謂修士？在文明世界，在當代，有些人提到這兩個字的時候已不無嘲笑之意，有些人則簡直把這當成了罵人話。而且愈演愈烈。誠然，嗚呼，誠哉斯言，修士中的確有許多寄生蟲、淫棍、好色之徒和厚顏無恥的流氓。一些有文化的俗家人指著這類現象說道：「你們這些懶漢和社會渣滓，你們依靠他人為生，是些無恥的乞丐。」與此同時，修士中也有許多溫良恭儉讓的人，他們渴望潛心修煉，渴望在靜修中進行熱烈的祈禱。對這類人，人們卻很少注意，甚至諱莫如深，如果我說，也許正是靠了這些溫柔敦厚和渴望潛心祈禱的人，俄羅斯大地才能再次獲救，聞言他們一定會覺得奇怪！因為他們確是在靜修中預備好了，「到某年某月某日某時」①。眼下，他們在潛心修煉中繼承遠古的神父、使徒和殉教者的傳統，完好而又不加歪曲地保存著基督的形象，堅持上帝真理的純潔性，一旦需要，便將基督的形象顯示於世界上搖搖欲墜的真理面前。這個思想是偉大的。這顆明星將從東方發出萬丈光芒。

關於修士我就是這麼想的，難道這有悖於現實，難道這是目空一切嗎？再看看整個凌駕於上帝的子民之上的世界中那些世俗的人吧，在這世界中，上帝的面貌和他的真理不是被扭曲了嗎？他們

---

① 指基督二次降臨前的世界末日。語出《啓示錄》第九章第十五節：「他們原是預備好了，到某年某月某日某時，要殺人的三分之一。」

有科學，但是科學中僅有感覺所及的東西。至於精神世界，人之作為人的更高級的那一半則被完全摒棄了，帶著某種勝利和憎恨被趕走了。現世界標榜自由，尤其在最近，可是在他們的這個自由裡，我們又看到了什麼呢：只有奴役和自殺！因為現今這世界說：「你有需要，就應當充分滿足這需要，因為你同那些豪門巨富一樣具有同等的權利。不要害怕使這些需要得到充分滿足，甚至應當使這些需要日益增長。」——這就是這個世界的當今學說。他們心目中的自由也就是這個涵義。這種使需要日益增長的權利會產生什麼結果呢？富人中會產生**彼此隔絕**和精神自殺，窮人中則會產生嫉妒和凶殺，因為給了權利，卻沒有指出充分滿足這些需要的手段。有人硬說世界越來越團結一致了，君不見世界的距離正在縮短，空中可以傳遞思想，因而兄弟般的彼此交往正在逐漸形成嗎！唉，請諸位不要相信人與人之間的這種團結一致。他們把自由看作日益擴張的需要和盡快滿足這些需要，這樣就會扭曲自己的天性，因為這樣他們就會在自己心中產生許多無聊愚蠢的願望、習慣和極其荒唐的異想天開。他們活著僅僅是為了互相嫉妒，為了縱欲和目空一切。飯局，外出應酬，出入車馬，加官晉爵和奴僕成群，已被認為是生活中不可或缺的東西，為了得到這些東西甚至不惜犧牲生命、榮譽和人的仁愛之心，只要能滿足這些需要就行，一旦滿足不了，甚至不惜自殺。我們看到，那些並不富有的人的情況亦然，至於窮人，他們的需要得不到滿足和由此產生的嫉妒之心，暫時因酗酒而退居次要地位。但是不要很久，他們的嗜酒就將被嗜血所替代，人們正在把他們引上這條路。我倒要請問諸位：這樣的人自由嗎？我認識一位「為主義而奮鬥的人」，這是他自己告訴我的，他說，在監獄裡因為沒有煙抽，因煙癮發作難過極了，為了求人家給點煙，他差點沒出賣自己的「主義」。可是這種人卻口口聲聲說：「我要去為人類而奮鬥。」可是這樣的人又能去哪兒呢，他又能幹什麼呢？除非急功近利，馬到成功，時間一長就堅持不下去啦。因此，他們非但沒有得到自由，反而被人奴役，非但不能爲博愛和人與人的團結一致獻身，反而陷入**分崩離析**和彼此隔絕的狀態，就像我年輕時那個神秘的來訪者和我的師父對我所說的那樣——這本來就不足爲怪。因此爲人類服務的思想，關於博愛和人與人是一個整體的思想，在這世上也就越來越淡漠了，甚至一聽到這思想便嗤之以鼻，因爲這個物質的奴隸既然已經習慣於千方百計地來滿足自己數不清的需要（這需要是他自己憑空想出來的），又怎能拋棄這些習慣，他又能向何處去呢？他已置身於大眾之外，大眾與他又有什麼相干。結果是物質積聚了很多，快樂卻少了。

修士們的路就是另一回事了。有人甚至嘲笑修煉、齋戒和祈禱，殊不知只有通過修煉才能走上一條通向真正自由的路：我只要摒棄多餘的、無用的需求，清除我那自命不凡的驕傲的意志，用修煉來鞭策自己，我就能借助上帝來達到精神的自由，並隨之而達到精神的愉悅！他們中間究竟有誰更能高舉這一偉大的思想，並爲這一思想服務呢——是脫離大眾的富翁呢，還是**不受**物質與陋習任意擺布的人呢？有人指責修士閉門隱修，說什麼「你閉門隱修，但知在修道院的四堵牆裡修道，而忘了兄弟般地爲人類服務。」但是，讓我們再看看，誰能爲促進人與人之間的博愛更盡心竭力呢？因爲脫離大眾的不是我們，而是他們，但是他們視而不見。自古以來我們中間就出過不少爲民請命的活動家，爲什麼他們現在就不能出現呢？那些溫良敦厚、吃齋念經和沉默寡言、不妄語的人將會挺身而出，去從事偉大的事業。拯救俄羅斯唯有依靠人民。而俄羅斯的修道院自古以來就跟人民在一起。如果百姓彼此分離，我們就閉門隱修。百姓與我們同一信仰，而不信仰上帝的活動家，儘管他們的心是真誠的，他們的智慧是超群的，而在我們俄羅斯定將一事無成。這點你們務必牢記。百姓定將與無神論者當面對壘並戰勝他們，那時候便會出現統一的正教的俄羅斯。要愛護百姓，保護他們的心靈。要一邊靜修一邊教育他們。這就是你們作爲一名修士應該建立的功德，因爲我國的老百姓是心懷上帝的。

六、論主與僕以及主僕間能否在精神上相互成為兄弟的二三言

上帝啊，有人說老百姓也有罪孽。腐敗的火燄甚至明顯地越燒越旺，每時每刻，自上而下，愈演愈烈。百姓中也出現了彼此分離的現象：開始出現了富農和惡霸；商人也越來越希望受人尊敬，本來毫無教養，卻極力顯示自己是有教養的，因而卑鄙地無視古老習俗，甚至把祖先的信仰也引以爲恥。他們奔走於豪門官府之間，其實自己不過是個仰人鼻息的莊稼漢。百姓因酗酒而過著糜爛的生活，已經不能自拔。對家庭，對老婆，甚至對孩子十分殘暴；一切皆因酗酒而起。我在幾家工廠裡甚至看到不少十歲的孩子：孱弱、憔悴、彎腰曲背，而且已經墮落。惡濁的廠房，轟鳴的機器，整天幹活，滿嘴髒話和酒，酒，這麼小，還是個孩子。他們的靈魂需要的難道是這些東西嗎？他們需要的是陽光，孩子的遊戲，到處可作爲表率的光輝的榜樣，以及多少給他們點愛。但願不要再出現這種現象，修士們，但願不要再折磨我們的孩子們了，你們要挺身而出，快點宣傳這道理，要快。但是上帝定將拯救俄羅斯，因爲平民百姓雖然已經墮落，陷身於骯髒的罪孽中無法自拔，但是他們畢竟懂得他們幹的骯髒的罪孽是受到上帝詛咒的，他們做錯了，是犯罪。因此我國老百姓仍在孜孜不倦地相信真理，承認上帝，常常痛心疾首地哭泣。上層人士就不同了。那些人追隨科學，想單憑自己的智慧來建立公正的生活，但是不像過去，他們已經不要基督了，而且他們還宣稱，已經沒有犯罪，因此也已經沒有罪孽。不過按照他們的看法，這話也對：因爲既然你已經沒有了上帝，那還有什麼犯罪呢？在歐洲，百姓起來用暴力反對富人，百姓的領頭人到處領著他們去殺人流血，並教

導他們說他們的憤怒是正義的。但是「他們的怒氣暴烈可咒①。」

而主定將拯救俄羅斯，就像他曾經拯救過許多次那樣。拯救的希望將來自百姓，來自百姓的信仰和謙恭。諸位師父，要維護百姓的信仰，而且這不是幻想：我國偉大的百姓中那種優秀、真誠的品德曾使我終生驚嘆不已，我親眼看見過，我可以作證，我看見了，而且贊嘆不已，我的確看見了，儘管我國百姓有許多骯髒的罪孽，而且看去一貧如洗。但他們並不是一副奴才相，儘管他們做了兩世紀的奴隸。他們的外表和待人接物很隨便，但是並沒有任何失禮之處。他們既不記仇，也不嫉妒。「你有名，你有錢，你既聰明又有才幹——那很好，願上帝祝福你。我尊敬你，但是我曉得我也是人。僅就我尊敬你，但不嫉妒你這一點，就向你顯示出了我做人的尊嚴。」誠然，即使他們沒有說這話（因爲他們還不會說這話），但是他們卻這麼**做**了，我親眼見過，親自體會過，你們信不信，我們俄羅斯人越窮，地位越低，他們身上就越明顯地可以看到這種優秀而又真實的品德，因爲他們中有錢的富農和惡霸，多數已經腐化墮落，而所以出現這種現象多半因爲我們怠忽職守和照看不周。但是上帝定將拯救自己的子民，因爲俄羅斯之所以偉大就因爲它溫良敦厚。我幻想看到，並且似乎已經清楚地看到我們的未來：因爲必將出現這樣的情形，甚至我國最腐化墮落的富人，到頭來也會在窮人面前對自己的財富感到羞愧，而窮人看到這種嚴於責己，寬以待人，定會予以諒解，並對他們欣然讓步，用撫慰來回答他們的知恥近乎勇的優秀品德。請諸位相信，結果必定如此：這是大勢

① 語出《舊約．創世記》第四十九章第五—第七節，雅各臨終時對他的眾兒子說：「西緬和利未是弟兄，他們的刀劍是殘忍的器具。我的靈啊，不要與他們同謀，我的心哪，不要與他們聯絡，因爲他們趁怒殺害人命，任意砍斷牛腿大筋。他們的怒氣暴烈可咒，他們的忿恨殘忍可詛。」西緬與利未因他們的妹妹底拿遭示劍人玷汙，遂盡殺示劍城的男丁，以雪心頭之恨。

所趨。僅在人的精神品德裡才有平等，而能夠懂得這點的只有我們。只有大家親如兄弟，才有博愛可言，而在實現博愛之前，是永遠解決不了分配不公的問題的。我們將保存好基督的形象，它將像金剛寶石一樣熠熠生光，普照世界……阿門，阿門！

各位師父，有一回，我遇到一件感人至深的事。我雲遊四方，有一回在省城K遇到了我過去的勤務兵阿法納西，自從我跟他分手以後，已經過去八年了。他在市場上無意中看見了我，他認出我以後，便向我急忙跑過來，上帝啊，他多高興啊，簡直向我衝了過來：「少爺，老爺，這是您嗎？難道我真的看見您了嗎？」他把我帶到他家裡。他已退伍，結了婚，已經有兩個不點小的小孩。他和他太太在市場上做點小買賣，擺攤度日。他家的房間雖然狹小，貧寒，但是乾乾淨淨，喜氣洋洋。他請我坐下後便升上了茶炊，派人去叫他老婆，倒像我到他家來對他是什麼喜慶似的。他把孩子們領到我面前：「老爺，請您爲他們祝福。」「我哪能祝福呢，」我回答他道，「我是一個普普通通的、微不足道的出家人，我只能替他們禱告上帝，至於你，阿法納西•帕夫洛維奇，我一直在替你禱告，從那天起，我每天都在替你禱告上帝，因爲，」我說，「一切都因你而起。」於是我就盡力把這事給他作了說明。這人倒是怎麼啦：他望著我，簡直沒法想像我過去就是他的老爺，是軍官，現在站在他面前，卻成了這副模樣，穿這麼一身衣服：他甚至哭了。「你幹麼哭呢，」我對他說，「你是一個我永遠忘不了的人，你心裡應當替我高興才是，因爲我走的這條路是歡悅的、光明的。」他沒有說很多話，只是一個勁地、十分感動地對我搖頭嘆息。他問我：「您的財產呢？」我回答他說：「獻給修道院了，我們過的是集體生活。」喝完茶以後，我就起身同他們告辭，他忽然給我半個盧布，說是捐獻給修道院的，又把另外半個盧布塞到我手裡，急急忙忙地說：「這是給您的，給一個過路的雲遊四方的出家人的，您也許用得著，老爺。」我收下了他的半個盧布，向他和他太太一鞠躬，高高興興地走了，路上，我想：「瞧，現在我倆，他在自己家裡，我則走在路上，很可能，我倆都在連聲嘆息和歡笑，兩人的心裡都十分快樂，在頻頻點頭，回想上帝是怎麼讓我倆重逢的。」從那時起我再沒見過他。我曾經是他的主人，而他曾經是我的僕人，而現在我倆卻友愛地、精神上感動至深地互相親吻，我倆體現了人與人之間偉大的團結一致。我對此想了很多，而現在我的想法是這樣的：這種偉大而又純樸的團結一致，有朝一日定會普遍開花，出現在我們俄羅斯人中間，難道這道理就那麼費解嗎？我相信，此情此景定將出現，而且已經爲期不遠了。

至於僕人，我還要補充幾句：過去，當我年輕的時候，我常常對僕人們發脾氣：「女廚子做的菜太燙，勤務兵沒把衣服刷乾淨。」但當時我親愛的哥哥的想法使我豁然開朗，這話還是我小時候聽他說的：「我配嗎？我有什麼資格讓別人伺候我，我有什麼資格對別人呼么喝六，就因爲他們窮，就因爲他們沒知識嗎？」我當時覺得奇怪，這麼簡單的、彰明較著的想法，竟這麼晚才出現在我的腦海。如果說塵世間不可能沒有僕人的話，那也應當做到讓你的僕人比他沒有做你的僕人之前在精神上更自由①。爲什麼我就不能做我的僕人的僕人呢？而且應當讓他看到這一點，我這樣做沒有什麼放不下架子的，他也不用不相信。爲什麼我的僕人就不能如同我的親人一樣，到後來，我就接受他做我的家庭成員，並對此感到滿心歡喜呢？甚至現在，這也是辦得到的嘛，而且將來這也可以作爲

① 杜思妥也夫斯基在一八八〇年的《作家日記》裡是這樣來說明這一思想的：「僕人並不是奴隸。當保羅（使徒－譯者）與門徒提摩太外出傳道時，提摩太曾侍候過保羅，但是請諸位讀一讀保羅的提摩太書（見《新約聖經》－譯者）：他這信是寫給奴隸，甚至是寫給僕人的嗎，得了吧！他是他的『提摩太孩子』，是他的心愛的孩子。瞧，主人對僕人就應當是這樣的態度，如果他們倆都是完全的基督徒的話！僕人與主人是會有的，但主人不應當是老爺，而僕人不應當是奴隸。」（《杜思妥也夫斯基全集》第二十六卷第一六三頁）

實現人與人之間美好的團結一致的基礎，那時候人就不會給自己尋找僕人，也不希望像眼下這樣把跟自己同樣的人變成僕人了，而是相反，像福音書上說的那樣，自己極力希望做大家的僕人①。人最後終將只在普渡眾生的功德中尋求自己的快樂，而不是像眼下這樣在殘忍的樂趣——在饕餮、淫亂、妄自尊大、自吹自擂，以及妄圖一人凌駕於他人之上的角逐中尋求快樂——難道這僅僅是幻想嗎？我堅信，這決不是幻想，而且實現這一理想已經爲期不遠了。有人笑問道：實現這一理想的時間何時到來呢？而且真的會到來嗎？我認爲，只要我們與基督同在，我們定能實現這一偉大的事業。人世間，在人類歷史上，有多少種思想，甚至在十年前還是不可想像的，可是那時來運轉的神秘時刻一旦來臨，這些思想就會忽然出現，而且風行整個大地，難道不是這樣嗎？我國也會發生同樣的情況的，我國人民定將光照全世界，到時候所有的人將會說：「匠人所棄的石頭，已成了房角的頭塊石頭。」②我們倒要請問那些好嘲笑別人的人：如果我們說的僅僅是幻想，那你們什麼時候才能僅靠自己的智慧，不靠基督，建起你們的大廈，安排好你們公平合理的生活呢？如果他們硬說，相反，只有他們在追求團結一致，說實在的，只有他們中間頭腦最簡單的人才會對他們的諾言信以爲真，因此只能使人對這種頭腦簡單的想法啞然失笑。說實在的，他們比我們更愛不著邊際地幻想。他們想要建立公平合理的生活，但是如果撇開基督，結果必將使全世界淹沒於血泊之中，因爲血債要用

① 在福音書裡，耶穌對自己的門徒說：「你們知道，外邦人有君王爲主治理他們，有大臣操權管束他們。只是在你們中間不可這樣。你們中間誰願爲大，就必作你們的用人。誰願爲首，就必作你們的僕人。」（《馬太福音》第二十章第二十五—二十七節。）

② 《舊約．詩篇》第一百一十八篇第二十二節。並參看《馬太福音》第二十一章第四十二節。

血來償還，動刀的人必將死於刀下①。如果不是基督有言在先，他們一定會互相殘殺，直殺到世界上只剩下最後兩個人。甚至這最後兩個人由於蠻橫也不會互相勸阻，因此最後一個人必將消滅那倒數第二個人，然後再消滅自己。這情形本來是會出現的，要不是基督有言在先，爲了那些溫良敦厚的人使這事減少了的話②）。那時候我還身穿軍官服，我就在社交界講起了僕人問題，我記得，大家對我的話都很驚訝。他們說：「難道要我們請僕人坐到沙發上，給他端茶倒水嗎？」那時候我回答他們道：「爲什麼不能這樣呢，哪怕偶一爲之也無不可呀。」大家都笑了。他們提的問題很無聊，我的回答也不明確，但是我想，其中總還有點道理。

七、論禱告，論愛，論與彼岸世界彼此相通的問題

年輕人，切莫忘記禱告。如果你的禱告是真誠的，那每次在你的禱告中就會出現新感情，而在這新感情中又會出現你過去不知道，而現在又必將鼓舞你的新思想；於是你就會明白，禱告乃是一種自我教育。還應記住：每天只要有時間，有可能，要反複念誦：「主啊，請寬恕今天來到你面前的所有的人。」因爲每時每刻都會有千千萬萬的人離開他們在塵世的生命，他們的靈魂將來到主的面前——他們中間有許多人在告別人世的時候是孤獨的、無人知曉的，充滿了憂傷和苦悶，因爲沒有任何人對他們的死表示惋惜，甚至根本不知道這世上有他們存在：他們是不是在這世上生活過。你

① 參看《馬太福音》第二十六章第五十二節：「凡動刀的，必死在刀下。」

② 耶穌基督在福音書中談到世界末日，那時必有大災難，但是爲了上帝的選民，將減少災難的日子。與此處的說法稍有不同，原話是這樣的：「若不是主減少那日子，凡有血氣的，總沒有一個得救的；只是爲主的選民，他將那日子減少了。」（《馬可福音》第十三章第二十節）

爲他們所作的安魂祈禱也許會從大地的另一端上達天庭，傳到主的耳朵裡，雖然你根本不認識他，他也根本不認識你。他的靈魂畏懼地站在主的面前，在那一瞬間，他感到居然還有人在爲他禱告，人世間居然還有個人在愛他，他的靈魂該感到多麼欣慰啊。於是上帝便會更加慈悲地看著你倆，因爲你都這麼可憐他了，上帝就會更加憐憫他，因爲上帝與你相比要無限地仁慈，無限地充滿愛。他會看在你的分上寬恕他的。

諸位師兄弟，不要怕人們犯的罪孽，要愛那個即使是有罪的人，因爲這種與上帝的愛類似的愛，乃是世間最高的愛。要愛上帝的一切造物，愛整體，也愛每一粒沙子。要愛每一片樹葉，每一道上帝的光。要愛動物，要愛植物，要愛每一件東西。你倘若能愛每一件東西，你就會理解蘊含在事物中的上帝的奧祕。一旦理解了，以後你就會不斷地、每天每日地對它有著越來越深的理解。最後你就會以整個包羅萬象的愛愛全世界。要愛動物：上帝曾賜予牠們簡單的思想和無憂無慮的快樂。不要擾亂牠們的快樂，不要虐待牠們，不要剝奪牠們的快樂，不要背離上帝的想法。人啊，不要把自己凌駕於動物之上：動物是無罪的，而你儘管身爲萬物之靈，但是你一出世就腐爛著大地，而且在你身後留下一大攤膿血——唉，差不多我們每個人都這樣！尤其要愛孩子，因爲他們也像天使一樣是無罪的，他們活著，使我們有感於心，使我們的心靈淨化，彷彿給我們指明了方向。欺侮孩子的人有禍了①。愛孩子是安菲姆神父教我的：在我們雲遊四海的時候，他待人親切而又沉默寡言，常用他化緣得來的幾個銅子買蜜糖餅和冰糖分給他們吃：他見到孩子就怦然心動，不能漠然而過：他

① 這些話，意在使人們仿效耶穌基督對孩子的看法和態度。源出《馬太福音》第十八章第一—十節，第十九章第十三—十五節。

就是這樣的人。

你遇到某種想法，常常會感到困惑，尤其是看到人們的罪孽，你會不由得自問：「用暴力阻止它呢，還是用溫良敦厚的愛？」你要永遠拿定主意：「我定要用溫良敦厚的愛來阻止它。」你一旦拿定主意，並永遠身體力行，就能征服全世界。溫良敦厚的愛是一種巨大的力量，是所有力量中最強大的力量，沒有任何力量能超過它。要每日每時每分都反省自己，使你的形象保持完美。比方說，你走過一個年幼的孩子身邊，憤憤然，口出穢言，心情惡劣；也許你根本沒注意這孩子，可是他卻看見了你，於是你那醜惡瀆神的形象便會留在他那沒有自衛能力的幼小心靈裡。你甚至沒注意到這點，但是說不定你這樣做已經把一顆惡劣的種子播進了他的心田，也許這顆種子就會發芽長大，而這完全是因爲你在孩子面前行爲不檢點的緣故，因爲你沒有在自己身上養成一種發奮向上的、慎重體貼的愛。諸位師兄弟，愛是老師，但要善於擁有它，因爲擁有它很難，要花很大力氣，要下很大功夫，要花很長時間，因爲不是偶然碰到什麼就愛，不是愛一剎那，而是一直愛下去，至死不渝。至於偶然的愛，任何人都能做到，連壞蛋也能做到。我的年輕的哥哥曾經請求小鳥寬恕：這樣做似乎荒唐，可卻是對的，因爲萬物就像汪洋大海，一切都在流動，而且相互關連，只要觸動一處，世界的另一端就會有所反應。就算請求小鳥寬恕近乎瘋狂吧，但是，如果你本人能比你現在更好些，哪怕就好一點吧，只要好一點就成，那小鳥的日子也會好過些，你周圍的孩子和每個動物的日子也會好過些。告訴你們吧，萬物就像汪洋大海。那時候你就會向小鳥祈禱了，你心中就會充滿包羅萬象的愛，似乎處在一種狂喜之中，你將會祈求它們，讓它們也來寬恕你的罪孽。你應當珍視這種大歡喜，不管人們覺得它多麼荒唐。

我的朋友們，你們要請求上帝賜給你們快樂。你們要像孩子，要像天上的飛鳥一樣快快樂樂①。不要讓人們的罪孽影響你們的作爲，不要怕這罪孽會敗壞你們的事業，使它無法實現，不要說：「罪孽是強大的，造孽這種行爲也是強大的，惡劣的環境也是強大的，而我們是孤立的、無能的，惡劣的環境會敗壞我們，使我們的善行無法實現。」孩子們，千萬不要氣餒！能拯救自己的只有一條：要自愛自重，要爲整個人類的罪孽承擔責任。朋友，要知道，的確是這樣的，因爲只要你真心誠意地爲一切人和一切事承擔責任，你就會立刻看到，事情的確是這樣的，你對一切人和一切事都負有罪責。把自己的懶惰和無能推到別人身上，結果就會養成同撒旦一樣目空一切，並埋怨上帝。對於撒旦般的目空一切我是這樣想的：我們在人世間很難看透它，因此容易失足，染上這毛病還自以爲正在做某件偉大而壯麗的事。我們天性中的最強烈的感情和活動，有許多東西，我們在人世間暫時還理解不了，千萬不要被這些東西所誘惑，不要以爲用這個就可以爲你辯解，因爲永恆的法官向你追究的是你所能理解的，而不是你所不能理解的，你將來一定會對這一點深信不疑，因爲到時候你就能正確對待一切，也就無意爭辯了。我們在人世間的確像一群迷途的羔羊，要不是我們面前有寶貴的基督的形象的話，我們就會完蛋，就會徹底迷失方向，就像大洪水前的人類一樣。人世間有許多東西我們還無法知道，但是上帝卻賜給我們一種神秘而又奇妙的感覺，使我們感到我們與彼岸世

① 這話概括了福音書中的一些說法：「我實在告訴你們，你們若不回轉，變成小孩子的樣式，斷不得進天國。」（《馬太福音》第十八章第二—三節）；「你們看那天上的飛鳥，也不種也不收，也不積蓄在倉裡，你們的天父尚且養活牠，你們不比飛鳥貴重得多嗎。」（《馬太福音》第六章第二十六節，並參看《路加福音》第十二章第二十二—二十四節。）

界有著密切的聯繫，而且我們思想與感情的根子不是在這裡，而是在彼岸世界①。哲學家們說，事物的本質在人世間是無法理解的，其道理也就在此。上帝從彼岸世界取來了種子，把它播種在人間的土地上，於是就形成了上帝的花園，只要能夠長出來的東西都長出來了，但是培植出來的東西之所以能存活，完全靠了與神秘的彼岸世界有一種彼此相連的感覺，如果這感覺在你心中逐漸減弱或者逐漸消滅，那你心中培植起來的東西也將會逐漸死亡。於是你就會對人生逐漸冷淡，甚至憎恨它。我作如是想。

八、能否做同類人的法官？論信仰到底

尤其要記住，你不能做任何人的法官。因爲人世間不可能有審判罪犯的法官，除非這位法官自己認識到，他跟站在他面前的人一樣是罪人，站在他面前的那人固然有罪，但是，很可能，他對這人的罪應負的責任比所有的人都大。只有懂得這點，他才能成爲一名法官。這話雖然聽起來荒唐，但卻是真理。因爲如果我公正廉明，也就不會有站在我面前的這個罪人了。如果你能夠把站在你面前受到你審判，並受到你腹誹的這名罪犯的罪承擔下來，你就應該立刻當仁不讓，親自去替他受苦，同時把他釋放，不加責備。即使法律規定你來做審判他的法官，你也應當盡可能照此精神辦理，因爲放走他以後他就會自己審判自己，甚至比你對他的審判還要重。如果他跟你吻別時無動於衷，還嘲笑你，那你也不要被這一現象所迷惑：這說明他醒悟的日期還沒有到，但是到時候這日期一定會來的，即使不來，那也沒關係：他不認識，別人會替他認識，這樣他自己就會痛苦，就會自己審判

① 佐西馬長老的這一思想源出柏拉圖哲學，而且也是一切主觀唯心主義哲學的共同思想基礎。

自己，自己給自己定罪，於是事實真相也就大白於天下了。要相信這點，要確信無疑，因爲正是在這點上建立著聖徒們的整個期望和整個信仰。

你要不倦地身體力行。如果夜裡臨睡前你忽然想起：「我沒有做到應該做的事。」那就應該立刻起身，趕緊去做。如果你周圍的人都是壞人和麻木不仁的人，不願意聽你嘮叨，那你就向他們下跪，請他們原諒，因爲人家不願意聽你的話，說實在的，這錯還在你。即使你當真沒法同那些怨天尤人的人說話，那也永遠不要失去希望，應當默默地、低三下四地爲他們服務。即使所有的人都離開你，並且拼命趕你走，那，剩下你一個人，也應當趴在地上，親吻大地，用你的眼淚澆灌它，於是大地就會在你的眼淚澆灌下結出果實來，儘管你獨自一人，誰也看不見你，誰也聽不見你。要信仰就要信仰到底，哪怕世上所有的人都走上了歧路，只有你一人始終不渝：即使到那時候，只剩下你一個人，你也應當供奉和讚美上帝。即使只有像你這樣的兩個人走到一起，那也已經是整個世界了，這是身體力行的愛的世界，你們也應該在上帝的感召下互相擁抱，讚美主：因爲雖然只有你們兩個人，但是在你們身上卻體現了上帝的真理。

即使你作了孽，你因爲自己的罪孽或因自己突然失足，甚至到死都感到悲傷，那你也應當爲別人高興，爲正人君子高興，因爲雖然你作了孽，但是別的人卻循規蹈矩，沒有作孽，你應當爲他們感到高興才是。

如果人們的罪惡行徑使你義憤塡膺，悲痛欲絕，你恨不得向這些惡人報復而後快，那你千萬要提防這種感情；應當立刻去給自己尋找痛苦，彷佛人們作惡，這罪全在於你。要接受這痛苦，要咬牙忍受，你心裡才能得到緩解，你才會明白其罪全在於你，因爲你是唯一無罪的人，你本來可以開導這些惡人，給他們光明，可是你卻沒有這樣做。假如你能給他們光明，那麼你發出的光就會給他人照亮道路，那個作惡的人，在你的光的照耀下，也許就不會作惡了。即使你開導了他們，給了他們光明，而你看到他們並沒有因此幡然悔悟，那你對來自上天的光的力量也應當堅信不移，千萬不要懷疑；要相信，即使現在他們沒有醒悟，那他們的兒孫也定會吸取教訓，因爲即使你死了，你的光是不會死的。一位高僧大德離開了人世，而他的光永駐。人們的靈魂得救總是在拯救他們的人死去之後才得以實現。人類常常不承認他們的先知，常常迫害他們，但是人們卻愛他們的殉難聖徒，尊敬那些受過他們迫害的人。你是爲整體工作，爲未來盡力。永遠不要尋求福報，因爲即使沒有福報，你在這世上得到的福報也已經夠大的了，即只有正人君子才能得到的精神上的愉悅。不要怕豪門權貴，但要有大智大勇，永遠潔身自好。要知道分寸，要知道凡事都有期限，要學會這點。要慎獨，要禱告上帝。要樂於下拜，親吻大地。一面親吻大地，一面要不倦地、不知饜足地愛，愛一切人，愛一切物，要尋求這種大歡喜和狂喜的境界。要用你的快樂的眼淚澆灌大地，要愛你的這眼淚。不要羞於這樣的狂喜，要珍惜這樣的狂喜，因爲這是上帝的偉大恩賜，不是許多人都能得到這種恩賜的，只有上帝的選民才能得到。

九、論地獄和地獄之火，神秘的議論

諸位師父，我在想：「什麼是地獄？」我的看法是這樣的：「是一種不能再愛而受到的痛苦」。有一回，在無限的存在裡，在無法用時間和空間衡量的存在裡，某個具有靈性的動物，由於他之降臨人世，便賦予他一種能力，使他能對自己說：「我在故我愛。」有一回，也就那麼一回，上天賜予他一瞬間積極的、**身體力行**的愛，而且爲此還賜予他人間的生命，而與生命一起還賜予了他四季和時令，可是又怎麼樣呢：這個幸運的動物卻擯棄了這一無價的賞賜，不知珍惜，不加愛護，反而報以嘲笑，結果成了個麻木不仁的人。這人就這樣離開了人世，他也看見了亞伯拉罕的懷抱①，而且跟亞伯拉罕談過話，就像財主與拉撒路的故事對我們所指出的那樣，他也看到了天堂，也可以上天到主那裡去，但是他感到痛苦的正是他就要上天去見主了，可是他從來沒有愛過，他就要碰到那些愛過的人了，而他卻曾經鄙視過他們的愛。因爲他清楚地看到，並且已經是自己對自己說：「現在我已經明白過來了，雖然我渴望愛，但是我的愛已經不再是功德，不再是對上帝的奉獻，因爲我在人間的生命已經結束了，亞伯拉罕也不會來哪怕用一滴生命之泉（即重新賜予他過去的、積極的在人世的生命）來冷卻一下我那渴求精神之愛的火燄了，我現在燃燒著愛的火燄，但在人世間我卻鄙視過這愛②；現在我已經沒有了生命，也再不會有時間了！雖然我甘願爲別人獻出自己的生命，但是已經辦不到了，因爲可以爲愛而犧牲的生命已經一去不復返了，現在在那個生命和這個存在之間已經橫亙著一道深淵。」有人談到地獄之火時，認爲這是真的火，我無意研究這一奧祕，同時我感到畏懼，但是我是這樣想的：如果這火是真火，那，說真的，人們應當爲此感到高興才是，因爲我是這麼想的，只有在真正觸及皮肉的物質的磨難裡，他們才能暫時忘卻比這可怕千萬倍的精神上的痛苦。再說要解除他們這種精神痛苦也是不可能的，因爲這折磨不是外在的，而是他們內心的痛苦。這痛

①「亞伯拉罕的懷抱」，按基督教義，指好人死後靈魂得到永生安息的地方。

②福音書中關於財主與拉撒路的故事是這樣說的：有一個財主，天天錦衣玉食，有一個討飯的，名叫拉撒路，在他家門前要飯，可是那財主不肯給。後來拉撒路死了，被天使送到「亞伯拉罕的懷裡」。財主也死了，進了地獄。他從地獄裡看到了天上的亞伯拉罕和拉撒路，「就喊著說：『我祖亞伯拉罕哪！可憐我吧，打發拉撒路來，用指頭尖蘸點水，涼涼我的舌頭，因爲我在這火燄裡極其痛苦。』」但是亞伯拉罕回答他說，財主和拉撒路都是因果報應，現在他們之間已橫亙著一道深淵，兩人都不能跨越（參見《路加福音》第十六章第十九－二十六節）。

苦即使可以解除，那，我以爲，他們也只會因此而更苦，更不幸。因爲即使天堂裡的好人因爲看到他們痛苦而饒恕了他們，而且出於對他們的無邊的愛，把他們召喚到自己身邊去，但是這樣，只會更增加他們的痛苦，因爲這會更加強烈地激起他們心中的火燄，渴望用愛來回報，渴望積極的、感恩圖報的愛，可是要這樣愛已經不可能了。不過在下竊想，即使認識到這不可能，畢竟還會使他心裡好過些，因爲接受了那些好人的愛，又沒法回報這種愛，在這種無可奈何和這種謙卑自責的作用下，他們終究會找到過去在人間不屑一顧的積極的愛的某種表現方式，從而找到與這種愛相類似的行爲……各位師兄弟們和朋友們，遺憾的是這道理我說不清楚。但是，在人世間自己殺害自己的人有禍了，自殺的人有禍了！我認爲，不可能有任何人比這種人更不幸的了。有人對我們說，爲這種人禱告上帝是罪過的，教會也似乎把他們公然打入了另冊，但是我私心深處以爲，替這些人禱告禱告還是可以的①。要知道，基督決不會因爲愛而發怒的。對於這種人，我一輩子都在心中爲他們禱告，各位師父，我向諸位懺悔，直到如今我每天還在爲他們禱告。

噢，有人即使下了地獄依舊十分驕傲和蠻橫，儘管無可爭議他們已經有了認識，也看到了那顛撲不破的真理；還有些可怕的人完全依附於撒旦，染上了撒旦的驕橫之氣。這些人已是自願下地獄，甚至地獄對他們也已不足掛齒；他們是一群心甘情願的受難者。因爲他們詛咒了上帝和生命之後，又自己詛咒了自己。他們滿懷兇狠，充滿驕橫，就像沙漠中的餓漢，開始吮吸自己身體中的血。但是他們永遠貪得無厭，拒絕寬恕，甚至詛咒召喚他們的上帝。他們一想到永生神就不能不咬牙切齒，

---

① 基督教會認爲，自殺是一種最嚴重的罪行。教會規定不得爲自殺者舉行葬禮，把他們看成是邪教徒和異端。佐西馬長老的上述看法，說明他的博愛精神和對一切人的寬宥，因而無視官方教會的正式規定。

他們不要創造生命的上帝，他們要求上帝自己消滅自己和他的一切造物。他們將在自己的憤怒之火中永遠燃燒，他們渴望死和虛空。但是，求死而不得……

阿列克謝·費奧多羅維奇·卡拉馬助夫的手稿寫到這裡就結束了。我再說一遍：這部手稿殘缺不全。比如，傳記材料僅包括長老的青少年時代。至於他的開示和意見，似乎合成了一個統一的整體，但是看得出來，他的話是在不同時期說的，而且出於不同的動機。至於長老彌留之際親口說的一些話，也沒有明確予以指出，而只是簡要地談了這次談話的精神和性質，如果把阿列克謝·費奧多羅維奇的手稿中列舉的話同他過去的種種開示兩相比較的話。長老的圓寂確是完全突如其來的。因為雖然在那最後一晚前來看他的所有的人，完全明白他的死期已經不遠，但是畢竟沒有想到他的死會這麼突然；相反，我在上面已經說過，他的朋友們看到他在那天夜裡似乎精神矍鑠，十分健談，甚至還以為他的健康有了明顯好轉，雖然也許為時不會太長。甚至在他圓寂前五分鐘，誠如後來大家驚奇地傳說的，還看不出任何他要死的跡象。他突然感到似乎胸部一陣劇痛，臉色煞白，他用兩手緊緊捂住胸口。當時大家都從自己的座位上站了起來，急忙跑到他跟前；但是他雖然感到很痛苦，仍舊笑吟吟地看著大家，慢慢地從安樂椅上滑落到地面，雙膝下跪，接著便臉朝下，匍匐在地，伸出自己的雙手，似乎處在一種愉悅的大歡喜中，親吻地面和禱告上帝（誠如他自己教導的那樣），靜靜地、快樂地把靈魂交給了上帝①。長老圓寂的消息立刻傳遍了隱修區，進而傳到了修道院。剛圓寂的長老的最親近的人，以及按教職理應執紼的人，開始遵照古禮收殮他的遺體，全體修士則集合

① 這是一句套語，常見於俄羅斯聖徒傳的結尾，以形容聖徒圓寂。

在大教堂裡。後來據傳，還在拂曉前，長老圓寂的消息就傳到了城裡。到破曉時分，全城人就幾乎都在談論這事了，於是許多市民開始絡繹不絕趕到修道院來。但是關於這個我們將在下一卷中再說，而現在僅預先補充一點，即一天還沒過，就發生了一件大家意料不到的事，就在修道院範圍內和在全城產生的印象看，這事似乎是那麼奇怪、那麼驚心動魄和那麼自相矛盾，因此時至今日，過了這麼多年以後，敝縣縣城對於這個令許多人驚心動魄的一天還記憶猶新……